Knaur.

Knaur.

Im Knaur Taschenbuch Verlag sind bereits folgende Bücher der Autorin erschienen:
Die Wanderhure
Die Kastellanin
Das Vermächtnis der Wanderhure
Die Tochter der Wanderhure
Die Kastratin
Die Goldhändlerin
Die Löwin
Die Tatarin
Die Pilgerin
Die Feuerbraut
Die Rose von Asturien
Dezembersturm
Aprilgewitter
Juliregen

Über die Autorin:
Hinter dem Namen Iny Lorentz verbirgt sich ein Münchner Autorenpaar, dessen erster historischer Roman »Die Kastratin« die Leser auf Anhieb begeisterte. Mit »Der Wanderhure« gelang ihnen der Durchbruch; der Roman erreichte ein Millionenpublikum. Seither folgt Bestseller auf Bestseller. Die Romane von Iny Lorentz wurden in zahlreiche Länder verkauft.
Besuchen Sie auch die Homepage der Autoren: www.iny-lorentz.de

INY LORENTZ

Die Ketzerbraut

Roman

KNAUR TASCHENBUCH VERLAG

Besuchen Sie uns im Internet:
www.knaur.de

FSC
www.fsc.org
MIX
Papier aus verantwortungsvollen Quellen
FSC® C083411

Vollständige Taschenbuchausgabe Dezember 2011
Knaur Taschenbuch

Redaktion: Regine Weisbrod
Umschlaggestaltung: ZERO Werbeagentur, München
Umschlagabbildung: Portrait of a Lady (oil on canvas), Lely, Sir Peter (1618-80) / Private Collection / © Philip Mould Ltd, London / The Bridgeman Art Library © Philip Mould Ltd, London
Druck und Bindung: CPI – Clausen & Bosse, Leck
Printed in Germany
ISBN 978-3-426-63523-0

2 4 5 3 1

DIE KETZERBRAUT

1 Frauenkirche
2 Churfürstl. Lustgarten
3 Capucinerkloster
4 St.-Peters-Gottesacker
5 St. Peter
6 Heilig-Geist-Spital
7 Unser-Frauen-Gottesacker
8 Augustiner-Kloster
9 Barfüßerkloster
10 St.-Jakobs-Frauenkloster
11 St.-Anna
12 Zeughäuser
13 Churfürstl. Palast
14 Alter Hof
15 Stadt Rathaus
16 Der Schöne Thurm
17 Der Markt
18 Isarthor
19 Sendlinger Thor
20 Schiffer Thor
21 Anger Thor
22 Würzer Thor
23 Schwabinger Thor
24 Neuhauser Thor

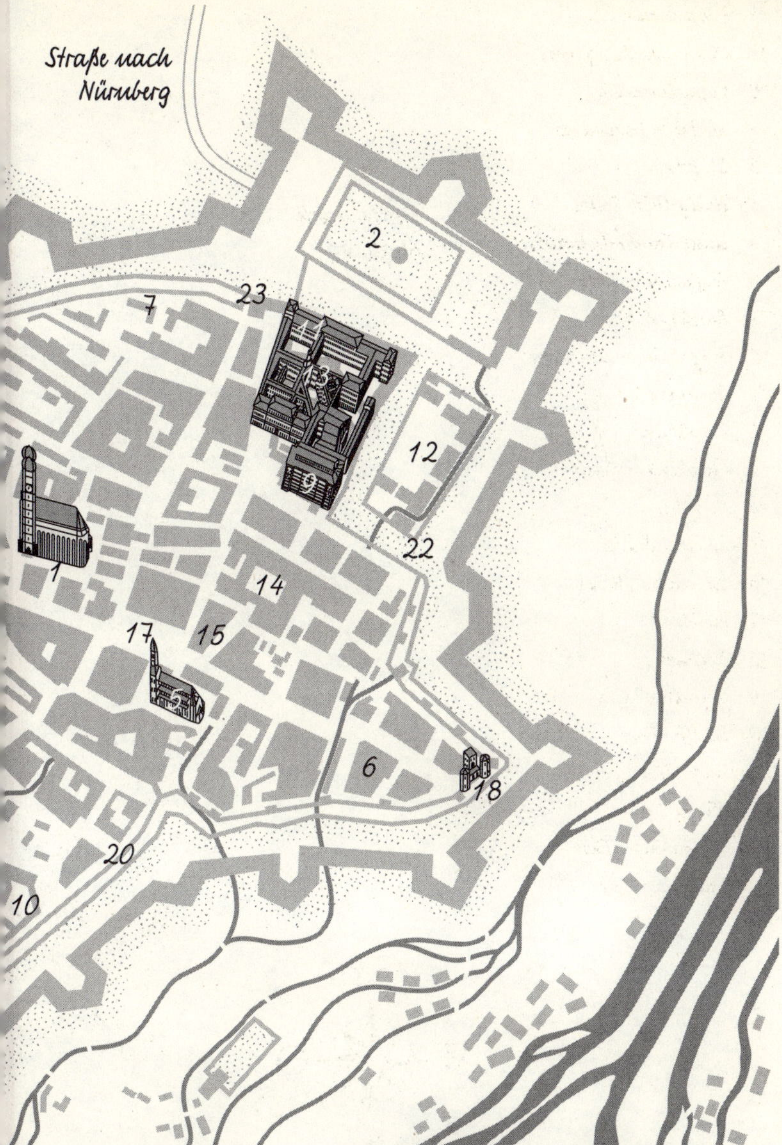
Straße nach Nürnberg
2
23
7
11
13
12
9
1
22
14
17
15
5
6
18
20
10

ERSTER TEIL

Brautfahrt in den Tod

1.

Veva hörte ihren Bruder lachen und schob den Vorhang der Reisesänfte beiseite, um den Grund seiner Heiterkeit zu erfahren. In diesem Augenblick ritt Bartholomäus, den alle nur Bartl nannten, um ihn von seinem Vater zu unterscheiden, in flottem Trab an ihr vorbei. Von den Hufen seines Wallachs stob Schlamm auf, und ehe Veva sich versah, hing ihr ein Batzen Dreck im Gesicht.

»Kannst du nicht aufpassen!«, schalt sie empört.

Ihr Bruder lachte schallend und setzte sich ohne ein Wort der Entschuldigung an die Spitze des kleinen Reisezugs, den er kurz verlassen hatte, um mit einer Hirtin zu schäkern.

Während sich Veva mit ihrem Unterkleid das Gesicht reinigte, bedachte sie Bartl mit ein paar bissigen Worten. Zwar war ihr Bruder nur eine Stunde jünger als sie, doch manchmal schien es ihr, als läge ein ganzes Jahrzehnt zwischen ihnen. Nichts nahm er ernst, kein Scherz war ihm zu deftig. Auch trieb er sich trotz der dreiundzwanzig Jahre, die sie beide zählten, lieber mit seinen Freunden in Schenken herum, anstatt den Vater in seinen Geschäften zu unterstützen. Natürlich liebte Veva ihn dennoch über alles und hatte ihm stets geholfen, die Folgen seiner Streiche zu mildern. So hatte sie anstelle ihres Bruders dem Vater die Bücher geführt und die Briefe nach dessen Diktat geschrieben, wenn seine von der Gicht geplagten Finger nicht mehr in der Lage waren, die Feder zu halten. In Zukunft aber würde Bartl endlich Verantwortung übernehmen und dem Vater zur Hand gehen müssen.

Nicht zum ersten Mal auf dieser Reise fragte sie sich, ob ihr Vater sich nur deswegen so rasch entschlossen hatte, sie zu verheiraten, damit Bartl sich endlich seiner Pflichten entsann. Vielleicht war ihre Ehe auch schon länger geplant gewesen und nur wegen des Todes ihrer Mutter verschoben worden. Alt genug zum Heiraten war sie ja. Die meisten ihrer Freundinnen hatten schon ein oder zwei Kinder geboren, und sie selbst wäre durchaus bereit gewesen, einem Mann in dessen Haus zu folgen. Aber es wäre ihr wichtig gewesen, sich ein paar Monate oder zumindest einige Wochen auf die Hochzeit vorbereiten zu können. So aber war sie von den Plänen ihres Vaters schier überrollt worden.

Sie wusste nicht genau, wie weit Innsbruck von ihrer Heimatstadt München entfernt lag, aber je länger die Reise dauerte, umso stärker wurde das Gefühl, in die Verbannung geschickt zu werden. Dabei hatte sie sich ein Zuhause gewünscht, von dem aus sie ihre Familie jederzeit hätte besuchen können. Auch gefiel ihr nicht, dass sie Friedrich Antscheller, ihren Bräutigam, nur ein Mal als Gast in ihrem Vaterhaus gesehen hatte. Und an jenem Tag hatte sie nicht einmal geahnt, dass sie diesen Mann demnächst heiraten sollte. Doch selbst wenn ihr Vater es ihr mitgeteilt hätte, wäre es ihr in der kurzen Zeit nicht möglich gewesen, sich ein Bild von seinem Charakter zu machen. Nun würde sie den Rest ihres Lebens mit jemandem zusammenleben müssen, der ihr völlig fremd war.

»Jetzt fang nicht an zu weinen! Schließlich bist du eine erwachsene Frau und kein Mädchen von zwölf Jahren, das den Schürzenzipfel der Mutter nicht loslassen will. Außerdem ist Friedrich Antscheller ein gutaussehender, strebsamer junger Mann«, schalt Veva sich und blickte wieder nach vorne zu ihrem Zwillingsbruder, der ein munteres Liedchen trällerte.

Obwohl ein kühler Wind von den Bergen herabpfiff, trug Bartl nur sein neues rotes Wams und enge Hosen, die sich wie eine zweite Haut um die Schenkel schmiegten. Nicht zuletzt dieser Kleidung wegen hatte der Vater ihn beim Aufbruch einen Fant geheißen, der unbedingt die Edelleute nachäffen müsse.

Auf Vevas Stirn erschienen winzige Falten, als sie an den letzten Streit zwischen ihrem Vater und ihrem Bruder dachte. Die Auseinandersetzung kurz vor dem Antritt der Reise war kein gutes Omen für die Zukunft, in der die beiden ohne sie würden auskommen müssen.

Veva schüttelte sich und versuchte, die trübsinnigen Gedanken wegzuschieben. Schließlich wollte sie den Tag genießen, so gut es auf so einer Fahrt möglich war. Es war zwar nicht warm, aber sonnig, und es sah auch nicht so aus, als würde es wieder so stark regnen wie in der gesamten letzten Woche.

Eben ritt Bartl unter einem Baum hindurch, hieb aus Spaß mit seiner Reitgerte gegen das Geäst und trennte mehrere Buchenblätter von den Zweigen. Während die meisten zu Boden segelten, blieb ein Blatt an seiner Mütze haften wie eine Feder. Jetzt musste Veva doch lächeln. »Wird es dir nicht doch ein wenig kalt, Bruderherz? Dein Wams ist dünn, und bei deinen Hosen hat man arg mit der Wolle gespart«, spöttelte sie.

Bartl sah sich zu ihr um und lachte so, dass sie die ebenmäßigen weißen Zähne sehen konnte. Er war ein schmucker Bursche, das musste sie zugeben. Etliche jüngere Mädchen aus ihrer Bekanntschaft schwärmten für ihn und hatten ihr bereits verraten, wie sehr sie sich freuen würden, ihre Schwägerin zu werden. Bei dem Gedanken erinnerte sie sich wieder an Friedrich Antscheller, und sie fragte sich, ob er ebenfalls Schwestern oder Brüder hatte. Es ärgerte sie, dass der Vater ihr kaum etwas über die Familie ihres Zukünftigen erzählt hatte. Für ihn war nur wichtig gewesen, dass Friedrich der Sohn eines langjährigen Geschäftsfreunds und Handelspartners war.

Unterdessen begann Bartl sich an der Spitze des Zuges zu langweilen. Er lenkte seinen Wallach etwas zur Seite und wartete, bis die Maultiere, die Vevas Sänfte trugen, zu ihm aufgeschlossen hatten. Ihm entging, dass die Knechte, die die Tiere gemütlich bergan führten, sich ebenso über sein Ungestüm amüsierten wie die sechs bewaffneten Männer, welche den Reisezug beschützen sollten.

Lachend blickte Bartl auf Veva hinab. »Gefällt dir die Reise?«

»Sie ist mir ehrlich gesagt viel zu lang, und es macht mich traurig, so weit weg von zu Hause leben zu müssen«, antwortete sie beklommen.

»Bis Innsbruck sind es schon ein paar Tagesreisen«, gab Bartl zu. »Aber ich werde dich besuchen, so oft ich kann, und dein Zukünftiger wird sicher nichts dagegen haben, wenn du ein- oder zweimal im Jahr nach München kommst. Er scheint mir ein verständiger Mann zu sein.«

... und ein langweiliger Tropf, setzte Bartl in Gedanken hinzu. Das war in einer Ehe mit seiner Schwester jedoch kein Fehler. Nicht, dass er Veva langweilig genannt hätte. Aber sie hatte ihre eigenen Ansichten, was das Betragen eines Mannes betraf, und da passte Friedrich Antscheller besser zu ihr als zum Beispiel sein Freund Ernst Rickinger, der gleich ihm lieber den eigenen Vater arbeiten ließ und selbst das Leben genoss.

Auch Bartl hätte es vorgezogen, die Schwester in der Nähe zu wissen. Doch der Vater hatte bestimmt, dass sie nach Innsbruck verheiratet wurde, und seinem Wort mussten sie sich fügen.

»Es ist ein schöner Ritt«, sagte er, um das erschlaffende Gespräch wieder zu beleben.

»Wir sind jetzt schon vier Tage von zu Hause weg und werden noch ein paar Tage unterwegs sein, bis wir Innsbruck erreichen. Wenn du mich fragst, finde ich das Reisen äußerst unbequem. Die Sänfte ist so eng, dass ich mich nicht recken oder ausstrecken kann. Außerdem wird mir von diesem ständigen Schwanken schlecht.« Veva hatte bisher noch nie eine Pferdesänfte benutzt, denn weiter als bis Andechs war sie nicht gekommen. Die Wallfahrt zum dortigen Kloster dauerte nur einen Tag und ließ sich leicht zu Fuß bewältigen, während ihr die Reise nach Innsbruck immer unheimlicher wurde.

Veva bedachte die Berge, die sich um sie herum auftürmten, mit einem scheelen Blick. Auf sie wirkte das Gebirge wie ein himmelhoher, unüberwindlicher Wall aus Felsen und Eis. Aber es musste Stellen geben, an denen man diese natürlichen Mauern passieren konnte. Ihr grauste es jedoch bei dem Gedanken, sich den steil aufragenden Gipfeln nähern zu müssen.

»Wir würden Innsbruck weitaus schneller erreichen, wenn du nicht mit der Sänfte reisen, sondern reiten würdest!«, erklärte Bartl ihr.

Diesen Einwurf empfand Veva als ungerecht. Ihr Bruder wusste doch selbst, dass sie nicht reiten konnte. Das taten nur Damen von Stand, und auch die setzten sich lediglich bei kleineren Ausritten und natürlich auf der Jagd in den Sattel. Aber eine Dame, die auf sich hielt, benutzte einen Reisewagen oder eben eine Sänfte ähnlich jener, in der sie selbst reiste.

Bevor ihr eine passende Antwort einfiel, hörte sie den Anführer ihrer bewaffneten Eskorte rufen. »Junger Herr! Da kommt ein Mann auf uns zu und winkt, wir sollen stehen bleiben.«

Bartl warf seiner Schwester noch einen spöttischen Blick zu und lenkte sein Pferd wieder an die Spitze des Zuges, der gerade eine Stelle passierte, an der ein schmaler Pfad vom Hauptweg abzweigte. Aus der Richtung, in die sie reiten wollten, eilte ihnen ein Mann entgegen und fuchtelte mit den Armen. Der Fremde trug einen erdbraunen Kittel mit Schulterkragen und Gugel, lange Wollhosen, lederne Gamaschen und feste Schuhe. An seiner Seite hing ein langer Hirschfänger, und als er näher kam, sah man, dass noch ein Dolch in seinem Gürtel steckte.

Neugierig beugte Veva sich aus ihrer Sänfte und musterte den Fremden. Der Mann machte keinen guten Eindruck auf sie, und sie hätte ihren Bruder am liebsten gebeten weiterzureiten. Doch Bartl zügelte sein Pferd und befahl auch den Knechten anzuhalten.

»Was gibt es, guter Mann?«, fragte er.

Der Fremde blieb vor ihm stehen und sah mit schräg gelegtem Kopf zu ihm auf. »Hier kommt Ihr nicht durch, denn weiter oben wird die Straße durch einen Erdrutsch blockiert. Aber ich kenne einen anderen Weg, auf dem Ihr diese Stelle umgehen könnt. Wenn Ihr mir folgen wollt …« Er machte eine einladende Handbewegung in Richtung des abzweigenden Pfades.

»Danke, guter Mann! Das ist rechter Rat zur rechten Zeit.« Bartl beugte sich vom Pferd, um dem Fremden auf die Schulter zu klopfen, und lenkte sein Pferd auf den schmäleren Weg.

Der Anführer der Eskorte versuchte, ihn aufzuhalten. »Sollten wir nicht besser nachschauen, ob das, was der Kerl da behauptet, auch stimmt?«

»Willst du mich der Lüge zeihen?«, fuhr der Fremde auf und griff zu seinem Hirschfänger.

»Natürlich nicht«, erklärte Bartl. »Aber wenn wir jetzt weiterreiten und dann umkehren müssen, erreichen wir die nächste Herberge nicht mehr, und ich will meiner Schwester nicht zumuten, die Nacht mitten in der Wildnis zu verbringen.«

»Auf diesem Weg gibt es ein Stück weiter oben eine ordentliche Herberge, in der sogar Herrschaften einkehren«, ver-

sicherte der Fremde. »Wenn Ihr mich für meinen Rat belohnen wollt, könnt Ihr mir dort die Unterkunft, ein Stück Braten und einen oder zwei Becher Wein bezahlen.«
»Das tu ich gerne«, versprach Bartl.
Damit war die Entscheidung getroffen. Die sechs Bewaffneten und die vier Knechte, die zu dem Reisezug gehörten, bogen ohne weiteren Widerspruch in den ihnen gewiesenen Pfad ein. Veva jedoch wurde das Gefühl nicht los, der Fremde mache sich über Bartl lustig. Sie fasste sich ein Herz und bat ihren Bruder, lieber die breitere Straße zu nehmen.
Doch Bartl lachte sie aus und nannte sie ein dummes kleines Mädchen.

2.

Nach kurzer Zeit wurde der Weg so schmal, dass die beiden Karren, die mit Vevas persönlichem Besitz beladen waren, nur noch mit Mühe vorwärtskamen. Die Maultiere gerieten auf dem Anstieg in Schweiß und begannen vor Erschöpfung zu zittern. Daher gab Bartl den Knechten den Befehl, die Wagen an den steilsten Stellen zu schieben.
Als die Felsblöcke noch enger zusammenrückten, maß Bartl ihren selbsternannten Führer mit einem zornigen Blick. »Sagtest du nicht, dieser Weg wäre gut zu befahren? Er ist kaum mehr als ein Ziegenpfad!«
»Weiter vorne wird es besser«, erklärte der Mann. »Das hier ist noch die bayrische Seite. Bald erreichen wir Klosterland, und dort achten die Mönche besser auf ihre Straßen als die Amtsleute des Herzogs.«
»Wollen wir's hoffen«, brummte Bartl, drehte sich um und warf einen Blick auf die Sänfte seiner Schwester.

Gerne hätte er ihr diesen beschwerlichen Weg erspart. Es war ohnehin nicht leicht für sie, die Heimat zu verlassen, um in Innsbruck einen ihr fast unbekannten Mann zu heiraten. Er selbst hielt Friedrich Antscheller für einen argen Tropf und gewiss nicht für den Bräutigam, den er seiner Schwester gewünscht hätte. Ihm war es ein Rätsel, warum sein Vater sie so weit weg verheiraten wollte. In München hätte es durchaus ansehnliche Bewerber gegeben. Mit Rudolf Ligsalz und Anton Impler waren sogar Angehörige ratsfähiger Sippen an Veva interessiert gewesen. Auch seinen Freund Benedikt Haselegner hätte er lieber zum Schwager gehabt als den Innsbrucker Kaufmannssohn.
Doch sein Vater hatte sowohl eine Verbindung zu den Ligsalzens als auch zu den Implers abgelehnt, was vermutlich daran lag, dass sein Vater in der Gemein mit den Vätern der Brautwerber mehrfach hart aneinandergeraten war. Als der Name Haselegner gefallen war, hatte er sogar einen Wutanfall bekommen, ohne zu verraten, warum er Bartls Freund Benedikt so verabscheute.
Während er über die Beweggründe seines Vaters rätselte, wurde Bartl bewusst, wie wenig er über dessen Leben und die Geschäfte wusste. Er konnte weder sagen, welche Freunde oder Feinde Bartholomäus Leibert hatte, noch, mit wem er Handel trieb. Bisher hatte er das Leben genossen und seinen Spaß gehabt. Anstatt sich Gedanken über die Handelsbeziehungen seines Vaters zu machen, war er lieber mit Ernst Rickinger und anderen Freunden durch die Schankwirtschaften gezogen und hatte auch schon mal die Nachtwächter geärgert. Der Vater hatte ihm vor seiner Abreise jedoch deutlich erklärt, dass dies nun anders werden müsse.
Bartl seufzte bei der Vorstellung, nicht mehr mit ins Wirtshaus gehen zu können, wenn ihm danach war, sondern stundenlang im väterlichen Kontor hocken und trockene Zahlen

in staubige Rechnungsbücher eintragen zu müssen. Diese Aufgabe hatte Veva ihm bisher abgenommen. Doch nun, da der Vater seine Schwester nicht nur aus dem Haus, sondern auch aus der Stadt geschickt hatte, musste er in den sauren Apfel beißen und den Schreibknecht spielen. Seine Laune, die angesichts des elenden Weges bereits arg gelitten hatte, sank noch tiefer.

»He, Kerl! Wenn der Pfad nicht bald besser wird, kehren wir um. Vorher erhältst du aber noch eine kräftige Tracht Prügel, die dich lehren wird, das Maul nicht so voll zu nehmen!«, drohte er ihrem Führer an.

Dieser drehte sich grinsend zu ihm um. »Dann wird die Jungfer aber zu Fuß laufen müssen, denn hier könnt ihr weder die Tragtiere mit der Sänfte noch die Karren wenden.«

Nun sah Bartl rot. Er lenkte sein Pferd neben den Burschen, packte ihn mit der linken Hand beim Kragen und holte mit der Rechten aus, um ihn zu ohrfeigen. »Dafür bezahlst du mir!«

Da er sich weit aus dem Sattel beugte, zog der Fremde ihn mit einem raschen Griff vom Pferd. Bartl stürzte zu Boden, richtete sich aber sogleich auf und versuchte, den Gegner von den Beinen zu reißen.

Doch der Fremde war schneller. Noch bevor Bartl die Gefahr kommen sah, hatte der Mann seinen Hirschfänger gezogen und stach zu.

Der Tod kam so überraschend, dass Bartl nur noch einen kurzen Schmerz verspürte. Dann erlosch er wie eine Kerze im Wind.

Veva begriff erst, was geschehen war, als der Mörder seinen Hirschfänger mit einem heftigen Ruck aus dem Körper ihres Bruders zog und die Klinge in der Sonne rot aufleuchtete. Entgeistert schrie sie auf, während die Männer ihrer Eskorte fluchend die Schwerter zogen, um den Mörder in Stücke zu hauen.

Da tauchten aus dem Dunkel des Bergwalds Männer mit geschwärzten Gesichtern in weiten Lodenmänteln und Hüten auf. Sie richteten ihre Speere und Schwerter auf die überraschten Waffenknechte. »Na, was ist? Wollt ihr diesem Lümmel in die Hölle folgen?«, fragte der Anführer, der sich eine hölzerne Geisterlarve mit Augenschlitzen vors Gesicht gebunden hatte.
Um den kleinen Reisezug herum standen nun mehr als zwanzig Kerle. Die sechs Waffenknechte sahen zuerst einander an, dann warfen sie einen Blick auf die Sänfte, in der Veva so kreidebleich saß, als sei auch aus ihr alles Leben geschwunden.
Der Anführer ließ sein Schwert fallen, als wäre der Knauf glühend heiß geworden, und seine Kameraden taten es ihm gleich. Dabei drehten sie Veva, für deren Schutz sie hätten sorgen sollen, den Rücken zu. Für sie zählte nur noch, das eigene Leben zu retten.
»Runter von den Pferden!«, befahl der Räuberhauptmann.
Inzwischen waren die Waffenknechte von den Räubern eingekeilt worden und gehorchten, ohne zu zögern.
»Bei der Heiligen Jungfrau, seid gnädig!«, versuchte einer von ihnen die Räuber milde zu stimmen.
Diese lachten jedoch nur, während ihr Hauptmann auf den Sprecher zutrat. »Wenn es dich so sehr nach der Heiligen Jungfrau gelüstet, werde ich dich zu ihr schicken!«
Noch während er sprach, riss er seinen Dolch aus der Scheide und rammte ihn dem Flehenden in die Brust. Der Mann stieß einen keuchenden Laut aus, dann sank er mit einem überraschten Ausdruck in den Augen zu Boden. Gleichzeitig stachen die übrigen Räuber auf die überraschten Waffenknechte ein.
Als die sechs am Boden lagen, versetzte der Räuberhauptmann einem der Toten einen Fußtritt und zeigte auf vier seiner Leute. »Ihr bringt die Leichen weg und werft sie in

eine abgelegene Schlucht, ihr anderen kümmert euch um die Knechte.«
Bei diesen Worten kam Leben in die Männer, die sich an ihren Maultieren festgehalten und die Räuber fassungslos angestarrt hatten. Während zwei von ihnen zu fliehen versuchten und nach ein paar Schritten niedergemacht wurden, sanken die beiden anderen auf die Knie und streckten dem Hauptmann die Arme entgegen. »Lasst uns am Leben! Bitte! Wir sind auch bereit, in Eure Bande einzutreten und Euch zu dienen, Herr!«
Der Angesprochene blickte seine Spießgesellen scheinbar empört an. »Habt ihr das gehört? Der Kerl nennt unsere wackere Gemeinschaft eine Bande, als wären wir lumpige Straßenräuber! Lassen wir uns das gefallen?«
»Nein!«, antworteten gleich mehrere. Dann packten sie die Knechte, schleppten sie zu zwei Bäumen und banden sie dort fest.
Den beiden stand die Hoffnung ins Gesicht geschrieben, dass die Räuber sie dort lebend zurücklassen würden. Dann, so hofften sie, würden sie sich selbst befreien können. Doch die Banditen rissen ihnen die Kleidung vom Leib, bis sie nackt an den Bäumen hingen, und brachten ihnen tiefe Schnittwunden bei, bis ihr Blut die Körper rot färbte und zur Erde rann.
Der Hauptmann stand mit vor der Brust verschränkten Armen daneben und schien es zu genießen, dass die Knechte vor Schmerzen schrien und um Gnade flehten. »Wir werden euch den Wölfen und Bären überlassen, die der Blutgeruch anlocken wird. Auf Hilfe durch Wanderer braucht ihr nicht zu hoffen. Dieser Steig führt immer weiter ins Gebirge hinein und endet in einer abgelegenen Schlucht. Da es dort kein Gras und auch kein wertvolles Gestein gibt, verschlägt es weder Hirten noch Bergleute in diese Gegend. Das, was Wölfe und Bären von euch übrig lassen, wird hier verfaulen

und nach der nächsten Schneeschmelze talwärts geschwemmt werden.«
Einer der Gefangenen begann zu kreischen. »Nein, das dürft ihr nicht tun! Bringt uns um, aber lasst uns die Hoffnung, in geweihter Erde begraben zu werden.«
Der Räuberhauptmann würdigte ihn keiner Antwort mehr, sondern winkte seinen Spießgesellen, die Pferde der Überfallenen mit den Waffen und der persönlichen Habe der Toten zu beladen, und reservierte das Ross, das Vevas Bruder als Reittier gedient hatte, für sich selbst.

3.

Noch immer starrte Veva entgeistert auf den am Boden liegenden Körper ihres Bruders. Bartl, der mit ihr zusammen den Leib der Mutter verlassen hatte, war ein Teil von ihr gewesen. Nun lebte er nicht mehr, und sie fühlte sich, als sei ein Stück aus ihr herausgerissen und abgeschlachtet worden. Halb wahnsinnig vor Kummer und Schmerz hatte sie kaum wahrgenommen, was mit ihren bewaffneten Begleitern und den Knechten geschah. Erst als der Räuberhauptmann in die Sänfte hineingriff und sie am Kinn fasste, klärte sich ihr Blick, und sie wurde sich ihrer eigenen Situation bewusst.
»Na, was haben wir denn da? Du wirst mir so manche Stunde in unserem Versteck versüßen – und meinen Männern ebenfalls!«
Brüllendes Gelächter antwortete dem Mann mit der hölzernen Maske, den Veva in ihrer Panik zunächst für einen Dämon aus den Schlünden der Hölle hielt. Erst als der Kerl sie aus der Sänfte zerrte, wurde ihr klar, dass er keinen

Bocksfuß hatte. Aus dieser Erkenntnis schöpfte sie ein wenig Kraft. Zwar schienen die Räuber sie bereits mit ihren Blicken bis auf die Haut auszuziehen, doch ihre Wut und ihr Hass schwemmten die Angst hinweg.

Mit einem Ruck löste sie sich aus dem Griff des Hauptmanns und spie vor ihm aus. »Für den Mord an meinen Bruder wirst du bezahlen, du Hund!«

»Ich würde eher sagen, ich wurde dafür bezahlt!«, spottete der Mann, während er nach ihr griff. Mit dem Dolch, an dem noch das Blut des ermordeten Waffenknechts klebte, schnitt er ihr das Kleid und das Hemd vom Halsansatz abwärts auf, bis ihre Brüste freilagen.

Veva holte tief Luft und empfahl ihre Seele ebenso wie die ihres Zwillingsbruders der Muttergottes, denn sie erwartete, dass die Räuber noch an Ort und Stelle über sie herfallen würden. Seltsamerweise empfand sie weder Furcht noch Schrecken. Es war, als gehöre ihr Körper einer anderen Frau, während sie selbst bereits mit Bartl gestorben war.

Einer der Räuber keuchte gierig auf und fragte: »Was ist, Herr? Legen wir sie gleich hier aufs Kreuz?«

Sein Anführer ließ Veva los und schüttelte den Kopf. »Du kümmerst dich mit drei Männern darum, dass die Sänfte in einer Schlucht verschwindet. Wir anderen kehren in unser Versteck zurück. Die Pferde und die Maultiere nehmen wir mit und verkaufen sie später in Tirol.«

»Was ist mit den Karren?«

»Das Zeug darauf ladet ihr auf die Gäule, und die Wagen schmeißt ebenfalls in die Schlucht.«

»Und was nicht noch alles?«, bellte der Räuber seinen Hauptmann an. »Wir sollen die ganze Arbeit machen, während ihr anderen euch mit diesem Weibsstück vergnügt? Aber da mache ich nicht mit.«

»Was machst du nicht?« Die Hand des Hauptmanns fiel schwer auf den Griff seines Schwertes. »Entweder du gehorchst, oder …« Er ließ die Drohung unausgesprochen, doch alle begriffen, dass es ihm ernst war.

Der Streithahn zog den Kopf ein und hob beschwichtigend die Hände. »Jetzt legt nicht gleich jedes Wort auf die Goldwaage, Herr. Aber bei so einem Anblick sticht jeden Mann der Hafer.«

Der Hauptmann drehte sich um und betrachtete Veva genauer. So unrecht hatte der Mann nicht. Vor ihm stand eine hübsche junge Frau, nicht zu groß, aber auch nicht zu klein, mit schlanker Taille und wohlgeformten Hüften. Der nicht allzu große, aber feste Busen zeigte noch die blassen Spitzen einer Jungfrau. Zudem hatte sie eine hohe, glatte Stirn, eine schmale Nase und einen sanft geschwungenen Mund, der zum Küssen einlud. Brünettes, zu einem dicken Zopf geflochtenes und im Nacken zu einer Schnecke gedrehtes Haar rundete ihre Erscheinung ab. Das Gesicht aber war so bleich wie ein Leintuch, und die haselnussbraunen Augen starrten blicklos in die Ferne, als hätte sie mit ihrem Leben abgeschlossen.

Das Lachen des Hauptmanns drang hohl unter der hölzernen Maske hervor. »Das Weib lässt einem wirklich den Schaft schwellen. Doch ihr werdet die Pfoten von ihr lassen – vorerst zumindest. Sie ist viel Geld wert – und auf die schöne Summe, die wir für sie bekommen, wollen wir doch nicht verzichten!«

Bei dem Wort »Geld« leuchteten die Augen der meisten seiner Leute auf. Einige aber maßen Veva immer noch mit gierigen Blicken, und nicht jeder schien mit den Worten des Hauptmanns einverstanden zu sein.

»Bis jetzt wurde noch jedes Weibsstück, das wir gefangen haben, auf den Rücken gelegt. Anders wird es auch hier nicht laufen«, murrte der Räuber, der dem Anführer schon einmal widersprochen hatte.

Er suchte ein paar Kameraden aus, von denen er annahm,

dass sie seinen Einflüsterungen zugänglich waren, und lud mit ihnen zusammen die beiden Karren ab. Dann warfen sie die Toten auf die Wagen und schoben sie ein Stück zurück, bis sie eine Stelle erreicht hatten, die sich für ihre Zwecke eignete. Dort ließen sie die Karren samt Ladung über die Kante einer Schlucht rollen und sahen zu, wie sie in der Tiefe verschwanden.

Am Ort des Überfalls beluden die anderen Räuber die Pferde und die Maultiere mit Vevas Brautausstattung. Die Hälfte der Pferde blieb ohne Last, und so stritten sie sich darum, wer aufsteigen durfte und wer zu Fuß gehen musste.

Veva, die scheinbar unbeachtet am Wegrand stand, überlegte derweil fieberhaft, in welche Richtung sie fliehen sollte. Doch als sie versuchte, sich unauffällig bergan zu bewegen, um sich in dem Felsgewirr am Fuß eines höheren Berges zu verstecken, trat ihr einer der Räuber in den Weg und machte eine Bewegung, als wolle er nach ihrem nackten Busen greifen.

Sie ließ die Schultern sinken und sagte sich, dass sie mit ihren dünnen Schuhen und von ihren Röcken behindert ohnehin nicht weit kommen würde. Für einen Augenblick glomm in ihr der Gedanke auf, wenigstens so weit zu rennen, bis sie die Schlucht erreichte. Dort würde sie einen schnellen Tod finden. Aber dann vernahm sie die Stimmen und das Gelächter der restlichen Räuber, das von jener Stelle heraufklang, und ihr wurde klar, dass die Kerle sie abfangen und ihr auf der Stelle Gewalt antun würden.

Daher ließ sie es ohne Gegenwehr geschehen, dass der Räuberhauptmann, der als Erster in den Sattel gestiegen war, sie um die Taille fasste und vor sich auf die Kruppe des Wallachs setzte. Er umschlang sie mit einem Arm und packte mit der freien Hand den Zügel.

»Auf geht's, Männer! In der Höhle wartet ein guter Schluck Wein auf uns, mit dem wir unseren Erfolg begießen können«, rief er seinen Kumpanen zu und ritt an.

Veva bog sich unter seinem harten Griff und würgte, weil ihr Magen bei dem Geruch rebellierte, den der Mann ausströmte. Es war der Gestank des Todes. Gleichzeitig packte sie ein heiliger Zorn auf den Kerl, der Menschen mit der gleichen Selbstverständlichkeit tötete, wie die Köchin zu Hause ein Huhn schlachtete, und sich offensichtlich dabei amüsierte.

Mit einem Mal wurde sie ganz ruhig und ließ den Arm vorsichtig nach hinten wandern, um an den Dolch des Mordbuben zu gelangen. Doch kaum hatten ihre Finger den Horngriff der Waffe erreicht, presste sich die hölzerne Maske des Mannes gegen ihre Wange, und sie hörte den Räuber dicht neben ihrem Ohr lachen. »Lass es lieber sein, denn sonst müsste ich dich hart bestrafen! Du solltest auch gar nicht daran denken, einen meiner Leute mit dem Ding piksen zu wollen. Die mögen das nämlich gar nicht, und dann könnte ich dich nicht mehr vor ihnen schützen. Es sind rauhe Kerle, für die ein Weib nur einen Zweck hat, nämlich die Beine breit zu machen. Das willst du doch sicher nicht.«

Der Mann klang spöttisch, aber auch auf seltsame Art fürsorglich. Letzteres jedoch hatte nichts mit Mitleid zu tun – das begriff Veva sofort –, sondern war reine Berechnung. Der Kerl hatte ihren Reisezug nicht zufällig in die Irre führen lassen und ihm aufgelauert. Hatte er nicht gesagt, dass jemand Geld für sie bezahlen würde? Wer mochte das sein?

Sosehr Veva ihr Gehirn auch zermarterte, sie vermochte sich niemanden vorzustellen, dem am Tod ihres Bruders gelegen war und daran, sie in die Hände zu bekommen. Wahrscheinlich wollte der Räuberhauptmann von ihrem Vater oder ihrem Bräutigam Lösegeld für sie erpressen. Aber wenn es so war, hatten die Kerle einen großen Fehler gemacht, denn für Bartl hätte ihr Vater seine Truhen viel weiter geöffnet.

4.

Die Banditen schleppten Veva tiefer und tiefer in die Berge. Zumeist ging es durch Wald, dessen Bäume sich mit ihren Wurzeln in einen steilen, felsigen Untergrund krallten. Gelegentlich ragten hohe Felswände zur Linken oder zur Rechten auf, und mehrfach rückten die Felsen so nahe an den schmalen Pfad, dass Veva glaubte, ihr Weg müsse an dieser Stelle zu Ende sein. Doch immer wieder fanden sich Durchgänge, die häufig aus dem Bett eines zu dieser Jahreszeit spärlich fließenden Baches bestanden, in dem die Gruppe so selbstverständlich weiterzog, als würden die Räuber jede Felsstufe kennen.

Schließlich weitete sich die Schlucht, und sie erreichten ein kleines Tal, das ganz von Bergen umschlossen war. Nun ging es tatsächlich nicht mehr weiter, und es schien auch keine anderen Lebewesen in dem Kessel zu geben außer einigen Vögeln, die sich vom Wind auf- und abtragen ließen. Veva sah ihnen sehnsüchtig nach und wünschte sich ebenfalls Federn und Flügel, um den Räubern durch die Lüfte entfliehen zu können. Aber für sie gab es kein so leichtes Entkommen. Daher flehte sie die Himmelsjungfrau an, ihr einen Engel zur Hilfe zu schicken, der sie auf seinen Schwingen aus dieser Felsenhölle trug.

Als der Anführer der Bande Bartls Wallach vor einer Steilwand anhielt, in der hoch über dem Talgrund der Eingang einer Höhle zu sehen war, begriff Veva, dass ihr auch kein Engel mehr helfen konnte. Der Räuberhauptmann schwang sich aus dem Sattel, hob seine Gefangene vom Pferd und packte sie an den Handgelenken. »Die werden wir schön binden, damit du nicht auf dumme Gedanken kommst.«

»Elender Mörder«, zischte Veva ihn an.

Der Mann stieß sie zweien seiner Spießgesellen in die Arme.

»Fesselt ihr die Arme und sperrt sie in die hinterste Kammer. Passt aber auf, dass keiner ihr zu nahe tritt. Das Weib ist für einen guten Freund bestimmt, und der will sie unbeschädigt haben!«
Die Kerle schleppten Veva eine schmale, natürliche Felsentreppe zum Höhleneingang hoch und schleiften sie durch eine labyrinthartige Höhle. Kurz darauf fand sie sich in einer dunklen Felsenkammer wieder, die kaum mehr als drei Schritte breit und fünf lang war. Eine Unschlittlampe spendete trübes, flackerndes Licht, stank aber so, dass Veva sich von Übelkeit überwältigt in eine Ecke kauerte und so lange würgte, bis nur noch reine Galle aus dem Magen kam. Grinsend sahen die Räuber ihr zu und spotteten über ihren Zustand. Schließlich bogen sie ihr die Arme auf den Rücken und schlangen ihr einen Strick um die Handgelenke.
»So, das wird reichen«, meinte einer und versetzte ihr noch einen kräftigen Klaps auf das Hinterteil.
Der Schlag war so hart, dass Veva stürzte und mit der Brust in ihrem eigenen Erbrochenen landete. Mit Mühe kämpfte sie sich auf die Knie, starrte auf ihre beschmierten Brüste und brach in Tränen aus.
Die beiden Männer, die ihr mit höhnischen Bemerkungen zugesehen hatten, verließen nun das Felsloch. Aber es dauerte geraume Zeit, bis Veva begriff, dass sie allein war. Sie hob den Kopf, starrte auf die Tür, die aus dicken, ungeschälten Brettern zusammengenagelt war, und vernahm die Stimmen der Räuber, die in den Höhlen widerhallten. Die Kerle schienen zu feiern, als hätten sie eine Heldentat vollbracht und keine ahnungslosen Reisenden abgeschlachtet. Immer noch bebend vor Zorn stieß Veva Verwünschungen aus, die der Hebamme Kreszenz zufolge recht wirksam sein sollten. Bisher hatte Veva solche Worte noch nie in den Mund genommen, doch ihr Hass auf die Mörder ihres Bruders war so groß, dass ihr selbst diese Hexenflüche als viel zu harmlos erschienen.

Obwohl sie abwechselnd die Mächte der Hölle und die Heilige Jungfrau samt allen ihr bekannten Heiligen anflehte, Bartls Tod zu rächen, verhallten ihre Worte wirkungslos. Die Stimmen der Räuber klangen immer ausgelassener. Offensichtlich brüsteten sie sich mit den Taten, die sie bereits begangen hatten. Dabei spotteten sie besonders über die Münchner Kaufleute, denen sie schon etliche wertvolle Wagenladungen geraubt hatten, aber auch über die Bürger von Tölz, Miesbach und anderen Orten des Vorgebirges, die sich, wie sie lachend behaupteten, schon bei dem Gedanken an die Gefahren, die in den Bergen lauerten, in die Hose machten.

Veva fragte sich, ob die Kerle sie mit ihren losen Reden ängstigen wollten oder ob sie nach ihren Raubzügen immer so ausgelassen feierten. Erneut sah sie ihren toten Bruder vor sich liegen, und der nächste Weinkrampf schüttelte ihren Körper.

»Bartl!«, schrie sie auf. »Warum warst du so vertrauensselig? Warum musstest du die Straße verlassen und diesem Schurken folgen?«

Erst als sie die eigene Stimme vernahm, wurde ihr bewusst, dass sie ihren toten Zwillingsbruder anklagte, an ihrem Unglück schuld zu sein. Sofort bat sie ihn in Gedanken um Verzeihung. Bartl hatte sie stets beschützt, und diesmal hatte er ihr eine Übernachtung unter freiem Himmel ersparen wollen. Nur ihretwegen war er diesem verräterischen Kerl auf den Leim gegangen. Dann sagte sie sich, dass Bartls sonniges Gemüt ihn auch ohne ihre Anwesenheit verführt hätte, dem Räuber zu glauben. Diese Erkenntnis verhinderte, dass sie sich vor Schuldgefühl zerfleischte. Sie durfte sich nicht ihrem Elend hingeben, sondern musste sich Gedanken machen, wie sie diesen Unholden entkommen konnte. Von den Möglichkeiten, die sie daraufhin erwog, war jedoch keine ausführbar.

Nach einiger Zeit erlosch die Unschlittlampe mit einem letzten Aufflackern, das von üblen Dünsten begleitet wurde. Inzwischen hatte Veva sich jedoch an den Gestank gewöhnt, so dass ihr Magen nicht erneut protestierte. Aber sie fand sich in einer ägyptischen Finsternis wieder, in der ihr Kopf ihr alle jemals über Räuber vernommenen Greuel als Schreckensbilder vorgaukelte.

5.

Veva wusste nicht, ob Stunden oder gar Tage vergangen waren, als die Tür wieder geöffnet und eine Lampe in die Kammer gehalten wurde. Höllischer Durst peinigte sie, und sie fühlte sich zum Sterben elend. Nun erkannte sie den Mann, der ihre Gruppe in die Irre geführt und ihren Bruder erdolcht hatte, und stieß einen zischenden Laut aus.

Der Kerl grinste sie frech an. »Wenn du könntest, würdest du mir mit den Zähnen die Kehle zerfetzen wie ein tollwütiger Hund, was? Aber da bleibt dir der Schnabel sauberer als du selbst. Du siehst aus wie ein Ferkel, das sich im eigenen Dreck gewälzt hat. Für ein paar gute Worte und einen Kuss bin ich jedoch bereit, dich zu waschen.«

»Verrecken sollst du und deine Kumpane mit dir!«, brach es aus Veva heraus.

»Keine Sorge, wir kriegen dich schon klein! Sobald dir jeder von uns zwischen die Beine gestiegen ist und das mit dir gemacht hat«, der Mann bewegte anzüglich das Becken vor und zurück, »wirst du anders reden. Das letzte Weibsstück hat leider nicht lange durchgehalten. Ein paar von uns sind halt recht rauh, und es macht ihnen Spaß, so eine wie dich schreien zu hören, während sie in ihr herumfuhrwerken.«

Die junge Frau wich mit einem Ausdruck des Entsetzens vor dem Mann zurück. »Ihr seid keine Menschen, sondern Teufel, die der Hölle entstiegen sind!«
»Dann reize uns nicht, sonst fährt deine Seele schneller hinab, als du ›Vater unser‹ sagen kannst!« Der Kerl sah sie drohend an, drehte sich aber um und verließ die Kammer.
Nach kurzer Zeit erschien er wieder mit einem Eimer Wasser, einem Lappen und einem Stoffknäuel unter dem Arm. Ein anderer Räuber brachte eine neue Unschlittkerze für die Laterne und zündete sie an.
»Ich binde dir jetzt die Arme los, damit du dich waschen kannst. Danach ziehst du das andere Gewand an. Mit dem offenen Oberteil bist du eine zu große Verlockung für mich und meine Freunde.« Mit diesen Worten packte Bartls Mörder Veva, zog sie auf die Füße, so dass sie mit dem Rücken zu ihm zu stehen kam, und nestelte den Knoten auf. Dann versetzte er ihr einen Stoß, der sie gegen die hintere Wand trieb, und trat aus der Kammer. Sein Kumpan zog sich ebenfalls zurück, und Veva hörte, wie außen der Riegel vorgelegt wurde.
Erleichtert, dass sie die Hände gebrauchen und sich waschen konnte, packte Veva den Lappen, tauchte ihn in das Wasser und begann sich mit heftigen Bewegungen den Oberkörper abzureiben. Dann versuchte sie, ihr Kleid zu reinigen, doch der Stoff riss noch weiter ein, und sie hatte keine Möglichkeit, das Mieder vorne zu schließen. Zudem stank der Stoff erbärmlich. Dennoch zögerte sie, das Kleid abzulegen und das andere anzuziehen, denn sie fürchtete, die Räuber würden vor der Tür warten, bis sie fast nackt in der Kammer stand, um dann über sie herzufallen.
Sie trat auf Zehenspitzen zur Tür und lauschte, ob sie jemanden atmen hörte oder das Rascheln von Kleidung vernahm. Doch die Räuber schienen sich in entfernteren Teilen der Höhle aufzuhalten. Mutiger geworden schlüpfte sie aus

ihrem alten Kleid und zog das andere über. Zuerst achtete sie nicht darauf, was sie trug, sondern war froh, dass ihr Busen wieder verhüllt war. Dann aber fühlte sie kühlen, knisternden Stoff unter den Fingern und sah an sich herab. Das Gewand war aus brauner, gemusterter Seide gefertigt worden, hatte rosafarbene Ärmel und wurde vorne auf der Brust mit einer seidenen Schnur zusammengehalten. So etwas trug gewöhnlich nur eine Dame von Stand.

Verwundert fragte sie sich, warum die Räuber ihr solch ein wertvolles Gewand überlassen hatten, und schauderte. Welches Schicksal musste die Besitzerin dieses Kleids erlitten haben? Der Gedanke, das Gewand einer Ermordeten zu tragen, brannte sich wie Säure in sie hinein, und sie hätte sich das Ding am liebsten vom Leib gerissen. Doch ein Blick auf die stinkenden, zerfetzten Lumpen, die einmal ihr Kleid gewesen waren, hielt sie davon ab.

Da die Unschlittlampe diesmal länger brannte und ihre Augen nicht mehr halb blind vor Tränen waren, entdeckte sie auf der anderen Seite des Raums ein einfaches Lager aus Zweigen und einer Decke. Sie setzte sich darauf, schlang die Arme um die Knie und wartete auf das, was nun kommen würde. Hoffnung, lebend davonzukommen, hatte sie keine mehr, und sie glaubte auch nicht, dass die Räuber davon absehen würden, sie zu missbrauchen. Sie rettete sich wieder ins Gebet und flehte die Heilige Jungfrau an, sich ihrer Seele anzunehmen und sie nach dem Tod ins Himmelreich zu geleiten. Auch betete sie das Totengebet für ihren Bruder und die anderen armen Kerle, die mit ihm umgekommen waren.

6.

Zur gleichen Zeit, in der Veva in ihrem Gefängnis gegen ihre Verzweiflung ankämpfte, herrschte auf dem Schrannenplatz in München fröhliches Treiben. Gerade war das Turnier zu Ende gegangen, in dem etliche Ritter ihre Kräfte auf der Stechbahn gemessen hatten, und nun strömten die Leute auf die freie Fläche, um zu tanzen. Dabei machte so mancher junge Mann den Mädchen schöne Augen und anzügliche Komplimente. Währenddessen saß Herzog Wilhelm IV. zusammen mit seinen Edlen auf der für ihn errichteten Bühne vor dem Rathaus, ließ sich Wein und Braten reichen und sah den feiernden Menschen amüsiert zu.
Ein Mann in einem dunklen Talar trat mit Leichenbittermiene auf den jungen Herzog zu, dessen Locken unter einem dreifarbigen, mit Federn besetzten Barett bis auf den Pelzkragen seines kurzen Samtrocks fielen. »Findet Ihr nicht auch, dass die Leute zu ausgelassen sind, Euer Gnaden?«
»Warum sollen die Menschen sich nicht auch einmal freuen? Das Leben ist schließlich hart genug«, antwortete der Herzog mit einer Gegenfrage, die dem Kirchenmann die Röte ins Gesicht trieb.
»Dieses Treiben leistet der Völlerei und der Unmoral Vorschub, Euer Gnaden. In ein paar Monaten werden etliche Weiber mit dicken Bäuchen herumlaufen. Die meisten sind nicht einmal verheiratet, und wenn sie es sind, wird der Vater nicht der eigene Ehemann sein.«
Der Sprecher behielt einen jungen Mann im Auge, der seit dem Augenblick, in dem er auf ihn aufmerksam geworden war, bereits mit der dritten Frau schäkerte. Es war eine Weberfrau, die zwar fleißig in die Kirche ging, dort aber vieles zu beichten hatte, von dem ihr Ehemann nichts wissen durfte.
Herzog Wilhelm wusste wohl, dass auch der eine oder andere

seiner Höflinge schon intime Bekanntschaft mit der Weberin geschlossen hatte. Das berührte ihn jedoch weniger als das Verhalten einiger Herren in geistlichem Gewand. Die Kleriker drohten dem Volk Höllenstrafen für unkeusches Verhalten an, befassten sich im stillen Kämmerlein aber inniger mit ihren weiblichen Schäfchen, als es einem Priester oder Mönch zukam. Aus diesem Grund schüttelte er unwirsch den Kopf. »Ihr solltet besser auf Eure Brüder in Christo achten, ehrwürdiger Vater, als dem einfachen Volk das Lachen zu missgönnen. Mir sind Dinge zu Ohren gekommen, die viele Eurer Mitbrüder nicht in bestem Licht erscheinen lassen.«
Die Zurechtweisung des Herzogs tropfte an Doktor Portikus ab wie Wasser von gewachstem Filz. »Unter meinen Brüdern mag es Sünder geben, doch sie werden von Gott die Kraft erhalten, in Zukunft allen Versuchungen zu widerstehen. Seht lieber hin, wie schlimm es der junge Rickinger treibt! Der Bursche ist eine Schande für die Stadt. Man hätte ihn längst an den Pranger stellen und mit Ruten streichen müssen.«
Jetzt suchte auch der Herzog den Kaufherrnsohn Ernst Rickinger in der Menge. Der junge Mann hatte inzwischen die Weberfrau verlassen und tanzte mit einer hübschen Magd, die ihm mit eindeutigen Gesten zu verstehen gab, dass er sich nicht weiter auf die Suche begeben müsse. Nun runzelte Herzog Wilhelm doch die Stirn. Wenn den jungen Rickinger der Hafer stach, sollte er zu den gefälligen Mägden am Sendlinger Tor gehen, nicht aber ein junges Ding verführen, das als Dienstmagd einem ehrlichen Haushalt angehörte.
Dennoch war er nicht bereit, Doktor Portikus recht zu geben. Es gab mindestens ein Dutzend junger Männer in der Stadt, die es ähnlich schlimm oder noch schlimmer trieben als der junge Rickinger, und einige davon gehörten zu seinem engeren Gefolge. Außerdem wusste er sehr wohl, wes-

halb der Theologe bei jeder Gelegenheit speziell diesen Münchner Bürger unzüchtiger Umtriebe beschuldigte.
Ernst Rickinger hatte im letzten Jahr erfahren, dass Pater Remigius, ein mit Portikus befreundeter Geistlicher, heimlich die Ehefrau eines Schäfflers aufgesucht hatte. Daraufhin war er mit anderen Burschen in das Liebesnest der beiden eingedrungen und hatte das Paar nackt durch die Straßen getrieben.
Da der Herzog Remigius' Unmoral zutiefst verabscheute, hatte er verhindert, dass der junge Rickinger und dessen Freunde bestraft wurden. Seitdem versuchte Portikus immer wieder, Wilhelm zur Rücknahme dieser Entscheidung zu bewegen. Aber solange etliche Mönche und Weltgeistliche in der Stadt unter Weiberröcke krochen, trafen seine Worte beim Herzog auf taube Ohren.
Aus diesem Grund machte Wilhelm IV. eine wegwerfende Geste. »Lassen wir Rickinger tanzen, Portikus! Trinkt lieber einen Becher Wein mit mir.«
Der Theologe verbeugte sich mit verbissener Miene und nahm den Becher entgegen, den ein Page ihm reichte. Aber sein Blick verfolgte Ernst Rickinger, und er überlegte, wie es ihm gelingen könnte, diesen dem Herzog als derart sündhaft zu präsentieren, dass Wilhelm nichts anderes übrigblieb, als den unverschämten Kerl bestrafen und aus der Stadt verbannen zu lassen.

7.

Ernst ahnte nichts von den neuesten Bemühungen des Doktor Portikus, ihn an den Schandpfahl zu bringen. Vergnügt schäkerte er mit der jungen Magd, tanzte ein paar

Runden und zog sie schließlich zu einem der Stände, an denen Wein ausgeschenkt wurde. »Jetzt können wir einen kühlen Schluck brauchen, Rosi!«
»Das kannst du ... äh, ich meine, das könnt Ihr laut sagen, Herr Rickinger«, antwortete die Magd mit aufleuchtenden Augen. Wein war kein Getränk, das sie jeden Tag bekam. Außerdem war es etwas Besonderes, von einem Bürger wie Ernst Rickinger dazu eingeladen zu werden.
Der junge Mann winkte lachend ab. »Sag ruhig du und Ernst zu mir. Der Herr Rickinger ist mein Vater.«
»Dem wird es gewiss nicht recht sein, wenn ich Euch anrede wie meinesgleichen«, wandte die Magd ein.
»Er muss es ja nicht erfahren.« Ernst fasste das Mädchen unter und stellte sich in die Reihe vor dem Stand des Weinschenken, der ohne Unterlass Tonbecher füllte und austeilte, während sein Weib die Münzen entgegennahm, die ihr die Kunden reichten, zumeist ärmere Bürger, deren Frauen und Töchter sowie ein paar Handwerksgesellen, die an diesem Tag ihr sauer verdientes Geld lieber für einen Becher Wein ausgaben als für ein paar Krüge Bier, die von den Brauern auf der anderen Seite des Schrannenplatzes ausgeschenkt wurden. Eine schlichte Magd wie Rosi hatte an diesem Stand nichts verloren. Daher sah das Mädchen sich missbilligenden Blicken ausgesetzt und fragte Ernst leise, ob sie nicht besser ein paar Schritte beiseitegehen und warten solle, bis er das Getränk erhalten habe.
»Warum denn?«, fragte er. »Da ich dich eingeladen habe, ist es dein Recht, neben mir zu stehen.«
Einer der Wartenden hörte es und drehte sich zu Ernst um. »Es wird unserem Hochwürden nicht gefallen, wenn du mit einer Dienstmagd tändelst, mein Junge. Wenn du dich als Mann beweisen willst, dann geh zu den Dirnen im Frauenhaus. Dazu wird keiner etwas sagen. Aber so ...« Der Rest blieb ungesagt, aber seine Miene deutete an, dass Ernst

Probleme bekommen würde, wenn er seinen Lebenswandel nicht änderte.
Der junge Mann verzog spöttisch den Mund. Er war die Ermahnungen von Männern leid, die sich nach außen hin tugendsam gaben, daheim aber die eigenen Mägde bestiegen, weil die Ehefrau zu oft in den Beichtstuhl eilte, um ihrem Beichtvater dort auf die gleiche Weise zu Diensten zu sein. In Ernsts Augen sprachen viele Geistliche und hohe Herrschaften zu oft von Moral, meinten damit aber die der anderen, nie ihre eigene. Sogar der Herzog war trotz seiner zur Schau getragenen Frömmigkeit nicht abgeneigt, einem hübschen Mädchen seine ganz besondere Gunst zu erweisen.
»Wir sind dran!« Rosis leise Mahnung riss Ernst aus seinen Gedanken.
Er lächelte ihr zu und sah dann den Wirt an. »Einen kleinen Krug vom besten Wein und zwei Becher, mein Guter!«
Der Weinschenk hatte bereits gemerkt, dass die Leute sich Rosis wegen ereiferten, wagte es jedoch nicht, Ernst abzuweisen. Daher füllte er den Krug, suchte dann aber einen angeschlagenen Becher heraus und streckte diesen der Magd entgegen. »Hier, das Gefäß ist gut genug für dich!«
»Wenn es für Rosi gut genug ist, ist es auch gut genug für mich«, erklärte Ernst, nahm dem Mädchen den schadhaften Becher ab und reichte ihr den seinen. Mit der anderen Hand griff er nach dem Krug, wanderte in Richtung Kaufingergasse und lehnte sich an eine Hauswand.
»Komm, Mädel, lass dir deinen Becher füllen. Heute ist ein schöner Tag, und da soll keine Laus es wagen, uns über die Leber zu laufen.« Mit diesen Worten füllte er zuerst ihren Becher bis zum Rand, dann den seinen, und stieß mit ihr an. »Auf dein Wohl, Rosi. So jung kommen wir nicht mehr zusammen!«
»Danke, He… Ernst.« Das Mädchen atmete tief durch und setzte den Becher an.

Auch Ernst trank. Niemandem, der ihn so sah, wäre aufgefallen, dass er Doktor Portikus beobachtete, der inzwischen die Bühne des Herzogs verlassen hatte und über den Schrannenplatz streifte.

»Wie ein Geier, der nach Aas Ausschau hält!«, murmelte Ernst vor sich hin.

»Was hast du gesagt?«, fragte das Mädchen.

Ernst stellte den halbvollen Weinkrug zwischen seine Füße und machte eine wegwerfende Handbewegung. »Nichts von Belang, Rosi. Ich habe mir nur überlegt, was wir nach dem Fest tun sollen.«

»Aber es gehört sich doch nicht, dass wir etwas zusammen machen.« Dabei kicherte die Magd kokett und musterte Ernst herausfordernd. Der junge Rickinger war ein schmucker Mann, gerade mal vierundzwanzig Jahre alt, groß gewachsen und schlank wie eine Tanne. Sein Gesicht wirkte männlich und sympathisch. Außerdem blickte er sie mit seinen bernsteinfarbenen Augen so bewundernd an, dass ihr ganz warm ums Herz wurde. Ernst hatte nichts gemein mit jenen Männern, mit denen sie sich gelegentlich einließ, um sich ein paar Kreuzer zu verdienen. Irgendwann, so hoffte sie, würde sie genug gespart haben, um einen ehrlichen Burschen heiraten und selbst einen Ausschank eröffnen zu können.

»Ich habe noch nie das getan, was sich gehört«, antwortete Ernst.

In seiner Stimme schwang Spott, aber der galt nicht dem Mädchen, sondern jenen, die ihm alles Schlechte nachsagten. Doktor Portikus, dessen hasserfüllte Blicke er durchaus bemerkt hatte, war nur einer von ihnen. Zwar war der Theologe wohl sein größter Feind, aber es gab genügend andere, die gegen ihn hetzten. Die meisten von ihnen verachtete er nur, aber vor Portikus musste er sich hüten. Wieder warf er einen raschen Blick in dessen Richtung und stellte fest, dass der Mann ihn nicht aus den Augen ließ.

Mit einem Achselzucken wandte er sich an Rosi. »Unser Rossknecht wird heute etliche Bierkrüge leeren und danach schlafen wie ein Stein. Wenn du magst, könnten wir bei uns auf dem Heuboden noch ein wenig Adam und Eva spielen.«

»Ich darf nicht zu spät heimkommen. Sonst schlägt mich die Frau Meisterin.«

»Die alte Schachtel soll sich nicht so haben! Nach all dem, was ich von der gehört habe, ist sie in ihrer Jugend auch nicht gerade die sittsamste Jungfer gewesen.«

Ernsts abschätzige Bemerkung verbarg, dass er sich durchaus Gedanken um Rosi machte. Noch wusste er nicht, was er tun konnte, damit die Magd einer Strafe entging. Er konnte sie natürlich gehen lassen, damit sie früh genug in das Haus ihres Brotherrn zurückkehren konnte. Doch sie war ein ausnehmend hübsches Mädchen mit einer leicht untersetzten Figur, einem angenehm gerundeten Hinterteil, einem prachtvollen Busen und einem Gesicht, um das viele der besseren Bürgerstöchter sie beneiden mochten. Außerdem war er kein Klosterbruder, der Enthaltsamkeit geschworen hatte – zumal ein solcher sich allzu oft auch nicht an sein Gott gegebenes Versprechen hielt.

Einen Augenblick erwog er, statt weiter mit Rosi zu tändeln, ins Frauenhaus am Sendlinger Tor zu gehen und sich mit einer der Dirnen zu vergnügen. Doch er verwarf den Gedanken sogleich wieder. Die meisten Frauen dort mochten sauber sein, aber ein Mann konnte sich dennoch die aus Frankreich kommenden Hurenblattern bei ihnen holen. Wegen dieser Krankheit war es erst vor wenigen Jahren zu einem Aufruhr der Handwerksburschen gekommen. Zwar achtete der neue Frauenmeister sorgfältiger auf die Gesundheit seiner Schützlinge als sein Vorgänger, doch Ernst widerstrebte es, der Vierte oder Fünfte zu sein, der die Hure an diesem Tag bestieg.

Noch während er darüber nachsann, fiel ihm ein Betrunkener auf. »Schau mal! Ist das da drüben nicht der Hausknecht deines Herrn?«, fragte er Rosi leise.
Diese nickte mit angespannter Miene. »Lass uns rasch weitergehen. Wenn der Kerl einen über den Durst getrunken hat, wird er zudringlich, und ich habe keine Lust, mich von ihm in irgendeinen Winkel ziehen und rammeln zu lassen.« Sie warf Ernst einen flehentlichen Blick zu. »Könnt Ihr, Herr Ernst, denn nicht Euren Vater fragen, ob er mich als Dienstmagd in sein Haus nehmen will? Ich wäre viel lieber bei Euch als bei meiner jetzigen Herrschaft.«
Da ihr dieses Thema am meisten auf dem Herzen lag, sprach sie ihn wieder so an, wie es sich in den Augen der Bürger gehörte.
Ernst hätte ihr diesen Gefallen gerne getan, doch er wusste nur zu gut, dass er dem Vater keine Magd empfehlen durfte. Das Ergebnis würde eine Standpauke sein und der Rat, wie jeder vernünftige junge Mann ins Frauenhaus zu gehen oder sich in Enthaltsamkeit zu üben.
»Ich glaube nicht, dass mein Vater darauf eingehen würde«, sagte er bedauernd. »Aber ich halte die Ohren offen, ob ich etwas höre, womit ich dir helfen kann. Mancher brave Witwer unter den Handwerksleuten sucht eine zweite Frau, die sich um seine Kinder kümmert und ihm auch ein wenig Freude im Bett bereitet.«
»Die suchen vor allem Frauen mit Geld«, antwortete Rosi seufzend.
Als Portikus angesprochen wurde und nicht mehr auf sie achtete, fasste Ernst sie bei der Hand und zog sie in Richtung Färbergraben. Dort bogen die beiden ins Hirschbräugässel ab und erreichten schließlich den Hintereingang des Rickinger-Anwesens. Da die meisten Menschen sich am Schrannenplatz und dessen Umgebung versammelt hatten, wagte Ernst das Grundstück zu betreten und auf den Stall

zuzugehen. Doch als er sich noch einmal umsah, entdeckte er in der Nähe einen jungen Mann, der ihm verstohlen zuwinkte. Kurz entschlossen versetzte er Rosi einen leichten Klaps auf das Hinterteil. »Steig du schon mal auf den Heuboden. Ich komme gleich nach.«
Verwundert blickte die Magd ihn an, gehorchte aber, ohne zu protestieren. Ernst eilte noch einmal auf die Gasse hinaus, auf der ihn der junge Mann erleichtert begrüßte. »Gott sei Dank treffe ich dich gleich hier! Ich habe neue Schriften dabei. Diesmal stammen sie von ihm selbst.«
Ernsts Augen leuchteten auf. »Von Doktor Martinus Luther persönlich?«
»Unser Freund Christoph Langenmantel hat sie mir in Augsburg überreicht mit dem Auftrag, sie nach München zu schmuggeln und dir anzuvertrauen. Aber es wird immer schwieriger, so ein Päckchen unbemerkt in die Stadt zu bringen. Portikus' Wachhunde schnüffeln überall herum, und wenn die mir auf die Spur kommen, wird es mir übel ergehen.«
»Aber mein Guter! Bis jetzt haben wir den Pfaffen immer noch an der Nase herumgeführt«, gab Ernst auflachend zurück.
»Du bist ein Tollkopf! Diese Kröte wartet doch nur darauf, dir eins auszuwischen. Vielleicht solltest du dich eines achtsameren Lebenswandels befleißigen.« Korbinian Echle, der Augsburger Frächter und Ratsbote, war ehrlich um seinen Freund besorgt.
Ernst winkte lachend ab. »Gerade mein Lebenswandel ist der beste Schutz. Nicht einmal Portikus würde auf den Gedanken kommen, dass ich zu jenen gehöre, die Doktor Luthers Schriften, mit denen der Sachse in den Augen des Pfaffen die von Gott gewollte Ordnung umstoßen will, hier in München verteile. Komm, gib sie schon her. Ich bringe sie gleich in mein Versteck.« Ernst blickte Echle auffordernd

an. Dieser griff unter seinen Umhang, holte einen in festes Papier eingeschlagenen Packen hervor und steckte ihn seinem Freund mit einer schnellen Bewegung zu. »Bis zum nächsten Mal«, flüsterte er Ernst noch zu und wandte sich zum Gehen.
»Grüß Herrn Langenmantel von mir und sag ihm, ich werde ihn besuchen, sobald ich kann.«
»Mach ich!«, versprach Echle und verschwand so schnell, als wären ihm die Hunde auf den Fersen.
Ernst blickte ihm nicht nach, sondern kehrte mit raschen Schritten zum väterlichen Anwesen zurück. Dabei hielt er das Paket so unter dem Arm, dass es kaum zu sehen war. Nach einem prüfenden Blick in die Umgebung näherte er sich der Hütte des Wachhunds, der jeden anfiel, der in die Reichweite seiner Kette kam, bis auf ihn selbst und die alte Lina, die dem Tier das Fressen brachte.
Ernst versteckte das Paket in der Hundehütte und streichelte Hasso kurz über das struppige Fell. »Pass gut darauf auf, mein Guter, und versuche nicht wieder, es zu fressen. Es würde dir allzu schwer im Magen liegen!«
Er gab dem Tier noch einen sanften Klaps und wandte sich dem Pferdestall zu.

8.

»Du bist aber lange ausgeblieben«, beschwerte sich Rosi, als Ernst die Leiter zum Heuboden hinaufkletterte.
»Jetzt bin ich da!« Ernst ließ sich auf das weiche Heu plumpsen und griff nach ihr. Zunächst wehrte sie seine Hände kichernd ab, dann aber sank sie rücklings nieder und zog ihn

mit sich. »Wir müssen rasch machen. Ich habe eben die Turmuhr Unserer Lieben Frau schlagen hören. Beim nächsten Mal wird die Meisterin zuschließen. Wenn ich dann ins Haus will, muss ich klopfen und bekomme Schelte und Schläge.«

»Mir wird schon etwas einfallen!« Ernst hatte zwar noch keinen Plan, wie er ihr helfen konnte, aber er hatte das Mädchen nicht mit auf den Heuboden genommen, um es in aller Eile zu stoßen und dann fortzuschicken. Sacht hinderte er sie daran, ihren Rock und Unterrock hochzuschlagen, sondern begann stattdessen, mit kundiger Hand ihr Mieder zu öffnen.

»Was machst du da?«, fragte sie erschrocken, als er die Schnüre löste und unter den Stoff griff.

Ernst lächelte, auch wenn Rosi das in dem Dämmerlicht kaum noch sehen konnte, zog sie ganz aus und begann sie überall zu streicheln. Ihre Brüste waren fest, und die Spitzen wurden, als er mit den Fingerspitzen darüberfuhr, steif wie fest geschlossene Knospen.

Rosi keuchte, als ihr gesamter Körper auf diesen Reiz reagierte, und forderte ihn erneut auf, schnell zu machen.

Ernst wollte ihre Geduld nicht zu sehr strapazieren und glitt zwischen ihre Schenkel, die sie ihm bereitwillig öffnete. Er löste seinen Gürtel, um die Hose abzustreifen. Es war etwas mühsam, denn sein Glied war inzwischen so hart wie ein Holzknüppel. Das Mädchen griff mit der Rechten danach, schlang ihre Finger darum und schob sich nach vorne, so dass die Spitze des Glieds an die richtige Pforte pochte. Ihr Unterleib brannte vor Erwartung, und die Angst vor ihrer Meisterin war ganz und gar in den Hintergrund gerückt. Auch Ernst spürte den Rausch der Leidenschaft, bezwang sich aber, um nicht rücksichtslos in sie einzudringen. Langsam verstärkte er den Druck, spürte, wie sie weich und feucht wurde, und blieb dann eine kurze Weile fest an sie gepresst liegen.

»O Heilige Jungfrau, was machst du mit mir?«, seufzte Rosi, die vor Lust fast verging.
»Dir und mir Freude bereiten«, antwortete er lächelnd und begann, sich vor und zurück zu bewegen. Das Mädchen stöhnte und stieß leise Rufe aus, dann krallte sie ihm die Finger in den Rücken und bäumte sich ihm entgegen.
Es dauerte eine ganze Weile, bis Ernst heftig atmend, aber sehr zufrieden auf ihr niedersank und sie ins Heu presste. Er streichelte sie und lächelte anzüglich. »Das war nicht schlecht, und da wir uns so bald nicht wiedersehen werden, sollten wir ein wenig warten und es dann noch einmal tun.«
»Aber meine Meisterin«, stöhnte Rosi, die sich nun doch wieder an ihren Hausdrachen erinnerte.
»Ich sagte doch, dass ich mir etwas einfallen lasse«, erklärte Ernst und begann, ihre Brüste zu kneten, damit sie in der richtigen Stimmung blieb. Er selbst brauchte ein wenig, bis er wieder in der Lage war, seinen Mann zu stehen. Als sie sich zum zweiten Mal liebten, geschah es sanfter als vorher, aber nicht weniger leidenschaftlich.
Schließlich rollte sich Ernst von Rosi herab und blieb neben ihr auf dem Heu liegen. »Schade, dass ich dich nicht heiraten kann. Wir hätten viel Freude miteinander im Ehebett«, flüsterte er ihr ins Ohr.
Rosi lachte leise auf. »Dein Vater würde dich eher aus dem Haus jagen, als zu dulden, dass du eine einfache Magd heiratest. Außerdem glaube ich nicht, dass du es ernst meinst. Es hat dir gefallen, mich zu stoßen, aber bei einer Ehefrau zählen andere Werte als ein williger Unterleib, und die hat mir der Herrgott nicht mitgegeben.«
Im Gegensatz zu dem jungen Mann, der sich ganz der Magie des Augenblicks hingab, behielt Rosi einen kühlen Kopf. Sie wusste genau, dass jeder Gedanke an eine Heirat mit Ernst Illusion war. Sein Vater war einer der reicheren Bürger von

München und er der einzige Sohn. Die Frau, die er einmal heimführen würde, musste schon zu den Sippen der Bart, Impler oder Schluder gehören. Eine Magd wie sie würde höchstens als Abwechslung zur faden Ehekost herhalten müssen.

Die Bitte, in den Haushalt der Rickinger aufgenommen zu werden, hatte sie jedoch nicht gemacht, um eine Liebschaft mit Ernst anzufangen. Ihr ging es hauptsächlich darum, ihrer Herrin zu entkommen. Die Meisterin, wie Frau Anna zumeist genannt wurde, war geizig und niederträchtig. Solange sie dort einstand, würde sie kaum genug Geld ansparen können, um für einen der einfacheren Bürger der Stadt als Ehefrau interessant zu werden.

»Es ist schon dunkel«, stellte Ernst fest.

»O Heilige Jungfrau, daheim ist die Tür längst zugesperrt. Das wird Schläge geben!« Rosi schloss hektisch ihr Mieder, zog Unterrock und Kleid über und wollte dann so überhastet aufbrechen, dass sie beinahe vom Heuboden gefallen wäre.

Im letzten Augenblick hielt Ernst sie fest. »Vorsicht! Du willst dir doch nicht das Genick brechen. Komm, ich helfe dir hinunter und gehe mit dir, damit du keine Strafe erhältst!«

Prügel, das war Rosi klar, würde sie auf jeden Fall bekommen, dennoch war sie froh, dass er sie begleiten wollte. Nach so einem Fest lungerten etliche angetrunkene Männer auf den Straßen und Plätzen herum, die kein Nein von ihr ernst nehmen würden. Solche Kerle hatten schon andere Mägde auf den Boden gedrückt und benutzt. Wenn das Mädchen Glück hatte, konnte es noch früh genug schreien, und es kam ihr tatsächlich jemand zur Hilfe. Meist aber hielten die Kerle ihrem Opfer den Mund zu oder würgten es bis zur Bewusstlosigkeit.

Bei dem Gedanken schauderte sie. Zwar standen harte Strafen auf die Notzucht einer Frau, doch wie sollte sie beweisen, dass sie gegen ihren Willen genommen worden war? Einer Magd wie ihr, die kein Bürgerrecht besaß, glaubte man grundsätzlich nicht.

Seufzend folgte sie Ernst nach unten und freute sich insgeheim über die Fürsorge, die er ihr angedeihen ließ. Auch wenn sie ihm nur eine angenehme Stunde verschafft hatte, so kümmerte er sich doch um sie. Allerdings hoffte sie auf etwas mehr, als nur unter seinem Schutz nach Hause zu kommen.

»Hat es dir gefallen, mich zu stoßen?«, fragte sie leise, während sie über den Hof liefen.

Ernst nickte. »Sehr! Und dir?«

»Du hast mich ganz schön hergenommen. Das wäre doch seines Lohnes wert.« Es tat Rosi weh, um Geld betteln zu müssen. Im Grunde war sie damit nicht besser als die Huren im Frauenhaus, die sich für jeden, der ein paar Kreuzer aufbringen konnte, auf den Rücken legen mussten. Aber wenn sie ihr Leben ändern und im Ranggefüge der Stadt aufsteigen wollte, brauchte sie Geld.

Das war auch Ernst klar. Weit entfernt davon, sich über ihre Forderung zu ärgern, löste er die Schnur seines Geldbeutels und drückte ihr ein paar Münzen in die Hand. Obwohl Rosi das Geld nicht sehen konnte, spürte sie, dass es mehr war, als sie erwartet hatte.

Sie beschloss, Ernst wieder so anzusprechen, wie es sich gehörte, und fasste nach seiner Hand. »Danke! Ihr seid sehr großzügig!«

»Du bist es auch wert!« Ernst tätschelte ihr mit der anderen Hand das Hinterteil und sagte sich, dass Rosi die erregendste Frau war, die er bisher bestiegen hatte. Nun hoffte er, diese Erfahrung wiederholen zu können, auch wenn das nicht ungefährlich war. Einen einmaligen Ausrutscher mit einer Magd würde der Pfarrherr von Sankt Peter ihm bei der

Beichte vergeben, fortgesetzten Geschlechtsverkehr mit ihr jedoch nicht.
Er schob den Gedanken beiseite, weil er ihn von wichtigeren Problemen ablenkte. Immerhin hatte er Rosi versprochen, dass sie unbeschadet nach Hause käme. Daher verließen sie sein väterliches Anwesen und wanderten stumm durch das rasch schwindende Dämmerlicht in die Richtung, in der das Haus ihres Dienstherrn lag.
Kurz vor ihrem Ziel stieß Ernst mit dem Fuß gegen einen am Boden liegenden Mann. Dieser gab einen mürrischen Laut von sich, schlief aber sofort wieder ein und begann durchdringend zu schnarchen.
»Ist das nicht euer Hausknecht?«, fragte Ernst, dem der Kopf des Mannes im Schein des aufsteigenden Mondes bekannt vorkam.
»Das ist er – und er besitzt einen Schlüssel für die Tür!« Geschmeidig bückte Rosi sich und tastete die Kleidung des betrunkenen Schläfers ab, bis sie den gesuchten Gegenstand in Händen hielt. »Jetzt kann ich mich heimlich ins Haus schleichen«, sagte sie erleichtert.
»Dann lass uns nicht säumen!« Ernst bot ihr den Arm und eilte gemeinsam mit ihr weiter. »Wenn du drinnen bist, wirst du mir den Schlüssel geben müssen, damit ich ihm dem Kerl wieder unter das Wams stecken kann«, erklärte er ihr, als sie vor der Tür standen.
»Wie soll ich das machen? Ich muss doch von innen abschließen. Die Hintertür ist zwar nur mit einem Riegel versperrt, doch wegen des Hofhunds kannst du nicht in den Garten.« Rosi hielt es für besser, den Schlüssel drinnen am Schlüsselbrett aufzuhängen, auch wenn der Hausknecht hinterher gewiss Lärm um die Sache machen würde.
Ernst zeigte auf eines der Fenster im oberen Stock. »Wirf den Schlüssel von dort herab. Ich werde ihn auffangen.«
»Dazu ist es bereits zu dunkel.«

»Es wird schon klappen!« Ernst verabschiedete sie mit einem Klaps auf das Hinterteil und sah zu, wie sie die Tür aufschloss und im Innern des Hauses verschwand. Kurz darauf hörte er seinen Namen flüstern und blickte nach oben. Es war inzwischen so dunkel geworden, dass er die Hand kaum noch vor Augen sehen konnte. Er befürchtete schon, den Schlüssel nicht fangen zu können. Da traf ihn ein harter Gegenstand an der Schulter. Er stieß einen leisen Wehlaut aus, griff aber rasch genug zu und bekam den Schlüssel zu fassen.

»Gut gemacht!«, lobte er das Mädchen leise und machte sich auf den Rückweg. Kurz bevor er die Stelle erreichte, an der sie den betrunkenen Knecht zurückgelassen hatten, sah er den Schein einer Laterne um die Ecke kommen und vernahm Stimmen. Schnell drückte er sich in eine Türnische.

»Da liegt schon wieder so ein besoffener Sack!«, hörte er jemanden schimpfen. »Es ist schon der Fünfte, den wir in den Turm schleppen müssen. Wenn diese Narren nicht so viel saufen würden, hätten wir unsere Ruhe.«

»Dem Richter wird es gefallen, denn er liebt es, die Kerle zu einer saftigen Strafe zu verdonnern. Da bleibt auch für uns was übrig!«, wandte ein anderer fröhlich ein.

Ernst runzelte die Stirn. Wenn die Stadtknechte den Kerl in den Keller des Rathauses oder einen der Türme sperrten, war es ihm unmöglich, ihm den Schlüssel heimlich zuzustecken. Doch wenn er diesen einfach auf die Straße warf, würde der Knecht neben der Strafe wegen Trunkenheit höllischen Ärger mit seiner Herrin bekommen, und das wäre nicht gerecht. Noch während er überlegte, wie er aus diesem Schlamassel herauskommen konnte, stöhnte einer der Stadtknechte auf.

»Dort ist noch einer! Heute haben die Kerle es wirklich arg getrieben. Weißt du was? Wir holen einen Karren und bringen die Suffköpfe damit zum Gefängnis. Einzeln schleppe ich die nicht!«

»Recht hast du. Hol den Karren. Ich warte derweil!«
»Immer muss ich laufen!«, beschwerte sich sein Kamerad, machte sich aber doch auf den Weg.
»Wie lenke ich nun den anderen ab?« Bei dem Geräusch der eigenen Stimme zuckte Ernst zusammen. Zum Glück hatte ihn niemand gehört. Kurz entschlossen bückte er sich, tastete den Boden ab, bis er einen harten Gegenstand fand, und warf diesen über das Haus auf der anderen Straßenseite. Als der Brocken aufschlug, schepperte es heftig, und die Hunde in der Umgebung begannen zu bellen. Gleichzeitig kreischte eine Frau auf und rief um Hilfe, weil sie Angst hatte, jemand wolle bei ihr einsteigen.
So viel Aufsehen hatte Ernst nicht erregen wollen, doch zu seiner Erleichterung rannte der Stadtknecht los und bog in die nächste Gasse ein. Rasch eilte Ernst zu dem ersten Betrunkenen und wollte ihm schon den Schlüssel zustecken, als ihm einfiel, dass die Stadtknechte zwei Männer entdeckt hatten. Er zerrte den, bei dem er stand, ein paar Schritte zur Seite, bis er ihn im Mondlicht erkennen konnte. Bei diesem Mann handelte es sich um einen Fremden, der zu dem Fest gekommen war und es versäumt hatte, rechtzeitig sein Quartier aufzusuchen.
Ernst ließ ihn liegen und machte sich auf die Suche nach dem Hausknecht, der dem Geruch zufolge mittlerweile im eigenen Erbrochenen lag. Angewidert zog er den Mann ein Stück hoch, schob ihm den Schlüssel unter die Kleidung und ließ ihn wieder fallen. Dann machte er, dass er davonkam. Es war keinen Augenblick zu früh, denn er hörte bereits den Stadtknecht zurückkehren.

9.

Als Ernst das väterliche Anwesen erreichte, war er noch viel zu aufgedreht, um zu Bett gehen zu können. Deshalb ging er um das Haus herum, betrat den Hof und blieb neben der Hundehütte stehen. Hasso kam knurrend heraus, beruhigte sich aber, als er ihn erkannte.
»Brav, mein Guter!«, lobte Ernst ihn und griff in die Hütte, um den Packen mit den Schriften herauszuholen. Übermütig beschloss er, Doktor Portikus eine lange Nase zu drehen. Er öffnete das Paket, nahm etliche Flugblätter heraus und barg sie unter seiner Weste. Den Rest verstaute er wieder in der Hundehütte.
»Pass gut darauf auf«, forderte er Hasso auf und verließ das väterliche Anwesen wieder.
Ihm reichte das Mondlicht, um sich auf Pfaden zu bewegen, die er sogar besser kannte als die Stadtknechte. Zwar durfte er sich ohne Laterne nicht erwischen lassen, aber da die Männer, die immer noch die Gassen nach Betrunkenen absuchten, genug Lärm machten, vermochte er ihnen aus dem Weg zu gehen. Nach kurzer Zeit erreichte er den Dom Unserer Lieben Frau und trat ein. Die am Altar brennenden Kerzen tauchten das Kirchenschiff in flackerndes Licht, in dem man kaum den Boden erkennen konnte. Doch Ernst gelang es dennoch, einen Teil der Flugblätter auf den Betstühlen bestimmter Patrizier und hoher Geistlicher zu verteilen. Dann verließ er den Dom und wanderte im Bogen um den Schrannenplatz herum, auf dem immer noch ein paar Leute feierten, und traf nach wenigen Schritten auf die Peterskirche. Dort ließ er den Rest der Blätter zurück und ging anschließend vergnügt nach Hause. Nun vermied er die Begegnung mit den Stadtknechten nicht nur wegen der fehlenden Laterne, sondern auch, damit ihn niemand mit

den Schriften in Verbindung brachte, die am nächsten Morgen in den beiden Pfarrkirchen entdeckt werden würden.
Kaum hatte er die Haustür hinter sich zugeschlossen, trat sein Vater aus dem Kontor und maß ihn mit zornigem Blick. »Weißt du, wie spät es ist, du Lümmel? Du hättest längst daheim sein müssen! Stattdessen warst du wieder saufen und huren. Du bist eine Schande für unsere Familie! Beim Herrgott im Himmel, warum muss ich so etwas wie dich zum Sohn haben?«
Jeder dieser Sätze wurde von einem Hieb mit dem Stock auf den Boden begleitet. Ernst zog den Kopf ein, denn so wütend hatte er seinen Vater schon lange nicht mehr erlebt. Für ein paar Augenblicke sah es sogar so aus, als wolle dieser ihn züchtigen, obwohl er über das Alter längst hinaus war.
Doch Eustachius Rickinger stützte sich nur schwer auf seinen Stock und blickte seinen Sohn mit eisiger Miene an. »Du kommst jetzt mit!«
Verwundert folgte Ernst ihm ins Kontor. Der alte Herr setzte sich auf seinen ledergepolsterten Stuhl und wies ihn an, stehen zu bleiben. »Da ich keinen anderen Sohn als dich habe, werde ich dafür sorgen, dass du dich ab jetzt so benimmst, wie ich es mir vorstelle. Bei der Heiligen Jungfrau, ich schwöre dir, ich werde dich eher enterben und mein Vermögen Fremden hinterlassen, als weiter zusehen, wie du dich zum Gespött der ganzen Stadt machst!«
Da sein Vater stolz auf die eigene Sippe war, vermochte diese Drohung Ernst nicht einzuschüchtern. Eines aber begriff er: Das Schäkern und Tändeln mit bereitwilligen jungen Mägden war fürs Erste vorbei.
»Damit dich der Hafer nicht zu sehr sticht, erlaube ich dir, einmal im Monat ins Frauenhaus zu den Huren zu gehen«, fuhr der Vater fort. »Allerdings wirst du das nicht lange tun müssen, denn ich werde dich so bald wie möglich verheiraten. Ich schwöre dir, ich werde dir eine Braut aussuchen, die

dir deinen Übermut austreiben wird, und wenn sie dafür den Besenstiel nehmen muss!«

»Ich soll heiraten?« Ernst schluckte, denn eine Ehefrau war das Letzte, was er im Augenblick brauchen konnte. Nach einem Moment des Nachdenkens aber atmete er auf. Sein schlechter Ruf würde es seinem Vater schwer, wenn nicht sogar unmöglich machen, eine passende Braut für ihn zu finden. Keiner der bessergestellten Bürger hier in München würde seine Tochter einem Mann geben, den ein Doktor Portikus von der Kanzel herab als Schande für die Christenheit bezeichnet hatte.

Es war, als hätte der Vater seine Gedanken gelesen, denn er grinste schadenfroh. »Ich werde mich im Ausland nach einer passenden Partie für dich umsehen. Mein alter Freund Bartholomäus Leibert verheiratet seine Tochter nach Innsbruck, und das halte ich für eine kluge Idee. Eine Tirolerin wäre genau das Richtige für dich. Die Weiber dort gelten als handfest und wissen sich durchzusetzen. Das dürfte auch dein Freund Bartl bald zu spüren bekommen. Sein Vater plant nämlich, ihn mit einer Schwester von Genovevas Bräutigam zu verheiraten. Da Ferdinand Antscheller zwei Töchter im passenden Alter hat, habe ich dir eine davon zugedacht. Also werden Bartl und du Schwäger sein. Freut dich das nicht? Du magst deinen Freund doch so sehr, dass man euch bereits widernatürliche Dinge nachgesagt hat!«

Da Bartl und er als Buben nicht mehr getan hatten, als einmal nachzumessen, wer von ihnen das längere Stengelchen in der Hose hatte, winkte Ernst verächtlich ab. »Das ist bloß das Geschwätz dieses Pfaffen, der sich an mir rächen will, weil ich ihn bei einer zu intimen Beichte mit einem seiner weiblichen Pfarrkinder erwischt habe.«

»Pater Remigius hat gefehlt, das gebe ich zu. Trotzdem war es nicht richtig von dir, ihn dem Gespött der Leute auszuliefern«, gab sein Vater bissig zurück.

»Müssen wir denn zulassen, dass die Pfaffen unseren Frauen und Mädchen unter die Röcke greifen und noch mehr mit ihnen tun? Oder hast du vergessen, dass Pater Remigius der Tochter unseres Nachbarn weisgemacht hat, jeder Stoß seines Riemens brächte sie dem Himmelreich näher?« Nun wurde Ernst so zornig, dass er es wagte, gegen seinen Vater aufzubegehren.
»Das Mädchen ist doch nicht ganz richtig im Kopf! Eine andere wäre bestimmt nicht auf diesen Pfaffen hereingefallen. Außerdem reden wir hier nicht über Remigius, sondern über dich! Wenn es darum ginge, ein Mädchen ins Himmelreich zu rammeln, könnte dir wohl niemand das Wasser reichen.«
Eustachius Rickinger versetzte seinem Sohn einen Schlag mit der linken Hand. »Mach, dass du ins Bett kommst! Ab morgen sitzt du brav im Kontor und arbeitest. Ich habe meinen Kommis nach Innsbruck geschickt, und da Bertram erst in zwei Wochen zurückkehren dürfte, wirst du seine Aufgaben übernehmen. Wage es aber ja nicht, nachlässig zu sein!«
Mit diesen Worten nahm der alte Rickinger den Kerzenhalter aus dem Kontor und ging zu seiner Schlafkammer hinüber.
Ernst sah ihm einige Augenblicke nach und stieg dann die steile, durch eine blakende Unschlittlampe kaum erhellte Treppe hoch. Oben zündete er die Kerze seiner Zimmerlampe an jener an, die im Flur brannte, und zog sich aus. Während er sich mit dem Wasser aus der Schüssel wusch, fragte er sich, wie er sich zu den Drohungen seines Vaters stellen sollte. Anders als jener wie die meisten Leute von ihm dachten, war er keineswegs ein Hurenbock, der jedem Rock nachstellte. Zwar hatte er nichts dagegen, sich von Zeit zu Zeit mit einem hübschen Mädchen im Bett oder auf dem Heuboden zu wälzen, doch er kannte genug Männer in der Stadt, deren Lebenswandel weitaus ausschweifen-

der war als der seine. Auch war sein Vater, soweit er gehört hatte, in seiner Jugend ebenfalls kein Kostverächter gewesen, und was er von einigen Münchner Klerikern zu halten hatte, wusste er sehr wohl. Der überwiegende Teil war gut und gerecht, aber der Rest brachte mit seiner Gier nach Frauen, wenn nicht gar nach Knaben, die gesamte Geistlichkeit in Verruf.

Auch aus diesem Grund hatte er sich jener Gruppe von Bürgern angeschlossen, die für grundlegende Reformen in der Kirche eintrat. Ihr Sprachrohr war in erster Linie Doktor Martinus Luther aus Wittenberg, der mit seinen fünfundneunzig Thesen die verderbte Kirche ins Mark getroffen hatte. Bei dem Gedanken an den mutigen Mönch fiel Ernsts Blick auf ein Flugblatt, das noch in seiner Kleidung steckte. Er nahm es in die Hand und las den sauber gedruckten Text. Ein wenig fühlte auch er sich von der Kritik an dem schlechten Lebenswandel der Menschen getroffen, denn ein Vorbild an Keuschheit war er wahrlich nicht. Andererseits bot ihm sein Ruf einen gewissen Schutz, denn ein Doktor Portikus würde ihn als Letzten verdächtigen, sich mit Schriften zu beschäftigen, in denen die strenge Auslegung der Heiligen Schrift und ein wohlgefälliger Lebenswandel aller Menschen gefordert wurden.

Ernst verzog die Lippen zu einem spöttischen Lächeln, als er an den Theologen dachte. Portikus suchte Rache, weil er die Untaten mehrerer Kirchenmänner ans Tageslicht gebracht hatte, anstatt wegzuschauen und den Mund zu halten. Daher durfte er den fanatischen Kleriker nicht unterschätzen, der als schlichter Ägidius Thürl zur Welt gekommen war und sich nun hochtrabend Portikus nannte. Dieser würde seinen ersten, noch so kleinen Fehler ausnützen, um ihn als Ketzer anzuzeigen.

Seufzend legte er das Flugblatt beiseite, ging zu Bett und blies das Licht aus. Doch er konnte nicht einschlafen. Immer wieder amüsierte er sich bei dem Gedanken, welche Augen etliche Bürger am nächsten Morgen bei der Messe machen würden, wenn sie Martin Luthers Schriften auf ihren Plätzen vorfanden.

»Portikus wird vor Wut platzen und vom Herzog fordern, die Überwachung der Bürger weiter zu verschärfen. Also muss ich noch schlauer sein als bisher«, sagte er zu sich selbst. Dann dachte er an seine Zukunft. Was war, wenn sein Vater ihm ein Eheweib aufhalste, das er nicht mochte und mit dem er auch im Bett nicht zurechtkam? Viele Pfaffen redeten den Weibern ein, es sei bereits eine Sünde, Vergnügen am Verkehr mit dem eigenen Mann zu finden. Daher hielten etliche ihre Schenkel fest geschlossen und gaben nur nach, wenn der Ehemann mit Prügeln drohte. Solch ein Weib wollte er wirklich nicht sein Eigen nennen. Doch was blieb ihm übrig, wenn sein Vater ihn aufforderte zu heiraten?

Wahrscheinlich ebenso wenig wie seinem Freund Bartl Leibert. Der war fest überzeugt, nur die Schwester zu deren Bräutigam zu bringen, und ahnte nicht, dass er im Haus der Antscheller in Innsbruck gnadenlos gemustert werden würde, ob er als Ehemann für eine der Töchter in Frage käme. Da fiel Ernst ein, dass auch er eine Antscheller-Tochter heiraten musste, und in diesem Augenblick kam er sich vor wie ein Tier, das zur Schlachtbank geführt werden sollte. Mit diesem beängstigenden Gedanken schlief er ein.

10.

Als Veva erwachte, starrte sie verwirrt in die Dunkelheit. Eben hatte sie geträumt, es wäre bereits heller Tag und die Mutter träte an ihr Bett, um sie zu wecken. Es

dauerte eine Weile, bis sie begriff, dass die Mutter längst nicht mehr am Leben und sie selbst eine Gefangene von Wegelagerern und Mördern war.
Erschrocken richtete sie sich auf und horchte. Von draußen klangen rauhe Stimmen herein. Die Räuber schienen sich heftig zu streiten. Vorsichtig stand sie auf und tastete sich zur Tür. Als sie das rechte Ohr gegen das rissige Holz legte, konnte sie einiges von dem verstehen, was draußen gesprochen wurde.
»… verzichte nicht auf mein Recht! Die Gefangene gehört uns allen. So war es immer, und das soll auch jetzt so sein«, rief einer der Schurken aufgebracht. Den Geräuschen nach näherte er sich der Tür.
Am Vortag noch hatten sie die Räuber entgegen aller Gerüchte, die über die Bande im Umlauf waren, in Ruhe gelassen. Doch ihre Schonfrist war wohl vorbei. Ihr Magen verkrampfte sich bei dem Gedanken, ein hilfloses Opfer jener Scheusale zu werden, die ihren Bruder getötet hatten. Doch sie hatte nichts, mit dem sie sich hätte wehren können. Irgendjemand hatte ihr einmal gesagt, eine Frau, die von der Schändung bedroht werde, solle den Tod durch eigene Hand suchen. Dann gälte sie nicht als Selbstmörderin, sondern als Märtyrerin, deren Seele durch die Heilige Jungfrau sofort ins Himmelreich aufgenommen würde. In der vergangenen Nacht hätte sie den Tod als Freund begrüßt. Doch in diesem Moment wurde ihr bewusst, dass sie noch nicht sterben wollte.
Von Ängsten und Schreckensvisionen geschüttelt, hatte sie nicht weiter auf den Wortwechsel in der Höhle geachtet. Nun aber hörte sie, wie sich immer mehr Bandenmitglieder der Forderung ihres Kumpans anschlossen.
»Wenn Ihr das Mädchen nicht als Erster haben wollt, werden wir um sie würfeln«, rief einer.
»Genau! Bringt Würfel und den Becher. Das wird ein Spaß«, stimmte ein anderer zu.

Da drang die Stimme des Hauptmanns zu Veva durch. »Meinetwegen könnt ihr würfeln, doch ihr würfelt um euren Tod. Keiner rührt die Gefangene an, verstanden! Wer es dennoch wagt, findet sich in der Hölle wieder.«

Er sprach nicht besonders laut, doch bei seinem Tonfall stellten sich Veva die Härchen im Nacken auf. Dabei hätte sie dem Mann dankbar sein müssen, weil er sie vor der Schändung durch seine Kumpane bewahren wollte. Doch das tat er bestimmt nicht ohne Grund! Schaudernd fragte sie sich, was er mit ihr vorhaben mochte.

Die restlichen Worte des Anführers gingen im Gebrüll der Männer unter, die ihn wüst beschimpften. Dann hörte sie etwas durch die Luft pfeifen, im nächsten Moment erscholl ein durchdringender Schrei, der gleich darauf abbrach.

»Reicht das? Oder will noch einer seinen Kopf verlieren?«, fragte der Hauptmann.

»War es nötig, den armen Kerl gleich umzubringen?«, rief jemand erschrocken.

Ein meckerndes Lachen erscholl. »Er hat das eiserne Gesetz unserer Truppe missachtet. Hier gibt es nur einen, der befiehlt, und das bin ich! Damit ihr es wisst: Das Mädchen ist unversehrt verdammt viel wert, aber wenn ihr über sie herfallt, bekommen wir keinen Heller. Mit dem Geld, das wir für dieses Schätzchen bekommen, könnt ihr euch eine Kompanie Huren leisten.«

»Warum Geld für Huren verschwenden? Wir holen uns ein Bauernmädchen aus der Umgebung. Mit der haben wir mehr Spaß, und bezahlen müssen wir sie auch nicht!« Der Sprecher lachte, und die anderen fielen nach und nach ein.

Veva fragte sich nicht zum ersten Mal, ob das da draußen wirklich noch Menschen waren. Gerade war einer ihrer Kumpane gewaltsam ums Leben gekommen, und schon dachten sie daran, ein Mädchen zu entführen und zu vergewaltigen. Doch dann beschäftigte sie etwas anders: Was

mochte es mit der Bemerkung des Hauptmanns auf sich haben? Wer war bereit, für ihre Unversehrtheit zu bezahlen? Damit konnte doch nur ihr Vater gemeint sein, von dem diese Schurken gewiss ein hohes Lösegeld verlangen würden.
Ein Geräusch vor der Tür riss sie hoch. Jemand öffnete und streckte eine brennende Laterne herein. Das helle Licht blendete Veva, und es dauerte einen Augenblick, bis sie sehen konnte, wie einer der Räuber einen irdenen Topf und einen kleinen Tonkrug auf den Boden stellte.
»Hier hast du was zu essen«, sagte er und wollte die Tür wieder schließen.
»Halt!«, rief Veva. »Ich brauche die Lampe! In der Dunkelheit finde ich das Essen nicht.«
Der Räuber zögerte kurz und hängte seine Laterne statt der erloschenen an den Aststummel, den jemand in eine Lücke zwischen den Steinen getrieben hatte. »Hier! Ich bin ja nicht so.« Dann schlug er die Tür zu und schob den Riegel vor.
Bis zu diesem Augenblick hatte Veva geglaubt, nie wieder einen Bissen über die Lippen bringen zu können. Aber nun meldete ihr Körper seine Bedürfnisse an, und so probierte sie zunächst die Flüssigkeit im Krug. Es war sehr saurer Wein mit Quellwasser vermischt. Durstig trank sie ihn leer und hob dann den Topf auf. Der musste direkt neben dem Feuer gestanden haben, denn er war so heiß, dass sie ihn beinahe fallen gelassen hätte. Rasch riss sie einen Fetzen von einem noch sauberen Teil ihres zerschnittenen Gewands ab und wickelte diesen um den Topf. Dann zog sie den Hornlöffel heraus, der in dem undefinierbaren, unappetitlichen Brei steckte, und begann zu essen. Das Zeug schmeckte genauso, wie es aussah, aber es war warm und gab ihr Kraft. Vielleicht wurden die Räuber unvorsichtig, und es ergab sich eine Gelegenheit zur Flucht. In dem Fall musste sie sich auf den Beinen halten können.
Die Ration war so bemessen, dass sie gerade satt davon wur-

de. Als der Topf leer war, stellte sie ihn zu dem Krug neben die Tür und setzte sich auf das primitive Bett. Die Unschlittkerze in der Lampe flackerte und stank, doch sie war froh um das Licht. Um nichts in der Welt hätte sie weiter in der Dunkelheit sitzen mögen. Während sie überlegte, welche weiteren Prüfungen auf sie warten mochten, bemerkte sie, dass die Geräusche in der Höhle abebbten.

Nach einer Weile stand sie auf und legte ihr Ohr gegen die Tür, vernahm aber keinen Laut außer dem fernen Heulen des Windes. Niemand sprach, niemand lachte, und es erschollen auch keine Flüche mehr. Es schien, als hätten die Räuber die Höhle verlassen, um erneut auf Beutezug zu gehen. Zuerst atmete sie auf, denn nun bestand vorerst keine Gefahr mehr, dass man ihr Gewalt antat. Doch was war, wenn die Räuber nicht wiederkamen? Verzweifelt rüttelte sie an der Tür. Wenn sie hier gefangen blieb, würde sie eines elendiglichen Todes sterben. Gelang es ihr jedoch, die Tür zu öffnen, konnte sie gefahrlos entkommen.

Die groben, rissigen Bretter, aus denen man die Tür zusammengenagelt hatte, widerstanden ihren Kräften. Mit einem flachen Holzbrett hätte sie möglicherweise die Riegel durch die Lücken zwischen den Brettern hochheben können. Aber so etwas fand sie in ihrem Felsenverlies ebenso wenig wie einen großen Stein, mit dem sie einen Spalt hätte erweitern können. In ihrer Verzweiflung nahm sie die Unschlittkerze aus der Laterne und versuchte, die Tür anzuzünden.

Da das Holz kein Feuer fing, riss sie ihr altes Kleid in Fetzen, häufte diese vor der Tür auf und setzte sie in Brand. Doch damit erreichte sie nur, dass sich Rauch in der fensterlosen Kammer sammelte und sie zu ersticken drohte. Rasch trat sie die glimmenden Stoffstücke aus und legte sich auf die Lagerstatt. Die Tränen rannen ihr in Strömen über das Gesicht. Es war, als wolle das Schicksal alle üblen Scherze mit ihr treiben, die ihm einfielen.

II.

Veva erwachte mit tränennassem Gesicht. Sie musste eine Weile geschlafen haben, denn der Rauch hatte sich verzogen. Nach einer Weile begriff sie, dass sie durch laute Stimmen geweckt worden war. Die Räuber sind zurück, fuhr es ihr durch den Kopf, und sie wusste nicht, ob sie darüber froh sein sollte, weil nun nicht mehr die Gefahr bestand, dass sie in der Höhle verschmachtete, oder Angst vor dem Kommenden haben musste.

Dann aber horchte sie auf, denn eine Stimme klang seltsam vertraut. »Den Spuren nach zu schließen waren vor kurzem hier noch Leute«, sagte der Mann eben. »Die haben wohl Reißaus genommen, als sie uns kommen sahen.«

»Wenn das so ist, dürften sie die Jungfer mitgenommen haben und werden ihr wohl bald die Kehle durchschneiden, damit die sie nicht bei ihrer Flucht behindert«, mutmaßte ein anderer.

»Das möge der Herr im Himmel verhindern! He, schaut mal! Da hinten ist noch eine Tür. Lasst uns nachsehen, was dahintersteckt!«

Zwar wusste Veva nun, dass es sich bei den Männern da draußen nicht um Räuber handelte. Trotzdem nahm sie die Laterne und wich bis in den hintersten Winkel ihres Gefängnisses zurück. Als die Tür aufschwang und der Lichtschein auf den eintretenden Mann fiel, schrie sie vor Überraschung auf.

»Herr Haselegner, Ihr?«

»Genoveva! Du weißt gar nicht, wie froh ich bin, dich zu sehen. Als ich heute Morgen hörte, euer Reisezug sei überfallen worden, habe ich sofort den Amtmann von Kiefersfelden aufgesucht und ihn gebeten, mir einen Trupp wackerer Soldaten mitzugeben, um die Schurken verfolgen zu können. Ich danke Gott, dass ich dich noch lebend antreffe!«

Veva senkte den Kopf. »Ich wollte, ich wäre tot, wenn Bartl dafür noch lebte.« Wieder rannen ihr die Tränen über die Wangen, und ihr versagte die Stimme.

»Was ist mit meinem Freund Bartl?« Benedikt Haselegner betonte das Wort Freund in nicht zu deutender Weise und sah Veva mit gespannter Miene an.

»Die Räuber haben ihn umgebracht und alle anderen unserer Reisegruppe ebenfalls«, antwortete Veva schluchzend.

»Alle anderen sind tot, und dich haben sie am Leben gelassen?«

»Wahrscheinlich wollten die Kerle sich die Jungfer als Gefangene halten, um sie so oft wie möglich auf den Rücken legen zu können. Das pflegen diese Schurken immer zu tun«, warf der Anführer der Kriegsknechte ein.

Veva schüttelte den Kopf. »Mich haben sie bisher in Ruhe gelassen.«

Haselegner musterte sie und machte dann eine beschwichtigende Geste. »Jetzt hast du nichts mehr zu befürchten, Veva. Du wirst sehen, es wird alles wieder gut!«

Veva hatte nicht die Kraft, ihn zu berichtigen. Seine Worte hatten ihren Schmerz um den Tod ihres Bruders wieder aufgewühlt, und angesichts dieses Verlusts schien ihr das eigene Schicksal unwichtig.

Das schien Haselegner ähnlich zu sehen, denn er wandte Veva den Rücken zu und sah den Kriegsmann am. »Was wisst Ihr von diesen Räubern?«

»Das müssen die Oberländer gewesen sein. Diese Bande ist schlimmer als eine Seuche. Schon seit Jahren versuchen wir, ihrer habhaft zu werden, aber es ist, als wären die Kerle mit dem Teufel im Bund. Suchen wir sie im Bayrischen, wechseln sie ins Werdenfelsische. Verfolgen wir sie dort, tauchen sie in Hohenschwangau oder in Hohenwaldeck auf. Dann treiben sie wieder im Tirolischen ihr Unwesen, und wird ihnen der Boden dort zu heiß, rauben und morden sie im Hochstift Augsburg.« Der Mann zog ein grimmiges Gesicht und klang so verzweifelt, als habe die Bande ihm schon so manch üblen Streich gespielt.

Haselegner nickte nachdenklich. »Ich glaube, von denen habe ich schon gehört. Nennt man die Kerle nicht die Oberländer Bande, weil ihre Mitglieder aus dem Gebirge stammen? Da war doch die Sache mit den drei jungen Mädchen, die sie entführt und geschändet haben sollen?«

»Oh ja! Die armen Dinger wurden übel zugerichtet. Eine ist an den Misshandlungen gestorben, eine war hinterher nicht mehr richtig im Kopf, und die Dritte hat sich, als sie merkte, dass sie von einem dieser Schufte schwanger war, in einem Weiher ertränkt.«

Der Soldat berichtete noch von anderen Untaten der Räuber, bei denen sich Veva die Haare aufstellten. Schnell sprach sie ein Gebet für die Mädchen und jungen Frauen, die von den Schurken geschändet und zumeist auch umgebracht worden waren. Dabei wurde ihr klar, welch unwahrscheinliches Glück sie gehabt hatte, und ihre Gewissensbisse erdrückten sie fast. Wenn sie nicht gewesen wäre, würde Bartl noch leben. Die Trauer um ihn legte sich ihr wie ein eiserner Ring ums Herz, und sie bat Haselegner unter Tränen, sie von hier wegzubringen.

»Das tue ich, meine Gute! Ich werde meine Handelsware einem Freund anvertrauen und mich um dich kümmern. Das Beste wird sein, wenn ich dich so schnell wie möglich zu deinem Vater zurückbringe. Auch wenn ihn die schreckliche Nachricht von Bartls Tod hart treffen wird, so dürfte er glücklich sein, wenigstens dich lebend in die Arme zu schließen. Immerhin bist du nun sein einziges Kind und damit auch die Erbin seines Vermögens.«

Da Veva ihren Vater kannte, bezweifelte sie, dass er froh

sein würde, weil sie noch lebte. Wahrscheinlich hätte er fünf Töchter für das Leben seines einzigen Sohnes geopfert. Sie nahm ihm das nicht einmal übel, denn ein männlicher Erbe galt nun einmal mehr als eine Tochter, deren Kinder später den Namen einer anderen Sippe tragen würden. Müde und innerlich wie wundgeschlagen ließ sie es zu, dass Benedikt Haselegner ihren Arm nahm und sie aus der Höhle führte. Draußen hob er sie auf ein Maultier, das seine Begleiter bei sich führten, und nahm dessen Zügel selbst in die Hand. »Beruhige dich doch, meine Liebe. Du bist in Sicherheit! Kein böser Mann wird dir noch etwas tun«, sagte er und schritt mit energischen Schritten talwärts.

12.

Veva war vor fast zwei Wochen von München aufgebrochen, um in Innsbruck einen jungen Mann zu heiraten. Beim Abschied von ihrem Elternhaus hatte sie zwar ein paar Tränen vergossen, war aber eher angespannt als traurig gewesen. Als sie nun die Mauern der Stadt vor sich sah und auf die Türme von Sankt Peter und Unserer Lieben Frau schaute, verspürte sie keine Freude oder Erleichterung, sondern nur Kummer und Leid. Statt unter solch schrecklichen Umständen hierher zurückzukehren, wäre sie lieber in jene fremde Stadt eingezogen, in der ihr Bräutigam lebte. Dort hätte sie den Bruder an ihrer Seite gewusst, von dem sie an ihren Zukünftigen übergeben worden wäre. Doch Bartl war tot, und sie selbst fühlte sich wie ein mürbes Stück Holz, das jeden Augenblick zerbrechen konnte.

Benedikt Haselegner durchbrach Vevas düsteres Brüten. »Gleich sind wir bei deinem Vater, meine Liebe!«

Sie zuckte zusammen und nickte, um nicht antworten zu müssen. Zwar hatte ihr Begleiter sich aufmerksam um sie gekümmert und dafür gesorgt, dass sie unterwegs das beste Essen und das beste Bett in den Gasthäusern erhielt. Doch anstatt sie in Ruhe um den Bruder trauern zu lassen, hatte er ihr bei jeder Gelegenheit ein Gespräch aufgedrängt und ihr immer wieder vor Augen geführt, wie glücklich sie sich schätzen durfte, die Gefangenschaft bei den Räubern überlebt zu haben.

Haselegners Worten zufolge waren diese Kerle die schlimmsten Schurken, welche die Christenheit jemals gesehen hatte. Wie viele Männer sie ermordet und Frauen geschändet hatten, wisse nur Christus im Himmel, hatte er ihr erklärt und keinen Hehl aus seiner Überzeugung gemacht, dass sie diesen stinkenden Kerlen ebenfalls zur Stillung ihrer Lust gedient hatte. Da er unterwegs den Zügel ihres Maultiers an seinen Sattel gebunden hatte und abends in den Herbergen ebenfalls erst von ihrer Seite gewichen war, wenn sie endlich ihre Zimmertür hinter sich hatte schließen können, war es ihr nicht möglich gewesen, seinen Vorträgen auszuweichen. Haselegner glaubte ihr einfach nicht, dass die Räuber sie nicht angerührt hatten, und irgendwann hatte sie es aufgegeben, es ihm zu erklären. Mittlerweile verabscheute sie ihn regelrecht und wünschte, ein anderer hätte sie gerettet und sich ihre Achtung und Dankbarkeit verdient.

Haselegner ritt auf das Isartor zu und hielt die Tiere dicht vor den Stadtknechten an. »Grüß euch Gott! Lasst mich und Jungfer Genoveva ungesäumt passieren, denn wir bringen schlimme Nachricht! Der brave Bartl Leibert lebt nicht mehr. Wüste Räuber haben ihn im Gebirge erschlagen, seine Schwester in ihr Versteck verschleppt und ihr dort so einiges angetan.«

»Der Teufel soll die Kerle holen! Das waren sicher wieder diese Tiroler Schurken, die aus ihren Bergtälern herauskommen, um ehrliche Leute zu ermorden und deren Frauen zu schänden. Wüsste man, wo sie sich versteckt hielten, könnte man sie verfolgen und ausräuchern.« Der Hauptmann der Torwächter ballte die Rechte zur Faust und drohte damit nach Süden.

»Ich habe mit dem Amtmann von Kiefersfelden gesprochen. Er sagt, diese Schurken hätten Verstecke in allen Landen, die es im Gebirge gibt, und sie zu fangen wäre eine Aufgabe, für die man einen neuen Herkules bräuchte«, antwortete Haselegner mit einem leisen Auflachen.

»Ich sage ja: Tiroler und Werdenfelser! Die tun unserer Stadt München und unserem guten Herzog Wilhelm alles zum Trutz«, antwortete der Torhüter aufgebracht und gab seinen Männern Befehl, Veva, Haselegner und die fünf Knechte durchzulassen, die der Kaufmann zu ihrem Schutz angeheuert hatte.

»Zum Verzollen habt ihr ja sicher nichts dabei«, setzte er noch hinzu.

Einer seiner Untergebenen lachte. »Nicht einmal die Jungfernschaft von der Veva, denn die ist nach dem Aufenthalt bei diesen Räubern ein für alle Mal dahin!«

»Gott sei's geklagt«, antwortete Haselegner mit einem Seufzer und musterte Veva mit seltsamem Blick.

Die junge Frau sank noch mehr in sich zusammen und hoffte, so rasch wie möglich in ihrem Elternhaus Zuflucht zu finden. Doch der Ritt durch das Tal wurde zum Spießrutenlaufen. Die Menschen eilten aus ihren Häusern oder rissen die Fenster auf, um sie anzustarren. Da sie sich nicht gerade leise unterhielten, bekam sie rasch mit, dass die Kunde von dem Überfall und dem Tod ihres Bruders ihr vorausgeeilt war.

Sie nahm die teils mitleidigen, teils aber auch sensationslüsternen Blicke der Menschen wahr und flehte die Heilige Jungfrau an, es rasch vorübergehen zu lassen. Zu ihrem Ärger hielt Haselegner immer wieder an, um mit Passanten zu reden. Er schimpfte über die Schlechtigkeit der Oberländer Räuber und ließ sich in aller Deutlichkeit über die vermeintlichen Schändungen aus. Veva hatte zunehmend den Eindruck, es bereite ihm direkt Freude, ihre angebliche Schande vor der ganzen Stadt auszubreiten. Daher atmete sie erleichtert auf, als ihr väterliches Anwesen in Sicht kam und ein Knecht rasch das Tor öffnete. Der Mann, den sie seit ihrer Kindheit kannte, blickte sie erschrocken und voller Mitleid an. Ihren Vater entdeckte sie nirgends und spürte einen Stich tief in der Brust, weil sie es ihm nicht einmal wert war, ihr die paar Schritte in den Hof entgegenzugehen.

Noch während sie gegen die Tränen ankämpfte, trat der Knecht auf sie zu und streckte ihr die Hände entgegen, um sie vom Maultier zu heben. Veva nickte dankend und fand sich gleich darauf auf festem Boden wieder. Als sie ihren Rock zurechtzog, wurde ihr bewusst, dass sie immer noch das Kleid trug, das ihr der Räuberhauptmann aufgenötigt hatte.

Am Hauseingang hatte sich das gesamte Gesinde eingefunden, um sie zu begrüßen. Sie spürte Hände, die sie sanft berührten, und sah die Köchin und mehrere Mägde weinen. Die Frauen geleiteten sie bis zu der Tür des Raumes, in dem ihr Vater sein Kontor eingerichtet hatte.

Bartholomäus Leibert saß mit starrem Gesicht auf seinem gepolsterten Stuhl und hielt eine Schreibfeder in der rechten Hand. Als Veva in seine Augen blickte, erkannte sie die unendliche Verzweiflung, die in ihm wühlte.

Bevor sie ein Wort wechseln konnten, trat Haselegner ein und blieb neben ihr stehen. »Ich bringe Euch Eure Tochter zurück, Leibert. Sie hat Furchtbares durchgemacht. Leider war ich nicht in der Lage, auch Euren Sohn zu retten. Bartl wurde von den dreisten Schurken schon bei dem Überfall umgebracht!«

Vevas Vater hob den Kopf, ohne Haselegner oder seine Tochter direkt anzublicken. »Ich habe es bereits gehört.

Möge die Seele meines Sohnes den Weg ins Paradies finden, auf dass er vor den himmlischen Richter treten und seine Mörder nennen kann. Dann werden die Schuldigen am jüngsten aller Tage von der gerechten Strafe ereilt werden.«
Leiberts Stimme klang brüchig. Noch immer mied er Vevas Blick und starrte auf das Blatt Papier, das vor ihm auf dem Tisch lag. »Ich schreibe an Ferdinand Antscheller und frage ihn, ob er trotz allem noch bereit ist, seinen Sohn mit meiner Tochter zu verheiraten. Ist dies der Fall, wird Friedrich Antscheller mein Handelshaus übernehmen und es weiterführen.«
»Und wer führt dann Antschellers Geschäfte? Ich kann mir kaum vorstellen, dass der Alte den Sohn nach München gehen lässt«, wandte Haselegner offensichtlich verärgert ein.
»Wenn er nicht will, werde ich mir einen anderen Eidam suchen. Euch danke ich, dass Ihr meine Tochter zurückgebracht habt. Sollte Euch dadurch ein Handel nicht so gelingen, wie Ihr es beabsichtigt habt, werde ich Euch entschädigen! Doch nun bitte ich euch alle, mich allein zu lassen. Das gilt auch für dich, Veva. Suche deine Kammer auf und leg dich hin. Du wirst müde sein von der Reise und von all dem, was dabei geschehen ist.«
Veva schossen die Tränen in die Augen vor Enttäuschung. Sie hatte auf ein freundliches Wort gehofft und sich vorgestellt, gemeinsam mit ihrem Vater um den toten Bruder zu trauern und die Gebete zu sprechen, die Bartls Seele zugutekamen. Doch ihr Vater scheuchte sie weg wie einen lästigen Dienstboten. Ohne ein weiteres Wort drehte sie sich um und lief so schnell zu ihrer Kammer hoch, wie ihre Beine sie tragen konnten.
Auch Benedikt Haselegner wirkte alles andere als zufrieden. Er sah hinter Veva her, bis die Treppe sie seinen Augen entzog, und wandte sich dann noch einmal an ihren Vater. »Was ich getan habe, tat ich für Eure Tochter, Leibert. Es ist un-

nötig, mich dafür entschädigen zu wollen, als wäre ich ein Fremder. Ihr wisst, dass ich bereit gewesen wäre, Genoveva zu meinem Weib zu machen. Mein Wort gilt immer noch. Damit Gott befohlen!«
Er klang verärgert. Schnaubend verließ Haselegner das Kontor, ohne die Tür hinter sich zu schließen.
Erbost stand Leibert auf und warf die Tür zu. Dann kehrte er zu seinem Stuhl zurück und versuchte, den angefangenen Brief fortzusetzen. Aber die Feder entglitt den steifen, zitternden Fingern und spritzte Tinte über das Blatt. Leibert bemerkte es kaum, denn sein Puls schlug so hart, dass er ihm in den Ohren dröhnte, und der Schmerz um Bartl legte sich wie ein glühender Reif um sein Herz.

13.

Der Kerl war ebenso schmutzig wie hässlich. Verzweifelt kämpfte Veva gegen den Räuber, doch seiner Kraft hatte sie nichts entgegenzusetzen. Er zwang sie zu Boden, schlug ihr die Röcke hoch und drückte ihr die Beine auseinander. Sein verzerrtes Gesicht war dicht über dem ihren, und der Speichel sprühte ihr bei jedem seiner keuchenden Atemzüge entgegen. Ihr wurde übel, und noch während ihr Magen rebellierte, hörte sie, wie sein höhnisches Lachen einer besorgt klingenden Stimme wich. »Veva, was ist mit dir?«
Veva öffnete die Augen und fand sich in einem Bett wieder, während jemand sie heftig schüttelte. Endlich erkannte sie ihre eigene Kammer und die Köchin. »Danke, Cilli! Anscheinend habe ich schlecht geträumt.«
»Das kannst du laut sagen! Du hast so geschrien, dass ich

hochgeschreckt bin und mir den Kopf am Deckenbalken angeschlagen habe«, erklärte die Köchin und strich Veva tröstend über das Haar. »War ja auch schlimm, was du erlebt hast. Da kann einen schon der Alp drücken. Diese Schurken sollte man fangen und vierteilen. Bringen die unseren Bartl um und nehmen dir …«

Cilli verstummte, doch Veva begriff, dass auch die Köchin überzeugt war, dass die Räuber sie geschändet hätten. Dabei war das gar nicht geschehen. Oder doch? War ihr Alptraum nur eine Wiederholung der Geschehnisse gewesen? Nein, die Kerle hatten sie nicht angerührt. Eigenartigerweise hatte der Hauptmann sogar einen seiner eigenen Leute niedergeschlagen, der sich an ihr hatte vergreifen wollen. Doch als sie Cilli erzählte, wie es gewesen war, schüttelte diese nur mitleidig den Kopf. Veva schämte sich, weil ihr ihre Tugend wichtiger schien als der Tod ihres Bruders. Sogar in ihrem Alptraum hatte sie nur an sich gedacht. Nun machte sie sich Vorwürfe und bekam einen Weinkrampf.

»Ist ja schon gut, Dirndl«, versuchte die Köchin sie zu trösten. »So was passiert uns Frauen halt manchmal. Da kann man nur beten und die Heilige Jungfrau bitten, dafür was anderes aus unserem Sündenregister wegzustreichen.«

»Es ist wegen Bartl! Ich …« Veva versagte die Stimme.

Cilli seufzte tief. »Für diesen Mord sollen die Halunken in die Hölle kommen – und zwar in einen riesigen Kochkessel, den tausend Teufel einheizen, damit er richtig siedet.« Sie zog Vevas Bettdecke zurecht und erhob sich. »Kann ich dich jetzt allein lassen, Dirndl? Der morgige Tag kommt früh genug, und dein Herr Vater wird nicht auf seinen Morgenbrei warten wollen.«

»Geh zurück in dein Bett, Cilli. Und danke, dass du mich geweckt hast! Der Traum war wirklich scheußlich. Ich werde meiner heiligen Namenspatronin eine Kerze stiften, damit sie mich in Zukunft vor so etwas bewahrt.«

»Stifte auch der Heiligen Jungfrau eine Kerze, weil sie dich aus der Hand dieser Schurken errettet hat. Sie hat Benedikt Haselegner zur rechten Zeit geschickt. Ohne ihn hätten diese Mörder dich ebenso umgebracht wie den armen Bartl. Aber du hättest vorher noch viel mehr erdulden müssen als er. Schlaf gut, Dirndl, und denke daran, dass unser Herr Jesus Christus, geheiligt werde sein Name, dir auch wieder schönere Tage schenken wird.«

Mit diesen Worten nahm Cilli ihre Unschlittlampe und verließ die Kammer. Obwohl Veva die Dunkelheit der Nacht gewohnt war, machte die Finsternis um sie herum ihr plötzlich Angst. Im ersten Augenblick wollte sie nach der Köchin rufen und diese bitten, ihr die Lampe dazulassen. Dann aber dachte sie daran, dass Cilli sich den Weg in ihre Kammer würde ertasten müssen. Schwer atmend zog sie die Bettdecke hoch und starrte ins Nichts. Beim Gedanken an weitere Alpträume, die sie überfallen mochten, wenn sie wieder einschlief, schüttelte sie sich und begann, ein Totengebet für ihren Bruder zu sprechen, damit Jesus Christus ihn ungesäumt zu sich ins Paradies aufnahm. Vielleicht sah er dann vom Himmel auf sie herab und verzieh ihr, dass sie noch lebte. Doch nach den ersten Worten quollen ihr bereits wieder Tränen aus den Augen, und ihre Stimme verging in qualvollen Weinkrämpfen.

14.

Irgendwann musste Veva doch eingeschlafen sein, denn als sie erwachte, war es bereits heller Tag. An weitere Alpträume erinnerte sie sich nicht, aber ihr tat das Herz weh, und die Augen brannten. Am liebsten wäre sie bis zum

Jüngsten Tag im Bett liegen geblieben. Doch unten hörte sie bereits die Mägde in der Küche rumoren, und ihr Körper forderte mit Nachdruck sein Recht.
Sie sprang aus dem Bett und zog gerade noch rechtzeitig den Nachttopf unter dem Bett hervor. Während sie sich erleichterte, dachte sie daran, dass sie den Topf schon längere Zeit nicht mehr benutzt hatte, sondern selbst in der Nacht zum Abtritt neben dem Stall gegangen war. Nun schämte sie sich und schob das Gefäß, als sie fertig war, mit einer Geste des Abscheus unter das Bett zurück.
Gerade als sie die Kammer verlassen wollte, wurde die Tür geöffnet, und Cilli trug eine Schüssel mit Wasser herein. »Du wirst dich sicher in Ruhe waschen wollen«, sagte sie lächelnd. »Gleich gibt es Frühstück. Soll ich es dir hochbringen lassen?«
Veva schüttelte den Kopf. »Nein, ich komme in die Küche. Vergelt's Gott für das Wasser.«
»Es ist noch warm«, erklärte die Köchin, bevor sie das Zimmer verließ.
Verwundert steckte Veva einen Finger ins Wasser. Das Wasser in der Schüssel war tatsächlich lauwarm. Das gab es normalerweise nur an Sonn- und Feiertagen. Unter der Woche wuschen sich alle im Haus das Gesicht und die Hände mit kaltem Wasser. Nun aber fühlte Veva das Bedürfnis, sich ganz zu waschen, und zog ihr Nachthemd über den Kopf. Als sie den Lappen in das warme Wasser tauchte und mit der Reinigung begann, schämte sie sich schon wieder. Ihr Bruder war tot, und sie frönte der Todsünde der Eitelkeit. Das würde sie beichten und zur Strafe etliche Ave-Maria beten müssen.
Doch das warme Wasser tat ihr gut. Sie begann mit dem Gesicht und den Armen, machte mit dem Oberkörper weiter und endete nach den Beinen schließlich dort, wo eine Frau sich stark von einem Mann unterscheidet. Einen Augenblick

zögerte sie, denn den Worten besonders eifriger Priester zufolge galt es bereits als sündhaft, sich an dieser Stelle zu berühren. Doch nach kurzem Überlegen säuberte sie sich auch dort.

Nachdem sie sich abgetrocknet hatte, zog sie sich sorgfältig an, schlüpfte in ihre Schuhe und stieg nach unten. Die Mägde und die beiden Hausknechte, die sich in der Küche zum gemeinsamen Frühstück zusammengefunden hatten und lebhaft miteinander sprachen, verstummten, als Veva eintrat.

Cilli fasste sich als Erste. »Warte, ich gebe dir gleich deinen Morgenbrei. Sepp soll dir derweil einen Becher mit Bier füllen. Diesmal ist es dem Wirt besonders gut gelungen!«

Der Knecht nickte eifrig und schlurfte zum Fass, das in der Ecke aufgebockt stand, um den Morgentrunk für die Haustochter zu zapfen.

»Diesmal schmeckt es wirklich gut«, sagte er, als er Veva den vollen Becher reichte. »Seit unser gnädigster Herr Herzog befohlen hat, dass das schlechte Zeug beim Bierbrauen nicht mehr verwendet werden darf, kann man das Gebräu der meisten Wirte unbedenklich trinken.«

»Mir schmeckt das Augsburger Bier trotzdem besser als das hiesige«, mischte sich der andere Hausknecht ein.

Eine der Mägde lachte hell auf. »Wie willst du den Unterschied kennen? Du bist doch nur ein Mal in deinem Leben in Augsburg gewesen, und das ist auch schon ein paar Jahre her.«

»Trotzdem ist das Augsburger Bier besser als die Brühe, die die Münchner Wirte zusammenkochen, herzogliches Gebot hin oder her«, beharrte der Knecht, den man wegen seines ständigen Geredes über die Vorzüge der Freien Reichsstadt den Schwab nannte. Er trank einen Schluck und schüttelte sich. »Da sauf ich doch lieber Wasser!«

»Darauf würde ich es nicht ankommen lassen. In der Isar-

vorstadt sind wieder einige Leute krank geworden, weil das Wasser so schlecht ist. Der Herr hat nicht umsonst befohlen, dass wir nur noch Bier trinken sollen. Oder willst du auf deinem Strohsack liegen und vorne und hinten nichts mehr bei dir behalten können?« Die Köchin sah den Mann zornig an. Ein kranker Knecht erledigte keine Arbeit, sondern machte den Mägden welche, die ihn pflegen mussten.
»Du trinkst unser Bier, verstanden! Oder glaubst du, der Herr lässt deinetwegen ein Fass aus Augsburg kommen?« Nun klang Cilli so resolut, dass der Mann keine Gegenrede mehr wagte, sondern schweigend seinen Morgenbrei löffelte.
Auch Veva begann zu essen. Eigentlich war es wie immer, dachte sie. Sie hörte sich die gleichen kleinen Streitgespräche an wie vor ihrer Abreise, das Essen schmeckte wie sonst auch, und das Bier löschte wie eh und je den Durst. Dennoch hatte sie das Gefühl, als sähe sie alles um sich herum durch die Augen einer Fremden. Dabei war sie in diesem Haus geboren worden und hatte alle Jahre ihres Lebens hier verbracht.
Doch nicht nur ihr schien es so zu gehen. Bald bemerkte sie, dass die Mägde und Knechte sie immer wieder verstohlen anstarrten, aber sofort den Kopf wegdrehten, wenn ihr Blick auf sie fiel.
Unterdessen hatte Cilli ihr Frühstück beendet und stellte ihre Schüssel auf das Bord, auf dem das schmutzige Geschirr gestapelt wurde. »Der Herr wird bereits wach sein. Ich werde ihm den Morgenbrei und das Bier bringen!«
Auch das war anders. Früher war es Vevas Pflicht gewesen, ihrem Vater das Frühstück zu bringen. Offensichtlich hatte Cilli nach ihrer Abreise diese Aufgabe übernommen. Veva stand wortlos auf, nahm das Tablett mit dem bis zum Rand gefüllten Napf und dem Bierkrug aus Zinn und forderte die Kleinmagd auf, ihr die Küchentür zu öffnen. Sie tat so, als

sehe sie nicht, dass Cilli ihr das Tablett wieder abnehmen wollte.
Die Köchin blickte ihr nach und schüttelte den Kopf. »Fast könnte man an der himmlischen Gerechtigkeit zweifeln. Aber der Herrgott wird schon wissen, warum der Bartl ermordet worden ist. Seien wir froh, dass die Veva noch lebt.«
»Dem Herrn wäre es andersherum gewiss lieber gewesen«, warf Sepp ein, während der Schwab sich noch einen Becher Bier zapfte und diesen ausnahmsweise leerte, ohne zu meckern.
Als er den Becher auf die Tischplatte stellte, sah er die anderen mit einem schiefen Grinsen an. »Schon unser Herr Jesus Christus hat gesagt: Selig sind die Armen, denn die Reichen haben zwar Geld, aber auch Sorgen.«
»Er hat gesagt: Selig sind die Armen im Geiste«, gab Cilli giftig zurück und stemmte dann ihre Hände in die Hüften. »Was ist? Auf geht's! Die Arbeit macht sich nicht von selber!«

15.

Bartholomäus Leibert saß auf seinem Stuhl im Kontor und starrte in sein Rechnungsbuch. Als er hörte, dass jemand draußen klopfte, brummte er »Herein!«, ohne von seinen Eintragungen aufzusehen.
»Stell es auf die Anrichte, Cilli«, sagte er und erwartete, dass die Person, die gekommen war, schweigend wieder gehen würde.
Veva stand da, das Tablett noch in Händen, und musterte ihren Vater, der ungerührt seinen Geschäften nachzuge-

hen schien. Doch als sie genauer hinsah, begriff sie, dass er krampfhaft versuchte, den Schmerz um den verlorenen Sohn in sich zu verschließen.

»Ihr solltet essen, Herr Vater, solange der Brei noch warm ist«, bat sie ihn, da er auch früher schon über seinen Zahlen das Frühstück vergessen hatte.

Nun blickte Leibert auf. »Ach richtig, du bist ja wieder da! Dann kannst du mir helfen, ein paar Briefe zu schreiben. Meine Finger wollen nicht mehr so, wie sie sollten.« Er schob Veva mehrere Papierbogen hin und zeigte auf das Tintenfass und den Löschsand.

»Ich esse inzwischen, damit du Ruhe gibst!« Auf seinen Wink stellte Veva das Tablett auf dem Schreibtisch ab. Umständlich legte ihr Vater ein Lederband zwischen die Seiten des Rechnungsbuchs und klappte es zu. Während er einen Schluck Bier trank, stellte Veva sich an das Schreibpult, legte das erste Blatt vor sich hin und nahm die Feder zur Hand.

»Der Brief geht an Ferdinand Antscheller. Ich will ihm schreiben, was geschehen ist, und ihm von Bartls Tod berichten.« Leibert diktierte Veva einen Text, der in ihren Ohren so kalt und unpersönlich klang, als handle es sich um ein gewöhnliches Geschäft.

Als er ihr befahl, zu schreiben, sie sei in der Gewalt der Räuber missbraucht worden, schüttelte sie heftig den Kopf.

»So war es nicht, Herr Vater. Die Räuber haben mir nichts dergleichen getan!«

Leibert sah sie strafend an, als wäre sie ein kleines, aufmüpfiges Kind. »Schreib, was ich dir befohlen habe! Die Leute werden so oder so darüber reden, und ich will nicht, dass Antscheller denkt, ich wolle deinen Zustand schönreden.«

»Gilt das Gerede der Menschen denn mehr als die Wahrheit?«, brach es aus Veva heraus.

»Dieses Gerede kann einem das Leben vergällen und manchmal sogar an den Galgen oder auf den Richtblock bringen.

Daher ist es besser, sich nicht gegen die Meinung der Leute zu stellen. Also schreib!« Der Befehl klang so scharf, dass Veva keinen Widerspruch mehr wagte. Sie setzte die Zeilen so, wie ihr Vater es von ihr verlangte, und wartete auf das, was er ihr noch diktierte.

Es dauerte ein wenig, denn Leibert aß erst ein paar Löffel des mit fein geschnittenem Hühnerfleisch versetzten Breis und nützte die Pause zum Nachdenken. Als ihm die richtige Formulierung eingefallen war, legte er den Löffel beiseite.

»Schreib weiter: Da mir der Sohn durch die himmlische Vorsehung entrissen worden ist, kann unsere Vereinbarung über die Heirat Friedrichs mit meiner Genoveva so nicht bestehen bleiben. Ich brauche einen Schwiegersohn, der zu mir nach München kommt und mich in meinen Geschäften unterstützt.

Lass mich wissen, mein Freund, ob du dazu bereit bist, deinen Friedrich zu mir zu schicken. So du das tust, wird er meinen Besitz erben und diesen getreulich an seine und Genovevas Kinder, meine Enkel, weitergeben. Es grüßt dich dein Freund Bartholomäus Leibert!«

Vevas Vater atmete tief durch, als hätte es ihn alle seine Kraft gekostet, den Brief zu diktieren. Während sie die letzten Worte zu Papier brachte und danach feinen Sand auf das Geschriebene streute, winkte er ärgerlich ab. »Natürlich wird Antscheller seinen Sohn nicht wegschicken, denn er hat nur diesen einen. Daher wird er mit höflichen Worten abschreiben. Aber es gehört sich, es ihm anzubieten.«

»Ja, Herr Vater«, sagte Veva, weil sie spürte, dass er einer Antwort harrte.

»Du wirst jetzt noch einige andere Briefe für mich schreiben, denn das Geschäft muss weitergehen. Ich kann immer noch durch dich Enkel bekommen. Aber der Herrgott möge verhüten, dass es ein Bankert des Schurken wird, der meinen Bartl auf dem Gewissen hat!«

»Die Räuber haben mich nicht geschändet, Herr Vater! Das schwöre ich bei meiner Seligkeit.« Doch auch als Veva zu dem Kruzifix an der Wand trat, es berührte und ihre Worte wiederholte, schenkte der Vater ihr keinen Glauben. Er fuhr ihr über den Mund, befahl ihr barsch, sich wieder ans Schreibpult zu stellen, und diktierte den nächsten Brief. Nach einigen weiteren Geschäftsbriefen musste sie noch das Rechnungsbuch nachtragen, und während der gesamten Zeit fiel kein privates Wort zwischen ihnen.

Während sie schrieb, musterte Leibert seine Tochter. Veva war ausnehmend hübsch und für eine Frau sogar recht anstellig. Doch niemals konnte sie ihm den Sohn ersetzen. Er versuchte, den Schmerz um Bartl zu verdrängen, doch er fühlte, wie dieser Verlust in seinem Herzen brannte. Die Glut breitete sich in seiner Brust aus, so dass er kaum noch Luft bekam. Er wusste schon geraume Zeit, dass er nicht mehr gesund war. Deshalb hatte er sein Haus bestellen wollen, solange ihm dafür noch Zeit blieb. Der neue Schicksalsschlag aber nagte an seinem Lebensfaden, und er fühlte seine Jahre doppelt und dreifach. Dabei war er jünger als die meisten seiner Geschäftspartner und gut die Hälfte der Mitglieder des Inneren Rates. Wie so oft hatte der Herrgott auch hier die Gaben ungleich und – wie er fand – auch ungerecht verteilt.

Mit einem energischen Ruck versuchte er, seine düsteren Gedanken zu vertreiben, denn es galt, sich um anderes zu kümmern. Er benötigte dringend einen Eidam, der ihm den eigenen Sohn ersetzte. Außerdem wollte er, wenn Gott ihm die Zeit dafür ließ, noch seinen ersten Enkel sehen.

Doch wer käme in Frage? Die stolzen Patrizierfamilien in seiner Bekanntschaft würden die Zumutung zurückweisen, ein Mädchen als Schwiegertochter zu akzeptieren, das unter einer ganzen Räuberbande gelegen war. Veva traf zwar keine Schuld, aber diese Tatsache würde wie Pech an ihr haften bleiben. Auf Friedrich Antscheller brauchte er nicht zu hoffen. Dessen Vater würde mit höflichen Worten ablehnen, den einzigen Sohn herzugeben, und insgeheim froh sein, auf so leichte Weise aus ihrem Vertrag herauszukommen.

Noch während Leibert überlegte, klopfte es an die Tür. »Herein!«, rief er und schaute diesmal auf.

Es war der Schwab, und hinter ihm tauchte Benedikt Haselegner auf. Dieser schob den Knecht, der ihn ankündigen wollte, kurzerhand beiseite und trat breitbeinig ein.

»Grüß Euch Gott, Leibert! Ich wollte nur vorbeikommen und sehen, wie es der Jungfer Veva geht. Sie ist gewiss froh, wieder daheim zu sein und das Schreckliche, das ihr widerfahren ist, vergessen zu können.«

Leibert empfand, dass der Mann das Wort Jungfer allzu spöttisch betonte. Gleichzeitig wirkte sein Besucher so selbstzufrieden, als sehe er all seine Hoffnungen in Erfüllung gehen. Dass Haselegner nicht nur gekommen war, um sich nach Vevas Zustand zu erkundigen, verriet schon der Blick, mit dem er das Mädchen bedachte. Schon mehr als ein Mal hatte der Kaufmann sich als Ehemann für Veva angeboten. Doch da das Vermögen des Mannes bei weitem nicht an das seine heranreichte, war Haselegners Absicht, mit Hilfe von Vevas Mitgift im Machtgefüge der Stadt höher aufsteigen zu können, arg offensichtlich.

Nun schien er sich erneut als Heiratskandidaten in Erinnerung bringen zu wollen. Einen Augenblick lang erwog Leibert, trotz seiner Bedenken darauf einzugehen, denn es würde schwer werden, einen halbwegs geeigneten Bräutigam für Veva zu finden. Dann aber schüttelte er unbewusst den Kopf. Nein, Haselegner war nicht der Schwiegersohn, den er brauchen konnte. Selbst so befleckt, wie Veva nun war, würde er sie nicht ihm geben. Dem Mann ging es nur um die Mehrung seines Reichtums, und er wählte, wie Leibert aus leidvoller Erfahrung wusste, nicht immer den geraden Weg.

Da Vevas Vater schwieg, wandte Haselegner sich der jungen Frau zu. »Du bist gewiss froh, dass alles vorbei ist. Nicht wahr, Jungfer?«
Diesmal störte sich auch Veva an dem Wort. Obwohl sie sicher war, immer noch Jungfrau zu sein, klang es aus seinem Mund anzüglich. Trotzdem bemühte sie sich, freundlich zu sein, denn immerhin hatte sie dem Mann ihre Rettung zu verdanken. »Ich danke Euch noch einmal recht herzlich fürs Heimbringen, Herr Haselegner.«
»Ich hätte mich geschämt, einem Mann wie deinem Vater diesen Dienst nicht zu erweisen, Jungfer Genoveva.«
»Dieser Dienst wird belohnt werden.« Leiberts Tonfall verriet, dass er Haselegner am liebsten ein paar Münzen in die Hand drücken und ihn fortschicken würde.
Veva schämte sich für die abweisende Haltung ihres Vaters und fragte sich, ob ihm wirklich so wenig an ihr lag, wie er nach außen hin tat. Immerhin hatte er vorhin erklärt, er wünsche sich Enkel von ihr. Auch wenn sie sich über Haselegner geärgert hatte, fragte sie sich nun, ob er nicht doch der richtige Mann für sie wäre. Für ihn sprach, dass er ein Freund ihres Bruders gewesen war. Allerdings hatte Bartl auch andere so genannt, wie zum Beispiel den unsäglichen Ernst Rickinger, mit dem er von Wirtshaus zu Wirtshaus gezogen war. Der Ruf des jungen Rickinger war so schlecht, dass Hochwürden Georg Eisenreich ihn schon häufiger der Kirche verwiesen hatte. Sie schob den Gedanken an Ernst beiseite und fragte Haselegner, ob sie ihm einen Becher Wein anbieten dürfe.
»Aber gerne«, antwortete dieser erfreut.
»Wein um diese Zeit? Am Morgen trinken ehrliche Leute Bier«, blaffte ihr Vater dazwischen.
»Eure Tochter wollte nur gastfreundlich sein, Herr Leibert, und ein Becher Wein hätte gewiss nicht geschadet. Aber ich trinke auch gerne Bier.«

»Das könnt Ihr haben, Haselegner. Bring mir auch einen frischen Krug mit!« Ohne dass Veva es gewahr worden war, hatte ihr Vater seinen Krug bereits geleert und streckte ihr das Gefäß hin.
Veva nahm es entgegen und verließ eilig das Zimmer, um der frostigen Atmosphäre darin wenigstens für einige Augenblicke entkommen zu können.

16.

Haselegner wartete, bis Veva den Raum verlassen hatte, und wandte sich dann dem Hausherrn zu. »Eure Tochter hat ein bemerkenswert kräftiges Gemüt, Leibert. Nur wenige Weiber hätten einen solchen Schicksalsschlag so gleichmütig hingenommen. Immerhin wurde ihr Bruder ermordet, Euer Sohn!«
»Veva wurde dazu erzogen, sich zu beherrschen. Genau daran mangelt es den meisten Frauenzimmern«, antwortete Leibert harsch.
»Vielleicht will sie nur nicht mehr an ihr Unglück gemahnt werden. Die Erinnerung dürfte allzu schmerzlich für sie sein. Schließlich musste sie für den Mörder des eigenen Bruders die Schenkel spreizen! Es dürfte Leute geben, die ihr vorwerfen werden, dass ihr dies lieber gewesen ist, denn als sittsame Jungfrau in den Tod zu gehen.«
»Nicht jeder will gerne sterben!« Leibert dachte dabei vor allem an sich und daran, wie sehr er seinen Leib verfluchte, der ihn immer mehr im Stich ließ. »Aber reden wir von etwas anderem. Als Dank für die Rettung meiner Tochter werde ich mich an Eurem Venedig-Handel beteiligen. Der Hof kauft Waren von dort zu beinahe jedem Preis. Außer-

dem können wir auch in Landshut gutes Geld verdienen, denn seit Herzog Ludwig von dort aus das niedere Bayern regiert, floriert in dieser Stadt der Handel.«

»Mir geht es nicht um Geld, Leibert. Was ich tat, tat ich für Euch und Eure Tochter!«

»Jeder Dienst ist seines Lohnes wert, und damit basta.«

Haselegner spürte, dass er zumindest an diesem Tag nicht mehr erreichen konnte, und kniff verärgert die Lippen zusammen. Sein Gastgeber kümmerte sich nicht weiter um ihn, sondern blätterte in seinem Rechnungsbuch, als erwarte er, dass sein Besucher gehen würde.

Dazu war Haselegner jedoch nicht bereit. Er wartete, bis Veva mit zwei Krügen Bier zurückkam und diese auf den Tisch stellte. »Danke, Jungfer. Ein guter Trunk ist Goldes wert!«

»Vor allem, wenn er nichts kostet«, murmelte Leibert.

Er begriff aber, dass es ungefällig wäre, den Gast weiterhin zu missachten, und hob seinen Krug. »Auf unseren Venedig-Handel, Haselegner.«

Gleichzeitig nahm er sich vor, dass dies das einzige von Haselegners Geschäften bleiben würde, in das er Geld stecken würde.

»Soll ich in die Küche gehen, damit Ihr allein mit Herrn Haselegner sprechen könnt, Herr Vater?«, fragte Veva in der Hoffnung, dass ihr Vater sie wegschicken würde, doch dieser schüttelte den Kopf.

»Ich brauche dich hier, damit du das Rechnungsbuch weiterführst. Es ist schon ein Kreuz, wenn einem die Gicht so in die Finger fährt, dass man die Feder kaum mehr halten kann!«

Haselegner nickte eifrig. »Bei meinem Vater war dies auch so. Aber das ist nun mal der Lauf der Welt. Ist man jung, könnte man singen und springen, doch das Alter lädt einem jedes Jahr neue Lasten auf die Schultern.«

»So sehr drückt mich das Alter noch nicht«, wehrte Leibert nicht ganz wahrheitsgemäß ab, während er darüber nachsann, wie er den ungebetenen Gast loswerden könne. Das, was er Veva diktieren wollte, ging Haselegner wirklich nichts an.

Doch bevor ihm etwas einfiel, rumpelte es an der Tür, und Ernst Rickinger stürmte herein, das Gesicht bleich wie ein Leinentuch. »Verzeiht, Leibert, aber stimmt es? Bartl soll tot sein? So sagen wenigstens die Leute. Aber das kann ich nicht glauben.«

»Mit dem Glauben hast du es eh nicht so«, spottete Haselegner, der ebenso wie Vevas Vater um Ernsts Privatfehde mit Doktor Portikus und anderen geistlichen Herren in München wusste.

Ernst beachtete ihn nicht, sondern sah Leibert so entsetzt an, dass dieser eine barsche Antwort hinunterschluckte. »Leider sprechen die Leute die Wahrheit. Ruchlose Räuber haben den Reisezug meines Sohnes überfallen, ihn umgebracht und Veva verschleppt.«

»Aber sie ist doch hier!«, rief Ernst.

»Weil ich sie befreit und nach Hause gebracht habe. Bedauerlicherweise war sie mehr als einen Tag in der Gewalt dieser Mordbrenner, und was diese ihr angetan haben, kannst du dir denken.« Haselegner strich seinen Verdienst nicht nur heraus, um Rickinger zu beeindrucken, sondern auch, um Veva und ihren Vater erneut an seine Heldentat zu erinnern. Den beiden musste klarwerden, dass es im Hause Leibert ohne sein Eingreifen noch leerer geworden wäre.

Ernst kümmerte sich nicht weiter um Veva, sondern umfasste die Hände des alten Mannes. »Es tut so mir leid, Herr Leibert. Bartl war ein fröhlicher junger Bursche und der beste Freund, den es je gegeben hat!«

»Vor allem der beste Saufkumpan«, warf Haselegner giftig ein.

»Ich kann es einfach nicht glauben«, versicherte Ernst Leibert, ohne auf Haselegner zu achten.
Einen Augenblick wirkte er entmutigt. Dann aber straffte sich seine Gestalt, und er wirkte mit einem Mal entschlossen. »Man muss diese Mordbuben verfolgen, fangen und für diese feige Untat bestrafen. Herr Leibert, habt Ihr schon mit dem Stadtrichter gesprochen oder mit den Herren vom Rat? Die Stadt muss ihre Kriegsknechte ausschicken, damit die Straßen durchs Gebirge sicherer werden.«
Haselegner lachte. »Und du stellst dich wohl als Hauptmann dieser Schar zur Verfügung? Bleib lieber bei deinem Weinbecher, Ernst. Den zu leeren verstehst du nur zu gut. Aber überlass die Verfolgung der Schuldigen besser dem Landrichter von Kiefersfelden. Der weiß, was er zu tun hat, und braucht dafür keinen Tagedieb wie dich!«
Der beißende Spott ihres Retters verwunderte Veva, hatte sie doch geglaubt, Haselegner und Ernst seien ebenfalls enge Freunde. Unwillkürlich verglich sie die beiden Männer. Haselegner war zwei Fingerbreit größer, wirkte aber hager, während Ernst Rickinger, der auch nicht gerade ein Zwerg war, breite Schultern und schwellende Muskeln hatte, die wahrlich nicht vom Wirtshaushocken herrühren konnten. Sein Gesicht wirkte so ernst wie sein Vorname, und sie glaubte, echte Trauer um ihren Bruder zu spüren.
Bei Haselegner war sie sich da nicht so sicher. Seine Zunge lief zwar wie geschmiert, doch um die Lippen lag ein Zug, der sie abstieß. Dennoch war er ein anständiger Mann und ein fleißiger Kaufherr. Ernst Rickingers Ruf hingegen war denkbar schlecht, und eine ihrer Nachbarinnen, die Meisterin Anna, war überzeugt, dass er zu allen Schurkenstücken fähig war.
»Ich werde mit den Ratsherren und dem Richter sprechen und sie fragen, was wir gegen das Räuberunwesen im Gebirge tun können. Leicht wird es nicht werden, da diese Bande

von einer Herrschaft in die andere wechselt und ihren Verfolgern jeweils eine lange Nase dreht«, sagte Leibert und wunderte sich über sich selbst, dass er dem jungen Rickinger Rede und Antwort stand. Bislang hatte er Ernst für einen Taugenichts gehalten und seinen Freund Rickinger dieses missratenen Sohnes wegen bedauert. Nun aber glaubte er neue Facetten an dem jungen Mann zu entdecken.

Haselegner fand es an der Zeit, sich wieder bemerkbar zu machen. »Ich habe mit dem Amtmann von Kiefersfelden gesprochen. Dieser glaubt nicht, dass sich die Herren in Tirol oder der Pfleger von Garmisch mit ihm zusammentun werden, um die Halunken gemeinsam zu fangen. Die kochen ihren eigenen Brei und essen diesen oft genug aus demselben Napf wie die üblen Halunken. Da müsste schon der Herrgott selber dreinschlagen, um diese Räuber zu bestrafen.«

Insgeheim verfluchte Haselegner den jungen Rickinger, dessen Anwesenheit es ihm unmöglich machte, weiter auf Leibert und dessen Tochter einzuwirken. Er hatte den beiden noch einmal nachdrücklich vor Augen führen wollen, dass die Jungfer mit dem Ruf, der ihr nach dem Überfall anhing, keinen anderen angesehenen Mann bekommen würde als ihn. Leibert konnte Veva daher nur ihm zur Frau geben. Zumindest war das seine feste Überzeugung gewesen. Nun aber erinnerte er sich daran, dass Leibert und der alte Rickinger die besten Freunde waren, und wenn es mit dem Teufel zuging, würden die beiden auf Gedanken kommen, die seine Pläne gefährdeten.

»Hast du nichts anderes zu tun, als in ein Trauerhaus hineinzuplatzen und herumzuplärren?«, fuhr er Ernst deshalb an und neigte anschließend vor Leibert den Kopf. »Erlaubt, dass wir gehen und Euch nicht weiter stören.«

»Ich halte niemanden auf«, gab Vevas Vater kühl zurück.

»Du hast es gehört!« Haselegner packte Ernst am Ärmel und zerrte ihn auf die Tür zu.

Im ersten Moment wollte Ernst sich befreien, doch dann sagte er sich, dass Bartls Vater und Veva sicher allein sein wollten, und verließ die Kammer mit einem kurzen Gruß.
Anders als er blieb Haselegner in der Tür stehen. »Wenn Ihr Hilfe braucht, Leibert, so wendet Euch nur an mich. Ich bin jederzeit für Euch da, und für dich auch, Jungfer Genoveva!« Mit diesen Worten ging er.
Leibert blickte auf die Tür, die eben ins Schloss fiel, und brummte: »Haben diese Kerle nichts anderes zu tun, als mir die Zeit zu stehlen? Wo sind wir stehengeblieben, Veva? Ach ja, du musst das Rechnungsbuch weiter nachtragen. Ich nenne dir jetzt die Zahlen. Gib aber acht, dass du dich nicht verschreibst! Es wäre höchst ärgerlich, wenn wir durch deine Fehler einige Gulden verlieren würden.«
»Ja, Herr Vater. Ich werde aufpassen!« Veva wischte sich die Tränen ab, die sich in ihre Augen gestohlen hatten, und nahm wieder die Feder zur Hand.
»Du solltest sie anspitzen, damit sie richtig schreibt«, befahl ihr der Vater und wartete, bis sie seiner Anweisung gefolgt war.
Als er ihr die Summen diktierte, erinnerte nichts an ihm daran, dass er seinen Sohn verloren hatte und die Tochter durch üble Schurken geschändet glaubte. Er beobachtete Veva, die mit verbissener Miene schrieb, und sagte sich, dass er rasch handeln musste. Doch welcher junge Mann aus den ihm bekannten Kaufmannsfamilien würde bereit sein, das Mädchen zum Weib zu nehmen?
Der Einzige, der es mit Begeisterung tun würde, war Haselegner. Leibert ärgerte sich nun, dass der Mann die Umstände von Vevas Gefangenschaft bei den Räubern so laut hinausposaunt hatte. Natürlich würde auch so jeder annehmen, dass seine Tochter diesen Kerlen als Hure hatte dienen müssen, doch ohne das dumme Gerede wäre es ihm leichter gefallen, so zu tun, als sei nichts geschehen.

»Halt! Du musst eine Stelle nach links rücken!« Obwohl sein Kopf schwer von Gedanken war, achtete Leibert genau auf das, was Veva tat. Diese zuckte kurz zusammen, setzte die Spitze der Feder aber genau auf die Stelle, die er ihr angegeben hatte.
Leiberts Überlegungen galten bereits wieder ihrer Heirat mit einem brauchbaren Schwiegersohn, und mit einem Mal schob sich Ernst Rickingers Bild vor sein inneres Auge. Zwar genoss der Bursche einen denkbar schlechten Ruf, doch ein solcher haftete nun auch seiner Tochter an. Daher beschloss er, baldmöglichst mit seinem Freund Eustachius Rickinger über die beiden zu sprechen.

ZWEITER TEIL

Schicksalsfäden

1.

Als Veva in die Kirche trat, richteten sich aller Augen auf sie. Neugier zeigte sich auf den meisten Gesichtern, manche wirkten mitleidig. Nicht wenige Mienen verrieten jedoch auch Erleichterung oder gar heimliche Zufriedenheit, weil nicht ihnen oder jemandem aus ihren Familien so etwas Schreckliches zugestoßen war. Eine ihrer Freundinnen winkte ihr scheu zu, während andere Mädchen die Köpfe zusammensteckten und tuschelten. Diese nahmen nicht einmal wahr, wie Hochwürden Eisenreich, die übrigen Pfarrer und die Ministranten erschienen. Erst ein mahnendes Räuspern einer der Matronen hieß die Mädchen den Mund halten und aufblicken.

Veva erreichte gerade noch rechtzeitig den Betstuhl, der für die Frauen ihrer Familie reserviert war. Da sie weder eine Schwester noch eine Schwägerin hatte und ihre Mutter verstorben war, blieben die drei anderen Plätze verwaist. Sonst hatten sich stets Nachbarinnen zu ihr gesellt, aber nun rückten alle von ihr ab, als wäre sie von einer ansteckenden Krankheit befallen worden.

Vorne begann der Priester bereits mit der Messe, doch immer noch starrten etliche Kirchgänger sie an. Veva fühlte sich wie an den Pranger gestellt und wünschte sich, nicht zum Gottesdienst gekommen zu sein. Doch wenn sie sich wochenlang zu Hause verkroch, würde das Ganze noch viel schlimmer werden. So konnte sie hoffen, dass ihre Mitbürger bald das Interesse an ihr verloren oder in der Stadt etwas geschah, was die Aufmerksamkeit von ihr ablenkte. Nun aber hieß es, die nächste Stunde durchzustehen, und da mochten die Gebete ihr helfen.

Die lateinischen Worte des Pfarrers hatte Veva schon so oft gehört, dass sie sie hätte mitsprechen können, obwohl sie ihren Sinn nicht begriff. Zum ersten Mal wünschte sie sich, mehr zu wissen und die frommen Texte verstehen zu können. Doch die hochwürdigen Herren, die den Pfarreien von Sankt Peter und Unserer Lieben Frau vorstanden, hielten nichts davon, dass Frauen Latein lernten. Gottes Wort auf Deutsch zu hören oder gar zu lesen war ebenfalls verboten. Bei dem Gedanken dachte Veva daran, dass immer wieder Flugblätter in den Kirchen auftauchten, die in teilweise recht derben Worten die Sittenlosigkeit der Priesterschaft und der Klöster anprangerten. Sie konnte sich nicht vorstellen, dass es dort wirklich so schlimm zuging, doch sie hatte nicht vergessen, dass Ernst Rickinger und einige seiner Freunde, unter denen auch ihr Bruder gewesen war, einen Geistlichen dabei ertappt hatten, wie er einem weiblichen Beichtkind etwas anderes als ein frommes Gebet beigebracht hatte.
Es waren auch Söhne von Patriziern an diesem Streich beteiligt gewesen, dennoch hatte sich der Zorn der frommen Herren vor allem gegen Ernst Rickinger gerichtet, der sich schon früher durch Spottverse bei ihnen verhasst gemacht hatte. Nein, dachte sie, der junge Rickinger war keine gute Gesellschaft für ihren Bruder gewesen. Ein Mann wie er musste geradezu bei der Obrigkeit anecken, und das war nicht gut.
Als sie begriff, auf welchen Irrwegen ihre Gedanken wandelten, achtete sie wieder mehr auf die heilige Messe. Hochwürden Eisenreich war bereits bei der Predigt angekommen und malte den Kirchgängern in flammenden Worten aus, welche Qualen sie in der Hölle erleiden würden, wenn sie sich von dem Pfad abwandten, den die Priester des einzig wahren Glaubens ihnen wiesen. Seine Worte beeindruckten Veva, und sie betete, dass Christus im Falle ihres Bruders Gnade walten lassen würde, denn Bartl war noch jung

gewesen und sehr übermütig. Aber da sie beide gemeinsam im Leib der Mutter herangewachsen waren, fühlte sie sich immer noch eng mit ihm verbunden.
Erneut hüpften ihre Gedanken, wie es ihnen gefiel, und als sie sich ihrer Umgebung wieder bewusst wurde, entließ der Pfarrer seine Schäflein mit einem letzten Amen. Er blieb aber vor dem Altar stehen und musterte die Kirchgänger mit einem strengen Blick. »Im Anschluss an die heilige Messe werdet ihr beichten, auf dass die lässlichen Vergehen von euch genommen werden. Hinterher könnt ihr auf dem Kirchplatz von dem hochwürdigen Herrn Cassini einen Ablass für eure Sünden, die eurer Vorfahren und eurer Nachkommen erwerben, damit euch und euren lebenden und verstorbenen Angehörigen die Qualen der Hölle erspart bleiben und die Zeit im Fegefeuer gemindert wird. Bedenkt, dass eure Väter, Großväter, Mütter, Großmütter und deren Vorfahren sündige Menschen gewesen sind, die von der Last ihrer Verfehlungen tief in das Fegefeuer getaucht wurden und dort nun zur Sühne ihrer Schuld ausgeglüht werden wie das Eisen in der Esse eines Schmieds. Hört auf ihr Wehklagen und erlöst sie von ihrer Pein, auf dass sie im Paradiese für euch beten und bei unserem Herrn Jesus Christus und der Heiligen Jungfrau Maria zu euren Gunsten sprechen.«
Bei diesen Worten duckte sich die Gemeinde, und Veva fühlte, wie eine eisige Hand nach ihrem Herzen griff. Bartl war ohne die heiligen Sterbesakramente gestorben, und das konnte ihm tausend oder noch mehr Jahre Fegefeuer einbringen. Zwar besaß sie nicht viel Geld, doch das wenige, das sie bei sich trug, wollte sie für das Seelenheil ihres Bruders opfern. Vorher aber musste sie beichten, und so stellte sie sich am Ende der langen Reihe von Frauen an, die gleich ihr darauf warteten, im Beichtstuhl niederzuknien.
An diesem Tag waren drei Beichtstühle für Frauen, drei für

Männer besetzt, und so rückte die Schlange zwar langsam, aber stetig nach vorne. Veva fand es seltsam, das ausgerechnet die alten Frauen, deren Frömmigkeit fast sprichwörtlich war, sich am längsten im Beichtstuhl aufhielten, obwohl ihre Sünden gewiss eher klein waren. Vielleicht glaubten sie angesichts der Nähe des Todes, ihr Gewissen besonders erleichtern zu müssen.

Hinter ihr unterhielten sich zwei Frauen. Zuerst achtete Veva nicht auf sie, doch dann merkte sie, dass sie selbst Gegenstand des Gesprächs war.

»... schon eigenartig, dass Veva ohne jeden körperlichen Makel davongekommen ist. Was ich von diesen Räubern gehört habe, schneiden die jedem ihrer Gefangenen, sei es Mann oder Weib, als Erstes die Ohren ab. Vor einem Jahr habe ich bei einer Wallfahrt nach Andechs eine Frau aus Miesbach getroffen, die nur drei Tage in der Gewalt dieser Schurken gewesen war. Die Kerle hatten ihr das Gesicht mit dem Messer zerschnitten und sie unten, du weißt schon wo, so zugerichtet, dass sie mit keinem Mann mehr verkehren konnte. Sie soll kurz darauf gestorben sein, habe ich später sagen hören.«

»Aber bei Veva sieht man überhaupt nichts. Sie wirkt genauso wie sonst auch. Man könnte fast glauben, ihr wäre nichts geschehen.«

»Geschehen ist ihr schon was, denn diese Raubböcke lassen kein Weib, das ihnen in die Hände fällt, ungeschoren. Aber es heißt, dass manche Frau sich mit Nachgiebigkeit und der Bereitschaft, ihnen in allem zu Diensten zu sein, sich vor Verstümmelungen retten kann. Außerdem befand Veva sich ja nicht lange in ihrer Gewalt. Öfter als ein- oder zweimal hat sie sich gewiss nicht für die Kerle hinlegen müssen. Dann hat sie der brave Herr Haselegner befreit.«

»Haselegner ist ein sehr mutiger Mann. Er soll sogar einen großen geschäftlichen Schaden in Kauf genommen haben, um Veva zu retten. Das hätte nicht jeder getan.«

Veva ballte die Fäuste. Am liebsten hätte sie sich umgedreht und den klatschsüchtigen Weibern erklärt, was wirklich mit ihr geschehen war, nämlich gar nichts. Doch sie wusste selbst, dass sie eher mit einer Handvoll Wasser ein brennendes Haus löschen konnte, als dieses lose Gerede einzudämmen. Daher war sie froh, als sie in den Beichtstuhl schlüpfen konnte.

Nachdem sie den Vorhang hinter sich zugezogen hatte, war es im Innern fast so dunkel wie in der Nacht. Den Pater, der ihr die Beichte abnehmen sollte, sah sie nur schemenhaft. Wer es war, erkannte sie daher erst, als er zu sprechen begann. »Der Friede des Herrn sei mit dir, meine Tochter!«

»Grüß Gott, Herr Pater!« Während sie es sagte, fuhr Veva durch den Kopf, dass sich an diesem Tag alles gegen sie verschworen zu haben schien. Pater Hilarius stand zwar im Ruf, ansehnliche junge Frauen ohne viel Aufhebens von ihren Sünden freizusprechen, aber er war auch dafür bekannt, die Hände an Stellen wandern zu lassen, an die sie nie und nimmer hingehörten. Auch jetzt hatte er das Gitter abgenommen, das ihn von ihr trennen sollte.

»Sprich, meine Tochter! Erleichtere dein Gewissen und bekenne, wessen du dich schuldig gemacht hast«, forderte er sie auf.

Veva wusste nicht, womit sie beginnen sollte. Seit ihrer letzten Beichte hatte sie für ihr Gefühl nur wenig Schuld auf sich geladen, abgesehen davon, dass sie den Mördern ihres Bruders den Tod wünschte.

Pater Hilarius bemerkte ihr Zögern und ergriff ihre Hand. »Hab keine Scheu, Veva. Gott hat alles gesehen, daher kannst du mir, der ich hier für ihn spreche, alles bekennen, was dein Herz belastet.«

»Ehrwürdiger Vater, ich …, ich …« Veva brach ab und schluckte die Tränen, die in ihr aufstiegen. Dann hatte sie sich wieder in der Gewalt und vermochte weiterzureden.

»Es ist so viel Schlimmes geschehen, ehrwürdiger Vater. Mein Bruder ist tot. Er wurde ermordet.«
»Ich weiß«, erklärte der Beichtvater. »Ich habe es bereits vernommen und ein Gebet für seine Seele gesprochen, da sie den langen und beschwerlichen Weg zu ihrem himmlischen Richter ohne geistlichen Beistand antreten musste. Du solltest nachher bei dem hochwürdigen Prälaten Cassini einen Ablassbrief erwerben, der deinem Bruder den Weg zu Jesus Christus erleichtert und ihm etliche hundert Jahre Fegefeuer erspart.«
»Das werde ich tun, ehrwürdiger Vater«, versprach Veva.
Der Pater nickte und forderte sie nun auf, zu beichten, was sie sich selbst hatte zuschulden kommen lassen.
»Es ist nicht viel, ehrwürdiger Vater. Ich habe doch am Abend vor meiner Abreise noch gebeichtet, und in der Zwischenzeit …«
»Ist sehr viel geschehen«, fiel der Geistliche ihr ins Wort. »Erzähle mir alles, vom Mord an deinem Bruder angefangen bis zu deiner Rückkehr nach München.«
Vielleicht wird mir leichter ums Herz, wenn ich über alles sprechen kann, dachte Veva und begann ihren Bericht. Ihr Beichtvater hörte aufmerksam zu, ohne sie zu unterbrechen. Weniger angenehm war, dass seine rechte Hand auf ihre Brust glitt. Trotz der dicken Schicht Stoff, die ihre Haut von seinen Fingern trennte, hatte sie das Gefühl, beschmutzt zu werden. Sie wagte jedoch nicht, ihn wegzuschieben, aber sie fasste sich nun kürzer. Als sie schließlich zu Ende war, fragte der Pater ärgerlich: »War dies alles?«
»Bei meiner Seligkeit, ja!«
»Du verbirgst wichtige Dinge, meine Tochter. Vor den Menschen magst du sie verschweigen, aber mir, deinem Seelsorger, musst du sie beichten.«
»Es gibt nichts, was ich beichten könnte, ehrwürdiger Vater«, flüsterte Veva unter Tränen.

»Du warst die Gefangene der Räuber, unser Herr im Himmel möge sie mit ewiger Verdammnis strafen. Dabei muss es zu Dingen gekommen sein, die dir so fürchterlich erscheinen, dass du dich scheust, sie zu bekennen. Doch das musst du, wenn du nicht noch mehr Sünde auf dich laden und vielleicht sogar deine ewige Seligkeit verlieren willst. Wie war es, als du unter diesen Räubern gelegen bist? Hast du gebetet und von der himmlischen Jungfrau Hilfe erfleht, oder hattest du sogar sündhafte Gedanken, die schwerer Sühne bedürfen?«

»Es ist doch nichts dergleichen geschehen!«, beharrte Veva.

Der Pater krallte ihr die Finger so in den Oberarm, dass es weh tat, und kam mit dem Kopf so nahe, dass sich ihre Nasen beinahe berührten. »Bekenne, Sünderin!«

Da er abstoßend roch, wandte Veva sich nicht nur vor Scham ab. »Ich habe nichts zu bekennen!«, fuhr sie auf und stieß seine Hand zurück.

»Du bist eine ganz und gar verstockte Sünderin«, schimpfte er. »Jeder weiß, was mit dir geschehen ist, und mir, deinem Beichtvater, willst du es verschweigen. Daher kann ich dich nicht von deinen Sünden freisprechen. Geh und komme erst wieder, wenn du bereut hast und bereit bist, in der Kirche Unserer Allerheiligen zu beichten. Du wirst mich dort heute Abend beim achten Stundenschlag finden.« Damit versetzte er ihr einen leichten Schlag und schob sie aus dem Beichtstuhl.

Veva hörte die Frauen, die hinter ihr an der Reihe waren, kichern, denn Pater Hilarius hatte zuletzt nicht gerade leise gesprochen. Ein paar spotteten sogar über Veva, weil sie sich den Zorn des Predigers zugezogen hatte. Dabei war der Geistliche Schmeicheleien zugängig und vergab für eine flinke Hand, die unter seine Kutte griff und ihm Entspannung verschaffte, sogar halbe Todsünden.

2.

Zunächst empfand Veva nichts als Abscheu und Wut, sagte sich dann aber, dass sie wegen eines unwürdigen Vertreters des Herrn nicht ihr eigenes Seelenheil und das ihres Bruders aufs Spiel setzen durfte. Daher würde sie so rasch wie möglich bei einem anderen Beichtvater ihr Herz erleichtern. Dieser würde erkennen, dass sie die Wahrheit sprach, und sie freisprechen. Den Gedanken, zum Friedhof der Pfarrei und der dazugehörigen Allerheiligenkirche zu gehen, um von Pater Hilarius die Absolution zu erhalten, schob sie rasch beiseite. Er würde nur schlüpfrige Dinge von ihr hören wollen und noch schlüpfrigere von ihr verlangen.

Die Stimme des Ausrufers, der im Auftrag des fremden Predigers die Gläubigen aufrief, ihre Geldbörsen aufzuschnüren und Ablassbriefe zu kaufen, wies ihr den Weg. Nachdem Pater Hilarius sie ohne Segen weggeschickt hatte, erschien es ihr doppelt wichtig, sich auf diese Weise der himmlischen Mächte zu versichern.

Die Knechte des Ablasspredigers hatten neben der Kirche ein Gerüst aufgestellt und Bretter darauf gelegt, so dass ihr Herr und dessen Ausrufer von allen gesehen werden konnten. Ein einfacher Tisch, der aus zwei Schragen mit einer Platte darüber bestand, trug zwei Schatullen. Daneben stand ein in eine Soutane gehüllter Mann, der sich mit allen Symbolen seines hohen kirchlichen Ranges behängt hatte, während sein Begleiter nur einen schwarzen Leibrock und ebenso dunkle, enge Hosen trug. In einen der beiden Kästen warf der Geistliche die Münzen, die er von den Gläubigen erhielt, und aus der anderen nahm er Ablassbriefe in dem Wert der Spende. Vorne auf der Plattform saß ein Schreiber, der gewissenhaft die Namen jedes Käufers notierte und die erlassene Zeit im Fegefeuer für die Person errechnete, für die der Ablass gedacht war.

Da sich jeder, der nur ein paar Pfennige erübrigen konnte, die Worte des Pfarrers zu Herzen genommen hatte, drängten sich die Menschen dicht an dicht um das Gerüst. Es waren sogar Gläubige aus den Vierteln, die zur Pfarrei Unserer Lieben Frau gehörten, gekommen, um eine Anleihe auf ihr Seelenheil zu tätigen.

Veva musste daher erneut warten, bis sie an der Reihe war. Als sie über die Leiter auf die Plattform hochsteigen wollte, half ihr einer der Knechte. Der Ausrufer trat auf sie zu.

»Sprich, Jungfer, für wen willst du den Ablass, für dich oder für deinen Liebsten?«

Einige der Umstehenden lachten, während andere unmutig das Gesicht verzogen. Zu diesen gehörte Ernst Rickinger, der dem Geschehen bislang mit verächtlichem Lächeln gefolgt war. Nun schob er sich näher und wartete gespannt auf Vevas Antwort.

Diese benetzte sich die trockenen Lippen mit der Zunge und sah den Ablassverkäufer an. »Ich … ich will den Ablass für meinen Bruder erstehen. Er ist von Räubern umgebracht worden und muss nun ohne den letzten Segen eines Geistlichen den Weg ins Himmelreich finden.«

»Welch eine tugendsame Jungfrau!«, lobte der Mann sie.

»Mit der Jungfrau ist es allerdings nicht mehr so weit her«, rief einer der Schaulustigen spöttisch.

Der Ausrufer nahm das Stichwort sofort auf. »Nun, dann wirst du gewiss auch für dich einen Ablass erwerben wollen«, sagte er lächelnd zu Veva. Diese nickte scheu und wagte nicht, irgendjemanden anzusehen.

»Wie viele Jahre Fegefeuer willst du deinem Bruder und dir ersparen? Hier ist die Liste! Spare nicht mit Geld, denn es ist nichts als eitler Tand, und ins Himmelreich kannst du es nicht mitnehmen.«

Wieder hatte der Ausrufer einige Lacher auf seiner Seite, während Veva angespannt die Liste anstarrte, auf der zu lesen war, wie viel die einzelnen Jahre, Jahrzehnte und Jahrhunderte Minderung des Fegefeuers kosteten. Sie versuchte auszurechnen, wie viel Ablass sie erstehen konnte, wurde aber durch den Prälaten unterbrochen, der ihr fordernd die Hand entgegenstreckte.
Nervös nestelte sie den Beutel von ihrem linken Arm und schüttete den Inhalt auf den Tisch. Der Geistliche zählte flink die Münzen und sonderte die aus, an denen seiner Meinung nach bereits etwas von dem Metall abgezwickt worden war. Dann sah er Veva von oben herab an. »Du hast eben dir und deinem Bruder für eintausendfünfhundertundsechzig Jahre das Fegefeuer erspart. Doch wird dies reichen?« Seine Stimme klang rauh und kratzig. Veva begriff, weshalb er einen anderen für sich reden ließ. Ihm selbst hätten die Menschen wohl nicht so viel Geld gespendet. Doch darum ging es jetzt nicht. Während ihr die Zahl der erlassenen Jahre hoch zu sein schien, war der Prälat offenkundig anderer Meinung.
»Mehr habe ich nicht«, flüsterte sie.
Der Ablassprediger musterte erst das Häufchen Münzen, dann sie und ihr Kleid, das sie als wohlhabende Bürgerstochter auswies, und schüttelte missbilligend den Kopf. »Du hast wohl zu viel Geld für Tand ausgegeben, so dass es dir für dein und deines Bruders …«
»Zwillingsbruder!«, rief einer dazwischen.
Der Prälat ließ sich durch den Schreier nicht aus dem Konzept bringen. »… und deines Zwillingsbruders Seelenheil nicht mehr reicht. Geh nach Hause, nimm deinen Schmuck und lege ihn auf diesen Tisch, damit ihr beide dem Höllen- und dem Fegefeuer entkommt und euch am Jüngsten Tage die Auferstehung und das ewige Leben zuteilwerden.«
Nun war Vevas Vater niemand, der seiner Tochter eigenen

Schmuck zugestanden hätte. Das wenige, das sie besaß, war ein Erbe ihrer Mutter und dafür gedacht, an zukünftige Generationen weitergegeben zu werden. Daher schüttelte Veva den Kopf. »Ich besitze nichts, was ich noch geben kann!«

»So wenig ist dir dein Seelenheil und das deines Bruders wert?«, fuhr der Ablassprediger sie an.

Veva hörte die Menschen um sich herum lachen und fragte sich, weshalb es das Schicksal heute so schlecht mit ihr meinte. »Ich werde mit meinem Vater reden«, flüsterte sie beinahe unhörbar.

Der Prälat verstand sie jedoch und nickte. »Tu das und sage ihm, dass ihm die ewige Seligkeit seines Sohnes schon etliche Gulden wert sein sollte.«

3.

Ernst Rickinger lauschte dem Gespräch auf dem Podest mit wachsendem Ärger. Die offensichtliche Gier des Ablasspredigers, der schon etliche durch gezielt gesetzte Worte dazu gebracht hatte, viel mehr Geld zu spenden, als sie beabsichtigt hatten, widerte ihn an. Für Veva musste die Situation unerträglich sein, denn sie hatte ihren Bruder geliebt und ihn auf erbärmliche Weise verloren. Nun drehte der Pfaffe auch noch den Dolch in ihrer Wunde herum. Am liebsten wäre Ernst auf das Gerüst gesprungen, um dem Kirchenmann mit ein paar kräftigen Maulschellen heilige Gottesfurcht einzuprügeln. Doch eine solche Tat würde nicht nur ihn ins Verderben stürzen, sondern bliebe auch an Veva hängen wie Pech.

Daher kletterte er zu ihr hinauf und löste seinen Beutel. »Du sprichst mit der falschen Person, Prediger. Veva besitzt nicht mehr Geld, als sie dir gegeben hat. Nimm das hier dazu. Bartl war mein Freund, und ich will nicht, dass seine Schwester sich grämt, weil sie ihm nicht den Ablass erkaufen kann, den sie sich erhofft hat.« Mit diesen Worten schüttete er etliche Gulden auf den Tisch, die er eigentlich für einen kleinen Handel hatte verwenden wollen.

»Du solltest dir besser einen Ablass für dich besorgen als für den Bartl«, spottete einer der Mönche, die sich ebenfalls um das Podest versammelt hatten.

Ernst drehte sich langsam um und bedachte den Sprecher mit einem verächtlichen Blick. »Und du solltest mehr beten als fressen und saufen! Das würde unserem Herrn Jesus Christus gewiss auch besser gefallen.«

Diesmal hatte Ernst die Lacher auf seiner Seite, denn der stattliche Umfang des Klosterbruders zeigte überdeutlich, dass er es an nichts fehlen ließ. Der Mönch wurde rot wie toskanischer Wein, doch bevor er etwas erwidern konnte, erschien Doktor Portikus vor dem Podest und sah mit einer Miene des Abscheus zu Ernst hoch.

»Dieser Mann«, rief er mit sich überschlagender Stimme, »ist des Teufels! Selbst das gesamte Vermögen seines Vaters würde nicht ausreichen, ihm auch nur ein einziges Jahr der Höllenstrafe zu erlassen.«

Der Ablassprediger sah die Gelegenheit, noch mehr Geld aus Ernst herauszuholen. »Unser Herr Jesus Christus im Himmel ist gnädig. Wenn der Sünder sich reuig zeigt und aus frohem Herzen und mit voller Hand spendet, wird er auch diesem Jüngling die rettende Hand reichen und ihn ins Himmelreich geleiten!«

Doktor Portikus verzog das Gesicht, als habe er in etwas unnennbar Ekelhaftes gegriffen. Aber er mischte sich nicht mehr ein, sondern beobachtete Ernst Rickinger scharf, der nun von dem Ablassprediger mit Drohungen und Versprechen traktiert wurde.

Schließlich wurde es Ernst zu bunt, und er klopfte mit den Fingerknöcheln auf den Tisch. »Willst du nicht endlich Jungfer Veva die Ablassbriefe übergeben, die sie und ich dir bezahlt haben? Was mich betrifft, so überlasse ich es der Gnade unseres Herrn Jesus Christus, ob er mich ins Himmelreich aufnimmt oder nicht.«

Portikus schrie mit sich überschlagender Stimme hinauf: »Das ist Ketzerei!«

Der Ablassprediger hatte jedoch begriffen, dass er aus dem Burschen keinen weiteren Pfennig herauspressen konnte. Wenn er sich mit dem Kerl stritt, würde er nur die Menschen vertreiben, die bereit waren zu zahlen. Daher griff er in die Kiste mit den Ablassbriefen und reichte Veva eine Handvoll davon, ohne nachzurechnen, wie viele Jahre Fegefeuernachlass diese zusammen ergaben.

Als Veva sie zählen wollte, winkte er mit einer wegwerfenden Geste ab. »Unser Herrgott im Himmel weiß, wie viele Ablassjahre du für deinen Bruder erstanden hast. Die Zahl darauf gilt nichts!«

»Aber …«, wollte Veva einwenden, doch da führte Ernst sie zur Leiter.

»Komm, Veva, tröste dein Herz damit, dass du alles getan hast, um Bartls Seele zu retten.« Er half ihr noch von dem Gerüst und ging ohne Abschied davon.

Unterwegs ärgerte er sich, dass er gutes Geld für wertloses Papier ausgegeben hatte. Er glaubte schon lange nicht mehr daran, dass auf diesen Briefen der himmlische Segen ruhte. Allerdings würde er sich in Zukunft besser in Zaum halten müssen und seine Verachtung für die Umtriebe der Pfaffen, die dem gläubigen Volk auch noch den letzten Heller aus den Taschen zogen, nicht mehr offen zeigen. Portikus mochte zwar ein eitler Narr sein, doch wenn der Theologe erst einmal den Hauch eines Beweises in die Hand bekam, er könne ein Häretiker sein, so geriet nicht nur er, sondern auch sein Vater in Gefahr. Der Appetit der heiligen katholischen Kirche war groß, und die Strafen, welche die Gerichte gegen Ketzer aussprachen, brachten selbst einen reichen Mann an den Bettelstab, wenn nicht sogar auf den Richtplatz.

Ernst dachte an den Doktor aus Wittenberg, der seinen Namen nicht lateinisch verhunzt hatte wie Ägidius Thürl, der sich nun Portikus nannte. Martin Luther schrieb vor allem in deutscher Sprache, so dass die Menschen ihn verstehen konnten. Auch nannte er die Pfaffen mit Recht verfressen und unmoralisch und den Papst einen raffgierigen Antichristen, weil dieser mit den Spenden der Gläubigen keine wohltätigen Werke vollbrachte, sondern sich damit Paläste baute, Mätressen aushielt und seine Kinder und Neffen mit Titeln, Würden und Besitz versorgte.

Ernst wusste natürlich, dass nicht alle Geistlichen diesem schlimmen Bild entsprachen, doch solange Männer wie die Patres Remigius und Hilarius in der Kirche nicht nur geduldet, sondern auch noch verteidigt wurden, hielt er den Stamm, auf dem die Christenheit ruhte, für verfault. Vor kurzem erst hatte sich sogar Herzog Wilhelm in Gegenwart einiger Patrizier, die sich über diese Auswüchse in der Geistlichkeit der Stadt beschwert hatten, in diesem Sinne geäußert.

»Und ich Trottel gebe auch noch mein gutes Geld her, um diesen Moloch zu mästen«, schimpfte Ernst leise mit sich selbst. Dann aber sah er Vevas entsetztes, von Leid gezeichnetes Gesicht vor sich und ließ die Szene, in der das Mädchen geradezu bösartig von dem Ablassprediger bedrängt worden war, noch einmal vor seinem inneren Auge Revue passieren. Er begriff, dass er das Geld nur hergegeben hatte, um der Zwillingsschwester seines besten Freundes zu helfen, und sofort fühlte er sich besser.

4.

Die Magd Rosi war an diesem Tag ebenfalls in die Sankt-Peters-Kirche geeilt, um an der heiligen Messe teilzunehmen. Die Meisterin erwartete das von ihrem Gesinde, daher blieb nur ein Knecht oder eine Magd daheim, um auf das Haus aufzupassen. Dies hinderte Frau Anna allerdings nicht daran, ihren Dienstboten so viel Arbeit aufzubürden, dass sie erst dann die Kirche erreichten, wenn der Pfarrer bereits am Altar stand.

So war es auch diesmal. Rosi schlüpfte als eine der Letzten herein und stellte sich nach hinten, wie es sich für eine einfache Dienstmagd gehörte. Da erhob sich ihre Herrin aus ihrem Kirchenstuhl, drehte sich zu ihr um und verzog die Lippen zu einer hämischen Grimasse. »Du Luder wirst heute beichten, verstanden! Und trau dich ja nicht nach Hause, ohne dass der hochwürdige Herr Beichtvater dich freigesprochen hat!«

Rosi hätte sich am liebsten im nächsten Mauseloch verkrochen, denn nun sahen sich alle zu ihr um. Etliche lachten unterdrückt, und sie vernahm einige boshafte Kommentare über ihren Lebenswandel. Nur ein einziges Gesicht unter allen wirkte freundlich, und das war das von Leiberts Knecht Ludwig, den alle nur den Schwab nannten, weil er die herzogliche Residenzstadt München immer zu deren Ungunsten mit der Freien Reichsstadt Augsburg in Schwaben verglich.

Bei Ludwigs Anblick schlug ihr Herz schneller. Er war einer der beiden Männer, von denen sie hoffte, dass einer von ihnen sie einmal heiraten werde. Der zweite gehörte zu Rickingers Haushalt, doch der schien sie gerade mit besonderer Verachtung zu mustern.

An diesem Tag hatte sie jedoch wahrlich andere Probleme, als einen zu ihr passenden Mann zu finden. Sie kannte ihre

Herrin und wusste, dass diese den Beichtzettel sehen wollen würde, den sie vom Priester nach Abnahme der Beichte erhielt. Da die meisten Beichtväter alle möglichen und auch unmöglichen Sünden hören wollten und bei einer Magd wie ihr besonders scharf nachfragten, bedeutete dies, dass sie daraufhin viele Male in die Kirche kommen und Rosenkränze beten musste. Aber in dieser Zeit konnte sie nicht arbeiten, und die Herrin würde ihr den ohnehin schon knappen Lohn gnadenlos kürzen.

Wie an Veva zog die heilige Messe auch an Rosi vorbei, ohne dass sie es wahrnahm. Als sich die Frauen vor den Beichtstühlen anstellten, zögerte sie, weil sie Abscheu vor der Prozedur empfand, und so war sie eine der Letzten in der Schlange. Ihre Herrin, Frau Anna, zählte natürlich zu jenen, die direkt nach den Frauen der Ratsherren an die Reihe kamen, und sie war auch sehr schnell fertig. Schließlich galt sie in der ganzen Stadt als fromme, gottesfürchtige Frau, die den Pfarrer von Sankt Peter und dazu auch den Prior und die leitenden Mönche des Franziskanerklosters häufig zum Essen einlud und Küche und Keller nicht schonte.

Als sie an Rosi vorbeikam, blieb sie stehen und zwickte die Magd in den Arm. »Du faule Urschel! Du müsstest viel weiter vorne stehen. Jetzt kommst du zu spät zur Arbeit. Aber dafür wirst du büßen, das sage ich dir!«

Rosi zog den Kopf ein und versuchte, die Tränen zurückzuhalten. Im günstigsten Fall bedeutete das Hiebe. Die taten zwar weh, doch bis aufs Blut würde die Herrin sie schon nicht schlagen, weil sie hinterher noch in der Lage sein sollte, ihre Arbeit zu tun. Schlimmer war es, wenn die Meisterin ihr dafür wieder den Lohn kürzen würde, denn das hieß, dass sie noch länger unter deren Fuchtel leben musste.

»Ich werde mich beeilen, Frau Meisterin«, versprach sie mit ängstlicher Stimme und rückte sogleich weiter, da die Schlange vor ihr kürzer wurde.

Als sie nach einer schier endlosen Zeit in den Beichtstuhl schlüpfte, erkannte sie Pater Hilarius und atmete auf. Dieser Priester war zwar derb und fasste einer Magd schon mal an die Brust oder zwischen die Beine, doch wenn sie ihn gewähren ließ, bekam sie ihren Beichtzettel schneller als eine fromme Frau, die von einem strengeren Beichtvater verhört wurde.

»Grüß Gott, Hochwürden. Ich müsste wieder einmal beichten«, flüsterte Rosi und beugte sich nach vorne. Sofort griff ihr der Priester an die Brust und knetete sie.

»Dann beichte, meine Tochter, und erleichterte dein Sündenregister. Es soll seit deiner letzten Beichte wieder sehr voll geworden sein, habe ich mir sagen lassen. Man spricht von Unkeuschheit und Hurerei.«

»Gehurt habe ich gewiss nicht!«, sagte Rosi und verdrängte die Tatsache, dass sie von Ernst Rickinger Geld für gewisse Dienste verlangt und bekommen hatte.

»Aber du warst unkeusch und hast dich von Männern besteigen lassen«, fuhr der Pater fort.

Rosi schüttelte den Kopf. »Nicht von Männern, Hochwürden! Nur ein einziger Mann hat mir den Rock hochgeschlagen.«

»Das ist schon eine Todsünde zu viel und könnte dich in die ewige Verdammnis bringen!« Die Stimme des Paters nahm einen bedrohlichen Klang an, während seine Hand nach unten glitt und Rosis Rock hochzerrte.

»Du wirst mir alles erzählen! Aber nicht hier, sondern morgen Abend beim Gebetläuten in der Allerheiligenkirche. Hast du mich verstanden? Vorläufig spreche ich dich von deinen Sünden frei. Hier hast du deinen Beichtzettel, denn deine Herrin wird ihn sehen wollen. Doch vergiss nicht: Bist du morgen nicht zur richtigen Zeit an dem Ort, den ich dir genannt habe, werden deine Sünden doppelt und dreifach wiegen, und du wirst eine Wallfahrt nach Weltenburg oder gar nach Rom tun müssen, um davon befreit zu werden!«

»Ich komme gewiss, Hochwürden«, wisperte Rosi erschrocken.

Wenn sie wallfahren musste, würde sie ihren Dienst aufsagen und unterwegs betteln und wahrscheinlich sogar huren müssen, um an ihr Ziel zu gelangen. Auch wenn sie sich gelegentlich einem Mann hingab, so tat sie es nicht allein des Geldes wegen. Er musste ihr auch gefallen. Doch auf der Landstraße würde sie für ein Stück Brot jedem geilen Bock die Schenkel öffnen müssen.

»Vergiss es nicht!«, mahnte Pater Hilarius sie noch einmal und reichte ihr den begehrten Zettel.

»Vergelt's Gott, Hochwürden!« Rosi weinte fast vor Erleichterung, als sie den Beichtstuhl verließ.

Auf dem Weg nach Hause kam sie an dem Podest mit dem Ablasshändler vorbei und hörte, wie dieser jedem, der es bezahlen konnte, einen Nachlass seiner Sünden versprach. Aus Angst vor dem Höllenfeuer, in das laut den Priestern alle schweren Sünder und unter ihnen vor allem die Frauen kommen würden und in dem sie schlimmste Qualen erdulden mussten, ohne je der Erlösung teilhaftig zu werden, standen die Menschen vor dem Podest Schlange. Rosi fragte sich, ob sie nicht wenigstens einen Teil ihres ersparten Geldes aufwenden sollte, um sich einen Ablassbrief zu kaufen, denn so ganz traute sie der Lossprechung durch Pater Hilarius doch nicht. Der Gedanke, dass die Meisterin bereits auf sie wartete und jedes weitere Säumen ihr eine noch schlimmere Strafe einbringen würde, brachte sie jedoch dazu, sich abzuwenden und nach Hause zu eilen.

5.

Auf dem Heimweg kehrte Ernst Rickinger in die Schenke im Hirschbräugässel ein, in der er oft mit Bartl Leibert gewesen war. Doch als er sich auf seinen Stammplatz setzte und die Schankmaid ihm einen Krug hinstellte, merkte er rasch, dass sich die Freude, hier gemütlich ein gutes Bier zu trinken, nicht einstellen wollte.
»Dir geht wohl der Bartl ab«, sprach die Wirtsmagd ihn an, als sie seine trübe Miene bemerkte.
»Das kannst du laut sagen! Es macht mich wütend, dass niemand Anstalten macht, die Mordbuben zur Verantwortung zu ziehen. Dabei sind die Stadtknechte und die Zunftfähnlein von München schon wegen weit nichtigerer Zwischenfälle aufgebrochen«, schimpfte Ernst.
In dem Augenblick sah er sich einem der Dienstleute des Herzogs gegenüber, der ebenfalls sein Bier in der Schenke trank.
»Jetzt rede nicht so dummes Zeug daher!«, sagte der Mann, während er sich neben ihm niederließ. »Bei Hof ist die Mordtat schon lang und breit besprochen worden. Unser gnädigster Herr Herzog wird das Seine dazu tun, dass diese Räuber endlich dingfest gemacht werden. Schließlich war der Leibert Bartl nicht der erste Untertan, der von denen umgebracht worden ist, und die Kerle haben auch schon mehr Frauen als die Veva dazu gezwungen, unter ihnen zu liegen. Das muss ein End haben, sagt unser Herr Herzog, und das wird es auch. Es geht ja nicht allein um die Mordtaten, sondern auch um den Handel, der durch die Überfälle massiv behindert wird, und um die Steuern, die unser Herr Herzog einnimmt. Wenn die nicht mehr fließen, kann Seine Gnaden fuchsteufelswild werden, sage ich dir!«
Der Mann genoss es, sich als Herzog Wilhelms Vertrauter

aufzuspielen, obwohl er im Palastgefüge einen eher niedrigen Rang einnahm. Doch als Dienstmann des Landesherrn meinte er weit über den normalen Bürgern der Stadt zu stehen, was ihn nicht daran hinderte, sich von Ernst zu einem Krug Bier einladen zu lassen. Während er diesen und noch drei weitere trank, berichtete er haarklein, was die Landrichter, Amtmänner und Vögte des Herzogs alles unternehmen würden, um der Räuberplage Herr zu werden.
Ernst hörte ihm aufmerksam zu, schüttelte jedoch unmerklich den Kopf. Wenn jemand, der es insgeheim mit der Oberland-Mordbande hielt, diesem Mann zuhörte, wussten die Schurken genau, in welchen Gerichtsbezirken in den nächsten Wochen Jagd auf sie gemacht werden sollte. Auf die Weise kriegen sie diese Mordbrenner niemals. Am liebsten wäre er auf eigene Faust losgezogen, um seinen toten Freund zu rächen. Doch seine Möglichkeiten waren zu beschränkt. Eher würde er selbst ein Opfer der Räuber werden, als diese zu fangen. Daher war er froh, als der redselige Dienstmann des herzoglichen Hofes schließlich aufbrach und mit unsicheren Schritten Richtung Schrannenplatz eilte, um dort, wie er sagte, noch etwas für den Herzog zu erledigen.
»Wahrscheinlich hat ihn der Hofkoch geschickt, ein paar Eier zu besorgen«, spottete die Schankmaid, nachdem die Tür hinter dem Mann ins Schloss gefallen war.
Ernst ging nicht darauf ein, sondern trank ebenfalls aus und beglich seine Zeche. »Bis zum nächsten Mal!«, verabschiedete er sich und dachte, dass es wohl einige Zeit dauern würde, bis er wieder Lust bekam, hier ein Bier zu trinken.

6.

Als Ernst das Haus seines Vaters betrat, wartete bereits an der Tür die alte Magd Lina auf ihn. »Dein Vater will, dass du gleich zu ihm kommst!«
»Dabei habe ich heute gar nichts ausgefressen«, sagte Ernst mit fragender Miene. Er bedankte sich bei der Alten, an deren Händen er vor mehr als zwei Jahrzehnten das Gehen gelernt hatte, und trat, ohne sein Wams auszuziehen, in das Kontor des Vaters. Dieser saß über sein Rechnungsbuch gebeugt und blickte erst auf, als Ernst sich vernehmlich räusperte.
»Ist das Bier heute schlecht geworden, weil du schon so früh nach Hause kommst?«, fragte Rickinger seinen Sohn nach einer spöttischen Musterung.
»Das Bier war gut! Aber du hast ja gesagt, ich sollte nicht mehr so lange im Wirtshaus sitzen«, konterte Ernst gelassen.
Die Augenbrauen seines Vaters wanderten einen Deut nach oben. »Du willst mich wohl mit meinen eigenen Waffen schlagen, was? Dafür bist du noch zu grün hinter den Ohren. Aber da du schon einmal hier bist, kannst du mir einen Becher Wein einschenken.«
Ernst folgte seiner Weisung, wartete jedoch vergebens auf die Aufforderung, sich ebenfalls einen Becher zu füllen. Daher stellte er das volle Gefäß auf den Tisch, lehnte sich gegen die Wand und harrte mit vor der Brust verschränkten Armen der Rede seines Vaters.
Der alte Rickinger trank genüsslich und schnalzte dann mit der Zunge. »Der Rebensaft ist eine wahre Gabe Gottes. Aber mit deinem Bier kannst du mich jagen. Das schmeckt doch wie Jauche!«
»Das kann ich nicht beurteilen, denn ich habe noch nie

Jauche getrunken.« Ernst war allmählich gereizt. Was gab es so Dringendes, dass Lina ihn schon am Tor hatte abpassen müssen?
Eustachius Rickinger ging noch einmal die letzten Einträge in seinem Rechnungsbuch durch. Dann blickte er seinen Sohn an, als erinnere er sich erst jetzt wieder daran, dass er im Raum war. »Da Bertram für mich von Tirol weiter nach Venedig gereist ist, habe ich beschlossen, dich ebenfalls nach Innsbruck zu schicken. Dort kannst du dir mit eigenen Augen ein Bild von Ferdinand Antschellers Töchtern machen und entscheiden, welche dir taugt. Vor allem aber kann Antscheller dich begutachten und mir mitteilen, ob du ihm gefällst.« Er kicherte, als bereite ihm die Angelegenheit einen Heidenspaß.
Ernst war nicht zum Lachen zumute. »Ihr meint es also ernst mit meiner Heirat, Herr Vater?«
»Natürlich meine ich es ernst! Passt dir keine von Antschellers Töchtern, so wird es eine andere werden. Ich finde schon eine Braut für dich. Hast du mich verstanden?«
»Ja, Herr Vater. Entweder mir gefällt eine, die Euch zusagt, oder Ihr sucht mir eine aus, ohne Euch darum zu kümmern, was ich von ihr halte.«
Rickinger nickte zufrieden. »Manchmal entdecke ich sogar so etwas wie Verstand bei dir. Übrigens habe ich gehört, du hättest heute Ablassbriefe erstanden. Das erstaunt mich, denn letztens hast du behauptet, diese seien nicht mehr wert, als um sich im Abort damit den Hintern abzuwischen. Das wäre arg teuer für einen Zweck, den Blätter oder Moos genauso erfüllen können. Außerdem würde der hochwürdige Doktor Portikus, kämen ihm deine Worte zu Ohren, gewiss noch einmal die gleiche Summe als Sühne für deine unflätigen Worte verlangen, um fromme Werke damit tun zu können.«
»Damit sich der Papst noch einen Palast bauen kann?«

»Der Papst ist das Oberhaupt der Christenheit! Und du solltest nachdenken, bevor du den Mund auftust. Die Kirche ist mächtig, und selbst unser allergnädigster Herr Herzog vermag nichts gegen ihren Willen auszurichten. Du bist mein Sohn, und es wird deine Aufgabe sein, meine Geschäfte weiterzuführen und das Gut der Familie zu mehren. Aber wenn die Kirchenoberen den Herzog oder den Inneren Rat dazu bringen, dich aus München zu verbannen, kannst du das nicht. Also halte in Zukunft gefälligst dein loses Maul!«

Rickinger war immer lauter geworden und starrte seinen Sohn wütend an. Dann atmete er schwer, trank einen Schluck Wein und machte eine Bewegung, die Ernst fatal an das Verscheuchen einer lästigen Fliege erinnerte. »Jetzt geh! Du wirst dich morgen früh einem Handelszug anschließen, der nach Innsbruck aufbricht. Sieh zu, dass du etwas lernst. Wenn du aufgestanden bist, kommst du noch einmal zu mir, damit ich dir das Reisegeld und meinen Segen geben kann. Und nun verschwinde! Im Warenspeicher gibt es gewiss Arbeit für dich.«

Zwar klang der Vater nun versöhnlich, dennoch war Ernst froh, sich verabschieden zu können. Vor der Tür traf er die alte Lina, die offenkundig gelauscht hatte.

Sie fasste ihn am Arm und zwinkerte ihm zu. »Nimm es nicht zu schwer. Du weißt doch, dein Vater meint es gut mit dir!«

»Ich weiß es«, antwortete Ernst und tätschelte der Alten die Hand.

Diese lächelte und schien für ein paar Augenblicke in ferne Zeiten zu blicken. »Er war früher genau wie du. Ich erinnere mich noch, wie sein Vater gepoltert hat, wenn ihm etwas nicht gefiel, und ihm passte sehr vieles nicht an seinem Sohn. Allerdings war dieser nicht so vermessen, einen frommen Mann wie Pater Remigius vor allen Leuten zum Gespött zu machen.«

»Wäre Pater Remigius ein wahrhaft frommer Mann, hätte ich ihn nicht zum Gespött machen können«, antwortete Ernst verdrossen.
Er fasste die vertraute Magd am Arm. »Lina, es kann sein, dass in der Zeit, in der ich weg bin, ein Bekannter aus Augsburg vorbeikommt und mir etwas bringt. Nimm es entgegen und verstecke es in meiner Kammer, aber so gut, dass es die anderen Mägde nicht finden. Es darf niemand etwas davon erfahren, verstehst du? Das ist ganz wichtig!«
Die Alte nickte, obwohl sie im Grunde nichts verstand. »Ich passe schon auf.«
»Der Mann heißt Korbinian Echle und weiß, dass er sich an dich wenden muss, wenn ich nicht da bin. Es könnte allerdings auch Christoph Langenmantel hier auftauchen. Das ist ein hoher Herr! Sein Vater war Bürgermeister von Augsburg, und er selbst ist einer der dortigen Domherren«, erklärte Ernst eindringlich.
Er hoffte, dass die Magd Verstand genug besaß, seine Anweisungen genau zu befolgen. Wenn die Flugblätter, die Echle unter unverfänglichen Waren versteckt in die Stadt München schmuggelte, den falschen Leuten in die Finger fielen, waren ihm Verhaftung und Verbannung gewiss. Es mochte sogar sein, dass Doktor Portikus ihn vom Gericht des Herzogs zum Feuertod verurteilen ließ.

7.

Da Anna, die Meisterin, auch sonst nicht duldete, dass ihre Knechte und Mägde bei der Arbeit trödelten, musste Rosi an diesem Tag die Hände noch flinker rühren als sonst, um rechtzeitig fertig zu werden. Zwar hatte sie ihrer Herrin den Beichtzettel gezeigt, den Pater Hilarius ihr gegeben hatte, doch die Bezahlung dafür war sie dem Geistlichen noch schuldig. Aus diesem Grund gesellte sie sich nicht zu den anderen Mägden in der Küche, in der gerade das beim Abendessen verwendete Geschirr geschrubbt wurde, sondern schlich aus dem Haus. Sie war geschickt genug, den Blicken des Hausknechts zu entgehen, der sie sonst unweigerlich der Meisterin gemeldet hätte.

Auf der Straße begann sie zu rennen, um nicht zu spät in die Allerheiligenkirche zu kommen. Wenn sie nicht die Erste war, die von Pater Hilarius diesen besonderen Ablass erhalten hatte, würde der Priester sie wegschicken und an einem anderen Tag zur Beichte bestellen, und dann musste sie das Haus erneut heimlich verlassen.

Abgehetzt schlüpfte sie durch die Seitenpforte in die Kirche und sah sich um. Neben dem Altar brannte eine einzige Kerze, die das Kirchenschiff kaum zu erhellen vermochte. Dennoch konnte Rosi feststellen, dass außer ihr niemand anwesend war. Auch war der einzige Beichtstuhl leer. Aufatmend kniete sie nieder und sprach ein leises Gebet, in dem sie die Mutter Gottes bat, ihr beizustehen.

Ein mahnendes Räuspern ließ sie innehalten. »Seid Ihr es, hochwürdiger Herr?«, fragte sie halb erschrocken, halb erleichtert.

»Ich bin es, meine Tochter. Komm nun und beichte deine Sünden!«

Rasch schlüpfte Rosi in den Beichtstuhl. Kaum kniete sie in dem finsteren Alkoven, hörte sie den Pater vor Erregung keuchen. Gleichzeitig kam sein Gesicht dem ihren so nahe, dass sie seinen heißen Atem spürte.

»Und nun beichte deine Sünden, meine Tochter. Unter welchem Mann bist du gelegen?«

»E… Ernst Rickinger!« Rosi zögerte zunächst, stieß dann aber den Namen rasch aus, um den Pater nicht zu erzürnen.

»Also diesem Hurenbock Rickinger hast du deine Tugend geopfert? Damit hast du schwere Schuld auf dich geladen, und du wirst eifrig sühnen müssen, um diese wieder loszuwerden. Aber nun berichte, wie Rickinger dich genommen hat. Bist du auf dem Rücken gelegen, wie es einer christlichen Frau zukommt, oder hast du dich ihm wie ein Tier angeboten oder dich gar auf ihn gesetzt?«
»Nein, ehrwürdiger Vater. Ich lag im Heu und er auf mir, so wie es sich gehört.«
»Wie es sich bei einem vom Priester gesegneten Ehepaar gehört. Du aber hättest tugendsam sein und ihm das, was Eva dir vererbt hat, verweigern müssen. Er selbst hätte zu den willigen Mägden im Frauenhaus gehen müssen, um seine Lust zu stillen. Dafür sind diese Weiber schließlich da. Sich zu einer Magd zu legen heißt, die Huren um den ihnen zustehenden Lohn zu betrügen und unsere Stadt München und Seine Gnaden, den Herzog, um die Steuer, die die Huren für jeden, der zu ihnen kommt, bezahlen müssen. Doch nun sprich, wie es war, als du bei ihm gelegen bist?«
Rosi musste seine Fragen beantworten, welche Gefühle sie beim Beischlaf mit Ernst Rickinger erlebt hätte. Obwohl sie damals vor Lust fast vergangen war, schämte sie sich, davon zu berichten, und gab nur ein leichtes Wohlbefinden zu.
Obwohl sie gehofft hatte, auf möglichst einfache Art zu ihrem Beichtzettel zu kommen, ekelte sie sich nun vor sich selbst. Es war etwas anderes, mit einem Mann, der ihr gefiel, im Heu zu liegen und ihn in sich zu spüren, als Fragen darüber beantworten zu müssen. Doch was blieb ihr anderes übrig? Ohne Beichtzettel konnte ihre Meisterin sie jederzeit auf die Straße setzen. Da sie sonst niemand in seine Dienste nehmen würde, lief sie Gefahr, als arbeitsscheu bezeichnet und mit Ruten aus der Stadt getrieben zu werden. Diesem Schicksal konnte sie nur entgehen, wenn sie ins Frauenhaus

ging, in dem sie sich unter jeden stinkenden Bock legen musste, der ein paar Pfennige dafür aufwenden konnte.
Es gab noch eine andere Möglichkeit, die sogar mit einer Heirat verbunden war, doch die erschien Rosi ebenso schlimm wie das Hurenhaus. Sie konnte das Weib des Henkers werden, aber das war gleichbedeutend mit einer Ächtung durch die ganze Stadt. Dabei sah Meister Hans nicht einmal so übel aus, und in seinem Beutel klimperten mehr Gulden als bei den meisten Bürgern, die die Straßenseite wechselten, um ihn nicht begrüßen zu müssen oder gar sein Gewand zu streifen.
»Du hast wacker gebeichtet, meine Tochter. Doch deiner Sünden sind zu viele, als dass sie mit diesem einen Mal abgebüßt wären. Daher wirst du zur Strafe jede Woche einmal hierherkommen.«
Mit einem Mal verspürte Hilarius den Wunsch, mehr mit ihr zu tun. Bisher hatte er wohlweislich darauf verzichtet, eine Frau wie ein angetrauter Gatte zu nehmen. Was er trieb, war eine lässliche Sünde, die ihm der Herr gewiss verzieh. Doch einem Weib beizuwohnen galt als offene Unkeuschheit. Außerdem wollte er nicht so enden wie sein Amtsbruder Remigius, der von frechen Burschen bei seinem Tun erwischt und samt seiner Buhle nackt aus dem Haus geschleift worden war. Doch seine Sehnsucht, Rosi richtig zu besitzen, wurde größer und größer.
Hilarius spürte, wie ihm bereits bei dem Gedanken daran das Blut wieder in die Lenden schoss, und stieß die Magd mit einer heftigen Gebärde zurück. »Verschwinde jetzt und sündige in der nächsten Zeit weniger, damit du nicht so viel Schlimmes zu beichten hast!«
Für einen Moment erwog er, ihr zu befehlen, die Beichte in Zukunft bei einem anderen Geistlichen abzulegen, da sie eine zu große Versuchung für ihn darstellte. Doch die Worte erstarben auf seiner Zunge.

Erschrocken über den für sie unerklärlichen Unmut des Paters sprang Rosi aus dem Beichtstuhl und rannte davon, ohne sich noch einmal umzusehen. Daher entging ihr eine Frau in dunkler Kleidung, die in einer düsteren Ecke gewartet hatte. Nachdem diese sah, dass der Beichtstuhl frei war, schlüpfte sie hinein.

»Da bin ich, Pater«, flüsterte sie dem noch immer mit seinen Gefühlen kämpfenden Hilarius zu.

Dieser antwortete mit einem willkürlichen lateinischen Spruch und hätte sie am liebsten wieder weggeschickt. Doch da berichtete sie ihm bereits mit heiserer Stimme von den Unzüchtigkeiten, die sie unter der Woche begangen hatte.

8.

Rosi war zunächst blindlings davongestürzt, ohne auf den Weg zu achten. Als sie in der aufziehenden Dämmerung den Schönen Turm vor sich sah, der die Kaufingerstraße begrenzte, blieb sie stehen und sah sich unsicher um. Nur noch wenige Menschen waren unterwegs, und das verriet ihr, wie spät es geworden war. Der Markt auf dem Schrannenplatz war längst zu Ende, die Kaufleute hatten ihre Auslagen geschlossen und die Handwerker ihr Werkzeug aus der Hand gelegt.

Es lag eine seltsame Stimmung über der Stadt. Die Hast und der Lärm des Tages waren geschwunden, ohne dass die Stille der Nacht bereits eingezogen wäre, die meist nur vom gelegentlichen Gebell eines Hundes oder den Rufen der Turmwächter unterbrochen wurde.

Nun wurde Rosi sich wieder ihrer selbst bewusst, und sie

fühlte sich besudelt. Angeekelt eilte sie auf den nächsten Brunnen zu, steckte beide Arme bis über die Ellbogen ins Wasser und rieb sie heftig. Doch als sie die Hände wieder herauszog, glaubte sie immer noch die Spuren von Hilarius' Samenflüssigkeit zu spüren, und wusch Hände und Arme erneut. Das Gefühl wich nicht.

Ob er das auch mit Knaben machte?, fragte Rosi sich. Wohl kaum, denn sonst hätten die Burschen sich längst Ernst Rickinger zum Vorbild genommen und den Pater zum Gespött der Stadt gemacht. »Wir Weiber müssen das alles ertragen«, schimpfte sie leise vor sich hin, während sie Wasser aus dem Brunnen schöpfte und ihr Kleid an den Stellen reinigte, an denen sie ebenfalls die Spuren von Pater Hilarius' widernatürlichem Tun zu sehen glaubte.

Ein Holzeimer, der neben dem Brunnen stand, brachte sie auf eine Idee. Um diese Zeit war das Hoftor gewiss schon verschlossen, und sie würde den Hausknecht herausrufen müssen, damit er ihr aufmachte. Ein voller Eimer Wasser, den sie angeblich noch hatte holen müssen, schien ihr eine wirkungsvolle Ausrede zu sein, warum sie zu dieser Stunde noch draußen unterwegs war.

Während sie mit dem gefüllten Eimer zum Haus ihrer Meisterin zurückkehrte, fiel ihr ein, dass das Gefäß am nächsten Morgen gewiss vermisst werden würde. Sie beschloss, den Eimer gleich nach Sonnenaufgang zurückzubringen. Doch dies minderte nicht das Gefühl, dass sie Pater Hilarius' wegen nun auch noch zur Diebin geworden war.

9.

Etwa um die Zeit, in der Rosi den Wassereimer nach Hause schleppte, war der große Saal der herzoglichen Residenz hell erleuchtet. Edelleute und Hofdamen tanzten in prunkvolle Gewänder gekleidet mit gravitätischen Schritten zur Musik der Hofkapelle. Immer wieder warfen sie fragende Blicke auf den Herzog, der an der Stirnseite des Saales auf einem Sessel saß. Sonst war Wilhelm IV. immer der Erste beim Tanz, und die Damen warteten auch diesmal begierig auf seine Teilnahme. Danach aber sah es im Augenblick nicht aus. Neben dem Herzog stand nämlich der Theologe Doktor Portikus, der im Gegensatz zu den anderen Gästen in düsteres Schwarz gekleidet war und als einziges Schmuckstück ein silbernes Kreuz an einer ebenfalls silbernen Kette um den Hals trug.

Gerade hielt Portikus dem Herzog ein Blatt Papier hin. »Euer Gnaden, seht doch selbst! Da ist schon wieder ein Pamphlet des rebellischen Mönchs aus Wittenberg in den Kirchen Eurer Residenzstadt aufgetaucht. Der Wisch trieft vor Schmutz, mit dem die heilige katholische Kirche beworfen wird. Wagt es dieser Luther doch, Seine Heiligkeit den Papst persönlich anzugreifen! Auch geifert er gegen die ehrwürdigen Bischöfe, Äbte und Äbtissinnen im Reich. Es muss etwas getan werden, damit diese Schmierblätter nicht länger das Gemüt des einfachen Volkes vergiften.«

Während Portikus sich ereiferte, nahm Wilhelm ihm das Blatt aus der Hand und starrte darauf. Dann sah er mit gefurchter Stirn auf. »Der sächsische Mönch übertreibt natürlich. Dennoch kann ich seine Kritik gegen Teile des Klerus und der Klöster verstehen. Ihr wisst selbst, dass auch in unserer Residenzstadt München nicht alle Geistlichen die gebotene Keuschheit und Demut zeigen.«

»Es mag einige wenige geben, die gesündigt haben, Euer Gnaden. Doch der Auswurf des sächsischen Mönchs ist nicht gegen Einzelne gerichtet, die Verfehlungen begangen haben, sondern gegen die Gesamtheit des Klerus und der Klostergemeinden. Luther hetzt das Volk auf, so dass es sich zuerst gegen seine Seelsorger und danach gegen seine Landesherren empört. Euer Gnaden, die Schriften dieses Mannes müssen vernichtet und er selbst als Ketzer verbrannt werden. Nur dann wird wieder Ruhe im Land einkehren!«
Portikus war zuletzt so laut geworden, dass die Tanzenden seine Worte trotz der Musik verstehen konnten.
Manche Adelige lächelten einander spöttisch an. Da sie Verwandte hatten, die aus Familientradition Kleriker geworden oder in ein Kloster eingetreten waren, wussten sie aus erster Hand, dass es sich mit reichen Pfründen oder in einem wohlhabenden Kloster gut leben ließ. Das war den meisten sogar recht, denn sie hatten bereits Söhne und Töchter für eine geistliche Laufbahn bestimmt, und keiner wollte seine Nachkommen darben sehen.
Der Herzog streifte Portikus mit tadelndem Blick. »Die Geistlichkeit soll so leben, dass das Volk in Achtung zu ihr aufsieht und ihre Lehren befolgt. Doch es gibt im ganzen Bayernland genauso wie in unserer Residenzstadt genug Priester und Mönche, die weniger daran denken, Gottes Wort zu verkünden, als sich mit ihren Beischläferinnen und Bettmägden zu vergnügen. Andere vergreifen sich gleich an den Weibern ihrer Gemeinde. Oder habt Ihr schon vergessen, wo Euer frommer Betbruder Remigius aufgegriffen worden ist?«
Die Erwähnung jener Szene, in der Ernst Rickinger den Geistlichen beim Beischlaf mit einer verheirateten Bürgerin ertappt und zum Gespött der ganzen Stadt gemacht hatte, trieb Portikus die Zornesröte ins Gesicht. Jedem anderen hätte er mit deutlichen Worten klargemacht, was er von

solchen Schurkenstücken hielt. Vor dem Herzog musste er seine Worte jedoch gezielter setzen. »Pater Remigius hat gefehlt, doch das war nicht seine Schuld, sondern die jenes Weibes, das ihn zu diesem Tun verführt hat.« Am liebsten hätte Portikus hinzugesetzt, dass es ein abgekartetes Spiel gewesen sei. Da der junge Rickinger und seine Freunde jedoch auch die Frau nackt auf die Straße getrieben hatten, würde dieses Argument beim Herzog nicht verfangen.

Wilhelm IV. ließ sich nicht beeindrucken. »Wir haben noch mehr solcher Anschuldigungen vernommen. So soll Pater Remigius selbst der schlimmsten Sünderin die Absolution erteilen, wenn sie ihm Dinge gestattet, die Gott nur zwischen Ehemann und Ehefrau erlaubt hat.«

Du bist gerade der richtige Mann, um dich über die Unmoral der Geistlichkeit zu beschweren!, dachte Portikus erbittert. Der Herzog war gewiss kein leuchtendes Beispiel an Tugend. Jung und von einem Flor bereitwilliger Hofdamen und Mägde umgeben, sündigte Herzog Wilhelm wahrscheinlich mehr als die Hälfte der Priester und Vikare der Stadt München zusammen. Doch was dem Ochsen verboten ist, ist für Jupiter recht und billig, wandelte der Geistliche ein lateinisches Sprichwort um und versuchte erneut, den Herzog gegen den aufmüpfigen Mönch aus Sachsen einzunehmen.

Da aber entdeckte Wilhelm unter den Tänzerinnen seine derzeitige Favoritin und erhob sich. »Wir sprechen zu einer anderen Zeit über diese Sache«, beschied er Portikus und gesellte sich mit einer huldvollen Geste zu seinen Gästen.

Portikus sah ihm mit verbissener Miene nach und zerbrach sich weiterhin den Kopf, wie er den Herzog dazu bewegen konnte, dem ketzerischen Treiben in seinem Herrschaftsgebiet ein Ende zu bereiten. Wilhelm besaß einen starren Sinn, und ihn lenken zu wollen war gefährlich. Dennoch musste es einen Weg geben, ihn zu überzeugen.

Mit diesem Vorsatz verließ Portikus die herzogliche Residenz und schritt in Richtung Unserer Lieben Frau davon. Vor dem Dom, dessen Türme von einfachen Hauben aus Holz gekrönt wurden, trat ihm einer jener Mönche entgegen, die er als Wache eingesetzt hatte, um den Kerl zu fassen, der die aufrührerischen Flugblätter im Kirchenschiff verteilte.

»Hochwürdiger Herr Doktor, wir haben vorhin wieder einige dieser Zettel gefunden.«

»Ihr sollt nicht die Zettel finden, sondern die Kerle, die sie in die Kirche schmuggeln!«, fuhr Portikus auf und setzte etwas ruhiger hinzu: »Habt ihr euch gemerkt, wer alles die Kirche betreten hat?«

Der andere nickte. »In etwa schon.«

»Was heißt in etwa?« Der Theologe vermochte seinen Zorn kaum noch zu bezwingen.

Der Wächter hob hilflos die Arme. »Als zur Messe geläutet wurde, sind sehr viele auf einmal in die Kirche geströmt. Die konnten wir uns nicht alle merken.«

»Was könnt ihr euch eigentlich merken – außer dem Weg ins Wirtshaus? Bei unserem Herrgott im Himmel! Ich habe euch eine Aufgabe gestellt, die selbst ein fünfjähriges Kind erfüllen könnte, und das Einzige, was ich von euch zu hören bekomme, ist: Wir konnten uns nicht alle merken!« Seinen Worten zum Trotz begriff Portikus, dass er mit Schimpfen allein nicht weiterkäme, und mäßigte seine Stimme. »Du kennst doch die Pfarrgemeinde der Kirche Unserer Lieben Frau. Hast du oder haben deine Mitbrüder jemanden gesehen, der nicht zu dieser Gemeinde gehört?«

Jetzt nickte der Mann eifrig. »Ja, da waren etliche. Zwei Herren aus der Lombardei zum Beispiel, die beim Thorbräu abgestiegen sind, oder aber der Baumeister aus Augsburg, der wegen der Spitzen für den Turm gerufen worden ist, und mehrere Vaganten samt ihren Weibern. Aber die haben wir nur in den hinteren Teil der Kirche gelassen. Zu den Bänken, auf denen die Flugblätter lagen, sind die nicht gekommen.«

»Die Herren aus der Lombardei werden es wohl auch kaum gewesen sein. Sehen wir uns also den Augsburger an. Diese Stadt ist ein Hort des Aufruhrs und der Rebellion.« Da er nicht offen in Aktion treten wollte, befahl Portikus dem Mönch, mehrere Stadtknechte zu rufen und das Quartier des Augsburger Baumeisters durchsuchen zu lassen.

»Was sollen wir dem Mann sagen, wenn er fragt, warum wir das tun?«, wollte der andere wissen.

»Sagt ihm, ein Teil des Plans vom Dom wäre abhandengekommen und ihr wolltet sehen, ob sich die Blätter in seinem Besitz befinden.« Portikus wusste, auf welch schwachen Füßen eine solche Anschuldigung stand, aber solange er keine herzogliche Erlaubnis besaß, Reisende nach Flugblättern mit Luthertexten durchsuchen zu lassen, sah er sich zu solchen Maßnahmen gezwungen. Zugleich schwor er sich, dem Herzog so lange ins Gewissen zu reden, bis er ihm endlich freie Hand ließ. Dann würde der lange Arm der heiligen Kirche jeden ketzerischen Gedanken in München ausrotten und die Scheiterhaufen mit den Schuldigen auf dem Schrannenplatz hellauf lodern.

10.

Veva wusste vom Bestreben des Doktor Portikus, die Verteiler der Lutherschen Schriften zu fassen, ebenso wenig wie von den Problemen der jungen Magd Rosi. Auch von Ernst Rickingers Abreise nach Innsbruck erfuhr sie erst zwei Tage danach, als der Schwab es in der Küche erzählte.

Nun wurde ihr bewusst, dass sie sich seit ihrem letzten Kirchgang im Haus vergraben hatte. Sie war weder zum Markt gegangen, noch hatte sie sich um die Auffrischung der Biervorräte gekümmert. Hätte der Schwab nicht am Abend gemerkt, dass das Fass leer wurde, und am nächsten Morgen ein neues besorgt, hätten sie dürsten oder das Wasser vom städtischen Brunnen holen müssen, denn das Wasser aus dem eigenen Hausbrunnen roch unangenehm und schmeckte schlecht. Veva vermutete, dass der Misthaufen des Nachbarn an der Grundstücksgrenze Schuld daran trug. Doch mit dem Mann zu reden war ebenso sinnvoll, wie einen Ochsen zu bitten, die Zehn Gebote aufzusagen, und die sonst so gestrengen Brunnenmeister kümmerten sich nicht um Brunnen, die ohne die Zustimmung des Rates betrieben wurden. Da ihr Hofbrunnen sehr viel älter war als jener Erlass des Rates, hatten weder ihr Vater noch ihr Großvater eingesehen, warum sie ihn sich noch einmal hätten genehmigen lassen sollen. Diese Entscheidung gab ihrem Nachbarn jedoch freie Hand. Das war ärgerlich, weil sie mit dem Wasser auch die Tiere in ihren Stallungen tränken mussten. Selbst die Hühner soffen es ungern, und ihre Eier schmeckten faulig.
Veva beschloss, dass sie mit ihrem Vater über die Sache reden musste. Noch immer schrieb sie die Briefe für ihn und trug unter seinem wachsamen Blick das Rechnungsbuch nach. An diesem Morgen saß ihr Vater auf seinem Stuhl, einen Krug Bier in der Hand, und starrte ins Leere. Das Gesicht zuckte, und die Lippen bogen sich, als habe ihn etwas verärgert.
Als Veva mit ihrem Text fertig war, sprach sie ihn an. »Herr Vater, darf ich Euch etwas fragen?«
»Das war schon eine Frage«, antwortete er mit einem kurzen Schnauben.
»Habe ich Euch erzürnt, weil Ihr so schlechter Laune seid?«

»Du mich erzürnt? Wie kommst du auf diesen Gedanken?«
»Nun … ich dachte, weil Ihr so grimmig wirkt.«
Bartholomäus Leibert stieß ein kurzes Lachen aus. »Es gibt wahrlich noch mehr auf der Welt, was mich ärgern könnte. Aber ich glaube nicht, dass dies deine Frage war.«
»Das stimmt, Herr Vater. Es geht um unseren Brunnen. Das Wasser stinkt, und selbst das Vieh will es nicht saufen. Ihr solltet noch einmal mit unserem Nachbarn reden und ihn bitten, seinen Misthaufen auf der anderen Seite zu errichten.«
»Das wird er gewiss nicht tun. Nein, Kind, das lassen wir lieber.«
»Aber es geht um die Eier. Auch die stinken.« Veva seufzte, denn wie es aussah, nahm ihr Vater sie nicht ernst. Wahrscheinlich hatte er bis jetzt jene Eier gegessen, die Cilli auf dem Markt gekauft hatte. Sie traute es der Köchin zu, nur diese für den Herrn zu nehmen. Doch das würde sie ändern. Schon morgen würde ihr Vater ein Ei von einem der eigenen Hühner bekommen.
Als habe er ihre Gedanken gelesen, umspielte ein Lächeln Leiberts Lippen. »Es ist nicht gut, Vieh in der Stadt zu halten. Daher habe ich beschlossen, einen Meierhof auf dem Land zu pachten. Von dort werden wir gewiss bessere Eier und einen saftigeren Schinken erhalten, als wenn wir die Tiere hier halten.«
»Einen Meierhof?« Veva starrte ihren Vater ungläubig an.
Leibert nickte. »Ich habe dem Herzoglichen Rat Prielmayr mit einer größeren Summe ausgeholfen. Als Sicherheit hat er mir einen kleinen Hof im Landgericht Schwaben angeboten, in einem Dorf namens Pewing. Wir können ihn zehn Jahre lang behalten und später zu üblichem Zinssatz pachten, wenn uns danach ist.«
»Das wäre schön!«, antwortete Veva, die in Gedanken nicht nur die Eier, sondern auch die Enten, Gänse und Schweine

zählte, die sie von dort für den eigenen Haushalt bekommen konnten.
Ihr Vater verschwieg ihr jedoch, dass er auf diese Weise nur das Beste aus einem Geschäft machen wollte, das ihm sonst kaum einen Gewinn einbringen würde. Die Herren in der Umgebung des Herzogs waren zu wichtig, als dass er ihnen ein Darlehen einfach verweigern dürfte. Außerdem erhöhte es sein Ansehen, wenn er sich einen eigenen Meierhof leisten konnte. Auch verband er mit dieser Erwerbung noch einen anderen Zweck. »Ich wollte mir diesen Hof einmal ansehen, doch ich komme derzeit einfach nicht aus München heraus. Daher solltest du an meiner statt hingehen. Der Schwab wird dich begleiten. Er hat einen klugen Kopf auf den Schultern und wird mir raten können, was ich tun muss, um Zins aus dem Hof herauszuholen.«
Seine Worte ließen Vevas Laune sehr tief sinken. Statt von ihr wollte ihr Vater lieber von einem Knecht erfahren, wie es um das Anwesen in Pewing stand. Ihr traute er anscheinend auch in dieser Angelegenheit kein fundiertes Urteil zu. Um ihren Unmut nicht in Worte zu kleiden, presste sie die Lippen zusammen.
Leibert achtete nicht auf das Mienenspiel seiner Tochter, sondern sprach ansatzlos weiter: »Du wirst einige Wochen auf dem Hof bleiben, bis sich zeigt, ob dein Aufenthalt bei den Räubern Folgen nach sich zieht oder nicht. Bist du schwanger – was die Heilige Jungfrau im Himmel verhüten möge! –, bleibst du bis zur Niederkunft dort.«
Veva stampfte wütend mit dem Fuß auf. »Herr Vater, ich habe Euch doch gesagt, dass mir kein Räuber nahe genug gekommen ist, um solche Folgen, wie Ihr es nennt, zu verursachen.«
»Du wirst gehen – und zwar noch heute! Der Schwab weiß schon Bescheid und sattelt bereits das Maultier für dich.«

»Das Maultier? Nein, Herr Vater, reiten will ich nicht. Lieber gehe ich zu Fuß!« Veva schüttelte es, denn das Tier würde sie mit jedem Schritt an jene fatale Reise nach Innsbruck erinnern und an den Tod ihres Bruders.
»Wie du willst! Es ist auf jeden Fall nicht so weit wie die Wallfahrt zu den frommen Brüdern von Andechs. Wenn ihr kräftig ausschreitet, werdet ihr bis zum Abend ankommen. Die Bauersleute wissen bereits, dass ich jemanden schicke, und werden euch Quartier geben.«
»Danke, Herr Vater!« Veva kämpfte noch immer mit ihren Gefühlen, aber sie wagte nicht, weitere Widerworte zu geben. Zwar hatte sie die Rute seit Jahren nicht mehr zu spüren bekommen, doch ein strafender oder gar verächtlicher Blick aus seinen Augen war für sie beinahe schlimmer als ein Hieb.
»Du kannst gehen!« Leibert wollte sich wieder seinem Rechnungsbuch zuwenden.
Veva nutzte den Augenblick. »Wer wird für Euch die Briefe schreiben, wenn ich nicht hier bin?«
»Da wird mir schon etwas einfallen«, gab er ebenso knapp wie unbestimmt zurück.
Nicht einmal in dieser Angelegenheit vertraut Vater sich mir an, dachte Veva bedrückt. Sie knickste und verließ das Zimmer so schnell, dass er ihre Tränen nicht sehen konnte. Kurz darauf trat sie in die Küche, in der Cilli bereits dabei war, ein großes Bündel mit Lebensmitteln zusammenzupacken.
Als die Köchin Veva hereinkommen sah, hielt sie kurz inne. »Du wirst auch etwas davon tragen müssen, denn der Schwab kann nicht alles allein schleppen. Aber wenn du dich doch noch für das Maultier entscheidest, trägt das den ganzen Packen.«
Wie es aussieht, haben hier alle Wände Ohren, fuhr es Veva durch den Kopf. Woher wusste Cilli schon wieder, dass sie zu Fuß gehen wollte? Sie fragte nicht, sondern zwang sich zu einem Lächeln. »Ich trage gerne etwas. Aber warum

packst du Schinken, Speck, Würste und Mehl ein? Unser Ziel ist doch ein Bauernhof.«
Die Köchin schnaubte verächtlich. »Wer weiß, wie diese Bauern leben. Wahrscheinlich hausen sie selbst in einem Schweinekoben, und zum Essen gibt es tagaus, tagein nur Gerstenbrei. Du wirst mir noch dankbar sein, dass ich dir die Sachen mitgegeben habe. Später wird dir der Schwab jede Woche so ein Paket bringen.«
Veva hörte Cilli kopfschüttelnd zu. Schließlich sollte der Meierhof ihr väterliches Anwesen mit Nahrung versorgen und nicht umgekehrt. Sie wusste jedoch, dass sie Cilli ohnehin nicht umstimmen konnte, und ließ es daher zu, dass diese ihr ein leichtes Bündel schnürte. Auf den Schwab hingegen wartete ein großer Korb, der auf dem Rücken getragen wurde und auch einige ihrer Kleider aufnehmen musste.
Als der Knecht die Küche betrat, war er bereits für die Reise gekleidet. An der Seite trug er einen langen Hirschfänger, und in der Hand hielt er einen mannslangen Stock mit eiserner Spitze.
»Das ist wegen der Hunde«, erklärte er. »Räuber haben wir auf diesem Weg keine zu befürchten. Dafür liegt dieses Bauerndorf zu nahe an der Residenzstadt. Ich hoffe nur, dass die Unterkunft, die wir dort bekommen, dir angemessen ist, Jungfer!«
Erstaunt vernahm Veva, dass der Knecht, der sonst alles, was München betraf, zum Nachteil mit jenen Dingen verglich, die es in Augsburg gab, die Residenzstadt des Herzogs nun himmelhoch über das Dorf stellte, welches sie aufsuchen sollten. Dieses Verhalten reizte sie zum Spott. »Pewing soll übrigens bei Schwaben liegen!«
Zuerst starrte der Schwab sie verblüfft an. Dann aber winkte er lachend ab. »Dieses Schwaben ist nur ein kleiner Marktflecken, der zufällig so heißt. Mit dem richtigen Schwaben und der prächtigen, wohlhabenden Stadt Augsburg hat der

Ort nichts zu tun.« Schon war er wieder in seinem Element und erzählte, wie schön es doch am Lech wäre und um wie viel besser Brot, Bier und Braten dort schmeckten.
Schließlich wurde es der Köchin zu dumm. »Ach, hör doch auf damit! Wie oft warst du schon in Augsburg, um zu wissen, wie dort alles schmeckt? Und schöner als in unserer herzoglichen Residenzstadt München kann es dort auch nicht sein.«
Ihr Tonfall warnte den Schwab davor, eine weitere abfällige Bemerkung über München zu machen. Da er es sich nicht mit Cilli verderben wollte, trat er ans Bierfass und füllte einen Becher.
»Wegzehrung«, meinte er grinsend und trank. Danach wuchtete er sich den Tragkorb auf die Schulter und sah Veva auffordernd an. »Können wir gehen, Jungfer?«
Veva griff nach ihrem Bündel und trat zur Tür. »Ich bin bereit. Bis bald, Cilli! Ich hoffe, ich muss nicht zu lange auf dem Meierhof bleiben.«
»Das mag die Heilige Jungfrau verhüten!«, rief die Köchin und versprach der Mutter Jesu eine Kerze, wenn sie verhinderte, dass ihre junge Herrin von einem der Mörder ihres Bruders geschwängert geworden war. Vevas Beteuerungen, ihr sei bei den Räubern nichts geschehen, nahm sie ebenso wenig ernst wie Leibert, das restliche Gesinde und die gesamte Nachbarschaft. Die schaurigen Taten der Oberländer Bande waren in München in aller Munde.
»Behüt euch Gott!« Mit einer energischen Bewegung wandte Veva sich um und ging den Flur entlang zur Tür. Kurz überlegte sie, ob sie sich nicht doch von ihrem Vater verabschieden sollte. Doch der hatte ihr deutlich erklärt, dass sie umgehend aufbrechen müsse. Außerdem war sie gekränkt, weil er ihren Worten keinen Glauben schenkte.

11.

Leibert stand oben am Fenster und sah zu, wie seine Tochter und der Knecht das Anwesen verließen. Dabei empfand er nichts als Ärger, weil Veva zu Fuß ging wie eine einfache Bäuerin. Sie hätte auf einem Maultier reiten oder eine Sänfte mieten sollen. So aber würden die Nachbarn annehmen, es ginge ihm finanziell nicht gut. Als seine Tochter um die Ecke bog, schloss er das Fenster und wandte sich seinem Schreibtisch zu. Aber er setzte sich nicht, sondern verließ nach kurzem Zögern den Raum und stieg die Treppe hinab. Unten ließ er sich von dem zweiten Hausknecht in den Mantel helfen, setzte seine Kappe auf und trat ins Freie.

Es fiel ihm schon schwer, die Straße entlangzugehen, und nach kurzer Zeit schnaufte er wie ein abgetriebenes Ross. Wut auf seine zunehmende Schwäche überkam ihn. Ausgerechnet in diesen Tagen, in denen er stark sein musste, versagte sein Leib ihm den Dienst. Noch vor wenigen Jahren war er kreuz und quer durch die ganze Stadt gelaufen, ohne die geringste Ermattung zu spüren. Nun aber vermochte er es kaum, die kurze Strecke zum Haus seines Freundes Rickinger zurückzulegen.

Daher war er froh, als er an seinem Ziel angelangt war und ihn ein Knecht einließ. Ein zur Begrüßung gereichter Krug Bier weckte seine Lebensgeister, und so vermochte er kurz darauf Eustachius Rickingers Händedruck beinahe ebenso fest zu erwidern.

»Bist du wieder einmal aus deinen vier Wänden herausgekommen, Bartholomäus? Ich habe mir schon Sorgen um dich gemacht. Immerhin hast du einen schweren Schicksalsschlag hinnehmen müssen. Lass dir sagen, wie tief ich mit dir fühle und um deinen Bartl trauere. Mir tut es auch um die arme Veva leid. Es muss schrecklich für sie gewesen sein.«

»Weiber halten viel aus«, antwortete Leibert mit einer wegwerfenden Handbewegung und ließ sich von seinem Gastgeber in die gute Stube führen.
»Lina, bring Wein!«, rief Rickinger der alten Magd zu. Dann nahm er Platz und sah seinen alten Freund neugierig an. »Ich habe schon Schlimmstes befürchtet. Immerhin bist du die letzten beiden Male nicht zum Stammtisch gekommen, und das hat es seit den Zeiten, in denen du noch auf Reisen gegangen bist, nicht mehr gegeben.«
»Ein wenig Kraft ist schon noch in meinen Knochen«, antwortete Leiber, obwohl er eher das Gegenteil empfand.
Er wartete, bis Lina ihnen die Weinpokale hingestellt hatte, und stieß mit Rickinger an. »Auf dein Wohl und auf gute Geschäfte!«
»Diesen Wunsch gebe ich gerne zurück. Doch jetzt heraus mit der Sprache! Du bist doch sicher nicht gekommen, um mit mir Wein zu trinken.«
Leibert atmete tief durch und hob in einer unbestimmten Geste die Hände. »Ich wollte dich fragen, ob du mir helfen kannst.«
»Wenn es in meiner Macht steht, jederzeit. Worum geht es?«
Rickinger fragte sich, ob sein Freund geschäftlichen Schaden erlitten hatte. Doch davon hätte er etwas gehört haben müssen. Also ging es wohl doch um etwas anderes.
»Nachdem mein Sohn tot ist, brauche ich jemanden, der mich unterstützt, bis Vevas Ehemann dies übernehmen kann. Daher wäre es mir recht, wenn dein Ernst drei- oder viermal die Woche einen halben Tag zu mir kommen und Briefe und dergleichen schreiben könnte. Mit meinen knotigen Händen tu ich mich schwer.« Leibert hielt dem Freund die verkrümmten Finger entgegen, die kaum noch in der Lage waren, eine Feder zu führen.
Die Bitte kam für Rickinger so überraschend, dass er einige Augenblicke überlegen musste, bevor er Antwort gab.

»Nun, ich kann dir den Ernst schicken, wenn er wieder zurück ist. Aber warum nimmst du nicht die Veva? Die hat dir doch bisher geholfen.«

»Die habe ich nach Pewing auf den Meierhof geschickt, den Prielmayr mir verpfändet hat. Dort soll sie die nächsten Wochen bleiben«, sagte Leibert, ohne eine Gefühlsregung zu zeigen.

Rickinger nickte unbewusst. »Das ist wohl das Beste für sie. Zumindest hat sie dort ihre Ruhe vor dem Gerede, das um sie entstanden ist. Also deswegen soll Ernst dir helfen! Mir ist das sogar recht, denn damit hat er weniger Zeit, ins Wirtshaus zu gehen oder mit den Nachbarsmägden zu schäkern.«

»Dann ist es abgemacht!« Leibert streckte seinem Freund die Hand hin, die dieser zufrieden ergriff.

»So soll es sein! Weißt du, Bartholomäus, du erweist mir noch einen weiteren Gefallen damit. Ich schreibe meine Briefe alleweil noch selbst und führe auch meine Bücher. Daher bleibt für Ernst nicht viel mehr zu tun, als die Knechte zu beaufsichtigen, die die Ware auf- und abladen oder in den Speichern verstauen. Auf Dauer ist das nichts für einen angehenden Kaufmann. Aber bei dir kann er einiges lernen.«

Rickinger war aus ehrlichem Herzen froh, dass sein Sohn eine Aufgabe bekommen sollte, die ihn forderte. Doch noch war sein Gast nicht fertig. Leibert trank einen Schluck Wein, um seine trockene Kehle zu befeuchten, und sah seinen Freund beinahe ängstlich an. »Erinnerst du dich noch, Eustachius, wie wir vor Jahren einmal darüber gesprochen haben, dass wir deinen Ernst und meine Veva miteinander verheiraten sollten?«

»Damals waren die beiden noch sehr klein, und wir haben die Sache nicht weiterverfolgt, weil ich keine Tochter bekommen habe, die dein Bartl hätte heiraten können. Du

wolltest nämlich nicht, dass Geld von dir als Vevas Mitgift zu mir fließt, ohne dass es einen Ausgleich dafür gegeben hätte. Stattdessen hast du dir einen ausländischen Schwiegersohn gesucht.« Rickingers Stimme war nicht zu entnehmen, ob er empört war, weil sein Gast dieses Thema angesprochen hatte, oder sich darüber ärgerte, weil sich nicht schon damals etwas ergeben hatte.
Leibert wäre am liebsten aufgestanden und gegangen, denn er wollte sich auch vor einem Freund nicht demütigen. Doch er riss sich zusammen. »Jetzt, da Bartl tot ist, wird der Mann, dem ich Veva gebe, einmal meinen gesamten Besitz erben. Und da auch du kein anderes Kind als den Ernst hast, könnte er sein Vermögen mit dieser Heirat verdoppeln und würde zu den reichsten Bewohnern unserer Stadt zählen.«
Nun hatte Leibert seine Pläne offengelegt und seinen Gastgeber sichtlich verblüfft. »Du hast doch schon einen Eidam!«
»Ich glaube nicht, dass Antscheller seinen einzigen Sohn ins Bayrische schicken und seinen Handel dem Mann einer seiner Töchter vermachen wird«, antwortete Vevas Vater leise.
Rickingers Bereitschaft, seinem Gast in dieser Sache entgegenzukommen, war denkbar gering. Daher suchte er nach Gründen, dessen Ansinnen abzulehnen. »Und wenn diese Heirat doch zustande kommt? Immerhin kann auch Antscheller auf diese Weise sein Vermögen verdoppeln! Außerdem hast du dich während der letzten Jahre nicht sonderlich freundlich über meinen Sohn geäußert, sondern ihn gar zu oft einen verdammten Taugenichts genannt!«
Obwohl Rickinger seinen Sohn mit teilweise noch drastischeren Begriffen bezeichnet hatte, fühlte er sich immer noch durch die harschen Worte seines Freundes verletzt.
Leibert atmete schwer und stand dann mit Mühe auf. »Ich sehe, dass ich umsonst gekommen bin. Nun gut, ich werde auch anderweitig zu einem braven Eidam kommen.«

Rickinger hielt ihn auf. »Noch habe ich nicht nein gesagt. Ich wollte dir nur aufzeigen, was gegen diese Heirat spricht. Ein Punkt ist das, was im Gebirge mit Veva geschehen ist. Es wird keinem jungen Mann gefallen, bei einem Weib zu liegen, das bereits von einer ganzen Räuberbande geschändet worden ist!«

»Dann brauchen wir nicht weiterzureden!«, antwortete Leibert verärgert und schalt sich selbst einen Narren, weil er Rickinger um der alten Freundschaft willen aufgesucht hatte.

Dieser dachte nun aber an den Ruf seines Sohnes sowie an das Geld, das durch eine solche Heirat der Familie zufließen würde, und folgte Leibert bis zur Tür. »Lass uns wie vernünftige Männer miteinander reden! Ich habe nichts gegen die Veva. Sie ist ein anständiges Mädchen und nicht von selbst zu diesen Schurken auf die Lagerstadt geschlichen, sondern mit Gewalt genommen worden. Doch ich habe Ernst vor zwei Tagen nach Innsbruck geschickt, damit er sich Antschellers Töchter ansehen soll. Wenn ihm eine gefällt und ich mit ihrem Vater handelseinig werde, musst du dich nach einem anderen Bräutigam für deine Tochter umsehen. Gibt es jedoch keine Innsbrucker Hochzeit, so bin ich bereit, deinen Vorschlag ins Auge zu fassen. Allerdings soll das alles mit Bedacht geschehen, denn ich will wissen, ob das erste Kind, das deine Tochter zur Welt bringt, mein Enkel ist!«

»Veva wird in Pewing bleiben, bis wir Klarheit haben, ob ihr Aufenthalt bei den Räubern Folgen zeitigt oder nicht. In drei Monaten werden wir es wohl wissen.«

Leibert wusste nicht, ob er erleichtert sein sollte, weil sein Gastgeber ihm ein halbes Versprechen gegeben hatte. Rickinger war der Einzige, dem er Veva auf eine solch beschämende Weise hatte anbieten können. Außerdem mochte er Ernst trotz aller Fehler des Burschen.

»Du wirst von mir hören, wenn Ernst zurückgekommen ist. Müsste ich dir dann absagen, täte es mir leid, aber …« Rickinger beendete den Satz nicht, denn in seiner Brust stritten sich zwei Seelen. Zum einen reizte ihn Vevas Erbe, das wesentlich höher war als die Mitgift, die Antscheller seinen Töchtern mitgab. Zum anderen aber wäre ihm eine jungfräuliche Tirolerin für seinen Sohn lieber gewesen.
Leibert begriff, welche Gefühle seinen alten Freund bewegten, und überlegte, ob er nicht auf eine andere Weise zu einem Schwiegersohn kommen konnte. Doch der Einzige, der Veva unbesehen nehmen würde, war Benedikt Haselegner, und gerade dem wollte er sie auf keinen Fall geben.

12.

Veva war froh, als sie das Isartor und die Brücke über die Isar hinter sich gelassen hatten und den Gachen Steig nach Ramersdorf hochstiegen. Hier zeigte sich, dass sie die richtige Kleidung gewählt hatte, was ihre Kleidung betraf. Die derben Schuhe und der weite, dunkle Rock waren bequem genug für einen langen Fußmarsch. Ihr rotes Mieder hatte sie nach den Erfahrungen während der Wallfahrten nicht zu straff geschnürt. Auch führte sie einen Wanderstab mit sich und trug ihr Bündel in der anderen Hand.
Neben ihr ging der Schwab und pfiff eine fröhliche Melodie. Der Knecht freute sich, wieder einmal aus der Stadt herauszukommen und etwas von der Welt zu sehen, wie er Veva nach einer Weile mitteilte. »Weißt du, Jungfer, die Stadt ist schön und gut, aber man muss auch mal wieder frische Luft atmen können!«

Veva schnupperte ein wenig und zog die Nase kraus. »Die Luft hier ist mir ein wenig zu frisch.« Dabei wies sie auf einen Acker neben der Straße, auf dem ein Bauer Mist von einer Schubkarre lud.

»In der Stadt riecht es doch viel schlimmer«, behauptete der Schwab, der zu seiner Abneigung gegen die Residenzstadt zurückgefunden hatte.

So ganz konnte Veva das nicht abstreiten, denn in Isarnähe stank es tatsächlich manchmal wie die Pest. »Das sind halt die Gerber, die Urin für ihre Häute brauchen.«

»Nicht nur! Etliche Ställe stinken zum Himmel, und einige Straßen ebenfalls, weil sie nicht richtig gereinigt werden. Aber jetzt haben wir den Bauern-Gestank hinter uns und können wieder beschwingt ausschreiten. Hast du was dagegen, Jungfer, wenn wir unterwegs einkehren und einen Becher Bier trinken? Wir kommen durch mehrere Dörfer, und in den meisten gibt es neben der Kirche auch eine Einkehr. Das Bier schmeckt dort gewiss nicht schlechter als das in München, und ich hätte auch nichts gegen einen Kanten Brot und vielleicht ein Stück Selchfleisch einzuwenden. Zeit haben wir genug.«

Der Schwab zwinkerte Veva zu. Zu Hause gab es zumeist nur Brei und gekochtes Fleisch zu essen, und da käme ihm ein schönes Stück Schinken gerade recht.

Nicht viel später verspürte auch Veva Hunger und sah sich im nächsten Dorf nach einer gastlichen Stätte um. Tatsächlich gab es bei der Kirche einen Ausschank mit ein paar grob gezimmerten Tischen im Freien.

Als sie sich setzten, kam eine ältere Frau aus dem Haus. Missmutig musterte sie die beiden Gäste und stufte Veva wegen ihrer schlichten Kleidung als ärmere Bürgerstochter ein. Den Knecht beachtete sie gar nicht.

»Was wollt ihr?«, fragte sie nicht besonders freundlich.

Veva überlegte schon, ob sie nicht besser weitergehen sollten, doch der Schwab kannte diesen Menschenschlag besser als sie. »Wir hätten gerne zwei Krüge Bier und etwas zu beißen.«

»Wenn es nicht mehr ist!« Mit diesen Worten drehte die Wirtin sich um und verschwand wieder im Haus.

»Sind die Leute auf dem Land immer so unfreundlich?«, fragte Veva den Knecht.

»Im Allgemeinen nicht. Aber wir sind Fremde und könnten daher Diebsgesindel sein. Das fällt nämlich öfter über diese Dörfer her.«

»Also gibt es hier doch Räuber!«, rief Veva erschrocken aus.

Inzwischen war die Wirtin mit zwei vollen Krügen zurückgekehrt und hatte ihren Aufschrei gehört. »Räuber hat es bei uns schon länger keine mehr gegeben. Da passen die Knechte des Landrichters schon auf. Aber im Gebirge soll es schlimm hergehen, und in dem großen Wald weiter im Osten kann es schon passieren, dass einen ein paar Galgenstricke abpassen.«

»So weit gehen wir nicht«, versuchte der Schwab die verängstigte Veva zu beruhigen.

Dann wandte er sich wieder der Wirtin zu. »Wir wollen nach Pewing. Dort hat der Herr einen Meierhof.«

»So, nach Pewing wollt ihr. Da habt ihr aber noch ein schönes Stück zu gehen.« Jetzt war die Neugier der Wirtin erwacht. Als sie das nächste Mal kam und einen halben Laib Brot und ein Stück geräuchertes Schweinefleisch mitbrachte, setzte sie sich mit an den Tisch.

Veva beantwortete ihre Fragen nur einsilbig, der Schwab hingegen berichtete, dass die Jungfer die Tochter eines reichen Bürgers sei und sich wegen des schönen Wetters entschieden habe, zu Fuß nach Pewing zu gehen.

Die Wirtin hörte aufmerksam zu, warf hie und da ein Wort ein und füllte die Bierkrüge immer wieder nach. Während

der Schwab in seinem Element war, wurde Veva allmählich ungeduldig. »Müssen wir nicht langsam weiter?«
Der Schwab blickte bedauernd in seinen noch fast vollen Krug, sah dann zum Himmel auf, um den Sonnenstand zu schätzen, und nickte. »Ich glaube schon. Es liegt noch ein gutes Wegstück vor uns, und zu spät sollten wir nicht ankommen. Lass mich nur noch austrinken.«
Es war bereits sein vierter Krug, und Veva hatte den ihren ebenfalls schon dreimal geleert. Mittlerweile spürte sie die Wirkung. »Hast du einen Abort?«, fragte sie die Wirtin, weil sie nicht auf freiem Feld die Röcke schürzen wollte.
»Links ums Haus herum neben dem Misthaufen!«, erklärte ihr die Frau.
Veva bedankte sich und stand auf. Doch als sie um die Ecke bog, sah sie einen oben offenen, hölzernen Verschlag, der über den Misthaufen ragte und von unzähligen Fliegen umschwärmt wurde. Es stank zum Gotterbarmen, und so beschloss sie, doch den Schutz des nächsten Wäldchens zu suchen.
Der Schwab hatte unterdessen seinen Krug ausgetrunken, und nun wartete die Wirtin darauf, dass jemand die Zeche beglich. Sie verlangte nur ein paar Pfennige für das Bier und das Essen und freute sich riesig, als Veva ihr einen ganzen Groschen gab. Diese schnitt ihre Danksagungen ab und drängte zum Aufbruch. Unterwegs nahm sie die erste Gelegenheit war, um zwischen einigen Büschen zu verschwinden. Auch der Schwab stellte sich an den Straßenrand und schlug sein Wasser ab.
Als Veva auf die Straße zurückkehrte, grinste er breit. »Es ist doch ein Unterschied zwischen einem richtigen Abtritt und einem Misthaufen auf dem Dorf, nicht wahr?«
»Das kannst du laut sagen!« Veva schüttelte es bei dem Gedanken an den Abort der Wirtschaft, und sie hoffte, in Pewing bessere Verhältnisse vorzufinden. Ihr Begleiter war

durch das genossene Bier noch gesprächiger geworden. »Weißt du, Jungfer, es nützt nichts, über das, was geschehen ist, lange zu sinnieren. Das macht deinen Bruder auch nicht mehr lebendig. Du musst nach vorn schauen! Wie es aussieht, hält dein Vater nach einem neuen Hochzeiter für dich Ausschau. Der Tiroler wäre eh nichts für dich gewesen. Dafür ist der Kerl viel zu sehr von sich eingenommen! Für den gilt ein Knecht wie ich nicht einmal als richtiger Mensch. Zum Beispiel hat er mir kein Trinkgeld gegeben, wie es sich für einen Gast gehört, obwohl ich ihm sein Ross versorgt und die Stiefel geputzt habe. Bei dem hättest du kein schönes Leben gehabt. Da gibt es Bessere, glaub mir!«

»Wen denn?«, fragte Veva mit leichtem Spott.

Zum ersten Mal seit Tagen fühlte sich der Ring um ihre Brust nicht mehr so fest und kalt an, und der Gedanke an ihren toten Bruder trieb ihr nicht gleich wieder die Tränen in die Augen.

Der Schwab wiegte den Kopf. »Na, den Haselegner zum Beispiel. Obwohl ... so richtig gefällt mir der auch nicht. Ich kann zwar nicht sagen, warum, aber bei dem hab ich ein komisches Gefühl. Da wär sogar der Rickinger Ernst besser, auch wenn der nicht gerade ein Kind von Traurigkeit ist.«

»Ernst ist ein Suffkopf und ein Hurenbock!«, stieß Veva empört aus.

»Ist das nicht ein zu hartes Urteil? Das meiste wird ihm bloß nachgeredet. Du weißt doch, dass die Herren Geistlichen nicht gerade gut Freund mit ihm sind, seit er damals den Pater Remigius blamiert hat. Mit einer verheirateten Frau hat er selbst noch nie was angefangen, und den Bürgerstöchtern schaut er, soweit ich weiß, auch nicht unter die Röcke.«

»Ich habe anderes gehört.« Veva erinnerte sich an Gespräche mit ihren Freundinnen vor ihrem Aufbruch nach Innsbruck. Damals hatten sie sich die Mäuler über Ernst Rickingers Lebenswandel zerrissen. Doch das schien in einer

anderen Zeit gewesen zu sein. Die Frauen, die sie einmal Freundinnen genannt hatte, waren in den letzten Tagen nur gekommen, um sie über ihren Aufenthalt bei den Räubern auszufragen und möglichst schockierende Einzelheiten zu erfahren. Sie hatten keine Worte des Trostes gefunden.
Der Knecht bemerkte, dass Veva wieder in düsterem Sinnieren zu versinken drohte, und stieß sie an. »Da vorne ist schon Feldkirchen! Jetzt ist es nicht mehr weit nach Pewing.«
Veva blickte über das Land, das hier so flach war wie ein Teller. Am östlichen Horizont vermochte sie eine niedrige Hügelkette zu erkennen, während weit im Süden die Gipfel des Gebirges in kalter blauer Pracht aufragten und ihr trotz der Entfernung das Gefühl gaben, ein zwergenhaftes Wesen zu sein.
»Es ist schön, so zu gehen«, sagte sie und wunderte sich selbst darüber.
»Wenn man sich dabei auch noch unterhält, vergeht die Zeit schneller, und der Weg kommt einem nicht so lang vor!« Es war ein weiterer Versuch des Knechts, Veva zum Reden zu bringen. In seinen Augen brachte es nichts, wenn sie sich in ihrer Trauer vergrub. Was geschehen war, konnte niemand mehr ändern, nicht einmal der Herrgott.
»Das Leben muss weitergehen«, sprach er seinen Gedanken aus und sah Veva auffordernd an. »Und? Gibt es denn keinen jungen Burschen, der dir als Bräutigam taugen würde?«
Veva ging die Liste der jungen Männer durch, die sie kannte, und schüttelte den Kopf. »Ich wüsste keinen, den ich den anderen vorziehen würde. Ich verlass mich darauf, dass mein Vater den Richtigen aussucht. Was bleibt mir denn anderes übrig, als den zu nehmen, den er für mich bestimmt?«
»Du darfst wenigstens heiraten! Aber einer wie ich bleibt sein Leben lang einschichtig. Ich habe weder Geld für das Bürgerrecht noch für die Heiratserlaubnis, und überdies

fehlt mir das Haus, das man braucht, um als Bürger zu gelten. Aber so ist das Leben. Der eine ist oben, der andere unten, und einige sind irgendwo dazwischen. Trotzdem kann ich froh sein, bei deinem Vater im Dienst zu stehen. Der behandelt mich gut und zwickt mir nichts von dem vereinbarten Lohn ab, sondern gibt mir hie und da sogar ein Trinkgeld. Und das Bier, das wir bekommen, ist auch nicht schlecht. Anderen geht es lange nicht so gut.«
Der Schwab dachte vor allem an Rosi, deren Meisterin in seinen Augen ein ausgemachtes Miststück war. Das Mädchen gefiel ihm, und mit genug Geld im Beutel hätte er gerne mit ihr einen eigenen Hausstand gegründet. Doch so, wie es aussah, würde das wohl am Sankt Nimmerleinstag geschehen. Er seufzte, verdrängte die trüben Gedanken und riss ein paar Witze, um Veva aufzuheitern.

13.

Nicht lange, da sahen Veva und der Schwab das Pewinger Gotteshaus mit dem im Vergleich zu dem kurzen Kirchenschiff viel zu wuchtigen Turm vor sich. In der Nähe der Kirche lag ein prachtvoller Hof, dessen Hauptgebäude so gepflegt wirkte, als halte sich sein Herr regelmäßig hier auf. Weitere, ebenfalls recht stattliche Höfe bildeten den Rest des Dorfes, während ein paar Steinwürfe entfernt ein schlichtes Gebäude stand, das Stall, Scheune und Wohntrakt unter einem einzigen, nicht besonders großen Dach vereinte.
»Was meinst du, Jungfer? Welchen dieser Höfe hat dein Vater als Pfand für sein Darlehen erhalten?«, fragte der Schwab und hielt auf den größten zu.
»Den dort bestimmt nicht, aber es gibt ja noch einige an-

dere«, antwortete Veva und winkte einem Knecht zu, der ihnen mit Pferd und Wagen entgegenkam. »He, guter Mann, wo befindet sich der Steinhof?«

»Brrr!« Der Knecht hielt sein Gespann an und sah Veva neugierig an. »Zum Steinhof wollt ihr? Da hättet ihr da vorne abbiegen müssen!« Er zeigte auf den Weg, der zu dem kleinen Anwesen abseits des Dorfes führte.

Veva spürte, wie sich ein Klumpen in ihrem Magen breitmachte. Das Gebäude sah bereits auf die Entfernung verwahrlost aus. Auf dem Misthaufen scharrten ein Hahn und zwei einsame Hennen, und auf der Weide neben dem Hof rupfte eine einzige magere Kuh das Gras.

»Danke für die Auskunft!« Mit einem Seufzen machte Veva kehrt und schritt auf das Anwesen zu. Der Schwab folgte ihr mit einem Gesicht, als hätte ihm sein Herr eben den Lohn für den Rest des Jahres entzogen.

»So habe ich mir den Meierhof nicht vorgestellt«, murmelte er enttäuscht.

»Ich mir auch nicht! Aber wir werden gleich erfahren, was es damit auf sich hat.« Veva hatte bei dem Hof eine Frau entdeckt, die mit einem Beil Reisig hackte, und ging auf sie zu. »Grüß Gott! Ist das der Steinhof von Pewing?« Ein wenig hoffte sie, der Knecht hätte sich einen Scherz mit ihr und dem Schwab erlaubt.

Doch die Bäuerin nickte und musterte sie misstrauisch. »Ja, das ist der Steinhof. Wer bist du und was willst du von uns? Zu holen ist hier nichts mehr, denn der Herr hat alles wegschaffen lassen.«

»Ich bin die Tochter des Münchner Bürgers Bartholomäus Leibert, der diesen Hof vom Herzoglichen Rat Prielmayr als Pfand erhalten hat«, stellte Veva sich vor.

»Als Pfand hat er den Hof bekommen? So ist das also! Dann haben wir wirklich nichts Gutes mehr zu erwarten. Der Verwalter des Herrn Rat hat uns schon alles wegnehmen lassen, was nicht niet- und nagelfest war. Viel Freude werdet ihr mit dem Hof nicht haben.«

Veva verstand nicht alles, was die Frau in den abgerissenen Kleidern erzählte, doch eines begriff sie: Der hohe Herr, dem dieser Hof gehörte, hatte diesen, bevor er ihn an ihren Vater verpfändet hatte, bis auf eine alte Kuh und ein paar Hühner ausräumen lassen. Ihr Traum, von hier Lebensmittel für den eigenen Haushalt zu erhalten, zerstob jäh, denn die Bäuerin sah so mager aus, als bekäme sie selbst nicht genug zu essen.

»Wollen wir nicht hineingehen und die Sache in aller Ruhe bereden?«, forderte sie die Bäuerin auf.

»Ich hab keine Zeit! Ich muss das Zeug hier kleinmachen, sonst haben wir nichts einzuheizen.« Ohne sich weiter um Veva und den Schwab zu kümmern, fuhr die Bäuerin in ihrer Arbeit fort.

Da griff Veva ein. »Das Holz kann mein Knecht für dich hacken. Ich will jetzt wissen, wie es um den Hof steht.«

Bei diesen Worten zog der Schwab ein saures Gesicht, denn Bauernarbeit war nicht gerade nach seinem Sinn. Außerdem hatte Leibert ihn beauftragt, sich alles anzusehen und mit den Leuten zu reden. Da er Veva jedoch schlecht auffordern konnte, selbst anzupacken, stellte er seinen Korb ab, übernahm das Beil und machte sich ans Werk.

Veva folgte der Bäuerin, die eine schief in den Angeln hängende Tür öffnete und ins Haus hineinrief. »Hein, da sind Leute, die sagen, der Hof würde jetzt ihnen gehören.«

»Bring sie herein! Dann haben wir es wenigstens hinter uns«, kam es müde und – wie Veva herauszuhören glaubte – zutiefst verzweifelt zurück. Und doch traf sie der Anblick des einzigen Wohnraums, der gleichzeitig als Küche und Schlafkammer diente, gänzlich unvorbereitet: Auf einem dreibeinigen Schemel neben einem kunstlos gemauerten und bereits bröckelnden Herd hockte eine zahnlose alte Frau und rührte in einer irdenen Schüssel. Drei Kinder, eines magerer als das andere, kauerten in der Ecke und sahen Veva angstvoll entgegen. Am Tisch saß ein hagerer Mann mit gefurchten Gesichtszügen und schnitzte an einem hölzernen Teller. Neben ihm lehnte eine primitive Krücke, die Vevas Blick auf die Beine des Mannes lenkte.

Sie sog erschrocken die Luft ein, als sie sah, dass das rechte knapp unter dem Knie endete.

Jetzt blickte auch die Alte auf und rang die Hände. »Heilige Maria, Mutter Gottes, steh uns bei in unserer großen Not!«

»Du kommst vom Leibert aus München?«, fragte der Mann, ohne in seinem Schnitzwerk innezuhalten.

»Ich bin seine Tochter.«

»Dann sagt ihm, dass er sich von dem Herzoglichen Rat Prielmayr über den Tisch hat ziehen lassen. Billiger als mit diesem Hof ist noch keiner an Geld gekommen. Da schaut her!« Er zeigte auf seinen Beinstumpf. »Das hab ich mir geholt, als ich beim Herrenhof scharwerken war. Zum Dank wollte dessen Verwalter mich und meine Familie vom Hof jagen und einen Gesunden hersetzen. Aber unser Herr Pfarrer hat ihm das ganze Christentum an den Kopf geworfen und ihm gesagt, dass er schlimmer als ein Heide wär, wenn er das tut. Dabei besitzt der Herr Prielmayr etliche Höfe im ganzen Land. Der unsere ist einer der kleinsten, aber meine Vorfahren haben ihre Arbeit immer recht getan. Auch ich hab's – bis mir der Feldscher den Haxen hat abschneiden müssen. Jetzt bin ich zu nichts mehr nutze, und mein Weib muss sich so abrackern, dass sie im Winter das Kind verloren hat. War auch besser so, denn ernähren hätten wir es eh nicht können. Uns bleibt nicht einmal genug zu essen für die drei Würmerl, die wir jetzt schon haben. Und nun ist es ganz aus! Jetzt müssen wir vom Hof, weil der gnädige Herr einen Weg gefunden hat, die Regeln des Christentums zu umgehen. Letzte Woche hat uns sein Verwalter das Vieh aus dem Stall holen lassen, weil wir angeblich den Zins nicht bezahlt hätten. Eine Kuh ist noch da, dabei haben wir einmal acht Stück gehabt, und auch die Sau ist weg, die wir im Herbst haben schlachten wollen.«

Der Mann hielt einen Augenblick inne und sah Veva verbittert an. »Jetzt aber ist nicht der Herzogliche Rat derjenige, der uns zum Teufel jagt, sondern Ihr, die Ihr uns nichts schuldig seid. So kann man vor dem Herrgott natürlich ein reines Gewissen behalten.«

»Warum sollten wir euch vom Hof verjagen?«, fragte Veva verwirrt.

»Weil ich als Einbeiniger die Arbeit nicht mehr erledigen kann. Meine Frau schafft es nicht allein, die Kinder sind zu jung, und meine Mutter ist zu alt dafür. Jetzt müssen wir auf die Landstraße und betteln gehen. Gebe der Herrgott, dass uns die Leute nicht verhungern lassen!«

Veva schwirrte der Kopf. Natürlich verstand sie die Situation, die der Bauer ihr beschrieben hatte, und sie wusste auch, dass ihr Vater, wenn er wenigstens einen gewissen Ertrag aus dem Hof herausholen wollte, jemand anderen hier einsetzen musste. Ihr widerstrebte es jedoch, die Familie, die schon so viel erlitten hatte, zu einem Leben im Elend zu verurteilen, in dem sie von der Barmherzigkeit fremder Leute abhängig wären.

»Hol den Korb herein, den mein Knecht getragen hat, und sag ihm, er soll ebenfalls hereinkommen«, forderte sie die Bäuerin auf. Diese nickte stumm, und kurz darauf betrat der Schwab den verräucherten Raum.

Veva zog eine Wurst aus den Vorräten, die sie von Cilli erhalten hatte, und teilte sie auf. Die beiden größten Stücke reichte sie dem Bauern und seiner Frau, die anderen den Kindern und der Alten, die wieder in ihrem Topf rührte. Die Bauersleute starrten auf die Wurststücke und schienen nicht recht zu begreifen, was sie damit tun sollten.

»Esst!«, befahl Veva und gab dann auch dem Schwab ein Stück. »Du wirst mir raten müssen, was wir tun sollen. Wie es aussieht, hat der hochlöbliche Herr Rat Prielmayr meinen Vater schmählich betrogen, um diese armen Leute hier loszuwerden. Ich nehme es aber nicht auf mein Gewissen, dass sie deshalb von Haus und Hof vertrieben werden.«

»Dann, Jungfer, wirst du deinem Vater einiges zu erklären haben.« Der Schwab hatte sich sein eigenes Bild gemacht, und darin war für die Familie eines Krüppels kein Platz. Aber er wagte es nicht, dies Veva ins Gesicht zu sagen. Frauen reagierten in solchen Situationen meist eigenartig. Er ärgerte sich, weil Leibert seine Tochter mitgeschickt hatte, sonst hätte er die Sache im Sinn seines Herrn erledigen können, und danach wäre alles gut gewesen. Doch nun …

Der Schwab brach den Gedankengang ab, lehnte sich mit der Schulter gegen einen Balken und kaute auf seiner Wurst herum. Sollte Veva doch sehen, wie sie mit den Zuständen hier zurechtkam. Er würde seinem Herrn auf jeden Fall einen unvoreingenommenen Bericht liefern.

Unterdessen war Veva zu einer Entscheidung gelangt. »Wie ich meinen Vater verstanden habe, kannst du zwei oder drei Tage hierbleiben, bevor du zurück nach München musst. In der Zeit wirst du die Arbeiten erledigen, die der Bäuerin zu schwer sind. Da ich einige Wochen hier verbringen soll, kann ich ebenfalls mit anpacken. Später werden wir sehen, ob wir nicht einen Knecht einstellen können, der den braven Leuten zur Hand geht. Der Bauer kann weiterhin solche Teller schnitzen wie diese dort und andere Dinge aus Holz, die auf dem Markt verkauft werden können. Auch werden wir einige Kühe und anderes Viehzeug besorgen müssen.«

»Ich will dir ja nicht reinreden, Jungfer, aber dein Vater wird es nicht gerne sehen, wenn er erst viel Geld in diesen Hof hineinstecken muss, bevor er das erste hier gelegte Ei verspeisen kann.«

Veva maß den Knecht mit einem spöttischen Blick. »Der Vater muss auf jeden Fall zuerst Geld in den Hof stecken, um Vieh und andere wichtige Dinge zu kaufen. Außerdem müsste er sich einen Bauern suchen, der den Hof für ihn führt. Umsonst macht das keiner. Daher ist es besser, es bleibt so, wie es ist. Dieser gute Mann hier kennt sein Land und weiß, was hier wächst, und sein Weib ist fleißig wie selten eine.«

Die Bauersleute hatten dem Gespräch mit wachsendem Erstaunen zugehört. Während dem Mann vor Erleichterung die Tränen in die Augen traten, ergriff seine Frau Vevas Hand und küsste sie. »Euch hat der Herrgott geschickt! Wir hatten solche Angst, fortzumüssen. Die Muhme kann nur noch ein paar Schritte humpeln, und die Kinder sind noch so klein«, flüsterte sie und rieb sich mit dem Handrücken über die Augen.

Veva wusste darauf nichts zu sagen. Schließlich stand sie auf und funkelte den Schwab an. »Hast du nicht noch Reisig zu hacken? Und du, Bäuerin, sagst mir jetzt, wo ich mit anpacken kann.«

14.

Als der Augsburger Ratsbote und Frächter Korbinian Echle das Neuhauser Tor vor sich aufragen sah, schlug sein Herz so hart, dass er glaubte, es wollte ihm die Brust sprengen. Dabei hatte er diesen Weg schon viele Male gemacht und würde nicht zum ersten Mal verbotene Schriften in die Stadt schmuggeln. Doch der Anblick des in eine braune Kutte gekleideten Mönchs, der neben den vier Torhütern stand und alle, die die Stadt betreten wollten, mit

durchdringendem Blick musterte, brachte Echle beinahe dazu, auf der Stelle umzudrehen. Damit allerdings hätte er sich erst recht verdächtig gemacht.
So nahm er allen Mut zusammen und lenkte seine müden Pferde auf das Tor zu. »Grüß euch Gott, Männer!«, rief er den Stadtknechten zu und hielt sein Gespann vor ihnen an.
»Grüß dich, Echle. Du bist ja schnell wie ein Pfeil. Kaum hast du München verlassen, bist du schon wieder da.« Einer der Männer trat neben seinen Wagen. »Was hast du geladen?«
»Silberzeug für den Hohen Rat der Stadt München, damit er seine Gäste ordentlich bewirten kann«, antwortete Echle und zwang sich zu einem Grinsen. »Deswegen bin ich ja auch so schnell wieder hier. In München sind Augsburger Sachen halt sehr begehrt. Mal bestellen die Herren des Hofes einen Haufen, dann wieder will der Hohe Rat etwas von uns und öfter auch einer der reichen Bürger. Da gibt es für einen Fuhrmann wie mich viel zu transportieren.«
»Hast du auch Schriften dabei?«, mischte sich der Mönch in das Gespräch mit ein.
»Schriften?« Echle sah ihn treuherzig an. »Wohl, wohl! Ich habe ein Buch dabei, das der herzogliche Hofapotheker bestellt hat. Da sind lauter Pflanzen und so Zeug drin.«
»Ich meine religiöse Schriften, ketzerische Schriften!«, setzte der Mönch das Verhör fort.
Mit angewiderter Miene schüttelte Echle den Kopf. »Nein, so was habe ich gewiss nicht bei mir. Ihr könnt ruhig nachsehen, hochwürdiger Bruder!«
»Das ist unsere Aufgabe!«, sagte der Anführer der Torhüter, um den Geistlichen daran zu erinnern, dass nur die Stadt München das Recht hatte, einkommende Waren zu schätzen und Zoll darauf zu erheben.
Der Mönch hatte bereits die Hand nach der Plane ausgestreckt, die Echle über seinen Wagen gespannt hatte. Nun machte er widerwillig den Stadtknechten Platz, sah aber

genau zu, wie diese die Fracht untersuchten. Die Männer gingen mit der Erfahrung langer Jahre zu Werke und waren so vorsichtig, als hätten sie es mit rohen Eiern zu tun.
Das Buch, das in Tücher und gewachstes Leinen eingewickelt und in einem kleinen, mit Stroh ausgepolsterten Fässchen verstaut war, reichten sie an den Mönch weiter. Dieser blätterte darin, fand darin aber nur Zeichnungen von Pflanzen und die Beschreibung der Zubereitung von Arzneimitteln und deren Wirkung. Enttäuscht gab er es wieder zurück und bemühte sich, dem Zollschreiber, der den Wert der Waren einschätzte, über die Schulter zu sehen.
Da stieß er auf einmal einen lauten Ruf aus und zeigte auf ein Bündel, das ebenfalls in Wachsleinen eingepackt war und das Siegel der Stadt Augsburg trug. »Was ist das?«
»Das sind Pläne, die sich der Hohe Rat der Stadt München aus Augsburg hat kommen lassen. Es geht, wenn ich es richtig verstanden habe, um die Spitzen für die Türme Unserer Lieben Frau.«
»Ich will sehen, ob das wirklich nur Pläne sind«, erklärte der Mönch, nahm das Päckchen an sich und wollte das Siegel erbrechen.
»Halt!«, rief Echle empört. »Ein schlichter Betbruder hat nicht das Recht, eine vom Hohen Rat der Stadt Augsburg gesiegelte Botschaft zu öffnen. Das gäbe einen Rechtsstreit, den eure Stadt nur verlieren kann. Auch so käme euch das verdammt teuer! Denkt nur, wie oft ihr Gesandte nach Augsburg schicken müsstet. Zuletzt würden mindestens je drei Herren vom Inneren und vom Äußeren Rat in Augsburg Abbitte leisten und teure Besänftigungsgeschenke übergeben müssen.«
Trotz dieses Einwands wollte der Mönch das Päckchen aufmachen, doch einer der Torhüter nahm es ihm aus der Hand. »Willst du uns eine Fehde mit Augsburg an den Hals laden?«, fragte er verärgert.

»Es ist meine Aufgabe, nachzusehen, ob in diesem Packen ketzerische Schriften versteckt sind.«
»Wer hat dich beauftragt? Der Rat der Stadt München oder gar Seine Gnaden, der Herzog selbst?«, fragte der Wächter verärgert, denn ihm passte es schon länger nicht, dass sich die Geistlichkeit in seine Belange einmischte.
»Nein, es war der hochwürdige Herr Doktor Portikus«, gab der Mönch zu.
»Der hat ohne Brief und Siegel des Rates oder des Herzogs hier überhaupt nichts zu sagen!« Mit diesen Worten schoben die Stadtknechte den Mönch beiseite und deuteten Echle an, dass er passieren könne.
»Das lasse ich nicht zu!«, schäumte der Mönch. »Ich muss wissen, ob in diesem Packen Lutherdreck steckt.«
Echle trieb seine beiden Rösser an, drehte sich dann aber noch einmal zu dem Mönch um. »Du kannst ja mitkommen und den Ratsherrn Arsacius Bart auffordern, dir die Pläne zu zeigen. Vielleicht tut er es sogar, schließlich geht es um eine eurer Kirchen.«
Das war eigentlich als Spott gemeint, doch der Mönch folgte Echle mit den Worten, dass er nicht eher von seiner Seite weichen werde, bis er wisse, was wirklich in dem Päckchen sei.

15.

Der Mönch begleitete den Augsburger bis zum Haus des Ratsherrn und forderte den Hausknecht dort vehement auf, seinen Herrn zu holen.
Kurz darauf trat Arsacius Bart auf den Hof und sah Echle verwundert an. »Bringst du so schwere Waren aus Augs-

burg, Echle, dass du gleich zweispännig hier auffahren musst?«
Der Bote schüttelte den Kopf. »Für Euch habe ich nur dieses Päckchen mit den Plänen, die Ihr angefordert habt. Doch der da«, er wies mit dem Finger auf den Mönch, »hält sie für Luthersche Schriften und hätte beinahe das Siegel des Hohen Rates von Augsburg erbrochen, um es zu öffnen.«
Ein Schatten huschte über das Gesicht des Ratsherrn. »Bist du närrisch geworden, Kuttenträger? Wer gibt dir das Recht, dich in Sachen einzumischen, die allein den Rat der Stadt etwas angehen?«
»Es gilt, das Gift der Ketzerei von den Menschen dieser Stadt fernzuhalten. Diese Pflicht wiegt schwerer als ein Ratsspruch«, trumpfte der Mönch auf.
Arsacius Bart war kurz davor, seine Knechte zu rufen und den Ordensmann vom Hof jagen zu lassen. Dann aber rief er sich die Macht des Klerus in Erinnerung, der sich mit Sicherheit hinter den Herzog stecken und gegen ihn hetzen würde. Aus diesem Grund atmete er einmal tief durch, zog sein Messer und durchschnitt die Bänder, die das Päckchen zusammenhielten. Als er die Wachstücher aufschlug, hielt er mehrere große Papierbogen in der Hand, auf der zwei kuppelförmige Hauben in verschiedenen Ansichten zu sehen waren.
»Sieh her«, forderte er den Mönch auf. »Sind das ketzerische Schriften? Das sind Pläne, die der Hohe Rat der Stadt München angefordert hat. Wie du sehen kannst, sind sie für die Turmspitzen der Kirche Unserer Lieben Frau gedacht!«
Der Mönch warf einen kurzen Blick darauf, verzog enttäuscht das Gesicht und ging davon, ohne ein Wort der Entschuldigung oder wenigstens einen Abschiedsgruß zu äußern.
»Stoffel!«, brummte der Ratsherr und betrachtete dann die Fässer auf dem Wagen. »Nun, Echle, was hast du sonst

noch? Sollten nicht bald auch die Pokale für den Rat kommen?«
»Die sind ebenfalls auf dem Wagen, Herr Bart. Ich will sie gleich zum Rathaus fahren, damit der Stadtschreiber ihren Empfang quittieren kann.«
»Du kannst alles bei mir abladen. Ich werde dir deine Papiere abzeichnen, und die Empfänger können die Waren direkt bei mir abholen. Dann kommst du schneller in dein Quartier und kannst dir einen Becher Wein oder einen Krug Bier schmecken lassen.«
Dem Ratsherrn lag an einem guten Verhältnis mit Augsburg, und daher wollte er nicht, dass Echle zu Hause erzählte, er sei in München schikaniert worden. Aus diesem Grund befahl er seinen Knechten, den Wagen abzuladen, während er die Liste der Waren kontrollierte und abzeichnete. Unterdessen hatte einer seiner Knechte dem Boten einen Krug Bier gebracht, den dieser ohne abzusetzen leer trank.
Echle bemühte sich, sich seine Erleichterung nicht anmerken zu lassen. Zum Glück hatte die Verbohrtheit des Mönchs ihm in die Hände gespielt. Hätte der Kuttenträger sich nicht auf das Päckchen mit den Bauplänen versteift, sondern den Wagen gründlich untersuchen lassen, wäre ihm vielleicht das Versteck aufgefallen, das tatsächlich verbotene Schriften enthielt. Dennoch war ihm klar, dass die Geistlichkeit von München ihn weiterhin verdächtigen würde. Den Klerikern brannten die Flugblätter, die die Unmoral und Verkommenheit der Kirche anprangerten, auf der Seele, und sie setzten alles daran, jene Leute zu finden, die diese in die Stadt brachten und verteilten.
Als er kurz darauf den Gasthof erreichte, in dem er übernachten wollte, ließ er die Schriften in ihrem Versteck. Es war zu gefährlich, sie mit in die Kammer zu nehmen, in der auch andere übernachteten. Dabei war es nahezu ebenso riskant, sie in ihrem jetzigen Versteck zu lassen, denn jeder,

der seinen Wagen genauer untersuchte, würde die im Zwischenboden versteckten Flugblätter finden. Echle konnte nur hoffen, dass die geistlichen Herren in München nicht den Befehl gaben, den Karren auseinanderzunehmen.
Während er in der Wirtsstube saß und die anderen Gäste mit Neuigkeiten unterhielt, die er von Augsburg mitgebracht oder unterwegs aufgelesen hatte, brachte er seinerseits in Erfahrung, was in München und im Herzogtum geschehen war. Bei der Erwähnung der Räuberbande im Gebirge horchte er auf. Zwar nahm er wenig Anteil an Bartl Leiberts Tod und Vevas Schicksal, aber er spitzte die Ohren, als der Name Ernst Rickinger fiel.
Was er hörte, gefiel ihm ganz und gar nicht. Der alte Rickinger hatte seinen Freund auf Reisen geschickt, und es war unbestimmt, wann er zurückkehren würde. Echle erwog, die verfänglichen Schriften wieder mit nach Hause zu nehmen. Allerdings würde er sie dann bei seinem nächsten oder übernächsten Besuch erneut in die Stadt schmuggeln müssen, und das gefiel ihm ganz und gar nicht. Dann erinnerte er sich daran, dass Ernst ihm die Magd Lina als Gewährsfrau genannt hatte, falls er selbst verhindert sein sollte.
Noch während Echle darüber nachdachte, wie er unauffällig mit der alten Frau ins Gespräch kommen konnte, betrat einer von Rickingers Knechten die Gaststube, sah ihn und wirkte erleichtert. »Gut, dass ich dich antreffe! Mein Herr will eine Botschaft nach Augsburg zu dem ehrenwerten Herrn Jakob Fugger schicken. Wenn du morgen zurückfährst, solltest du sie mitnehmen!«
»Du kannst deinem Herrn sagen, ich hole den Brief morgen früh ab«, antwortete Echle, dem ein Stein vom Herzen fiel. Im Rickinger-Haus würde er unauffällig mit der Magd reden können.
»Ich werde es ausrichten! Übrigens, wenn dir das Essen in der Wirtschaft nicht schmecken sollte, wird dir unsere Lina

eine Brotzeit in der Küche herrichten.« Der Knecht lachte, denn viele Herbergswirte waren dafür berüchtigt, bei den Zutaten der Mahlzeiten zu sparen, um noch mehr Geld an ihren Gästen zu verdienen.

Erfreut nahm Echle das Angebot an. »Gegen ein Stück Brot und eine Wurst, die ich mit einem Becher Bier hinunterspülen kann, habe ich nichts. Das kannst du der Lina schon einmal ausrichten.«

Er überlegte, ob er der Magd mitteilen lassen sollte, dass er ein Päckchen für sie habe, unterließ es jedoch, um nicht das Misstrauen des Knechts zu wecken. Der Kerl brauchte nur ein falsches Wort von sich zu geben, das zu Portikus gelangte, dann zerlegten dessen Schergen seinen Wagen.

16.

Am nächsten Morgen stand Echle früh auf und ging zum Abtritt hinter dem Hof. Von dort aus konnte er die Remise beobachten, in der sein Wagen stand. Da sich dort niemand aufzuhalten schien, verließ er das Häuschen und schlenderte zum Wagen. Er rüttelte an den Seitenbrettern, als wolle er sich vergewissern, dass sie noch fest saßen. Sein Blick glitt über den Hof der Wirtschaft. Im Stall hörte er Stimmen, doch da niemand herauskam, kippte er eines der Fässer zur Seite und entfernte mit raschen Griffen zwei der Bretter, die den Boden bildeten. Darunter lag ein höchstens zwei Zoll hohes Geheimfach, in dem ein flaches Päckchen steckte.

Echle nahm es heraus, hängte die Bodenbretter wieder ein und stellte das Fass zurück. Gerade als er das Päckchen unter sein weitgeschnittenes Wams stecken wollte, kam ein

Knecht aus dem Stall. »Grüß dich, Echle! Du bist ja schon früh auf.«

»Was soll ich machen, wenn mich der Darm drückt?«, antwortete dieser mit einem falschen Lachen. »Und dann hab ich mir gedacht, ich schau mal nach, ob die Radnaben wieder geschmiert gehören.« Es war die einzige Ausrede, die Echle einfiel, doch sie leuchtete dem Knecht ein.

»Ich glaub, hinten haben sie Fett nötig«, antwortete dieser und bot Echle an, die Arbeit für ihn zu übernehmen.

Der Fuhrmann schüttelte energisch den Kopf. »Das mache ich schon selbst!«

Kopfschüttelnd wandte der Knecht sich ab. »Kein Wunder, dass ihr Augsburger so reich seid! Vor lauter Geiz wollt ihr kein Trinkgeld geben«, hörte Echle ihn noch sagen. Dann verschwand der Mann wieder im Stall.

Er wartete, bis er sicher sein konnte, dass der Knecht ihn nicht mehr beobachten konnte, steckte das Päckchen unter sein Wams und begann, die Achsen zu schmieren. Er ging nicht besonders sorgfältig vor und wusste, dass er es auf halbem Weg nach Augsburg noch einmal würde tun müssen. Aber um nicht aufzufallen, war es ihm wichtig, bei dieser Arbeit gesehen zu werden.

Als der Knecht mit dem Pferd eines Reisenden aus dem Stall kam und Echle am Wagen hantieren sah, machte er eine verächtliche Handbewegung, die dessen Geiz galt. Dann führte er das Ross zur Herbergstür und wartete, bis der Gast herauskam.

»Wollt Ihr wirklich allein reiten, Herr? Ihr wisst doch, die Räuber …«, sagte er, als der andere die Zügel ergriff.

»Die fürchte ich nicht«, antwortete dieser und schwang sich in den Sattel. Da er ebenfalls mit Trinkgeld geizte, machte der Knecht eine obszöne Geste hinter ihm her und wandte sich dann an den Ratsboten. »Es gibt Leute, die sind noch geiziger als ihr Augsburger.«

Echle antwortete mit einem Brummen, hängte dann den Eimer mit dem Schmierfett wieder unter den Wagen und wandte sich der Herbergstür zu. Schon nach wenigen Schritten machte er kehrt. Der Brei, den der Wirt seinen Gästen zum Frühstück vorsetzte, hatte ihm noch nie geschmeckt, und bei Rickinger würde er etwas Besseres bekommen. Auch wollte er das Päckchen mit den lutherischen Flugschriften endlich loswerden.
Bis zu diesem Zeitpunkt hatte es Echle Spaß gemacht, die Münchner Stadtknechte und die Behörden des bayrischen Herzogs an der Nase herumzuführen. Doch seit der Klerus forderte, es müsse schärfer gegen den rebellischen Mönch aus Wittenberg und dessen Anhänger vorgegangen werden, wuchs die Furcht, doch einmal erwischt zu werden.
Daher atmete er erleichtert auf, als er den Hof von Rickingers Anwesen betrat. Hasso, der Hofhund, kam seine Kette hinter sich herziehend aus seiner Hütte und knurrte ihn an. Echle machte einen weiten Bogen um das Tier und versuchte, es zu beruhigen. »Braves Hunderl! Ich muss zu deinem Herrn. Da darfst du mich nicht beißen. Das tät auch die Stadt Augsburg nicht gern sehen. Immerhin bin ich ein amtlich bestellter Bote. Ich …«
»Hör auf mit dem Schmarrn! Der Hasso tut dir schon nichts.« Die alte Lina hatte Echle durch das Küchenfenster gesehen und trat aus dem Haus. »Du willst den Brief abholen, den der Herr geschrieben hat?«, fragte sie Echle nicht gerade freundlich.
Der Augsburger, der als Fuhrmann sein eigener Herr war und als vereidigter Bote für den Rat der Stadt fungierte, nickte. »Deswegen komm ich. Außerdem hat es geheißen, ich könnte eine Brotzeit kriegen.«
»Verhungert ist bei uns noch keiner. Komm mit!« Lina schlurfte voraus, während Echle sich überlegte, was seinen

Freund Ernst Rickinger getrieben haben mochte, ihm diese harsche Magd als Vertrauensperson zu nennen.

In der Küche deutete Lina auf einen Schemel in der Ecke. »Stell ihn an den Tisch und setz dich. Du kriegst gleich was.«

Da sich eine weitere Magd in der Küche befand, sagte Echle nichts von dem Päckchen, sondern wartete auf seinem Schemel, bis er mit Lina allein sein würde.

Diese zapfte ihm einen Krug Bier und stellte ihn mit einem »Wohl bekomm's!« vor ihn. Aus dem Vorratskeller holte sie einen Laib Brot und eine Blutwurst und schnitt dem Boten je ein Stück davon ab.

Dann sah sie die andere Magd auffordernd an. »Hast du dem Herrn schon das Frühstück gebracht?«

»Ich bin noch nicht dazu gekommen, aber ich tu's gleich.«

»Dann tummle dich, sonst wird der Herr zornig. Er hat seit einigen Tagen eine elend schlechte Laune. Möchte wissen, welche Laus ihm über die Leber gelaufen ist.«

»Wahrscheinlich der junge Herr! Er hat ihn doch vor dessen Abreise arg gescholten. Dabei soll der Patron in seiner Jugend auch kein Kostverächter gewesen sein.« Die Magd sah sich selbst als Frau im besten Alter und hätte wahrlich nichts gegen eine zärtliche Stunde mit dem Sohn des Hauses oder gar dem Herrn selbst einzuwenden gehabt.

Das wusste auch Lina und schürzte die Lippen. »Auf jeden Fall hat der Herr nicht den Mägden im Haus nachgestellt. Und das macht der Junior auch nicht.«

»Hättest den Herrn damals wohl gerne in deine Kammer eingelassen?«, biss die Jüngere zurück.

Statt einer Antwort stellte Lina ihr das Tablett mit der Schüssel mit dem Frühstück für Eustachius Rickinger hin. »Den Wein für den Herrn kannst du selbst aus dem Keller holen. Deine Beine sind jünger als die meinen.«

»Der soll Bier trinken, wie es andere Männer am Morgen tun. Aber bei unserem Herrn muss es ja Wein sein – und

gleich gar ein welscher. Der hiesige ist ihm nicht gut genug.«
Die Magd maulte noch ein wenig, bequemte sich dann aber doch zu gehen.
Da sie die Schüssel mit dem Brei in der Küche stehenließ, sagte Echle sich, dass sie gleich zurückkommen würde, und verschob das Gespräch mit Lina auf den Augenblick, an dem die jüngere Magd zum Hausherrn hochsteigen musste.
Er brauchte nicht lange zu warten. Schon bald erschien die Frau mit einem irdenen Krug in der Hand. Bevor sie die Küche wieder verließ, tippte Lina sie an. »Wisch dir das Maul ab! Oder willst du, dass der Herr sieht, wer sich an seinen Weinvorräten vergreift?«
Echle musste lachen, als sich die Magd erschrocken mit dem Ärmel über den Mund fuhr. »Ich hab wirklich nicht viel getrunken. Der Krug war zu voll, und da wollte ich nichts verschütten.«
»Schau zu, dass du rauskommst! Und dann mach das Bett des Herrn und kehr seine Schlafstube. Danach kommst du zurück und hilfst mir beim Kochen.«
»Das mach ich, Lina«, rief die andere eilfertig und verschwand.
»Die hast du dir gut erzogen«, begann Echle das Gespräch.
Lina wandte sich mit zufriedener Miene zu ihm um. »Das muss auch sein! Ein Gesinde, das nicht am Zügel gehalten wird, frisst und säuft nur und versäumt seine Arbeit.«
»Wenn das auf mich gemünzt sein soll: Ich mache meine Arbeit zur Zufriedenheit des Rates der Stadt Augsburg und auch zu der der Herren in München!« Echle schnitt sich ein Stück Blutwurst ab und steckte es in den Mund.
»Das schmeckt gut«, meinte er, wiegte dann aber nachdenklich den Kopf. »Gehört zu Blutwurst nicht auch ein Stück Leberwurst? Es ist sonst so einseitig, weißt du.«
»Du wirst schon nicht verhungern!« Murrend holte Lina eine Leberwurst und schnitt ihm ein Stück ab. »Hier! Weil

du den Brief des Herrn besorgen sollst, will ich nicht so sein.«

»Du bist eine patente Frau. Da ist es kein Wunder, dass Ernst Rickinger dir vertraut«, lenkte Echle jetzt das Gespräch in die von ihm gewünschte Richtung.

»So, tut er das?«

»Aber freilich! Das letzte Mal hat er zu mir gesagt, wenn ich ihm was mitbringe und er wäre nicht da, soll ich es dir geben.« Echle zwinkerte der Alten verschwörerisch zu und zog dann das Päckchen unter seinem Wams hervor.

»Das sollst du Ernst geben, wenn er wieder zu Hause ist. Aber geh vorsichtig damit um. Es darf niemand wissen, was darin ist.«

»Es wird schon was Gescheites sein!«, sagte Lina abfällig, denn sie mochte keine Heimlichkeiten. Doch da Ernst sie darum gebeten hatte, griff sie nach dem Päckchen und legte es neben den Herd. »Ich werde es dem jungen Herrn geben.«

»Lass es aber niemanden sehen! Es ist ein Geheimnis, von dem nur Ernst etwas erfahren darf!« Echle dachte mit Schrecken daran, dass die alte Magd die verfänglichen Schriften offen neben der Feuerstelle aufbewahren könnte.

Lina maß ihn mit einem nachsichtigen Blick. »Es wird kein anderer sehen. Jetzt iss auf! Sonst sitzt du Mittag noch da.«

»Gott bewahre! Ich werde gleich den Brief holen und zum Gasthof zurückkehren. Viel muss ich ja nicht von hier mit nach Augsburg nehmen. Nur herwärts ist mein Wagen immer gut beladen. Aber du könntest mir noch einen Krug Bier einschenken. Die Wurst und das Brot rutschen sonst so schlecht.« Echle hielt Lina den Krug entgegen. Die sah ihn missmutig an und füllte ihn noch einmal zur Hälfte.

»Jetzt wird es wohl runtergehen!« Sie reichte ihm den Krug, nahm das Päckchen für Ernst und betrachtete es nachdenklich. Dabei interessierte sie sich weniger für den Inhalt als vielmehr dafür, wie sie es vor dem restlichen Gesinde ver-

bergen konnte. Wenn sie es gleich in Ernsts Kammer brachte, würde es möglicherweise eine der jüngeren Mägde finden und aus Neugier aufmachen. Aber da der junge Herr sie zu seiner Vertrauensperson gemacht hatte, wollte sie nichts riskieren. Schließlich beschloss sie, es unter ihren Strohsack zu stecken, und schlurfte davon.
Echle sah ihr nach und betete, dass alles gutging. Eines aber schwor er sich: So schnell würde er keine Luther-Schriften mehr in diese Stadt schmuggeln. Für die Angst, die er ausstand, war der Krug Bier, den Christoph Langenmantel ihm in Augsburg und Ernst ihm hier in München bezahlte, wahrlich nicht Lohn genug.

17.

Während Korbinian Echle in der Küche des Rickinger-Anwesens frühstückte und dann beim Hausherrn den Brief und ein gutes Trinkgeld abholte, brach der Sohn des Hauses zu seiner vierten Tagesetappe auf. Ernst würde noch einen weiteren Tag brauchen, um Innsbruck zu erreichen, denn er hatte einen Tag in Kiefersfelden verbracht und mit dem dortigen Amtmann gesprochen, um mehr über die Bande zu erfahren, die seinen Freund Bartl auf dem Gewissen hatte. Am liebsten hätte er die Reise nach Innsbruck abgebrochen und sich auf die Spur dieser Schurken gesetzt. Im Augenblick schien es so, als hätten die Räuber sich in Luft aufgelöst. Ernst konnte sich vorstellen, dass sie sich eine Weile still verhielten, um ihre Verfolger zu täuschen. Seine Trauer über den Tod des Freundes war so groß, dass er jeden der Kerle an den Galgen wünschte, und er hoffte, dass sie bald jenen entscheidenden Fehler begingen, der ih-

nen das Genick bräche. Wenn er davon erfuhr, würde er unverzüglich an den Ort reisen, an dem man sie hinrichtete.
Da er in Kiefersfelden nichts weiter ausrichten konnte, stieg er wieder in den Sattel, um sich mit der Reisegruppe, der er sich hier angeschlossen hatte, auf den Weg zu machen. Unterwegs griff er immer wieder zum Knauf des Schwerts, das an seinem Sattel hing, und zog es einmal sogar halb aus der Scheide.
Der Mann, der hinter ihm ritt, trieb seinen Hengst an, bis er zu Ernsts Pferd aufgeschlossen hatte. »Ich hoffe, du kannst mit dem Ding auch umgehen.«
»Für den Hausgebrauch reicht es.« Ernst gefiel dieser Reisegefährte nicht besonders. Dies lag weniger an der hohen, wuchtigen Gestalt des Mannes als vielmehr an dem verächtlichen Zug um den Mund. Es war, als verhöhne er die anderen Reisenden. Und auch sonst wirkte der Mann nicht eben vertrauenerweckend. Das Gesicht war recht breit, das Kinn kräftig und die Augen hell wie Wasser. Ein schütterer, ins Rötliche gehender Bart spross auf den Wangen, während das Haar unter dem pelzverbrämten Hut hellblond hervorquoll. Er trug die Kleidung eines Edelmanns, grünes Wams und gleichfarbige Hosen. Darüber hatte er einen etwa knielangen Mantel geworfen, dessen Ärmel bis zu den Ellbogen reichten und mit Troddeln eingefasst waren. Die halbhohen Stiefel waren ebenfalls mit Troddeln verziert, und die rosa Socken wurden von dunkelgrünen Strumpfbändern gehalten.
Trotz der bunten Kleidung wirkte der Edelmann auf Ernst nicht wie ein Geck, denn die prankenhaften Hände ließen erkennen, dass er das lange Schlachtschwert, das er an der Hüfte trug, kraftvoll zu schwingen vermochte. Eigentlich hätte es Ernst beruhigen müssen, einen solchen Reisegefährten an seiner Seite zu wissen, aber der Mann zeigte ihm allzu deutlich, dass er ihn für einen grünen Jungen hielt.
»Wenn du auf die Oberländer Räuber triffst, wird dir dein

Schwert wenig helfen. Das sind Teufel, sage ich dir«, berichtete der Edelmann. »Es heißt, sie seien alle schussfest und ihr Hauptmann gleich doppelt. Der soll mit dem Teufel im Bunde sein, denn er kann sich mitsamt seinen Leuten von einem Ort zum andern versetzen, so dass er seinen Verfolgern stets entkommt.«

»Ihr scheint ihn ja gut zu kennen«, antwortete Ernst unwirsch.

Der Edelmann lachte. »Wer durch die Berge reist, hört unweigerlich von ihm, und jeder, der ungeschoren von München nach Innsbruck kommt oder umgekehrt, tut gut daran, am Ziel dem heiligen Christophorus zum Dank eine große Kerze zu stiften, weil der Heilige ihn vor der Bande aus dem Oberland beschützt hat.«

»Ich werde es mir merken«, antwortete Ernst und fragte sich, ob der Mann tatsächlich so viel Angst vor diesen Räubern hatte oder sich einfach nur gerne reden hörte.

»Ja, ja, die Oberländer Bande! Die bereitet so manch ehrlichem Kaufmann Sorgen und Verdruss«, fuhr dieser fort. »Ihr Münchner kriegt das auch zu spüren. Haben die Räuber nicht erst vor kurzem eine Reisegruppe aus eurer Stadt überfallen und alle bis auf den letzten Mann niedergemacht?«

Ernst horchte auf. »Das ist richtig! Bekäme ich die Kerle in die Hände, hätten sie nichts zu lachen, denn der Bartl Leibert war mein bester Freund.«

»Der ermordete Kaufmann war dein Freund? Da ist es verständlich, dass du einen argen Zorn auf diese Schurken hast.« Der Edelmann nickte bekräftigend und schien sich erst jetzt daran zu erinnern, dass er sich Ernst weder am Abend zuvor noch an diesem Morgen vorgestellt hatte. »Ich bin Franz von Gigging und hab meinen Besitz ein paar Meilen weiter im Osten. Mir gehören zwar bloß eine alte Burg und ein einziges Dorf, aber ich stelle den Kaufmannszügen Geleit

und Vorspanndienste in den Bergen. Bis jetzt ist noch kein Kaufmann, der sich meinem Schutz anvertraut hat, von den Räubern behelligt worden.« Gigging klopfte auf sein Schwert und feixte.
Jetzt begriff Ernst, warum der Edelmann so viel über die Räuber geredet und sie als fürchterliche Mordbuben dargestellt hatte. Er wollte sich ihm und den anderen Kaufherren aus München, Tölz und Murnau, die Handel mit Tirol und der Lombardei trieben, als Beschützer andienen. Und damit schien er recht erfolgreich zu sein. Obwohl er, wie er sagte, nur einen kleinen Besitz sein Eigen nannte, war seine Kleidung aus teurem flandrischen Tuch geschneidert, und die Ringe, die an seinen Fingern steckten, waren mehr wert als ein mittlerer Bauernhof.
Unterdessen redete Gigging ohne Pause weiter und erzählte abwechselnd von den Untaten der Oberländer Räuberbande und seinen Erfolgen bei der Verteidigung von Warenzügen. Da er seine Stimme nicht gerade mäßigte, hörten auch andere Mitglieder des Reisezugs mit und bedachten den Edelmann mit anerkennenden Blicken.
»Solche Herren wie Euch bräuchten wir halt mehr in unserem Bayernland«, erklärte einer der Männer.
Gigging lächelte selbstgefällig. »So etwas hört man gern! Aber ob ich jetzt zu Bayern gehöre, weiß ich nicht. Der Herr Statthalter in Innsbruck, der Tirol für den Kaiser regiert, sagt nämlich, dass ich sein Untertan wäre. Dasselbe behauptet aber auch Seine Gnaden, der Herzog zu München. Also habe ich mir gesagt, an zwei zahlen meine Bauern keine Steuern. Einigt euch erst einmal, wer mein Landesherr ist. Der bekommt dann das Geld.«
»Und was machen die Herrschaften jetzt?«, wollte Ernst wissen.
»Derzeit nichts! Seine Gnaden, Herzog Wilhelm, will nicht nachgeben, nachdem sein Vater dem Kaiser Maximilian

Kitzbühel, Kufstein und Rattenberg hat überlassen müssen. Weiteres Land will er nicht an Tirol verlieren. Und was die Habsburger angeht, die haben derzeit andere Sorgen, als sich um ein Rittergut an der Grenze zwischen Bayern und Tirol zu kümmern. Der Herr Maximilian ist nicht mehr der Jüngste, und er will seinen Enkel Karl von Spanien als seinen Nachfolger sehen. Da darf er den Herzog von Bayern nicht verärgern.« Gigging erzählte es wie einen Schwank, und auch Ernst musste lachen. Bis zur nächsten Rast hatte er seine Abneigung gegen den Ritter vergessen, und als sie am Abend ihr letztes Nachtquartier vor der Ankunft in Innsbruck bezogen, waren sie die besten Freunde.

18.

In der Wirtschaft wartete eine Überraschung auf Ernst. Eine andere Reisegruppe aus München war kurz vor ihnen eingetroffen, und zu dieser zählte Benedikt Haselegner. Zwar war Ernst mit diesem nicht so gut Freund, wie er es mit Vevas Bruder gewesen war. Trotzdem freute er sich, ihn zu sehen, und setzte sich an seinen Tisch. »Grüß dich, Benedikt! Du bist wohl wieder einmal nach Italien unterwegs?«

»Nein, bloß nach Innsbruck. Nach Italien fahr ich erst wieder nächstes Jahr. Heuer mache ich meine Geschäfte über Antscheller.«

»So ein Zufall! Zu dem Mann will ich auch.« Ernst winkte der Schankmaid, ihm einen Krug Bier zu bringen, und stieß mit Haselegner an. »Auf den Erfolg deiner Reise!«

»Und auf den deinen«, antwortete Haselegner.

Da zog Ernst ein säuerliches Gesicht. »Ich weiß nicht, ob

ich mir wirklich Erfolg wünschen soll. Der Vater hat mir angeschafft, mir die Töchter vom Antscheller anzusehen, ob eine davon für mich als Hochzeiterin taugt.«

»Du bist auf Brautschau?« Haselegner versetzte Ernst einen spielerischen Boxhieb gegen die Schulter. »Zeit wird's wohl auch bei dir.«

»Jetzt red nicht so daher! Du bist zwei Jahre älter als ich und immer noch einschichtig!«

Haselegner tat so, als bemerke er Ernsts Ärger nicht, und klopfte ihm auf die Schulter. »Ich meine es ja auch nicht vom Alter her, sondern wegen der Geistlichkeit. Wenn du in den heiligen Stand der Ehe eintrittst und ein gestandenes Mannsbild geworden bist, können die Herren Pfarrer und Prälaten nicht mehr gegen dich wettern.«

»Aus dem Grund will mein Vater ja auch, dass ich heirate. Und daran ist nur dieser Portikus alias Thürl schuld. Der sollte lieber mal in den Münchner Klöstern aufräumen. Erst letztens ist angeblich wieder ein Findelkind vor dem Tor der Klarissinnen gefunden worden. Dabei pfeifen es die Spatzen von den Dächern, dass es von einer Klosterschwester stammt, die mit einem der geistlichen Herren christliche Nächstenliebe praktiziert hat.«

Ernst war gerade so richtig in der Stimmung, über die Diener und Mägde der Kirche herzuziehen. Doch da setzte sich Gigging zu ihnen, der schweigend hinter ihnen gestanden hatte. »Was willst du denn, Rickinger? Die Geistlichen und Nonnen sind doch auch bloß Menschen. Wenn es denen so richtig zwischen den Beinen juckt, müssen sie etwas dagegen tun.«

Ernst fuhr auf. »Aber von den Gläubigen verlangen sie, dass sie sogleich beichten, wenn einer bloß einmal einem Mädel hinterhergesehen hat.«

»Ich glaube nicht, dass es bei dir beim Hinterhersehen geblieben ist«, warf Haselegner ein und wandte sich an Gigging. »Wisst Ihr, unser Ernst ist ein wenig das, was man auf dem Land den Dorfstier nennt. Da gibt es keinen Tanz und kein Fest, bei dem er nicht hinterher mit einem hübschen Mädel auf dem Heuboden verschwindet.«

»Ärger als du treibe ich es auch nicht«, biss Ernst zurück. »Erinnere dich, dass du es warst, der seiner eigenen Haushälterin ein Kind gemacht hat.«

»Halt, so kannst du das nicht sagen! Da gibt es genug andere, die dafür in Frage gekommen sind. Ich habe damit nichts zu tun.«

»Trotzdem heißt es, du hättest ihr Geld gegeben und sie nach Freising geschickt, wo sie einen Stadtknecht hat heiraten können!« Ernst war es leid, von Haselegner wie ein dummer Junge behandelt zu werden, und hätte diesen Streit notfalls bis zum Ende ausgetragen.

Doch da griff Franz von Gigging ein. »Jetzt gebt Ruhe! Ihr seid beide Kerle nach meinem Sinn. Darum trinken wir jetzt und lassen die Weiber Weiber sein. Zum Wohl!«

»Zum Wohl!« Ernst stieß mit Gigging und nach kurzem Zögern auch mit Haselegner an und trank den Krug in einem Zug leer.

»Das hat es gebraucht!«, meinte er dann und rief der Wirtsmagd zu, ihm den Krug neu zu füllen und etwas zu essen zu bringen.

»Das ist ein guter Gedanke. Ich habe nämlich ein Loch im Bauch«, erklärte Gigging und lenkte das Gespräch wieder auf sein Lieblingsthema, die Oberländer Räuber. »Ich nehme an, dass die Kerle sich nach ihrem letzten Streich nach Westen abgesetzt haben und jetzt die bischöflich-augsburgischen Landstriche heimsuchen. Hoffentlich kommt das nicht zu schnell auf, sonst glauben die Kaufleute, sie bräuchten keinen Schutz mehr auf dem Weg nach Süden. Das wäre schlecht für mein Geschäft!«

Ernst wartete auf Giggings Lachen, mit dem er beinahe jede

Rede abschloss, doch diesmal blieb es aus. Stattdessen sah der Ritter Haselegner an. »Du stehst doch noch zu dem Vertrag, den wir zwei abgeschlossen haben?«
In Ernsts Ohren klang das wie eine Drohung. Doch Haselegner gab dem Ritter gut gelaunt Antwort. »Freilich stehe ich dazu! Jetzt noch mehr als früher.« Erst jetzt schien Haselegner zu bemerken, dass Ernst ihn neugierig anstarrte. »Weißt du, Herr von Gigging beschützt meine Warensendungen, die von Italien heraufkommen, und hilft mir auch mit Knechten und Vorspannpferden aus. Mit diesem Abkommen bin ich bislang bestens gefahren, denn ich habe noch keinen einzigen Tuchballen verloren.«
»Das ist natürlich gut«, antwortete Ernst.
»Dann verstehst du auch, warum ich auch weiterhin nicht auf diesen Schutz verzichten will. Es drohen ja noch ganz andere Gefahren als nur die Räuber! Viele Karren und Saumpferde sind schon samt der Ware in den Abgrund gestürzt oder haben bei Wetterschlägen Schaden genommen. Herr von Gigging ist in diesen Bergen aufgewachsen und kennt hier jeden Weg und Steg. Auch weiß er schon vorher, ob es ein Unwetter gibt. Dazu hat er mir schon ein paarmal geholfen, meine Waren schneller auf den Markt in München zu bringen als meine Konkurrenten.«
»Man tut, was man kann!«, ergänzte der Ritter Haselegners Worte mit einem selbstgefälligen Lächeln.
An einem Übermaß an Bescheidenheit scheint der Mann nicht zu leiden, fuhr es Ernst durch den Kopf. Aber gerade das machte Franz von Gigging so interessant. Gleichermaßen die Herren von Habsburg wie auch den Herzog von Bayern an der Nase herumzuführen, musste dem Mann erst mal jemand nachmachen. Außerdem vermochte er, wenn er nicht gerade über die Oberländer Räuber schwadronierte, amüsant zu erzählen.
Ernst musste immer wieder über seine Bemerkungen la-

chen, während er zuerst seinem Abendessen aus gekochtem Schweinefleisch und Kraut und dann dem süffigen Bier zusprach, das der Wirt zu brauen verstand. Schließlich spürte er die Wirkung des Alkohols und stand auf. »Ich fühle mich auf einmal so müde! Habt ihr was dagegen, wenn ich mich hinlege, Kameraden?« Er nuschelte so stark, dass Haselegner ihn kaum verstand.

Doch bevor dieser nachfragen konnte, klopfte Gigging Ernst kräftig auf die Schulter. »Schlaf deinen Rausch aus, Bursche. Wer weiß, ob du noch saufen darfst, wenn der Pfaff dich mit einem Hausdrachen zusammengeschmiedet hat.«

»Hausdrache! Das ist das richtige Wort«, lallte Ernst und wankte davon.

Gigging sah ihm spöttisch nach. »Viel verträgt der Kerl ja nicht gerade!«

»Immerhin hat er vier Krüge mehr getrunken als ich, und ich spüre es auch schon ein wenig im Kopf.« Haselegner schüttelte sich, um die Anzeichen der Trunkenheit zu vertreiben, und sah sich dann in der Wirtsstube um. Die meisten Gäste waren bereits gegangen. Nur vorne neben der Schenktheke saßen zwei Einheimische. Der Wirt war in den Keller gestiegen, um ein frisches Bierfass heraufzuholen, während seine Magd die benutzten Krüge in einem Wasserschaff wusch.

»Wir sind so gut wie allein und sollten über unser letztes Geschäft reden«, erklärte Gigging für seine Verhältnisse recht leise.

Haselegner nickte und zog einen Lederbeutel unter seinem Wams hervor. »Hier sind zweihundert Gulden, wie wir es ausgemacht hatten!«

»Was ist mit einem kleinen Draufgeld? Meine Leute wollen auch was haben. Oder glaubst du, ich zahle sie aus meiner eigenen Kasse?« fragte der Ritter, und seine Stimme hatte mit einem Mal jeden verbindlichen Klang verloren.

»Sie werden schon nicht zu kurz kommen. Das hier ist erst einmal das Geld für Euch, und das hier ist für Eure Knechte.« Damit zählte Haselegner Gigging zähneknirschend zwei Dutzend Gulden hin.
»Es könnte schon etwas mehr werden«, forderte Gigging, als sein Gegenüber die Börse wieder zuziehen wollte.
»Ihr seid ein arger Halsabschneider«, brummte Haselegner und brachte sein Gegenüber damit zum Lachen.
»Wir leisten gute Arbeit, und die will auch belohnt sein«, erklärte Gigging und strich das Geld ein.
»Also dann, bis zum nächsten Mal!«, sagte er noch, stand auf und verließ die Wirtschaft.
Die Schankmagd sah ihm verwundert nach. »Wollt Ihr nicht hier übernachten, Herr Ritter?«
»Ich hab's mir anders überlegt. Meine Zeche zahlt übrigens mein Münchner Freund dort. Und jetzt behüt dich Gott, wenn's kein anderer tut!«
»Elender Lump!«, stieß Haselegner hervor, allerdings so leise, dass der Ritter es nicht hören konnte.

DRITTER TEIL

Die Hochzeit

I.

Veva erwachte durch einen vorwitzigen Sonnenstrahl, der über ihre Augenlider wanderte, und wunderte sich. Ihre Schlafkammer ging doch nach Westen hinaus und bekam daher keine Morgensonne ab. Gleichzeitig spürte sie etwas Kleines, Warmes, das sich an sie schmiegte. Dumme Katze, dachte sie, geh Mäuse fangen! Sie wollte das Tier wegschieben, ertastete aber einen Kinderkopf und riss die Augen auf.

Nun erst begriff sie, dass sie sich auf dem Steinhof in Pewing befand oder, besser gesagt, auf dessen Heuboden. Eines der drei Kinder des Bauernpaars war in der Nacht unter ihre Decke gekrochen. Mitleidig blickte sie auf das schlafende Mädchen und streichelte ihm über das Haar. Wie mager die Kleine war! Daran war nur der Verwalter des Herzoglichen Rates Prielmayr schuld, der nicht nur den Viehbestand des Steinhofs, sondern auch die meisten Vorräte zu dem Gutshof hatte schaffen lassen, auf dem er selbst saß.

Vevas Wut auf diesen Mann war so groß, dass sie nicht mehr liegen bleiben konnte. Sie stand auf und stieg die schmale Leiter hinab. Unter dem Heuboden befand sich der Stall, in dem derzeit nur eine einsame, nicht gerade junge Kuh stand.

Die Bauersleute waren bereits auf den Beinen. Während die Bäuerin Holz hereinholte, hatte deren Schwiegermutter den Morgenbrei auf den Herd gestellt. Auch der Bauer schnitzte schon fleißig an einer neuen Schüssel.

»Guten Morgen«, sagte er, als Veva eintrat.

»Guten Morgen!« Veva nickte ihm zu und fragte dann seine Frau, wo sie anpacken könne.

Die Bäuerin, der es schon am Vortag peinlich gewesen war, Veva wie eine Magd arbeiten zu sehen, schüttelte heftig den Kopf. »Aber das geht doch wirklich nicht! Ihr seid die Tochter des ehrengeachteten Kaufherrn Bartholomäus Leibert und dürft keine Bauernarbeit verrichten.«
»Und ob ich darf – und kann! Sag einfach, was ich tun soll. Allerdings werde ich nach dem Frühstück zuallererst den Herrn Verwalter aufsuchen und ihm gewaltig auf die Zehen treten.«
»Tut das lieber nicht! Das ist ein harter Mann, der auch vor Schlägen nicht zurückscheut«, warnte die Bäuerin sie.
Vevas Augen blitzten auf. »Das soll er probieren! Dann aber ist hier der Teufel los, das schwöre ich euch.« Sie sah sich um. »Wo ist eigentlich der Schwab? Ich habe ihm doch gesagt, er soll mitarbeiten!«
»Das tut er auch. Er mäht unsere Wiese unten im Bergfeld, damit wir Heu machen können.« Die Bäuerin klang erleichtert. Obwohl nur noch eine Kuh im Stall stand, wollte sie den Heuboden gefüllt sehen, damit Futter vorhanden war, falls der neue Besitzer weiteres Vieh ankaufen würde.
Vevas Gedanken gingen in eine andere Richtung. Ihr Vater war niemand, der schlechtem Geld gutes hinterherwarf. Anstatt diesem Hof wieder auf die Beine zu verhelfen, würde er einen Prozess gegen Prielmayr anstrengen. In dem Fall aber verlören Hein und seine Familie unweigerlich ihre Heimat.
»Wie war das mit dem Verwalter des Herrschaftshofes? Er hat euch nicht nur das Vieh und die Vorräte wegholen lassen, sondern euch auch den besten Acker weggenommen und dem Herrschaftshof zugeschlagen?«
»So ist es«, sagte der Bauer mit betrübter Miene. »Aber ich muss meinem Weib zustimmen. Geht nicht zu ihm! Er ist ein böser Mann und hat auch mich schon ein paarmal geschlagen.«
Ein, zwei Herzschläge lang wurde Veva schwankend. Dann

aber kochte ihre Wut erneut hoch. Niemand betrog einen Leibert aus München, ohne die Folgen tragen zu müssen. Das hatte der Vater Bartl und ihr seit frühester Jugend eingebleut. »Ein Leibert macht alleweil das bessere Geschäft!«, pflegte er zu sagen. Diesmal aber hatte er ein sehr schlechtes gemacht. Wäre Bartl an ihrer Stelle, würde er wahrscheinlich nach Hause zurückkehren, um genau das dem Vater zu erklären. Doch dazu war sie nicht bereit. Zu oft hatte der Vater ihr klargemacht, dass sie gerade gut genug war, unter seiner Aufsicht und nach seinem Diktat Briefe zu schreiben. Nun würde sie ihm beweisen, dass auch sie sich durchzusetzen wusste.

Mit diesem Vorsatz setzte sie sich, zog ihren Löffel heraus und begann mit den anderen zusammen den Morgenbrei aus dem irdenen Topf zu löffeln, den die Altbäuerin auf den Tisch gestellt hatte. Zum Trinken gab es für jeden einen Becher Kuhmilch. Veva bekam von der Bäuerin noch einen Becher mit Schlehenwein vorgesetzt, den diese im Vorjahr angesetzt hatte.

»Bier haben wir keines«, sagte sie entschuldigend. »Das haben wir bislang vom Herrschaftshof bekommen. Von denen kriegen wir jedoch nichts mehr, und selbst kann ich keines brauen.«

»Ist schon gut«, wehrte Veva ab und beschloss, den Schwab aufzufordern, bei einem der Wirte im Umland ein Fass Bier zu besorgen. Wer hart arbeitete, brauchte Kraft. Und dafür war die Kost, die hier auf den Tisch kam, viel zu karg.

»Euer Knecht kriegt seinen Brei, wenn er kommt, und auch einen Becher Schlehenwein«, erklärte die Bäuerin, als Veva vom Tisch aufstand.

»Mach das! Ich geh jetzt zum Herrschaftshof und sage dem Verwalter ein paar passende Worte.« Veva verabschiedete sich, wusch draußen am Hofbrunnen ihren Löffel und steckte ihn ein. Danach ging sie mit raschen Schritten zu dem großen Hof hinüber, der ebenfalls dem Herzoglichen Rat Prielmayr gehörte.

Unterwegs kam sie am Urbarshof vorbei, dem größten im Ort, dessen Besitzer der Herzog selbst war. So, dachte sie, sollte auch der Steinhof aussehen. Doch zu dem gehörte nur ein Bruchteil der Wiesen und Felder, und von den vielen Kühen, die von einem Jungen in Lederhose und grauem Wollhemd gehütet wurden, konnten Hein und die Seinen nur träumen.

Kurz darauf erreichte sie Prielmayrs Herrschaftshof und trat auf das Hauptgebäude zu. Eine Magd, die am Brunnen die hölzernen Milcheimer spülte, wurde auf sie aufmerksam. »Wer bist du denn?«, fragte sie misstrauisch, da sie Veva nach der derben Reisekleidung, die diese trug, nicht einzuschätzen wusste.

»Ich bin die Leibert Veva aus München und will mit dem Verwalter reden!«, antwortete Veva kühl.

Die Magd schüttelte den Kopf. »Der Herr Verwalter ist noch beim Frühstück. Der hat jetzt keine Zeit, mit jemandem zu reden.«

»Für mich wird er Zeit haben! Sag ihm, ich komme wegen des Steinhofs. Will er nicht mit mir reden, so wird ihm mein Vater den Landrichter von Schwaben schicken. Ihr gehört doch zu diesem Gericht, nicht wahr?«

»Freilich«, sagte die Magd und begriff dann erst, was Veva gesagt hatte. »Den Richter willst du schicken?« Erschrocken ließ sie den Eimer fallen, den sie gerade mit einem Stein geschrubbt hatte, und eilte mit wehenden Röcken ins Haus.

Veva folgte ihr etwas bedächtiger und musterte im Vorbeigehen die Gebäude. Der Hof war ein Mittelding zwischen einem Herrschaftssitz und einem großen Bauernhof. Die Grundmauern seiner Wirtschaftsgebäude bestanden aus Stein und der Rest aus Holzbalken. Wegen der Brandgefahr lag das Wohnhaus etwas abseits. Das Erdgeschoss verfügte über dicke Mauern aus behauenen Steinen, darauf saß ein hölzernes Obergeschoss, das von einem Ziegeldach gekrönt wurde. Die Dächer des Stalls, der Remise und der Scheune trugen jedoch Holzschindeln.

Im Flur des Hauses war es wegen der winzigen Fenster so düster, dass Veva die Türen, die davon abgingen, nur erahnen konnte. Im vorderen Teil führte eine gewundene Treppe in das obere Geschoss. Dort klang eine zornige Stimme auf, die ihrer Einschätzung nach dem Verwalter des Gutes gehörte. Der Mann schien über ihren Besuch nicht erfreut zu sein.

Kurz darauf kam die Magd zurück. Da sich Vevas Augen mittlerweile an das Zwielicht im Flur gewöhnt hatten, vermochte sie den spöttischen Ausdruck auf dem Gesicht der Frau zu erkennen.

»Noch kannst du verschwinden«, sagte diese. »Der Herr Verwalter ist sehr zornig und wird nicht viel Federlesens mit dir machen.«

»Und ich nicht mit ihm!« Veva stieg an der Magd vorbei nach oben und ging auf die Tür zu, hinter der die wütende Stimme immer noch zu vernehmen war. Ohne anzuklopfen, trat sie ein und sah sich einem großen, wuchtig gebauten Mann gegenüber, der in einer knielangen Hose und einem Leinenhemd steckte. Da er nur Lederpantoffel anstelle von Schuhen und Strümpfen trug, fielen ihr die stark behaarten Unterschenkel auf. Der Mann wirkte in seinem Aufzug so lächerlich, dass die Angst, die Veva begleitet hatte, einem innerlichen Lachen Platz machte.

»Du bist der Verwalter dieses Anwesens?«, sprach sie ihn an.

»Ich bin es gewohnt, mit Herr angesprochen zu werden«, blaffte er zurück.

»Bist du vielleicht von Adel, weil du gar so großkotzert auftrittst?«, fragte Veva ihn eher amüsiert. »Aber selbst dann tät ich dir das sagen, was ich zu sagen habe.«

»So, und was ist das?«

»Es geht um den Steinhof. Mein Vater hat ihn von dem Herzoglichen Rat Prielmayr mit allem lebenden und toten Inventar als Pfand erhalten. Der Vertrag ist vor dem Stadtschreiber von München geschlossen und gesiegelt worden und damit gültig. Zum lebenden und toten Inventar gehören auch alles Vieh, sämtliche Vorräte und rein alles, was sich auf dem Hof zum Abschluss des Vertrags befunden hat. Du jedoch hast den Steinhof danach ausräumen und alles hierherbringen lassen. Das ist ein Bruch der Vereinbarungen! Wenn du nicht willst, dass mein Vater in München Anklage gegen dich und deinen Herrn erhebt, solltest du alles, was du hast wegholen lassen, innerhalb von drei Tagen zum Steinhof zurückbringen. Tust du's nicht, geht's vor Gericht!«
Mit dunkelrot angelaufenem Gesicht brüllte der Verwalter los: »So haben wir zwei nicht gewettet. Den Hof hat der Leibert bekommen, aber nicht das, was darauf war. Den Bauern kannst du eh zum Teufel jagen. Der taugt nichts!«
»Nachdem er bei der Fronarbeit für den Herrn zum Krüppel geworden ist, willst du sagen. Pfui Teufel! Ich tät mich schämen, einen Mann so zu behandeln. Außerdem kannst du sagen, was du willst. Ich habe den Vertrag gesehen, und da steht nichts davon, dass der Herr Rat noch ein Anrecht auf das Vieh und das Futter hat. Also tu, was ich sage, sonst …« Veva sah den Mann von oben herab an, als hätte sie einen hässlichen Wurm vor sich.
Der stand auf und trat mit wütender Miene auf sie zu. »Jetzt hör du mir zu«, schrie er sie an. »Das hier geht dich einen Dreck an, verstanden? Und deinen Vater genauso wenig! Der Hof gehört immer noch meinem Herrn. Ihr könnt zusehen, wie ihr zehn Jahre lang was herausholt. Wenn nicht, ist es euer Pech. Und jetzt verschwinde, sonst haue ich dir ein paar runter, dass du eine besoffene Marketenderin für die Heilige Jungfrau anschaust.« Er holte aus, doch Veva wich nicht zurück.

»Hau ruhig zu – dann werden dich beim nächsten Mal, wenn du nach München kommst, die Stadtknechte verhaften und in den Turm sperren. Und glaube nicht, dass du da so schnell wieder herauskommst. Bei Gewalt gegen eine Bürgertochter ist unser Herr Richter ebenso streng wie bei Diebstahl, musst du wissen.«

Der Schlag unterblieb. Der Verwalter starrte Veva an und kaute auf seinen Lippen herum. Bis jetzt war es ihm bei Streitfällen immer gelungen, sein Gegenüber einzuschüchtern. Doch diesmal stand ihm kein Knecht oder abhängiger Bauer gegenüber, sondern eine selbstbewusste Münchner Bürgertochter. Wenn er sich an der vergriff, konnte das fatale Folgen für ihn haben. Der Hof in Pewing war nur einer von mehreren, die sein Herr über das ganze Bayernland verstreut besaß, und er musste zweimal im Jahr nach München, um mit Prielmayrs Rentmeister abzurechnen. Da durfte er nicht riskieren, von den Stadtknechten verhaftet zu werden.

Seine Wut war so groß, dass er die junge Frau am liebsten mit dem Stock vom Hof geprügelt hätte. Aber sein Verstand sagte ihm, dass er einlenken musste, wenn er seinen guten Posten behalten wollte. Das ärgerte ihn doppelt, denn er hatte einen Teil des Viehs bereits verkauft und den Erlös in die eigene Tasche gesteckt. Nun würde er das Geld opfern müssen, um die Forderungen dieses impertinenten Weibes zu erfüllen. Er überlegte, wie er den Verlust ausgleichen konnte. Da sein Herr und dessen Rentmeister nie persönlich kamen und sich umschauten, würde er ihnen eine Viehseuche auf dem Hof melden und das angeblich verreckte Vieh an den Steinhof überstellen. Da kam ihm noch ein besserer Gedanke, und er fuhr sich über die Stirn. Er würde dem Herrn einfach berichten, wie unverschämt sich diese Pfeffersack-Tochter hier aufgeführt hatte, und ihre Forderungen als grundlos bezeichnen. Sollte der Herzogliche Rat sich den Gegenwert doch bei Leibert zurückholen.

»Also gut, ich lasse das Vieh zurückbringen«, sagte er nach einer Weile.

»Wir werden darauf achtgeben, dass es auch das richtige ist«, antwortete Veva. »Vergiss aber auch das Heu, das Stroh und das Getreide nicht, das du ebenfalls weggenommen hast. Außerdem bleibt der Acker, den du zusätzlich in Beschlag genommen hast, beim Steinhof.«

»Aber den habe ich durch meine Knechte schon ansäen lassen. Der Krüppel vom Steinhof hätte es eh nicht tun können.«

»Sieh es als Entschädigung für den Ärger an, den du uns bereitet hast. Und jetzt lass es dir weiterhin schmecken!«

Mit diesen Worten machte Veva kehrt und verließ die Kammer. Sie musste an sich halten, um nicht vor Lachen zu platzen, denn die Miene des Mannes war zuletzt einfach köstlich gewesen.

Auf dem Weg zum Steinhof dachte sie, das Bartl von ihrem Auftreten gewiss begeistert wäre. Im nächsten Moment fiel ihr ein, dass er niemals mehr davon erfahren würde, und ihre gute Laune verschwand mit einem Schlag.

2.

Ferdinand Antscheller galt etwas in Innsbruck. Das konnte Ernst Rickinger bereits an der prachtvoll bemalten Fassade seines Wohnhauses erkennen. Als Haselegner und er um Einlass baten, öffnete ihnen ein Knecht das Tor und führte sie durch einen breiten, von einem kunstvollen Gewölbe überspannten Durchgang in den Hof. Dort waren weitere Knechte damit beschäftigt, Frachtkarren mit Fässern zu beladen, die ihren Aufschriften nach die unterschiedlichsten Waren enthielten. Friedrich Antscheller, ein etwa dreißig Jahre zählender, hoch aufgeschossener Mann mit knochigem Gesicht, beaufsichtigte die Männer, sah aber mit seinem grauen Wams und den braunen, knielangen Hosen beinahe selbst wie ein Knecht aus.

Als die Gäste den Hof betraten, kam er auf sie zu. »Grüß dich, Haselegner! Du bist also doch noch gekommen«, sprach er Ernsts Begleiter an.

Dieser reichte ihm die Rechte und klopfte ihm mit der anderen Hand auf die Schulter. »Ich war schon unterwegs, habe aber gewisser Umstände wegen noch einmal nach München zurückmüssen. Jetzt bin ich hier. Darf ich dir meinen Freund vorstellen? Es ist der Rickinger Ernst, Sohn des ehrengeachteten Kaufmanns Eustachius Rickinger und, wie ich unter sechs Augen sagen darf, auf Brautschau.«

»Soso, auf Brautschau!« Friedrich Antscheller musterte Ernst durchdringend.

Diesem war es unangenehm, dass Haselegner mit der Tür ins Haus gefallen war. Er lächelte verlegen und machte eine entschuldigende Geste. »Der Vater hat gemeint, ich sollte mir einmal deine Schwestern anschauen.«

Im Grunde war es gleichgültig, wen er heiratete, sagte Ernst sich. Wie er seinen Vater kannte, würde er in den sauren Apfel beißen und ein Weib nehmen müssen. Da konnte er genauso gut eine Innsbrucker Bürgertochter statt einer aus München heimführen.

»Anschauen kannst du sie. Das kostet nichts«, versuchte Friedrich Antscheller zu witzeln.

»Das Ausprobieren kostet auch nichts, ist aber erst nach der Hochzeit erlaubt«, fügte Haselegner hinzu.

Ernst war diese anzügliche Bemerkung unangenehm, auch wenn er recht hatte. Ein warmer Frauenleib im Ehebett war nicht zu verachten. Anders als sein Ruf es glauben machte, kam Ernst eher selten dazu, einem Mädchen zwischen die

Beine zu steigen, und auf die Huren im Frauenhaus, die es mit jedem treiben mussten, wollte er nicht angewiesen sein.
»Dann kommt herein! Vinz, geh zum Herrn Vater und sag ihm, es wären Gäste gekommen.« Der letzte Satz galt einem Knecht, der sogleich ins Haus lief.
Friedrich Antscheller legte die Arme um die Schultern seiner Gäste und führte sie zur Tür. »Ich hätte nichts dagegen, wenn die Schwestern unter die Haube kämen. Dann wäre wenigstens ein Frieden im Haus, wenn ich selber heirate. Sonst giften sich die Weiber bloß an, und ich muss mir ständig anhören, wie schlecht die Schwestern oder mein Weib wären.« Friedrich Antscheller verzog das Gesicht, als hielte er alle Frauen für zänkische Schwätzerinnen.
Das ist also der Mann, mit dem Leibert die Veva verheiraten will, fuhr es Ernst durch den Kopf. Beim jungen Antscheller würde sie sich ducken müssen, denn dieser sah nicht aus, als dulde er Widerworte.
Als er kurz darauf dem Hausherrn gegenüberstand, wirkte der Mann auf ihn wie eine ältere, noch härtere Ausgabe des Sohnes. Das Lachen schienen die beiden nie gelernt zu haben, denn Ferdinand Antscheller zog ebenfalls ein Gesicht, das einen Eishauch als warm hätte erscheinen lassen.
»Da bist du ja!«, blaffte er Haselegner an. »Was sind das für Sitten, sich anzukündigen und dann nicht zu kommen?«
»Es gibt halt manchmal Wichtigeres als das Geschäft«, antwortete Haselegner gelassen. »Ich habe die Tochter vom Leibert zurück nach München bringen müssen. Die Oberländer Räuber haben ihren Bruder umgebracht und sie schwer misshandelt.«
Während der alte Antscheller die Stirn krauszog, dachte Ernst, dass sein Begleiter diese Nachricht auch anders hätte überbringen können. Obwohl er mit Benedikt Haselegner bisher gut ausgekommen war, ärgerte er sich seit ihrem letzten Zusammentreffen zunehmend über ihn und war

erleichtert, dass ihr Gastgeber nicht auf seine Worte einging, sondern sie in die gute Stube bat. Dort forderte er eine seiner Töchter auf, eine Brotzeit auf den Tisch zu stellen.
»Bring auch Wein, Johanna«, rief er dem Mädchen noch nach.
Ernst bedauerte, dass er das Mädchen nur kurz gesehen hatte, denn er wollte sich so bald wie möglich ein Bild von ihr machen. Doch er tröstete sich damit, dass sie bald zurückkehren würde, und nahm an dem schweren Eichentisch Platz, der Antschellers mit Schnitzwerk getäfelte Prachtstube beherrschte.
Wieder ergriff Haselegner das Wort. »Darf ich dir meinen Freund vorstellen, Antscheller? Es ist der Sohn des Eustachius Rickinger aus München, den du kennen dürftest. Ernst ist sein einziger Sohn und auch das einzige Kind. Also braucht er später einmal keine Schwester mit einer Mitgift versehen.«
»Den Rickinger Eustachius kenne ich und mache Geschäfte mit ihm, und von dessen Sohn habe ich auch schon einiges gehört.« Antschellers Miene wirkte so düster, als wäre er alles andere als begeistert.
»Er kommt, um sich deine Töchter anzuschauen, ob ihm eine als Hochzeiterin taugt!«, fuhr Haselegner fort.
Die beiden Mädchen, die gemeinsam ein großes Tablett mit Brot, Wurst und Käse, einem großen Krug Wein und vier Bechern in die Stube trugen, sahen sich kurz an, bevor sie Ernst in Augenschein nahmen.
Auch dieser nahm die Gelegenheit wahr, sie zu begutachten. Antschellers Töchter waren beide großgewachsen und schlank. Dazu hatten sie schmale Gesichter, leichte Adlernasen und braune Augen. Ernst hatte schon hässlichere Mädchen gesehen, aber auch weitaus bezauberndere wie die Bäckersmagd Rosi oder Veva Leibert. Nun, zum Heiraten waren sie hübsch genug.

Noch während Ernst nachsann, scheuchte Antscheller seine Töchter aus dem Raum, nahm den Weinbecher in die Hand und musterte seine Gäste über den Rand hinweg.

»Ich gebe es offen zu, ich will meine Johanna und Josefa bald in Ehren verheiraten. Aber ich habe schon zu viel Schlechtes von dem jungen Rickinger gehört, als dass ich meine Zustimmung geben könnte. Sich gegen die Geistlichkeit aufzulehnen tut niemals gut, und ein ehrlicher Christenmensch bringt auch keine Schande über einen hochwürdigen Herrn Pfarrer oder Mönch, so wie du es getan hast, Rickinger!«

Ernst wusste nicht, ob er lachen oder weinen sollte. »Das war klar und deutlich, Antscheller. Ihr werdet erlauben, dass ich Euer Haus verlasse, denn ich will Euch nicht länger belästigen.«

»Du kannst ruhig bleiben. Als Sohn meines Geschäftsfreundes Eustachius Rickinger bist du mir willkommen. Nur zum Schwiegersohn taugst du mir halt nicht!« Antscheller wollte nicht, dass Ernst im Unfrieden von ihm schied, denn dafür verdiente er zu gut am Handel mit dessen Vater.

Auch Haselegner versuchte, Ernst zu halten. »Jetzt bleib doch da!« Leise fügte er hinzu: »Die Suppe wird nicht so heiß gegessen, wie sie gekocht wird. Zeig dem Antscheller, wie du wirklich bist, und er wird es sich schon überlegen.«

»Es gibt auch anderswo Jungfrauen zum Heiraten. Da muss ich nicht bis in Tirolerische reisen!« Ernst war beleidigt und wütend, weil sein Vater ihn hierhergeschickt hatte. Dieser hätte den alten Antscheller doch besser kennen müssen. Ohne einen Schluck Wein getrunken zu haben, kehrte er dem Hausherrn den Rücken zu und verließ mit hoch erhobenem Kopf die Stube.

Als er durch die Tür auf die Straße trat, sahen ihm die Antscheller-Töchter durch die Butzenscheiben des Fensters nach.

»Schade, dass der Vater ihn nicht haben will. Er ist ein schmucker Bursch«, seufzte Josefa.
»Ich weiß nicht«, wandte ihre Schwester ein. »Du hast ja gehört, dass er ein ganz ein Wilder sein soll, der nicht einmal vor einem hochwürdigen Herrn Pfarrer haltmacht. Mit so einem kannst du mir vom Leib bleiben. Der ist ja fast noch schlimmer als der Luther, der dem Heiligen Vater in Rom den Gehorsam aufgekündigt hat und jetzt so schlecht über ihn schreibt.«
»Ich hätte mir den Mann schon gezogen«, seufzte Josefa und richtete ihre Aufmerksamkeit wieder auf das Zimmer, in dem Haselegner bei ihrem Vater und Bruder saß. »Vielleicht beißt der andere an. Zeit wär's für mich zu heiraten.«
»Für mich erst recht. Schließlich bin ich die Ältere von uns beiden.« Johanna seufzte, denn ihren abwertenden Worten zum Trotz hatte Ernst ihr gefallen, und im Ehestand wurden die Männer meist vernünftig. Jetzt hieß es weiterhin warten, bis sich ein neuer Freier einfand, den der Vater als Schwiegersohn akzeptierte.

3.

Nachdem Ernst gegangen war, herrschte Stille in der Stube. Antscheller presste die Hand um den Zinnbecher, so dass die Knöchel weiß hervortraten, während sein Sohn sich im Hintergrund hielt und mit keiner Miene verriet, ob er das Urteil des Vaters über Ernst teilte oder missbilligte.
Schließlich brach Haselegner das Schweigen. »War es wirklich nötig, dem jungen Rickinger die kalte Schulter zu zeigen, Antscheller? Das wird auch seinen Vater ärgern.

Außerdem wär's keine Schande für eine deiner Töchter, die Rickingerin von München zu werden. Der kleine Ärger, den sich der Ernst mit den Geistlichen eingehandelt hat, wäre nach der Heirat gewiss bald vergessen.«

Friedrich Antscheller nickte unwillkürlich, als wolle er dem Sprecher zustimmen. Sein Vater hingegen schüttelte den Kopf. »In einer Zeit, in der sogar ein einfacher Mönch wie dieser Luther die Herrschaft des Papstes angreift, welcher von unserem Herrgott selbst zum Oberhaupt unserer heiligen Kirche ernannt worden ist, will ich einen Eidam haben, der die Geistlichkeit ehrt!«

Antscheller machte eine Handbewegung, die unmissverständlich zeigte, dass er nichts mehr von dieser Sache hören wollte, und sah Haselegner auffordernd an. »Sollte dir daran gelegen sein, kannst du eine meiner Töchter heiraten. Ich gebe meiner Älteren fünftausend Gulden mit und der Jüngeren dreitausend. Dazu kommt noch die Aussteuer, die einer Antscheller-Tochter aus Innsbruck zusteht.«

Fünftausend Gulden waren nicht wenig, und zu anderen Zeiten hätte Haselegner es gewiss in Erwägung gezogen. Doch er dachte an Veva, die als Erbin ihres Vaters ein Vielfaches dieser Mitgift in die Ehe mitbringen würde.

Seufzend schüttelte er den Kopf. »Mir pressiert es nicht so mit dem Heiraten, Antscheller. Gut Ding will Weile haben.«

»Dir geht es ums Geld, nicht war? Tausend Gulden tät ich vielleicht noch drauflegen. Mehr aber nicht!« Antscheller zeigte deutlich seinen Unmut. In seinen Augen war Haselegner ein guter Geschäftspartner, den er gerne noch enger an sich gebunden hätte. Doch der Mann war heikel und würde seine Braut nur nach der Höhe ihrer Mitgift aussuchen. Daher wechselte er das Thema. »Wie ist das eigentlich mit dem Leibert? Wenn sein Sohn tot ist, wird wohl die Tochter alles erben.«

Diese Wendung des Gesprächs gefiel Haselegner überhaupt nicht. Widerstrebend antwortete er: »Wird wohl so sein.«
Sein Gastgeber nickte nachdenklich. »Schließlich wäre es kein Schaden, wenn mein Friedrich seine Tochter heiratet. Er steht gut da, der Leibert. Vor kurzem hat er mir noch einmal geschrieben und mich aufgefordert, meinen Buben zu ihm nach München zu schicken, damit er seinen Handel übernehmen kann. Das werde ich wohl tun.« Ferdinand Antscheller klang so zufrieden, dass sein Gast am liebsten mit der blanken Faust dreingeschlagen hätte.
Haselegner kämpfte jedoch seine Wut nieder und sah den anderen mit missbilligender Miene an. »An deiner Stelle tät ich mir das noch einmal überlegen, Antscheller. Die Veva bekommt zwar ein reiches Erbe, aber ...« Haselegner brach mit einer verächtlichen Handbewegung ab.
»Was aber?«, bohrte sein Gastgeber nach.
»Nun, ich hab's bis jetzt für mich behalten. Weißt du, ich bin damals nur einen Tag später in die Gegend gekommen, in der der Bartl Leibert ermordet worden war, und habe den Amtmann von Kiefersfelden sofort um eine Schar Waffenknechte gebeten, um die Bande zu verfolgen. Wir konnten zwar ihr Versteck ausräuchern, aber die Kerle hatten uns bemerkt und sind geflohen. Dafür haben wir die Veva gefunden, die sie zurückgelassen hatten. Ich hab's bis jetzt noch niemandem gesagt, aber wegen meiner Freundschaft zu dir muss ich es tun.
Die Veva hat ein Kleid getragen, das einer Fürstin angemessen gewesen wäre, und sie war körperlich vollkommen unversehrt. Während ihrer Gefangenschaft bei diesen Schuften hat sie keine einzige Schramme davongetragen! Du weißt doch selbst, wie die Räuber jene Weiber, deren sie habhaft geworden sind, sonst behandelt haben. Die armen Dinger waren blutig geschlagen, und oft genug haben sie ihnen auch noch die Ohren oder die Nase abgeschnitten. Veva jedoch

ist nichts davon geschehen! Du kannst dir wohl denken, was das heißt, Antscheller.«
»Was soll ich mir denken?«
»Die Räuber haben Veva nicht zwingen müssen, sich auf den Rücken zu legen und die Beine breit zu machen. Sie hat's freiwillig getan! Und das bei den Schurken, an deren Händen noch das Blut ihres Bruders klebte. Ich hab's dem Leibert nicht sagen wollen, sondern vor ihm so getan, als wäre seine Tochter wirklich mit Gewalt genommen worden.« Haselegner seufzte, als falle es ihm schwer, das zu bekennen, und blickte Antscheller und dessen Sohn lauernd an.
Sein Gastgeber dachte nach und blies die Luft aus den Lungen, während sein Sohn ein Gesicht zog, als hätte er anstelle von gutem lombardischem Wein soeben Jauche getrunken.
»So eine, die es mit Mördern und Räubern getrieben hat, will ich nicht heiraten!«, sagte er.
»Aus Angst macht eine Frau viel«, wandte sein Vater ein. Aber seinen Worten fehlte der Nachdruck. Er hatte gerade Ernst Rickinger als Schwiegersohn abgelehnt, weil ihm dessen Ansehen zu schlecht war, und nun überlegte er, wie es um den Ruf Vevas nach dieser Sache bestellt wäre. Was war, wenn das, was Haselegner ihm eben unter dem Siegel der Verschwiegenheit mitgeteilt hatte, die Runde machte? Es wog Leiberts ganzes Vermögen nicht auf, wenn es hieß, die Ehefrau seines Sohnes habe es mit den Mördern ihres Bruders getrieben. Von da bis zu der Vermutung, Bartl Leiberts Tod sei eine abgekartete Sache gewesen, war es nicht weit. Damit aber hätte der Verdacht aufkommen können, er selbst wäre daran beteiligt gewesen, um so Leiberts gesamtes Vermögen an sich zu bringen.
Schließlich schüttelte er den Kopf. »Dank dir, Haselegner, dass du mich gewarnt hast. Beinahe hätte ich einen Fehler begangen. Ein guter Ruf ist mehr wert als eine Truhe voll Gold. Ich werde dem Leibert abschreiben und für meinen

Buben eine andere Hochzeiterin suchen. Jungfern mit einer guten Mitgift gibt es zum Glück genug.«

»Damit tust du recht, Antscheller«, stimmte Haselegner ihm zu.

Insgeheim amüsierte er sich über seinen Gastgeber, der, wenn es ums Geschäft ging, bei weitem nicht so lauter handelte, wie er jetzt tat, solange sein Ruf nicht darunter litt. Auf jeden Fall hatte er gerade seinen größten Rivalen ausgeschaltet und war Veva und deren Erbe ein ganzes Stück näher gerückt. Allerdings gefiel es ihm gar nicht, dass Antscheller Ernst Rickinger so harsch abgewiesen hatte. Dessen Vater war gut mit Vevas befreundet, und da mochte sich womöglich etwas anspinnen, das sich als Hindernis für seine Pläne erweisen konnte. Aus diesem Grund beschloss Haselegner, so rasch wie möglich nach München zurückzukehren. Die Geschäfte, die er hatte tätigen wollen, übertrug er dem darob sichtlich geschmeichelten Antscheller. Doch er sagte sich, dass die paar Gulden, die er dem Innsbrucker Kaufmann dafür als Anteil lassen musste, durch Leiberts Vermögen mehr als aufgewogen würden.

4.

In München lief alles seinen gewohnten Gang. Die Menschen arbeiteten, gingen in die Kirche und sündigten zur Freude der Geistlichkeit, die ihnen dafür mit einer Hand alle Strafen der Hölle androhte und mit der anderen Ablassbriefe verkaufte. Selbst diejenigen, die als Knecht oder Magd in Diensten standen, kratzten ihre letzten Kreuzer zusammen, um mit dem begehrten Zettel ein Anrecht auf die ewige Seligkeit zu erwerben.

Schlimm war es für diejenigen, die kein Geld erübrigen konnten, denn sie sahen unweigerlich das Reich des Satans vor sich. In jenen Häusern, in denen die Besitzer, anstatt zu den Mahlzeiten ein Dankgebet zu sprechen, alle Höllenstrafen an die Wand malten, war der Druck besonders groß. Das bekam auch Rosi zu spüren, obwohl der Meister ein eher gemütlicher Mann war und ihr und den anderen Mägden gelegentlich einmal zum Scherz auf den Hintern klopfte. Mehr durfte er jedoch nicht wagen, denn Frau Anna herrschte wie ein Racheengel über das Haus. Die Meisterin entdeckte jede Verfehlung und bestrafte sie unnachsichtig. Dazu war sie übermäßig geizig und drängte ihren Mann, beim Backen seiner Brote und Semmeln nicht zu viel Mehl zu nehmen. Daher erreichten die Laibe häufig nicht das Maß, welches die Stadt vorgeschrieben hatte, und waren unverkäuflich. Diese verwendete die Meisterin für den eigenen Haushalt.
Vor allem aber sparte Frau Anna beim Gesinde. Es gab kaum einen Monat, in dem ein Knecht oder eine Magd im Haus den vollen Lohn erhielt. Stets behielt sie einen Teil des Geldes zur Strafe für angebliche oder echte Verfehlungen ein und drängte alle Mitglieder ihres Haushalts einschließlich des Gesellen und der beiden Lehrlinge ihres Mannes, genug in den Klingelbeutel zu legen, der bei jeder Messe durch die Kirche getragen wurde.
Für Rosi waren diese Forderungen doppelt schlimm, denn sie vermochte kaum Geld zu sparen, um der Meisterin irgendwann einmal den Dienst aufsagen zu können. Da die meisten Kaplane von Sankt Peter auch für die Beichtzettel Geld verlangten, hatte sie es sich trotz ihrer Abneigung gegen Pater Hilarius angewöhnt, bei diesem zu beichten, denn er gab ihr bereitwillig das begehrte Papier. Um ihrer Sünden ledig gesprochen zu werden, musste sie sich jedoch regelmäßig mit ihm in der Allerheiligenkirche treffen. Auch an

diesem Tag schlüpfte sie nach dem Feierabend aus dem Haus, um bei Pater Hilarius eine ganz spezielle Art der Beichte abzulegen.
Dieses Mal hatte er sie in einen kleinen Anbau des Klosters der Klarissinnen befohlen, der so versteckt lag, dass niemand sie beobachten konnte. Das alte Gemäuer hatte nur ein paar Luftlöcher hoch unter dem Dach. Die Tür war fest und wurde mit einem eisernen Riegel gesichert, den der Pater, nachdem Rosi in den Raum geschlüpft war, sogleich vorlegte. Da eine Laterne brannte, konnte Rosi sehen, dass er eine Decke auf dem Boden ausgebreitet hatte. Er wirkte angespannt und kaute auf seinen Lippen herum.
Inzwischen war Hilarius zu einer Entscheidung gelangt. »Zieh dich aus! Ich will dich nackt sehen.«
»Aber das geht doch nicht!«
»Es muss gehen!« Der Mönch packte sie und versuchte ihr mit vor Erregung zitternden Fingern das Mieder zu öffnen. Aus Angst, er könnte ihre Kleidung zerreißen, schob Rosi ihn weg und begann, sich zu entkleiden. Das hatte sie noch nie vor einem Mann getan. Zwar hatte Ernst Rickinger sie auf dem Heuboden ausgezogen, aber da war es zu dunkel gewesen, als dass er viel hätte sehen können. Die anderen, für die sie bisher die Beine breit gemacht hatte, waren damit zufrieden gewesen, wenn sie ihre Röcke weit genug hochgeschlagen hatte. Doch sich selbst bei Licht splitternackt ausziehen zu müssen erfüllte sie mit Scham. Außerdem war es eine schwere Sünde, von der vielleicht sogar Hilarius sie nicht mehr freisprechen konnte.
Dieser sah ihr erwartungsvoll zu und spürte, wie ihm das Blut in die Lenden schoss. Schon seit Tagen träumte er nachts davon, mehr mit ihr zu tun, auch wenn das, was er sich wünschte, eine weitaus schlimmere Verfehlung war als jene, die er bereits begangen hatte. Als ihr letztes Hemd zu Boden rutschte, ließ er seinen Blick so über ihren Leib

wandern, als müsse er sich jede Handbreit davon einprägen.
Rosi hatte eine leicht untersetzte Figur, einen gut geformten Busen mit blassen Spitzen und breite Hüften. Obwohl sie vor Scham und Angst zu vergehen schien, fand er sie schöner als die Statuen der nackten Göttinnen, die er auf seiner Pilgerfahrt nach Rom zu Gesicht bekommen hatte.
»Leg dich hin! Diesmal möchte ich es richtig machen.« Hilarius zuckte beim Klang seiner eigenen Stimme zusammen. War er es gewesen, der Rosi im barschen Ton dazu aufgefordert hatte? Er sah, wie das Mädchen unglücklich auf die Decke starrte und sich nur zögernd darauf niederließ. Obwohl er begriff, dass das, was er tat, nicht gut war, gab es nun kein Zurück mehr für ihn. Einige Augenblicke lang war nur das hastige Atmen der beiden zu hören, dann war es vorbei.
»Hochwürdiger Vater, bitte, lasst ab von mir«, flüsterte Rosi, während ihr die Tränen über die Wangen liefen.
Hilarius erhob sich linkisch. Seine Gier war verflogen, und er starrte die weinende Magd an. »Es … es tut mir leid«, presste er hervor.
»Ihr hattet doch, was Ihr wolltet«, fauchte Rosi, während sie aufstand und sich anzuziehen versuchte.
»Ja, das, was ich wollte, habe ich. Aber ich sehne mich nach mehr! Ich will, dass du mir ganz gehörst – mit Haut und Haaren und deinem wunderschönen Leib!« Hilarius trat auf sie zu, umfasste ihre Schultern mit beiden Armen und zog sie an sich. Dann drückte er die Lippen auf ihre Wangen, ihren Mund und jeden Winkel ihres Gesichts.
»Du bist wunderbar! Ich wünschte, wir könnten zusammenbleiben und in ewiger Seligkeit leben«, stieß er hervor.
»Ihr meint, in ewiger Geilheit! Aber ihr Pfaffen könnt nur an fremde Pforten klopfen und sich ihrer bedienen. Wir Frauen sind für euch nicht mehr als eine lässliche Sünde, für

die ihr mit einem verschämten Vaterunser büßt, während ihr uns mit den Pforten der Hölle droht und harte Strafen auferlegt. Dabei seid ihr diejenigen, die Gottes Wort hohnsprechen. Eure Seelen müssten am Jüngsten Tag in die Tiefen der Hölle geworfen werden. Das wäre gerecht!«

Mit dem Zorn war auch Rosis Wut gewachsen, und sie schrie Hilarius ihre Anklagen ins Gesicht.

Dieser starrte sie verwirrt an. »Sei still! Wenn uns jemand hört …«

»… komme ich als Metze an den Schandpfahl und werde mit Ruten gestrichen, während Ihr Euch unschuldig geben und behaupten werdet, ich hätte Euch verführt.«

»Bei Gott, das meine ich nicht! Deine Worte greifen die Diener der heiligen Kirche an, und du weißt, welche Strafe darauf steht. Denke nur an Ernst Rickinger. Doktor Portikus lauert darauf, ihn in eine Falle zu locken und dem Richter auszuliefern. Er muss aber auf den Stand des jungen Rickingers als Bürgersohn dieser Stadt Rücksicht nehmen. Dich könnte er unbedenklich vor Gericht zerren und zu Hieben und zur Brandmarkung verurteilen lassen. Er würde es umso lieber tun, da er damit auch Ernst Rickinger treffen kann. Oder würdest du etwa nicht unter der Folter zugeben, mit ihm gebuhlt zu haben?«

»Ihr seid beide des Teufels!«, zischte Rosi leise. Allerdings verstand sie die Warnung und zog sich schweigend an.

Hilarius schlüpfte neben ihr in seine Kutte und kämpfte mit seinen Gefühlen. Der Gedanke, dass Rosi sich nun vor ihm ekelte, tat ihm beinahe körperlich weh. Trotzdem verspürte er den Wunsch, diesen Abend zu wiederholen, koste es, was es wolle.

»Du wirst am Sonntag wieder bei mir beichten. Ich bin im mittleren Beichtstuhl auf der linken Seite. Wage es nicht, zu einem anderen Beichtiger zu gehen!«

Er schämte sich selbst für diese Drohung und wusste gleichzeitig, dass er bis zum Sonntag vor Sehnsucht nach ihr fast vergehen würde.

»Ihr habt wohl Gefallen daran gefunden, aber ich spucke darauf. Ihr seid«, Rosi hob den Kopf, bis sie auf Hilarius herabschauen konnte, »ein erbärmlicher Liebhaber, der keiner Frau Vergnügen bereiten kann. Ernst Rickinger, den Ihr vorhin erwähnt habt, ist da schon ein ganz anderer Mann.«

Mit diesen Worten wandte sie ihm den Rücken zu, ging zur Tür und zog den Riegel zurück. Nach einem prüfenden Blick ins Freie schlüpfte sie hinaus und verschwand in der Dunkelheit.

Sie hatte Hilarius in seiner männlichen Eitelkeit verletzen wollen. Doch dieser sah ihr mit einem sehnsuchtsvollen Ausdruck nach, nahm dann seine Laterne und ging mit schweren Schritten davon. Er wusste, dass er gesündigt hatte. Aber diese Verfehlung würde ihm von einigen Geistlichen, die er kannte, rasch vergeben werden. Allerdings würde er Rosis Namen nennen müssen, und er kannte Doktor Portikus gut genug, um diesem zuzutrauen, das Mädchen zu quälen und es als Waffe gegen Ernst Rickinger zu verwenden. Dazu war er nicht bereit, und so würde er um Rosis willen auf Vergebung verzichten müssen.

5.

Obwohl Hilarius die ganze Woche über nur die Augen schließen musste, um Rosi nackt vor sich zu sehen, beherrschte er sich bei der Beichte am Sonntag und erteilte ihr die Absolution, ohne einen Gegendienst von ihr zu fordern. Einigen anderen Frauen, die er bislang für ihre Handdienste von ihren Sünden befreit hatte, redete er hingegen

ins Gewissen und forderte sie zu einem christlichen Lebenswandel auf. Während die meisten von ihnen nur verwundert den Kopf schüttelten, war Rosi erst einmal erleichtert.
Eustachius Rickinger, der zur gleichen Zeit wie Rosi den Beichtstuhl verließ, war weniger getröstet als unzufrieden. Sein Sohn war noch nicht aus Innsbruck zurückgekehrt, und doch sann er tags und nachts ständig über ihn nach. Ernst würde ihn nach seiner Heirat wohl bald zum Großvater machen. Zuerst hatte er sich auf die möglichen Enkel gefreut, doch mittlerweile fragte er sich, was aus ihm selbst werden sollte. Das Handelsgeschäft würde er auf keinen Fall aus der Hand geben. Zudem widerstrebte es ihm, das Zimmer, in dem er nun seit mehr als fünfundzwanzig Jahren schlief, seinem Sohn und der Schwiegertochter zu überlassen. Vielleicht sollte er selbst noch einmal heiraten. Immerhin war er kein Tattergreis, sondern stand noch im besten Saft.
Als er am nächsten Morgen erwachte, spürte er unter seinem Nachthemd eine Feuchtigkeit, die ihn mit Nachdruck an diese Tatsache erinnerte. Er würde wohl das Frauenhaus aufsuchen müssen, damit ihm so etwas nicht noch einmal passierte. Dabei verabscheute er es, ein Weib zu benutzen, das nach den Kerlen stank, die es vor ihm bestiegen hatten. Aber letztlich war das noch weniger beschämend, als die Schenkel säubern und das Nachthemd heimlich zur Wäsche geben zu müssen, damit weder die alte Lina noch die jüngeren Mägde bemerkten, was ihm zugestoßen war.
Nachdem er sich angezogen hatte, setzte er sich in sein Kontor und ließ sich den Morgenbrei sowie einen Krug Wein bringen. Während er frühstückte, las er die Briefe und Listen, die er von seinen Geschäftspartnern erhalten hatte. Rasch merkte er jedoch, dass er sich an diesem Tag nicht auf seine Geschäfte konzentrieren konnte.
»So kann es nicht weitergehen!«, sagte Rickinger laut und

zuckte zusammen, weil seine eigene Stimme ihm in den Ohren hallte. Doch der Gedanke, dass Ernst schon in Bälde mit einer Frau im Ehebett Adam und Eva spielen konnte, während er weiterhin einschichtig lebte und höchstens bei einer Hure für kurze Zeit Entspannung fand, nagte mehr und mehr an ihm. Er war immer noch der Herr im Haus und brauchte ein Weib nötiger als sein Sohn.

Aber was war, wenn zwei Frauen unter seinem Dach lebten? Sicher gab es dann den ganzen Tag Ärger und Streit. Ernsts Braut würde zu Recht annehmen, als Hausherrin hier einzuziehen. Aber wenn er noch einmal heiratete, bekam sein eigenes Weib die Schlüsselgewalt.

Während er darüber nachsann, geriet ihm ein Brief von Jakob Fugger aus Augsburg in die Hände. Das war ein Mann ganz nach seinem Sinn, reich wie kein Zweiter und so angesehen, dass selbst Kaiser Maximilian ihn der höchsten Ehren für wert befunden hatte. Schon länger hatte er geplant, ein Kontor in der Freien Reichsstadt Augsburg einzurichten, um den ständigen Forderungen des Herzogs, der sich von der Bürgerschaft größere Geldsummen lieh, ohne je etwas zurückzuzahlen, wenigstens teilweise zu entgehen. Das würde er jetzt in Angriff nehmen und so mit einem Schlag auch seine anderen Probleme lösen. Er würde Ernst mit der Führung seiner dortigen Dependance beauftragen und ihn nicht eher nach München zurückkehren lassen, bis Gras über jene dumme Sache gewachsen war und sich der Klerus beruhigt hatte. Mit diesem Schritt schaffte er gleichzeitig einen Konkurrenten um die Gunst einer eigenen jungen Frau aus dem Haus.

Zufrieden mit seiner Entscheidung gelang es ihm nun, sich auf seine Geschäfte zu konzentrieren, und als er gegen Mittag mit den Abrechnungen fertig war, konnte er eine Summe von mehr als tausend Gulden als Gewinn verbuchen.

Nun schob sich wieder die Idee einer zweiten Heirat in den Vordergrund. Rickinger ging im Geist alle Witwen durch,

die für ihn in Frage kamen. Doch die eine war ihm zu dürr, die andere zu fett, eine dritte plapperte ihm zu viel, und eine vierte hatte keinen guten Leumund.
»Vielleicht ist es besser, ich heirate eine Jüngere. Die schickt sich besser drein und will nicht immer das letzte Wort haben«, sagte er zu sich selbst. Nun bedauerte er, dass er nicht wusste, wie alt Antschellers älteste Tochter war. Jünger als die, die Ernst heiratete, durfte seine Frau auf keinen Fall sein, sonst setzte er sich dem Spott der Leute aus.
Da er im Augenblick mit der Lösung dieses Problems nicht weiterkam, zog er sich um und machte sich auf den Weg zur Trinkstube am Weinstadel, um dort einen oder zwei Becher Wein zu trinken. Doch auch dort ging er in Gedanken die Töchter seiner Geschäftsfreunde durch und fragte sich, welche zu ihm passen könnte.
Seine Geistesabwesenheit fiel schließlich den anderen Gästen der Weinstube auf. Während der Schankkellner ihm einen Krug mit seinem Lieblingswein hinstellte, sprach Bartholomäus Leibert ihn an. »Grüß dich, Rickinger! Du bist heut ja so ernst, wie dein Sohn heißt. Ist etwas geschehen?«
Rickinger schüttelte den Kopf. »Nicht das Geringste. Ich denke nur über ein paar Sachen nach. Wie geht's dir denn? Die letzten Tage habe ich dich nicht an unserem Stammtisch gesehen.«
»Man wird halt alt«, gab Leibert zu. »Da lässt alles nach. Bis gestern hat mich ein Husten gequält. Zum Glück ist es heut besser. Aber der Wein will mir trotzdem nicht schmecken.«
Für einen Augenblick dachte Rickinger daran, dass sein Freund sogar ein Jahr jünger war als er selbst, schob diesen Gedanken aber sofort weit von sich. Leibert war nie besonders robust gewesen, und der Tod seines Sohnes hatte ihm offensichtlich den Rest gegeben.
»Mir schmeckt der Wein, und ich hoffe, dass du mit mir an-

stößt«, erklärte er, während er seinen Stammpokal in Leiberts Richtung hob. »Zum Wohl, mein Freund!«

»Zum Wohlsein«, gab Vevas Vater zurück.

»Ich habe gehört, du hättest einen Hof im Umland als Pfand erhalten«, fuhr Rickinger fort.

»Das ist richtig! Aber wenn bloß die Hälfte von dem stimmt, was mir mein Knecht erzählt hat, war es ein schlechtes Geschäft. Ich werde mit dem Herrn Rat Prielmayr reden müssen, wenn ich keinen Verlust erleiden will.«

»Die Herzoglichen Räte nehmen sich ein Beispiel an ihrem Herrn. Sie halten die Hand auf und geben nur ein wertloses oder gar kein Pfand dafür. Allerdings verdienen wir nicht schlecht an ihnen. Immerhin müssen sie alles, was sie brauchen, von uns kaufen, und wir machen die Preise!« Aus Rickinger sprach der Bürgerstolz, mit dem sich die führenden Familien Münchens gegen allzu dreiste Geldforderungen ihres Landesherrn wappneten.

Das wusste Leibert ebenso, doch im Augenblick war es ihm wichtiger zu entscheiden, was er mit seiner Tochter anfangen sollte. Er fühlte sich von Tag zu Tag schwächer und war nur in die Weinstube gekommen, damit keine Gerüchte aufkamen, er wäre zu leidend, um seinen Geschäften nachgehen zu können. Es gab genug Neider, die dies sofort ausnützen würden. Nicht zuletzt deshalb brauchte er dringend einen Schwiegersohn. Starb er, bevor seine Tochter verheiratet war, würde sie niemals in der Lage sein, sich gegen unberechtigte Ansprüche betrügerischer Kaufleute und gieriger Höflinge zu behaupten.

Auch Eustachius Rickinger dachte an Veva und stellte sich die Frage, ob nicht er sie heiraten sollte. Mehr Geld als sie würde keine ins Haus bringen. Sie war hübsch und würde nach den Vorfällen im Gebirge froh sein müssen, einen ehrengeachteten Ehemann zu bekommen.

Er überlegte schon, Leibert darauf anzusprechen, doch hier

in der Weinstube lagen einfach zu viele Ohren auf dem Tisch. Mit dem Vorsatz, Vevas Vater noch an diesem Tag aufzusuchen, trank Rickinger aus und verließ das Lokal, dabei hatte er an und für sich noch mit Arsacius Bart und ein paar anderen reden wollen. Doch er war viel zu unruhig. Seit er den Entschluss zu einer zweiten Heirat gefasst hatte, pulsierte sein Blut schneller durch die Adern, und er konnte es kaum erwarten, mit einer Braut ins Ehebett zu steigen. Damit schied Veva jedoch aus. Wenn sein Weib einmal im Wochenbett lag, wollte er sicher sein, dass er der Vater des Kindes war. Bei Veva würde er jedoch mindestens noch zwei Monate warten müssen, um zu erfahren, ob einer der Räuber sie geschwängert hatte. Sollte dies der Fall sein, verlor er dadurch beinahe ein ganzes Jahr, und das war ihm zu lang.

6.

In Gedanken versunken schritt Rickinger die Kaufingergasse entlang, bis er mit jemandem zusammenstieß.
»Kannst du nicht aufpassen!«, entfuhr es ihm. Dann zuckte er zusammen, denn er hatte eine junge Frau in Witwentracht angerempelt. Sie kam ihm bekannt vor, ohne dass ihm auf Anhieb einfiel, wer sie war.
»Ich fürchte, wir haben beide nicht aufgepasst«, sagte er in dem Bemühen, sich nicht zu sehr zu entschuldigen.
Die junge Frau begriff, dass dies das äußerste Entgegenkommen war, das sie von dem Bürger erwarten konnte, und nickte. »Du hast recht, Rickinger. Ich bin erst gestern wieder nach München zurückgekehrt und hab direkt vergessen, wie viele Leute hier herumlaufen.«
Sie kannte ihn also. Rickinger durchforstete sein Gedächt-

nis, kam aber nicht auf ihren Namen. Dabei bot sie einen Anblick, der ihm eigentlich nicht hätte entfallen dürfen. Sie mochte um die dreißig Jahre alt sein, hatte eine dralle Gestalt und ein hübsches, rundliches Gesicht mit blauen Augen. Die Augenbrauen waren blond wie die Haarsträhne, die vorwitzig unter ihrer Witwenhaube hervorlugte. Im Grunde stellte sie genau das dar, was er sich für sein einsames Bett wünschte.

»So, du bist erst jetzt wieder in die Residenzstadt gekommen. Hier ist natürlich mehr los als anderswo.« Rickinger wollte das Gespräch nicht abreißen lassen und hoffte gleichzeitig, einen Hinweis auf ihre Identität zu bekommen.

»Mehr als in Dachau ist in München schon los.«

In Dachau also hatte sie gelebt, dachte Rickinger in der Hoffnung, bei ihm fiele endlich der Groschen. Ihren Worten zufolge musste sie von hier stammen.

»Du hast also nach Dachau geheiratet«, stellte er fest.

Die Frau blickte ihn verwundert an. »Sag bloß, du kennst mich nicht mehr?«

»Es fällt mir gerade nicht ein. Ich hab halt viel am Hals!« Rickinger gab dies nur ungern zu, denn sie sollte ihn um Himmels willen nicht für einen Tattergreis halten, weil sein Gedächtnis ihn im Stich ließ.

»Ich bin die Striegler Susanne. Das hättest du aber wissen müssen, denn ich bin doch in der Nachbarschaft aufgewachsen!« Ein Lachen nahm ihren Worten die Schärfe.

Das machte es Rickinger leicht, über sich selbst zu lachen. »Jetzt habe ich's geschnallt! Tut mir leid, aber das hätte ich nicht erwartet. Ich hab dich immer noch als junges Madel mit Zöpfen in Erinnerung, und jetzt sehe ich dich als Frau wieder, an der alles dran ist, was dazugehört.«

Es klang so schmeichelhaft, dass Susanne Striegler sich den Mann genauer ansah. Zwar war er in den zwölf Jahren, die sie aus München fort war, ein ganzes Stück älter geworden, aber er wirkte immer noch gesund und kräftig. Zudem las sie in seinen Augen eine Gier, die nur eines bedeuten konnte: Wenn es nach Rickinger ginge, würde er sie auf der Stelle mit nach Hause nehmen und ins Bett schleifen.

Bei dem Gedanken stutzte sie. Auch wenn sie nur gelegentlich Besuch von Münchner Verwandten erhalten hatte, so war ihr doch zugetragen worden, dass Rickingers Ehefrau das Zeitliche gesegnet hatte. Beinahe unbewusst straffte sie ihre Gestalt, damit ihre körperlichen Vorzüge noch mehr hervortraten. Ihr Bruder hatte ihr bereits angedeutet, sie solle sich baldmöglichst einen neuen Ehemann suchen. Als Tochter und Witwe von Bäckern konnte sie normalerweise nur hoffen, von einem verwitweten Bäcker geheiratet zu werden, der eine Hausfrau brauchte, die das Gesinde im Zaum hielt und seine Kinder aus erster Ehe erzog. Wenn sie nun aber Rickinger ins Auge stach und dieser sie zum Weib nahm, war dies ein Aufstieg, wie sie ihn sich niemals hätte erhoffen dürfen.

»Mein Mann war schon über sechzig und ist vor einem guten Vierteljahr gestorben. Zusammen haben wir keine Kinder gehabt, aber es gibt einen Sohn aus seiner ersten Ehe. Der hat die Bäckerei übernommen, und ihm und seinem Weib hat es nicht gepasst, dass ich das Wohnrecht im Haus gehabt habe. Sie haben mich sogar geschlagen! Aber wenn mein Stiefsohn besoffen war und seine Frau nicht in der Nähe, hat er unsittlich werden wollen. Zuletzt habe ich's nimmer ausgehalten und bin zu meinem Bruder zurück, obwohl dessen Haus eigentlich zu klein ist für all die Leute, die dort wohnen.« Susanne Striegler sagte es bewusst in einem jammervollen Ton, um Rickingers Mitleid zu erregen.

Prompt nickte er grimmig und sah sie dann beinahe bittend an. »Hast du was dagegen, wenn ich dich daheim aufsuche?«

»Nun, Rickinger, wenn du meinen Bruder besuchen willst, ist es was anderes. Aber wenn du zu mir kommst, dann heißt

es gleich, du wolltest …« Die Frau brach ab und senkte scheinbar schamhaft den Kopf, beobachtete den Mann aber aus den Augenwinkeln.
Rickinger antwortete mit einer verächtlichen Handbewegung. »Lass die Leute doch reden! Ich bin mein eigener Herr und kann tun, was ich will.«
»Aber mir wär's nicht recht, wenn ich in einen falschen Verdacht geraten würde!«
»Ich bin Witwer und kann mir wohl eine Wittib anschauen, ob sie mir zum Heiraten taugt!«
»Zum Heiraten?« Susanne Striegler tat überrascht, bedachte den Mann jedoch mit einem bewundernden Augenaufschlag. »Ausgerechnet du, ein so stattlicher Mann, der in der Stadt viel gilt, willst mich heiraten?«
Jetzt straffte auch Rickinger den Rücken und zog den Bauch ein. »Du findest mich stattlich?«
Eitel ist er also auch, fuhr es Susanne durch den Kopf, während sie eifrig nickte. »Ja freilich! Gegen dich kommen viele Jüngere nicht an. Mein Mann, Gott hab ihn selig, hat nicht einmal bei unserer Hochzeit so gut ausgesehen wie du jetzt.«
Rickinger sog das Lob wie Honig in sich ein und ließ es sich nicht nehmen, Susanne nach Hause zu begleiten. Damit brachte er deren Bruder und ihre Schwägerin in arge Verlegenheit, denn die beiden wussten nicht recht, was sie einem so reichen, hochangesehenen Bürger als Brotzeit und Trunk vorsetzen sollten. Als sie sein Interesse an ihrer Verwandten bemerkten, gingen sie ihm in einer Weise um den Bart, die Rickinger als übertrieben und falsch erkannt hätte, wäre er nicht bereits in die Witwe verliebt gewesen. Doch in der rosaroten Wolke, in die er sich gehüllt hatte, ließ er sich ihre Liebedienerei gefallen und war zuletzt so weit, dass er Susanne am liebsten auf der Stelle geheiratet und mit nach Hause genommen hätte.

7.

Der Abend dämmerte bereits, als Rickinger widerstrebend von seiner neuen Liebe schied und sich auf den Heimweg machte. Seine Gedanken kreisten um Susanne, die er so bald wie möglich heimführen wollte. Als er in den Hof seines Anwesens trat und dort Ernst gegenübersah, fühlte er sich schmerzhaft in die Wirklichkeit zurückgestoßen.

»Du bist schon zurück?«, fragte er seinen Sohn unfreundlich. Ernst blickte ihn verwundert an. »Gerade eben bin ich angekommen! Ich habe noch ein paar Tage in der Gegend verbracht, in der Bartl ermordet worden ist. Aber es gibt keinen Hinweis, wohin die Schurken verschwunden sein könnten.« Er ballte die Fäuste, als wolle er die Mörder seines Freundes eigenhändig niederschlagen.

Sein Vater hatte beinahe vergessen, dass es je einen Bartl Leibert gegeben hatte. »Was soll der Unsinn, sich im Gebirge herumzutreiben? Ist das deine Ansicht von Arbeit? Das werde ich dir schon austreiben! Was ist übrigens mit dem Antscheller? Heiratest du eine seiner Töchter?«

»Mein Ruf ist ihm zu schlecht, als dass er mir eine von ihnen geben würde, hat er gesagt. Ich bin also umsonst nach Innsbruck geritten.« Ernst war der Ärger über die unerwartete Zurückweisung deutlich anzumerken.

Eustachius Rickinger lachte hart auf. »Du hast ja auch gründlich dafür gesorgt, dass du in Verruf gekommen bist. Da brauchst du dich nicht zu wundern, wenn dir die Hochzeiterinnen ausbleiben. Übrigens werde auch ich wieder heiraten!«

Verdattert starrte Ernst seinen Vater an. »Ihr wollt heiraten, Herr Vater?«

»Hast du was dagegen? Du glaubst wohl, ich sei ein Tattergreis, der nicht mehr zur Ehe taugt. Aber ich bin noch nicht so alt, dass ich nicht mehr meinen Mann stehen könnte.«

Ernst hob beschwörend die Hände. »Freilich habe ich nichts dagegen, Herr Vater! Mich würde es freuen, wenn Ihr eine Frau fändet, die gut zu uns passt. Außerdem brauche ich dann vielleicht nicht so rasch zu heiraten.«

Rickinger fiel nun erst so richtig auf, was für ein schmucker junger Bursche vor ihm stand, und er empfand mit einem Mal brennende Eifersucht. Wenn er Susanne heimführte, musste er Ernst vorher aus dem Haus schaffen. Seinem Sohn fiel es allzu leicht, Frauen für sich einzunehmen, und die Gefahr, dass Ernst sich seiner Zukünftigen in einer Weise näherte, die ihm missfiel, erschien ihm groß.

»Nichts da! Unser Hochwürden hat gesagt, die einzige Möglichkeit, dich von deinem sündigen Tun zu heilen, ist eine Heirat. Nachdem es mit der Antscheller-Tochter nicht geklappt hat, wirst du eben eine andere heimführen.« Rickinger rieb sich unbewusst die Hände, denn er hatte sich an Leiberts letzten Besuch erinnert und sein halbes Versprechen, Ernst mit dessen Tochter zu verheiraten.

Ernst wunderte sich. Hatte sein Vater eben direkt feindselig geklungen, hörte er sich nun sehr zufrieden an.

»Ich weiß auch schon, wen du heiraten wirst«, fuhr Rickinger fort. »Es ist nicht nur eine passende Heirat, sondern bringt dir ein Vermögen ein. Dann ist genug zum Verteilen da, falls mir meine neue Frau noch Kinder gebären sollte.«

»Welche Jungfer soll ich nehmen? Oder soll es eine Witwe sein?« Ernst wusste nicht so recht, ob er lachen oder weinen sollte. Sein Vater und er hatten sich nie besonders nahegestanden, doch jetzt spürte er, dass sie noch weiter auseinandergerückt waren. Schon jetzt galten dem Vater Sprösslinge aus einer neuen Ehe, die noch nicht einmal geschlossen war, mehr als er selbst, und die Bemerkung, dass später mehr zum Teilen da sei, wies darauf hin, dass nicht er, sondern

die Söhne aus zweiter Ehe das erste Anrecht auf das Erbe haben würden. Ihn selbst wollte der Vater mit der Mitgift seiner zukünftigen Frau abfinden. Noch während er sich fragte, welches Mädchen so viel in die Ehe mitbringen würde, sprach sein Vater den Namen aus.
»Du bekommst die Genoveva Leibert. Ich bin mit ihrem Vater bereits einig. Allerdings werdet ihr in der ersten Zeit nicht in München wohnen, sondern nach Augsburg gehen. Du wirst dort beim ehrengeachteten Herrn Jakob Fugger arbeiten und mit seiner Hilfe dort ein Kontor für mich einrichten. Mir werden die Steuern hier in München allmählich zu viel!«
»Die Veva soll's sein?«, fragte Ernst verblüfft. Von allen Mädchen, die es in ihrer Bekanntschaft gab, hätte er an sie zuletzt gedacht. Doch die Miene seines Vaters verriet ihm, dass es diesem vollkommen ernst war.
»Passt dir meine Wahl etwa nicht?«, fragte Eustachius Rickinger mit einem scharfen Unterton.
Nun hob auch Ernst die Stimme. »Was ist mit ihrer Gefangenschaft bei den Räubern?«
Sein Vater winkte ab. »Was kann das Mädel dafür, wenn ihm so etwas passiert ist? Außerdem wirst du sie nicht gleich morgen heiraten, sondern erst einmal nach Augsburg reiten und dich dem Fugger vorstellen. In zwei Monaten kannst du dann die Veva freien und mit nach Augsburg nehmen. Bis dorthin habe ich die Susanne geheiratet, und alles hat seine Ordnung.«
»Also Susanne heißt Eure Braut.« Ernst durchforstete sein Gedächtnis, doch ihm fiel keine Frau passenden Alters ein, die so hieß.
»Es ist die Striegler Susanne. Sie war in Dachau verheiratet und ist letztens Wittib geworden. Jetzt lebt sie wieder in München, und so sind wir zusammengekommen. Sie ist ein strammes Weib und jung genug, um noch Kinder zu kriegen.«

»Dann wünsche ich Euch viel Glück!« Ernst war klar, dass jedes weitere Wort vergebens sein würde. Sein Vater hatte sich entschlossen, diese Frau zu heiraten, und selbst der Herzog würde ihn davon nicht abhalten können. Nun erinnerte er sich auch wieder an das Weib. Sie war nur ein paar Jahre älter als er und schon damals für ihr bissiges Mundwerk bekannt gewesen. Unter diesen Umständen durfte er froh sein, nicht mit ihr unter demselben Dach leben zu müssen.

Unterdessen fiel Eustachius Rickinger ein, dass er Vevas Vater von seinen Plänen informieren musste, und er rief einen Knecht zu sich, der ihn mit einer Laterne begleiten sollte.

»Es dämmert zwar erst, aber es könnte spät werden, bis ich zurückkomme. Du kannst derweil schon heraussuchen, was du für die Reise nach Augsburg brauchst«, beschied er seinem Sohn und ging mit langen Schritten davon.

Ernst sah ihm kopfschüttelnd nach. Nun benahm auch sein Vater sich wie die meisten alten Männer, die einen zweiten Frühling in sich aufsteigen fühlten. Doch musste er ihn deswegen gleich zwingen, die Veva zu heiraten? Sie war recht ansehnlich und würde ein reiches Erbe erhalten, aber er hatte sie immer als arg langweilig und übertrieben tugendsam empfunden. Außerdem lief sie wie die meisten Weiber dauernd in die Kirche. Schon bei der Vorstellung, sie könne auf einen Geistlichen wie Pater Remigius hereinfallen und diesem die Schenkel öffnen, hob sich sein Magen. Wenn Veva seine Frau wurde, würde er ihr den Kirchgang und die Beichte verbieten müssen, wenn er sicher sein wollte, dass ihre Kinder auch die seinen waren. Im nächsten Moment war ihm jedoch klar, dass er dies natürlich nicht tun durfte, sonst würden sein Weib und er als Ketzer verhaftet und abgeurteilt werden.

Die gleichen Sorgen um die Herkunft seiner Kinder hätte er sich aber auch bei einer Antscheller-Tochter machen müssen, die als Fremde noch schneller auf die verderbten Geist-

lichen hereingefallen wäre. Veva hingegen kannte deren Umtriebe. Dabei fiel ihm ein, dass er die erste Zeit mit ihr nicht in München, sondern in Augsburg verbringen würde. Als ihn jemand am Ärmel zupfte, blickte er auf und sah die alte Lina neben sich stehen. »Der Augsburger Bote war da und hat etwas für dich dagelassen. Ich bringe es dir gleich!«
Über seinen eigenen Problemen hatte Ernst beinahe seine Privatfehde mit der hiesigen Geistlichkeit vergessen. Für diese Herrschaften waren die Schriften Luthers von Luzifer selbst diktiert worden. Daher wetterten sie von ihren Kanzeln so eifrig gegen den Wittenberger Mönch, dass die Leute aus ihren Mündern mehr über Luther erfuhren als aus den Flugblättern oder durch den Klatsch, den Händler und Fuhrleute in die Stadt brachten. Er verließ sich jedoch lieber auf das, was er schwarz auf weiß zu sehen bekam. Jeder, der nur ein wenig nachdachte, musste erkennen, dass Luther die Wahrheit schrieb.
Zwar wusste auch Ernst, dass lange nicht alle Geistlichen so verderbt waren, wie es den Anschein hatte. Doch leider gab es in der Kirche niemanden, der der Unmoral Einhalt gebot, dafür aber genug Priester, Mönche und Nonnen, deren Taten allen christlichen Geboten hohnsprachen.
»Willst du die Sachen jetzt haben?«, fragte Lina.
Ernst nickte. »Ja, aber gib sie mir so, dass niemand es sieht, und vergiss sie dann ganz schnell.«
»So geheim ist das Zeug?« Lina verzog spöttisch den fast zahnlosen Mund. Gleichzeitig empfand sie große Sorge um den jungen Mann, den sie schon als Säugling auf dem Schoß gewiegt hatte. Auch sie hatte von den schlechten Schriften gehört, die in den Kirchen der Stadt ausgelegt worden waren, und Ernsts Worte bestärkten sie ebenso wie das Verhalten des Augsburger Ratsboten in der Überzeugung, dass die beiden etwas damit zu tun haben mussten.
Da Ernst immer noch in Gedanken versunken war und nicht

auf die alte Frau achtete, entging ihm ihr ängstlich fragender Blick. Er folgte Lina in ihre Kammer und sah zu, wie sie ein Päckchen unter ihrem Strohsack hervorholte. Es war in gewachstes Leinen eingeschlagen und dreifach verschnürt, wies aber kein Siegel auf. Rasch nahm er es an sich und steckte es unter sein Wams.

Lina sah ihn flehend an. »Bringe dich nicht um die ewige Seligkeit, Ernst. Die Tore des Himmels sind denen, die die heilige Kirche schmähen, verschlossen!«

»Aber Lina, du kennst mich doch«, sagte Ernst mit einem beruhigenden Lächeln.

Die Köchin blickte ihn an, als wolle sie durch ihn hindurchsehen. »Gerade weil ich dich kenne, habe ich Angst um dich! Versprich mir, dass du nichts Unüberlegtes tust!«

Immer noch lächelnd legte Ernst ihr die Hand auf die Schulter. »Ich verspreche es dir, Lina.«

»Am besten wäre es, du würdest mir dieses Päckchen geben, damit ich es ins Herdfeuer stecken kann.« Lina wusste natürlich, dass Ernst das niemals tun würde, und gab sich notgedrungen mit seinem Versprechen zufrieden. Ihr blieb nur die Hoffnung, dass er spätestens nach seiner Heirat vernünftig wurde und sich von solch schlimmen Dingen fernhielt.

Ernst waren solche Überlegungen fremd. Noch am selben Tag wollte er die Flugblätter verteilen und Portikus und dessen Handlangern eine lange Nase drehen. Mit diesem Vorsatz ging er in seine Kammer, schob den Riegel vor und zog sein Messer, um die Schnüre zu durchtrennen. Er nahm sich nicht einmal die Zeit, seine Reisekleidung abzulegen.

Als er das erste Flugblatt in Händen hielt und die teilweise recht deftig formulierten Anklagen gegen die Kirche durchlas, begriff er, dass es dumm von ihm wäre, wenn er die Schriften sofort unters Volk bringen würde. Der Zusammenhang zwischen seiner Rückkehr und dem Auftauchen der Schmähschriften wäre zu auffällig. Noch hielten die Geistlichen ihn für einen sittenlosen Kerl, aber nicht für einen Ketzer. Wenn er ihnen jedoch einen Anhaltspunkt dafür lieferte, ein Anhänger Luthers zu sein, würde ihm das übel ausschlagen.

Solche Überlegungen hatten ihn vorher noch nie gequält, stellte er verärgert fest, als er die Flugblätter bis auf eins versteckte, das er noch einmal lesen wollte. Während er sich umzog, sagte er sich, dass er nicht aufgeben würde. Auch wenn er selbst nicht die Art Christ war, die Doktor Martin Luther sich vorstellen mochte, so hielt er sich doch für ehrlicher als all die Remigiusse und Hilariusse der heiligen Kirche Christi.

8.

Leiberts Haustür war bereits abgeschlossen. Daher musste Rickinger den Klopfer anschlagen, um sich bemerkbar zu machen. Es dauerte eine Weile, bis jemand an die Tür kam und sie öffnete. Es war der Schwab, an den sein Kollege Sepp all jene Arbeiten abschob, die er selbst nicht so gerne übernahm.

»Grüß Gott, Herr Rickinger. Ihr seid aber noch spät unterwegs«, begrüßte er den Gast.

Rickinger schob den Knecht zurück und trat ein. »So spät ist es auch wieder nicht. Melde mich deinem Herrn! Ich habe mit ihm zu reden.«

Der Schwab fragte sich, was für ein eiliges Geschäft den Kaufmann um diese Stunde zu seinem Herrn führte. Schnell lief er die Treppe hinauf und klopfte an Leiberts Kammer. »Herr, der Rickinger ist da und will mit Euch reden!«

»Der Rickinger?« Leibert klang nicht gerade erfreut. »Bring ihn ins Kontor. Ich komme gleich!«
Während der Schwab die Treppe hinunterrannte, rieb der Hausherr sich die schmerzende Stirn. Er hatte sich eher zum Schlafen zurechtgemacht als sonst und war auch bereits ein wenig eingenickt. Jetzt brauchte er eine Weile, um wieder auf die Beine zu kommen. Mit dem Gefühl, alt und verbraucht zu sein, stand er schließlich auf und sah an seinem Nachthemd hinab. Da er sich zu zittrig fühlte, um sich noch einmal richtig anzukleiden, hüllte er sich in einen Überwurf und schlüpfte in seine Pantoffel.
Kurz darauf betrat er mit schleppenden Schritten sein Kontor, in dem Rickinger es sich bereits auf dem Stuhl bequem gemacht hatte, der wichtigen Besuchern vorbehalten war. Vor ihm auf dem Eichentisch stand ein voller Becher mit Wein, den ihm der Schwab gebracht hatte.
Nun blickte der Knecht seinen Herrn fragend an. »Soll ich Euch einen Krug Bier holen?«
Leibert nickte dankbar, denn seine Kehle war wie ausgedörrt, und er musste sich erst einmal räuspern, bevor er ein Wort hervorbrachte. »Was führt dich noch zu mir, Rickinger?«
Ernsts Vater begriff, dass sein Besuch Leibert ungelegen kam. Offensichtlich war der Mann nicht nur vorzeitig alt geworden, sondern auch krank. Lange würde Leibert es wohl nicht mehr machen. Daher war es umso wichtiger, rasch zu einer Einigung zu kommen.
»Weißt du noch, mein Freund, worüber wir letztens geredet haben?«, begann er.
»Ja! Über die Kredite, die unser gnädigster Herr Herzog von uns fordert und die er doch nicht zurückzahlt.«
Rickinger machte eine unwirsche Handbewegung. »Das meine ich nicht! Mir geht es um deine Veva und meinen Ernst. Mein Sohn ist gerade eben aus Innsbruck zurückgekommen.

Mit dem Antscheller ist nichts geworden. Fast tät ich sagen, Gott sei Dank! Darum kann er jetzt die Veva heiraten.«
Obwohl Leibert diese Ehe selbst vorgeschlagen hatte, zögerte er mit der Antwort. »Ich bin ein wenig überrascht«, meinte er, nachdem er sich an dem Bierkrug gestärkt hatte. »Wie ich mit dir darüber geredet habe, hast du nicht gerade ausgesehen, als ob dir die Veva recht wäre.«
»Mein Gott, Leibert, musst du jedes Wort auf die Goldwaage legen?« Rickinger bekam auf einmal Angst, sein Freund könne diese Heirat nicht mehr wollen. Dabei war dessen Tochter das einzige Mädchen mit einer passenden Mitgift, auf das sein Sohn überhaupt noch hoffen konnte. Mit einem wütenden Schnauben sagte er sich, dass Ernst an seinem üblen Ruf selbst schuld war. Den schlechten Charakter musste ihm seine Mutter vererbt haben, von ihm hatte er ihn gewiss nicht. Trotzdem entband ihn das nicht der Verpflichtung, seinen Sohn zu verheiraten. Er hätte ihn zwar auch ledig nach Augsburg schicken können, doch er wollte nicht, dass Ernst bei Besuchen in München seiner Susanne nachstellte. Da Leibert nicht gleich antwortete, stand er auf und legte ihm die Hand auf die Schulter. »Es gereicht doch uns beiden zum Vorteil. Mein Ernst kommt endlich unter die Haube, und deine Veva kriegt einen Mann, der ihrem Stand angemessen ist. So leicht bringst du sie nach der Sache mit den Räubern nicht mehr los.«
Leibert hätte ihm sagen können, dass es mit Haselegner durchaus einen Interessenten für Veva gab, aber der kam auf keinen Fall als Bräutigam in Frage. Da er Grund hatte zu fürchten, bald vom Herrgott aus dieser Welt abberufen zu werden, musste Veva schnell in feste Hände kommen. Seufzend griff er nach dem Bierkrug, um seine Kehle zu schmieren.
»Wir könnten es uns überlegen«, sagte er, als er den Krug wieder abgesetzt hatte.
»Überlegt haben wir beide lange genug. Eine Ehe zwischen

unseren Kindern bringt uns beiden einen Vorteil. Du musst nicht glauben, dass der Ernst nichts vom Handel versteht. Außerdem schicke ich ihn für ein Jahr nach Augsburg zum Fugger Jakob. Mit dessen Hilfe soll er dort einen eigenen Handel aufziehen. Auf die Dauer kommt mich unser Herzog nämlich zu teuer. Deswegen will ich einen Teil meiner Geschäfte über Augsburg abwickeln.«

»Der Ernst soll nach Augsburg? Aber ich hatte gehofft, er könnte mir helfen!«, protestierte Leibert enttäuscht. Schließlich hatte er diese Ehe nicht vorgeschlagen, um Schwiegersohn und Tochter in die Ferne ziehen zu sehen.

Sein Zögern ärgerte Rickinger. Doch er begriff, dass er mit Poltern nichts erreichen konnte, und begann, seinem Freund all die Vorzüge aufzuzählen, die es mit sich brächte, wenn sie einen Teil ihrer Geschäfte nach Augsburg verlegten.

»Das mag schon richtig sein«, antwortete Leibert. »Trotzdem wäre es mir lieber, der Ernst bliebe in München.«

Das aber wollte Rickinger unter allen Umständen vermeiden, denn sonst durfte er kein um zwanzig Jahre jüngeres Weib heiraten. Dabei ging es ihm weniger um den Ruf seiner zukünftigen Frau, sondern darum, dass er sich jünger fühlen würde, wenn er nicht täglich einen erwachsenen Sohn vor sich sah. Aus diesem Grund redete er auf Leibert ein, bis dieser schließlich nachgab.

»Also gut, die zwei sollen heiraten und nach Augsburg gehen. Aber wenn ich den Ernst brauche, hat er zurückzukommen!«

»Das wird er, mein Freund, das wird er!« Rickinger ergriff Leiberts Hände und hielt sie fest. »Es wird alles gut, das verspreche ich dir. Nur zu früh dürfen wir die zwei nicht nach München zurückholen, denn noch sind sie im Gerede der Gassen. Erst muss sowohl Ernsts derber Scherz mit Peter Remigius wie auch Vevas Aufenthalt bei den Räubern vergessen sein!«

»Da hast du wohl recht«, sagte Leibert, dem nicht weniger als Rickinger an einem guten Ruf gelegen war.
»Dann sind wir uns einig. Schlag ein!« Damit hielt Rickinger ihm die Rechte hin.
Nach einem kaum merklichen Zögern schlug Leibert ein. Er wunderte sich, wie kräftig er sich auf einmal fühlte. Seine Kopfschmerzen waren verschwunden, und er litt auch nicht mehr so stark unter Atemnot. Nun klammerte er sich an die Hoffnung, dass der Herrgott ihm noch ein paar gute Jahre schenken würde, damit er sein Haus bestellen konnte.
Auch Rickinger war erleichtert, die Angelegenheit hinter sich gebracht zu haben. Zwar würde er den Heiratsvertrag erst in den nächsten Tagen mit Leibert aushandeln, aber das war nur noch eine Formalität. Sein Sohn durfte nicht zu kurz kommen, das war er ihm schuldig. Dann dachte er an die dralle junge Witwe, die schon bald sein Bett wärmen würde, und rieb sich zufrieden die Hände.
Während die beiden Kaufleute mit dem Gefühl auseinandergingen, ein gutes Geschäft abgeschlossen zu haben, dachte sich der Schwab seinen Teil. Veva sollte also Ernst Rickinger heiraten. Dagegen sprach im Grunde nichts, doch für sein Gefühl ging diese Sache zu rasch. Immerhin war die junge Frau noch in tiefer Trauer um ihren Bruder, aber darauf wollten weder Rickinger noch Leibert Rücksicht nehmen. Auch hatten sie keinen Gedanken daran verschwendet, ob Veva den jungen Rickinger überhaupt heiraten wollte.
»Das Heiraten ist für die Herren Bürger nur ein Geschäft wie jedes andere«, sagte er zu sich selbst. »Da ist es doch gut, dass ich bloß ein Knecht bin. Sonst müsste ich das hässlichste Weib in der Stadt heiraten, nur weil es ein paar Münzen im Sparstrumpf stecken hat.«
Mit einem Auflachen tat er diese Vorstellung ab und kehrte in die Küche zurück. Als er die Gesichter der anderen Be-

diensteten auf sich gerichtet sah, grinste er. Cilli würde er die Sache vielleicht erzählen, aber Sepp erfuhr von ihm kein Wort. Der hätte selbst zur Haustür gehen und Rickinger einlassen können.

9.

Der nächste Tag begann kalt und regnerisch. Im Allgemeinen sputeten sich die Mägde unter solch widrigen Bedingungen beim Wasserholen, doch an diesem Morgen standen sie am Brunnen und hechelten die Nachricht durch, der reiche Kaufherr Eustachius Rickinger führe die Bäckerswitwe Susanne Striegler als zweite Ehefrau heim.

»Ob das gutgeht?«, fragte die alte Kreszenz, die neben ihrer Arbeit als Hebamme auch mit Kräutern handelte.

»Warum nicht?«, fuhr die Schwägerin des Strieglerbecks sie an. »Die Susanne ist ein strammes Weib und weiß zuzulangen. Mit ihr hat der Rickinger einen guten Griff getan. Außerdem ist sie jung genug, um ihm Kinder zu schenken. Wahrscheinlich heiratet er sie auch deswegen. Mit seinem Ernst ist ja kein Staat zu machen. Der ist ein Lump, wie er im Buche steht! Hat er doch den hochwürdigen Herrn Remigius aus purer Eifersucht zum Gespött gemacht, weil er selber nicht bei meiner Base zum Zug gekommen ist!«

Rosi, die ebenfalls zum Wasserholen an den Brunnen gekommen war, sah die Sprecherin spöttisch an. »Eifersüchtig soll der junge Rickinger gewesen sein? Auf den Pater Remigius? Das glaubst du ja wohl selber nicht! Deine Base hätte sich doch sofort für ihn auf den Rücken gelegt und die Beine breit gemacht, wenn er nur mit den Fingern geschnippt hätte.«

»Das musst ausgerechnet du sagen! Dabei bist du eine Metze, die es mit jedem treibt. Für einen Beichtzettel würdest du für den hochwürdigen Herrn Remigius noch mehr tun, als bloß die Beine zu spreizen. Es weiß doch jeder, dass du nur noch beim Pater Hilarius beichten kannst, weil dir kein anderer deine Sünden vergeben will«, biss Susanne Strieglers Verwandte zurück.

Da ihr Rosi und ein paar andere Frauen nichts schuldig blieben, entbrannte innerhalb kürzester Zeit ein heftiger Streit. Schließlich schleuderten sich die beiden Parteien lautstarke Verwünschungen ins Gesicht, und als Rosi von ihrer Kontrahentin geohrfeigt wurde, war am Brunnen der Teufel los.

Pater Hilarius, der gerade Spenden einsammelte, wurde auf das Geschrei aufmerksam. Rasch eilte er zum Brunnen und bedachte die wütenden Frauen mit einem missbilligenden Kopfschütteln. »Was soll der Streit? Ihr stört die Ordnung in der Stadt! Wenn ihr nicht sofort aufhört, holen euch die Stadtknechte und sperren euch ein. Dann könnt ihr euch in der Halsgeige oder am Schandpfahl weiterzanken!«

»Die da gehört an den Pranger!«, rief die Verwandte der Strieglerin und zeigte auf Rosi.

»Aber du schon auch!«, keifte diese zurück. Sie war wütend, denn ihre Gegnerin hatte ihr mit den Fingernägeln die Wange zerkratzt, und das hätte sie dem Weib am liebsten heimgezahlt.

Hilarius trat zwischen die beiden und schob sie auseinander. »Haltet Frieden!«

»Das muss gerade der Richtige sagen«, rief Rosis Gegnerin mit schief gezogenem Mund.

»Was habe ich da gehört?« Nun kehrte der Pater die Strenge des Seelsorgers heraus. Auch wenn er gelegentlich Frauen gegen gewisse Dienste von ihren Sünden freisprach, so hasste er Unordnung und Streit.

»Die Schnurlbeckin hat angefangen!« Die Hebamme Kreszenz deutete auf Susanne Strieglers Verwandte. »Der ist zu Kopf gestiegen, dass die Schwester ihres Schwagers den Rickinger heiraten wird.«
Anders als Rickinger wusste der Pater sofort, wer das war, und sah die Frau verwundert an. »Aber die Susanne ist doch einige Jahre älter als der Ernst!«
»Es geht nicht um den Ernst«, Kreszenz lachte spöttisch auf, »sondern um den alten Rickinger. Wie's aussieht, will der wieder was Warmes und Weiches im Bett haben. Aber da hätte er sich auch was Gescheiteres suchen können als eine Bäckerswittib.«
»Du! Noch ein Wort gegen die Susanne, und wir sehen uns vor Gericht wieder«, drohte die Schnurlbeckin.
Pater Hilarius befahl den Frauen, still zu sein. »Füllt jetzt eure Eimer und geht nach Hause. Für heute habt ihr genug Gift verspritzt!« Da Rosis Gegnerin nicht aufhören wollte, wies er auf zwei Stadtknechte. »Wenn du nicht anders willst, werden dich die beiden gleich mitnehmen und einsperren.«
»Jesus, Maria und Josef! Ich habe doch gar nichts getan«, schrie die Frau empört auf. Sie kannte Hilarius' Ruf, wusste aber auch um seinen Einfluss. Wütend schob sie die anderen Weiber beiseite, füllte ihren Eimer und verschwand schimpfend in Richtung ihres Heims.
Rosi atmete auf, denn als einfache Magd hätte sie vor Gericht gegen eine Bürgerfrau auf verlorenem Posten gestanden. Bei einer Anklage wären ihr der Schandpfahl und die Verweisung aus der Stadt sicher gewesen.
»Danke, hochwürdiger Vater!«, sagte sie zu Hilarius und wunderte sich über den warmen Glanz in seinen Augen.

10.

Während sich die Münchner die Mäuler über Eustachius Rickingers zweite Ehe zerrissen und so mancher Patrizier, der eine unverheiratete Schwester oder eine überzählige Tochter hatte, sich insgeheim ärgerte, haderte Ernst mit seiner Situation. Mehr als die Flugblätter, die nun in Hassos Hütte lagen, beschäftigte ihn seine vom Vater beschlossene Heirat mit Veva. Sie würde ihm eine stille Frau sein, so wie seine Mutter dem Vater eine stille Frau gewesen war. Doch gerade dieser Gedanke gefiel ihm nicht. Glücklich war seine Mutter in ihrer Ehe nicht gewesen, und er wusste, dass dies an seinem Vater gelegen hatte. Dieser hatte sie kaum besser behandelt als eine Magd und sie oft geschlagen. Ernst erinnerte sich daran, wie er als kleiner Junge den Vater von ihr hatte wegzerren wollen und sich daraufhin selbst einige derbe Hiebe eingefangen hatte.

»Es ist wirklich besser, wenn ich nach Augsburg gehe«, sagte er zur alten Lina, die auf ihrem gewohnten Schemel in der Küche saß, Teig rührte und auf das gewaltige Stück Braten aufpasste, das in der großen Pfanne auf dem Ofen schmurgelte. Rickinger hatte seine Braut Susanne und deren Verwandte zum Essen eingeladen und wollte ihnen zeigen, dass er es sich leisten konnte, wie ein Edelmann auftischen zu lassen.

Lina blickte Ernst an, ohne in ihrer Arbeit innezuhalten. »Ich meine auch, dass du besser nach Augsburg gehst. Bleibst du, hat die Bäckerin immer einen, dem sie die Schuld an dem Gerede über sie in die Schuhe schieben kann. Und es wird viel Gerede gaben, das gebe ich dir schriftlich.«

»Du kannst doch gar nicht schreiben«, wandte Ernst lachend ein.

»Für ein paar Kreuzer schreibt mir das jeder geistliche Herr auf«, antwortete die Köchin in einem Ton, als lasse sie es am liebsten gleich machen.

»Geh lieber zum Stadtschreiber! Der ist ein ehrlicher Mensch und keiner der lustigen Brüder, die gut fressen und saufen und die Weiber am liebsten mit ihrem ganz speziellen Weihwasserschwengel ins Himmelreich stoßen wollen.«

Lina hob mahnend den teigbeschmierten Holzlöffel. »Du solltest vorsichtiger sein. Es mag zwar ein paar Geistliche geben, die so sind, wie du es sagst. Aber es gibt unter ihnen auch viele fromme und wahrhaftige Männer.«

»Ich habe noch keinen gesehen«, antwortete Ernst gegen besseres Wissen.

»Weil du sie nicht sehen willst! Anstatt auf die ganze Geistlichkeit zu schimpfen, solltest du lieber die Pfarrer und die Klosterbrüder unterstützen, die es verdient haben. Anscheinend hast du vergessen, dass die Geistlichen auch bloß sündige Menschen mit all ihren Fehlern sind. Und wenn dir das noch nicht langt, dann denke daran, dass dein Lebenswandel ebenfalls nicht gerade als christliches Vorbild dient!«

»So wild wie der Remigius oder der Hilarius treibe ich es gewiss nicht«, antwortete Ernst scharf.

Auch dieser Einwand überzeugte Lina nicht. »Pater Remigius ist wirklich schlimm. Aber den hast du auch entsprechend bestraft. Was Pater Hilarius angeht, glaube ich nicht, dass du recht hast. Gut, er lässt einige Weiber unter seine Kutte greifen, aber dafür gibt er ihnen die Absolution, die sie von anderen Pfarrern nicht bekommen würden. Nicht jede kann es sich leisten, viel Geld für einen Ablassbrief auszugeben! Ich wäre sehr enttäuscht von ihm, wenn ich etwas anderes über Pater Hilarius hören würde.«

Ernst starrte die Magd erstaunt an. »Billigst du etwa, was er treibt?«

»Natürlich nicht! Aber trotz seiner Fehler ist er barmherziger als zum Beispiel der Doktor Portikus. Der ist so vernagelt, dass er den Balken im eigenen Auge nicht sieht, sondern anderen den kleinen Splitter vorhält, den man bei jedem finden kann. Der würde am liebsten alle in die Hölle verdammen.« Lina klang so empört, dass Ernst erneut lachen musste.

»Eingebildet ist der Mann wirklich und so blind wie kein zweiter!« Ernst dachte an die Flugblätter, für die Portikus alle möglichen Leute verantwortlich machte, nur nicht ihn. Nun reizte es ihn gleich doppelt, den Inhalt des Augsburger Päckchens zu verteilen, aber sein Verstand mahnte ihn zur Geduld.

Unterdessen hörte Lina auf zu rühren. »Ich mache jetzt die Soße. Willst du probieren?« Sie schüttete Bratensaft in die Mehlschwitze, die neben dem Feuer bräunte, rührte kräftig um und hielt Ernst den Kochlöffel hin.

Dieser dachte daran, wie oft er als Kind hier in der Küche gesessen hatte und probieren durfte. Dafür fühlte er sich nun zu alt, und er schüttelte den Kopf. »Dank dir, aber ich will nicht. Im Grunde will ich überhaupt nichts von diesem Essen. Es ist für die Striegler-Sippschaft gedacht, und mit denen will ich nichts zu tun haben.«

»Das wirst du aber müssen, wenn sie heute zum Essen kommen.« Ernst winkte energisch ab. »Warum sollte ich mit ihnen zusammen essen? Ich gehe jetzt aus und lass mir ein paar Krüge Bier schmecken. Essen kann ich auswärts.«

»Das wird deinem Vater aber nicht gefallen!«

»Hat er mich gefragt, ob mir seine Heirat gefällt?« Ernst lachte auf und tätschelte Lina die Wange. »Ich hab nichts dagegen, dass er wieder heiratet. Nur hätte er sich besser umschauen können. Die Bäckerin hat nichts an den Füßen, aber eine Verwandtschaft, die kräftig schnorren wird. Nun, das ist ja Gott sei Dank nimmer mein Problem. Mich hat der Vater recht gut versorgt. Wenn ich die Veva heirate, fällt mir

das ganze Vermögen ihres Vaters in den Schoß. Das hätte dem Bartl sicher gefallen.«
Bei der Erwähnung seines ermordeten Freundes schwankte Ernsts Stimme, und er wischte sich über die Augen. Doch seine Überzeugung, dass Bartl Leibert seine Ehe mit Veva gutgeheißen hätte, wog das Gefühl nicht auf, sein Vater habe diese Ehe nur deshalb arrangiert, um ihn auf leichte Weise loszuwerden.
»Du solltest hierbleiben«, mahnte Lina ihn. »Sicher erwartet dein Vater, dass du sein neues Weib und deren Verwandte in seinem Haus willkommen heißt.«
Ernst hob abwehrend die Hände. »Mein Vater hat mir oft genug gesagt, was er von mir hält. Da soll er seine Meinung nicht mehr ändern müssen.«
Er lächelte Lina noch einmal entschuldigend zu und verließ das Haus. Draußen wandte er seine Schritte zum Hirschbräugässel, um seinen Ärger mit ein paar Krügen Bier in seiner Stammwirtschaft hinunterzuspülen. Unterwegs stieß er auf Benedikt Haselegner, der in die gleiche Richtung strebte.
»Grüß dich, Benedikt! Das ist aber eine Überraschung. Ich habe geglaubt, du wolltest ins Lombardische reisen.«
Haselegner drehte sich zu ihm um und verzog das Gesicht zu etwas, das einem Lächeln nahekam. »Es war nicht nötig, selbst zu reisen. Der Antscheller hat seinen Sohn nach Süden geschickt, und da habe ich die Gelegenheit genützt, diesen mit meinen Angelegenheiten zu betrauen.«
Da Ernst wusste, dass Benedikt dem Innsbrucker dafür einen Anteil am Gewinn zukommen lassen musste, der seine Reisekosten weit überstieg, kniff er verwundert die Augen zusammen. Sein früherer Freund war nicht gerade dafür bekannt, dass er einem anderen freiwillig einen Kreuzer zukommen ließ. Es musste also gewichtige Gründe für den zweiten Abbruch der Geschäftsreise geben.
Da ihn das jedoch nichts anging, sah er Benedikt fragend an.

»Hast du Zeit auf einen Krug Bier? Ich könnte jemanden brauchen, mit dem ich trinken und reden kann.«
Haselegner wollte eigentlich Leibert aufsuchen, doch die Gerüchte über Ernsts Vater hatten ihn neugierig gemacht.
»Für dich habe ich immer Zeit. Weißt du noch, wie oft wir drei zusammengesessen sind, ich, der Bartl und du?«
Ernst nickte bedrückt. »Mir ist, als wäre es gestern gewesen. Und jetzt ist er tot.«
»Gott sei seiner armen Seele gnädig«, erklärte Haselegner inbrünstig und hakte sich bei Ernst unter.

11.

Kurz darauf saßen die beiden in der Schankstube vor vollen Krügen und stießen miteinander an. Da Haselegner keine Zeit verlieren wollte, stellte er gleich die Frage, die ihm unter den Nägeln brannte. »Stimmt es, dass dein Vater noch einmal heiraten will?«
»Ja!« Ernst sagte nur dieses eine Wort, aber man konnte hören, dass darin all seine Gefühle mitschwangen.
»Das gefällt dir wohl nicht?«, bohrte Haselegner weiter.
Ernst zuckte mit den Achseln. »Dagegen, dass mein Vater noch einmal heiratet, habe ich nichts. Ich finde bloß, er hätte sich eine bessere Partie suchen können.«
»Eine Witwe mit Geld, meinst du wohl!«
»Mir geht's nicht ums Geld. Aber musste es ein Dachauer Bäckerweib sein? Es gibt auch bei uns in München manch angesehene Wittib, die von ihrer Herkunft her besser ins Rickinger-Haus gepasst hätte. Aber das muss der Vater selbst wissen. Mich geht das nichts an.«
»Ich finde doch«, wandte Haselegner ein. »Immerhin geht

es um dein Erbe. Eine Frau, die nichts mitbringt, aber einen Haufen Kinder wirft, schmälert den Anteil, der dir einmal bleiben wird. Du hättest deinem Vater ruhig den Kopf zurechtsetzen dürfen.«

»Glaubst du vielleicht, ich hätte nichts gesagt? Aber es ist nun einmal sein Wille, die Striegler Susanne zu heiraten.« Ernst griff nach seinem Krug und trank ihn in einem Zug leer.

»Resi, nachfüllen!«, rief er der drallen Schankmaid zu und machte dann eine wegwerfende Handbewegung. »Mein Vater geht seinen Weg und ich den meinen. Ich werde ebenfalls heiraten und für eine Weile nach Augsburg gehen.«

Haselegner hob die Augenbrauen. »Du heiratest? Wen?«

»Der Vater hat die Ehe gestiftet, um mich loszuwerden. Zuerst war ich schockiert, aber mittlerweile sehe ich selber ein, dass es das Beste ist. Wenigstens bin ich dann mein eigener Herr und habe mit meinem Vater und seiner neuen Familie nicht mehr viel zu tun.«

»Sag endlich, wer es ist!« Haselegner packte Ernst und zog ihn zu sich heran. Da er die Verhältnisse in München kannte, wusste er, dass es nur wenige Väter gab, die ihre Töchter einem Mann mit Ernsts Ruf überlassen würden, umso mehr, wenn dessen Erbe durch Kinder seines Vaters aus zweiter Ehe geschmälert werden konnte.

»Die Veva! Sie ist nach Bartls Tod die einzige Erbin vom Leibert und damit in den Augen meines Vaters genau die richtige Schwiegertochter, um mich versorgt zu sehen.« Ernst war zu sehr mit sich und seinen Gefühlen beschäftigt, um auf das Mienenspiel seines Gegenübers zu achten.

Haselegner erschrak bis ins Mark und ballte die Fäuste, als wolle er Ernst auf der Stelle niederschlagen. Nur mit Mühe gelang es ihm, sich zu beherrschen. »Deinem Vater muss ja sehr daran gelegen sein, dich loszuwerden, wenn er Veva als deine Frau in Betracht zieht.«

»Warum? Was ist mit ihr?«
Haselegner zog ihn näher zu sich heran. Gleichzeitig dämpfte er seine Stimme, so dass Ernst Mühe hatte, ihn zu verstehen. »Du weißt, dass ich die Veva aufgefunden habe, nachdem das mit Bartl und den Räubern passiert ist. Ich habe es bislang noch niemandem erzählt, am wenigsten ihrem Vater, der durch den Verlust des Sohnes wahrlich genug gestraft ist. Aber stell dir vor, sie hatte keinen einzigen Kratzer am Leib, und das, obwohl sie mehr als einem Dutzend rauher Kerle als Matratze hat dienen müssen, und sie trug ein Gewand, das einer Herzogin würdig gewesen wäre, und sogar Schmuck. Du weißt, was das heißt!«
Ernst hatte sich in den letzten Tagen oft gewünscht, er wäre damals an Haselegners Stelle gewesen. Er hätte sich nicht damit begnügt, Veva zu befreien, sondern wäre ihren Entführern gefolgt, um sie für den Mord an seinem Freund und für das, was sie dessen Zwillingsschwester angetan hatten, bezahlen zu lassen. Doch selbst wenn Veva sich den Räubern nicht gezwungenermaßen, sondern aus Angst freiwillig hingegeben hatte, war dies kein Grund, sie zu verdammen. Dies sagte er Benedikt auch.
Diesen drängte es, noch deutlicher zu werden, um Ernst von einer Heirat mit Veva abzubringen. Gleichzeitig aber begriff er, dass er die junge Frau nicht zu sehr in Verruf bringen durfte, wenn er seine eigenen Pläne verfolgen wollte. Daher schob er seinen noch halb gefüllten Bierkrug zurück und stand auf. »Ich muss jetzt weiter. Lass es dir derweil schmecken!« Er klopfte kurz auf den Tisch und ging, ohne seine Zeche zu begleichen. Die Schankmaid sah ihm kurz nach, sagte sich, dass der junge Rickinger gewiss für seinen Begleiter zahlen würde, und brachte Ernst den nächsten Krug.

12.

Haselegner eilte so rasch durch die Gassen, dass er einige Leute anrempelte. Einmal schob er sogar ein paar Frauen, die langsam vor ihm hergingen, einfach beiseite und kümmerte sich nicht um ihr Schimpfen.

Als er Leiberts Haus erreicht hatte, hieb er mit der Faust gegen die Tür und benutzte dann erst den Türklopfer. Er verging bald vor Ungeduld und hätte am liebsten die Tür eingetreten. Zum Glück kam der Schwab noch rechtzeitig, bevor Haselegner seinem Zorn freien Lauf lassen konnte.

»Ich muss sofort zu deinem Herrn!«, rief Haselegner und drängte sich an dem Knecht vorbei. Dieser folgte ihm, um den Gast so, wie es sich gehörte, bei Leibert anzumelden. Doch Haselegner ließ sich nicht aufhalten und platzte, ohne anzuklopfen, ins Kontor.

»Leibert, ich muss mit Euch reden!«, rief er und erschreckte den Hausherrn so sehr, dass dieser zusammenzuckte und mit der Feder einen hässlichen Strich über einen fast fertigen Brief zog. Da ihm diese Arbeit mit seinen gichtkrummen Fingern schwer genug fiel, knurrte er den Eindringling an wie ein gereizter Kettenhund. »Könnt Ihr Euch nicht von meinem Knecht anmelden lassen, wie es bei zivilisierten Menschen Sitte ist? Jetzt muss ich den ganzen Brief neu schreiben.«

»Wenn Ihr wollt, mache ich das für Euch«, bot Haselegner ihm an, um ihn milde zu stimmen.

Vevas Vater schüttelte den Kopf. »So eng sind wir zwei nicht verwandt, als dass ich Euch Einblick in meine Geschäfte geben wollte!«

»Das könnte sich bald ändern!« Haselegner trat näher, doch da drehte Leibert das Blatt einfach um. »Was wollt Ihr?«, fragte er immer noch unfreundlich.

»Ich habe läuten hören, dass Ihr Eure Tochter mit dem Rickinger Ernst verheiraten wollt. Diesen Entschluss müsst Ihr in einem Zustand völliger Ratlosigkeit getroffen haben. Der Ernst taugt nichts und ist nichts wert. Wollt Ihr, dass der Kerl Euer Geld mit schlechten Weibern durchbringt? Eurer Tochter wird zuletzt nichts anderes übrigbleiben, als sich als Magd im Kloster zu verdingen!«

Leibert sah Haselegner mit verbissener Miene an. »Bis jetzt habe ich geglaubt, der Ernst wäre Euer Freund. Wie's aussieht, habe ich mich getäuscht.«

»Ich bin halt ein paarmal mit ihm im Wirtshaus gewesen. Aber mehr wegen dem Bartl. Der war mein Freund! Der junge Rickinger war bloß dabei, weil Euer Sohn einen Narren an dem Kerl gefressen hatte. Was meint Ihr, wie oft ich dem Bartl ins Gewissen geredet habe, sich nicht mehr mit dem Ernst abzugeben? Denkt doch nur an den Ruf, den der junge Rickinger hat. Solch einem Mann dürft Ihr Eure Tochter nicht geben!« Die letzten Worte brüllte Haselegner, konnte seinen Gastgeber jedoch nicht beirren.

»Ich habe mit Hochwürden Eisenreich gesprochen. Er sagt, gegen eine entsprechende Spende und den Bau einer Kapelle – den ich ohnehin plane, weil mein Sohn ohne die heiligen Sterbesakramente den Weg ins Himmelreich hat antreten müssen – wird sich die Münchner Geistlichkeit zufriedengeben. Einigen von ihnen ist Pater Remigius selbst ein Dorn im Auge, und sei es nur, weil er gegen das elfte Gebot verstoßen hat.«

»Hä?«

»Es heißt: Du sollst dich nicht erwischen lassen!«

Haselegner fuhr auf. »Ein Mann wie der hochwürdige Doktor Portikus wird sich von ein paar Gulden oder einer Kapelle nicht beeindrucken lassen, sondern diesen Lumpen weiterhin verfolgen, bis er ihn am Wickel hat.«

»Der lateinische Thürl ist vor allem eines, nämlich ehrgeizig, und er wird sich mit einem entsprechend großen Ablass zufriedengeben, den ich für Ernst erstehen werde. Mit dem kann er seinen Vorgesetzten gegenüber protzen. Verfolgt er Ernst dann weiterhin, ist es für seinen weiteren Aufstieg in der Kirchenhierarchie eher hinderlich.«

Zum Leidwesen seines Gastes hatte Leibert recht. Portikus schäumte zwar bereits, wenn der Name Ernst Rickinger fiel, doch er würde jeder Lösung zustimmen, von der er sich einen Vorteil versprach. Daher änderte Haselegner seine Taktik und malte Ernsts Charakter in den dunkelsten Farben aus.

Leibert hörte ihm eine Weile zu und schlug dann auf den Tisch. »Schluss jetzt! Ich habe mich entschieden, und dabei bleibt es.«

»Ihr werdet Veva nicht mit Ernst verheiraten!« Haselegner packte den alten Mann mit einem schmerzhaften Griff und drückte ihn nieder. »Ich werde sie heiraten, habt Ihr verstanden? Wir werden sogleich den entsprechenden Vertrag aufsetzen und unterschreiben.«

In dem Augenblick flog die Tür auf. »Ich glaube nicht, dass mein Herr das will!«

Der Schwab hatte die immer lauter werdende Unterhaltung auf dem Flur verfolgt und hielt es für geboten, einzugreifen. »Lass meinen Herrn los!«, forderte er Haselegner auf.

Dieser warf ihm einen verächtlichen Blick zu. »Halt du dich da raus. Das geht nur Leibert und mich etwas an!«

Er schüttelte den alten Mann und wollte ihn ohrfeigen. Der Schwab packte ihn und riss ihn zurück. »So haben wir nicht gewettet! Mach, dass du verschwindest, sonst ...«

»Was sonst?«, fragte Haselegner spöttisch. »Willst du, ein lumpiger Knecht, die Hand gegen mich erheben? Dafür würde dir Meister Hans im Kerker sämtliche Knochen im Leibe brechen!«

»Das glaubt aber auch nur Ihr!« Leibert hatte sich dem Griff entwunden und funkelte Haselegner wütend an. »Schaff ihn raus, Schwab, und wenn er sich sträubt, dann ruf Sepp zu Hilfe. Sollte er zum Richter laufen, so werde ich diesem sagen, was ich von Männern halte, die in mein Haus eindringen, mich misshandeln und zu Verträgen zwingen wollen, die allein zu ihrem Vorteil sind.«

Das ließ sich der Knecht nicht zweimal sagen. Er war zwar etwas kleiner und leichter als Haselegner, aber dank der körperlichen Arbeit sehr viel kräftiger.

Als Haselegner begriff, dass er den Kürzeren ziehen würde, riss er sein Messer heraus und stach zu.

»Verfluchter Hund!«, schrie der Schwab auf, taumelte zurück und presste sich die linke Hand auf den Leib. Zwischen den Fingern quoll Blut hervor.

Haselegner starrte ihn zuerst noch drohend an, dann aber begriff er, welche Folgen diese Tat für ihn haben konnte. Auch wenn der Verletzte nur ein Knecht war, würde das städtische Gericht den Stich ahnden. Er würde von Glück sagen können, wenn er nur zu einer Geldstrafe und einer Verbannung für zwei oder drei Jahre verurteilt wurde. Starb der Knecht, konnte ihm dies die Folter oder gar ein Todesurteil einbringen. Mit einem Satz war er bei der Tür, riss sie auf und stürmte hinaus. Während er die Gasse entlangrannte, wurde ihm bewusst, dass sämtliche Pläne, die sich um Veva rankten, ins Wasser gefallen waren. Er konnte nun nur noch schauen, dass er mit heiler Haut davonkam.

Um sicherzugehen, dass man ihn nicht verhaftete, musste er noch vor dem Schließen der Tore München verlassen und am besten auch gleich den Staub des Herzogtums Bayern von den Füßen schütteln. Für einen Augenblick dachte er daran, nach Augsburg zu gehen und seinen Handel von dort aus weiterzuführen. Doch zum einen war das nicht weit genug von München entfernt, und zum anderen würde er dort auf Ernst und Veva treffen. Wenn die Münchner Behörden seine Auslieferung verlangten und die beiden die

Anklage bestätigten, würde die Freie Reichsstadt ihm jeglichen Schutz verweigern. Daher musste er nach Innsbruck fliehen. Um zu retten, was noch zu retten war, würde er eine von Antschellers Töchtern heiraten und seinen Schwiegervater beauftragen, seine Geschäfte mit Münchner Kunden und Geschäftsfreunden weiterzuführen.
Von diesem Gedanken getrieben, eilte Haselegner nach Hause und befahl einem Knecht, sein Pferd zu satteln. Er nahm sein Geld und seine wichtigsten Unterlagen mit und atmete erst auf, als er das Isartor hinter sich gelassen hatte und seinem Reittier die Sporen geben konnte.

13.

Der Schrei des Schwab rief Cilli auf den Plan. Während Leibert vor Schreck erstarrt in seinem Lehnstuhl hockte, lehnte der Knecht bleich wie ein frisches Leintuch an der Wand und murmelte Gebete zum Herrn Jesus und seinen bevorzugten Heiligen.
Die resolute Köchin packte ihn und schob ihn auf die Treppe zu. »Glaubst du, dass du zu deiner Kammer hochkommst, oder soll ich den Sepp rufen?«
Bei dem Gedanken an seinen Kollegen, der sich immer wieder vor der Arbeit drückte und ihm alles Unangenehme überließ, schüttelte der Schwab den Kopf. »Nicht den Sepp! Wenn du mir ein bisserl hilfst, geht's schon.«
»Bring ihn hoch, Cilli, und sag dann dem Sepp, er soll sofort den Wundarzt holen. Heiliger Josef, hilf, dass die Verletzung nicht schwer ist! Schwab, es tut mir leid. Ich habe mir nicht vorstellen können, dass der Kerl Gewalt anwenden würde!« Leibert schüttelte sich und fasste nach der

blutverschmierten Hand des Knechts. »Das werde ich dir nie vergessen!«

»Schon gut, Herr. Aber jetzt wär's mir lieb, wenn ich mich hinlegen könnte. Mir wird nämlich ganz wirr im Kopf.«

Leibert ließ ihn los und rief laut nach seinem zweiten Knecht. Doch bis dieser kam, hatte Cilli den Verletzten schon die halbe Treppe hochgeschafft.

»Wo bleibst du denn?«, fuhr Leibert Sepp an. »Sieh zu, dass du der Cilli hilfst. Wenn der Schwab auf seinem Strohsack liegt, sputest du dich und holst den Chirurgen.«

»Schickt lieber einen von den Gassenburschen, Herr. Bis der Schlafwandler da mit einem Arzt zurückkommt, bin ich dreimal verblutet«, sagte der Schwab mit einem schmerzerfüllten Stöhnen.

»Du, beleidigen lass ich mich von dir aber nicht«, polterte Sepp los.

Da packte sein Herr ihn am Kragen. »Tust du jetzt, was ich dir angeschafft habe? Sonst kannst du dein Bündel packen und gehen!«

So zornig hatten weder Cilli noch die beiden Knechte ihren Herrn je gesehen. Sepp, der den bequemen Dienst bei Leibert nicht verlieren wollte, eilte jetzt die Treppe hoch und fasste den Schwab unter. Da erst sah er das Blut, das sich auf dessen Kittel ausbreitete. »Ja sag, was ist denn mit dir passiert?«

»Bis wir dir das erzählt haben, ist der Schwab wirklich verblutet. Also halt's Maul und pack mit an! Alles andere erfährst du früh genug«, wies Cilli ihn zurecht.

Während die beiden den Verletzten in die Knechtstube schafften und Cilli begann, die Wunde zu versorgen, kehrte Leibert in sein Kontor zurück und setzte sich. Zuerst betete er so flehentlich, wie er es vermochte, dass sein Knecht nicht an der Wunde starb. Dann überlegte er, was er tun sollte. Natürlich erwog er als Erstes, die Gewalttat anzuzeigen.

Doch das hätte nur unnötigen Wirbel verursacht. Wie er Haselegner kannte, würde es dem Mann gelingen, sich herauszureden und die Sache mit einer Handvoll Gulden abzugelten. Wichtiger schien es ihm, dafür zu sorgen, dass Veva rasch genug unter die Haube kam. Sollte sie noch nicht verheiratet sein, bevor er starb, war sie einem Mann wie Haselegner hilflos ausgeliefert. Dieser würde sie bedrängen und notfalls sogar mit Gewalt dazu zwingen, ihn zu heiraten.
»Niemals!« Er musste seine Tochter so rasch wie möglich mit Ernst Rickinger verheiraten. Der Pfarrer würde zwar protestieren, weil sie die Trauerzeit um den Bruder nicht einhielt, aber für eine gewisse Spende dennoch den Dispens erteilen.
Entschlossen, das Seine zu tun, um seine Tochter vor Haselegners Nachstellungen zu schützen, wollte Leibert schon nach dem Schwab rufen, um diesen zu Rickinger zu schicken. Er erinnerte sich jedoch rechtzeitig an dessen Verletzung und sandte Haselegner einen Fluch nach, für den er von seinem Beichtvater einige Gebete aufgetragen bekommen würde. Da Sepp noch unterwegs war und ihm die Sache unter den Fingernägeln brannte, machte er sich selbst auf den Weg in die Schmalzgasse.

14.

Leiberts Ankunft störte eine ausgelassene Feier. Rickinger saß auf seinem aufwendig geschnitzten Stuhl und hatte den Arm um Susanne Striegler gelegt, die sich an ihn schmiegte und mit leuchtenden Augen zu ihm aufsah. So viel Reichtum, wie sie hier präsentiert bekam, hatte sie nicht erwartet. Obwohl sie ihre ganze Familie mitgebracht hatte, waren noch ein paar Stühle frei, denn die Tafel in der guten Stube bot mehr als zwanzig Gästen bequem Platz. An Rickingers Seite, auf der gewöhnlich sein Sohn saß, hockte an diesem Tag Susannes Bruder, der seine Anspannung nicht verbergen konnte. Zwar war er hocherfreut über die Wendung, die das Schicksal seiner Schwester genommen hatte, aber noch war der Knoten nicht geschürzt. Bislang hatte er über Susannes Rückkehr ins Vaterhaus gemurrt, weil er befürchtete, sie läge ihm in den nächsten Jahren auf der Tasche. Ihre Verbindung mit Rickinger eröffnete ihm nun die Möglichkeit, im Ranggefüge der Stadt höher aufzusteigen.

Auch der Rest der Sippe einschließlich der Schnurlbeckin, die sich am Morgen mit Rosi und der alten Kreszenz am Brunnen gestritten hatte, sah die Zukunft in strahlendem Licht. Daher gingen sie Rickinger um den Bart, damit er seinen Einfluss auch ja zu ihren Gunsten einsetzte, lobten ihn als ebenso reichen wie stattlichen Mann und wünschten ihm und Susanne viele Kinder.

Ernsts Vater sah so aus, als würde er am liebsten sogleich damit beginnen, für Nachwuchs zu sorgen. Seine Rechte umfing die dralle Frau und stahl sich mehrfach unter ihr Mieder. Diese ließ es lachend geschehen und drängte auf eine rasche Hochzeit. »Unser hochwürdiger Herr Pfarrer wird gegen eine kleine Spende gewiss ein Auge zudrücken und nicht auf einer längeren Verlobungszeit bestehen«, sagte sie gerade, als der Hausknecht Leiberts Ankunft meldete.

Susanne und Eustachius Rickinger wünschten den Gast zum Teufel, denn im Augenblick waren sie einander genug. »Lass ihm ausrichten, dass er morgen wiederkommen soll. Wir haben es jetzt gerade so lustig!«, drängte die Frau.

Rickinger überlegte kurz, schüttelte dann aber den Kopf. »Ich habe Gründe, ihn nicht zu kränken. Also werde ich kurz mit ihm reden. Ihr trinkt und esst inzwischen weiter!«

»Welche Gründe?«, fragte Susanne neugierig, aber da war er schon aufgestanden und verließ die Stube.
Wenig später musterte er Leibert gespannt. »Grüß dich Gott, mein Freund. Was führt dich zu mir?«
»Ich muss dringend mit dir reden. Es geht um meine Veva und deinen Ernst. Die zwei müssen so schnell wie möglich heiraten.«
Rickinger maß seinen Gast mit einem kalten Blick. »Du willst wohl, dass ein Bankert der Veva als Kind meines Sohnes gelten soll. Aber da führt kein Weg hin! Sie soll auswärts gebären und das Kind Pflegeeltern überlassen. Danach kann sie meinen Sohn heiraten!« Obwohl auch er Ernst so schnell wie möglich unter der Haube wissen wollte, ließ sein Stolz keinen untergeschobenen Enkel zu.
Vevas Vater machte eine beschwichtigende Geste. »Ich verlange nicht, dass die beiden sofort zusammenleben. Sie sollen nur möglichst rasch heiraten. Meinetwegen kann die Veva danach noch ein paar Wochen in Pewing bleiben, bis ganz sicher ist, ob sie von den Räubern ein Kind bekommt oder nicht. In spätestens drei Monaten wird dir jede Hebamme Zeugnis von Vevas Zustand ablegen können. Danach kann sie entweder zu deinem Sohn ziehen und mit ihm als Mann und Frau zusammenleben, oder sie wird in Pewing ihr Kind zur Welt bringen und dann erst mit Ernst die eheliche Gemeinschaft aufnehmen.«
Rickingers Gesicht hellte sich auf. »So könnte es gehen. Da ich selber bald wieder in den Stand der Ehe treten will, werde ich mit unserem Hochwürden sprechen und beide Aufgebote bestellen. Ist dir das recht?«
»Aber ja!« Leibert reichte seinem Freund die Hand, die dieser erleichtert ergriff.
Rickinger interessierte es nicht, dass sein Sohn dieser Abmachung zufolge noch einige Monate auf die Freuden der Ehe verzichten musste, die er selbst bald genießen wollte.

Für ihn war nur wichtig, dass Ernst versorgt war. Keinesfalls aber würde er seinen Sohn nach München zurückrufen, solange dieser ohne Veva in Augsburg leben musste.
In dem Augenblick vernahm er das Lachen seiner Gäste, das aus der guten Stube herausdrang, und schob alle Gedanken an Ernst beiseite. »Ich habe meine Zukünftige und ihre Verwandtschaft zu Gast. Willst du nicht mitkommen und sie begrüßen? Es gibt auch einen guten Wein.«
Leibert hatte die fröhlichen Stimmen ebenfalls gehört und winkte ab. »Sei mir nicht böse, Rickinger, aber mir ist nicht danach, unter vergnügten Leuten zu sein. Dafür ist der Schmerz über Bartls Tod noch zu groß.«
»Das verstehe ich. Dann sage ich dir eben: Behüt dich Gott. Irgendwann kommt der Tag, an dem wir wieder wie früher zusammensitzen und uns freuen werden, und wenn es bei der Taufe unseres ersten gemeinsamen Enkels ist.«
»Den werden wir feiern, Rickinger, das verspreche ich dir. Jetzt aber will ich nach Hause, um nach der Veva zu schicken. Morgen Abend ist sie wieder daheim, und am Tag drauf kann die Hochzeit sein. Sollte unser Hochwürden sich sträuben, kommt es mir auf ein paar Gulden als Spende nicht an.«
»Mir auch nicht!« Rickinger klopfte Leibert munter auf die Schulter und wies den Knecht an, seinen Freund hinauszubegleiten.
Er selbst kehrte zu seinen Gästen zurück und hob seinen Becher. »Auf euer Wohl und auf eine schöne Hochzeit. Ich werde gleich morgen mit unserem Herrn Pfarrer reden, damit er seinem Herzen einen Stoß gibt und uns so schnell wie möglich traut!«

15.

Veva hatte sich recht gut auf dem Bauernhof eingelebt und arbeitete kräftig mit. Zwar dachte sie immer wieder an ihren Bruder, und mehr als ein Mal spürte sie einen scharfen Schmerz, als würde sie selbst in zwei Teile gerissen. Doch ihre Jugend, die Erkenntnis, dass andere ebenfalls leiden mussten, und die friedvolle Umgebung übten eine heilende Wirkung auf sie aus.

Umso überraschter war sie, als es am Abend an die Tür klopfte und sie Sepp draußen stehen sah, der von München aus hierhergeritten war. Er drückte der Bäuerin die Zügel in die Hand und trat mit dem Befehl »Abreiben und füttern« an ihr vorbei ins Haus. Seine Miene drückte Verachtung für das ärmliche Anwesen aus, und er schenkte weder Hein noch dessen Mutter einen Blick, geschweige denn einen freundlichen Gruß.

»Der Vater will, dass du morgen heimkommst, Jungfer!«, sagte er in einem unverschämt scharfen Ton zu Veva.

Sie war zu verblüfft, um ihn zurechtzuweisen. »Aber wieso? Er hat doch gesagt, ich solle länger hierbleiben!«

»Ich habe ihn nicht gefragt, warum er seine Meinung geändert hat. Vielleicht, weil der Schwab verletzt worden ist.«

»Der Schwab ist verletzt? Was ist passiert?« Veva sah den Knecht erschrocken an.

»Er hat einen Messerstich abbekommen. Aber wer's war, hat er nicht gesagt.« Sepp ärgerte sich, weil er anders als der Schwab nicht in die Geheimnisse seines Herrn eingeweiht war. Er konnte nicht wissen, dass Leibert dem Verletzten befohlen hatte, Stillschweigen über die Angelegenheit zu wahren. Da niemand im Haus Haselegner gesehen hatte, blieb der Zwischenfall ein Rätsel, über den sich das Gesinde den Mund zerriss.

»Ich komme morgen mit.« Veva drehte sich jetzt zu Hein und dessen Familie um und hob bedauernd die Hände. »Wie ihr gerade gehört habt, muss ich nach Hause. Aber ich werde dafür sorgen, dass ihr Hilfe erhaltet.«

»Ihr habt uns schon sehr geholfen, Jungfer. Wir haben jetzt wieder Vieh im Stall, und einer der Knechte vom Herrenhof hat gesagt, dass er den Dienst wechseln will, weil der Verwalter ihn andauernd schikaniert. Wenn er zu uns kommt, wird es mit dem Hof wieder aufwärtsgehen.« Der Bauer erhob sich mühsam und humpelte mit seiner Krücke auf Veva zu. »Ich dank auch schön! Wenn alle Menschen so wären wie Ihr, hätten die Leute es viel leichter im Leben!«

»Jetzt mach aber halblang! Ich habe bloß den Besitz verteidigt, den der Herzogliche Rat meinem Vater verpfändet hat.« Veva war das Lob des Bauern peinlich, denn es stellte sie beinahe als einen Engel dar, und das war sie ihrer Ansicht nach wirklich nicht. Dennoch freute sie sich, dass sie Hein und seiner Familie aus der schlimmsten Not hatte heraushelfen können. Jetzt aber galten ihre Gedanken mehr dem verletzten Knecht, der ihr seit ihrer Kindheit vertraut war, und sie hoffte, dass dessen Wunde ihn nicht zum Krüppel machte oder er gar daran starb.

16.

In der Residenz des Herzogs wurde auch an diesem Abend getanzt. Diesmal beteiligte sich Wilhelm IV. mit gezierten Schritten an dem Reigen und hielt nach einem jungen Hoffräulein Ausschau, dessen Schönheit ihn reizte, seit er es das erste Mal gesehen hatte. Gleichzeitig tändelte er mit seiner derzeitigen Favoritin und überlegte, welchen seiner

Höflinge oder Räte er mit deren Hand beglücken konnte, um selbst auf einer frischen Wiese grasen zu können.
Bei einer Wendung sah er einen Mann in dem dunklen Talar eines Gelehrten eintreten und erkannte Doktor Portikus. Die Miene des Geistlichen wirkte verkrampft, und der Herzog sah ihm seine schlecht unterdrückte Wut an. Wilhelm IV. seufzte und erwog für einen Augenblick, Portikus zu ignorieren. Dann aber nahm er die Gelegenheit wahr, sich von seiner Tanzpartnerin zu verabschieden und sie der Obhut des Grafen von Haag zu überlassen.
Während er sich auf den Sessel setzte, der einzig für ihn bereitstand, befahl er einem Diener, ihm Wein zu bringen. Erst als er einen Schluck getrunken hatte, wandte er sich Portikus zu. »Mein Guter, Ihr seht aus, als wäre Euch eine gewaltige Laus über die Leber gelaufen.«
Der Geistliche nahm den spöttischen Unterton in Wilhelms Stimme wahr und musste an sich halten, um nicht mit ein paar tadelnden Worten zu antworten. Stattdessen gab er sich nur besorgt. »Euer Gnaden, es muss dringend etwas gegen die Pest der Ketzerei in dieser Stadt unternommen werden. Ich habe in Erfahrung gebracht, dass etliche Bürger und auch einfaches Volk die Schriften dieses Teufels aus Wittenberg in ihren Häusern verstecken und mit ihnen das Gift der Häresie unter ihren Familien und in der Nachbarschaft verbreiten.«
»Ich besitze selbst einige von Luthers Schriften. Er schreibt zwar recht drastisch, spricht aber in vielen Dingen die Wahrheit. Ein großer Teil des Klerus ist schlichtweg verderbt. Wie soll ein Pfarrer, der Unmoral vorlebt, seine Gemeinde davor bewahren?«
»Das sind einige wenige Fälle, gegen die die Kirche mit aller Strenge vorgeht«, behauptete Portikus ungerührt.
»Warum ist dann dieser Pater Remigius noch immer einer der Beichtväter von Sankt Peter? Soviel ich weiß, hat er

bereits mehr als ein Weib verführt. Zwei sollen sogar von ihm schwanger geworden sein!«

»Verzeiht, Euer Gnaden, doch Pater Remigius entstammt einem uralten Adelsgeschlecht. Man darf ihn nicht mit der gleichen Elle messen wie einen kleinen Landpfarrer!«, beeilte sich Portikus einzuwenden. Da Remigius von edler Geburt war und er sich Vorteile davon versprach, wenn er sich schützend vor den Mann stellte, war er nicht bereit, ihn den Wölfen zum Fraß vorzuwerfen.

»Der Mann hat sich für den geistlichen Stand entschieden und soll sich daher so benehmen, wie es sich für einen Diener Christi gehört!«

Wilhelm hatte bereits jenen Bierbrauern das Handwerk gelegt, die ihr Bier mit Zutaten wie Stechapfel, Bilsenkraut und ähnlich schlechtem Zeug versetzten, welche die Gemüter der Leute erhitzt und sie zu üblen Taten getrieben hatten. Nur Hopfen, dem eine beruhigende Wirkung zugesprochen wurde, durfte neben Wasser und Getreidemalz noch zum Bierbrauen verwendet werden. Genau so, mit einem Federstrich, hätte er am liebsten auch die Unmoral der Geistlichen, Mönche und Nonnen unterbunden. Doch zu seinem Leidwesen waren ihm in dieser Sache die Hände gebunden, denn über die Seelenhirten seines Volkes durften nur die Fürstbischöfe von Salzburg, Freising, Passau, Regensburg und Eichstätt richten. Da diese fünf Herren über ihre eigenen Territorien im Bayrischen Reichskreis herrschten, betrachteten sie sich mehr als seine Konkurrenten im Kampf um Macht und Einfluss denn als die geistlichen Oberhäupter seiner Untertanen. Von ihnen konnte er ebenso viel Unterstützung erwarten wie Wärme vom Mond in einer kalten Dezembernacht.

Verärgert, weil das Gespräch mit Portikus ihn von seinem Vergnügen fernhielt, wollte Wilhelm den Theologen wegschicken. Doch dieser bemerkte, dass der Herzog unruhig wurde, und kam auf den Punkt zu sprechen, der ihm am meisten am Herzen lag. »Euer Gnaden, ich fordere noch einmal, diesen Lumpen Ernst Rickinger hart zu bestrafen. Dieser Mensch verhöhnt die Repräsentanten der heiligen Kirche und betreibt Unzucht, wo er nur kann. Wenn Ihr ihn nicht vor Gericht stellen wollt, so verbannt ihn wenigstens aus Eurem Herzogtum.«

»Soso! Pater Remigius darf nicht bestraft werden, obwohl er Bürgerfrauen und -töchter verführt, doch über Ernst Rickinger soll ich ein Urteil sprechen, obwohl dieser, soviel ich gehört habe, sowohl die Frauen anderer Männer als auch ehrsame Bürgertöchter in Ruhe lässt und nur gelegentlich mit einer Magd tändelt.«

Zwar passte dem Herzog das Verhalten des jungen Mannes ebenfalls nicht, aber er wollte nicht den Sohn eines ehrbaren Bürgers bestrafen, während der in seinen Augen weitaus sündhaftere Pater ungeschoren davonkommen sollte. »Außerdem«, setzte er seine Rede fort, »will der Kaufherr Eustachius Rickinger seinen Sohn verheiraten. Besitzt Ernst Rickinger erst einmal ein Eheweib, so wird er sich gewiss eines besseren Lebenswandel befleißigen. Pater Remigius aber wird weiter huren, dass es eine Schande ist.«

In diesem Augenblick begriff Portikus, dass er Ernst nicht zu Fall bringen konnte, wenn er nicht gleichzeitig Remigius und einige andere Geistliche und Mönche opferte, die dem Herzog ein Dorn im Auge waren. Noch mehr als das erschreckte ihn die Vorstellung, Wilhelm könnte vom Gift des lutherischen Aufruhrs erfasst worden sein und würde Papst Leo X. demnächst die nötige Achtung versagen.

Dagegen musste er mit allen Mitteln ankämpfen. Obwohl er seinem Unmut am liebsten Luft gemacht hätte, senkte er das Haupt und auch die Stimme. »Wohl liegt auch bei den Dienern der heiligen Kirche einiges im Argen, Euer Gnaden. Es ist jedoch das alleinige Recht unserer Kirche, die schwarzen Schafe auszusondern. Kein Bürgerlümmel darf Mönche oder gar gesalbte Priester zu Spott und Schanden bringen. Natürlich beschönige ich Pater Remigius' Taten nicht, doch Ernst Rickinger hat sich noch viel schändlicher verhalten, als er ihn nackt auf die Straße zerrte. Er hat die Hand gegen einen Diener der Kirche erhoben, der nur von einem kirchlichen Gericht hätte belangt werden dürfen.«

»Es war ein Streich, wie ihn die jungen Burschen jedem verheirateten Mann gespielt hätten, der zu seiner Nachbarin unter die Decke geschlüpft ist«, antwortete der Herzog mit einem vergnügten Auflachen.

»Ein Geistlicher ist nicht mit einem normalen Mann zu vergleichen, sondern steht weit über ihm«, fuhr Portikus auf.

»Soll ich das so auffassen, dass auch Ihr Euch weit über Uns stehend wähnt?« Wilhelms amüsierte Miene war wie weggeblasen, und seine Stimme klirrte.

Innerlich verfluchte Portikus den launenhaften Herzog, aber er wusste, dass er Wilhelm nicht weiter erzürnen durfte. »Euer Gnaden ist ein von Gott Gesalbter und steht daher weit über allen anderen Menschen mit Ausnahme des Kaisers und Seiner Heiligkeit des Papstes.«

»Also auch über den Bischöfen von Freising, Salzburg, Regensburg, Eichstätt und Passau?«, stach der Herzog nach.

»Diese Herren stehen in gleichem Rang wie Ihr«, presste Portikus mühsam heraus. Es war wirklich nicht leicht, mit einem Herrscher auszukommen, der für sich selbst jedes Recht der Welt forderte, von seinen Untertanen aber einen fast klösterlichen Lebenswandel verlangte.

Trotzdem versuchte er, in seinem Sinn auf den Herzog einzuwirken. »Erlaubt mir, noch einmal auf diese unflätigen Flugschriften zurückzukommen, Euer Gnaden. Sie schaden der Macht der heiligen Kirche und damit auch der Euren, denn Ihr seid Herrscher von Gottes Gnaden und mit dem Segen des Heiligen Stuhls.«

»Und was soll ich Eurer Ansicht nach tun, Doktor? Mich vielleicht selbst auf die Suche nach den Erzeugern dieser Schriften machen?«, fragte der Herzog ungeduldig, während sein Blick auf seiner neuesten Angebeteten ruhte.

»Erlaubt mir, nach diesen elenden Schurken und Häretikern zu forschen«, bat Portikus.

Wilhelm sah nun eine gute Gelegenheit, den unangenehmen Mahner loszuwerden. »Kümmert Euch darum, Doktor. Aber Ihr werdet niemanden verhaften oder verhören, ohne dass ich die Erlaubnis dazu gegeben habe.«

»Ich muss aber Leute befragen, wenn ich Erfolg haben will«, wandte Portikus ärgerlich ein.

»Befragen könnt Ihr sie meinetwegen. Aber es wird keiner ohne mein Wissen eingesperrt oder gar gefoltert. Und nun bitte ich Euch, mich zu entschuldigen.« Mit diesen Worten stand Herzog Wilhelm auf und gesellte sich wieder zu den Tanzenden.

Seine bisherige Mätresse versuchte sofort an seine Seite zu gelangen, wurde aber von zwei Herren, die sich bei ihrem Herrn beliebt machen wollten, daran gehindert. So trat Wilhelm ungehindert auf das junge Hoffräulein zu, dem sein neuestes Interesse galt. Während er mit ihr tanzte, verließ Ägidius Portikus den Saal und begab sich in das nahe gelegene Franziskanerkloster, um dort seine nächsten Schritte vorzubereiten.

17.

Bartholomäus Leibert sah über seine Tochter hinweg, als wäre es ihm unangenehm, ihr ins Gesicht zu blicken, und das, was sie ihm von ihren Erlebnissen in Pewing berichtete, tat er als Phantasiegebilde eines überspannten Mädchens ab. Er würde sich später um seinen Pfandhof kümmern und sich nicht von Vevas Gerede beeinflussen lassen. Im Augenblick gab es Wichtigeres zu erledigen.

»Ich habe beschlossen, dich zu verheiraten!«, sagte er, als seine Tochter angesichts seines Desinteresses verstummte.

Veva hatte ihm eben von dem schweren Schicksal des Bauern Hein und dessen Familie berichtet und wurde von seiner Bemerkung völlig überrascht. »Ihr wollt was, Herr Vater?«

»Dich verheiraten! Da Ferdinand Antscheller dich nicht mehr als Schwiegertochter haben will, habe ich einen anderen Bräutigam für dich gefunden. Du wirst den Sohn meines alten Freundes Rickinger heiraten!«

Leiberts Tonfall ließ eigentlich keinen Widerspruch zu, doch Veva schüttelte empört den Kopf und rief: »Niemals!«

Mit einem ärgerlichen Laut schlug ihr Vater mit der flachen Hand auf den Tisch. »Dieses Wort will ich nicht hören! Du wirst Ernst Rickinger heiraten. Punkt!«

»Aber ich will ihn nicht! Der junge Rickinger treibt sich in verrufenen Schenken herum, tändelt mit den Weibern und sieht jede halbwegs hübsche Magd als wohlfeile Beute an. So einen Mann kann ich doch nicht heiraten!«

»Sei froh, dass dich überhaupt noch einer heiraten will«, antwortete Leibert so verächtlich, als habe seine Tochter sich zur Hure gemacht.

»Wenn ich schon heiraten soll, warum dann nicht Benedikt Haselegner? Er wäre mir sicher ein besserer Ehemann und versteht etwas vom Handel, während Ernst …«

»Schluss jetzt! Haselegner hat zwar eine geschmeidige Zunge, aber auch eine finstere Stirn. Er würde dich bis ans Ende deines Lebens spüren lassen, dass er dich nur aus Gnade und Barmherzigkeit genommen hat. Dem geht es doch nur darum, meinen Besitz auf leichte Weise in die Hand zu bekommen. So ein Mann kommt als Schwiegersohn nicht in Frage!«

Leibert überlegte kurz, ob er Veva erzählen sollte, dass Haselegner an der Verletzung des Schwab schuld war, unterließ es dann aber. Sein Wort hatte ihr zu genügen.

»Ernst wird nach der Hochzeit vorerst nicht mit dir in ehelicher Gemeinschaft leben, bis sicher ist, ob dein Aufenthalt bei den Räubern Folgen zeitigt oder nicht«, fuhr er fort.

Für Veva stellte jedes seiner Worte eine Ohrfeige dar, denn sie machten ihr klar, dass auch Ernst Rickinger mehr an ihrem Erbe als an ihr selbst gelegen war. Dabei war das doch genau das Motiv, welches ihr Vater Haselegner unterstellt hatte.

»Bevor ich diesen Mann heirate, gehe ich lieber ins Kloster«, entfuhr es ihr.

Im nächsten Augenblick saß ihr die Hand des Vaters im Gesicht. »Habe ich dich nicht gelehrt, mir zu gehorchen? Ich will, dass du Ernst heiratest und mir Enkel schenkst. Oder glaubst du, ich habe mein Vermögen von meinen Vorvätern übernommen und kräftig gemehrt, damit es jetzt irgendwelchen Betschwestern in die Hände fällt? Die Hochzeit wird morgen hier in meinem Haus stattfinden. Danach wirst du wieder nach Pewing zurückkehren! In drei Monaten entscheide ich, ob du Ernst nach Augsburg folgen oder weiter in Pewing bleiben wirst.«

Veva gingen tausend Gedanken durch den Kopf, doch keiner davon war geeignet, ausgesprochen zu werden. Seit sie denken konnte, hatte alles nach dem Willen ihres Vaters geschehen müssen. Darunter hatte schon ihre Mutter gelitten.

Ihr würde nichts anderes übrigbleiben, als nachzugeben und den Bräutigam zu heiraten, den der Vater für sie bestimmt hatte.
War Ernst wirklich so schlimm, wie man sich erzählte?, fragte sie sich. Sie erinnerte sich daran, dass sie von ihm das Geld für den Ablassbrief für Bartl bekommen hatte. Ihm hatte sie zu verdanken, dass ihrem Zwillingsbruder das Fegefeuer erspart geblieben war. Doch das hatte Ernst wohl nur aus Freundschaft zu Bartl getan und nicht, um ihr zu gefallen.
Die Stimme ihres Vaters riss sie aus ihren Grübeleien. »So, jetzt stell dich ans Pult und schreibe ein paar Briefe, die dringend weggeschickt werden müssen. Meine Hände wollen wieder einmal nicht so, wie sie sollten.«
Es kostete Leibert Mühe, dies zuzugeben, doch seine Krankheit zwang ihn, auf ihre Hilfe zurückzugreifen.
Froh, dass er nicht weiter über die geplante Hochzeit sprach, nahm Veva einen Bogen Papier und eine Schreibfeder zur Hand. Doch schon die ersten Worte, die ihr Vater ihr diktierte, ließen ihr die Tränen in die Augen treten. Es war der Entwurf des Heiratsvertrags, den ihr Vater mit Eustachius Rickinger und dessen Sohn abschließen wollte. Zuerst widerstrebte es ihr, die Zeilen zu Papier zu bringen, doch dann schrieb sie mit boshaftem Vergnügen den Absatz, dass das Vermögen ihres Vaters ungeschmälert an die Kinder, die sie mit Ernst bekommen würde, weitergegeben werden musste und diesem nur das Nutzungsrecht blieb. Außerdem durfte er das Vermögen selbst nicht angreifen, sondern nur einen Teil des Gewinns aus dem Handelsunternehmen für sich verwenden. Sie schrieb diese Passagen besonders groß und deutlich und hoffte, dass diese Bedingungen Ernst davon abhalten würden, die Ehe mit ihr einzugehen.

18.

Als Ernst an diesem Morgen erwachte, hatte er das Gefühl, ihm habe jemand mit dem Hammer auf den Kopf geschlagen. Gleichzeitig war ihm so übel, dass er glaubte, sich jeden Augenblick übergeben zu müssen. Er wollte wie gewohnt aufstehen, stieß aber gegen eine rauhe Wand. Irritiert schüttelte er den Kopf und stöhnte, weil eine neue Schmerzwelle ihm schier den Schädel zu sprengen drohte. Als er sich genauer umsah, begriff er zunächst nur eines: Das hier war nicht die Kammer, in der er üblicherweise zu schlafen pflegte.

»Wo bin ich?«, fragte er mehr sich als jemand anderes.

Allmählich kam die Erinnerung an den vorhergehenden Tag zurück. Er war mit Haselegner in die Schankstube gegangen, um ein Bier zu trinken. Aber der hatte sich nach kurzer Zeit verabschiedet. Dafür hatten sich andere zu ihm an den Tisch gesetzt und ihm zugeprostet. Wie viele Krüge Bier er mit ihnen geleert hatte, konnte Ernst nicht mehr sagen, doch es mussten etliche gewesen sein.

Er hatte sich erst spät am Abend auf den Heimweg gemacht und war nicht gerade leise gewesen. Nun glaubte er sich erinnern zu können, dass er lauthals über seinen Vater und dessen Entschluss geschimpft hatte, die Bäckerwitwe Susanne Striegler zu heiraten. Einige Bewohner, die durch sein Lärmen wach geworden waren, hatten ihre Nachttöpfe aus den Fenstern geleert, aber es musste ihm trotz seines Rausches gelungen sein, den übel riechenden Güssen zu entkommen, denn in seiner Kleidung hing nur der Geruch nach schalem Bier.

Gerade als er versuchte, herauszufinden, weshalb er in dieser dämmrigen Kammer mit den unverputzten Steinwänden lag, fragte jemand: »Na, endlich ausgeschlafen?«

Ernst drehte sich mühsam um und blickte nun auf eine

halb offene, sehr robust aussehende Tür, in der ein vierschrötiger Mann stand. Es handelte sich um Hias, einen der Stadtknechte, die die öffentliche Ordnung überwachen sollten. Nun begriff er, dass er sich in der Arrestzelle im Keller des Rathauses befand, in die Ruhestörer und andere Unruhestifter gesperrt wurden und oft auch jene, die am nächsten Tag an den Schandpfahl oder Pranger gestellt wurden.

»Hab ich einen Kopf«, stöhnte er.

»Kein Wunder! Du hast gestern mehr gesoffen als ein anderer in einer ganzen Woche. Dir liegt wohl die Hochzeit deines Vaters auf der Seele, was? Geschimpft hast du darüber wie ein Rohrspatz. Nun kannst du froh sein, dass du nur eine Strafe wegen ungebührlichen Lärmens bezahlen musst und nicht als Trunkenbold auf dem Schrannenplatz ausgestellt wirst.« Hias grinste, denn im Grunde mochte er Ernst und hätte, wenn es nach ihm gegangen war, beide Augen zugedrückt. Doch es hatten zu viele Leute die Schimpftiraden des jungen Mannes mitbekommen.

»Wie bin ich hier hereingekommen?«, fragte Ernst, dessen Kopfschmerzen durch die Scham über sein Auftreten verstärkt wurden.

»Der Nachtwächter vom Kreuzviertel hat dich gehört und seinen Knecht geschickt, dass er dich hierherbringt. Zu deinem Glück sollst du dich bei dem Mann eingehängt haben und ganz brav mitgegangen sein. Das hat er zu Protokoll gegeben, damit dir niemand Aufruhr oder gar Rebellion nachsagen kann. Unsere Herren Pfaffen mit dem Doktor Thürl an der Spitze hätten sich gewiss darüber gefreut.«

Trotz seiner Kopfschmerzen musste Ernst grinsen, als er den eigentlichen Nachnamen seines geistlichen Widersachers vernahm. Also verspotteten sogar die Stadtknechte den Doktor Portikus.

»Lass das keinen anderen hören!«, riet er dem Hias. »Der geistliche Herr tät fuchsteufelswild werden.«
Hias winkte verächtlich ab. »Du wirst mich gewiss nicht verpfeifen. Wenn der Thürl selber kommt, ist er natürlich der hochwürdige Herr und so weiter. Ärgerlich ist bloß, dass wir andauernd mit ihm zu tun haben. Heute hat er schon wieder drei Stadtknechte mitgenommen, um mit ihnen ein paar Häuser nach ketzerischen Schriften zu durchsuchen. Mir tun die armen Leute leid, denen er etwas anzuhängen versucht.«
Ohne es zu wissen, warnte der biedere Mann Ernst mit dieser Nachricht. Portikus begnügte sich also nicht mehr mit Kontrollen an den Stadttoren und dem Versuch, den Verteiler der lutherischen Flugblätter auf frischer Tat zu ertappen, sondern ließ Häuser auf Verdacht durchsuchen. Damit geriet er selbst in Gefahr. Er kannte Portikus gut genug, dass er ihm zutraute, die Stadtknechte auch in die Häuser der Patrizier und Großkaufleute zu schicken, obwohl das nur mit Erlaubnis des Rates geschehen durfte. Als Erstes würde der Thürl sich wohl das Haus seines Vaters vornehmen. Was ihm blühte, wenn Portikus fündig wurde, konnte er sich leicht ausmalen. Also musste er die verfänglichen Flugblätter so rasch wie möglich loswerden.
Er erhob sich von der Pritsche, rieb sich den schmerzenden Schädel und sah dann den Stadtknecht an. »Lässt du mich jetzt raus oder muss ich hierbleiben, bis die Strafe für mich bezahlt worden ist?«
»Der ehrengeachtete Ratsherr Arsacius Bart war eben im Rathaus und hat, als er von deinem … äh, Pech gehört hat, die Strafe ausgelegt. Damit es kein Gerede gibt, hat er gemeint!« Der Stadtknecht grinste, denn es war bekannt, dass Bart kein Freund von Portikus war, was allerdings auch umgekehrt galt. Ernst hatte es vor allem diesem Ratsherrn zu verdanken, dass er nach der Sache mit Pater Remigius ungeschoren

davongekommen war. Zu seinem Glück war der gehörnte Ehemann ein entfernter Verwandter von Bart, und deswegen waren der Ratsherr und der Priester hart aneinandergeraten.

»Bart hat für mich bezahlt? Hoffentlich nicht zu viel, denn ich mag keine Schulden haben.« Trotz seiner Übelkeit kämpfte Ernst sich auf die Tür der Zelle zu, denn er musste hier heraus, bevor der latinisierte Thürl von dem Zwischenfall erfuhr und ihn unter irgendeinem Vorwand länger einsperren ließ, damit er in dieser Zeit sein Elternhaus durchsuchen konnte.

»He! Wenn du reihern musst, halte gefälligst den Kopf über den Eimer. Oder meinst du, ich will hinterher aufwischen?«, wies Hias ihn zurecht.

Ernst stieß geräuschvoll auf und merkte, dass es ihm danach besserging. »Keine Sorge, ich übergebe mich schon nicht. Danke für das Quartier. Allerdings hätte ich lieber zu Hause geschlafen!«

»Dann hättest du nicht so viel saufen sollen!« Der Stadtknecht lachte und hielt die Tür auf.

Ernst verließ mit staksigen Schritten die Arrestzelle, stieg die Treppe hoch und stand kurz darauf inmitten der Händler, die im Erdgeschoss des Rathauses ihre Waren feilboten. Die meisten kannten ihn und riefen ihm anzügliche Bemerkungen zu. Doch in seinem Zustand verspürte er keine Lust, ihnen zu antworten.

Auf dem Schrannenplatz strahlte die Sonne so hell, dass er sich den Arm vors Gesicht halten musste. Prompt stolperte er über einen Korb.

»He! Pass doch auf, wo du hintrittst! Du ruinierst ja meine Kräuter«, hörte er die alte Kreszenz schimpfen.

Ein anderer Marktbesucher half ihm wieder auf die Beine. »Du hast wohl gestern die bevorstehende Hochzeit deines Vaters gefeiert?«, spottete der Mann.

Ernst stieß erneut auf. »Geht dich das was an?«

»Deswegen brauchst du nicht gleich harsch zu werden«, brummte der Bürger und ging weiter.
Nun rief Kreszenz Ernst zu sich und hielt ihm ein Bündel Kräuter hin. »Wie es aussieht, hast du gestern allzu kräftig gezecht. Hier, die gebe ich dir ganz billig. Die Lina soll sie kurz aufkochen und dir den Sud zu trinken geben. Der hilft garantiert gegen deinen schlechten Magen.«
»Was sind das für Kräuter?«, fragte Ernst misstrauisch.
»Kamille, Beifuß, Pfefferminze und noch ein paar Kräutlein, die unser Herrgott hat wachsen lassen, damit sie einen geschundenen Magen wieder einrenken können. Hier, nimm! Die Lina weiß schon, was sie damit tun muss.«
Ernst nahm das Bündel in die Hand und roch daran. Sofort trieb der stechende Geruch seinen Magen hoch.
»Das soll helfen?«, rief er empört. »Mir wird ja schon beim Riechen schlecht.«
»Du sollst ja auch nicht daran riechen, sondern den Aufguss trinken. Aber wenn du dir nicht helfen lassen willst …«
Aber Ernst steckte die Kräuter unter sein Wams und warf der alten Frau ein paar Pfennige zu. »Hier! Wenn's reicht, ist's gut. Mehr Geld habe ich nämlich nicht dabei.«
»Passt schon«, lachte die Kräuterfrau. »Noch einen schönen Tag!«
Als schön empfand Ernst diesen Tag gerade nicht. Dafür ging es ihm zu schlecht. Außerdem wuchs seine Anspannung, je näher er seinem Vaterhaus kam. Wie würde er dort empfangen werden? Immerhin hatte er die kleine Feier geschwänzt, die sein Vater für die Verwandten seiner zweiten Frau veranstaltet hatte.
Zu seiner Erleichterung lief ihm als Erstes die alte Lina über den Weg. Sie blickte zu ihm hoch und schüttelte den Kopf.
»Mein Gott, Ernst, wie siehst du denn aus? Als hättest du dir einen höllischen Rausch angetrunken!«
»Das kann man so sagen. Oh, mein Kopf!« Ernst stöhnte

und reichte ihr das Kräuterbündel. »Das ist von der Kreszenz. Sie meint, du weißt, was man mit dem Zeug macht!« Lina roch kurz daran und lächelte. »Komm nachher in die Küche. Dann kriegst du deinen Sud. Du brauchst dich aber nicht zu beeilen. Es dauert ein wenig, bis die Brühe so weit abgekühlt ist, dass du sie trinken kannst!«

»Schick dich lieber! Ich hab einen Kopf auf, mit dem ich durch keine Türe passe«, stöhnte er und ging weiter. Seine Hoffnung, dem Vater zu entgehen, erfüllte sich jedoch nicht.

Der alte Rickinger trat aus seinem Kontor, als Ernst an seiner Tür vorbeischleichen wollte. »Da bist du ja endlich! Du schaust aus, als wenn du zu viel Bier erwischt hättest. Na ja, von mir aus kannst du saufen, bis zu umkippst. Das hört in Augsburg eh auf. Aber es ist gut, dass du da bist. Ich habe mich mit Leibert geeinigt. Morgen wirst du die Veva heiraten. Doch du brauchst nicht zu glauben, dass du gleich ins Brautbett springen kannst! Ich will nämlich schon wissen, ob dein erster Sohn auch wirklich mein Enkel ist.« Nach diesen Worten zog sich Rickinger wieder in sein Kontor zurück.

Der junge Mann starrte auf die Tür und fragte sich, was in seinen Vater gefahren war. Normalerweise hätte dieser ihn mit Vorwürfen überhäuft, weil er am Vortag nicht nach Hause gekommen war. Doch wie es aussah, interessierte sich sein Vater nicht mehr für ihn. Das machte ihm endgültig klar, wie weit sie sich bereits auseinandergelebt hatten, und er war daher doppelt froh, München verlassen zu können.

19.

Veva sagte sich, dass sie eigentlich hätte aufgeregt sein müssen. Immerhin war dies ihr Hochzeitstag. Doch als sie in sich hineinhorchte, fand sie keinen Widerhall. Es gelang ihr nicht einmal, sich an das Gesicht ihres Bräutigams zu erinnern. Ihr Kopf war leer, und sie konnte weder weinen noch sich darüber ärgern, dass ihr Vater so harsch über ihren Willen hinweggegangen war.

Vielleicht fühlte sie auch deshalb nichts, weil Ernst und sie in den nächsten Monaten ihrer eigenen Wege gehen würden. Im Grunde wurde an diesem Tag nur ein Vertrag geschlossen, der ihnen die Verpflichtung auferlegte, irgendwann einmal einen gemeinsamen Hausstand zu führen. Bis dorthin aber würde es noch eine Weile dauern.

»Und? Bist du schon fertig?« Cilli steckte den Kopf zur Tür herein und schnaubte, als sie Veva noch im schlichten Hauskleid sah.

»Jetzt musst du dich aber sputen, Dirndl. Die Rickingers und der Herr Pfarrer werden gleich kommen. Da musst du dein bestes Kleid anhaben«, drängte sie.

Veva winkte verächtlich ab. »Müssen tu ich gar nichts. Wenn dem Herrn Bräutigam mein Kleid nicht passt, braucht er mich ja nicht zu heiraten.«

»Legst du es darauf an? Aber da hast du Pech. Der alte Rickinger wird nicht zulassen, dass sein Ernst nein sagt. Der ist genauso an dieser Heirat interessiert wie dein Vater. Auch musst du bedenken, dass es eine Schande für dich und deinen Vater wäre, wenn Ernst von der Heirat zurücktritt. Gar nicht auszudenken, wie die Leute dann über dich klatschen würden!«

»Vielleicht würde mein Vater mich dann ins Kloster gehen lassen«, sagte Veva leichthin.

Cilli schlug erschrocken das Kreuz. »Jesus, Maria und Josef, das darfst du nicht einmal denken, Dirndl! Jetzt, da dein Bruder tot ist, ist es deine Pflicht, für Kinder zu sorgen. Dein Vater braucht einen Enkel, der einmal in seine Fußstapfen treten kann!«

Das war Veva klar, und sie hatte auch im Grunde nichts dagegen, einmal Kinder zu gebären. Doch musste deren Vater ausgerechnet Ernst Rickinger sein, der lieber den Bierkrug zur Hand nahm als die Schreibfeder? Am liebsten hätte sie das zu Cilli gesagt, aber damit hätte sie sich nur einen weiteren Vortrag eingehandelt. Deswegen bat sie die Köchin, ihr beim Ankleiden zu helfen, und streifte mit einem heftigen Ruck ihr Gewand ab.

»Vorsicht! Nicht, dass du etwas zerreißt«, warnte Cilli sie.

Veva zuckte mit den Achseln. »Und wennschon?«

»So kenne ich dich gar nicht«, rief Cilli entsetzt aus.

Nun trat ein Lächeln auf Vevas verbitterte Miene. »Dann lernst du mich endlich kennen! Aber du hast recht. Kein Mann der Welt ist es wert, dass man seinetwegen ein Kleid ruiniert.«

Da Cilli der Ansicht war, dass Veva als Braut besonders prächtig auszusehen hatte, sorgte sie dafür, dass diese in ihr bestes Gewand schlüpfte, und schnürte das Mieder so stramm, dass der Busen richtig zur Geltung kam. Doch als sie Veva den Jungfernkranz aufsetzen wollte, wehrte diese ab.

»Den will ich nicht! Es sind doch eh alle der Ansicht, dass ich mit den Mördern meines geliebten Bruders Unzucht getrieben hätte!«

Bei diesem Gedanken schüttelte sie sich, und sie durchlebte noch einmal die schreckliche Szene, in der Bartl umgebracht und sie von den Räubern gefangen genommen worden war. Sie konnte selbst nicht begreifen, weshalb die Mörder sie verschont hatten. Damals hatte sie eine seltsame Bemerkung des Räuberhauptmanns vernommen, doch sie hatte schon mehrfach vergebens versucht, sich die Worte in Erinnerung zu rufen.

Cilli schwankte, ob sie Veva dazu überreden sollte, den Kranz zu tragen, doch ein Blick in deren störrische Miene hielt sie davon ab. So begnügte sie sich damit, ihr die Haare zu richten, zupfte noch ein wenig an Rock und Mieder herum und sah sie dann mit einem zufriedenen Lächeln an.

»Dirndl, du bist wunderschön. Da wird es dem Ernst sicher leidtun, dass er dich nicht sofort mitnehmen kann.«

»Ob es ihm leidtut oder nicht, ist mir ebenso gleichgültig wie die Frage, ob es in einem Jahr regnen oder die Sonne scheinen wird«, antwortete Veva herb.

»Ein wenig freuen könntest du dich schon! Immerhin heiraten die meisten Mädchen nur einmal im Leben. Und so schlimm, wie du glaubst, ist der Ernst auch wieder nicht.«

Veva lachte bitter. »Er ist ein Schürzenjäger und Bierbruder, wie er im Buche steht!«

»Nicht schlimmer, als es dein Bruder gewesen ist. Außerdem ist er ein hilfsbereiter Bursche. Ich denke da bloß an die Magd vom Schneider Tamerl. Der hat ein übler Kerl auf dem Weg zum Markt das Geld gestohlen, das ihr die Meisterin mitgegeben hatte. Daheim hätte sie dafür Schläge bekommen, doch der Ernst hat ihr die drei Kreuzer geschenkt, und du brauchst nicht zu denken, dass er gewisse Absichten gehabt hat. Dafür ist die Zenzi wirklich zu alt und schiach.«

»Mir hat er das Geld gegeben, damit ich für den Bartl einen Sündenablass habe kaufen können«, fügte Veva nachdenklich hinzu.

»Na, da siehst du's!«, erklärte Cilli und drängte dann zum Aufbruch. »Ich glaube, ich höre schon den Rickinger kommen. Du wirst ihn und den Herrn Pfarrer sicher nicht warten lassen.«

Wäre es nach Veva gegangen, hätten die Besucher bis zum

Sankt-Nimmerleins-Tag warten können. Da sie aber keine Möglichkeit sah, ihrem Schicksal zu entgehen, verließ sie ihr Zimmer und stieg die Treppe hinab.

20.

Die Männer hatten sich bereits in der guten Stube versammelt. Vevas Vater und der alte Rickinger standen neben der großen Anrichte und stritten leise, aber erbittert über einen Punkt des Heiratsvertrags. Wie es aussah, passte es ihrem zukünftigen Schwiegervater nicht, dass ihr Erbe im Falle ihrer Kinderlosigkeit zum größten Teil der Kirche zufallen sollte und nicht ihrem Ehemann. In dem Punkt blieb ihr Vater jedoch unerbittlich. Veva wäre ihm dankbar gewesen, hätte er ihr eigenes Wohl im Sinn gehabt. Ihm ging es jedoch nur darum, Ernst und sie zu zwingen, für gemeinsame Kinder zu sorgen.

Vevas Blick suchte nun ihren Bräutigam. Dieser lehnte an der Wand und blickte durch das offene Fenster auf die Gasse hinaus. Dabei unterhielt er sich mit Hochwürden Georg Eisenreich, dem Pfarrherrn von Sankt Peter, der es sich nicht hatte nehmen lassen, die Ehe der Kinder von zwei reicheren Gemeindemitgliedern persönlich zu schließen. Eben ermahnte er Ernst, sich seiner Verantwortung als Ehemann und zukünftiger Familienvater bewusst zu werden und auf Streiche wie in der Vergangenheit zu verzichten.

»Auch solltest du nicht mehr so oft in die Bierschenke laufen«, setzte er seinen Vortrag fort. »Oder willst du, dass dein Weib oder deine Kinder dich mit dem Schubkarren holen müssen, weil du nicht mehr in der Lage bist, auf eigenen Beinen zu stehen?«

Ernst, der die Folgen seines letzten Rauschs auch an diesem Tag noch spürte, lächelte verlegen. »Hochwürdiger Herr, ich werde mich bemühen, so zu leben, wie es Jesus Christus, unserem Herrn, gefällt.«
»Das ist wohl gesprochen«, lobte ihn der Priester.
Zu dessen Glück vermochte er die Gedanken des jungen Mannes nicht zu lesen. Dieser hatte sich nicht die flammenden Predigten als Beispiel genommen, in denen die Repräsentanten der Kirche ihren Schäflein mit allen Strafen der Hölle drohten, sollten sie ihnen nicht gehorchen, sondern sich an den Schriften des Doktors aus Wittenberg orientiert. Diese hatten ihn, wie er nun begriff, weitaus stärker beeindruckt, als er bisher angenommen hatte.
Da sich keiner der Anwesenden nach ihr umsah, kam Veva sich überflüssig vor und fragte sich, ob sie nicht wieder gehen und warten sollte, bis man sie rief. Dann aber straffte sie den Rücken und trat auf ihren Vater zu.
»Ich bin bereit!«
Leibert nickte ihr kurz zu und drehte sich wieder zu Rickinger um. »Du kennst meine Bedingungen. Entweder unterschreiben du und dein Sohn den Vertrag so, wie er ist, oder es gibt keine Hochzeit.«
»Das ist doch alles Narretei!«, fluchte Ernsts Vater, nahm dann aber die Feder zur Hand und setzte seinen Namenszug unter den Vertrag.
»Und jetzt du!«, rief er seinem Sohn zu.
»Verzeiht, hochwürdiger Herr.« Ernst unterbrach sein Gespräch mit dem Pfarrer, trat zu seinem Vater und unterschrieb, ohne den Text durchzulesen. Zwar waren Veva und er die Hauptbeteiligten an dieser Geschichte, doch sie hatten ohnehin nicht das Geringste zu sagen. Er warf seiner Zukünftigen einen kurzen Blick zu und bemerkte überrascht, wie schön sie war.
Bislang hatte er sie nur für recht hübsch gehalten, doch in

ihrem besten Gewand mit dem wie eine Krone aufgesteckten kastanienbraunen Haar und dem ebenmäßigen Gesicht gab es wohl keine Frau in München, die ihr das Wasser reichen konnte. Verwundert fragte er sich, wieso er das bis jetzt übersehen hatte, und bedauerte, dass sich ihre Wege nach der Trauung sofort wieder trennen würden.

Unterdessen unterschrieb Leibert den Vertrag für sich und seine Tochter und reichte ihn dann an den Pfarrherrn weiter, der seinen Schriftzug und sein Siegel als Zeuge daruntersetzte.

»Mit dieser Heirat ist es wohlgetan«, erklärte Hochwürden Eisenreich. »Ernst erhält ein rechtschaffenes Weib und vermag Veva die Stütze zu sein, die sie nach den schrecklichen Tagen im Gebirge braucht. Sie hingegen wird ihn mit ihrer Sanftmut und Güte ans Haus fesseln und verhindern, dass noch einmal unziemlicher Übermut die Herrschaft über ihn erringt!«

Während Vevas Gesicht starr blieb, versuchte Ernst zu lächeln. So ein braver Untertan, wie der Pfarrer es anzunehmen schien, würde er auch in der Ehe nicht werden. Dafür hatte er bereits zu viele der Schriften Martin Luthers gelesen und empfand es als Geschenk des Himmels, nach Augsburg geschickt zu werden. Dort mussten die Aufrufe aus Wittenberg nicht verstohlen von Hand zu Hand gereicht werden, sondern wurden von Druckern und Buchhändlern offen verkauft. Viele der Flugblätter, die in München und anderen bayrischen Städten im Umlauf waren, kamen aus der Freien Reichsstadt. Hier aber konnte Johann Schobser, der als Einziger in der Stadt München das Privileg besaß, eine Druckerpresse zu betreiben, es nicht wagen, Luthers Gedanken zu vervielfältigen, wollte er sich nicht den gesamten Klerus im Allgemeinen und Doktor Portikus im Besonderen zum Feind machen.

»Sprecht den Trausegen, hochwürdiger Herr!«, drängte

Bartholomäus Leibert, der den Knoten so rasch wie möglich geschürzt sehen wollte, und forderte das Brautpaar auf, vor den Pfarrer zu treten.

Dieser wusste bereits, dass die Hochzeit ohne jegliche Feier vonstattengehen sollte. Da er als Ausgleich eine größere Summe als Spende erhalten hatte, tadelte er die Familienoberhäupter nicht. Er bedauerte jedoch das junge Paar, das viel stattlicher war als die meisten anderen, die in seiner Gemeinde zusammengegeben wurden, denn man mutete diesen beiden eine geradezu ehrenrührige Hochzeit zu. Bevor er den Trausegen sprach, bat er die Himmelsjungfrau noch einmal, dem Bund ihren Segen zu geben.

Als die lateinischen Worte gesprochen waren, blieb Veva und Ernst nur noch, ihr Jawort dazuzugeben. Ernst tat es mit dem, dass dieser Tag ihm zwar die Freiheit von seinem Vater schenkte, ihm aber gleichzeitig weitaus schwerere Ketten anlegte. Dabei hätte er es jedoch schlechter treffen können. Jede andere Heirat hätte für ihn bedeutet, unter der Fuchtel seines Vaters bleiben zu müssen, und dann wäre seine Frau allen Launen der Bäckerwitwe ausgeliefert gewesen. Vevas Erbe aber ermöglichte es ihnen beiden, einen eigenen Hausstand zu führen. Dazu kam, dass Veva gewiss eine angenehmere Gefährtin war als eine der Antscheller-Töchter.

Veva versuchte ebenfalls, an die erfreulicheren Seiten dieser Ehe zu denken. Immerhin war Ernst der beste Freund ihres Bruders gewesen und konnte so schlecht nicht sein, wie ihm nachgesagt wurde. Dennoch empfand sie Angst vor dem, was auf sie zukommen würde, wenn sie in einem Haus zusammenleben mussten. Dann würde er von ihr die Dinge verlangen, die nach Ansicht der Leute die Mörder ihres Bruders von ihr gefordert hatten, und ihr vielleicht auch ihren angeblichen Verkehr mit diesen Mordbrennern zum Vorwurf machen.

In diesem Augenblick wurde ihr klar, dass sie ihre innere Ruhe erst zurückgewinnen würde, wenn diese Schurken gefasst und ihrer gerechten Strafe zugeführt worden waren. Ihr Gesicht wurde bei diesem Gedanken so starr, dass Ernst verwundert die Stirn krauste. Veva schien die Ehe mit ihm in keinem guten Licht zu sehen, und das kränkte ihn, weil er sich doch eben entschlossen hatte, sie so gut zu behandeln, wie sie es verdiente.

21.

Auch wenn Leibert keine Feier ausrichtete, so ließ er den Anwesenden ein reichliches Mahl auftragen. Ihn selbst reizten diese Genüsse schon längst nicht mehr. Daher musste er sich zwingen, ein wenig klein geschnittenes Schweinefleisch und etwas Käse zu essen. Eustachius Rickinger hingegen ließ es sich ebenso schmecken wie der Pfarrherr und verwickelte diesen in ein Gespräch über seine eigene Hochzeit, die er mit großem Aufwand zu feiern gedachte.

»Da müssen schon die Musikanten aufspielen, hochwürdiger Herr. Lustig soll's zugehen, und mindestens fünfzig Gäste werden geladen – oder besser gleich siebzig. Schließlich heiratet ja nicht irgendwer, sondern ich, der Rickinger von München.«

Ernsts Vater klang so von sich überzeugt, dass Veva die Lippen schürzte. Es kränkte sie, dass ihr Schwiegervater auf ihrer Hochzeit kein anderes Thema kannte als seine zukünftige Frau und wie großartig er seine eigene Vermählung feiern wolle. Obwohl sie selbst noch in Trauer um ihren Bruder war und der Pfarrherr von Sankt Peter sie und Ernst erst nach einer reichlichen Spende zusammengegeben hatte,

so bedauerte sie nun doch den Verzicht auf ein Fest mit Musikanten und allem, was dazugehörte.
Unterdessen versuchte der Priester, Rickingers hochfliegende Pläne zu dämpfen. »Eine Hochzeit darf nicht zu ausgelassen gefeiert werden. Denke an die Bestimmungen unseres erhabenen Herrn Wilhelm, mein Sohn. Der Herzog hat verboten, dass Bürgerliche es dem Adel nachmachen. Bescheide dich daher mit einem Lautenspieler oder Trompeter und lade nicht jeden ein, den es danach verlangt, sich bei dir den Wanst vollzuschlagen und zu trinken, bis er unter dem Tisch liegt.«
»Der Herzog und die Herren vom Adel sollen sich nicht so haben. Wovon leben sie denn, wenn nicht von uns und unseren Steuern?«, fuhr Rickinger auf.
»Unser Herr im Himmel hat jedem Menschen seinen Stand zugewiesen und bestimmt, dass ein Bauer sich nicht wie ein Bürger und ein Bürger nicht wie ein Edelmann kleiden soll. Auch darf kein gewöhnlicher Mann seine Feste so feiern, wie es in Adelshäusern üblich ist«, wies der Pfarrherr ihn zurecht.
Das gab Rickinger zwar zu, beharrte aber auf einer prächtigen Hochzeit und schaffte es schließlich mit Hinweis auf eine weitere nicht unbeträchtliche Spende für die Pfarrei, den Priester zu beruhigen.
Ernst nahm das Gerede seines Vaters gar nicht wahr, denn er überlegte, wie er das Päckchen Flugblätter loswerden konnte. Am sichersten wäre es gewesen, sie auf dem heimischen Herd zu verbrennen. Diesen Gefallen aber wollte er Doktor Portikus und dessen Handlangern nicht tun. In seinen Gedanken verfangen, achtete er auch nicht auf Veva, die schweigend neben ihm saß und lustlos in ihrem Essen herumstocherte.
Cilli, die sich an diesem Tag besonders viel Mühe gegeben hatte, schnaubte beleidigt. Da aber auch der Bräutigam und

der Hausherr kaum etwas aßen, kehrte die Köchin rasch in die Küche zurück, um zu probieren, ob sie aus Versehen ein falsches Gewürz verwendet hatte. Es schmeckte jedoch alles ausgezeichnet, und so ärgerte sie sich über die drei, die ihre Kochkunst nicht zu würdigen wussten.

Wahrscheinlich hätte Veva das Mahl besser gemundet, wenn Ernst ein paar Worte mit ihr gewechselt und sich dafür interessiert hätte, wie sie die nächsten Wochen verbringen würde. So aber hatte sie das Gefühl, ganz und gar überflüssig zu sein. Wenn er glaubte, seine Gleichgültigkeit ihr gegenüber sei ein guter Beginn für ihre Ehe, so wollte sie ihn nicht korrigieren.

Beide waren erleichtert, als der Tisch abgeräumt wurde und Rickinger, der mit Susanne verabredet war, zum Aufbruch drängte.

Ernst schob seinen noch halbvollen Weinbecher zurück und stand auf. »Ich bitte Euch, mich zu entschuldigen, aber ich muss noch einige Vorbereitungen für meine morgige Abreise treffen«, sagte er zu Leibert.

»Das verstehe ich«, behauptete sein Schwiegervater, der ebenfalls verärgert war, weil Ernst Veva so missachtete.

Leibert nahm mit grimmiger Miene wahr, dass sich sein Schwiegersohn zwar von ihm verabschiedete, aber Veva nicht einmal einen Blick gönnte, geschweige denn ein Wort. Nun fragte er sich, ob er nicht doch übereilt gehandelt hatte. Wie es aussah, war Ernst nur an seinem Vermögen interessiert und nahm Veva hin wie einen Einrichtungsgegenstand, den man zwar nicht braucht, aber auch nicht weggeben darf.

Veva selbst zuckte nur mit den Schultern und beschloss, in der nächsten Zeit nicht an Ernst zu denken. Sie hatte anderes zu tun, als sich mit ihrem Stoffel von Ehemann zu beschäftigen.

22.

Ernst erinnerte sich erst an der Haustür daran, dass er sich nicht von seiner frisch Angetrauten verabschiedet hatte, wollte aber nicht mehr kehrtmachen, weil die Gefahr, die von Portikus ausging, wie eine dunkle Wolke über ihm schwebte. Draußen auf der Straße atmete er erst einmal erleichtert auf und eilte mit langen Schritten zum Haus des Vaters.

Dort erwartete ihn die alte Lina, die wissen wollte, wie die Hochzeit verlaufen sei. Ernst kratzte sich im Genick und zuckte mit den Achseln. »Der Leibert, mein Vater und ich haben den Vertrag unterschrieben, und dann hat unser Hochwürden mich und die Veva zusammengegeben. Danach haben wir noch gegessen.«

Mit so dürren Worten konnte er die Neugier der Magd nicht befriedigen. »Waren denn keine anderen Gäste da?«

Ernst schüttelte den Kopf. »Nein, nur wir fünf und zwei Ministranten. Es ist wegen der Trauer um den Bartl, musst du wissen. Da hat der Leibert kein Fest ausrichten wollen.«

»Dann hätte er mit der Heirat warten müssen, bis die Trauerzeit vorbei ist.« Lina war enttäuscht, denn sie hätte Ernst eine ebenso rauschende Hochzeit gewünscht, wie dessen Vater sie für sich selbst plante.

»Ich habe keine Ahnung, warum die Hochzeit ausgerechnet heute hat sein müssen und nicht in ein paar Wochen, wenn ich aus Augsburg zurück bin.« Ernst winkte ab und bat sie dann um einen Becher Bier.

»Weißt du, der Wein schmeckt zwar, aber von ihm krieg ich immer Durst«, setzte er lachend hinzu.

»Willst du dich wieder so betrinken wie vorgestern und einen weiteren Tag wie ein nasser Sack im Bett liegen?«, fragte die Magd streng.

Ernst streckte erschrocken die Hände von sich. »Gott bewahre. Der Rausch reicht mir für einige Zeit.«
»Also gut!« Lina ging zum Bierfass, füllte einen Becher bis fast an den Rand und reichte ihn Ernst. »Wohl bekomm's!«
»Dank dir!« Ernst atmete einmal tief durch und leerte das Gefäß mit kleinen Schlucken. Danach stieß er kurz auf, gab den Becher zurück und grinste. »Schade, dass du nicht mitkommen kannst. Eine wie dich bräuchte ich für meinen Haushalt in Augsburg.«
»Aber geh, das sagst du doch bloß so!« Ihren Worten zum Trotz fühlte Lina sich geschmeichelt.
Während sie das Abendessen vorbereitete, löcherte sie Ernst mit Fragen. Sie wollte wissen, welches Kleid Veva getragen habe, und interessierte sich auch sonst für ihr Aussehen. »Merkt man ihr den Schrecken noch an?«
Ernst begriff erst nach kurzem Nachdenken, was sie meinte. »Nein! Sie hat blitzsauber ausgesehen. Da kommt so leicht keine Zweite in unserem München mit, vor allem nicht der Trampel, den mein Vater sich in sein Bett holen will.«
»Es ist halt ein Kreuz, wenn die Mannsleute nicht mehr mit dem Kopf denken, sondern mit dem, was sie zwischen den Beinen hängen haben. Na ja, altes Stroh brennt nun einmal schneller als frisch gemähtes. Das muss einmal gesagt werden.«
Lina seufzte, denn sie machte sich Sorgen darüber, wie das Leben unter der neuen Hausfrau werden würde. Wenn sie Pech hatte, würde die Bäckerin sie auf den Stand einer Spülmagd zurücksetzen oder ließ sie gerade noch den Hof kehren und Hasso füttern. Doch damit wollte sie den jungen Herrn nicht belasten.
Da Ernst nicht viel von seiner Hochzeit zu berichten wusste, plätscherte ihr Gespräch so dahin und verebbte schließlich, als Eustachius Rickingers Gäste erschienen und Lina die anderen Mägde herumschicken musste, um das zukünf-

tige Paar und die Verwandtschaft der Bäckerwittib zu bedienen.

Ernst blieb in der Küche, trank noch einen Becher Bier und brach sich ein Stück Brot ab, das er trocken aß. Gelegentlich hörte er Lachen und laute Stimmen aus der guten Stube dringen, kümmerte sich aber nicht darum. Inzwischen war ihm klargeworden, dass er bei diesen Gastmählern nicht vermisst wurde. Nicht zum ersten Mal fragte er sich, was Susanne Striegler für eine Frau sein mochte. Keine andere hätte seinen Vater nach so unschicklich kurzer Werbung erhört. Ihr ging es wahrscheinlich nur um seinen Reichtum und um das Ansehen, das sie als Ehefrau des Eustachius Rickinger genießen würde.

Als der Abend kam, servierte Lina Ernst etwas zu essen. Am liebsten hätte sie ihn durchgeschüttelt, weil er sich durch seine Haltung selbst schadete. Ihrer Meinung nach hätte er sich zu seinem Vater und dessen Gästen gesellen müssen, und sei es nur, um diesen klarzumachen, dass es ihn gab und Susannes Herrschaft daher niemals so unumschränkt sein würde, wie diese es sich, ihren Aussprüchen nach zu urteilen, einbildete.

Ernst ließ ihre Vorhaltungen lächelnd über sich ergehen und wartete auf die Nacht. Den Rest der verräterischen Flugblätter hatte er bereits am Vortag aus seinem Zimmer entfernt und in seinem Geheimversteck in Hassos Hundehütte untergebracht. Bevor er die Stadt am nächsten Morgen für etliche Wochen verließ, musste er die Blätter verteilen.

Erst spät brachen die Gäste auf. Als Ernst durch das Fenster schaute, sah er Susanne Striegler mit ihrem Bruder und einigen anderen Verwandten das Anwesen verlassen. Sie war ein strammes Ding, vielleicht ein wenig zu alt für ihn, aber nicht hässlich. Auf jeden Fall aber schien sie sich sehr viel darauf einzubilden, dass sie die Rickingerin werden sollte.

Ernst machte sich nichts daraus, denn er wusste, dass dieses

Haus nicht mehr sein Heim war. Wenn er wieder nach München kam, würden er und Veva ihren eigenen Hausstand in Leiberts Haus einrichten. Bei diesem Gedanken spottete er über sich selbst, weil er seine Hochzeitsnacht nicht in den Armen seines jungen Weibes erleben würde und stattdessen Luthers Schriften unters Volk bringen würde.

23.

Lina gegenüber tat Ernst so, als ginge er zu Bett. In seiner Kammer öffnete er als Erstes das Fenster und sah zum Mond hoch. Zum Glück schien dieser hell genug für seine Zwecke. Aufatmend suchte Ernst ein Paar dunkle Hosen und ein ebensolches Wams heraus und zog sich um. Danach wartete er, bis die Geräusche im Haus verstummt waren. Bald wurde es auch um das Haus so still, dass er den Wind über die Dächer streichen hörte.

Nur der Ruf des Nachtwächters, der für dieses Viertel verantwortlich war, drang durch das offene Fenster, und hie und da erklangen die Schritte nächtlicher Passanten, die von der Schenke nach Hause strebten. Einen hörte er immer wieder schimpfen, wenn er stolperte, und er musste grinsen. Der Kerl schien keine Laterne vom Wirt bekommen zu haben, und wenn er so weitermachte, rief er noch die Wache auf den Plan. Dann würde er die Nacht in der Arrestzelle im Keller des Rathauses verbringen.

Bald verstummte der Mann – wahrscheinlich hatte er sein Ziel erreicht –, und es wurde wieder ruhig. Dennoch beschloss Ernst, bis nach Mitternacht zu warten. In voller Kleidung legte er sich aufs Bett und lauschte dem Stundenschlag von Sankt Peter.

Plötzlich riss es ihn hoch, und er begriff, dass er eingenickt sein musste. Gleichzeitig vernahm er die Kirchturmuhr und zählte mit. Sie schlug die volle Stunde, und danach noch zweimal. Mitternacht war also schon zwei Stunden vorüber. Er musste sich sputen. Mit den Schuhen in der Hand verließ er seine Stube. Unbemerkt kam er zur Hintertür, zog vorsichtig den Riegel zurück und trat auf den Hof hinaus.

Hasso merkte, dass sich etwas tat, und gab Laut, verstummte aber, als er Ernst erkannte. Dieser zog sich die Schuhe an, holte das Päckchen mit den Flugblättern aus der Hundehütte, öffnete das Tor in der Einfriedung und huschte leise wie ein Schatten durch die Dunkelheit. Unbemerkt gelangte er zur Heiliggeistkirche. Als er vorsichtig das Portal öffnete, sah er, dass eine Kerze im hinteren Teil des Kirchenschiffs brannte und nur die nähere Umgebung in flackerndes Licht tauchte. Ein Stück weiter vorne entdeckte Ernst einen schlafenden Mönch, der wohl Wache hätte halten sollen.

Um festzustellen, ob der Wächter sich verstellte, wartete Ernst, bis er sicher sein konnte, dass der Kuttenträger tatsächlich träumte, und schlich dann durch das düstere Kirchenschiff. Es war nicht ganz einfach, die Flugblätter im vorderen, im Dunkeln liegenden Teil zu verteilen, doch er war oft genug hier drinnen gewesen, um sich zurechtzufinden. Lächelnd kehrte er schließlich zur Tür zurück, drehte sich aber noch einmal zu dem Mönch um und legte diesem ein Flugblatt auf die vor dem Bauch verschränkten Hände. Dann machte er, dass er davonkam.

Draußen musste er sich auf den Daumen beißen, um nicht in schallendes Gelächter auszubrechen. Auf die Weise würde Portikus niemals diejenigen fangen, die Luthers Schriften in der Stadt verteilten. Er war nur einer davon, allerdings der Einzige, der es wagte, die Flugblätter in den Kirchen auszulegen. Die anderen schmuggelten die Schriften in die Stadt und gaben sie an jene weiter, denen sie vertrauen konnten.

Mittlerweile hatte Ernst das Stadtviertel gewechselt und sah nun den aufstrebenden Turm von Sankt Peter vor sich. Ein Blick bewies ihm, dass der Wächter, den Doktor Portikus hier eingesetzt hatte, aus anderem Holz geschnitzt war als der Mönch in der Heiliggeistkirche. Der Mann wanderte im Kirchenschiff umher, starrte immer wieder misstrauisch zu der einzigen nicht versperrten Pforte und murmelte schließlich ein Gebet, um sich wach zu halten.

Hier ist nichts zu machen, dachte Ernst und wollte schon weitergehen. Da stieß der Wächter einen knurrenden Laut aus und verließ eiligen Schrittes die Kirche. Dabei lief er so nahe an Ernst vorbei, der sich in den Schatten eines vorspringenden Pfeilers gedrückt hatte, dass er ihn hätte berühren können.

Ernst sah ihm nach und vermochte der Einladung in die nun leere Kirche nicht zu widerstehen. So rasch er konnte, legte er die Flugblätter aus. Doch als er wieder ins Freie treten wollte, hörte er den anderen zurückkommen. Sofort versteckte er sich hinter der Kirchenbank, auf der sonst die geistlichen Herren Platz nahmen, und wagte kaum zu atmen. Wenn der Wächter die verteilten Flugblätter entdeckte, würde er nicht schnell genug aus der Kirche hinauskommen.

In dem Augenblick verfluchte Ernst sich wegen seines Leichtsinns. Ich hätte den Packen Papier doch besser verbrennen sollen, schoss es ihm durch den Kopf. Jetzt würde er seine Hochzeitsnacht im Kerker feiern und auf das warten müssen, was Portikus sich für ihn ausdachte.

Noch während er nach einem Ausweg suchte, vernahm er draußen Schritte. Einer der Stadtknechte, die während der Nacht über die öffentliche Ordnung wachten, steckte den Kopf durch die Pforte und sprach den Mönch an. »Na, hast du schon einen erwischt?« Es klang so spöttisch, als mache sich der Mann über Portikus' Bestrebungen, den Verbreiter der verhassten Schriften zu finden, lustig.

Der Mönch schien dies ebenso zu empfinden, denn er antwortete nicht gerade freundlich. »Würde deinesgleichen an den Toren besser aufpassen, könnte dieser Unflat nicht in die Stadt geschmuggelt werden! Dann müsste ich mir auch nicht eine Nacht nach der anderen um die Ohren schlagen.«

»Sollen wir die Leute, die in die Stadt kommen, vielleicht nackt ausziehen und ihre Wagen und Karren auseinandernehmen?«, fragte der Stadtknecht bissig. »Wir haben genug Arbeit und müssen nun auch noch in der tiefsten Nacht Patrouille gehen, weil euer Doktor Thürl es so will.«

»Es heißt: Doktor Portikus!«, wies der Mönch ihn zurecht.

»Sein Vater hat noch Thürl geheißen und war ein ehrlicher Handwerker. Aber der Name ist dem studierten Herrn halt nicht gut genug, und so hat er einen lateinischen haben müssen. Aber deswegen ist er auch kein besserer Mensch!«

»Wenn du weiterhin so daherredest, werde ich dich dem hochwürdigen Herrn Doktor melden.« Der Mönch war in Zorn geraten und ging mit erhobener Faust auf den Stadtknecht los.

Dieser legte mit einer verächtlichen Geste die Rechte auf den Knauf seines Schwertes. »Sei ja vorsichtig! Ich bin eine Amtsperson, und wenn du aufmüpfig wirst, muss ich dich in die Arrestzelle sperren. Dann kann dich dein Doktor Thürl morgen früh auslösen.«

»Willst du mich hier in der Kirche bedrohen?«, fuhr der Mönch auf.

»Was heißt in der Kirche? Ich stehe draußen!« Um seine Worte zu bekräftigen, trat der Stadtknecht einige Schritte zurück. Der aufgebrachte Mönch folgte ihm ins Freie und schimpfte wie ein Rohrspatz.

Ernst schlich zur Pforte und sah, wie die beiden Streithähne mit den Fäusten herumfuhrwerkten und sich gegenseitig beleidigten. Da sie nicht auf ihre Umgebung achteten, huschte

Ernst ins Freie und trat in den Schatten des Kirchturms. Angespannt drehte er sich um, stellte aber erleichtert fest, dass keiner der beiden ihn bemerkt hatte. Sachte, um sich nicht durch das Geräusch seiner Schritte zu verraten, ging er davon und atmete erst auf, als er den Schrannenplatz erreicht hatte. Zwar befand sich hier das Wachlokal der Stadtknechte, aber er beschloss dennoch, den Rest seiner Schriften genau an diesem Ort dem Wind zu überlassen. Der Mut, noch einmal in eine Kirche oder gar in den Dom Unserer Lieben Frau einzudringen, war ihm abhandengekommen.
Als er kurz darauf die Tür seines Vaterhauses hinter sich schloss, wurde ihm bewusst, dass die Zeit solcher Scherze für ihn vorüber war.

VIERTER TEIL

Augsburg

I.

Veva trat in die Knechtkammer, in der der Schwab auf einem Schemel saß und einen Korb reparierte. Der Schweiß lief ihm in Strömen über das Gesicht, und seine Miene verriet, dass er immer noch Schmerzen hatte. Zornig kam sie auf ihn zu und nahm ihm den Korb ab.
»Bist du närrisch? Wenn deine Wunde noch einmal aufbricht, kann es dein Tod sein!«
»Aber ich kann doch nicht hier herumliegen wie ein morsches Stück Holz!«
»Du wirst so lange hier liegen und nichts arbeiten, bis ich dir sage, dass du aufstehen darfst. Und jetzt ab ins Bett! Oder willst du, dass es dir wieder so geht wie letzte Woche?«, wies Veva ihn scharf zurecht.
Der Schwab zog den Kopf ein. Vor ein paar Tagen hatte er versucht, für Cilli einen neuen Kochlöffel zu schnitzen, und dabei hatte sich seine Wunde wieder geöffnet.
»Dem Herrn ist's sicher nicht recht, wenn ich nichts tue«, antwortete er schwächlich, legte sich aber hin.
»So ist's brav! Mein Vater hat nichts davon, wenn du in deinem Zustand arbeitest und dadurch längere Zeit ausfällst. Hast du mich verstanden? Wir brauchen einen gesunden Knecht, aber keinen, der aus eigener Dummheit heraus zu Schaden kommt.«
Mit einem hilflosen Grinsen blickte der Schwab zu Veva auf. »Es ist weniger der Ehrgeiz als die Langeweile. Ich habe mein Lebtag die Hände gerührt. Jetzt lieg ich da und bin zu nichts nütze.«
Veva verschränkte die Arme vor der Brust und versuchte streng auszusehen. »Du nützt uns mehr, wenn du dich be-

mühst, bald wieder gesund zu werden. Außerdem kann der Sepp auch einmal was tun!«

Sie wusste wohl, dass Sepp, der zweite Hausknecht, alle unangenehmen Arbeiten auf den Schwab abgeschoben hatte und dies nun auch bei den Mägden versuchte. Diese husteten ihm jedoch etwas, und daher blieb so manches ungetan.

Der Schwab musste lachen. »Dem Sepp gefällt nicht, dass ich hier herumliege. Er schimpft immer wieder und hat mich einen faulen Hund genannt.«

»Wenn er das noch einmal sagt, kriegt er es mit mir zu tun!« Vevas Stimme klang so energisch, dass der Schwab seinen Kollegen beinahe bedauerte. Die junge Herrin würde schon dafür sorgen, dass der Knecht die ihm übertragenen Arbeiten erledigte. In der Hinsicht war der Schwab froh, dass Leibert Veva nicht, wie ursprünglich geplant, wieder nach Pewing geschickt hatte.

»Ich sehe mir jetzt deine Verletzung an. Wehe, es ist dir durch deine Dummheit etwas passiert!«

Vevas Drohung schreckte den Knecht nicht, denn mehr, als ihn ins Bett zu schicken, konnte sie derzeit nicht tun. Er ließ es zu, dass sie die Binde um seinen Leib löste und die geschwollenen Ränder seiner Wunde mit kühlen Fingern betastete.

»Zum Glück ist nichts geschehen. Ich wasche die Stelle noch einmal mit Arnika- und Kamillensud und lege ein neues Kohlblatt drauf. Aber das hilft nur, wenn du tust, was ich dir sage!«

Veva tauchte ein sauberes Tuch in das kleine Töpfchen mit dem noch warmen Aufguss und wusch die Verletzung des Knechts aus. Obwohl sie so sanft wie möglich vorging, biss der Schwab die Zähne zusammen.

Als ihm vor Schmerz die Tränen in die Augen stiegen, wiegte Veva den Kopf. »Du siehst selbst, dass es noch nicht gut

ist. Also bleib gefälligst liegen! Sag mir lieber, wer dich niedergestochen hat!«
Der Schwab schüttelte den Kopf, wagte aber nicht, sie anzublicken. »Ich hab doch schon gesagt, dass der Herr das nicht will.«
»Nun gut, wenn ihr beide ein Geheimnis daraus machen müsst, werde ich nicht weiter in dich dringen.« Veva zuckte leichthin mit den Achseln.
Der Knecht sah ihr jedoch an, dass sie sich nicht so einfach abspeisen lassen würde. Aber ihr Vater wollte nicht, dass sie von Haselegners Auftritt erfuhr, um ihr Gemüt nicht zu belasten. Allerdings war der Schwab der Ansicht, Veva würde die Nachricht weitaus ruhiger aufnehmen, als ihr Vater glaubte.
Da für ihn der Wille seines Herrn zählte, suchte er sein Heil in einer Ausrede. »Ein Dieb war's! Ich habe ihn überrascht, als er ins Haus schleichen wollte. Aber wie er ausgesehen hat oder wer es war, kann ich nicht sagen. Es geschah alles viel zu schnell.«
Veva ahnte, dass er nicht die Wahrheit sagte, ließ ihn jedoch in Ruhe. Immerhin war der Mann verletzt, und ihr Vater hatte ihr aufgetragen, ihn gut zu versorgen. Das hätte er gewiss nicht getan, wenn der Schwab sich seine Wunde bei einer Rauferei zugezogen hätte. Irgendwann, so sagte sie sich, würde sie hinter das Geheimnis kommen. Nun aber schüttete sie dem Schwab mit Wasser vermischten Wein in einen Becher und deckte diesen mit einem hölzernen Deckel ab, um die Fliegen von dem Getränk fernzuhalten.
»Bleib jetzt liegen und tu nichts Unbesonnenes!«, schärfte sie dem Knecht noch einmal ein. Dann verließ sie die Kammer, stieg ein Stockwerk tiefer und betrat die Schlafkammer ihres Vaters.

2.

Leibert gab den Aufregungen der letzten Zeit die Schuld an seiner Schwäche. Schon seit Tagen vermochte er das Bett nicht zu verlassen und sich in sein Kontor zu setzen. Da er auf Vevas Hilfe als Krankenpflegerin und Schreiberin angewiesen war, hatte er sie in München behalten. Nun betete er jeden Tag darum, nicht miterleben zu müssen, wie ihr Leib sich wölbte.

Als seine Tochter eintrat, schimpfte er, weil die Kissen in seinem Rücken nicht so fest waren, dass er aufrecht sitzen konnte. Als sie ihm ein weiteres Kissen besorgt hatte, befahl er ihr, ihm die Briefe zu bringen, die neu ins Haus gekommen waren. Auch wenn er bettlägerig war, musste der Handel weitergehen.

Bevor Veva ihm die Papiere holte, brachte sie ihm das Frühstück ans Bett. Ihr Vater schnaubte zwar, tauchte aber ein Stück Brot in die Biersuppe und begann zu essen. Mit heiserer Stimme gab er ihr die ersten Anweisungen. Doch als er einen Bissen mit warmem Bier hinunterspülen wollte, begann er zu schimpfen. »Was hast du dir dabei gedacht, mir den Morgentrunk kochend heiß zu servieren?«

Veva zählte stumm bis drei, ehe sie Antwort gab. »Das Bier wird gleich abgekühlt sein, Herr Vater. Dann könnt Ihr es unbesorgt trinken. Sagt mir, was ich dem Antscheller in Innsbruck schreiben soll. Wollt Ihr die Ladung Seide und Brokat erstehen?«

»Und ob ich das will! Der herzogliche Hof ist ganz verrückt nach Stoffen dieser Art. Und uns Bürgern will unser Landesherr verbieten, Seide zu tragen, weil er der Meinung ist, nur adelige Herrschaften dürften sich so fein kleiden. Wir gäben zu viel Geld für Putz aus, heißt es bei Hofe. Dabei besitze ich mehr Geld als mancher Höfling und könnte dich von Kopf

bis Fuß in Seide hüllen. Vielleicht tue ich es sogar. Du könntest mit diesen Kleidern zwar nicht auf die Straße gehen, aber deinem Mann dürftest du darin sicher besser gefallen als in Leinen und ungefärbter Wolle.« Leibert amüsierte diese Vorstellung offensichtlich, denn er begann zu lachen.
Veva war erleichtert, dass seine Laune sich besserte. Auch beschwerte er sich nicht mehr über das angeblich zu heiße Bier, sondern spottete über etliche Herren und Damen am Hofe, die das Getreide ihrer Bauern noch auf dem Halm verkauften, um das Geld für Luxuswaren zu verwenden. Veva hörte ihm nur mit halbem Ohr zu, denn sie schrieb den Brief, den er ihr zwischen seinen Ausfällen gegen die Hofgesellschaft diktierte. Als sie ihm das Blatt zur Unterschrift vorlegen wollte, verlangte er, ihm noch ein weiteres Kissen in den Rücken zu stopfen und eine flache Unterlage zu holen. Als sie alles zu seiner Zufriedenheit erledigt und ihm den Brief vorgelegt hatte, zitterte er am ganzen Körper und besprengte das Bett mit Tinte.
Er verfluchte seine Hilflosigkeit und seufzte abgrundtief. »Wenn ich jeden Brief einzeln unterzeichnen muss, wird das eine Quälerei. Das muss ich anders machen. Komm, leg mir ein paar Blätter vor. Ich setze meinen Namen darauf, und dann wirst du den Text darüberschreiben.«
Veva sagte sich, dass sie mit dem Kranken Geduld haben müsse, und suchte mehrere Papierbogen heraus. Mühsam setzte ihr Vater seine Unterschrift darauf und ließ schließlich die Feder schwer atmend zu Boden fallen.
»Du wirst jetzt die Briefe hier am Pult aufsetzen und sie unten im Kontor ins Reine schreiben. Das nächste Schreiben geht an den ehrenwerten Jakobus Fugger in Augsburg. Nimm die höflichste Anrede, denn dieser Mann ist nicht nur reich, sondern auch einflussreich. Ich hoffe sehr, dass er Ernst und später auch dir hilft, euch in Augsburg einzuleben.«

Die Bemerkung ihres Vaters erinnerte Veva daran, dass sie eine verheiratete Frau war. Seit dem Tag, an dem sie und Ernst in jener schlichten Zeremonie getraut worden waren, hatte sie jeden Gedanken an ihren neuen Stand und ihren Ehemann beiseitegeschoben.

»Ich weiß nicht, ob es gut ist, wenn ich nach Augsburg reise. Wer soll Euch in der Zwischenzeit pflegen, Herr Vater?«

»Glaubst du, ich würde nicht mehr gesund?«, fuhr Leibert auf.

»Doch! Daran glaube ich ganz fest«, behauptete Veva, obwohl sie in Wahrheit sehr besorgt war. Ihr Vater wurde immer häufiger krank und war dann auf ihre Pflege angewiesen. Zwar erhielt sie keinen Dank dafür, sondern wurde zumeist beschimpft, weil sie ihm nichts recht machen konnte. Dennoch wäre sie lieber bei ihm geblieben, als nach Augsburg zu fahren. Dort würde Ernst Rechte von ihr einfordern, die sie ihm nur widerwillig gewähren konnte.

Weitere Anweisungen ihres Vaters lenkten sie von diesen Überlegungen ab. Obwohl es noch nicht die Originalbriefe waren, schrieb sie das, was er ihr diktierte, mit gestochen scharfer Handschrift auf. Als sie ihm die Blätter vorlegte, damit er den Text noch einmal kontrollieren konnte, blaffte er sie dennoch an. »Kannst du nicht deutlicher schreiben? Deine Buchstaben sehen ja aus, als wäre ein Huhn mit seinen Füßen in ein Tintenfass geraten und wahllos über das Papier getrampelt. Du wirst mir dein Geschreibsel vorlesen müssen!«

Veva wunderte sich über diesen Ausbruch, las dem Vater aber geduldig die einzelnen Briefe vor und setzte einige seiner Bemerkungen hinzu.

Als er dann jene Briefe durchsehen wollte, die am Vorabend von Fuhrleuten und Laufburschen anderer Geschäftsleute abgeliefert worden waren, schüttelte er unwillig den Kopf. »Haben jetzt alle Leute das Zittern in den Fingern bekommen? Ich kann das Zeug nicht lesen!«

»Ich glaube, das liegt weniger an den Briefen als an Euren Augen, Herr Vater. Vielleicht solltet Ihr Euch eine Brille anmessen lassen.«
»Eine Brille? Pah!« Leibert machte eine verächtliche Handbewegung und befahl Veva, ihm die Schreiben vorzulesen. Danach ließ er sie weitere Briefe schreiben und andere umändern. Der halbe Vormittag war schon vorbei, als er sie schließlich mit der Anweisung entließ, sie solle sich beeilen, weil sie die Geschäftsbriefe noch am gleichen Tag den jeweiligen Boten übergeben müsse.
»Ich tue mein Bestes, Vater«, versprach Veva und verließ aufatmend das Zimmer.
Ihr Vater starrte ihr nach und haderte mit sich selbst, weil seine Augen ihn nun auch im Stich ließen. Gewiss würde seine Tochter dumme Fehler machen, anstatt die Briefe genau so zu schreiben, wie er es ihr angeschafft hatte. Alle Weibsbilder waren wirr im Kopf, und er fürchtete, sie würde seine Worte verdrehen oder falsche Adressaten einsetzen.
»Es wird an der Zeit, dass mein Schwiegersohn das Heft in die Hand nimmt, auch wenn er es vorerst von Augsburg aus tun muss«, sagte er sich und rieb sich die tränenden Augen. Dabei beschloss er, Vevas Rat bezüglich einer Brille zu befolgen.
Er wollte schon den Schwab rufen, damit dieser sich darum kümmern sollte, erinnerte sich aber noch früh genug an dessen Verletzung und sagte sich, dass der Himmel ihn in letzter Zeit im Stich gelassen zu haben schien.

3.

Veva beauftragte eine der Mägde, sich um ihren Vater zu kümmern, und trat ins Kontor. Das hatte sie in den letzten Monaten oft getan, doch heute war ihr die Stille im Raum so unheimlich, dass sie zuerst ein Gebet für die schnelle Gesundung ihres Vaters sprach. Auf einmal hatte sie Angst, ihn zu enttäuschen. Was war, wenn sie etwas falsch verstanden hatte und einen nicht wiedergutzumachenden Fehler beging?

Einige Augenblicke lang fürchtete sie sich davor, einen der blanko unterschriebenen Papierbögen auf das Pult zu legen und die Schreibfeder in die Hand zu nehmen. Als sie endlich den Mut aufbrachte, fühlte sie, wie ihr der Schweiß auf die Stirn trat. Um genau zu wissen, worum es ging, las sie die eingegangenen Schreiben noch einmal durch. Sie entdeckte, dass ihr Vater einen Fehler begangen hatte, und wusste im ersten Augenblick nicht, was sie tun sollte. Wenn sie den Brief so schrieb, wie der Vater es befohlen hatte, würde der Handel, um den es ging, weitaus weniger Gewinn einbringen, als er vorhin behauptet hatte, oder gar mit einem Verlust enden.

Veva legte die Schreibfeder weg und knetete nervös die Hände. Wenn sie den Vater darauf aufmerksam machte, würde dieser schon aus Prinzip auf seiner Version beharren und ihr dann, wenn das Geschäft schlecht ausging, die Schuld dafür zuweisen. Allerdings würde er das auch tun, wenn sie ihn nicht fragte und den Brief so schrieb, wie er es ihr aufgetragen hatte.

»O heilige Maria, Mutter Gottes, was soll ich tun? Wenn es schiefgeht, werde ich gescholten. Aber ich darf doch nicht auf eigene Faust handeln.«

Doch warum sollte sie den Fehler nicht korrigieren? Wenn

das Geschäft durch ihre Änderung zu einem Verlust führte, würde sie von ihrem Vater nichts Schlimmeres zu hören bekommen, als wenn sie den Brief in seinem Sinne schrieb. Das gab den Ausschlag. Sie berechnete den Preis der Ware noch einmal auf der Rückseite eines der Vorlagenblätter und fand ihre Meinung bestätigt. Es ging um mehr als fünfhundert Gulden, und das war eine Summe, die sie nicht so leicht aus der Hand geben wollte.

Veva schnitzte die Feder noch einmal zu und schrieb weiter. Als dieser Brief fertig war, war sie erleichtert. Dieser Zwischenfall beflügelte sie, sich auch die anderen Anweisungen ihres Vaters genauer anzuschauen. Mutig geworden, änderte sie noch ein paar Aufträge. Zwar waren die Summen, die sie hierbei herausschlagen konnte, nicht so bedeutend wie beim ersten Brief, doch sie sah nicht ein, warum sie auf das Geld verzichten sollte.

Bei dieser Überlegung lächelte sie. Sie würde von diesem Geld keinen Kreuzer erhalten, weil alles in die Kasse ihres Vaters floss. Dann aber sagte sie sich, dass der Gewinn dennoch dem ganzen Haushalt und damit auch ihr zugutekam. Zufrieden faltete sie die Briefe zusammen, siegelte sie und rief nach einem der Hofknechte, die sich um die Handelsgüter kümmerten, damit dieser sie den jeweiligen Frächtern oder Geschäftsfreunden übergab, die den Weitertransport übernehmen würden.

Für einen Augenblick fragte sie sich, ob sie Ernst einen Brief schreiben und ihm von der Hinfälligkeit ihres Vaters berichten sollte, verwarf diesen Gedanken aber gleich wieder. Seit ihr Ehemann – bei dem Wort lachte sie unfroh auf – nach Augsburg abgereist war, hatte sie keine Zeile und auch keine mündliche Nachricht von ihm erhalten. Also sah sie nicht ein, warum sie das Schweigen als Erste brechen sollte.

4.

Das Leben ist ungerecht, dachte Rosi und biss die Zähne zusammen, als der Stock der Meisterin ihren Rücken traf. Jeder Schlag wurde von einer Beschimpfung begleitet. »Du nutzloses Ding! Du Trampel! Du elendes Biest! Der Teufel soll dich holen! Die schöne Schüssel! Die hast du nicht umsonst zerbrochen! Ich werde dich lehren, besser auf meine Sachen achtzugeben! Du wirst sie mir ersetzen! Bis sie bezahlt ist, bekommst du keinen Lohn mehr!«

Schon nach dem vierten Schlag war Rosi in Tränen ausgebrochen. »Es tut mir leid, Herrin. Ich wollte sie nicht zerbrechen«, jammerte sie.

Doch Frau Anna hieb zu, bis ihr der Arm lahm wurde, und versetzte der Magd zuletzt noch einen heftigen Tritt. »So, jetzt weißt du, was dir blüht, wenn du mich erzürnst! Die Schüssel stammt noch von meiner Mutter selig. Heutzutage wird so etwas Gutes gar nicht mehr hergestellt!«

Vor Anstrengung keuchend schrie die Meisterin diese Worte Rosi ins Gesicht. Die Magd wagte es nicht, sich abzuwenden, obwohl ihr kleine Speicheltröpfchen die Haut netzten. Mehr denn je bedauerte sie, in diesem Haus arbeiten zu müssen. So wie Frau Anna sich anhörte, würde sie ihr mindestens den fünffachen Wert der Schüssel vom Lohn abhalten. Damit aber verlängerte sich die Zeit, die Rosi in ihrem Dienst bleiben musste, bis ins Unerträgliche. In Augenblicken wie diesem bezweifelte die junge Magd, dass es für sie jemals ein Leben geben könnte, in dem sie nicht Frau Annas Stock zu spüren bekäme.

Da die Meisterin sie in der ganzen Nachbarschaft schlechtgemacht hatte, konnte sie nicht einmal zu Lichtmess den Dienst aufsagen, denn niemand war bereit, sie in Dienst zu nehmen. Wahrscheinlich würde sie sich auf die Treppenstufen einer Kirche setzen und betteln müssen. Doch sie kannte die Verhältnisse in der Stadt gut genug, um zu wissen, dass man sie, wenn man sie nicht gleich aus München vertrieb, zu den Huren im Frauenhaus oder als dienende Magd ins Frauenkloster stecken würde. Dies erschien ihr noch schrecklicher, als Frau Annas Schläge ertragen zu müssen, denn dann konnte sie ihre Hoffnung, irgendwann einmal von einem ehrlichen Mann geheiratet zu werden, endgültig begraben.

»So! Und jetzt hurtig an die Arbeit! Schaffe das Holz für morgen herein und trödle ja nicht, sonst setzt es weitere Hiebe!« Damit wandte die Meisterin sich ab und verließ die Küche.

Rosi schnupfte ihre Tränen und griff nach dem Korb. Nun ließ sich auch wieder jemand in der Küche sehen. Es war die Jungmagd, die erst zwölf Jahre zählte. Auch sie hatte bereits mit Frau Annas Stock Bekanntschaft gemacht.

»Tut es sehr weh, Rosi?«, fragte sie leise.

»Glaubst du, ich weine vor Freude?« Rosi ging auf die Tür zu und stöhnte auf, weil ihr bei jedem Schritt ein Stich durch den Rücken fuhr.

»Die Meisterin ist manchmal sehr streng, nicht wahr? Dabei war die Schüssel nicht mehr viel wert!«, fuhr die Kleine fort.

»Sie wird sie sich bezahlen lassen, als bestände sie aus purem Gold!« Trotz ihrer Schmerzen ärgerte Rosi sich mehr über das Geld, das sie wegen der zerbrochenen Tonschüssel verlieren würde, als über die Prügel. Aber sie schalt sich auch selbst, weil sie nicht besser aufgepasst hatte. Die Schüssel war ihr bei einem kurzen Anfall von Übelkeit aus der Hand geglitten, und just einen Augenblick später hatte die Meisterin die Küche betreten.

»Es war, als wenn sie es gerochen hätte«, fauchte Rosi auf dem Weg nach draußen.

Während sie den Schuppen öffnete, in dem das Holz für den Herd aufgestapelt lag, kämpfte sie für einige Augenblicke mit dem Wunsch, diesen in der Nacht anzuzünden, um es der Meisterin heimzuzahlen. Sofort schlug sie das Kreuz und bat die Heilige Jungfrau für diesen sündhaften Gedanken um Verzeihung. Mit zusammengebissenen Zähnen füllte sie ihren Korb und hob ihn hoch. An anderen Tagen hatte sie eine solche Last mit einem Lachen bewältigt, doch diesmal brannte ihr Rücken wie Feuer, und sie vermochte kaum, den Korb festzuhalten. Daher nahm sie einen Teil der Scheite wieder heraus.

Auf dem Weg in die Küche kam ihr die Meisterin entgegen und erblickte den nur halbvollen Korb. Sofort zog Rosi den Kopf ein und presste sich gegen die Wand.

Ihre Herrin lächelte hämisch. Wie es aussah, hatte sie der Magd heilige Furcht eingebleut. Nun würde Rosi schon aus Angst spuren, keine weiteren Hiebe zu erhalten. Noch wirksamer erschien ihr die Drohung, dem Weibsstück den Lohn vorzuenthalten. Von den anderen Mägden hatte sie erfahren, dass Rosi hoffte, so viel zusammensparen zu können, dass ihre Mitgift für die Heirat mit einem einfachen Bürger reichte. Dafür brauchte das Ding jedoch ein hübsches Sümmchen, und es zwickte Frau Anna in den Fingern, Rosi dieses Geld abzunehmen. Sie wagte nicht, es ihr einfach zu entwenden, weil sonst das restliche Gesinde rebellisch würde. Aber sie kannte einen anderen Weg, Rosis Hoffnungen zu zerstören.

»Wenn du heute mit der Arbeit fertig bist, wirst du zum Beichten gehen und diese Sünde vor dem Herrn bekennen. Wenn du zurückkommst, will ich die Bescheinigung deines Beichtvaters sehen!« Da die meisten Prediger solche Beichtzettel nur gegen eine Spende hergaben, würde dies ein spürbares Loch in die Ersparnisse der Magd reißen, sagte sich die Frau und ging mit zufriedener Miene weiter.

Rosi sah ihr mit Tränen in den Augen nach. Ihr war klar, was

die Meisterin mit diesem Befehl bezweckte, und sie war weniger denn je bereit, einen Priester mit Geld zu bestechen, um den begehrten Beichtzettel zu bekommen.
»Lieber lasse ich mich von Pater Remigius stoßen«, schwor sie sich leise und trug den Korb in die Küche. Von diesem Priester hatte sie gehört, dass er, seit Ernst Rickinger die Stadt verlassen hatte, wieder offener hinter den Weiberröcken her war. Dann aber schüttelte sie den Kopf. Remigius würde sie zwar benutzen wie eine Hure, ihr aber trotzdem eine saftige Spende für die Kirche abverlangen. Dann also wieder zu Pater Hilarius, dachte sie seufzend und ging den Rest des Feuerholzes holen.

5.

Das restliche Gesinde saß in der Küche und hatte bereits das Mahl beendet, als Rosi mit ihrer Arbeit fertig war. Während die Mägde mit Spinnrad und Rocken hantierten, schnitzten die Knechte Löffel, die die Meisterin unter der Hand an die Nachbarschaft verkaufte.
Rosi füllte einen Napf mit dem Brei, der in einem Topf neben dem Herd stand, und begann heißhungrig zu essen.
»Mach schneller, damit du uns helfen kannst«, sagte die Altmagd tadelnd.
Eine der anderen Mägde prustete los. »Rosi hat keine Zeit zu spinnen. Sie muss zum Beichten gehen. Vielleicht darf sie einen der frommen Herren erfreuen, sonst wird sie etliche Münzen los. Sie hat heute die alte Tonschüssel zerbrochen, und das ist laut unserer Meisterin eine Todsünde.«
»Dumme Kuh«, murmelte Rosi und löffelte weiter ihren Brei.

»Also, was ist? Gehst du jetzt zum Beichten oder nicht?«, fragte die Altmagd streng.
»Etwas essen werde ich wohl noch dürfen.« Rosi war nicht bereit, sich hetzen zu lassen, zumal sie Heißhunger empfand und der Napf viel zu schnell leer wurde. Am liebsten hätte sie ihn noch einmal gefüllt. Aber dann hätte es ein Donnerwetter von der Altmagd gesetzt, und Frau Anna hätte sie gewiss gezwungen, bei der Beichte auch noch die Sünde der Völlerei zuzugeben. Daher verließ sie mit kurzem Gruß die Küche.
Als hätte sie darauf gewartet, tauchte die Meisterin draußen vor ihr auf. »Bist du mit deiner Arbeit fertig?«
Rosi nickte. »Ja, Herrin. Ich habe alles erledigt!«
»Ich werde nachsehen. Du wartest derweil hier, und wehe, es ist nicht alles so, wie ich es will.« Mit diesen Worten drehte die Meisterin sich um und schlurfte davon. Als sie zurückkam, sah sie sie strafend an. »Du stehst ja immer noch herum. In der Zwischenzeit hättest du in der Küche spinnen können. Aber du bist ein faules Ding und bleibst es. Und jetzt verschwinde und komme mir ja nicht ohne den Beichtzettel zurück!«
»Gott befohlen, Herrin!« Rosi verließ das Haus so schnell, wie es ihr wunder Rücken erlaubte, und eilte in Richtung Peterskirche. Unter ihrem Kleid hing ein Beutelchen mit ein paar Münzen. Wenn es gar nicht anders ging, würde sie diese opfern. Vorher aber wollte sie jede Möglichkeit nutzen, ihr Geld zu sparen.
Daher atmete sie auf, als sie sich in den Beichtstuhl setzte und auf der anderen Seite Pater Hilarius erkannte. Im Augenblick hatte sie beiseitegeschoben, dass sie sich nach ihrem letzten Zusammensein geschworen hatte, nie wieder bei ihm zu beichten.
Hilarius starrte das Mädchen an und fühlte, wie sein Blut schneller durch die Adern floss. Jeden Tag hatte er heimlich

gebetet, sie wieder besitzen zu können, und nun schien die Gelegenheit günstig. Die Kirche war bis auf ihn und Rosi leer, und um diese Zeit würde kaum noch jemand kommen.

»Es ist recht, dass du dein Herz erleichtern willst, meine Tochter«, begann er salbungsvoll.

Rosi schnaubte. »Ich bin gekommen, um mich von Euch stoßen zu lassen. Sonst gebt Ihr mir den Beichtzettel ja doch nicht.«

Es klang so, als ekele sie sich davor, von ihm berührt zu werden. Das ärgerte ihn, und er sah hochmütig auf sie herab. »Du hast seit der letzten Beichte wohl schwer gesündigt?«

»Ich habe die alte Schüssel der Meisterin zerbrochen. Die Schläge, die sie mir versetzt hat, wären eigentlich Strafe genug. Doch jetzt muss ich ihr auch noch einen Wisch von einem Pfaffen bringen, sonst bekomme ich noch mehr Hiebe.«

Hilarius starrte sie erschrocken an. »Du bist geschlagen worden?«

»Und das nicht zu knapp!«, zischte Rosi. »Und jetzt macht schon. Ich habe nicht alle Zeit der Welt. Wenn ich nicht bald in der Küche sitze und spinne, bekomme ich weitere Schläge.«

Der Mönch spürte ihre Wut und ihre Verzweiflung und wusste nicht, was er tun sollte. Seine Gier, das hübsche Mädchen zu besitzen, war noch immer da, aber sie trat hinter dem Wunsch zurück, Rosi zu trösten. Er kannte ihre Herrin und hatte im vertrauten Kreis schon so manch böses Wort über sie geäußert. Daher öffnete er die Tür des Beichtstuhls und winkte Rosi, mit ihm zu kommen.

»Wir gehen in die Sakristei. Um die Zeit ist sie leer.«

Rosi war davon überzeugt, dass er dort über sie herfallen würde. Innerlich krümmte sie sich vor Scham, weil sie, um ihr sauer verdientes Geld zu sparen, auf dieselbe Stufe herabsteigen musste wie die Huren am Sendlinger Tor. Doch als einfache Magd hatte sie keine andere Wahl. Daher folgte sie dem Mönch, der eine der vor dem Altar brennenden Kerzen nahm und diese auf einen Halter in der Sakristei steckte.

»Zeige mir deinen Rücken!«, forderte Hilarius sie auf.

Das war für Rosi eine größere Demütigung, als sich unter ihn zu legen. Mit einer müden Bewegung zog sie ihr Kleid hoch und kehrte dem Mann den Rücken zu.

Hilarius blickte zuerst auf ihre Schenkel und den gut geformten Hintern und spürte, wie seine Lust wieder erwachte. Diese erlosch jedoch jäh, als er die fingerdicken, roten Striemen sah, die sich über den Rücken der Magd zogen.

Da er sich nicht vorstellen konnte, dass Frau Anna das Mädchen aus einem so nichtigen Grund geschlagen hatte, hakte er nach. »War das wirklich nur wegen einer Schüssel?«

»Bei meiner Seele, das war es!«, erklärte Rosi, der die Tränen nun wie Bäche über die Wangen liefen.

»Es ist zwar Gottes Wille, dass der, der fehlt, bestraft und gezüchtigt wird. Doch ein Weib so zu schlagen wie dich, ist eine Teufelei, die ich selbst deiner Herrin nicht zugetraut hätte. Bleib hier! Ich besorge eine Salbe, um deinen Rücken einzuschmieren. Sonst kannst du dich morgen überhaupt nicht mehr rühren!«

»Ich muss arbeiten, sonst …« Rosi brach ab, denn es ging den Mönch nichts an, dass ihre Herrin ihr sonst den Lohn kürzen oder ganz vorenthalten würde.

Hilarius strich ihr über das Haar und eilte davon. Er sperrte die Sakristei zu, aber nicht, um das Mädchen dort festzuhalten, sondern um zu verhindern, dass jemand den Raum betrat und Rosi entdeckte.

Für die junge Magd wurde das Warten zur Qual. Da sie die Gedankengänge des Mönchs nicht kannte, konnte sie sich nicht vorstellen, dass er sie aus Mitleid verarzten wollte. Gewiss würde sie die Salbe mit geöffneten Schenkeln bezahlen müssen. Aber wenn sie dies zu oft zuließ, bestand die Gefahr, schwanger zu werden. Bei dem Gedanken erinnerte sie sich an den Anfall von Übelkeit, den sie am Tage erlebt hatte, und an ihren Heißhunger am Abend.

»Heilige Maria, Mutter Gottes, hilf, dass es nicht stimmt«, flehte sie erschrocken.

Noch während sie von düsteren Gedanken gequält auf einem Schemel hockte, kehrte Pater Hilarius zurück. In einer Hand hielt er einen irdenen Topf und ein sauberes Tuch, unter den anderen Arm hatte er eine Decke geklemmt.

»Breite die hier auf dem Boden aus und lege dich bäuchlings darauf«, forderte er Rosi auf. Sie gehorchte, barg aber, als sie lag, das Gesicht in den Händen.

Hilarius stellte die Kerze neben sie, tauchte das Tuch in die Salbe und begann diese vorsichtig aufzutragen.

Da das Mittel auf der wundgeschlagenen Haut brannte, stöhnte Rosi zuerst erschrocken auf. Bald aber merkte sie, wie der Schmerz nachzulassen begann. »Eure Salbe wirkt bereits, hochwürdiger Vater«, sagte sie mit widerwilliger Anerkennung.

»Sie wurde nach einem Rezept gefertigt, das in unserem Kloster seit alters überliefert ist«, erklärte der Mönch. »Ich gebe dir den Topf mit, damit du die Salbe auch daheim auftragen kannst.«

Nun drehte Rosi sich so weit, dass sie ihm in die Augen schauen konnte. »Danke! Aber das wird nicht gehen. Es gibt in unserem Haushalt niemand, der das für mich tun würde.«

»Dann bring die Salbe zur alten Kreszenz. Sie kennt sie, denn von ihr beziehen wir einige der Kräuter, die wir für ihre Herstellung benötigen. Sie wird dir gewiss helfen.«

Rosi dachte kurz nach und nickte. »Die Kreszenz wird es tun. Ich muss nur sehen, dass ich die Zeit dazu finde, zu ihr zu gehen.«

»Gott wird es schon einrichten!« Hilarius verschloss das Salbengefäß wieder. Als er es wegstellte, konnte er der Versuchung nicht widerstehen, Rosi mit der Rechten über den Hintern zu streichen.

»Jetzt soll ich mich wohl umdrehen und den Mörser für Euren Stößel spielen!« Mit einem Seufzen wälzte Rosi sich herum.

»Steh auf!«, befahl ihr Hilarius zu ihrer Überraschung. »Zwar würde ich dir gerne beiwohnen, doch dein Rücken ist viel zu wund, um das aushalten zu können. Vielleicht ein andermal!«

»Aber ich brauche den Beichtzettel«, rief Rosi ängstlich aus.

»Hier hast du ihn!« Hilarius angelte sich eines der in der Sakristei bereitliegenden Blätter und reichte es ihr. »Möge Gott dich behüten, mein Kind, und den Sinn deiner Herrin mildern.«

»Schön wär's, hochwürdiger Vater. Und noch mal danke für die Salbe.« Erleichtert zog Rosi ihr Kleid glatt und hastete davon. Unterwegs freute sie sich plötzlich, dass Hilarius ihr so uneigennützig geholfen hatte, und fand, dass er trotz aller Fehler kein allzu schlechter Mensch sein konnte.

6.

Die Musik drang bis in die Kammer, die Doktor Portikus in der Residenz des bayrischen Herzogs zur Verfügung gestellt worden war. Die Männer, die er um sich geschart hatte, lauschten unwillkürlich den melodischen Tönen, und Pater Remigius klopfte sogar mit dem rechten Fuß im Takt.

Portikus räusperte sich, um seine Gäste daran zu erinnern, dass sie nicht zur Erbauung zusammengekommen waren. Sein Blick glitt tadelnd zu Remigius, der so gar nicht dem Bild eines schlichten Mönchs entsprach. Zwar trug der Mann eine Kutte, doch die war aus bester Wolle gefertigt und mit Seide gefüttert. Die Tonsur hatte er nur nachlässig andeuten lassen, so dass sein blonder Schopf zur Geltung kam, und an seinen Fingern steckten mehr Ringe, als manche putzsüchtige Dame von Stand zu zeigen wagte. Dazu war er ein großer, stattlicher Mann, bei dessen Anblick Portikus sich jedes Mal seiner kleinen, hageren Gestalt bewusst wurde. Auch ließ Pater Remigius seine Mitbrüder und andere Geistliche niedrigerer Herkunft durchaus spüren, dass er sich als Spross eines ritterlichen Geschlechts für etwas Besseres hielt. Nicht zuletzt aus diesem Grund kümmerte er sich nicht um die Ratschläge, seinen Lebenswandel zu zügeln, sondern stellte den Frauen nach, wann immer er Lust verspürte. Auch jetzt sah er so aus, als würde er am liebsten im Festsaal mit den Damen tanzen, anstatt sich hier den Kopf über das weitere Vorgehen gegen die lutherische Seuche zu zerbrechen.

»Ich habe gehört, dieser Wittenberger Mönch müsse in Kürze einem Abgesandten Seiner Heiligkeit Rede und Antwort stehen«, gab Remigius eben zum Besten. Es klang so, als wolle er sagen: »Lasst mich doch mit diesem Narren in Ruhe!«

»Ich hoffe, dieser Elende bereut und widerruft seine scheußlichen Anklagen, die, wenn ich Euch so ansehe, werter Bruder, leider nicht alle aus der Luft gegriffen sind«, stichelte Portikus.

»Er wird widerrufen – und wenn Seine Heiligkeit ihn im Gegenzug dafür zum Erzbischof ernennen muss. Es sei denn, das Mönchlein hat Lust, es Jan Hus gleichzutun«, konterte Pater Remigius.

In Portikus' Augen war dies ein weiteres Zeichen, wie verkommen die heilige Kirche in dieser Zeit tatsächlich war. Um ihre Ziele zu erreichen, setzte sie dort auf Bestechung, wo sie mit Gewalt nicht weiterkam. Doch auch ihm stand es nicht an, öffentlich Kritik zu üben. Umso wichtiger war es, Häretiker und andere Abweichler zu bekämpfen.

»Um mit der überall wuchernden Ketzerei aufzuräumen, müsste man im ganzen Reich Scheiterhaufen entzünden und Luther samt seinen Anhängern verbrennen«, rief er voller Zorn.

Einige seiner Gäste wirkten erschrocken, Pater Remigius jedoch winkte verächtlich ab. »Das würde dir so gefallen, Thürl. Aber wer soll der Kirche den Zehnten zahlen und dem Herzog die Steuern, wenn du jeden Wirrkopf auf den Scheiterhaufen schicken willst? Ich sage, wir sollten Luther und seine engsten Anhänger mit Titeln und Würden an uns binden, und diejenigen, die mit ihren Schriften in der Hand angetroffen werden, zu Geldstrafen verurteilen. Was glaubst du, wie rasch die Leute wieder gut katholisch werden, wenn es ihnen ans Geld geht?«

Schon die Tatsache, dass der adelige Mönch ihn mit seinem alten deutschen Nachnamen anredete und nicht mit dem vornehm lateinischen Portikus, erbitterte den Theologen. Gleichzeitig ärgerte er sich über die nachlässige Art, mit der Remigius über diese Sache hinwegging.

»Ihr habt noch immer nicht begriffen, welche Gefahr dieser Luther für unsere heilige Kirche darstellt, denn Ihr denkt nur mit dem, was Ihr zwischen den Beinen hängen habt, und vielleicht noch mit Eurem Magen. Für Euch ist die Theologie ein Buch mit sieben Siegeln. Wie kann ein Mann wie Ihr ein Vorbild und der Leiter der ihm anvertrauten Seelen sein? Mindestens die Hälfte der Weiber wartet nur darauf, dass Ihr sie auf den Rücken legt, und deren Männer fragen sich, ob die Kinder, die in ihrem Haus zur Welt

kommen, aus einem von Euch doppelt gesegneten Leib schlüpfen.« Portikus hatte es langsam satt, sich dem Hochmut des Paters beugen zu müssen. An seinem kirchlichen Amt gemessen war er der Höherrangige, und wenn er Remigius höflich behandelte, so war dies nur dessen adeliger Abkunft geschuldet, aber nicht dessen Sinnesart.
Zu seinem Unmut zeigte sein Gegenüber sich keineswegs zerknirscht, sondern lachte schallend. »Die Ehemänner müssten halt ihren Schwengel besser rühren, dann kämen ihre Frauen nicht auf den Gedanken, zu erproben, wie gut ich es kann.«
»Mein lieber Remigius, wenn jetzt auf einmal alle Männer dies tun würden und ihre Frauen mit ihnen zufrieden wären, würde dies für dich ein arg freudloses Leben bedeuten«, warf ein anderer Gast lachend ein. Da der Sprecher ebenfalls von adeliger Herkunft war, nahm er sich das Recht heraus, Remigius von Gleich zu Gleich anzusprechen.
»Und wennschon! Es gibt in unserer Stadt München genug Jungfrauen, die begierig darauf sind, einen kräftigen Knüppel im Schoß zu spüren.«
Portikus fand, dass sich ihr Gespräch zu weit von ihrem eigentlichen Thema entfernte, und griff ein. »Meine Brüder, wir sind hier zusammengekommen, um über diesen Mönch aus Wittenberg und seine schändlichen Schriften zu sprechen, nicht über irgendwelche sündhaften Weiber.«
»Aber gerade die sündhaften sind die besten!«, spottete Remigius.
Nun schlug Portikus sein persönliches Brevier auf den Tisch. »Schluss jetzt! Hier geht es um diesen Teufel Luther! Es muss uns gelingen, diejenigen ausfindig zu machen, die seine Schriften in die Stadt schmuggeln.«
»Müssen sie überhaupt geschmuggelt werden?«, warf einer ein. »Immerhin können sie auch hier in München gedruckt worden sein. Es braucht nur jemand ein einziges Blatt unter

seiner Kleidung versteckt in die Stadt bringen, dann ist es ein Leichtes, es nachzudrucken.«

»Glaubst du, Bruder, ich hätte diese Möglichkeit nicht bedacht? Die Buchmacherei des Johann Schobser wurde schon mehrfach durchsucht. Dort aber haben wir bisher nur anerkannte Bücher und Schriften gefunden.« Portikus verlor allmählich die Geduld, aber er begriff, dass er mit harschen Worten nichts ausrichten konnte. »Natürlich ist es möglich, dass Johann Schobser heimlich die Luther-Pamphlete druckt. Daher werden wir ihn auch weiterhin im Auge behalten. Wahrscheinlicher ist jedoch, dass dieses Gift von Augsburg kommend in unsere Stadt gelangt. Dort hat der sächsische Mönch etliche Anhänger, die sich offen zu ihm bekennen. Man sollte Seiner Gnaden, Herzog Wilhelm, vielleicht raten, mit Kriegsvolk hinzuziehen, um dieser Häresie ein Ende zu bereiten!«

»Sollte der Herzog dies versuchen, würde er sich nicht nur den Zorn der Reichsstände zuziehen, sondern auch den des Kaisers. Oder glaubst du, Maximilian würde zulassen, dass Bayern Augsburg mit Krieg überzieht oder es gar erobert?« Remigius lachte, denn als Mann von adeliger Herkunft glaubte er die politischen Hintergründe besser zu kennen als sein aus kleinen Verhältnissen stammendes Gegenüber.

Portikus wusste ebenso, dass die Reichsstadt am Lech reich genug war, um jeden Feind Bayerns bezahlen zu können, der ihr im Kriegsfall beisprang. Dagegen nahmen sich Herzog Wilhelms Finanzen eher bescheiden aus.

»Wir müssen einen anderen Weg finden, das lutherische Gift aus München fernzuhalten«, erklärte er daher. »Vor allem sollten wir auf Warensendungen achten, die Ernst Rickinger von Augsburg nach München schickt. Diesem Schurken traue ich es zu, Luther-Pamphlete anzukaufen und hierherbringen zu lassen, um uns damit einen Tort anzutun.«

Pater Remigius' Gelassenheit machte einem Ausdruck tiefen Hasses Platz. »Mir wäre es recht, wenn wir den Burschen auf diese Weise erwischen könnten. Mit dem haben wir noch einige Rechnungen offen!«
Portikus lachte bitter auf. »Derzeit ist man hier in München nicht gut angesehen, wenn man gegen diesen Kerl Stimmung macht! Der Herzog hält seine Hand über den Burschen, und auch der Rat der Stadt München mit Arsacius Bart an der Spitze steht eher auf seiner als auf unserer Seite. Doch das wird sich ändern, wenn wir den jungen Rickinger als Ketzer und Handlanger dieses Häretikers Luther entlarven können!«
Pater Remigius nickte verbissen. »Ein guter Gedanke, Thürl. Führ ihn nur aus! Wenn du mir Ernst Rickingers Kopf präsentieren kannst wie einst Salome das Haupt Johannes' des Täufers dem Herodes, soll es dein Schaden nicht sein!«
Mit diesen Worten lehnte er sich zurück und dachte darüber nach, welches seiner hübschen Beichtkinder er am einfachsten verführen konnte. Da ihn Luther nicht weiter interessierte, stand er auf und verabschiedete sich mit dem Hinweis auf religiöse Pflichten.
Als sich die Tür hinter ihm schloss, schüttelte einer der Männer amüsiert den Kopf. »Unserem lieben Remigius ist wohl wieder danach, einer Jungfrau oder Bürgerin den Segen mit seinem speziellen Weihwasserschwengel zu spenden.«
Bevor Portikus seinem Ärger Luft machen konnte, platzte einer der Mönche in den Raum, die er mit der Überwachung der Kirchen beauftragt hatte.
»Hochwürdiger Herr Doktor, schaut, das hier habe ich auf dem Herweg gefunden!« Mit diesen Worten zog er ein Blatt Papier aus einer Falte seiner Kutte und warf es auf den Tisch. Portikus nahm es in die Hand und las es aufmerksam durch. Danach wandte er sich mit ernster Miene dem Überbringer zu. »Wo hast du es gefunden, Bruder?«

»Auf dem Weg vom Rathaus hierher! Es war unter einem Türklopfer befestigt.«

»Erinnerst du dich an das Haus?«, bohrte Portikus weiter.

»Ja! Aber darin wohnt ein Herzoglicher Rat, der gewiss nichts mit diesem rebellischen Mönch am Hut hat.«

»Das weiß man nicht. Auf jeden Fall muss der Mann verhört werden!« Portikus wusste nur allzu gut, dass es auch im Umkreis des Herzogs Menschen gab, die mit den Thesen Luthers sympathisierten. Gerade die waren am schwierigsten zu entlarven, da niemand ohne die Erlaubnis des Landesherrn gegen sie ermitteln durfte. Das Verhör, das er so selbstsicher angekündigt hatte, würde nur aus einem kurzen Gespräch bestehen, bei dem der Betreffende mit Gewissheit abstritt, je eines dieser Pamphlete in der Hand gehalten zu haben.

»Wir müssen es anders anfangen. Gebt bekannt, dass diejenigen, die lutherische Umtriebe in ihrer Nachbarschaft beobachten, mit einer Belohnung rechnen können, wenn sie es den Vertretern der heiligen Kirche mitteilen!«

Portikus sah die anderen Geistlichen zufrieden nicken. Auch sie hielten es für besser, in diesem Fall mehr auf die menschlichen Schwächen zu setzen als auf die eigene Stärke. Die Aussicht, nicht nur als treuer Sohn der heiligen Kirche zu gelten, sondern auch noch belohnt zu werden, würde den einen oder anderen dazu bringen, seinen Nachbarn anzuzeigen.

»Gut, dann machen wir es so. Aber noch einmal zu diesem Blatt. Es sieht anders aus als die, die wir bisher gefunden haben. Ich werde Johann Schobser aufsuchen. Vielleicht stecken doch er oder sein Sohn dahinter.« Mit einer energischen Bewegung stand Portikus auf, nickte seinen Mitbrüdern zu und warf einen Umhang über, um sich gegen die Abendkühle zu schützen.

»Einer von euch sollte mit mir kommen. Die anderen kontrollieren die Kirchen und Kapellen in der Stadt!«

Obwohl seine Autorität mehr angemaßt als verliehen war, gehorchten ihm alle Anwesenden. Immerhin besaß Portikus nicht nur das Ohr des Herzogs, sondern stand auch mit dem Heiligen Stuhl in Verbindung, und da konnte ein abfälliges Wort von ihm die Karriere anderer Kleriker beeinflussen. Außerdem waren sie selbst darauf erpicht, den Verursacher dieser Schriften zu finden und zu bestrafen, um zweifelnde Gläubige einzuschüchtern und den Bewohnern des Herzogtums zu zeigen, dass die heilige Kirche allmächtig war.

7.

Portikus und sein Gefolge trafen den Drucker Johann Schobser auf dem Hof seines Anwesens an. Der Büchermacher trug seinen Ausgehrock und hielt mehrere Blätter in der Hand, die Portikus sofort als ketzerische Schriften erkannte.

»Gut, dass Ihr kommt, hochwürdiger Doktor. Ich wollte eben zu Euch kommen! Seht, diese Blätter habe ich vorhin gefunden. Jemand hat sie unter meine Fensterläden gesteckt.« Schobser klang so aufrichtig empört, dass Portikus seinen Verdacht aufgab, der Mann könnte die Flugblätter gedruckt haben.

»Gib her!«, forderte er ihn auf und las das Pamphlet im Schein der Laterne durch, die ihm einer seiner Begleiter hinhielt. Es waren unzweifelhaft Luthers Thesen, die von einem ihm unbekannten Theologen bekräftigt und sogar verstärkt worden waren. Da war viel von der Fäulnis des Klerus zu lesen, von der Armut des Volkes, das unter der Last erdrückender Abgaben leiden musste, mit denen der Prunk des Adels und vor allem der Kirche bezahlt wurde,

und von Gottes Zorn auf alle, die gegen die Heilige Schrift handelten. Denn diese habe der einzige Leitfaden für einen wahren Christen zu sein.
»Das hier ist ja noch schlimmer als das Zeug, das aus Augsburg gekommen ist. Schobser, kannst du uns sagen, woher es stammt?«
Der Drucker wiegte unschlüssig den Kopf. »Wer es gedruckt hat, kann ich nicht sagen, da kein Zeichen darauf hinweist. Das Papier ist in Nürnberg geschöpft worden.«
»Dann wurde es gewiss auch dort gedruckt. Verdammt sollen sie sein, dreifach verdammt!« Portikus stieß einige Flüche aus, die er als zum Priester geweihter Doktor der Theologie nicht einmal denken, geschweige denn in den Mund nehmen durfte.
Seine Begleiter schauten betroffen zu Boden, und Johann Schobser und sein Sohn Andreas, der gerade zur Tür herauskam, sahen sich erschrocken an. Als Portikus sich beruhigt hatte, nahm der Büchermacher eines der Blätter zur Hand und hielt es gegen das Licht der Laterne.
»Seht Ihr, hochwürdiger Herr? Da ist das Wasserzeichen einer Nürnberger Papiermühle. Jeder Papiermacher hat sein eigenes Zeichen. Daher habe ich ja auch beweisen können, dass die anderen Blätter in Augsburg geschöpft worden sind. Ich selbst verwende ausschließlich Papier aus Münchner Mühlen. Kommt und schaut Euch meine Vorräte an!« In Schobsers Stimme schwang die Angst mit, Portikus könnte ihn zum Sündenbock machen, um einen Teilerfolg vorzutäuschen.
Daran verschwendete der Theologe jedoch keinen Gedanken, denn ihm ging es darum, die wahren Schuldigen auszumachen. Er erinnerte sich an seinen Plan, die Denunziation zu fördern, und er hatte eine Idee, wie Schobser ihm behilflich sein konnte. »Du wirst mir bis morgen Mittag zweihundert Zettel drucken. Den Text schreibe ich dir gleich auf.

Wir werden doch sehen, ob wir dieses Glutnest der Ketzerei nicht austreten können!«
Portikus lächelte dem Büchermacher freundlich zu und forderte ihn auf, ins Haus zu gehen. Schobser begriff zwar nicht, was der Theologe von ihm wollte, war aber erleichtert, dass er selbst nicht in Verdacht zu stehen schien. Portikus' Einfluss war so groß, dass ein Wort dieses Mannes ihn das Druckprivileg kosten konnte, welches der Herzog ihm verliehen hatte. In dem Fall würde er München verlassen müssen. Ob er sich in einer anderen Stadt ansiedeln und sein Gewerbe fortführen konnte, stünde dann in den Sternen.

8.

Fern von den Problemen, mit denen sich Doktor Portikus, aber auch Veva in München herumschlagen mussten, genoss Ernst Rickinger die ersten Tage seines Aufenthalts in Augsburg. Die Reichsstadt am Lech war doppelt so groß wie die Residenzstadt an der Isar, und es gab keinen Herzog, der den Bürgern unter allen möglichen Vorwänden das Geld aus der Tasche zog. Selbst der Klerus trat bescheidener auf als der in München, denn Männer wie Jakob Fugger achteten darauf, dass die Priester ihren Dienst im Sinne des Herrn verrichteten.
Dennoch war Augsburg ein Zentrum jener, die sich Luthers Thesen zu eigen machten. Das lag jedoch weniger an dem Prunk der Kirche und der Verkommenheit einiger ihrer Diener als an dem Zwist, der schon seit Generationen zwischen den Bürgern der Stadt und dem Bischof von Augsburg herrschte. Zwar hatten bereits dessen Vorgänger die Herrschaft über die Stadt aufgeben müssen, doch hatte

Bischof Christoph von Stadion noch genügend Einfluss und nützte diesen bis an seine Grenzen aus.

Ernst begriff schnell, dass etliche Einwohner der Stadt, darunter einige der bessergestellten Bürger, gerade wegen dieses schwärenden Streits Gefallen an den Thesen des Wittenberger Mönchs fanden. Wahrscheinlich hofften sie, auf diese Weise Wege zu finden, wie sie die Macht des Bischofs beschneiden konnten. Der Luther-Bewegung hatten sich auch viele einfache Bürger wie der Frächter und Ratsbote Korbinian Echle angeschlossen, der mit seinem Pferdegespann zwischen Augsburg und München pendelte, aber auch einflussreiche Männer wie Christoph Langenmantel, der einem alten Patriziergeschlecht entstammte. Langenmantels Vater war Bürgermeister von Augsburg gewesen, andere Verwandte verfügten über Rittersitze, und ihm selbst war die verantwortungsvolle Stelle eines Domherrn übertragen worden.

Ernsts Gastgeber Jakob Fugger hingegen zählte zu den treuen Söhnen der heiligen Kirche und hatte sich schon mehrfach böse über jene Narren geäußert – wie er sie nannte –, die Bischof und Papst gegenüber nicht die Ehrerbietung brachten, die diesen gebührte. Dabei war er politisch kein Parteigänger des Bischofs, sondern auf die Reichsfreiheit Augsburgs erpicht, die er sich von Kaiser Maximilian mehrfach hatte bestätigen lassen.

Für Ernst war es ein Balanceakt, auf der einen Seite mit Langenmantel über die Zustände in der Kirche zu diskutieren, andererseits aber Jakob Fugger nicht durch unbedachte Äußerungen zu erzürnen. Als Sohn eines Münchner Kaufherrn war er in Fuggers Domizil wie ein Verwandter aufgenommen worden und kam häufiger mit dem Großkaufmann zusammen als die meisten Angestellten, die in den vielen Zimmern des großen Gebäudes arbeiteten und den Reichtum der Familie schier ins Unermessliche steigen ließen.

Die Betriebsamkeit in dem riesigen Anwesen war für Ernst erschreckend. Er hatte geglaubt, einiges vom Handel zu verstehen, doch hier war er nicht mehr als ein Lehrling, der sich erst einmal ein Grundwissen aneignen musste. Selbst sein Vater, der so stolz darauf war, zu den erfolgreicheren Kaufherren Münchens zu zählen, hätte sich hier wohl kaum zurechtgefunden. Für Ernst war dieser Gedanke Trost und Ansporn, kräftig zu lernen. Immerhin würde er einmal das Handelshaus seines Schwiegervaters übernehmen, und das sollte unter seiner Führung jenes seines Vaters in den Schatten stellen.

Auch an diesem Tag stand er Jakob Fugger persönlich gegenüber. Der Handelsherr, der sich in braunes Tuch gehüllt und eine goldbestickte Kappe aufgesetzt hatte, saß hinter seinem Rechnungstisch und prüfte erst die Tabelle, die Ernst ihm hatte anfertigen müssen, bevor er sich ihm zuwandte. »Du machst dich gut! Fast bedaure ich es, dass du nicht auf Dauer bei mir bleiben kannst. Doch wenn es an der Zeit ist, wirst du dein eigenes Handelshaus führen.«

»Es wird gegen das, über welches Ihr herrscht, sehr bescheiden sein.«

Um Jakob Fuggers Lippen spielte der Anschein eines Lächelns. »Man kann auch aus bescheidenen Anfängen aufsteigen. Unsere Familie ist ein gutes Beispiel dafür. Einst waren die Fugger einfache Weber, die froh sein mussten, wenn die Herren Kaufleute aus Augsburg ihnen ihr Tuch abkauften. Mittlerweile tragen wir Wappen und Titel und heißen Kaiser, Herzöge und Kardinale als Gäste willkommen.«

Fugger klang stolz, aber das durfte er nach Ernsts Ansicht auch sein. Wahrscheinlich verfügte der Mann über mehr Geld, als im gesamten Herzogtum Bayern zu finden war. Vor allem aber verschleuderte er es nicht, sondern baute seinen Reichtum Schritt für Schritt aus.

»Ihr seid im Grunde mächtiger als selbst der Herzog in München!«, sagte er anerkennend.
»Ich mag mehr Geld haben als dieser, aber mächtiger bin ich gewiss nicht. Dafür bin ich zu sehr von der Gnade der hohen Herren von Österreich, Ungarn und anderer Länder abhängig. Sie haben mir Privilegien erteilt, an denen ich gut verdiene. Doch sie können mir von heute auf morgen ihre Gunst versagen. Für mich heißt das, diese Herren immer gut zu füttern. Das geht arg ins Geld, und ich bin gezwungen, immer mehr einzunehmen. Der Herzog aber bleibt immer Herzog, und wenn die Schulden ihn zu sehr drücken, presst er den Bürgern von München und seiner anderen Städte mehr Steuern ab, oder er leiht sich Geld von ihnen, ohne es je zurückzuzahlen. Nein, junger Rickinger, ein Bürger mag reich sein wie Krösus, aber er muss immer ein wachsames Auge auf jene richten, die ihm schaden können.«
Jakob Fugger schwieg einen Augenblick, deutete Ernst aber an, dass er weitersprechen wolle. »Reden wir über dich. Wie ich erfahren habe, will dein Vater sich in Kürze erneut vermählen. Zu dem Zweck wirst du gewiss nach München reisen wollen.«
Ernst hob abwehrend die Hände. »Nein, Herr, das will ich nicht. Mein Vater hat mir befohlen, hier in Augsburg zu bleiben, bis er mich zurückruft.«
Zwischen den Augenbrauen des Kaufherrn erschien eine steile Falte. Er hatte von Eustachius Rickingers Plänen, erneut zu heiraten, erfahren und empfand es als große Torheit, eine Bäckerwitwe ohne eigenes Vermögen zu heiraten.
»Geld muss zu Geld kommen, wenn ein Mann etwas erreichen will. Da hast du es besser gemacht als dein Vater. Leiberts Tochter bringt dir eine hübsche Mitgift ins Haus. Zusammen mit dem Erbe, das du von deinem Vater erhältst, wirst du ein bedeutender Kaufherr werden.«
»Verzeiht, Herr, aber das, was ich hier bei Euch lerne, ist

wertvoller als alle Gulden, die ich je von meinem Vater bekommen könnte«, erklärte Ernst.

»Ich habe gehört, du wärst nicht gerade im Frieden von ihm geschieden.«

Ernst schüttelte den Kopf. »Es gab keinen Streit zwischen uns, Herr. Mein Vater geht seinen eigenen Weg …«

»Ebenso, wie du den deinen gehst, willst du sagen. Ich halte so eine Entscheidung für falsch, denn der Erfolg einer Sippe und ihrer Geschäfte wird nur durch den Zusammenhalt aller erreicht. Doch nun zu etwas anderem. Du bist nach Augsburg gekommen und hast das junge Weib, dem du angetraut wurdest, in München zurückgelassen. Aber du bist ein gesunder, kräftiger Mann, und ich will dich nicht auf Abwegen sehen. Als Verheirateter ist es dir untersagt, ins Frauenhaus zu gehen – abgesehen davon, dass ich derlei nicht gut finde –, und ich will auch nicht, dass du Mägden oder anderen Weibern niederen Standes nachstellst. Daher wirst du deinem Schwiegervater schreiben, dass er dir Veva schicken soll!«

Jakob Fugger sah, dass Ernst Einwände vorbringen wollte, und hob die Hand. »Lass mich erst aussprechen. Ich habe genug von dir gehört, um zu wissen, dass du einer Tändelei mit einem hübschen Mädchen nicht abgeneigt bist. Andererseits ist mir nicht zu Ohren gekommen, dass du je eine Bürgertochter oder die Ehefrau eines anderen Mannes verführt hättest. Ich weiß auch, dass du diesen unglückseligen Priester zum Gespött der Leute gemacht hast. Auch wenn ich Kutte und Talar geistlicher Herren achte, so will ich dich nicht tadeln, denn dieser Pater ist eine Schande für den geistlichen Stand. Leider verhindern seine hohe Abkunft und der Einfluss seiner Familie, dass er zur Verantwortung gezogen wird.

Dennoch wünsche ich nicht, dass du derlei Scherze auch hier in Augsburg treibst. Es gibt genug Unruhe in der Stadt,

da sich viele von den Thesen dieses Luther aufhetzen lassen. Ich will nicht sagen, dass seine Kritik insgesamt falsch ist, doch missfällt mir der Aufruhr, den er verursacht. Daher wünsche ich nicht, dass du dich weiterhin mit jenen Männern triffst, die aus dem Papier aus Wittenberg ein Schwert wider den Papst und die heilige Kirche schmieden wollen.«
Ernst wusste nicht, was er darauf antworten sollte. Wenn er Jakob Fugger gehorchte, würde er Langenmantel und Echle nicht mehr besuchen und mit ihnen sprechen können. Fast noch unerfreulicher war für ihn der Hinweis auf seine Ehe mit Veva. Im Grunde hatte er nicht das Gefühl, verheiratet zu sein. Zu einer richtigen Hochzeit gehörten Gäste, ein gutes Mahl, fröhliche Anspielungen und hinterher das Brautbett. Auf all das hatte er verzichten müssen. Trotzdem wollte Fugger nun, dass er Veva kommen ließ, um mit ihr als Mann und Frau zusammenzuleben.
»Herr, mein Weib ist in München geblieben, um ihren kranken Vater zu pflegen. Es wäre eine Sünde, sie jetzt von seiner Seite zu rufen!« Da Fugger feste Vorstellungen vom Leben der Menschen hatte, hoffte Ernst, ihn damit überzeugen zu können.
Doch zu seiner Enttäuschung schüttelte der Handelsherr den Kopf. »Mit eurer Hochzeit ist Genoveva Leibert vom Haushalt ihres Vaters in den deinen übergegangen. Ihr Platz ist jetzt an deiner Seite. Ihr Vater kann sich entweder ein neues Weib suchen oder eine Frau in seine Dienste nehmen, die ihn pflegt und versorgt.«
Das war deutlich. Wie es aussah, würde er nach München schreiben und Veva auffordern müssen, zu ihm zu kommen. Er beschloss, diesen Brief Jakob Fugger vorzulegen, damit dieser seine Zweifel ihm gegenüber fallenließ. Da Leibert ihm Veva jedoch erst nachschicken wollte, wenn er sicher sein konnte, dass sie nicht schwanger war, könnte er dann die Verantwortung an seinen Schwiegervater abschieben.

»Wenn Ihr erlaubt, werde ich gleich nach München schreiben, Herr.« Ernst verbeugte sich und glaubte sich entlassen. Doch Jakob Fugger hielt ihn auf. »Du kannst den Brief meinem persönlichen Kurier übergeben. Der Fuhrmann Echle schwätzt mir zu viel von Luther und dessen Schriften.«

»Ich werde es so machen, wie Ihr es wünscht, Herr«, antwortete Ernst.

Mittlerweile fragte er sich, ob er nicht vom Regen in die Traufe geraten war. In München hatte er sich zwar mit der Feindschaft Pater Remigius' und Doktor Portikus' herumschlagen müssen, war aber sonst sein eigener Herr gewesen. Doch in diesem Haus galt nur das Wort des Familienoberhaupts, und wenn Jakob Fugger etwas untersagte, so durfte dies nicht geschehen.

»Übrigens habe ich heute eine Nachricht aus Rom erhalten, Rickinger. Seine Heiligkeit, Leo X., ist guten Willens, die leidige Sache mit diesem aufsässigen sächsischen Mönch durch einen Akt der Gnade zu beenden. Eigentlich wollte er Luther auffordern, nach Rom zu reisen, um sich dort zu verantworten und zu widerrufen, doch das lässt Kurfürst Friedrich von Sachsen nicht zu. Daher ist beschlossen worden, Thomas Cajetanus, den General des Ordens der Dominikaner, zu schicken, um Luther seine Irrtümer aufzuzeigen und diesen dazu zu bewegen, sich wieder der Autorität der heiligen Kirche zu beugen. Er wird mein Gast sein – ich meine Doktor Cajetanus, nicht den Sachsen!« Um Fuggers Mund spielte ein verächtliches Lächeln, das dem Mönch aus Wittenberg galt.

»Luther kommt nach Augsburg?«, fragte Ernst in schleppendem Ton, um seine Gefühle nicht zu verraten. Seit er die ersten Thesen dieses Mannes gelesen hatte, wünschte er sich, ihn kennenzulernen. Jetzt sah er die Gelegenheit kommen, aber er fürchtete, dass Jakob Fugger ihm jeden Kontakt zu seinem Idol verbieten würde.

»Er kommt, um sich dem Willen Seiner Heiligkeit zu beugen«, erklärte der Kaufherr zufrieden. »Du wirst Kardinal Cajetanus zur Verfügung stehen, solange dieser hier wohnt. Sorge dafür, dass er alles erhält, was er benötigt, und diene ihm im Geiste christlicher Demut. Er ist ein gelehrter Herr und weiß die heiligen Schriften besser auszulegen als dieser Sachse.«

»Ihr habt vorhin selbst geklagt, dass Teile des Klerus sich nicht dem Glauben, sondern der Völlerei und der Unmoral ergeben haben«, wagte Ernst einzuwenden.

»Dies weiß jeder vernünftige Mann. Doch um eines faulen Apfels willen hat niemand das Recht, am Gerüst der heiligen Kirche zu rütteln. Merke dir das, Rickinger.«

Ernst blickte zu Boden, damit Jakob Fugger in seinem Gesicht nicht lesen konnte. In seinen Augen gab es im Klerus und den christlichen Orden sehr viele faule Äpfel.

Doch er hielt den Mund, um den Handelsherrn nicht durch Widerspruch zu reizen. Jakob Fugger lebte in einem eigenen Weltbild, und das nährte sich aus der Tatsache, dass er zunächst für den geistlichen Stand vorgesehen gewesen war und bereits die niederen Weihen erhalten hatte. Nach dem Tod des Vaters und mehrerer Brüder hatte Ulrich Fugger ihn jedoch zurückgeholt und ihn gebeten, mit ihm zusammen das Handelshaus zu führen. Mittlerweile hatte er dessen Leitung übernommen, und einem Herrn Fugger gegenüber benahmen sich die Geistlichen sicher weniger stolz und hochfahrend als bei einem einfachen Bürger. Darauf hinzuweisen war jedoch sinnlos.

Eines aber glaubte Ernst noch verhindern zu können. »Verzeiht, Herr, aber wenn ich dem hochwürdigen Herrn General der Dominikaner zu Diensten sein soll, kann ich wohl kaum mein Weib aus München kommen lassen.«

»Ich will nicht, dass du an Leibesnot leidest, während du Seiner Eminenz dienst. Deshalb schreibe deinem Schwie-

gervater, dass er seine Tochter nach Augsburg schicken soll!«
Also gab es keinen Ausweg mehr, dachte Ernst, es blieb ihm die Hoffnung, Leibert würde Veva in München behalten. Wenn dies wider Erwarten nicht geschah, würde er mit ihr zusammenleben müssen. Der Gedanke, des Nachts einen warmen Frauenleib neben sich zu spüren, hatte zwar etwas Verlockendes, aber Veva war so kalt wie Eis und sicher nicht mit einem blutvollen Mädchen wie Rosi zu vergleichen. Andererseits war sie nun einmal die ihm angetraute Frau, und er würde sich in sein Schicksal fügen müssen.

9.

Ihrem Vater ging es wieder besser, und Veva war so froh darüber, dass sie der Heiligen Jungfrau in Sankt Peter eine Kerze weihte. Dadurch wurde ihr Leben jedoch nicht leichter. Ihr Vater nahm weiterhin ihre Dienste als Schreiberin in Anspruch und reagierte ungehalten, wenn ihre Feder langsamer über das Papier flog, als er ihr die Worte diktierte.
Der Schwab war ebenfalls wieder auf den Beinen. Daher schickte Leibert ihn nach Pewing, um nachzusehen, wie es um den Steinhof stand. Veva hätte den Knecht gerne begleitet, doch das ließ der Vater nicht zu. Daher bat sie den Schwab, Grüße an das Bauernpaar auszurichten.
Als Leibert zum ersten Mal seit Vevas Rückkehr aus Pewing wieder zu seinem Stammtisch im Ratskeller ging, übertrug er ihr die Aufgabe, die letzten Seiten des Rechnungsbuchs zu überprüfen, weil er einen Fehler darin vermutete. Veva war zwar sicher, alles richtig aufgeschrieben zu haben, den-

noch machte sie sich mit allem Nachdruck an die Arbeit und fand ihre Ansicht bestätigt. Beinahe wäre es ihr lieber gewesen, wenn sie wenigstens einen kleinen Fehler entdeckt hätte. Dann hätte ihr Vater sich bestätigt gefühlt, und sie wäre mit einer leichten Rüge davongekommen. So aber würde er ihr nach seiner Rückkehr aus dem Ratskeller vorwerfen, nicht richtig nachgesehen zu haben.
Zur Kontrolle rechnete sie alles noch ein zweites Mal nach, kam aber zum selben Ergebnis. Seufzend schloss sie das Rechnungsbuch und machte sich daran, einen Brief an Ferdinand Antscheller so abzuschreiben, wie ihr Vater ihn ihr diktiert hatte. Obwohl aus ihrer Heirat mit Antschellers Sohn nichts geworden war, blieb der Innsbrucker Kaufmann einer der engsten Handelspartner ihres Vaters, und die beiden taten so, als wäre nie über diese Angelegenheit geredet worden.
Während Veva schrieb, die Zunge leicht zwischen die Lippen geschoben, betrat Sepp das Kontor. Er räusperte sich, damit sie auf ihn aufmerksam wurde, und zeigte mit dem Daumen nach draußen. »Eben ist ein Bote des Herrn Jakob Fugger aus Augsburg gekommen. Er bringt Briefe für deinen Vater.«
»Sag Echle, er soll hereinkommen«, wies Veva den Knecht an.
Dieser schüttelte den Kopf. »Es ist nicht der Echle, sondern ein persönlicher Bote des Herrn Fugger. Er bringt gewiss große Neuigkeiten. Vielleicht ist sogar ein Brief deines Mannes dabei, Jungfer … äh, Frau Rickingerin.«
Veva hatte sich bereits erwartungsvoll der Tür zugewandt, denn ein Brief von Fugger aus Augsburg war immer wichtig, doch nach Sepps Bemerkung nahm sie wieder die Schreibfeder zur Hand. »Ich glaube kaum, dass Ernst Rickinger Zeit finden wird, mir zu schreiben. Er wird zu beschäftigt damit sein, den Mägden in Augsburg nachzustellen.«

Der Knecht grinste. »Ernst Rickinger ist wirklich keiner, der etwas anbrennen lässt.«
Im nächsten Moment dämmerte es ihm, das eine solche Bemerkung der Ehefrau des Mannes gegenüber wahrlich unangebracht war, und wechselte rasch das Thema. »Soll ich den Augsburger hereinholen, damit er dir die Briefe übergibt?«
»Ich komme mit dir. Sorge dafür, dass Cilli dem Boten eine Brotzeit auftischt. Weißt du, ob der Mann auf Antwort wartet?«
»Da musst du ihn schon selber fragen, Jungfer.« Diesmal unterließ Sepp es, seinen Versprecher zu korrigieren. Er folgte Veva, die mit energischen Schritten die Kammer verließ, holte sie aber erst ein, als diese das Päckchen, das der Bote gebracht hatte, bereits in Händen hielt.
»Sepp wird dich in die Küche bringen, damit du dich stärken kannst. Das Botengeld erhältst du später von meinem Vater!«, erklärte Veva dem Mann und wog den dicken Umschlag in der Hand. Er war an ihren Vater adressiert und mehrfach versiegelt. Also schien er wichtige Dinge zu enthalten. Sie überlegte kurz, ob sie Sepp zum Ratskeller schicken sollte, damit er ihren Vater holte, entschied sich aber dagegen. Der Knecht hatte im Haus zu tun, während sie ihre Pflichten erfüllt hatte. Außerdem interessierte es sie, was der sagenhaft reiche Handelsherr aus Augsburg von ihrem Vater wollte. Sie warf ihr Schultertuch über, klemmte den Umschlag unter den Arm und verließ das Haus.
Draußen lief ihr ausgerechnet Pater Remigius über den Weg, dessen Augen bei ihrem Anblick begehrlich aufflammten. Es gab etliche schöne Frauen in München, aber Veva reizte ihn am meisten, da sie ihm stets aus dem Weg gegangen war und noch nie bei ihm gebeichtet hatte. Dennoch gab er die Hoffnung nicht auf, sie irgendwann einmal zu besitzen.
Er verstellte ihr den Weg. »Warum bist du so erhitzt, meine Tochter?«

»Ich bin auf dem Weg zu meinem Vater, der mit seinen Freunden im Ratskeller sitzt und sich mit ihnen bespricht!« Veva wollte an dem Mönch vorbei, doch er fasste sie am Arm und hielt sie fest.
»Was hast du da, etwa ketzerische Schriften?« Er zeigte mit der freien Hand auf das Päckchen in ihrer Hand.
»Wohl kaum, denn so etwas würde ich sicher nicht offen herumtragen«, antwortete Veva verärgert.
Als sie sich losreißen wollte, verstärkte er seinen Griff. »Ihr tut mir weh!«
Remigius lachte nur. »Ich will sehen, was das ist. Es gehört zu meinen Aufgaben, zu verhindern, dass üble Flugblätter im Herzogtum umgehen!« Damit wollte er das Päckchen fassen.
»Das sind wichtige Geschäftsbriefe für meinen Vater von Herrn Jakob Fugger. Ich muss sie ihm dringend übergeben. Also lasst mich los! Oder beschuldigt Ihr etwa den Bankier des Kaisers, Ketzerpost zu versenden?« Bei diesen Worten versuchte Veva erneut, sich zu befreien.
Als Remigius sie nicht losließ, funkelte sie ihn zornig an. »Wenn Ihr mich nicht augenblicklich freigebt, schreie ich die ganze Stadt zusammen und sage allen, Ihr hättet mich zu unzüchtigen Dingen nötigen wollen!«
Veva klang so entschlossen, dass Remigius die Finger von ihrem Arm löste. »Also gut! Aber wir haben noch nicht das letzte Wort miteinander gesprochen.«
Kochend vor Wut wandte er sich ab und ging davon. Unterwegs scheuchte er mehrere Mägde, die beim Brunnen standen und schwatzten, mit scharfen Worten beiseite.
Veva blickte ihm nach und schüttelte den Kopf. Pater Remigius war eine Schande für seinen Orden und die gesamte Geistlichkeit, und mit einem Mal freute es sie, dass Ernst und ihr Bruder ihm damals jenen rüden Streich gespielt hatten. Sie begriff allerdings auch, dass sie in Zukunft vor-

sichtig sein musste. Würde sie Remigius an einer einsamen Stelle begegnen, bestand Gefahr, dass er ihr Gewalt antat. Schnell verscheuchte sie diesen Gedanken und lief weiter, bis sie den Schrannenplatz erreicht hatte und den Eingang des Ratskellers vor sich sah. Dort blieb sie einen Augenblick stehen und zupfte ihre Kleidung zurecht, bevor sie eintrat.

10.

Bartholomäus Leibert saß mit seinem Freund Eustachius Rickinger, dem Ratsherrn Arsacius Bart und anderen Patriziern und Geschäftsleuten zusammen. Erst als Veva neben ihm stand und sich durch leises Hüsteln bemerkbar machte, blickte er auf. »Veva? Was gibt es?«

»Einen Brief von Herrn Jakob Fugger aus Augsburg. Ich habe gedacht, er könnte wichtig sein, und bin deshalb hierhergelaufen.«

Ihr Vater zog ein abweisendes Gesicht. »Ich hätte den Brief früh genug gesehen, wenn ich nach Hause gekommen wäre. Stattdessen rennst du mir nach und machst dich und mich zum Gespött der Leute. Sieh dich nur an! Du trägst ein Kleid wie eine Dienstmagd, und dein Haar ist unbedeckt. Als Ehefrau hast du eine Haube zu tragen! Wie konntest du das vergessen?«

»Vielleicht, weil sie niemanden hat, der sie nachts daran erinnert, dass sie eine verheiratete Frau ist«, warf einer der Gäste lachend ein.

Veva spürte, dass sie rot wurde. Gleichzeitig ärgerte sie sich über sich selbst, weil sie nicht an eine Haube gedacht hatte. Sie hatte sich zwar noch keine eigene genäht, aber sonst, wenn sie das Haus verließ, die schlechtere der beiden Hauben übergestülpt, die ihre Mutter hinterlassen hatte. Verlegen zog sie ihr Schultertuch über den Kopf.

»Wenn du das noch einmal machst, wird man dich an den Schandpfahl stellen«, drohte ihr Vater und streckte die Hand nach dem Umschlag aus. »Gib her! Wenn du den Brief schon gebracht hast, kann ich ihn mir auch ansehen.«

»Treibst du Geschäfte mit Fugger in Augsburg?«, fragte einer der Handelsherren neugierig.

»Ich? Nein!«, antwortete Leibert nicht ganz wahrheitsgemäß. »Darum wundere ich mich ja auch, dass er mir schreibt.« Er erbrach die Siegel und zog zwei ebenfalls versiegelte Briefe aus dem Päckchen. Einer stammte von Jakob Fugger, und auf dem anderen erkannte er Ernsts Handschrift. Den wollte er schon an dessen Vater weiterreichen, sah aber noch früh genug, dass das Schreiben an ihn selbst gerichtet war.

Mittlerweile besaß er die dringend benötigte Brille und konnte seine Briefe wieder ohne große Mühe lesen. Zwar musste er das schwere hölzerne Gestell mit einer Hand halten, aber durch die geschliffenen Gläser vermochte er jeden Buchstaben deutlich zu erkennen. Bei der Lektüre von Ernsts Brief runzelte er die Stirn, sagte jedoch nichts, sondern nahm Fuggers Schreiben zur Hand. Schon nach dem ersten Satz drehte er das Blatt so, dass niemand mitlesen konnte. Jakob Fugger bot ihm an, sich mit einer Summe ab tausend Gulden aufwärts an einem Bergregal in Tirol zu beteiligen, und das ging die anderen am Tisch wahrlich nichts an. Erst ganz zuletzt brachte auch der Augsburger Kaufherr die Rede auf Veva. Ernsts Brief mit der Bitte, Veva nach Augsburg zu schicken, hätte Leibert ignorieren können. Anders war es jedoch mit einer Forderung, die von Jakob Fugger persönlich gestellt wurde. Sorgfältig faltete er beide Briefe wieder zusammen und sah seinen Freund Rickinger an. »Der hochwohllöbliche Herr Jakob Fugger fordert mich auf, Veva zu Ernst zu schicken, damit die beiden wie gute

Eheleute miteinander leben können. Er schreibt, es wäre gegen Gottes Gebot, die beiden voneinander fernzuhalten.«
Eustachius Rickinger starrte auf seinen Weinbecher und drehte diesen langsam in der Hand. »Du weißt, warum wir gerade das nicht wollten.«
»Nun, mittlerweile sind einige Wochen seit jenem schlimmen Tag im Gebirge vergangen, und Veva ist noch immer so schlank und rank wie ehedem. Wir sollten sie nach Augsburg schicken. Es wäre nicht gut, eine Forderung Jakob Fuggers zu ignorieren.«
»Das ist richtig«, brummte Rickinger und zuckte mit den Achseln. »Von mir aus kannst du sie nach Augsburg bringen lassen. Doch vorher soll eine kundige Hebamme sie untersuchen.«
»Dafür werde ich sorgen!« Leibert atmete auf, weil sein Freund keine Einwände zu haben schien. Sein Eindruck verstärkte sich jedoch, dass diesem kurz vor seiner zweiten Hochzeit das Schicksal seines bislang einzigen Sohnes nahezu gleichgültig geworden war. Dies bestärkte Leibert darin, sich in Zukunft in geschäftlichen Belangen mehr an Jakob Fugger zu halten als an seinen Freund.
»Die Sache muss dem Herrn Fugger aber schwer auf dem Herzen liegen, wenn er deswegen extra einen Brief schickt«, rief Arsacius Bart lachend aus.
»Der dürfte genug über Ernst in Erfahrung gebracht haben und nicht wollen, dass seine Mägde über kurz oder lang mit dicken Bäuchen herumlaufen«, spottete ein anderer.
»Nur seine Mägde? Ernst ist kräftig genug, auch die Mägde der gesamten Nachbarschaft zu schwängern. Ihr wisst doch, wie er es hier getrieben hat. Es gab kein Fest und keinen Tanz, bei dem er nicht heimlich mit einem hübschen Ding verschwunden ist. Veva wird sich anstrengen müssen, damit er sich mit ihr begnügt. Ihr wisst ja, ein guter Kater lässt das Mausen nicht!«

Dröhnendes Gelächter erscholl, und die Männer schlugen sich vor Vergnügen auf die Schenkel. Veva aber wäre am liebsten vor Scham im Erdboden versunken. Was dachten sich diese Männer nur, in ihrer Gegenwart so über Ernst herzuziehen? Noch schlimmer war jedoch, dass sie nicht einmal die Unwahrheit sagten. Nach allem, was sie von ihrem Ehemann wusste, war er hinter jeder halbwegs hübschen Magd Münchens her gewesen. In Augsburg wird er es wohl nicht anders halten, sagte sie sich, und alles in ihr sträubte sich gegen den Gedanken, dorthin zu reisen.

»Herr Vater, ich glaube nicht, dass ich Euch so rasch verlassen sollte. Auch wenn es Euch jetzt etwas bessergeht, seid Ihr noch lange nicht gesund und bedürft meiner Pflege!«

Leibert schüttelte den Kopf. »Wenn Fugger schreibt, er will dich in Augsburg sehen, wirst du dorthin fahren. Ich komme schon zurecht. Wie du selbst sagst, bin ich wieder fast auf der Höhe. Mit Hilfe meiner neuen Brille kann ich die Bücher allein führen, und zur Pflege schaffe ich mir eine tatkräftige Magd an.«

»Nur zur Pflege?«, fragte Arsacius Bart anzüglich.

»Das wären Dinge, die Euch am wenigsten angehen«, konterte Leibert. Er fühlte sich geschmeichelt, weil seine Stammtischbrüder ihm zutrauten, mehr mit einer Frau anfangen zu können, als sich von ihr nur die schmerzenden Glieder mit Salbe einreiben zu lassen.

Dann blickte er zu Veva hoch. »Geh nach Hause und bereite deine Abreise vor. Vorher aber wirst du die Kreszenz aufsuchen. Sag ihr, sie soll heute Nachmittag zu uns kommen.«

»Ja, Vater!« Veva begriff, dass Widerspruch sinnlos war, und verließ mit einem knappen Abschiedsgruß den Ratskeller.

Arsacius Bart blickte ihr nach und schnalzte mit der Zunge. »Eure Tochter ist wirklich ein leckerer Bissen, und ich würde gerne mal mit Ernst tauschen.«

»Wenn Eure Frau das hört, wird sie Euch das Rückenfell mit dem Kochlöffel gerben«, warf einer seiner Freunde grinsend ein.
»Nicht, wenn sie heute Abend mit mir zufrieden ist. Ihr wisst ja: Appetit darf man sich holen, aber gegessen wird zu Hause!«, antwortete Bart gelassen.
»Das hätte Rickinger seinem Sohn beibringen sollen. Doch er hat alle Mägde in seinem Haus als sein persönliches Eigentum betrachtet, so dass Ernst in der Nachbarschaft wildern gehen musste!« Der Sprecher schlug Rickinger fröhlich auf die Schulter.
Ernsts Vater fuhr wütend auf. »Ich habe nie etwas mit meinen Mägden angefangen und Ernst oft genug gesagt, dass er ins Frauenhaus zu den Huren gehen soll, wie es sich für einen unverheirateten Burschen gehört!«
Arsacius Bart machte eine beschwichtigende Geste. »Jetzt regt Euch nicht auf, Rickinger. Es will Euch doch keiner etwas. Auch nimmt hier keiner an, dass Ihr zu der alten Lina oder den Dorftrampeln, die sie herumkommandiert, ins Bett gestiegen wärt.«
»Außerdem hat man Euch öfter mal bei den Hübschlerinnen am Sendlinger Tor gesehen. Zwar geziemt einem Witwer ein keuscher Lebenswandel, doch von Zeit zu Zeit muss ein Mann einen weichen Leib unter sich spüren, um zu wissen, dass er noch im Saft steht!« Gemeinsam gelang es den Stammtischbrüdern, Rickinger wieder zu versöhnen. Derweil hing Leibert seinen Gedanken nach, und die drehten sich mehr um Fuggers Angebot als um Tochter und Schwiegersohn.

11.

Veva kehrte mit widerstrebenden Gefühlen nach Hause zurück. Was dachte Ernst sich dabei, einfach ihrem Vater zu schreiben, er solle sie zu ihm schicken? Und was ging es Jakob Fugger an, ob sie nun in Augsburg war oder nicht? Noch mehr ärgerte sie sich über ihren Vater, der den beiden einfach nachgegeben hatte, und über Eustachius Rickinger, der sie durch die Hebamme Kreszenz untersuchen lassen wollte, als solle die alte Frau entscheiden, ob sie für seinen Sohn gut genug war oder nicht.

Wütend platzte sie in die Küche, schenkte sich einen Becher Bier ein und trank diesen in einem Zug leer.

Cilli sah sie kopfschüttelnd an. »Was ist denn dir für eine Laus über die Leber gelaufen?«

»Warum soll mir etwas über die Leber gelaufen sein?«, antwortete Veva spitz.

»Ich sehe es dir doch an. Deine Augen sprühen Feuer, dass du damit den Herd anschüren könntest. Willst du mir nicht sagen, was dich bedrückt?« Cilli fasste Veva um die Schulter und hoffte, diese würde sich ihr anvertrauen, wie sie es als Mädchen getan hatte.

Veva machte sich mit einem Ruck los und wies mit dem Kinn auf den Herd. »Koch heute etwas mehr zum Abendessen. Die Kreszenz wird kommen, und die wollen wir doch nicht hungrig heimgehen lassen.«

»Geht es deinem Vater so schlecht?«, fragte Cilli, die wusste, dass die Hebamme so manche Pflanze kannte, die besser wirkte als die Pillen, die der Apotheker drehte.

»Nein, sie kommt meinetwegen!«

»Heilige Jungfrau, ist etwas mit dir? Bist du vielleicht doch schwanger und willst die Last mit Kreszenz' Hilfe loswerden?«, rief Cilli erschrocken.

Nun zuckte Veva zusammen, denn sie wusste aus eigener Erfahrung, wie rasch sich üble Gerüchte verbreiten konnten. »Sag doch so etwas nicht!«, schalt sie die Köchin und richtete sich zu ihrer vollen Größe auf. »Natürlich bin ich nicht schwanger! Oder hast du vergessen, dass ich vor ein paar Tagen ein Bündel blutiges Moos im Herd verbrannt habe?«

»Ich habe nicht gesehen, was es war. Aber du weißt gar nicht, wie mich das freut! Es hätte mich bedrückt, wärst du von einem dieser Schurken schwanger geworden.« Cilli umarmte Veva erleichtert und ließ diese dadurch ihren größten Zorn vergessen.

»Männer verstehen von solchen Frauendingen einfach nichts, und deswegen will Rickinger, dass Kreszenz mich untersucht. Ernst hat nämlich geschrieben, ich soll zu ihm nach Augsburg kommen.«

»Du klingst nicht so, als würdest du dich darauf freuen«, klang die Stimme der alten Kräuterfrau hinter Veva auf. Kreszenz hatte noch rasch nach einer Wöchnerin geschaut, deren Kind sie auf die Welt geholfen hatte, und war zu Leiberts Anwesen gekommen, um hier zu Diensten zu sein.

Veva schürzte die Lippen. »Wieso sollte ich mich freuen? Ihm liegt doch weniger an mir als an seinen Schuhen. Ich glaube, er hat Vater auch nicht aus freiem Willen geschrieben, sondern weil Herr Jakob Fugger es von ihm verlangt hat.«

»Jakob Fugger ist ein braver, ehrlicher Mensch, der mit seinem Geld viel Gutes tut. So manch anderer könnte sich an ihm ein Beispiel nehmen. Erst letztens habe ich dem Augsburger Boten Korbinian Echle den Arm verbunden, weil ihn eine Imme böse gestochen hat. Bei einem Becher Bier hat er mir dann einiges von Augsburg und Herrn Fugger berichtet. Stell dir vor, der Kaufherr will Häuser für arme Leute wie mich bauen lassen, damit sie im Alter nicht auf

den Kirchenstufen betteln müssen. So einen wie den Jakob Fugger gibt es in ganz München nicht!«
Kreszenz klang so schwärmerisch, dass Veva lächeln musste. Sie verstand die alte Frau. Das Haus der Hebamme war nur eine zwischen zwei Gebäuden eingezwängte Hütte, und den kleinen Garten, in dem sie Gemüse und Kräuter zog, hatte ihr ein dankbarer Nachbar zur Verfügung gestellt, weil sie dessen Frau vor Jahren bei einer schweren Niederkunft beigestanden und Mutter und Kind gerettet hatte.
»Es gibt solche Männer auch an anderen Orten, nur sind sie nicht so reich, um gleich ganze Häuser bauen lassen zu können«, mahnte Veva Kreszenz und forderte diese auf, mit ihr zu kommen.
»Also soll ich mich doch um dich kümmern!« Kreszenz schien auch zu befürchten, dass Veva schwanger war. Diese gab jedoch keine Antwort, sondern verließ die Küche und stieg zu ihrer Kammer hoch. Dort wartete sie, bis Kreszenz eingetreten war, und schloss die Tür hinter ihr. »Wie schon gesagt: Mein Vater will mich zu Ernst schicken. Vorher verlangt er zu wissen, ob ich schwanger bin oder nicht. Daher sollst du mich untersuchen!«
»So ist das also.« Kreszenz wackelte ein paarmal mit dem Kopf und wies dann auf die beiden kleinen Fenster, die nur wenig Licht hereinließen. »Dafür brauche ich eine Lampe!«
»Ich hole eine.« Veva verschwand und kehrte gleich darauf mit einer brennenden Unschlittkerze zurück. »Reicht das?«
»Ein Wachslicht wäre mir lieber. Das Ding stinkt arg, und ich muss es ganz nahe an mein Gesicht halten.«
Veva verließ erneut die Kammer und kam mit einer daumendicken Wachskerze zurück. Sie zwinkerte Kreszenz zu. »Wir sollten meinem Vater nicht sagen, dass du eine Wachskerze haben wolltest, weil dir die Unschlittkerze zu sehr stinkt, sondern weil du mehr Licht gebraucht hast!«

»So machen wir es«, versprach Kreszenz, zündete die Wachskerze an der Lampe an und drehte sich dann zu Veva um. »Wenn ich dich untersuchen soll, musst du dich ausziehen!«

»Ganz?«, fragte Veva abwehrend.

»Ich denke schon. Schließlich kann ich ja schlecht dein Kleid untersuchen, ob es schwanger ist«, gab Kreszenz trocken zurück.

Jetzt musste Veva lachen, und sie begann, ihre Kleidung abzulegen. »Hoffentlich kommt jetzt niemand in die Kammer.«

»Kannst du nicht den Riegel vorschieben?«, fragte Kreszenz, sah dann aber selbst, dass es keine Möglichkeit des Zusperrens ab. »Dann muss uns etwas anderes einfallen!«

Sie schob den Stuhl, der Veva nachts als Ablage für ihr Kleid diente, vor die Tür und klemmte die Klinke mit der Lehne fest. »Das wird reichen. Und du ziehst auch noch das Hemd aus. Sei doch nicht so schamhaft! Wenn du mal ein Kind bekommst, wirst du froh sein, mir alles zeigen zu können, was du hast.«

Veva gehorchte mit einem Auflachen und stellte sich so hin, wie die Alte es von ihr verlangte. Diese fasste sie am Bauch, drückte hierhin und dorthin und kniff sie so stark, dass Veva aufkeuchte. »Du tust mir weh!«

»Das ist noch gar nichts gegen die Schmerzen, die du einmal spüren wirst, wenn es ans Gebären geht. Und jetzt leg dich hin, damit ich weitermachen kann.« Kreszenz schob Veva mit Nachdruck auf das Bett zu und gab nicht eher nach, bis diese mit gespreizten Beinen vor ihr lag.

Mit der Kerze in der Hand beugte sie sich über die junge Frau. Ein Tropfen heißes Wachs fiel auf Vevas Oberschenkel, und sie stöhnte vor Schmerz auf, doch die alte Frau kicherte nur. »Du weißt doch noch gar nicht, was wahre Schmerzen sind!«

Dann fasste Kreszenz an Vevas intimste Stelle und zupfte und zog daran. Dabei hielt sie die Kerze so tief, dass Veva den Geruch verglimmender Schamhaare zu riechen meinte.
Mit einem Mal richtete Kreszenz sich auf und sah Veva verblüfft an. »Wie kann das sein? Du bist ja noch Jungfrau!«
»Das habe ich doch die ganze Zeit versucht meinem Vater und allen anderen zu erklären! Ich bin nicht geschändet worden. Aber mir wollte ja keiner glauben. Manchmal weiß ich selbst nicht genau, was passiert ist, denn ich kann mich an vieles nur ganz verschwommen erinnern«, antwortete Veva leise.
»Was auch immer dort geschehen sein mag, auf jeden Fall hast du noch nie den Stachel eines Mannes in dir gespürt. Seltsam ist das schon. Ich habe einige Frauen gesehen, die der Oberländer Bande in die Hände gefallen sind. Die Kerle haben sie grässlich misshandelt. Du bist die Erste, die ihnen unversehrt entkommen ist. Hast du eine Ahnung, warum sie dich nicht angerührt haben?«
Veva schüttelte den Kopf. »Nein! Wenn ich versuche, mich zu erinnern und die Bilder von damals zu greifen, sehe ich nur den Mord an meinem Bruder vor mir. Alles andere erscheint mir wie ein übler Traum. Manchmal glaube ich, mich an Einzelheiten erinnern zu können. Aber im nächsten Moment weiß ich nicht mehr, ob ich nicht nur einem Trugbild meiner Phantasie zum Opfer falle.«
»Vielleicht kommt die Erinnerung irgendwann zurück. Es muss einen Grund geben, weshalb die Räuber dir keine Gewalt angetan haben. Jetzt zieh dich wieder an. Deinem Vater kann ich mit Gewissheit sagen, dass du kein Kind in dir trägst.« Kreszenz klang zufrieden, denn sie mochte Veva und hätte diese ungern mit einer unerwünschten Last im Bauch gesehen.
Veva hörte jedoch nicht mehr, was Kreszenz sagte, denn vor

ihrem geistigen Auge erlebte sie noch einmal den Tod ihres Bruders und fühlte den Schmerz stärker noch als in jenen schlimmen Tagen.

12.

Etwa um die gleiche Zeit saß der nach Innsbruck geflohene Handelsherr Benedikt Haselegner in einer Schenke seinem Freund Franz von Gigging gegenüber. In ihren Tonbechern funkelte köstlicher welscher Wein, und doch wirkte Haselegner, als habe es ihm sämtliches Kraut verhagelt. »Es war alles umsonst«, sagte er mürrisch. »Ich hätte das Geld besser zum Fenster hinausgeworfen, als es Euch zu geben.«

»Ich hätte nicht erwartet, dass du den Spieß bereits beim Anblick des ersten Feindes ins Korn wirfst und dich davonmachst«, spottete Gigging. »Was macht es schon, dass das Mädchen inzwischen verheiratet worden ist? Wir leben in einer gefährlichen Zeit, und so mancher, der auf Reisen geht, kehrt nie wieder zurück!«

Haselegner winkte mit einer heftigen Bewegung ab. »Wenn es nur das wäre! Aber ich bin mit ihrem Vater in Streit geraten und habe das Messer gezogen. Daher kann ich mich in München nicht mehr sehen lassen, sonst werde ich vor Gericht gezerrt.«

»Und darum machst du dir Sorgen?« Gigging lachte so laut, dass sich einige Gäste zu ihm umdrehten.

»Seid leiser, sonst wird noch jemand auf uns aufmerksam«, wies Haselegner ihn leise zurecht.

»Bei Gott, was bist du doch für ein erbärmlicher Hosenschisser. Außerdem kannst du mit dem Messer nicht besonders gut umgehen. Der Knecht, den du erstochen haben willst, läuft immer noch herum, und sein Herr hat keine Klage gegen dich erhoben.«

»Woher wisst Ihr das?«

»Ich war letztens in München. Seine Gnaden, Herzog Wilhelm, hat geruht, mich zu empfangen, denn er will, dass ich mich ihm zuwende und nicht dem Kaiser. Maximilian, so meint er, besitze eh schon zu viel, und da solle er nicht auch noch das Fleckchen Land bekommen, das mir gehört.« Gigging blickte sein Gegenüber spöttisch an. »Jedenfalls habe ich bei der Gelegenheit nachgefragt, wie es denn dem Leibert ginge. Ehrlich gesagt glaube ich nicht, dass er es noch lange macht. Er sei immer wieder krank, hat man mir zugetragen, und seine Tochter soll ihn pflegen. Wie du siehst, liegt sie noch nicht im Bett deines Freundes. Wenn du rasch handelst, wird sie es vielleicht niemals tun.«

Haselegner kaute auf seinen Lippen herum und stieß einen wüsten Fluch aus. Dann schüttelte er sich wie ein nasser Hund. »Das sagt Ihr mir erst jetzt? Inzwischen stehe ich bei Ferdinand Antscheller im Wort, dass ich seine älteste Tochter heirate, und kann nicht mehr zurück. Ich bin schließlich auf ihn angewiesen. Aber wenn ich wieder in München leben und dort Handel treiben kann …« Haselegner korrigierte sich selbst. »Und selbst dann sollte ich ihn mir nicht zum Feind machen.«

»Wo siehst du ein Problem? Ein Witwer kann doch leicht eine Witwe heiraten!« Gigging kicherte. Gewohnt, selbst stets hart zuzugreifen, hielt er Haselegner für einen argen Zauderer, der vor dem entscheidenden Schritt zurückschreckte. Er hatte ihm Leiberts Sohn aus dem Weg geräumt, so dass dessen Erbe nun an die Tochter fiel. Aber Haselegner hatte seinen Teil vermasselt. Anstatt zuzugreifen und sich Veva Leibert und damit ihr Vermögen zu sichern, hatte er zugelassen, dass ein anderer sie bekam.

»Du hast noch ein wenig Zeit zum Überlegen, denn in den nächsten Wochen bin ich beschäftigt. Ich soll das Geleit für einen römischen Kardinal stellen, der nach Augsburg reist. Danach kann ich wieder in deinem Sinne wirken.«

»Augsburg sagt Ihr?« Haselegner fuhr auf. »Dort lebt zurzeit Ernst Rickinger. Ein geschickter Dolchstoß würde mich von ihm befreien. Vielleicht könntet Ihr unauffällig in Streit mit ihm geraten?«

»Können kann ich viel, aber es muss sich für mich auch lohnen. Wenn du danach Leiberts Tochter heiraten könntest, brächte dir der Dolchstoß eine Menge Geld ein. Also müsstest du einiges mehr springen lassen.« Giggings Gesicht wurde ernst, und aus den Augen leuchtete unverhohlene Gier nach Gold.

Haselegner begriff, dass sein Gegenüber sich diesmal nicht mit einer Handvoll Gulden zufriedengeben würde, und verfluchte Leibert, der seine Bewerbung um Veva so hartnäckig abgelehnt hatte. Jetzt war sie mit Ernst Rickinger verheiratet, und ihr Geld würde nach dem Tod ihres Vaters in dessen Hände fallen. »Das muss ich verhindern!«, entfuhr es ihm ungewollt.

Für Gigging war es ein Leichtes, in Haselegners Mienenspiel zu lesen. Er nickte zufrieden und klopfte seinem Geschäftspartner auf die Schulter. »Dann sind wir uns wieder einmal einig. Ich räume dir auch diesen Stein aus dem Weg und erhalte dafür eine hübsche Summe. Aber da ich in der nächsten Zeit einige größere Ausgaben habe, muss ich mir doch noch ein paar Handelszüge genauer ansehen. Du könntest dich nützlich machen, denn bei Antscheller dürftest du so mancherlei erfahren.«

»Ihr wollt also weiterhin …« Haselegner brach ab und sah sich angespannt um. Doch niemand schien auf sie zu achten.

»Natürlich will ich!« Gigging beugte sich zu Haselegner

hinüber und sprach leise weiter. »Sonst denken die Leute womöglich noch, die Oberländer Bande gäbe es nicht mehr. Außerdem bekommst du wie immer deinen Anteil. Du nennst uns lohnende Ziele, wir erledigen die Arbeit – und schon bist du um etliche Gulden reicher.«

Haselegner ruckte auf der Bank hin und her. Anders als früher hatte er ein schlechtes Gefühl bei der Sache. Anfangs hatte er die Hilfe des Ritters ebenso gebraucht wie die Waren, die dieser ihm aus der Beute überlassen hatte, um sein wankendes Handelshaus wieder auf ein festes Fundament zu setzen. Nun aber fragte er sich, ob Leibert möglicherweise Verdacht geschöpft hatte. Welchen Grund mochte es sonst geben, dass der Mann sich so vehement gegen eine Ehe zwischen ihm und Veva ausgesprochen hatte? Doch wenn Leibert etwas herausgefunden hätte, wäre er mit seinem Wissen gewiss zu den Münchner Ratsherren oder gar direkt zum Herzog gegangen. Außerdem war er stets so vorsichtig gewesen, die Ware nicht an ihrem ursprünglichen Bestimmungsort auf den Markt zu bringen. Diesmal benötigte er seinen Anteil an Giggings Beute mindestens ebenso dringend wie am Anfang ihrer Bekanntschaft, denn seine überstürzte Flucht aus München, die, wie er gerade erfahren hatte, gar nicht nötig gewesen war, hatte ihn einige Geschäftsverbindungen gekostet. Überdies musste er Antscheller an seinen Gewinnen beteiligen.

Entschlossen, sich so bald wie möglich aus dieser Abhängigkeit zu befreien, blickte er Gigging an. »In drei Tagen wird ein Handelszug Innsbruck durchqueren. Er ist für die Messe in Leipzig gedacht und führt wertvolle Waren mit sich. Zehn Bewaffnete beschützen ihn, und auch die Fuhrknechte sollen fest zulangen können. Ich fürchte, dieser Happen dürfte etwas zu groß für Euch sein.«

»Das werden wir sehen!« Eine Warenladung, die für Leipzig bestimmt war, versprach reiche Beute, und die wollte Franz von Gigging sich nicht entgehen lassen. »In drei Tagen sind sie hier, sagst du?« Der Ritter setzte noch einmal vier Tage hinzu, bis der Wagenzug die Gegend erreichte, in der ein Überfall Aussicht auf Erfolg hatte. Die Zeit reichte aus, um seine Bande zusammenzurufen. Daher klopfte er Haselegner freundschaftlich auf die Schulter und forderte ihn auf, ihm mehr über die Fracht und ihre Begleiter zu berichten.

13.

Für Veva war der Abschied aus ihrer Heimatstadt noch schmerzlicher als jener vor der Reise nach Innsbruck. Damals hatte sie wenigstens in einer Sänfte sitzen können und erst den Heimweg im Sattel zurücklegen müssen. Nun hockte sie wieder auf einem Maultier, das diesmal der Schwab am Zügel führte, und kämpfte mit ihren Erinnerungen. Da war der Gedanke an ihren Bruder, den sie so schmerzlich vermisste, und an den Vater, der sie zwar liebte, aber nie wirklich ernst genommen hatte. Zu ihrer Erleichterung hatte er wenigstens Hein und dessen Familie auf dem Hof in Pewing gelassen, so dass diese nicht auf der Landstraße verderben mussten. Auch um sie schien er sich zu sorgen, denn zu ihrem Schutz begleiteten zwei Stadtknechte ihren Zug, und auf Befehl ihres Vaters hatte sie sich außerdem dem Augsburger Ratsboten Korbinian Echle angeschlossen. Nun ritt sie hinter dessen Frachtwagen her und wusste nicht, ob sie sich über die gemächliche Reise ärgern oder sich freuen sollte, weil sich ihre Ankunft in Augsburg deswegen um einen Tag verzögern würde.

Anders als sie nahm der Schwab jede Gelegenheit wahr, mit Echle zu reden und diesen über Augsburg und die be-

deutendsten Bürger dort auszufragen. Bislang hatte er die Reichsstadt am Lech nur ein Mal besuchen können und sie schier für ein Paradies gehalten. Daher freute er sich doppelt, Veva begleiten zu dürfen. Außerdem hatte sein Herr ihm einen besonderen Auftrag erteilt, von dem niemand etwas wissen durfte, am wenigsten die Zöllner des Herzogs. Auch hatte Leibert ihm streng verboten, sich Veva anzuvertrauen, da Weiber nun einmal von Natur aus schwatzhaft seien und Geheimnisse nicht für sich behalten könnten.
Zwar glaubte der Schwab nicht, dass Veva etwas ausplaudern würde, dennoch befolgte er den Befehl seines Herrn und schwieg ihr gegenüber. Stattdessen genoss er das Gespräch mit dem Ratsboten, der seine Heimatstadt in schillernden Farben beschrieb.
Auch Veva lauschte Echles Beschreibungen. Dem Willen ihres Vaters zufolge würde sie etliche Monate, vielleicht sogar Jahre in Augsburg leben müssen. Da war es gut, wenn sie schon im Vorfeld ein wenig Bescheid wusste. So ganz aber traute sie den herrlichen Bildern nicht, die Echle ausmalte. Schließlich lebten auch in Augsburg nur Menschen und keine Heiligen. Es sprach nichts dafür, dass es ihr dort besser als in München ergehen würde.
Als sie eine diesbezügliche Bemerkung zu Echle machte, winkte der Ratsbote lachend ab. »Mit Augsburg könnt Ihr die muffige Residenzstadt des bayrischen Herzogs nicht vergleichen. Meine Heimatstadt ist viel größer und reicher, dort gibt es alles zu kaufen, was das Herz begehrt. In Augsburg muss auch niemand in Sack und Asche herumlaufen, weil der Landesherr es ihm befiehlt. In meiner Stadt haben die Bürger das Sagen, und wenn die sich in Samt und Seide kleiden wollen, tun sie es auch. Dort kann man Pelze tragen, wie es einem gefällt, die kostbarsten Düfte erwerben und auch Salben, die der Schönheit der Frauen schmeicheln. Ihr werdet sehen, Augsburg, das ist das Leben!«

»Das sage ich auch immer«, fiel der Schwab mit leuchtenden Augen in die Lobpreisung ein. »Nur schade, dass ich nicht dort bleiben kann, sondern wieder nach München zurückkehren muss.«

Der Knecht seufzte, während Veva ein bitteres Gefühl im Mund spürte. »Wenn du wieder nach Hause gehst, bin ich in Augsburg ganz allein!«

Sie berührte damit einen Punkt, der auch dem Schwab auf der Seele lag. Eigentlich hätte es sich für Leibert gehört, seiner Tochter eine Aussteuer und auch eine Magd mitzugeben. Stattdessen hatte er Veva nur mit dem Allernotwendigsten an Kleidung versehen. Wahrscheinlich hatte der Brief des Herrn Fugger zu drängend geklungen, entschuldigte er seinen Herrn.

»Dein … äh, Euer Ehemann wird gewiss eine Magd für Euch in Dienst nehmen«, sagte er, um sie zu trösten.

Bislang hatte der Schwab mit Veva geredet wie mit seinesgleichen. Aber nun, da sie die Ehefrau eines Bürgersohns war, wollte er sich der nötigen Achtung befleißigen. Dies war auch notwendig, weil sie in eine fremde Stadt kamen und dort niemand annehmen sollte, Veva mache sich mit dem Gesinde gemein.

»Ich brauche keine Magd!« Vevas Stimme klang schroff, denn sie wollte keine Frau um sich, die Ernst für sie ausgesucht hatte. Wahrscheinlich würde so ein Weib mehr ihm zu Diensten sein müssen als ihr, und sie hatte nicht die Absicht, seine Bastarde in ihrem Haushalt aufzuziehen.

Der Schwab begriff, was sie meinte. Zwar glaubte er nicht, dass Ernst Veva im eigenen Haushalt beschämen würde, denn er hatte sich von den Mägden im Haus seines Vaters ferngehalten. Doch er wollte sich nicht Vevas Unmut zuziehen, indem er ihren Mann verteidigte.

»Wie lange dauert es noch, bis wir in Augsburg sind?«, fragte er ihren Führer.

Echle blickte sich kurz um. »Morgen um die Zeit habt Ihr dort bereits gespeist. Wisst Ihr schon, wo Ernst Rickinger seinen Haushalt einrichten will?« Diese Information war wichtig für ihn, da er sich bei Fugger nicht sehen lassen durfte. Dabei gab es so vieles, worüber er mit Ernst reden wollte. Immerhin hieß es, Doktor Martin Luther werde die Stadt persönlich aufsuchen, um mit einem päpstlichen Emissär zu verhandeln.
Zu seinem Leidwesen schüttelten beide den Kopf. »Ich weiß nur, dass er bis jetzt im Haus des Herrn Fugger wohnt. Welche Pläne er verfolgt, ist mir nicht bekannt«, erklärte Veva und ärgerte sich gleichzeitig, weil weder ihr Vater noch Ernst es für nötig erachtet hatten, ihr mitzuteilen, wo sie in Augsburg leben würde.
Echle begriff, dass er vor Vevas Ohren kein gutes Wort über deren Ehemann verlieren sollte, und bedauerte seinen Freund. Zwar hatte Ernst eine schöne Frau geheiratet, doch wie es schien, hatte diese ein Herz aus Stein. Dass sein Freund mit ihr glücklich werden würde, bezweifelte er. Daher war er am Abend erleichtert, als sie Friedberg erreichten. Von hier aus war es nur noch ein Katzensprung bis Augsburg, und dann war er die hochnäsige Bürgertochter los.

14.

Vevas Unmut schwand, als sie gegen Mittag des nächsten Tages die Türme Augsburgs jenseits des Lechs auftauchen sah. Die Stadt war weitaus größer, als sie es trotz Echles Lobpreisung erwartet hatte, und stellte München sowohl von ihrer Ausdehnung wie auch von der Pracht ihrer

Gebäude her weit in den Schatten. Vor allem aber war Augsburg wehrhaft. Eine mächtige Mauer mit unzähligen Türmen umgab die Stadt und zeigte deutlich, dass die Bürger bereit waren, ihre Reichsfreiheit gegen jedermann zu verteidigen, mochte es nun der Herzog von Bayern sein oder der Fürstbischof des Hochstifts Augsburg.
Als sie die Brücke über den Lech passiert hatten und sich dem Friedberger Tor näherten, empfand Veva eine so starke Anspannung, dass sie innerlich zitterte. Aber dies hatte nichts mit Ernst zu tun. Zum ersten Mal in ihrem Leben kam sie in eine fremde Stadt, und diese übertraf tatsächlich alles, was sie bisher gesehen hatte.
Die Torwächter kannten Echle und ließen ihn passieren. Ihr aber vertrat ein Kriegsknecht den Weg. »Woher und wohin?«, fragte er in einem eigenartigen Dialekt.
»Dies ist Frau Genoveva Rickinger, die Gattin von Ernst Rickinger, der bei dem ehrenwerten Herrn Jakob Fugger weilt«, stellte der Schwab sie vor.
Der Name Fugger wirkte wie ein Schlüssel, denn der Mann trat zurück und winkte Veva weiterzureiten.
Während sie dem Torwächter freundlich zunickte, atmete der Schwab innerlich auf. Er hatte schon befürchtet, dass er den Kreditbrief vorzeigen müsse, den er unter seinem Hemd versteckt bei sich trug, um zu beweisen, dass sie auf dem Weg zu Jakob Fugger waren. Dies hätte Leiberts Absichten jedoch widersprochen, denn von seinen Geschäften in Augsburg sollte nichts an die Öffentlichkeit dringen.
Erleichtert eilte er hinter Echle her, der ein Stück weiter auf sie gewartet hatte, und sah zu diesem auf. »Kannst du uns zu Fuggers Haus führen? Ich kenne mich hier nicht aus.«
Echle winkte ab. »Keine Sorge! Du findest hier genug Leute, die dich hinbringen können. Ein Kreuzer oder zwei tun Wunder. Ich habe keine Zeit, denn ich muss eilige Waren und Briefe abliefern.«

Der Frächter wollte nicht zugeben, dass er bei Fugger nicht gerne gesehen wurde. Daher winkte er einen Gassenjungen heran und wies auf Veva. »Die Frau will zu Fuggers Haus. Du kannst dir einen Groschen verdienen, wenn du ihr den Weg zeigst!«
»Einen ganzen Groschen?« Der Junge sah Veva fragend an und grinste, als diese nickte.
»Einen ganzen Groschen!«, erklärte sie, öffnete ihren Beutel und holte die Münze heraus.
»Gebt sie ihm nicht, bevor wir am Ziel sind. Sonst steckt der Bursche sie ein und verschwindet«, warnte der Schwab.
Das hatte Veva auch nicht vor. Sie zeigte dem Jungen das Geldstück, hängte ihre Börse wieder an den Gürtel und behielt den Groschen in der Hand. »Nun, was ist?«
Der Junge, der genauso abgerissen aussah wie die Gassenbuben in München, setzte sich in Bewegung. »Folgt mir!«, rief er ihr zu, behielt sie aber scharf im Auge, um zu sehen, ob sie das versprochene Geldstück wieder wegsteckte. Sie wusste jedoch, wie sie ihn bei Laune halten musste, und ließ die Münze immer wieder zwischen den Fingern aufblitzen.
Er führte sie zu einer Straße, die sich beinahe schnurgerade von Nord nach Süd erstreckte und so breit war, dass Veva aus dem Staunen gar nicht mehr herauskam. In München hätte man in ihrer Mitte noch eine Häuserzeile errichtet, doch hier in Augsburg schien man verschwenderisch mit dem Platz umzugehen. Das war auch gut so, dann es gab so viel Verkehr, dass der Schwab mit dem Maultier entgegenkommenden Karren, Reitern und Fußgängern ausweichen und die Geschwindigkeit den Menschen anpassen musste, die vor ihnen gingen. So blieb Veva genug Zeit, die prachtvoll bemalten Fassaden zu betrachten. Auch in München gab es einige bunt bemalte Gebäude, doch die gehörten entweder reichen Patriziern oder Edelleuten am Herzoghof.
Vevas Erstaunen wuchs, als der Junge vor einem großen

Gebäude anhielt, dessen Besitzer es sich offensichtlich leisten konnte, die besten Maler und Maurer zu beschäftigen.
»Dies ist das Heim der Fugger«, erklärte der Junge und streckte fordernd die Hand aus.
Bevor Veva ihm die Münze zuwerfen konnte, machte der Schwab eine mahnende Geste. »Ich will zuerst sehen, ob wir hier richtig sind, Herrin. Das Haus sieht mir arg prächtig aus für einen Kaufmann.«
Damit hatte der Knecht recht, denn in München gab es außer der Residenz des Herzogs nichts Vergleichbares. Trotzdem war Veva überzeugt, dass sie ihr Ziel erreicht hatten. Sie wartete dennoch, bis der Schwab bis zu dem offen stehenden Tor gegangen war und einen der Knechte, die dort arbeiteten, um Auskunft gebeten hatte.
Als er nickte, warf sie dem Jungen die Münze zu. »Hier! Und nimm meinen Dank dazu.«
»Das Geld ist mir lieber«, lachte der Junge und verschwand.
Unterdessen nahm der Schwab die Zügel ihres Maultiers und führte es zum Tor. Dieses war so hoch, dass Veva den Kopf nur ganz leicht neigen musste, um es passieren zu können. Die beiden Waffenknechte folgten ihr, sichtlich zufrieden, dass ihre Anwesenheit ausgereicht hatte, jede Störung auf dem Weg zu verhindern. Außerdem freuten sie sich auf einen guten Schluck Wein und eine kräftige Brotzeit.
Veva dachte weniger an das Essen als vielmehr an die bevorstehende Begegnung mit Ernst. In diesem Augenblick wäre ihr ein völlig Fremder wie Friedrich Antscheller lieber gewesen. Sie kannte Ernst einfach zu gut und hatte vieles über ihn gehört, das ihr nicht gefiel.
Ein Knecht Fuggers hob sie vom Maultier und bat sie, ihm ins Haus zu folgen. Sie tat sich bei den ersten Schritten ein wenig schwer, denn durch das ungewohnte Sitzen im Sattel waren die Beine verkrampft. Kurz danach öffnete der Knecht

eine Tür, und Veva fand sich in einem schlichten getäfelten Raum wieder, der von einem großen Tisch beherrscht wurde. Sie wurde jedoch nicht wie erwartet von Ernst empfangen, sondern von einem älteren Herrn in einem weiten, dunklen Rock mit einer Kappe auf dem Kopf, die, wie sie beim Nähertreten bemerkte, aus echter Seide bestand. Der Mann stützte sich mit der Linken auf einen schweren Tisch aus glattem Holz, der zu Vevas Erstaunen mehrere Schubfächer besaß, und sah ihr wohlwollend entgegen. »Willkommen, junge Frau! Hätte ich gewusst, dass Ihr bereits heute kommt, hätte ich Euren Gatten nicht mit einem Auftrag weggeschickt.«

Veva freute sich insgeheim, denn nun hatte sie einige Stunden, vielleicht sogar Tage Zeit bis zur Begegnung mit Ernst gewonnen. »Ich danke Euch für Eure freundlichen Worte, Herr Fugger«, sagte sie und knickste, so wie sie es zu Hause gelernt hatte, wenn Herren von Adel oder reiche Bürger ihren Vater aufgesucht hatten.

Jakob Fugger lächelte, hob dann aber bedauernd die Hände. »Ihr müsst verzeihen, junge Frau, wenn hier in meinem Haus derzeit etwas viel Betrieb herrscht, doch ich beherberge hohe Herren, darunter den hochwürdigen Kardinal und obersten General des Dominikanerordens, Thomas Cajetanus, und dessen Gefolgschaft. Auch erwarte ich weitere Gäste. Es wäre unhöflich, Euch der Neugier der vielen Männer auszusetzen, die hier weilen. Daher habe ich beschlossen, dass Ihr und Euer Gatte vorerst in einem der Häuser wohnen werdet, die ich derzeit am Rand der Stadt erbauen lasse. Sie sind für arme, aber brave und fromme Leute gedacht, auf dass sie in christlicher Barmherzigkeit ein Dach über den Kopf bekommen und nicht Not leiden müssen. Später werden wir gewiss etwas Passenderes für Euch finden!«

Veva knickste erneut. »Ich danke Euch, erlauchtigster Herr.«

»Herr Fugger reicht!« Der Handelsherr war zwar stolz auf

seinen Adelsrang, den Kaiser Maximilian ihm verliehen hatte, gab sich Veva gegenüber jedoch genauso bescheiden, wie er auch anderen Bürgern gegenüber auftrat.
Veva nickte stumm, denn ihr Kopf schwirrte. Fuggers Pläne, Häuser für arme Leute zu bauen, war in München Tagesgespräch gewesen, und etliche Nachbarn hatten sich darüber das Maul zerrissen. Nicht wenige waren der Ansicht, es sei Gottes Wille, dass Bettler und ähnliches Gesindel über die Landstraßen ziehen und im Wald hausen müssten. Auch hatten viele Fugger selbst baldige Armut prophezeit, weil er sein Geld sinnlos zum Fenster hinauswerfe. Doch als Veva den Kaufherrn verstohlen musterte, deutete nichts darauf hin, dass er in Kürze am Hungertuch nagen würde. Zwar war er recht schlicht gekleidet, aber sein Gewand hatte er aus den besten Stoffen anfertigen lassen. Vermutlich verfügte er über etliche Truhen voller Gold, sonst könnte er es sich nicht leisten, einen Kardinal samt dessen Begleitung gastfrei zu halten.
»Habt Ihr Euren Hausstand mitgebracht?«, fragte Jakob Fugger, der bei einem Blick durch das Fenster nur Veva, den Schwab und die beiden Waffenknechte gesehen hatte, aber keinen Wagen mit Vevas Mitgift.
Veva schüttelte den Kopf. »Ich bedaure, aber meine Aussteuer ist während des Überfalls verlorengegangen, und in der kurzen Zeit konnte ich mir nichts Neues anfertigen. Auch hat mein Vater nicht daran gedacht, Sachen für mich auf dem Markt zu kaufen. Er ist wohl der Meinung, mein Ehemann hätte bereits alles Notwendige besorgt.«
Fugger zeigte nicht, was er davon hielt, sondern blieb weiterhin freundlich. »Ernst hat bis jetzt in meinem Haus gewohnt. Daher werde ich veranlassen, dass das Wichtigste, was ein junges Ehepaar benötigt, für Euch beschafft wird. Kommt nun, ich möchte Euch Seiner Eminenz, dem Kardinal Cajetanus, vorstellen.«

Fugger führte Veva in ein anderes Gemach, das prächtiger ausgestattet war als sein Arbeitszimmer. Mehrere geistliche Herren um einen Tisch waren in ein lateinisch geführtes Gespräch vertieft. Daher achteten sie zunächst nicht auf die Eintretenden.

Einer von ihnen, der als Einziger nicht mit einer Mönchskutte, sondern mit Albe und Kasel bekleidet war und sein Haupt mit einer bis in den Nacken reichenden Mütze bedeckt hatte, hob mit einem Mal die Hand, und die Gespräche verstummten. »Mein lieber Fugger, habt Ihr Nachricht, ob dieser rebellische Mönch endlich angekommen ist?«, fragte Cajetanus seinen Gastgeber.

Jakob Fugger schüttelte bedauernd den Kopf. »Leider nein. Ich habe Ernst Rickinger losgeschickt, damit er nach Luther suchen soll. Dies hier«, er wies lächelnd auf Veva, »ist das Weib des jungen Rickinger. Sie hat bislang ihren leidenden Vater gepflegt und ist nun ihrem Mann nach Augsburg nachgereist.«

Der Kardinal reichte Veva die Hand zum Kuss. »Ihr habt einen prachtvollen Gatten. Er ist gewitzt und immer zur Stelle, wenn man ihn braucht.«

Diese Meinung werden nur wenige Geistliche in München teilen, fuhr es Veva durch den Kopf, während sie in einen tiefen Knicks versank.

Jakob Fugger stand zufrieden daneben und führte sie dann wieder hinaus. Noch während die Tür sich hinter ihnen schloss, setzten die geistlichen Herren ihr Gespräch mit gleicher Intensität fort. Veva vernahm wieder den Namen Luther und sagte sich, dass es um jenen unsäglichen Mönch aus Wittenberg gehen musste, der die Kirche und die Autorität Seiner Heiligkeit, des Papstes, geschmäht hatte.

15.

Ernst Rickinger war noch nicht weit gekommen, als ein Reiter zu ihm aufschloss. Er drehte sich um und erkannte Christoph Langenmantel. Der Domherr trug einen weiten Umhang und einen breitkrempigen Hut, mit dem er mehr einem Soldaten glich als einem Vertrauensmann der Kirche. Ein langes Schwert an der Seite verstärkte diesen Eindruck.

»Wollt Ihr in den Krieg ziehen, Herr Langenmantel?«, fragte Ernst verdattert. Er selbst trug nur einen kurzen Dolch bei sich und eine Reitpeitsche.

»Gott zum Gruß, Rickinger. Nein, in den Krieg will ich nicht. Dieses Ding hier dient nur dazu, Räuber abzuschrecken.«

Ganz stimmte es nicht, das spürte Ernst. Langenmantel war durchaus bereit, die Waffe zu ziehen, und er glaubte jetzt auch zu wissen, gegen wen. »Habt Ihr etwa Angst, die Leute des Kardinals Cajetanus würden Doktor Luther unterwegs auflauern und gefangen nehmen?«

»Diesen verderbten Pfaffen traue ich alles zu!« Langenmantel klopfte auf seine Waffe und trabte an. Ernst folgte ihm und hielt seinen Gaul neben dem des Domherrn.

»Auch ich sorge mich um unseren wackeren sächsischen Mönch. Geleitbriefe sind rasch geschrieben und ebenso schnell verworfen. Es ist ja gerade mal ein Jahrhundert her, dass Doktor Johannes Hus sein Vertrauen in das Wort Kaiser Sigismund mit dem Tod auf dem Scheiterhaufen hat bezahlen müssen.«

»Wollen wir nicht hoffen, dass Doktor Martin Luther das gleiche Schicksal droht. Eher haue ich ihn aus einer Schar von Pfaffenknechten heraus.« Langenmantel klang so entschlossen, dass Ernst bedauerte, sich nicht ebenfalls besser bewaffnet zu haben.

Da sie sich angeregt unterhielten, verging die Zeit rasch. Nach einer Weile kamen ihnen zwei Reiter entgegen. Sie begleiteten ein Ochsengespann, dessen Wagen mit Getreidegarben beladen war. Auf diesen lag ein Mann in einer schlichten braunen Kutte. Die beiden Reiter waren nicht bewaffnet, ihrer Tracht nach zu urteilen waren es Gelehrte. Einer von ihnen erkannte Langenmantel und atmete auf.
»Gott zum Gruß, edler Herr. Wir sind froh, Euch zu treffen. Damit kann Augsburg nicht mehr weit sein.«
»Auch Euch Gottes Gruß! Was Augsburg betrifft, so werdet Ihr es in drei Stunden, vielleicht auch in dreieinhalb erreichen.« Mehr als den Reiter interessierte Langenmantel jedoch der Mönch, der auf dem Wagen lag und dem verzerrten Gesicht nach zu urteilen starke Schmerzen zu erdulden schien.
»Seid Ihr der hochwürdige Herr Doktor Luther?«
»Der bin ich«, kam es matt zurück.
»Kann ich etwas für Euch tun, hochwürdiger Herr? Soll ich einen Arzt rufen?«, fragte Langenmantel.
Luther schüttelte den Kopf. »Ein oder zwei Tage Fasten und innige Gebete werden mir gewiss besser helfen als ein Medicus. Auch werden die frommen Brüder von Sankt Anna ein Tränklein kennen, das mein Fasten und meine Gebete unterstützen wird. Ich will so rasch wie möglich nach Augsburg, um von diesem rumpelnden Wagen herabzukommen. Eigentlich wollte ich ja zu Fuß reisen, wie es sich für einen schlichten Mönch geziemt, doch unterwegs habe ich arge Leibschmerzen bekommen. Daran mag der Gedanke schuld sein, mein Weg könnte ebenso enden wie jener des hochwürdigen Doktors aus Prag in Konstanz.«
Ernst war klar, dass Luther auf Johann Hus anspielte. Die Gefahr, auf dem Scheiterhaufen zu landen, bestand tatsächlich, und er bewunderte den Mann, der ein so großes Risiko auf sich genommen hatte, um seinen Standpunkt zu vertreten.

»Verehrter Doktor Luther, es dauert tatsächlich nicht mehr lange, dann seid Ihr in Augsburg!«, sagte er lächelnd.
Über das Gesicht des Mönchs huschte ein Ausdruck, als blicke er schon in die Flammen, die ihn verzehren sollten.
»Wollte Gott, ich würde an einen anderen Ort reisen. Sie werden versuchen, mich zu zwingen, meinen Thesen zu entsagen, oder mich für immer stumm machen.«
»Das lassen wir nicht zu, hochwürdigster Herr!« Christoph Langenmantel zog eine Miene, als wolle er den Kampf mit jedem Gegner aufnehmen, der Hand an Martin Luther zu legen wagte, und seien es der Kaiser und der Papst selbst. Da fiel ihm auf, dass er dem Doktor aus Wittenberg bisher seinen Namen verschwiegen hatte, und holte dies nun nach: »Ich bin Christoph Langenmantel, Domherr zu Augsburg, und dieser junge Mann hier nennt sich Ernst Rickinger und ist der Sohn eines Kaufherrn aus München.«
Ernst beugte kurz das Haupt, wusste aber nicht so recht, was er sagen sollte. Zwar stimmte er den meisten Kritikpunkten, die Luther an der Kirche geäußert hatte, zu, doch stand er derzeit in Jakob Fuggers Diensten, und dieser hatte aus seiner Abneigung gegen den sächsischen Mönch keinen Hehl gemacht. Er räusperte sich. »Wir tun, was in unserer Macht steht. Außerdem werdet Ihr im Karmeliterkloster auf Freunde treffen, Herr Doktor. Viele Menschen in Augsburg sind bereit, Euch mit ihrem Leben zu schützen!«
»Ich danke euch, meine Freunde!« Die Bereitschaft der beiden Männer, alles für ihn zu tun, tat Luther gut, und er vermochte sogar einige der Fragen, die beide während des weiteren Weges an ihn richteten, mit Zitaten aus der Heiligen Schrift zu beantworten.
»Es ist an der Zeit, dass jedermann selbst die Worte unseres Herrn Jesus Christus lesen kann, so dass er nicht mehr darauf angewiesen ist, zu glauben, was ihnen Priester vorschwätzen. Die sind oft selbst des Lateinischen kaum mäch-

tig, und noch weniger vermögen sie es in die Sprache des Volkes zu übersetzen«, sagte er, kurz bevor sie das Wertachbrucker Tor erreichten. Die Torwachen kamen auf sie zu und musterten neugierig den Karren und den kranken Mönch.

Langenmantel grüßte die Männer. »Wir bringen Doktor Martin Luther in die Stadt. Er ist unterwegs krank geworden und muss nun zum Karmeliterkloster gebracht werden.«

»Es ist hoffentlich nichts Ansteckendes. In dem Fall dürften wir ihn nicht passieren lassen«, wandte einer der Torhüter ein.

»Nein, das ist es nicht. Der Doktor hat nur etwas Falsches gegessen«, beruhigte Langenmantel den Mann.

Der schien unsicher, wie er sich verhalten sollte. »Ihr bringt ihn zu den Karmelitermönchen? Nun, die werden wissen, was mit ihm zu tun ist.« Auf diese Weise schob er die Verantwortung schließlich von sich und gab Befehl, die Gruppe passieren zu lassen.

Das ließ sich der Fuhrknecht nicht zweimal sagen und trieb seine Ochsen an. Diese verfielen in ihren gewohnten Trott und zuckelten durch das Tor. Während Martin Luther auf die Steine blickte, die den Bogen des Tores bildeten, fragte er sich, ob er diese Stadt als freier Mann würde verlassen können.

Unterdessen winkte Langenmantel Ernst zu sich. »Ihr habt doch Euer Quartier praktisch im Zentrum des Feindes. Daher solltet Ihr Euch auf keinen Fall anmerken lassen, wie nahe Ihr Doktor Luther und seinen Thesen steht. Solange man Euch für einen treuen Anhänger der Kirchenfürsten hält, könnt Ihr Eure Ohren offenhalten und in Erfahrung bringen, was Cajetanus und seine Leute planen. Mir gefallen die Kriegsknechte nicht, die er mitgebracht hat. Angeblich sind sie zu seinem Schutz da, aber sie können auch leicht Aufträge ganz anderer Natur ausführen.«

»Zum Beispiel Martin Luther gefangen nehmen und wegbringen«, schloss Ernst aus den Worten seines Begleiters.
Christoph Langenmantel nickte angespannt. »Wir sollten auf jeden Fall vorsichtig sein. Ich will diesen Mann nicht in die Stadt gebracht haben, um ihn brennen zu sehen!«
Der Gedanke, im Haus des Mannes zu spionieren, den er achten gelernt hatte, war Ernst nicht angenehm. Aber er sagte sich, dass Jakob Fugger ein ehrlicher Mensch war, der ein falsches Spiel des Kardinals niemals gutheißen würde. Den Männern der Kirche, die in Fuggers Heim versammelt waren, traute er jeden Verrat zu.
Deswegen machte er eine zustimmende Geste und nickte Langenmantel lächelnd zu, bevor er sich an Luther wandte. »Ich verabschiede mich jetzt, Herr Doktor, um die Nachricht von Eurer Ankunft zu übermitteln. Möge Gott Euch beschützen!«
»Das wünsche ich mir auch«, antwortete der Mönch und sank mit besorgter Miene auf das Stroh zurück.

16.

Veva hatte im Hause Fugger zu Mittag gegessen und trat nun auf den Hof, um nach dem Schwab zu sehen, konnte ihn aber nirgends entdecken. Auch die Knechte wussten nicht, wo er abgeblieben war. Ihr Ärger wuchs, denn der Schwab hätte sie zu dem Haus begleiten sollen, das Jakob Fugger ihr zur Verfügung gestellt hatte. Doch wie es aussah, trieb der Knecht sich pflichtvergessen in der Stadt herum.
Achselzuckend wandte sie sich um und sah auf einmal einen Mann bei den Ställen stehen, der ihr vage bekannt vorkam.

Doch als sie in sein Gesicht blickte, war sie sicher, sich getäuscht zu haben. Verwirrt ging sie auf ihn zu, um ihn genauer zu betrachten. In dem Augenblick bemerkte auch er sie. Er sprach sie jedoch nicht an, sondern deutete nur eine knappe Verbeugung an und ging mit raschen Schritten davon.

»Wer war das?«, fragte Veva einen der Stallknechte.

»Er heißt Franz von Gigging und ist irgendein Tiroler Ritter. Angeblich ist er der Anführer der Leibwächter, die Kardinal Cajetan beschützen sollen. Mir gefällt der Mann jedoch nicht, denn er taucht überall auf, wo er nichts zu suchen hat. Außerdem stellt er den Mägden nach!« Mit einem unwilligen Brummen wandte der Knecht sich wieder dem Ross zu, welches er gerade striegelte.

Veva wanderte gedankenverloren über den Hof, auf dem mehrere Dutzend Knechte und Schreiber beschäftigt waren, Wagen zu be- und entladen und lange Warenlisten zu erstellen oder zu kontrollieren. Einige Augenblicke lang erwog sie, dem Fremden zu folgen, doch die Erklärung des Knechts brachte sie davon ab. Womöglich würde der Ritter glauben, sie habe eine Vorliebe für ihn gefasst, und würde sich Rechte herausnehmen, die ihm nicht gebührten.

Verärgert, weil ihre Gedanken sich mit diesem Fremden beschäftigten, obwohl ihr Zusammentreffen mit Ernst kurz bevorstand, kehrte sie in das Gebäude zurück und verirrte sich prompt in den labyrinthartigen Fluren. Sie blieb stehen und versuchte sich zu erinnern, in welcher Richtung das Zimmer lag, in dem sie zu Mittag gegessen hatte. Dort würde sie gewiss jemanden finden, der ihr weiterhelfen konnte. An eine der vielen Türen zu klopfen wagte sie nicht, da sie nicht wusste, welchem Zweck die Räume dahinter dienten und wer sich darin aufhielt.

Nach einer Weile hörte sie Stimmen und ging unwillkürlich in diese Richtung. Sie sah jedoch nur einen Diener, der ge-

rade eine Tür hinter jemandem schloss. Bevor der Mann wieder verschwinden konnte, begann Veva zu rufen. »Halt! Kannst du mir sagen, wo mein Knecht abgeblieben ist?«
Der Mann drehte sich zu ihr um und wirkte verwirrt. »Ich habe Euren Knecht doch gerade zu Seiner Erlaucht gebracht!«, sagte er und wies auf die geschlossene Tür.
Veva fragte sich, was der Schwab bei einem Mann wie Jakob Fugger zu suchen hatte, und bedeutete dem Diener, er könne gehen. Unsicher, ob sie warten sollte, bis ihr Knecht wieder aus dem Zimmer kam, trat sie auf die Tür zu. Tatsächlich, sie hörte die Stimme des Schwab, und als Fugger antwortete, klang dieser, als spreche er mit dem Abgesandten eines Geschäftspartners und nicht mit einem einfachen Knecht.
Neugierig geworden legte Veva ihr Ohr an die Tür. »… kannst deinem Herrn mitteilen, dass er mit sechzig bis achtzig Prozent Gewinn im Jahr rechnen kann. Wenn er noch mehr Geld bei mir anlegen will, bin ich gerne dazu bereit. Ich will noch weitere Bergregale pachten und muss Kaiser Maximilian dafür eine entsprechende Summe vorstrecken«, erklärte der Handelsherr gerade.
»Ich werde Herrn Leibert sagen, dass Ihr noch enger mit ihm zusammenarbeiten wollt«, hörte Veva den Schwab sagen. »Wisst Ihr, mein Herr will einen Teil seines Handels über Augsburg laufen lassen. Die Steuern und Geldforderungen des Herzogs in München werden ihm zu hoch.«
»Solange er kein Bürger dieser Stadt ist, kann er seine Geschäfte nur als Kompagnon eines einheimischen Handelshauses tätigen. Dazu bin ich bereit. Das Haus Leibert hat auch in Augsburg einen guten Ruf, und von Bartholomäus' Nachfolger Ernst Rickinger erwarte ich viel. Er hat einen klugen Kopf auf den Schultern und lernt schnell.«
So viel Lob für ihren Ehemann überraschte Veva. Allerdings war es ganz gut, wenn er vom Handel etwas verstand.

Immerhin sollte er das Handelshaus ihres Vaters erfolgreich weiterführen, damit es ungeschmälert an ihre gemeinsamen Kinder gehen konnte. Dieser Gedanke erinnerte sie daran, dass sie zwar vor Gott und der Welt als verheiratet galten, es aber noch zu keiner ehelichen Gemeinschaft zwischen ihnen gekommen war. Eigentlich wollte sie auch keine, doch ihr Wort galt in dieser Angelegenheit noch weniger als sonst. Sie hatte sich der Entscheidung zu fügen. Das schmerzte sie vor allem, weil Ernst wahrlich nicht der Vater war, den sie sich für ihre Kinder wünschte. Sie schob diese Überlegung jedoch rasch beiseite, um weiter zu lauschen. Es wäre beschämend, wenn sie das Ende des Gesprächs überhören und mit dem Ohr an der Tür ertappt würde.

Aber es gab keinen interessanten Wortwechsel mehr. Jakob Fugger schien einen Brief zu schreiben, den der Schwab ihrem Vater übergeben sollte. Es kränkte sie erneut, dass der Knecht einen Auftrag ausführte, von dem sie nichts erfahren hatte. Dabei war sie ihrem Vater in den letzten beiden Jahren eine unersetzliche Helferin gewesen und inzwischen so in seine Geschäfte eingeweiht, dass sie selbst in seinem Namen mit Fugger hätte sprechen können.

Beinahe hätte sie den Zeitpunkt verpasst, an dem sie sich zurückziehen musste. Sie hörte gerade noch, wie der Schwab sich ehrfürchtig von Jakob Fugger verabschiedete. Gleich darauf wurde die Tür geöffnet.

Veva hatte noch die Zeit, zwei Schritte zurückzuweichen, und tat nun so, als sei sie eben den Gang entlanggekommen.

»Da bist du ja! Ich habe schon die ganze Zeit nach dir Ausschau gehalten. Wir müssen doch das Häuschen aufsuchen, das Herr Fugger uns zur Verfügung gestellt hat«, sagte sie vorwurfsvoll.

Der Knecht sah unsicher zu Boden. »Verzeiht, aber ich musste unserem Gastgeber noch einen Brief Eures Vaters überbringen.«

»Mein Vater hat Herrn Fugger geschrieben? Gewiss will er Geschäfte mit ihm machen.« Vevas scheinbar beiläufige Bemerkung ließ den Schwab noch mehr schrumpfen. Leibert hatte ihm streng verboten, seiner Tochter etwas zu sagen, doch die junge Frau war alles andere als dumm und vermochte sich die Angelegenheit leicht zusammenzureimen. Da er wusste, dass sie weiterfragen würde, beschloss er, wenigstens einen Teil der Wahrheit zu bekennen.

»Euer Vater will mit Herrn Fugger ins Geschäft kommen, und ich soll dessen Antwortbrief nach München tragen. Aber vorher helfe ich Euch natürlich, Euer neues Heim zu beziehen.«

»Mein vorläufiges Heim! Sobald Ernst Rickinger und ich etwas Passendes gefunden haben, werden wir umziehen. Die Wohnung, die Herr Fugger uns zur Verfügung stellt, ist eigentlich für die Armen dieser Stadt bestimmt. Die will ich ihnen nicht lange vorenthalten.«

Der Schwab nickte und war froh, dass es ihm gelungen war, Vevas Gedanken auf ein anderes Thema zu lenken. Während sie in dem riesigen Gebäude nach dem Bediensteten suchten, der sie zur Fuggerei bringen sollte, bot er Veva an, sie am nächsten Tag im Einkauf der wichtigsten Utensilien zu unterstützen. Er schlug etliches vor, was Veva in ihrem neuen Haushalt dringend benötige.

»Sollst du nicht Herrn Fuggers Brief so rasch wie möglich zu meinem Vater bringen?«, fragte Veva hinterlistig.

Der Schwab hob beschwichtigend die Hände. »So wichtig ist das Schreiben nun auch wieder nicht. Immerhin hat mein Herr mir die Sorge für Euch anvertraut, und da kann ich Augsburg nicht verlassen, solange Ihr noch in einer kahlen Wohnung sitzt.«

»Du bist ein treuer Knecht, Schwab. Eigentlich der beste in unserem Haus, seit ich denken kann. Mein Vater hält große Stücke auf dich, und ich tue es auch. Ich danke dir, dass du mir helfen willst. Von meinem … äh, Ehemann werde ich wohl wenig Unterstützung erhalten. Er soll nämlich Seiner Eminenz, Kardinal Cajetanus, als Faktotum, Bote und was weiß ich noch alles dienen. Da wird er kaum Zeit finden, sich um mich zu kümmern.« Veva lächelte, als finde sie daran Gefallen.

Der Schwab musste daran denken, dass ihre Ehe überstürzt und gegen ihren Willen geschlossen worden war. Da der Knecht Ernst Rickinger mochte, versuchte er, seine Herrin während der nächsten Stunde von dessen Vorzügen zu überzeugen.

Veva interessierte sich jedoch mehr für das kleine Häuschen, in das Fuggers Bediensteter sie führte. Es bestand aus zwei abgeschlossenen Wohnungen übereinander, die jeweils eine eigene Haustür hatten. Fuggers Angestellter wies ihr die vier Räume im Erdgeschoss zu. Für ein Armenhaus waren die Zimmer überraschend geräumig und dazu luftig und hell. Es gab auch schon die notwendigsten Möbel, und neben dem Herd in der Küche hatte sogar jemand Feuerholz aufgeschichtet. Aber sonst fehlte es noch an vielem.

Veva beauftragte den Schwab, Hausrat zu besorgen, und ging dann durch die Wohnung. Sie überlegte, was sie über die bereits bestellten Sachen hinaus noch brauchen würde, um sich halbwegs wohnlich einrichten zu können. Am wenigsten gefiel ihr die Kammer, die zum Schlafen dienen sollte und in der bereits ein recht schmales Bett stand. Das hieß, Ernst und sie würden sehr eng nebeneinanderliegen müssen. Da sie das nicht ändern konnte, setzte sie sich zuletzt in der Küche auf einen der beiden einfachen dreibeinigen Hocker und wartete, bis der Schwab vom Markt zurückkam.

17.

Als Kardinal Cajetan von Luthers Ankunft erfuhr, atmete er vernehmlich auf. »Dem Himmel sei Dank! Jetzt kann ich diesem Mönch ins Gewissen reden und ihm seine Ansichten über das Ablasswesen austreiben. Wo kämen wir denn hin, wenn jeder Geistliche den Heiligen Vater kritisieren dürfte! Seine Heiligkeit ist von Gott eingesetzt und daher niemandem Rechenschaft schuldig!«
Seine Begleiter stimmten ihm eifrig zu, und auch Jakob Fugger nickte beifällig. In Ernsts Ohren klangen diese Worte jedoch wie eine Drohung. Der Gesandte des Papstes war nicht gekommen, um mit Luther über dessen Thesen zu diskutieren, sondern wollte eine völlige Unterwerfung. Sollte Luther sich diesem Ansinnen widersetzen, drohte ihm der Ketzertod. Nicht zuletzt deshalb beschloss Ernst, auf Christoph Langenmantels Vorschlag einzugehen und seine Augen und Ohren offenzuhalten. Sobald man hier etwas gegen Luther im Schilde führte, würde er es erfahren. Vorerst aber befand der Doktor aus Wittenberg sich im Karmeliterkloster in Sicherheit.
»Ich habe kurz mit dem Mönch gesprochen«, sagte er zu Cajetanus und bemühte sich, abfällig zu klingen. »Er ist krank und wird mehrere Tage brauchen, bis er vor Eure Eminenz treten kann.«
»Nun, die Zeit soll ihm gegeben werden. Die Hauptsache ist, er befindet sich innerhalb der Mauern dieser Stadt«, antwortete Cajetanus, der höchst zufrieden wirkte.
Der Kardinal beachtete den Überbringer der Nachricht nicht weiter, sondern widmete sich wieder seinem Gastgeber. Unbemerkt trat Ernst näher. Aus dem Gespräch ging hervor, dass Jakob Fugger beim Papst in hohem Ansehen stand. Zudem übernahm er den Transport der Spenden und

der Ablassgelder nach Rom und lehnte wohl schon aus diesem Grund Luthers Thesen scharf ab. Für ihn galt das Wort des Papstes, dass ein Mensch mit Geld Sünden tilgen könne. Obwohl Ernst sich in dieser Sache ganz Luthers Meinung angeschlossen hatte, empfand er Hochachtung für Jakob Fugger. Der fürstliche Kaufherr spendete zwar auch reichlich, doch das meiste davon kam den Armen seiner Stadt zugute. Wären alle Menschen so wie Fugger, sagte Ernst sich im Stillen, hätte Doktor Luther seine fünfundneunzig Thesen gegen das Ablasswesen und die Verkommenheit der Kirche niemals formulieren müssen.

Plötzlich trat jemand neben ihn und sah ihn mit einer Mischung aus Neugier und Spott an. Es war der Ritter, den er auf seiner Reise nach Innsbruck kennengelernt hatte. »Du bist jetzt also der Eidam des Bartholomäus Leibert!«

»Wieso fragt Ihr? Kennt Ihr Leibert etwa?« Ernst hätte keinen Grund dafür nennen können, aber an diesem Tag gefiel ihm der Mann weitaus weniger als bei ihrem letzten Zusammentreffen. Gigging wirkte auf ihn wie ein Raubtier vor dem Sprung. Hatte Cajetanus den Mann mitgebracht, um Luther gefangen zu nehmen und nach Italien zu bringen? Möglich war es, sagte er sich und beschloss, den Ritter im Auge zu behalten.

»Ich habe für Leibert Spanndienste geleistet und auch schon einigen Wagenzügen von ihm Schutz geboten. Außerdem habe ich gehört, dass sein Sohn im Gebirge umgekommen sein soll. Leibert hätte mich und meine Männer auch bei dieser Reise anheuern sollen, dann wäre das Unglück nicht passiert.« Gigging lachte auf eine Weise, dass sich Ernst die Haare aufstellten.

»Es war Mord und kein Unglück! Doch die Schurken werden dafür bezahlen, das schwöre ich Euch.«

Der Ritter maß ihn mit einem höhnischen Blick. »Es heißt,

die Nürnberger hängen keinen – sie hätten ihn denn zuvor. Hast du den Mörder oder weißt du, wer es war?«
Ernst schüttelte bedrückt den Kopf. »Nein, ich weiß leider gar nichts. Aber die Pfleger und Vögte unseres Herzogs werden die Kerle schon finden.«
»Und wenn die Räuber aus Tirol stammen oder aus dem Werdenfelser Land? Glaubst du, der Herzog von Bayern legt sich mit seinen Nachbarn an, um den Tod eines Krämersohns zu sühnen?« Mit einer wegwerfenden Geste wandte Gigging sich ab und lehnte sich neben der Tür gegen die Wand. Dabei streifte sein Blick von Zeit zu Zeit Ernst, der sich immer unbehaglicher fühlte.
Nach einer Weile beendeten Cajetanus und Fugger ihr Gespräch, und der Kaufmann trat auf Ernst zu. »Dein Weib ist nach Augsburg gekommen. Da in meinem Haus derzeit viel Unruhe herrscht, habe ich beschlossen, euch vorerst in einer gerade fertig gewordenen Wohnung in meiner Siedlung für die Armen dieser Stadt unterzubringen. Du wirst Veva gewiss begrüßen wollen, und daher gebe ich dir für den Rest des Tages frei!«
Das war nicht gerade in Ernsts Sinn, da er hoffte, von Cajetanus und dessen geistlichen Mitstreitern mehr über deren Pläne zu erfahren. In Gedanken verfluchte er Veva, die ausgerechnet zu diesem Zeitpunkt hatte erscheinen müssen, denn gerade abends wurden im Fuggerhaus die interessantesten Gespräche geführt. Er versuchte es mit einer Ausrede. »Verzeiht, aber was ist, wenn Seine Eminenz mich braucht? Wäre es da nicht besser, wenn ich mein Quartier hier behalten würde? Mein Weib musste mich so lange entbehren, da fallen zwei oder drei Tage mehr gewiss nicht in die Waagschale.«
»Ich weiß deinen Eifer zu schätzen, nur hast du selbst gesagt, dass der sächsische Mönch mehrere Tage lang nicht in der Lage sein wird, sich vor Seiner Eminenz zu rechtferti-

gen. Da dies ebenfalls in meinem Haus geschieht, wirst du deinen Posten trotz deiner Verpflichtungen als Ehemann ausfüllen können. Nun geh! Veva wartet gewiss schon auf dich. Morgen um acht Uhr kannst du Seiner Eminenz wieder deine Aufwartung machen.«
Fugger klang sanft, doch Ernst spürte, dass der Handelsherr in der Sache nicht nachgeben würde. Daher verneigte er sich erst vor ihm und dann vor Cajetanus. Als er das Haus verließ, überkam ihn das Gefühl, Christoph Langenmantel, der stark mit seiner Unterstützung rechnete, enttäuscht zu haben.

18.

Der Schwab hatte etliches an Hausrat besorgt, war dann aber zum Fuggerhaus zurückgekehrt, da es sich für ihn nicht ziemte, allein mit Veva in der kleinen Wohnung zu bleiben. Nun räumte sie die Gegenstände so gut ein, wie es ihr unter diesen Umständen möglich war. Da sich in der kleinen Vorratskammer nichts Essbares befand, verließ sie danach ihr neues Heim, um Lebensmittel zu kaufen. Sie schüttelte den Kopf über den Schwab, der nicht an das Wichtigste gedacht hatte, entschuldigte ihn aber im nächsten Moment wieder. Zu Hause kümmerten sich ausschließlich die Frauen um die Beschaffung und die Verarbeitung der Esswaren. Meist kaufte Cilli in Begleitung von ein oder zwei Mägden ein, auch sie selbst war recht gern auf den Markt gegangen.
Unterwegs traf sie auf einige Bewohner der Fuggerei, die sie mit großen Augen anstarrten. Ihr Kleid wies sie ebenso wenig als arme Frau aus wie die Schuhe an ihren Füßen.

Niemand wagte es, sie anzusprechen, aber es war ihnen anzusehen, dass sie bei nächster Gelegenheit einen Fuggerschen Knecht nach der schönen jungen Frau ausfragen würden, die so gar nicht zu den kleinen Häusern passte.
Veva nahm zwar wahr, dass sie Aufsehen erregte, achtete jedoch nicht darauf. Sie hatte Hunger und musste sich beeilen, das Wichtigste einzukaufen, ehe der Marktaufseher die Stände schloss. Als sie sich endlich durchgefragt hatte, benötigte sie eine Weile, bis sie sich einen Überblick über all die Waren verschafft hatte. Das Angebot war größer als in München und sogar billiger, weil nur die Stadt selbst und nicht auch noch ein Herzog Steuern von den Händlern einzog. Langsam begann ihr das Einkaufen Freude zu machen, und bald hing ihr Korb immer schwerer am Arm.
Auf einmal stand der Junge neben ihr, der sie bei ihrer Ankunft in Augsburg zum Fuggerhaus geführt hatte. »Wenn Ihr wollt, helfe ich Euch tragen«, bot er ihr an.
Veva war klar, dass er auf eine ähnlich hohe Belohnung aus war wie bei ihrer Ankunft. Da sie noch einige andere Lebensmittel erstehen wollte, nahm sie sein Angebot mit einem Dankeswort an, machte aber deutlich, dass sie nicht vertrauensselig war. »Ich hoffe, du verschwindest unterwegs nicht mit meinen Einkäufen in den Gassen!«
Da ihr Lächeln ihren Worten die Schärfe nahm, grinste der Junge und schüttelte heftig den Kopf. »Ich doch nicht! Ihr seid Gast bei Fürst Fugger, und den will ich wirklich nicht erzürnen!«
Während Veva weiter einkaufte, erzählte der Junge ihr noch einiges über Augsburg. Sie erfuhr, dass mehr als ein Zehntel der Einnahmen der Stadt Augsburg aus Fuggers Truhen kam und der Kaufmann immer wieder den Kaiser sowie etliche Herzöge, Fürsten und auch hohe geistliche Herren beherbergte.
»Jetzt ist mit diesem Cajetanus sogar ein echter Kardinal aus

Rom bei ihm zu Gast. Der soll Doktor Martin Luther aus Sachsen zwiebeln, damit der seine Thesen wieder von der Wittenberger Pfarrkirche abreißt. Meine Freunde und ich wetten bereits, ob der Mönch sich beugen wird oder nicht.«

»Ihr wettet Luthers wegen?« Veva war erstaunt, denn die Gassenjungen in München interessierten sich nicht für solche Dinge. Denen ging es meist darum, in welchen Gärten gerade die Früchte reif wurden und wie man die Leute, die diese bewachten, überlisten konnte. Die meisten kannten wahrscheinlich nicht einmal den Namen Luther. Ihr Begleiter aber tat so, als habe er bereits an religiösen Disputationen teilgenommen.

Zu Hause angekommen verlor sich dieser Eindruck wieder, denn kaum hatte sie ihm einen Kreuzer in die Hand gedrückt, verließ er grinsend das Haus, und sie merkte erst hinterher, dass auch eine der unterarmlangen geräucherten Leberwürste verschwunden war.

»Er ist also doch nur ein gewöhnlicher Lausebengel«, sagte sie sich und begann, ihr Abendessen zuzubereiten.

Veva saß bereits am Tisch, als es an der Tür rumpelte. Verwundert, wer jetzt noch etwas von ihr wollte, stand sie auf und öffnete vorsichtig. Draußen stand ihr Ehemann.

Er wirkte verärgert und trat wortlos an ihr vorbei ins Haus. Plötzlich aber schnupperte er und leckte sich die Lippen. »Du hast etwas gekocht? Das ist gut, denn ich habe seit heute Morgen nichts mehr zwischen die Zähne bekommen!« Ohne ein weiteres Wort setzte er sich, schnappte sich ihren Napf und ihren Löffel und begann hungrig zu essen.

Veva sah mit Bedauern, wie der nahrhafte Brei, den sie für sich zubereitet hatte, in seinem Mund verschwand. Da ihr Magen noch immer knurrte, holte sie einen Laib Brot, etwas Käse und eine der übrig gebliebenen Leberwürste aus der Speisekammer und hielt sich daran schadlos.

Ernst kniff die Augen zusammen. »Esse ich etwa dein Abendessen auf?«

Ja, das tust du, hätte Veva ihn am liebsten angefaucht, aber sie wollte den ersten gemeinsamen Abend nicht mit bösen Worten beginnen. »Es tut mir leid, dass ich nicht mehr gekocht habe, doch Fürst Fugger sagte, er hätte dich mit einem Auftrag fortgeschickt. Daher habe ich nicht angenommen, dass du heute noch zurückkehren würdest.«

»Ich habe meinen Auftrag erfüllen können. Übrigens schmeckt dein Brei ausgezeichnet. Ich weiß nicht, ob wir da noch eine Köchin brauchen!« Es sollte ein Spaß sein, doch Ernst sah, wie sich Vevas Antlitz verdüsterte. Wenn sie ein eigenes Haus führte, war eine eigene Köchin unabdingbar.

»Wie geht es eigentlich deinem Vater?«, fragte er in dem Bestreben, das Thema zu wechseln.

»Er fühlt sich wohler als in der letzten Zeit. Es war wohl doch der Schmerz über Bartls Tod, der ihn aufs Krankenbett geworfen hat. Er lässt dich übrigens grüßen. Ob er dir einen Brief mitgeschickt hat, weiß ich jedoch nicht. Da musst du schon den Schwab fragen.« Nun galt Vevas Unmut mehr ihrem Vater als ihrem Ehemann.

Ernst wunderte sich ebenfalls. »Weshalb hätte dein Vater dem Knecht einen Brief mitgeben sollen, wenn du dich selbst auf die Reise gemacht hast?«

Veva antwortete mit einem Achselzucken. »Zumindest diesmal hat er es getan – ein Brief an Fürst Fugger persönlich.«

»Eigenartig!« Ernst sah sie nachdenklich an. »Übrigens solltest du Fugger gegenüber nicht so tun, als hättest du einen hohen Mann von Adel vor dir. Der Titel, den Kaiser Maximilian ihm verliehen hat, schmeichelt ihm zwar, doch von denen, die um ihn sind, will er wie ein Kaufherr angesprochen werden. Eure Hoheit und so weiter nennen ihn nur die, die von ihm Geld leihen wollen! Kannst du mir

übrigens das Brot geben und ein Stück von dieser Schmierwurst? Die sieht appetitlich aus.«
»Sie schmeckt auch gut!« Veva reichte ihm das Brot, die Wurst und das Messer und sah zu, wie Ernst sich bediente. Als er sich einen Bissen in den Mund steckte und darauf herumkaute, erinnerte sie sich daran, dass sie nichts zu trinken im Haus hatten.
»Du wirst mich für eine schlechte Hausfrau halten, doch ich habe bisher weder Bier noch Wein besorgt. Wenn es dir recht ist, werde ich dafür sorgen, dass ein Fass gebracht wird.«
»Lass mich das machen!« Ernst sprang auf und eilte zur Tür. Als er diese öffnete, stand draußen ein Bengel, dessen Lippen und Kinn fettig glänzten. Bei Ernsts Anblick leuchteten seine Augen auf.
»Soll ich Euch etwas besorgen, Herr?«
Ernst nickte. »Ja, ein Fass Bier, wenn es geht. Aber das musst du nicht selbst tragen. Sage dem Wirt, er soll seinen Knecht schicken.«
»Und zu welchem Wirt soll ich gehen, Herr?«
»Zu dem mit dem besten Bier! Und jetzt beeile dich, denn ich habe Durst.«
Dies ließ der Junge sich nicht zweimal sagen. Er verschwand wie ein Blitz und brachte Ernst dadurch zum Lachen. Dieser wunderte sich selbst über seine überraschend gute Laune. Irgendwie musste dies mit Veva zusammenhängen. Auch wenn sie von kühlem Wesen war, erwies sie sich doch als ausgezeichnete Hausfrau, die die neue Frau seines Vaters bei weitem in den Schatten stellte. Außerdem war sie weitaus hübscher als die Bäckerwitwe. Bei dem Gedanken spürte er, wie ihm das Blut in die Lenden schoss. Vielleicht war es doch nicht so schlecht, mit Veva verheiratet zu sein, dachte er, während er in die Küche zurückkehrte. Er setzte sich jedoch nicht mehr hin, sondern lehnte sich mit der Schulter gegen den Türpfosten und betrachtete seine Frau.

An ihrem Aussehen fand er nichts auszusetzen. Damit übertraf sie sogar Rosi. Die Magd mochte vielleicht feuriger beim Liebesspiel sein, als er es von seiner Frau erwartete, doch er war sicher, dass er seine Freude an Veva haben würde. Der Gedanke brachte ihn fast dazu, sie aufzufordern, mit ihm ins Schlafzimmer zu gehen. Da erinnerte er sich, dass sie das Opfer übler Schurken gewesen war, und beschloss, ganz sanft und vorsichtig zu sein.

Veva war die stille Musterung unangenehm, und sie hätte gerne gewusst, worüber Ernst gerade nachdachte. »Wolltest du nicht Bier besorgen?«, fragte sie, um das Schweigen zu beenden.

»Ich habe einen Jungen beauftragt, der sich draußen herumtrieb«, antwortete Ernst lächelnd.

Vevas Augenbrauen wanderten leicht nach oben. »War er etwa so groß, etwas mager und trug eine Hose, die am rechten Knie ein Loch hat?«

»Ja, das war er!«

»Wenn du ihn das nächste Mal siehst, kannst du ihn fragen, wo die Wurst geblieben ist, die mir fehlt. Derselbe Bursche hat sich nämlich angeboten, meine Einkäufe zu tragen.«

»Und da ist die Wurst so einfach verschwunden.« Ernst erinnerte sich an den fettigen Mund des Jungen und musste lachen. »So ein Spitzbube! Du wirst ihn doch nicht des Diebstahls wegen anzeigen? Das wäre ein schlechter Einstand in Augsburg.«

»Natürlich nicht. Aber wenn ich ihn das nächste Mal sehe, setzt es Maulschellen!«

»Der arme Junge tut mir direkt leid. Nun, verdient hat er sie.« Er sah sich um. »Wie gut ist das Haus hier eigentlich eingerichtet? Haben wir überhaupt ein Bett für die Nacht? Ich würde ungern auf dem Fußboden schlafen.«

»Jakob Fugger hat uns ein paar Truhen und ein Bett hereinstellen lassen. Aber ich glaube nicht, dass du es bequem finden wirst!« Vevas Stimme klang gepresst, denn seine Frage erinnerte sie an die erste Nacht, die sie gemeinsam mit Ernst verbringen würde. Am liebsten hätte sie ihr Lager in einem anderen Zimmer aufgeschlagen, doch es gab in der Küche und in den beiden Stuben kein Möbel, das sie benutzen konnte, und auf dem nackten Fußboden wollte sie nicht schlafen. Auch würde Ernst das wohl kaum zulassen. Vielleicht würde er sie sogar schlagen, wenn sie nicht ins gemeinsame Bett kam.

Ein Klopfen unterbrach diese Überlegungen. Ernst trat auf den kleinen Flur hinaus und öffnete die Tür.

Ein Mann in der Schürze eines Schankknechts kam in die Küche und stellte ein Fässchen ab. »Da ist das Bier. Lasst es Euch schmecken. Zahlen könnt Ihr es morgen.«

Ernst nickte, reichte dem Knecht einen Kreuzer und wandte sich dann dem Jungen zu, der diesem gefolgt war. »Du solltest besser verschwinden. Meine Frau ist wegen der verschwundenen Wurst arg zornig auf dich!«

Der Junge grinste nur. »Die muss mir beim Tragen unter mein Hemd geraten sein, denn ich habe sie später dort entdeckt. Da sie arg gequetscht und auch schon aufgeplatzt war, konnte ich sie doch nicht mehr zu den anderen Sachen legen. Nichts für ungut, Herr.«

»Schon gut.« Ernst wollte wieder ins Haus, doch da hielt ihm der Junge die Hand hin.

»Habe ich denn keine Belohnung verdient? Immerhin habe ich das Fass Bier besorgt!«

Ernst überlegte kurz, ob er Veva vorgreifen und dem Jungen selbst eine Ohrfeige geben sollte, zog aber dann doch eine Münze aus der Tasche und warf sie ihm zu. »Hier, du Lümmel! Wenn du so weitermachst, wirst du irgendwann noch reicher als Jakob Fugger.«

Der Bursche grinste und war im nächsten Moment ver-

schwunden. Kopfschüttelnd kehrte Ernst ins Haus zurück, wo Veva bereits zwei große Becher mit Bier gefüllt hatte.
»Danke, das kann ich jetzt brauchen!« Er setzte einen Becher an und trank ihn bis zur Neige aus. Er schwieg einen Moment und nickte dann. »Der Schwab hat schon recht. Das Bier hier schmeckt wirklich gut.«
»Das freut mich. Aber ich werde dafür sorgen, dass auch Wein ins Haus kommt.«
Ernst lächelte und fasste nach ihren Händen. »Du bist eine ausgezeichnete Hausfrau. Ich habe Glück, dass ich dich bekommen habe!«
Seine Worte verwirrten Veva. Warum tat Ernst so, als wären sie auf beiderseitigen Wunsch zusammengegeben worden? War er tatsächlich mit dieser Heirat einverstanden? In München hatte es anders ausgesehen. Daher blieb sie auf der Hut und entzog ihm die Hände. »Wollt Ihr noch ein Bier, Herr?«
»Warum so förmlich, wenn wir unter uns sind? Außerdem bist du eine reiche Erbin, während ich von meinem Vater nur einen Bettel zu erwarten habe«, antwortete Ernst lachend.
Das war es also, fuhr es Veva durch den Kopf. Er hatte sie geheiratet, weil ihr Vater reich und sie dessen einzige Tochter war. Für so berechnend hatte sie ihn nicht gehalten. Den Männern ging es anscheinend nur ums Geld, eine gewisse Behaglichkeit und ein Paar Schenkel, die sich im Bett bereitwillig für sie öffneten.
Sie hatte den Gedanken kaum zu Ende gedacht, da fasste Ernst sie um die Taille und lächelte sie an. »Was meinst du, wollen wir uns jetzt einmal die Schlafkammer ansehen und schauen, ob sie wirklich so unbequem ist, wie du sagst?«
Veva zuckte mit den Achseln. »Von mir aus!« Da sie diesem Schicksal ohnehin nicht entgehen konnte, war es gleichgültig, ob es heute, morgen oder in ein paar Tagen geschah.

Bevor sie jedoch in Richtung Schlafkammer ging, räumte sie noch die Küche auf, wusch sich kurz Gesicht und Hände und säuberte mit einem Schafgarbenstengel die Zähne.
Ernst machte sich ebenfalls zur Nacht zurecht und ging als Erster in die kleine Kammer. Das Bett war wirklich schmal, fand er, aber das störte ihn nicht. Auf diese Weise musste Veva sich an seine Nähe gewöhnen.
Es dauerte eine Weile, bis sie nachkam. Unterdessen hatte Ernst die Fensterläden geschlossen und sich bis auf das Hemd ausgezogen. Veva vermied es, ihn anzusehen, stellte den Halter mit der brennenden Kerze so neben ihr Bett, dass sie das Licht ausblasen konnte, und blieb dann stocksteif stehen.
»Bevor du ins Bett gehst, solltest du dir dein Kleid und die Unterröcke ausziehen«, riet Ernst ihr lächelnd.
Veva hätte sich am liebsten umgedreht und wäre davongerannt. Nur mit Mühe löste sie die Schnüre ihres Kleids und zog es über den Kopf. Der erste Unterrock folgte. Doch als sie bemerkte, dass Ernst ihr interessiert zusah, löschte sie rasch die Kerze und entledigte sich der weiteren Unterröcke bis auf ihr Hemd. Dann stieg sie vorsichtig ins Bett und blieb fast an der Kante liegen, um genügend Platz zwischen sich und Ernst zu lassen.
»Du willst doch nicht aus dem Bett fallen, oder?« Er packte sie und zog sie näher an sich heran. Seine Rechte glitt ihr spielerisch über Rücken und Hintern.
»Sag doch gleich, dass du andere Dinge tun willst, als zu schlafen«, sagte Veva ungehalten.
»Ich würde es wirklich gerne tun.« Ernst versuchte sie zu küssen, doch sie drehte den Kopf weg, legte sich auf den Rücken und zog ihr Hemd bis zur Taille hoch.
»Nun mach schon!« Umso schneller liegt es hinter mir, setzte sie in Gedanken hinzu und spreizte die Beine.
Ihre Bereitwilligkeit überraschte Ernst. Allerdings bedauer-

te er die Kälte, mit der sie sich ihm hingeben wollte. Doch als er versuchte, ihren Busen zu umfassen, stieß sie seine Hand mit einem Fauchen weg. Wenn sie es denn so will, dachte er, bekommt sie es auch. Da Veva aber ihr Hemd anbehalten hatte, zerrte er das seine nur so weit nach oben, dass es ihn nicht behinderte. Als er ihr zwischen die Beine glitt, fühlte sich ihre Haut warm und weich an, und sie roch nach Veilchen. Allerdings wirkte der Duft bei weitem nicht so aufreizend wie bei der Hure, zu der ihn ein Nachbar mitgenommen hatte, als er sechzehn gewesen war, sondern sanft und angenehm.

Das also ist unsere Brautnacht, fuhr es ihm durch den Kopf, und er erinnerte sich, weshalb sein Vater darauf gedrängt hatte, die Ehe nicht gleich zu vollziehen. Vorsichtig tastete er ihren Bauch ab und stellte fest, dass er zwar angenehm weich, aber zu flach für eine Schwangerschaft war. Also war die Vergewaltigung durch die Räuber ohne Folgen geblieben. Erleichtert stützte er sich mit beiden Händen ab und schob sich nach vorne. Eine kurze Weile tändelte er nur und tat so, als würde er ihre Scheide nicht auf Anhieb finden. Erst als Veva weniger verkrampft dalag, drang er in sie ein. Er spürte einen leichten Widerstand und wunderte sich, denn nach der Nacht bei den Räubern konnte sie doch keine Jungfrau mehr sein. Der Gedanke brachte ihn dennoch dazu, vorsichtig mit ihr umzugehen. Schließlich sollte sie keine Abneigung gegen ihre Zweisamkeit im Bett entwickeln.

Für Veva war die Sache weniger schmerzhaft, als sie erwartet hatte. Es wurde ihr im Bauch sogar warm, als Ernst spielerisch an ihre Pforte klopfte, und als sie ihn in sich spürte, überkam sie ein eigenartiges und sogar recht angenehmes Gefühl. Sie schloss die Augen und presste mehrfach den Atem zwischen den zusammengebissenen Zähnen hindurch. Als Ernst schließlich nach den letzten, recht heftigen

Stößen innehielt, dachte sie, dass verheiratet sein vielleicht sogar einige angenehme Augenblicke mit sich brachte. Außerdem war ihr Ernsts Nähe bei weitem nicht so zuwider, wie sie es erwartet hatte, und das erleichterte sie.

»Siehst du, es war gar nicht so schlimm«, raunte Ernst ihr ins Ohr.

»Nein, war es nicht«, flüsterte Veva, schob ihn dann von sich herab und kehrte ihm den Rücken zu. Irgendwie schämte sie sich, weil sie anscheinend dieselbe Metze war wie die Magd Rosi und andere Frauen, die sie kannte. Dann aber sagte sie sich, dass Ernst und sie immerhin miteinander verheiratet waren und Gott im Himmel dieses gemeinsame Vergnügen im Ehestand sogar segnete. Eine Metze hingegen war ein Weib, das diese Freuden vor oder außerhalb einer Ehe suchte, und das wollte sie gewiss nicht. Mit dem Gedanken, dass ihr Vater vielleicht doch nicht so schlecht gehandelt hatte, indem er sie mit Ernst verheiratet und nach Augsburg geschickt hatte, schlief sie ein.

Ernst aber lag noch lange wach und kaute an der Frage herum, ob Veva wirklich Gefallen am Beischlaf gefunden hatte oder ihre Schenkel nur der Pflicht gehorchend für ihn geöffnet hatte.

FÜNFTER TEIL

Luther

1.

Am Abend des nächsten Tages erschien ein neuer Gast im Hause Fugger. Ernst wollte auf ihn zugehen, um ihm seine Dienste anzubieten, stockte dann aber mitten im Schritt. Es handelte sich um Portikus, den wohl der Teufel geschickt haben musste. Erschrocken wich Ernst in die dunkelste Ecke des Raumes zurück und sah zu, wie der Theologe auf Cajetanus zutrat und diesen liebedienerisch begrüßte.
»Ich überbringe Euch die Wünsche unseres allergnädigsten Landesherrn Herzog Wilhelm und dessen Hoffnung, dass dieses unsägliche Kapitel in der Geschichte unserer heiligen Kirche rasch und zur Zufriedenheit aller wahrhaftigen Christen abgeschlossen werden kann!«
Ernst schien es, als wolle Portikus sich bei dem Kardinal einschmeicheln und gleichzeitig sich selbst eine Bedeutung verleihen, die ihm nicht zustand. So oder so stellte seine Ankunft eine unangenehme Verwicklung dar. Wenn Portikus ihn verleumdete, würde es ihm unmöglich sein, Cajetanus und dessen Begleiter weiterhin zu überwachen und auszuhorchen. Es bestand sogar Gefahr, dass Jakob Fugger, der ein treuer Sohn der Kirche war, ihn seines Hauses verwies.
Bis jetzt hatte Portikus ihn nicht bemerkt, sondern sprach in einem guttural klingenden Latein auf Cajetanus ein und tat so, als fordere der Herzog in München die schärfsten Strafen für Luther. »Dieser aufmüpfige Mönch wagt es, seine elenden Thesen und andere ketzerische Schriften durch Schmuggler in die Residenzstadt Seiner Gnaden bringen zu lassen, um damit das Volk zu verwirren. Nicht anders macht er es im übrigen Reich. Daher ist er eine Pestbeule, die so bald wie möglich aufgeschnitten werden muss!«

Ernsts Lateinkenntnisse waren nicht sonderlich gut, reichten aber aus, um Portikus' Rede folgen zu können. Bei der geschliffenen Antwort von Cajetanus tat er sich jedoch schwer. »Ich werde mit Luther sprechen und ihn auffordern, seine häretischen Gedanken zu widerrufen und wieder in den Schoß der heiligen Kirche zurückzukehren.« Wie es aussah, lag dem Kardinal mehr daran, Luther als reuigen Sohn der Ecclesia an seine Brust zu drücken, als ihn auf einem Scheiterhaufen brennen zu sehen.

Ernst konnte sich nicht vorstellen, dass Luther bereit war, sich so ohne weiteres zu unterwerfen. Wäre dies der Fall, hätte er nicht von Magenkrämpfen gequält auf dem Karren liegen müssen. Daher war es doppelt wichtig herauszufinden, was der Kardinal plante.

Während sich in Ernsts Kopf die Gedanken überschlugen, wandte Portikus sich an die übrigen Geistlichen im Raum und begrüßte erst anschließend den Gastgeber. Dies war ein ungebührliches Verhalten und nur durch seine Abneigung gegen die Freie Reichsstadt zu erklären, in der Luthers Schriften gedruckt und verteilt werden durften. Dabei, so sagte Ernst sich, war Jakob Fugger so gut katholisch wie selten einer. Der Kaufherr zeigte jedoch keinen Unmut über Portikus' Affront, sondern stellte ihm freundlich die anderen Männer im Raum vor. »Dies hier ist Ritter Franz von Gigging, der Seiner Eminenz unterwegs Geleitschutz geboten hat, und dies hier Ernst Rickinger, den Ihr gewiss aus München kennt. Er ist ein braver Mann und hat sich als sehr wertvoll für mich erwiesen!« In Fuggers Worten schwang eine Warnung für Portikus mit, das Vergangene ruhen zu lassen.

Dieser verstand die unterschwellige Botschaft, doch während er Gigging freundlich grüßte, warf er Ernst nur einen drohenden Blick zu.

Franz von Gigging bemerkte die Spannungen zwischen dem Kleriker und dem jungen Rickinger und musterte beide nachdenklich. Er sagte jedoch nichts, sondern wartete, bis Portikus den Hausherrn aufforderte, ihm für die nächsten Tage Obdach zu gewähren. Jakob Fugger rief daraufhin einen Knecht, der sich des Gastes annehmen und ihn in eine freie Kammer führen sollte. Als die beiden das Zimmer verließen, stieß Gigging sich von der Wand ab und folgte ihnen.

Neben der Tür des Raumes, die dem Münchner Geistlichen zugewiesen wurde, blieb er stehen und wartete, bis der Diener wieder gegangen war. Dann trat er ein und sprach Portikus an. »Gott zum Gruße, hochwürdiger Herr. Ich freue mich, unsere Bekanntschaft vertiefen zu können!«

Portikus musterte ihn mit verkniffener Miene und entspannte sich dann etwas. »Ich erinnere mich an Euch. Es war in München, nicht wahr, am Hof des Herzogs?«

»Eben dort«, antwortete Gigging lächelnd. »Euer Hochwürdigkeit führte gerade Klage gegen einen gewissen Lümmel. Zufällig wurde ich Zeuge dieses Gesprächs.«

Portikus hatte diese Szene nicht vergessen und verzog das Gesicht. »Seine Gnaden hat mich nicht einmal zu Ende angehört. Dabei müsste dieser Bursche strengstens bestraft werden! Schließlich hat der Kerl einen Träger geistlicher Würden zum Gespött der Stadt gemacht.«

Giggings Grinsen wurde noch breiter. »Ein gemeinsamer Freund hat mir die Geschichte erzählt. Der Bursche war wirklich unverschämt. Er hätte diesen … wie heißt er doch gleich? Pater … äh …«

»Remigius«, half Portikus unwillkürlich aus.

»Also, ich an seiner Stelle hätte Remigius vor die Wahl gestellt, mir dafür, dass ich den Mund halte, einen ordentlichen Ablass zu besorgen oder mir das Weibsstück gelegentlich zu überlassen. Es soll recht wohlgestaltet gewesen sein, so erzählte mein Freund. Er hat nämlich beide nackt auf der Straße gesehen.«

»Du sprichst arg derb, mein Sohn!« Portikus beschloss, dem Besucher gegenüber seinen geistlichen Stand herauszukehren. Zwar gefiel ihm der Mann nicht besonders, aber seine Worte hatten ihn neugierig gemacht. »Wer ist eigentlich dein Freund in München?«

»Der ehrengeachtete Kaufherr Benedikt Haselegner, wenn Euch der Name etwas sagt!«

Portikus schüttelte missmutig den Kopf. »Der Mann ist auch nicht gerade ein Vorbild an Tugend und Lauterkeit.«

»Er ist ein treuer Sohn der Kirche, anders als ein gewisser Lümmel.« Es machte Gigging Spaß, mit dem Kleriker zu spielen. Dabei war ihm bewusst, dass er es nicht zu weit treiben durfte, denn Portikus war sehr von sich, seinem geistlichen Rang und der Heiligkeit der Kirche überzeugt. Um deren Ruf zu schonen, war er bereit, Fehltritte anderer Kirchenmänner zu entschuldigen und Leute wie Ernst Rickinger, die diese ans Tageslicht brachten, mit kleinlicher Feindschaft zu verfolgen. Da Gigging sich keinen Gegner am Hofe des Bayernherzogs leisten konnte, lobte er nun Haselegner und erzählte, dieser habe seine Abscheu über Ernsts verwerfliche Tat mehrfach kundgetan. »Er ist ihm auch sonst nicht gewogen. Immerhin hatte mein Freund große Hoffnungen, Veva Leibert ehelichen zu können. Doch Ernst Rickinger hat deren kranken Vater mit üblen Lügen und Drohungen dazu gebracht, ihm das Mädchen zur Frau zu geben.«

Seine Hoffnung war, dass Portikus in seiner Rachsucht Haselegner als Verbündeten ansehen und diesem helfen würde, Ernst aus dem Weg zu räumen. Vielleicht würde er auch mithelfen, die frischgebackene Witwe in das Bett seines Verbündeten zu legen. Zumindest traute er Portikus zu, etwas dafür springen zu lassen, dass Ernst zu Tode kam, und diese Summe wollte er sich verdienen.

»Ich frage mich, was Rickinger hier in Augsburg will«, brach es aus Portikus hervor.

»Vielleicht wollte er sein Unwesen dort treiben, wo er Euch aus den Augen ist, Eminenz!«

»Nenne mich nicht bei diesem Titel. Ich bin kein Kardinal!«, fuhr Portikus ihn an. Doch seine Mimik verriet, wie sehr er nach diesem Titel gierte.

Gigging senkte den Kopf, um sein Lächeln zu verbergen. »Ihr seid eine Stütze des Bayernherzogs. Wie könnte Seine Heiligkeit, Papst Leo X., dies vergessen.«

Gigging wusste aus Erfahrung, dass Schmeichelei bei jemandem wie Portikus am besten verfing. Der Mann war überaus ehrgeizig und träumte in manchen Nächten vielleicht sogar davon, zum Papst gewählt zu werden.

Portikus stieß zischend die Luft aus den Lungen. »Wenn der Herzog nur mehr auf meinen Rat hören würde! Doch er stimmt den Thesen dieses elenden Luther in etlichen Punkten zu und hält Pater Remigius für schuldbeladener als Ernst Rickinger.«

Der hat die Bürgerfrau ja auch nicht genagelt, dachte Gigging voller Spott, stimmte Portikus aber wortreich zu.

Der Theologe rief einen Diener, befahl diesem, Wein zu holen, und lud Gigging ein, mit ihm zu trinken. Der nahm fröhlich an und erzählte, als sie wieder unter sich waren, dass Kardinal Cajetanus ihn nicht ohne Grund mitgenommen habe. »Es geht um Luther, müsst Ihr wissen, hochwürdiger Vater. Wenn der Kerl nicht widerruft, darf er nicht mehr nach Wittenberg zurückkehren, sondern wird nach Rom geschafft, um dort seine gerechte Strafe zu erhalten.«

Portikus glaubte herauszuhören, dass der Ritter ebenfalls ein Diener des Papstes und in dieser Angelegenheit sogar dessen verlängerter Arm war, und legte seine Abneigung gegen den Mann ab. Mehrere Becher später vertraute er ihm seine intimsten Geheimnisse an.

Gigging hörte ihm aufmerksam zu und überlegte, wie er dieses Wissen zu seinem Vorteil nutzen konnte.

2.

Die Dienste, die Ernst für Kardinal Cajetanus und die anderen geistlichen Herren erbringen musste, belasteten ihn nicht sonderlich. Er hatte die Knechte zu beaufsichtigen, die die Gäste bedienten, ließ Bücher aus Fuggers Bibliothek holen und besorgte ganz offiziell die neuesten Verteidigungsschriften aus der Feder Luthers bei den Druckern der Stadt. Zu seiner Erleichterung war Doktor Portikus nicht mehr bei Cajetanus aufgetaucht, sondern hatte sich, wie Bedienstete ihm berichteten, mit Ritter Franz von Gigging zum Gespräch zurückgezogen. Erst beim Abendessen erschien der Theologe aus München wieder und ließ einige boshafte Bemerkungen über ihn fallen.

Daher war Ernst froh, als er das Fuggerhaus am Abend verlassen konnte. Er ging jedoch nicht sofort zu dem Häuschen, das er und Veva bewohnten, sondern suchte Christoph Langenmantel auf, um von diesem zu erfahren, ob es Luther bereits besser ging.

»Ich konnte vorhin kurz mit dem Prior der Karmeliter von Sankt Anna sprechen«, berichtete Langenmantel. »Die Medizin des Klosterapothekers schlägt an. Doktor Luther hat die schlimmste Pein überwunden und hofft, in zwei, spätestens drei Tagen Kardinal Cajetanus Rede und Antwort stehen zu können. Aber was ist mit Euch? Habt Ihr etwas in Fuggers Haus erfahren können?«

Ernst dachte einen Moment nach, und als er zu sprechen begann, flüsterte er. »Der Kardinal erwartet, dass Doktor Luther seine Thesen widerruft. Außerdem ist heute Doktor Portikus aus München gekommen, und der ist ein fanatischer Feind Luthers.«

»Das ist doch der, den Korbinian Echle immer als Doktor

Thürl verspottet.« Langenmantel lachte kurz, wurde aber sofort wieder ernst. »Das ist kein gutes Zeichen. Mir wäre lieber, Herzog Wilhelm hätte einen anderen Geistlichen geschickt.«

»Vielleicht wollte er ihn nur für einige Zeit loswerden! Portikus muss ihm in den letzten Monaten arg auf die Nerven gegangen sein. Dabei ist es wohl weniger um mich als vielmehr um diejenigen gegangen, die Luthers Thesen in München unters Volk gebracht haben.«

Langenmantel versetzte Ernst einen freundschaftlichen Klaps. »Damit seid auch Ihr gemeint. Immerhin habt Ihr die Flugblätter am eifrigsten verteilt!«

»Wenn Portikus das wüsste, säße ich längst in einem Kerker der Hoffeste.«

»Was macht Ihr jetzt? Werdet Ihr Fuggers Haus meiden, solange Portikus dort ein und aus geht?«

Ernst schüttelte den Kopf. »Nein! Von dem lasse ich mich nicht vertreiben. Ich muss wissen, ob und wann etwas gegen unseren verehrten Doktor Luther geplant wird.«

»Gebt auf Euch acht! Ich will nicht, dass diese Leute sich an Euch schadlos halten. Doch nun will ich meinen Diener rufen, damit er uns einen Krug Wein bringt. Ich glaube, wir haben uns ein paar Becher verdient.«

»Ich weiß nicht … Mein Weib wartet zu Hause«, wandte Ernst ein. Langenmantel achtete jedoch nicht auf seine abwehrende Haltung, sondern ließ den Wein holen und schenkte seinem Gast eigenhändig ein.

3.

Der Mond stand bereits hoch am Himmel, als Ernst das kleine Haus betrat, das Jakob Fugger ihm und Veva zur Verfügung gestellt hatte. Trotz der späten Stunde traf er seine Frau in der Küche an. Sie hatte eine Kerze aufgestellt, las in deren Schein und spann Flachs.

Als er hereinkam, hob sie den Kopf. »Ich wusste nicht, wann du nach Hause kommst. Daher habe ich bereits zu Abend gegessen. Aber ich habe dir etwas aufgehoben. Ich werde es gleich aufwärmen.«

»Ich habe vorhin in Fuggers Haus gegessen und daher keinen Hunger mehr.«

»Dann gibt es den Brei zum Frühstück«, sagte sie ohne Bedauern und trug den Topf in die Speisekammer.

»Nicht, dass die Mäuse darüber herfallen«, sagte Ernst, als sie zurückkehrte.

»Ich habe eine Steinplatte auf den Topf gelegt. Die können selbst Ratten nicht wegschieben.«

»Haben wir etwa Ratten im Haus?«

Ernst klang so fassungslos, dass Veva lachen musste. »Natürlich nicht! In anderen Teilen der Stadt gibt es häufig welche. Nis verdient sich öfter ein paar Kreuzer, indem er sie jagt – solange er keine Würste klaut, heißt das.«

Ernst sah Veva verwirrt an. »Wer ist Nis?«

»Der Junge, den du zum Bierholen geschickt hast. Er hat sich quasi selbst als Faktotum bei uns eingestellt.«

»So ein Bengel! Taugt er wenigstens was?«

»Er ist geschickt und fleißig. Außerdem kennt er sich hier in der Stadt aus und konnte mir auf Anhieb einen Buchverleger nennen, bei dem ich dieses Buch erstanden habe!«

Veva hielt es in Ernsts Richtung, und dieser sah, dass es sich um fromme Heiligenlegenden handelte.

Das war nicht gerade die Literatur, die er bevorzugte. Daher lächelte er überlegen. »Nun, wenn es dir Freude macht. Aber wie hast du den Tag sonst verbracht?«

»Ich habe deine Sachen, die aus Fuggers Haus hierhergebracht wurden, eingeräumt und weiter an einem Kleid für mich genäht. Dann war ich auf dem Markt, habe das Buch gekauft und Nis einige weitere Besorgungen machen lassen. Ansonsten bin ich hier gesessen, habe Flachs gesponnen, damit meine Hände beschäftigt sind, und darauf gewartet, dass die Zeit vergeht. Bei der Heiligen Jungfrau, es gibt hier kaum etwas zu tun! Die Wohnung ist winzig, und ich muss weder meinem Vater helfen, Briefe zu schreiben, noch Gesinde überwachen. Ich hoffe, das ändert sich bald, sonst …« Veva brach mitten im Satz ab und machte eine wegwerfende Handbewegung.

»Was sonst?«, bohrte Ernst nach.

»Sonst werde ich sehr viel Geld zum Tuchhändler und zum Buchverleger tragen!« Diese Ausrede fiel Veva gerade noch ein, denn ursprünglich hatte ihr eine drastischere Bemerkung auf der Zunge gelegen. Sie seufzte, füllte einen Becher mit Bier und stellte ihn Ernst hin. »Hier, du wirst gewiss Durst haben!«

»Das kannst du laut sagen! Ich habe unterwegs noch einen Bekannten besucht und wurde von ihm zu ein paar Schoppen Wein eingeladen. Trotzdem ist meine Kehle wie ausgedörrt!« Ernst ergriff dankbar den Becher und trank das Bier in einem Zug aus. »Das hat gutgetan.«

Da er Veva nicht ansah, entging ihm der verächtliche Ausdruck, der über ihr Gesicht huschte. Er hat sich nicht geändert, dachte sie, sondern ist noch der gleiche Luftikus wie in jenen Jahren, in denen er mit meinem Bruder durch die Schenken gezogen ist. Wahrscheinlich hat er auch seine übrigen Untugenden behalten. Bei der Vorstellung, er könnte eben bei einer Hure oder einer willigen Magd gewesen sein, empfand Veva Ekel. Das, was im Bett zwischen Ehemann und Ehefrau geschah, war in ihren Augen etwas ganz Persönliches, das als Geschenk des Herrn angesehen werden musste. Wer ohne Gottes Segen und nur der Lust gehorchend zu den Huren ging, war für sie nicht mehr als ein Tier.

Aus diesem Grund erleichterte es sie, dass Ernst, nachdem sie zu Bett gegangen waren, nicht nach ihr verlangte, und sie schob das leise Bedauern, das in ihr aufzusteigen begann, weit von sich. Er ist es nicht wert, dass ich mir Gedanken oder gar Sorgen um ihn mache, sagte sie sich. Doch als sie sich mit dem Handrücken über die Augen fuhr, fühlte sie die Nässe von Tränen. Gleichzeitig sehnte sie sich nach einem Kind, am besten einem Sohn, dem sie ihre ganze Liebe schenken und den sie zu einem frommen und gerechten Menschen erziehen konnte, der mit seinem liederlichen, verantwortungslosen Vater nichts gemein haben sollte.

Dabei empfand Ernst mehr Verantwortung denn je, denn er machte sich Sorgen um Martin Luther, dem mit Thomas Cajetanus ein Mann gegenüberstand, der die gesamte Macht des Papstes hinter sich wusste. Dazu kam Portikus, der Luther am liebsten auf den Scheiterhaufen schicken würde. Bei dem Gedanken an den Münchner Theologen überlegte Ernst, ob er Veva sagen sollte, dass dieser nach Augsburg gekommen war.

Da sie jedoch regungslos dalag, glaubte er, sie wäre bereits eingeschlafen, und wollte sie nicht wecken. Stattdessen sann er darüber nach, was er tun könnte, wenn Luther tatsächlich verhaftet werden sollte. Zu einem Petrus, der seinen Herrn im Garten Gethsemane mit einem Schwertstreich aus den Händen der Häscher befreien hatte wollen, fühlte er sich nicht berufen.

Über diesem Gedanken schlief er ein und träumte einen wilden Traum, in dem er sich sowohl gegen Portikus wie auch gegen Gigging zur Wehr setzen musste, während Veva daneben saß und in ihrem Legendenbuch blätterte, ohne sich ein einziges Mal nach ihm umzusehen.

Als er am Morgen erwachte, fühlte er sich wie zerschlagen. Es dauerte eine Weile, bis er einen halbwegs klaren Gedanken fassen konnte. Dann aber griff er auf die andere Seite des Bettes und fand sie leer. Wie es aussah, hatte Veva ihr Tagwerk schon begonnen.

Er stand auf, wusch sich in der Schüssel, die in einem wackligen Gestell stand, und zog sich an. Als er kurz darauf in die Küche trat, hatte Veva bereits Feuer auf dem Herd entfacht, um das gestrige Abendessen zum Frühstück aufzuwärmen. Als sie ihn kommen sah, verzog sie das Gesicht. »Isst du jetzt mit mir oder frühstückst du in Fuggers Haus?«

Sie klingt beleidigt, dachte Ernst. Anscheinend hatte sie es ihm übelgenommen, dass er am Abend nicht zum Essen nach Hause gekommen war. Irgendwie waren die Frauen doch alle gleich. Er schämte sich jedoch sofort für diesen Gedanken, denn er hätte ihr Botschaft schicken können, dass es später wurde. So aber hatte Veva lange auf ihn gewartet und sich Sorgen gemacht.

»Ich frühstücke mit dir«, sagte er daher etwas kleinlaut und nahm am Tisch Platz.

Veva stellte ihm einen Becher Bier hin und füllte zwei Näpfe mit Brei. Nachdem sie einen halben Laib Brot aus der Speisekammer geholt und auch sich etwas zu trinken eingegossen hatte, setzte sie sich zu ihm.

Ernst wollte schon zugreifen, als ihn ihr mahnender Blick traf. Gerade noch rechtzeitig erinnerte er sich daran, dass er als Hausvorstand die Pflicht hatte, das Tischgebet zu sprechen. Zu Hause hatte dies sein Vater getan. Doch als er jetzt selbst die Worte sprach, die sich ihm seit seiner Kindheit eingeprägt hatten, fühlte er sich auf einmal frei. Mochte sein Vater tun und lassen, was ihm in den Sinn kam.

Er würde seinen eigenen Weg gehen – und zwar zusammen mit Veva. Sie sprach zwar kaum ein Wort, aber er fand es angenehm, sie in seiner Nähe zu haben. Als er sah, wie sie nach dem Brotlaib griff, um sich ein Stück abzuschneiden, kam er ihr zuvor.

»Weißt du, dass du eine ebenso schöne wie tüchtige Frau bist?«, sagte er, während er ihr eine dicke Scheibe Brot reichte.

»Obwohl ich gestern den halben Tag in der Küche gesessen bin und gelesen habe?«, fragte sie spöttisch.

»Du hast gesponnen!«, erinnerte er sie. »Außerdem ist es meine Schuld, dass du nicht genug zu tun hast. Ich hätte uns längst ein eigenes Haus besorgen müssen.«

Im Augenblick hatte er ganz vergessen, dass er bis vor kurzem gehofft hatte, Veva würde so lange wie möglich in München bleiben. Nun sagte er sich, dass verheiratet zu sein seine Vorteile hatte. Es war erfreulich, am Morgen in ein freundliches Gesicht zu sehen und in der Nacht einen warmen, willigen Leib neben sich zu spüren. Bei dem Gedanken strömte ihm das Blut in die Lenden, und er fühlte, wie seine Sehnsucht nach ihr wuchs. Zuerst kämpfte er gegen das Gefühl an, sagte sich dann aber, dass er den Tag angenehm beginnen wollte. Portikus und die anderen würde er noch früh genug sehen. Daher aß er auf, wartete, bis auch Veva fertig war, und fasste dann nach ihrer Hand.

»Aufräumen kannst du, wenn ich weg bin. Jetzt steht mir der Sinn nach etwas anderem.«

Veva begriff sogleich, was er meinte, und ihr lag bereits eine harsche Antwort auf der Zunge. Da erinnerte sie sich an ihren Wunsch, möglichst bald schwanger zu werden. Dazu würde es nicht kommen, wenn sie sich ihrem Mann verweigerte. Aus diesem Grund folgte sie ihm in die Schlafkammer, streifte ihr Gewand ab, behielt aber ihr Hemd an. Als sie sich hinlegte, schob sie dessen Saum nur so hoch, wie es nötig war.

Zwar hätte Ernst sie gerne einmal nackt gesehen, doch er sagte sich, dass er sie nicht drängen durfte. So rasch es ging, schlüpfte er aus Wams und Hosen und stieg auf das Bett. Als er nach ihrer Hüfte fasste, zuckte sie zwar ein wenig zusammen, wirkte aber weniger angespannt als beim ersten Mal. Sie ließ es zu, dass er mit seinen Fingern dem Schwung ihrer Schenkel folgte, und keuchte, als er genau dazwischenfasste.

Veva ist also doch nicht ganz ohne Gefühl, dachte Ernst und schob sich auf sie. Obwohl sie sich gut in der Gewalt hatte, merkte er ihr eine gewisse Erregung an und nahm sich vor, ihr keinen Grund zu liefern, unzufrieden mit ihm zu sein.

4.

An diesem Tag tat sich im Fuggerhaus nicht viel. Der Kaufherr und seine Untergebenen gingen ihren Geschäften nach, die geistlichen Herren diskutierten religiöse Fragen, und Franz von Gigging lümmelte sich auf einem Stuhl und streichelte gelegentlich den Knauf seines Schwertes.

Da Ernst Langeweile nicht gewohnt war, aber von Kardinal Cajetanus nicht gebraucht wurde, bat er den Kaufherrn, ihm eine Arbeit aufzutragen. Fugger sah ihn mit einem zufriedenen Nicken an und befahl ihm, Listen zusammenstellen, die er in Kürze benötigte. »Allerdings wirst du es in diesem Raum tun, um bereitzustehen, wenn Seine Eminenz einen Auftrag für dich hat«, setzte er hinzu.

»Das ist selbstverständlich!« Ernst war dies sehr recht, denn so konnte er den Kardinal und dessen Gefolge unauffällig belauschen.

Die Stunden vergingen, doch der einzige Effekt war, dass Ernsts Latein beim Zuhören geschult wurde. Worüber sich die geistlichen Herren unterhielten, erschloss sich ihm jedoch nicht so ganz, denn sie verwendeten immer wieder Zitate kirchlicher Würdenträger aus früherer Zeit, die Ernst während seiner Schulzeit nicht gelernt hatte. Damals hatte er sich geärgert, außer Lesen, Schreiben und Rechnen auch noch Latein pauken zu müssen, denn er hatte weder Priester noch Mönch werden wollen. Die Mutter hatte es jedoch so bestimmt, und der Vater es mit einem Achselzucken zur Kenntnis genommen.

Während er aus einem dicken Stapel Lieferpapiere die Listen für Fugger erstellte und gleichzeitig die Ohren offenhielt, kam Ernst zu dem Schluss, dass sich sein Vater im Grunde nie viel aus ihm gemacht hatte. Für Eustachius Rickinger gab es nur einen Menschen auf der Welt, dem seine Liebe galt, nämlich sich selbst. Die Mutter war ganz anders gewesen. Zuerst hatte sie versucht, ihrem Mann all die Liebe zu geben, deren sie fähig war, und als sie sich abgewiesen fühlte, hatte sie ihren Sohn mit ihrem Gefühlsüberschwang beinahe erstickt.

Damals hatte Ernst sich gewünscht, die Mutter würde ihn so behandeln wie andere Mütter ihre Söhne. Doch sie hatte ihn stets in das beste Gewand gesteckt, ihm das schönste Spielzeug besorgt und war fast vor Sorge vergangen, wenn er einmal mit einem aufgeschürften Knie oder einer blutigen Nase nach Hause gekommen war. Die Schuld daran hatte er früher ihr zugeschrieben, doch nun wusste er, dass sie sich an ihn geklammert hatte, weil sein Vater ihr kalt und lieblos begegnet war.

Am Nachmittag kam Jakob Fugger auf ihn zu, in der Hand einen Brief. »Hier, Ernst! Dieses Schreiben stammt von deinem Vater. Echle hat es vorhin gebracht.«

»Danke, Herr!« Ernst nahm den Brief entgegen und erbrach

das nachlässig angebrachte Siegel. Der Brief selbst war kurz und entbehrte jeder Herzlichkeit. Da Fugger neben ihm stehen geblieben war, sah Ernst mit einem kurzen Lachen zu diesem auf. »Mein Vater schreibt, dass er sich mittlerweile neu vermählt habe. Daher solle ich, wenn ich einmal nach München käme, im Hause meines Schwiegervaters Unterkunft suchen.«

Fugger wirkte nachdenklich. »Das neue Weib deines Vaters soll eine arg gewöhnliche Frau sein, habe ich mir sagen lassen. Wie es aussieht, versucht sie von Anfang an, dich aus dem Haus zu drängen. Das solltest du dir nicht gefallen lassen. Immerhin bist du der Erbe.«

»Ich hoffe, es lässt sich alles mit meinem Vater unter vier Augen regeln!« Die Aussicht auf eine mögliche gerichtliche Auseinandersetzung mit der Witwe seines Vaters und eventuellen Halbgeschwistern behagte Ernst wenig. Andererseits würde man ihn als Geschäftsmann nicht mehr ernst nehmen, wenn er sich von seinen angeheirateten Verwandten über den Tisch ziehen ließ.

5.

Am dritten Tag kam die Nachricht aus dem Karmeliterkloster, dass Doktor Luther sich so weit erholt habe, um vor Cajetanus erscheinen zu können. Portikus forderte vehement, der Kardinal solle Gigging und dessen Kriegsknechte schicken, um eine mögliche Flucht des sächsischen Mönchs zu vereiteln. Da Cajetanus jedoch kein Aufsehen erregen wollte, wies er diesen Vorschlag zurück und gab Ernst den Befehl, Luther zu holen.

Der Weg vom Fuggerhaus zum Kloster Sankt Anna war

nicht weit. Als Ernst dort ankam, stand Doktor Luther bereits mit dem Prior Johann Frosch und anderen Herren in der Eingangshalle. Er sah erholt aus, wirkte aber so, als ziehe er in einen von vorneherein verlorenen Kampf.

Dennoch lächelte er, als er Ernst begrüßte. »Sei mir willkommen! Mag dieser Tag uns beiden das bringen, was wir uns wünschen!«

»Das hoffe ich aus ganzem Herzen!« Ernst konnte seine Besorgnis nicht ganz verbergen. Immerhin hatte er Cajetanus und dessen Begleiter mehrere Tage lang belauscht. Nichts von dem, was er vernommen hatte, deutete darauf hin, dass sie bereit waren, Luther auch nur um die Breite eines Fingers entgegenzukommen.

»Wenn Ihr wollt, können wir gehen!« Etwas anderes fiel Ernst nicht ein. Dabei fand er die Bemerkung so banal, dass er sich dafür schämte.

»Ich bin bereit!« Luther atmete noch einmal tief durch und setzte sich in Bewegung. Ernst folgte ihm und übernahm auf der Straße die Führung. Die drei Karmelitermönche und die beiden Herren aus Sachsen, die im Auftrag ihres Landesherrn Luthers Begegnung mit Cajetanus beobachten sollten, schlossen sich ihnen an.

Unterwegs erregte die kleine Gruppe kaum Aufmerksamkeit. Ernst bemerkte jedoch, dass sowohl Christoph Langenmantel wie auch Korbinian Echle in der Nähe des Fuggerhauses standen. Für sein Gefühl sahen die beiden viel zu auffällig zu ihm herüber. Da er nicht den Eindruck erwecken wollte, er sei mit ihnen im Bunde, trat Ernst rasch auf die Tür zu und schlug den Klopfer an. Ein Diener ließ sie eintreten und schloss hinter ihnen wieder zu.

Jetzt gilt es, dachte Ernst und führte seine Begleiter die Treppe hoch in den Raum, in dem Cajetanus auf sie wartete. Auch hier öffnete ein Diener ihnen die Tür. Der Kardinal saß auf einem Stuhl an einem Tisch, auf dem neben einem

Tintenfass und einer Schreibfeder ein Pergament lag, das den bereits vorgefertigten Widerruf enthielt, den Luther nur noch unterschreiben musste. Um Cajetanus herum standen mehrere Kleriker und ein Schreiber, der den Ablauf des Treffens protokollieren sollte. Portikus hielt sich ein wenig im Hintergrund und zog ein langes Gesicht, als hätte Cajetanus ihn eben noch einmal scharf zurechtgewiesen.
Luther trat mehrere Schritte in den Raum, warf sich der Länge nach auf den Boden und blieb mit seitlich ausgestreckten Armen liegen, so wie es sich für einen schlichten Mönch angesichts eines so hohen Würdenträgers wie des Kardinals geziemte.
»Steh auf!«, forderte Cajetanus ihn auf.
Nur langsam erhob sich Luther, vollführte dann aber noch zweimal die demütige Geste, bevor er schließlich vor dem Tisch stehen blieb.
Cajetanus musterte ihn mit sanfter Miene. »Sei mir willkommen, mein Sohn! Du weißt, du hast gefehlt, doch die Verzeihung der heiligen Kirche ist dir gewiss, wenn du deine Sünden bereust und jenes Pamphlet, das du in Wittenberg verfasst hast, widerrufst! Du musst nur unterschreiben, und ich werde dich als Bruder in Christo an meine Brust drücken.«
Luther befeuchtete die trockenen Lippen mit der Zunge und hob nun das erste Mal das Gesicht, um Cajetanus anzusehen. »Ich bin gerne bereit, meine Thesen zu widerrufen«, begann er.
Der Kardinal und die anderen atmeten bereits auf, doch der Mönch sprach weiter. »Ich werde widerrufen, wenn Ihr mir die Stellen in der Heiligen Schrift zeigen könnt, die dem Heiligen Vater in Rom die Macht geben, den Menschen ihre Sünden gegen Geldspenden zu erlassen!«
»Verfluchter Ketzer!«, fuhr Portikus auf.
Der Kardinal gebot ihm zu schweigen. »Wir werden nie-

manden verurteilen, bevor seine Schuld bewiesen ist. Dieser Mönch hat mit seinen Thesen die Autorität des Stellvertreters Christi angegriffen. Doch er wird einsehen, dass er sich irrt. Die Macht des Papstes stammt von unserem Herrn Jesus Christus allein, und er hat jedes Recht, den Gläubigen ihre Sünden zu vergeben.«

»Mit keinem Wort habe ich je bestritten, dass der Papst als unumschränktes Oberhaupt über die Christenheit gesetzt wurde«, antwortete Luther, um ein gewisses Entgegenkommen zu zeigen. »Ich kritisiere nur, dass unser Heiliger Vater in Rom die Vergebung der Sünden auf den Märkten verkaufen lässt wie Käse oder Brot. In der Heiligen Schrift steht jedoch, dass nur Christus selbst über die Sünder richten und ihnen verzeihen kann!«

Cajetanus verwies nun auf verschiedene Bullen der Päpste, in denen diese das Ablasswesen für rechtens erklärt hatten, vermochte sein Gegenüber damit jedoch nicht zu überzeugen. Schließlich packte ihn der Zorn. »Widerrufe! Oder Seine Heiligkeit wird dich aus unserer Kirche ausstoßen und dich mit seinem Bann belegen!«

Bei dieser Drohung erblasste Luther. Ihm war bewusst, dass dieser Bann nicht nur ihn selbst treffen würde, sondern auch jene, die ihn unterstützten. Selbst Kurfürst Friedrich III. von Sachsen konnte es dann kaum noch wagen, sich gegen die Autorität des Papstes zu stellen, zudem dieser den Kaiser hinter sich wusste. Er kniete vor Cajetanus nieder und beugte den Nacken.

»Euer Eminenz, gestattet mir bis morgen Bedenkzeit.«

Der Kardinal glaubte, er habe den Mönch auf einen ihm genehmen Weg gebracht, und nickte. »Es sei dir gewährt. Rickinger, führ diesen Mann hinaus und bring ihn zum Kloster zurück.«

Ernst verbeugte sich und wies den Diener an, die Tür zu öffnen. Während er Luther und dessen Begleiter nach draußen geleitete, fragte er sich, welche Möglichkeiten dem Sachsen noch blieben. Weigerte er sich, zu widerrufen, bedeutete dies den Tod als Ketzer. Eigenartig fand er auch, dass der Kardinal sich auf Luthers Thesen gegen den Ablasshandel beschränkt hatte. Dabei hatte dieser in seinen Schriften die Verderbtheit einiger Teile des Klerus ebenso angeklagt wie die Tatsache, dass viele der geistlichen Würdenträger Pfründe über Pfründe sammelten und diese mehr schlecht als recht durch unzureichend ausgebildete Hilfspfarrer und Kapläne führen ließen. Wie es aussah, wollte Cajetanus jede Diskussion über diese Auswüchse der Kirche vermeiden, um nicht schlafende Hunde zu wecken.

Doch was würde Luther wecken, wenn er standhaft blieb?, fragte Ernst sich und versuchte, sich die Folgen eines solchen Schritts vor Augen zu führen. Doch seine Phantasie reichte hierfür nicht aus.

6.

Der nächste Tag brachte keine Änderung der Standpunkte. Luther bat darum, seine Thesen anhand der Heiligen Schrift verteidigen zu dürfen, bekundete aber erneut, die Autorität des Papstes anzuerkennen, wenn es Cajetanus gelänge, seine Worte zu widerlegen. Der Kardinal stimmte schließlich zu und entließ seinen Gegner mit einer Miene, die besagte, dass er sich in der Lage fühlte, den kleinen Mönch jederzeit kraft seines Verstandes in die Enge treiben zu können.

Diesmal musste Ernst Luther und dessen Begleiter nur bis zur Tür geleiten. Als er in Cajetanus' Kammer zurückkehrte, hörte er Portikus' hasserfüllte Stimme bis auf den Flur dringen. »... wird seine ketzerischen Thesen weiter vertreten und Seine Heiligkeit, den Papst, auch in Zukunft offen schmähen. Er wagt es, ihm das Recht auf einen Ablass abzusprechen, auf dass die Sünder ihr Ende voller Angst um ihr Seelenheil erwarten müssten, und er ...«

Cajetanus unterbrach verärgert. »Luther muss widerrufen, sonst entfacht er ein Feuer, das wir möglicherweise nicht mehr löschen können. Schuld daran ist aber die Dummheit des Ablasspredigers Tetzel, der ohne die Genehmigung des sächsischen Kurfürsten in Sachsen Ablassbriefe verkaufen wollte. Damit hat er Friedrich III. erzürnt, und der benutzt dieses Mönchlein jetzt als Schwert. Dabei geht es Friedrich doch nur darum, jenen Anteil am Ablasshandel zu erhalten, der ihm als Landesherr zusteht. Seine Heiligkeit wird alles tun, um Friedrich zu besänftigen. Dafür ist es allerdings unabdingbar, dass Luther seine Schriften vorher öffentlich ins Feuer wirft und dem Papst absolute Treue schwört.«

»Für mich gehört Luther auf den Scheiterhaufen!«, giftete Portikus.

»Wenn es nach dir ginge, Bruder, würde die Hälfte der Christenheit auf dem Scheiterhaufen sterben. Doch wer soll dann den Kirchenzehnten, den Peterspfennig und den Ablass bezahlen?«

Ernst schlüpfte in den Raum und freute sich über die heftige Abfuhr, die Cajetanus dem Münchner Kleriker erteilte, gleichzeitig ärgerte er sich über die Selbstverständlichkeit, mit der der Kardinal das Geld der Gläubigen einforderte. Er sah nicht ein, weshalb diese endlos spenden sollten, damit Bischöfe, Päpste und dergleichen ihre Neffen und – was in seinen Augen noch schlimmer war – ihre leiblichen Kinder mit Reichtümern überhäufen konnten. Das hatte Christus gewiss nicht gewollt.

Ernst brach den Gedankengang ab, da er ihn auf gefährliche Wege führte, und bat Cajetanus, sich verabschieden zu dürfen. Der Kardinal nickte, und so machte er sich auf den Weg nach Hause. Den Gedanken, unterwegs noch Christoph Langenmantel aufzusuchen, verwarf er, da er nichts Neues zu berichten hatte.

Zu ihrer eigenen Überraschung freute Veva sich, Ernst zu sehen. Tagsüber hatte sie ihn in Gedanken immer wieder als liederlich und verkommen bezeichnet, doch als er jetzt eintrat, stahl sich ein Lächeln auf ihr Gesicht, und sie zapfte ihm einen großen Becher Bier. »Du wirst hungrig und durstig sein. Gleich gibt es Abendessen. Ich werde dir dazu eine Leberwurst warm machen. Oder soll ich sie in den Brei mit einrühren?«

»Mach, wie es dir am besten dünkt!« Ernst setzte sich, nahm den Bierbecher in die Hand und starrte vor sich hin, ohne zu trinken.

Währenddessen füllte Veva den Getreidebrei in zwei Näpfe und stellte diese auf den Tisch. Die Wurst kam auf ein mit feinen Schnitzereien verziertes Brettchen, das sie Ernst hinschob. Sie erzählte ein wenig von dem, was sie tagsüber erlebt hatte. Viel war es nicht, denn im Grunde gab es für sie kaum mehr zu tun, als zu nähen, zu spinnen oder zu lesen und dabei zu warten, bis ihr Mann zurückkam. Für kleinere Besorgungen hatte sie Nis, der sich mit Begeisterung ein kleines Trinkgeld verdiente. Der Junge war im Grunde auch ihr einziger Gesprächspartner, denn die anderen, die in den bereits fertiggestellten Häusern der Fuggerei lebten, wussten inzwischen, dass sie nur für kurze Zeit hier wohnen sollte und überdies die Tochter eines reichen Kaufmanns war. Daher wagten sie es kaum, ein Wort an sie zu richten. Nun war sie froh, Ernst gegenüberzusitzen und etwas über seine weiteren Pläne zu erfahren.

Auf ihre Fragen antwortete er jedoch nur mit einem kurzen Brummen oder reagierte gar nicht. Dies ließ das Gefühl in ihr aufsteigen, ihre Anwesenheit sei ihm lästig. Sie sah ihm

an, dass ihn Sorgen quälten. Doch die wollte er offensichtlich nicht mit ihr teilen. Ihre gute Laune schwand, und zuletzt saßen sie sich im Schein einer einzelnen Kerze stumm gegenüber und hätten sich fremder nicht sein können.
Auch im Bett tat sich diesmal nichts, obwohl Veva gehofft hatte, Ernst würde sie dazu auffordern. Auch wenn sie sich sagte, dass er keines Gedankens wert sei, lag sie lange wach und grübelte über ihr weiteres Leben nach.
Auch Ernst konnte in dieser Nacht kaum schlafen. Doch anders, als Veva annahm, dachte er nicht an irgendwelche Frauen, sondern versuchte sich vorzustellen, wie es wohl zwischen Luther und Cajetanus weiterging. Es war abzusehen, dass die beiden aufeinanderstoßen würden wie zwei kampfbereite Widder, und er wusste nicht, wer von ihnen den härteren Kopf hatte.

7.

Am nächsten Morgen drängte es Ernst, so rasch wie möglich zum Fuggerhaus zu kommen. Daher schlang er den Morgenbrei hinunter und verließ Veva mit einem knappen Gruß. Die junge Frau sah ihm kopfschüttelnd nach. In ihren Augen war Ernst keinen Deut besser als ihr Vater. Dieser hatte sie auch dann noch von allen wissenswerten Dingen ferngehalten, die den Handel betrafen, als sie bereits seine Korrespondenz erledigt und sein Rechnungsbuch geführt hatte. Bei Ernst durfte sie anscheinend ebenfalls nicht darauf hoffen, dass er sie ins Vertrauen zog. Dabei wusste sie von etlichen ihrer früheren Nachbarinnen in München, dass diese ihren Ehemännern kräftig unter die Arme griffen und teilweise sogar die Seele ihrer Geschäfte waren. Sie aber hatte nun ein langweiliges, zähes Leben vor Augen, in dem sie ihre Zeit damit ausfüllen musste, das Gesinde zu überwachen, ihre Kinder zu erziehen und zwischendurch ihre Kleider zu nähen oder zum Stickrahmen zu greifen.

Ohne etwas von Vevas Gedankengängen zu ahnen, eilte Ernst durch die Straßen und traf Cajetanus, Portikus und die anderen beim Frühstück an. Jakob Fugger ließ den Herren nur das Beste auftischen, saß aber selbst nicht mit am Tisch, sondern kontrollierte seine Schreiber.

Ernst stellte sich neben die Tür und wartete auf Anweisungen. Die Herrschaften dachten jedoch nicht daran, die Tafel so bald aufzuheben. Auch als der Tisch abgetragen worden war, dauerte es eine Weile, bis sich etwas tat. Cajetanus las noch einmal die Thesen Luthers durch und schrieb Anmerkungen neben den Text. Der Vormittag war schon recht fortgeschritten, als der Kardinal verlangte, Luther solle zu ihm gebracht werden.

Beklommen verließ Ernst Fuggers stattliches Anwesen und eilte in Richtung Karmeliterkloster. Luther und seine Begleiter erwarteten ihn wie am Vortag. Der Sachse trug ein dickes Bündel Papiere unter dem Arm und wirkte kämpferisch. Diesmal würde der Mönch wohl nicht in aller Demut vor dem Kardinal zu Boden fallen, schoss es Ernst durch den Kopf.

Luther beantwortete seinen höflichen Gruß mit einem kurzen Nicken und schien es kaum erwarten zu können, Cajetanus gegenüberzustehen. Innerhalb kurzer Zeit erreichten sie das Fuggerhaus und betraten wenig später das Zimmer des Kardinals. Während an diesem Tag auch für Luthers Begleiter Stühle bereitgestellt worden waren, musste er selbst stehen. Nichtsdestotrotz verteidigte er vehement seine Thesen und forderte Cajetanus entschieden auf, ihm jene Stellen in der Heiligen Schrift zu nennen, die dem Papst das Recht gäben, Sünden gegen Geld zu erlassen.

Damit war der Fehdehandschuh geworfen. Cajetanus wurde blass, versuchte dann aber, Luthers Argumente mit theologischen Ausführungen zu entwerten. Da der Mönch mit immer neuen Begründungen antwortete, entspann sich innerhalb kurzer Zeit ein Wettkampf, in dem jeder der beiden Beteiligten seinen Standpunkt mit äußerstem Nachdruck vertrat.

Zunächst hatte Cajetanus noch gehofft, Luther mit seiner Beweisführung in die Knie zwingen zu können, doch schon nach dem ersten Wortgefecht begriff er, dass der Mönch sich ausgezeichnet vorbereitet hatte. Zuletzt erklärte Luther sogar, er könne seine Thesen jederzeit schriftlich rechtfertigen, und bat den Kardinal, diese dem Papst in Rom vorzulegen.

In dem Wissen, dass er Luther an diesem Tag nicht zum Widerruf zwingen konnte, gab Cajetanus dem sächsischen Mönch einen weiteren Tag Bedenkzeit. Luther bedankte sich und verließ das Haus.

Ernst hatte zwar nicht dem gesamten Disput folgen können, doch kamen ihm die Ausführungen des Sachsen präziser und logischer vor als die teilweise recht schwammigen Erklärungen des Kardinals. Auf jeden Fall hatte Luther die Heilige Schrift auf seiner Seite, während Cajetanus sich hauptsächlich auf die Bullen der Päpste und die Schriften der Kirchenlehrer berief. Ernst konnte nicht glauben, dass Gott all diesen Männern seine Worte in die Feder diktiert hatte, denn sie widersprachen sich teilweise heftig, und so mancher Kirchenfürst, der auf dem Stuhle Petri in Rom saß, hatte erlaubt, was seine Vorgänger verboten, oder verboten, was seine Vorgänger erlaubt hatten.

Schon deshalb war Ernst nicht von der Allmacht und Unfehlbarkeit des Papstes überzeugt, die Cajetan so vehement vertrat. Am liebsten hätte er sich mit Luther über dieses Thema unterhalten. Da dieser jedoch die angekündigte Rechtfertigung schreiben wollte, verabschiedete er sich am

Klostertor von dem Mönch und kehrte in Gedanken versunken in Richtung Fuggerhaus zurück.

Christoph Langenmantel, der es zu Hause nicht mehr ausgehalten hatte, passte Ernst ab und musste diesen am Ärmel fassen und beiseiteziehen, damit er auf ihn aufmerksam wurde.

»Und? Was spielt sich ab?«, fragte der Domherr gespannt.

»Sie kommen morgen noch einmal zusammen. Doktor Luther will seine Thesen schriftlich belegen, doch ich glaube nicht, dass Cajetanus sich davon beeindrucken lassen wird.«

»Luther widerruft also nicht!« Langenmantel klang erleichtert.

Ernst nickte beklommen. »Das ist richtig. Aber damit schwebt er in höchster Gefahr. Ich traue dem Kardinal nicht. Er hat Gigging und dessen Männer gewiss nicht umsonst bei sich behalten. Das kann nur eines bedeuten …«

»… Cajetanus will Luther gefangen nehmen und nach Rom schleppen«, setzte Langenmantel den unvollendeten Satz fort.

»Das glaube ich auch! Wenn ich nur wüsste, wie wir das verhindern können.«

Langenmantel legte die Stirn in Falten, als sähe er ein Unwetter am Horizont auftauchen. »Wir brauchen Luther! Wenn er auf dem Scheiterhaufen endet, führen sich die Pfaffen noch schlimmer auf, als sie es jetzt bereits tun. Schau dir doch diese Prälaten und Bischöfe an, die an jedem Finger zwei Ringe tragen, von denen ein einzelner mehr wert ist, als tausend Gläubige in einem Jahr spenden können. Sie halten sich Beischläferinnen und versorgen ihre Bastarde auf Kosten der Menschen, denen sie in christlicher Demut dienen sollen.«

Der Domherr hatte sich so in Rage geredet, dass er Ernst packte und ihn schüttelte. »Luther darf nicht sterben, sonst

wird diese Kirche zu einem Sodom und Gomorrha, und ihre Kleriker werden zu Dienern des Teufels, die die Seelen der Menschen unweigerlich in Luzifers Reich führen!«
Man konnte ihm die Angst um das eigene Seelenheil ansehen, und Ernst fragte sich, wie es um ihn selbst stand. Auch er hatte gesündigt und zudem auch noch Männer der Kirche verhöhnt. Doch wenn er auf einen Ablasshändler traf, würde eine Handvoll Münzen ausreichen, ihm trotzdem die Anwartschaft für das Paradies zu erkaufen. Nicht seine Reue war hier wichtig, sondern allein die Größe seines Geldbeutels.
»Es ist wirklich eine Schande!«, entfuhr es ihm.
»Was?«, fragte Langenmantel verärgert, weil dieser Ausruf seinen eigenen Gedankengang unterbrach.
»Ich habe an die Kirche gedacht und an Luther! Der Mann hat recht! Die Kirche muss von Grund auf erneuert werden. Doch das wird nie geschehen, wenn alle, die die Verderbtheit der Kleriker anprangern, auf den Scheiterhaufen gestellt werden.«
Langenmantel nickte heftig. »Ihr seid also auch der Meinung, dass wir Doktor Luther helfen müssen! Kehrt jetzt in das Fuggerhaus zurück und behaltet den Drachen aus Rom im Auge. Sobald Ihr erfahrt, was gegen Luther geplant ist, kommt Ihr zu mir. Ich habe eine Idee, wie wir ihn retten können.«
Ernst wäre lieber geblieben und hätte seinen Freund ausgefragt. Aber da er Cajetanus und dessen Mitstreiter nicht zu lange allein lassen wollte, verabschiedete er sich und kehrte so schnell, wie es ihm unauffällig möglich war, zum Kardinal zurück.

8.

In seinem Bestreben, Cajetanus nicht aus den Augen zu lassen, vergaß Ernst ganz, dass Veva auf ihn wartete. Als sich der Kardinal mit seinem Gefolge an den Abendbrottisch setzte, legte man auch ihm vor, und danach debattierten die Geistlichen darüber, wie sie Luther doch noch zum Widerruf bewegen konnten. Doch über das, was geschehen sollte, wenn der sächsische Mönch dazu nicht bereit war, verloren sie zu Ernsts Enttäuschung kein Wort.

Spät am Abend begab Cajetanus sich zur Ruhe, und seine Begleiter zogen sich ebenfalls zurück. Ernst überlegte, ob er zu Veva gehen sollte. Aber seine Frau lag gewiss längst im Bett und schlief. Da er sie nicht wecken wollte, suchte er die Kammer auf, in der er bis zu ihrer Ankunft geschlafen hatte, und legte sich dort nieder.

In der Nacht wachte er auf und tastete nach Veva. Erst als er sie nicht fand, begriff er, dass er nicht nach Hause gegangen war. Veva wird wütend sein, dachte er. Allerdings war sie von kühlem Gemüt und würde ihren Zorn bald vergessen haben. Außerdem ging es hier um höhere Dinge als um sein Weib. Er sann darüber nach, auf welche Weise Christoph Langenmantel Martin Luther helfen wollte, schlief darüber wieder ein und wurde erst spät am Morgen durch eine Magd geweckt, die das als leer geltende Zimmer säubern sollte.

Bei seinem Anblick stieß sie einen kurzen Schrei aus, erkannte ihn dann aber und schüttelte den Kopf. »Hat Eure Frau Euch ausgesperrt, weil es in der Nacht arg spät geworden ist?«

»Nein! Ich wurde durch meine Pflichten Kardinal Cajetanus gegenüber aufgehalten und wollte Veva nicht mehr wecken«, antwortete Ernst und stieg aus dem Bett.

»Braucht Ihr Wasser zum Waschen und Rasieren?«, wollte die Magd wissen.
»Das wäre kein Schaden. Allerdings benötige ich auch ein Rasiermesser!« Ernst versuchte zu lächeln, bekam aber nur eine Grimasse zustande, denn sein Kopf schwirrte. Dabei hatte er am Vortag nicht viel getrunken. Noch etwas benommen wartete er, bis die Magd frisches Wasser, Rasierzeug und ein Laken geholt hatte und ihn dann aufforderte, sich auf den Stuhl zu setzen.
»Oder wollt Ihr Euch selbst rasieren?«, fragte sie auffordernd.
Ernst holte eine Münze aus dem Beutel. »Die bekommst du, wenn du mir beim Rasieren kein Ohr abschneidest.«
Dies gab für die Magd den Ausschlag. Sie seifte Ernst ein und schabte ihm anschließend mit dem Messer die Stoppeln von Kinn und Wangen. Es ging tatsächlich ohne Blutvergießen ab, und so konnte Ernst sich kurz danach zu Kardinal Cajetanus und den anderen Gästen gesellen. Zuerst wurde gebetet, danach das Frühstück gereicht, und schließlich hieß es warten. Portikus spottete, dass Luther die Zeit wohl weniger zum Schreiben als vielmehr zur Flucht genutzt hätte. Doch da drehte der Kardinal sich mit einem überlegenen Lächeln zu ihm um. »Dem Rat der Stadt Augsburg ist mitgeteilt worden, dass der sächsische Mönch die Mauern nicht ohne meine Erlaubnis verlassen darf, wenn er sich nicht die Ungnade Seiner Majestät, Kaiser Maximilians, zuziehen will.«
Es ist also tatsächlich eine Teufelei geplant, schoss es Ernst durch den Kopf.
In dem Augenblick meldete sich Franz von Gigging zu Wort. »Keine Sorge, Euer Eminenz. Wenn der Ketzer nicht spurt, kümmern wir uns um ihn. Er wird dieses Haus nicht verlassen, ohne vorher seinen Widerruf unterzeichnet zu haben!«

»Halt!«, rief Jakob Fugger gebieterisch, der diesmal im Kreise seiner Gäste frühstückte. »Ich will nicht, dass es heißt, Luther wäre in meinem Haus gefangen gesetzt worden. Immerhin hat Kaiser Maximilian ihm freies Geleit zugesichert. Für mich und mein Unternehmen wäre es fatal, wenn dieser Mönch hier das Opfer eines falschen Spiels würde.«
»Das ist kein falsches Spiel!«, fuhr Portikus auf.
Cajetanus bedeutete ihm zu schweigen. »Sei still, Bruder! Der Mönch wird uns nicht entgehen. Doch warten wir zuerst ab, ob er sich reuig zeigt. Wenn nicht, werden wir ihn morgen aus der Obhut des Karmeliterordens in die unsere übernehmen.«
»Ich warte nur auf den entsprechenden Befehl!« Mit diesen Worten hob Gigging den Becher und trank den anderen zu. Dann schnalzte er anerkennend mit der Zunge. »Der Wein ist gut. An den könnte ich mich gewöhnen!«
Ernst hätte nicht zu sagen vermocht, ob der Wein nun süß oder sauer war. In seinem Kopf überschlugen sich die Gedanken, und er musste sich zusammenreißen, um dem Kardinal nicht ins Gesicht zu sagen, was er von Menschen hielt, die freies Geleit versprachen und es dann doch nicht einhalten wollten. Er musste wieder daran denken, dass gut einhundert Jahre zuvor Johannes Hus ebenfalls auf das Wort eines Kaisers vertraut hatte und zum Konzil nach Konstanz gereist war. Statt seine Zusage einzuhalten, hatte der Kaiser es gestattet, dass der Böhme wider jedes Recht gefangen gesetzt, verurteilt und bei lebendigem Leib verbrannt worden war. Diesen Verrat hatte das Reich mit einem beinahe zwei Jahrzehnte andauernden, unsagbar grausamen Krieg bezahlen müssen. Was würde es die Menschen an blutigen Opfern kosten, wenn man Luther hinrichtete? Diese Frage wagte Ernst nicht zu beantworten. Stumm saß er am Tisch und hörte zu.
Diesmal verbot der Kardinal es ihm, zum Karmeliterkloster

zu gehen. Luther sollte nicht mehr wie ein Gast geleitet werden, sondern als Bittsteller kommen. Die Gruppe um Cajetanus verbrachte die Zeit, die sie auf das Erscheinen des sächsischen Mönchs warteten, mit Gebeten und frommen Gesprächen. In diesen Stunden hätte sich niemand, der sie so sah, vorstellen können, dass sie die Gefangennahme ihres Widersachers planten. Der Kardinal erwies sich als witziger Erzähler, der Jakob Fugger mit Anekdoten aus Rom unterhielt. Unter anderen Umständen hätte auch Ernst seine Schilderungen genossen. Nun aber glitten sie an ihm vorbei wie das Säuseln des Windes.

Nach längerer Zeit erschien ein Diener und verbeugte sich vor Fugger. »Herr, der Mönch ist erschienen!«

Sofort war die gelöste Stimmung im Raum wie weggefegt. Cajetanus nahm einen ernsten, ja beinahe starren Ausdruck an, während Portikus ein hämisches Lächeln aufsetzte. Die Geistlichen suchten ihre Plätze auf und sahen zur Tür.

Luther trat mit einem dicken Bündel Papier unter dem Arm ein, welches er in langen Stunden beschrieben hatte, und neigte den Kopf vor dem Kardinal. »Euer Eminenz, hier habe ich alle Gründe gegen einen vom Papst gewährten Ablass aufgeschrieben, die ich in der Heiligen Schrift gefunden habe!« Mit diesen Worten reichte er die Blätter dem Kardinal.

Dieser nahm sie entgegen, schleuderte sie aber mit einem Ausdruck des Ekels in eine Ecke. »Widerrufe!«, fuhr er den Mönch an.

Luther schüttelte langsam den Kopf. »Euer Eminenz, ich habe diese Schrift nach meinem Gewissen geschrieben. Sie …«

»Schweig! Widerrufe!«, donnerte Cajetanus. Dann versuchte er, Luther mit dem Hinweis auf Thomas von Aquin und andere Kirchenlehrer zur Einsicht zu bewegen. Doch

Luther widerlegte auch diese Worte mit Zeilen aus der Heiligen Schrift.
Als der Sachse schwieg, überschüttete der Kardinal ihn mit Schmähungen und wies dann mit der Rechten zur Tür. »Verschwinde! Und wage es nie wieder, mir unter die Augen zu treten, es sei denn, du widerrufst deine Häresie!«
»Hast du nicht gehört?«, rief Portikus, als der Mönch nicht sofort gehorchte.
Zuerst sah es so aus, als wolle Luther noch etwas sagen. Dann aber drehte er sich um und verließ mit verbissener Miene den Raum. Seine Haltung verriet Ernst, dass der Mann erwartete, auf der Stelle festgesetzt zu werden. Das aber hatte Jakob Fugger verhindert. Während Luther das Haus verließ, fragte Ernst sich verzweifelt, was nun folgen würde.

9.

Der Kardinal schickte noch zur gleichen Stunde einen Boten zu den Toren mit dem Befehl, Luther nicht aus der Stadt zu lassen. Danach zog er sich zum Gebet zurück, um, wie er sagte, Gott anzuflehen, dass der Herr im Himmel das verhärtete Gemüt des sächsischen Mönchs erweiche und ihn die Wahrheit erkennen lasse.
Da Ernsts Dienste nicht mehr gebraucht wurden, hätte er gehen können. Er blieb jedoch in der Hoffnung, mehr über die Pläne des Kardinals und seiner Helfershelfer zu erfahren. Daher überwachte er die Diener, die Portikus, Gigging und die anderen versorgten. Zu seiner Erleichterung nahm sein alter Feind aus München seine Anwesenheit ohne bissige Kommentare hin. Dafür berichtete er von einer Ketzer-

verbrennung, bei der er Zeuge gewesen war, und gab seiner Hoffnung Ausdruck, auch bei der Verbrennung Luthers anwesend sein zu dürfen.
Der Abend kam, ohne dass sich etwas tat. Als die Nacht jedoch ihren schwarzen Mantel über die Stadt breitete, nickte Gigging Portikus zu. »Wir warten noch bis Mitternacht. Dann gehen wir zum Kloster und holen uns den Kerl!«
Um Mitternacht also, dachte Ernst. Da hatte er nicht mehr viel Zeit. Noch während er überlegte, unter welchem Vorwand er das Haus verlassen konnte, trat Jakob Fugger herein und kniff bei seinem Anblick die Augen zusammen.
»Wieso bist du noch hier, Rickinger? Du solltest längst zu Hause sein. Dein Weib wartet auf dich.«
»Verzeiht, Herr, aber ich dachte, meine Dienste würden noch gewünscht.«
»Deinen Eifer in allen Ehren, doch für das, was jetzt kommt, benötigen die Herrschaften dich nicht mehr.«
Ernst glaubte, aus Jakob Fuggers Stimme unterdrückten Zorn herauszuhören. Wie es aussah, gefiel es dem Kaufherrn ganz und gar nicht, dass Martin Luther gefangen genommen werden sollte, nachdem er mehrfach in seinem Haus gewesen war. Zwar hatte der Kaufherr sich vehement gegen die Thesen des Mönchs ausgesprochen, doch er wollte nicht mit einem Schurkenstück in Verbindung gebracht werden, das ihn in weiten Teilen des Reiches die Reputation kosten konnte.
»Geh schon!«, befahl Fugger, als Ernst nicht sofort gehorchte.
Der junge Mann verbeugte sich. »Wie Ihr es befehlt, Herr. Eine gute Nacht wünsche ich noch!« Als er den Raum verließ, fragte Ernst sich, ob Fugger ihm die Gelegenheit geben wollte, Luther zu warnen. Zwar waren die Tore geschlossen und den Torwächtern befohlen worden, den sächsischen Mönch nicht passieren zu lassen. Doch möglicherweise konnte sich der verstecken, um die Stadt am nächsten Tag in

Verkleidung zu verlassen. Ernst hoffte auf die Hilfe Christoph Langenmantels und wollte sich schon zu dessen Haus aufmachen. Mit einem Mal glaubte er, ein Geräusch zu vernehmen, und blickte noch einmal über die Schulter zurück. Dabei fiel ihm ein Mann auf, der ihm in einem gewissen Abstand folgte.

Nun erinnerte er sich, beim Weggehen bemerkt zu haben, dass Gigging einem seiner Männer einen kurzen Wink gab. Wie es aussah, sollte der Kerl prüfen, ob er tatsächlich nach Hause zurückkehrte. Mit dem Gefühl, sich auf eine Sache eingelassen zu haben, die ihm über den Kopf zu wachsen drohte, eilte er weiter und erreichte kurz darauf Fuggers Armensiedlung. Deren Tore waren bereits verschlossen, und er hätte den Pförtner am Haupteingang wecken müssen, um eingelassen zu werden. Der Mann würde sich jedoch sehr wundern, wenn er gleich darauf wieder ins Freie wollte, und sich am nächsten Tag, wenn die Nachricht von Luthers Flucht die Runde machte, daran erinnern. Das durfte Ernst nicht riskieren. Daher bog er zwar in den lichtlosen Gewölbegang des Haupteingangs ein, presste sich aber neben dem Tor gegen die Mauer und wagte kaum zu atmen.

Kurz darauf sah er draußen einen Schatten, der gemächlich auf den Durchgang zukam und hereinspähte. Hätte der Mann eine Laterne bei sich gehabt, wäre Ernst ihm nicht entgangen. So aber begnügte der Waffenknecht sich damit, kurz mit seinem Schwert im Toreingang herumzufuchteln. Ernst fühlte den Luftzug der Klinge und betete lautlos, nicht getroffen zu werden. Zu seiner Erleichterung gab der Verfolger bald auf und ging leise vor sich hin pfeifend Richtung Fuggerhaus. In Gedanken zählte Ernst bis hundert, dann huschte er wieder ins Freie und eilte durch die nächtlichen Gassen, die er genauso gründlich erkundet hatte wie die in München, um sich ohne Laterne darin bewegen und heimlich die Freunde des Wittenbergers aufsuchen zu können.

Wenig später erreichte er Langenmantels Haus. Noch während er sich überlegte, wie er den Hausherrn auf sich aufmerksam machen sollte, ohne dass es die Nachbarn bemerkten, wurde die Tür geöffnet. Der Domherr blickte mit einer Laterne in der Hand heraus und zog Ernst in den Flur. »Ich dachte mir doch, dass ich eben Schritte gehört hätte, die vor meinem Haus endeten. Was gibt es zu berichten, Rickinger?«

»Luther sollte heute widerrufen, doch er hat es nicht getan. Jetzt wollen Gigging und dessen Kumpane ihn um Mitternacht aus dem Karmeliterkloster holen und gefangen nehmen.«

»So eine Sauerei! Aber denen werden wir eine lange Nase drehen. Kennt Ihr den Alten Einlass in der Nordmauer?«

Ernst nickte.

»Findet Ihr in der Nacht den Weg dorthin?«

»Ich glaube schon«, antwortete Ernst zögernd, denn der Teil Augsburgs war ihm noch nicht sehr vertraut.

»Sehr gut! Ich werde mir jetzt aus der Wachstube den Schlüssel zu dieser Pforte besorgen. Ihr holt inzwischen Doktor Luther und bringt ihn dorthin!«

»Soll er etwa zu Fuß fliehen?«, fragte Ernst entsetzt.

»Natürlich nicht! Ich habe bei einem Bauern zwei Pferde untergestellt. Da der Doktor einen Begleiter braucht, der die Gegend kennt und ihn so rasch wie möglich fortschaffen kann, habe ich Korbinian Echle gebeten, das zu übernehmen. Ich wecke ihn unterwegs. Nun macht rasch, sonst sind die Häscher schneller als wir! Hier, die werdet Ihr brauchen.« Langenmantel reichte Ernst die Laterne und gab ihm einen Schubs. Er selbst eilte in die Dunkelheit hinaus, um Echle zu holen. Den Weg zu dessen Haus hätte er mit verbundenen Augen finden können.

Ernst sah ihm nach, schüttelte sich dann, als fröstele er, und rannte los. Die Angst, zu spät zu kommen, beschleunigte seine Schritte, und so tauchte schon bald das Karmeliterkloster vor ihm auf. Anders als bei Langenmantel wagte er hier an das Tor zu klopfen, und es schien eine Ewigkeit zu dauern, bis jemand kam und die kleine Klappe in Augenhöhe anhob. Eine Lampe wurde herausgestreckt, ohne dass Ernst erkennen konnte, wer dort stand.

»Ich muss dringend Doktor Luther sprechen«, rief er eindringlich.

»Ah, der junge Rickinger! Ihr seid aber spät dran!«, kam die Antwort. Gleichzeitig schwang die Tür auf.

»Wo ist er?«, fragte Ernst.

»Er schläft!«

»Weckt ihn auf. Es geht um Leben und Tod!«

Der Karmeliter mochte nicht der Hellste sein, doch diese Worte begriff er. »Bleibt hier«, wies er Ernst an und schlurfte davon.

Für Ernsts Gefühl vergingen Stunden, bis der Mönch mit Luther zurückkam. Dieser schien sich beeilt haben, denn er war nur teilweise bekleidet. Im Schein der Lampe sah Ernst sein bleiches Gesicht.

»Was ist geschehen?«, fragte der Sachse.

»Der Kardinal will Euch festnehmen lassen. Ihr müsst unverzüglich fliehen!«, stieß Ernst rasch hervor.

»Ich muss mich noch fertig anziehen«, wandte Luther ein.

»Dafür bleibt keine Zeit!«, sagte Ernst und zerrte ihn kurzerhand mit sich.

10.

Die Pforte, die Langenmantel Ernst genannt hatte, stand offen. Erleichtert schob er den Mönch hindurch und folgte ihm mit einem letzten, forschenden Blick

nach hinten. Noch verfolgte sie niemand. Dabei schlug die Glocke gerade die Mitternachtsstunde. Oder war es eine Stunde früher? Möglicherweise hatte Ernst sich verzählt.
»Langenmantel ist noch nicht hier. Gehen wir ihm entgegen«, forderte er Luther auf. Sie kamen jedoch nur einige Schritte weit, dann hörten sie Hufgetrappel. Sofort blies Ernst die Lampe aus und zog den Mönch ein Stück von der Straße weg. Zwei Reiter erschienen und verhielten ihre Pferde.
Ein leiser Pfiff ertönte. »Rickinger, seid Ihr es?«
Aufatmend vernahm dieser die Stimme des Domherrn. »Ja! Dem Herrn im Himmel sei Dank! Ich habe mir schon Sorgen gemacht.«
»Die waren unnötig. Seid Ihr gut aus der Stadt gekommen?«
»Das sind wir. Aber wir sollten uns beeilen, damit Doktor Luther einen Vorsprung gewinnt.« Obwohl Ernst drängte, begann Korbinian Echle zu lachen.
»Keine Sorge! Uns holt schon keiner ein. Auf jeden Fall ist dies ein anderes Abenteuer, als Flugblätter in München zu verteilen, nicht wahr?«
Ernst war klar, dass Echle hinter den spöttischen Worten nur seine Angst verbergen wollte. Dabei hatte der Ratsbote bereits sein Leben riskiert, indem er Luthers Thesen und Streitschriften in Bayern verteilte. Dies hier jedoch war die Krönung ihrer Taten.
Ernst trat zu Echles Pferd und gab seinem Mitstreiter einen freundschaftlichen Klaps. »Viel Glück, Echle. Ich werde für deine unversehrte Rückkehr beten!«
»Das kann nicht schaden. Aber nun rauf auf den Gaul, Herr Doktor. Spazieren reiten sollten wir hier nämlich nicht!«
Langenmantel war unterdessen von seinem Pferd gestiegen und half Luther in den Sattel. Der Sachse fasste kurz seine und dann Ernsts Hand. »Möge Gott es euch vergelten.«

»Besorgt Euch die Sachen, die Ihr braucht, unterwegs! Aber erst, wenn Ihr weit genug gekommen seid«, riet Ernst ihm. Dann zogen Echle und Luther ihre Pferde herum und trabten davon.

Ernst und Langenmantel sahen ihnen nach, bis die Dunkelheit sie verschluckte.

»Hoffentlich findet Echle in der Nacht den richtigen Weg«, sagte Ernst nach einem Stoßgebet.

Sein Begleiter legte ihm mit einem leisen Lachen die Hand um die Schulter. »Wenn hier einer jeden Weg und jeden Steg kennt, so ist es Echle. Außerdem geht bald der Mond auf. Dann ist die Sicht so gut, dass sie ihre Pferde zum Galopp antreiben können. Bis dorthin sollten wir allerdings wieder in der Stadt und am besten auch in unseren Häusern sein. Ich möchte nicht, dass wir zum Opfer der Wut von Cajetanus' Kreaturen werden, weil ihnen der Fisch, auf den sie aus waren, aus dem Netz gesprungen ist.«

»Das ist ein guter Ratschlag!«, antwortete Ernst lockerer, als er sich fühlte, und wandte sich wieder der Stadtmauer zu. Obwohl er die Pforte vor kurzem erst passiert hatte, brauchte er Langenmantels Hilfe, um sie wiederzufinden. Nachdem sie sie durchquert hatten, sperrte der Domherr die Pforte sorgfältig ab und steckte den Schlüssel in den Gürtel.

»Ich gehe noch rasch zur Wachstube und bringe den Schlüssel zurück. Ihr aber lauft, so schnell es geht, nach Hause.«

»Gott befohlen!« Ernst winkte Langenmantel noch kurz zu und eilte davon. Als er die Fuggersiedlung erreichte, hoffte er nur, dass der Pförtner nicht merkte, wie spät es bereits war, und sich mit der Erklärung zufriedengab, er habe eben erst das Fuggerhaus verlassen können.

Er klopfte zuerst vorsichtig, dann etwas lauter. Doch niemand kam. Ernst sah sich schon die ganze Nacht ausgesperrt im Freien verbringen. Da hörte er innen ein Geräusch und klopfte erneut.

»Wer ist draußen?«, fragte eine Frauenstimme.
»Ich, Ernst Rickinger«, begann Ernst und wurde sofort unterbrochen.
»Dachte ich es mir doch. Am liebsten würde ich dich vor dem Tor stehen lassen. Etwas Besseres hast du nicht verdient!«
»Veva!« Ernst fiel ein Felsblock vom Herzen. »Bitte, lass mich ein. Ich kann dir alles erklären!«
»Behalte deine Lügen für dich. Ich will sie nicht hören!« Es klang so böse, dass Ernst befürchtete, Veva würde ihn tatsächlich nicht einlassen. Dann aber schwang die Tür auf, und er sah seine Frau vor sich. In der Linken hielt sie eine Laterne und leuchtete ihn an. Ihre Augen blitzten vor Zorn, und ihr Gesicht zeigte einen Ausdruck höchster Verachtung.
Veva hätte ihrem Mann am liebsten ins Gesicht geschrien, was sie von seinem Benehmen hielt. Den gestrigen Tag war er überhaupt nicht nach Hause gekommen, und heute war die Mitternachtsstunde auch schon vorüber. Doch sie wollte den anderen Bewohnern der kleinen Siedlung nicht das Bild einer keifenden Ehefrau bieten. Stumm ließ sie Ernst eintreten, schloss das Tor wieder zu und brachte den Schlüssel zurück in die Pförtnerstube. Der Pförtner war längst zu Bett gegangen und hatte die Wachstube nur offen gelassen, weil sie ihn darum gebeten hatte.
Warum hat Gott nur solche Wesen wie Männer erschaffen, dachte sie, während sie schweigend neben Ernst zu ihrem Häuschen ging. Männer schienen nicht zu begreifen, dass man sich Sorgen um sie machte. Am Vortag war sie schon fast so weit gewesen, Fuggers Haus aufzusuchen und nach Ernst zu fragen, und an diesem Abend hatte sie vor Angst um ihn nicht schlafen können. Sie hatte weniger befürchtet, ihm sei etwas geschehen, sondern sich Sorgen gemacht, er verbringe die Nächte bei losen Weibern und Wein.

Erst jetzt bemerkte sie, wie abgehetzt und schuldbewusst er aussah. Er wusste anscheinend selbst, wie schlecht er sie behandelt hatte. Leise schnaubend hob sie den Kopf noch höher, um ihm ihre Abscheu deutlich zu zeigen.
Im Haus zündete sie eine Kerze an und blies das Unschlittlicht der Laterne aus. Sie ärgerte sich selbst, weil sie auf das Geräusch hin, das sie vernommen hatte, zum Tor gelaufen war. Das war Ernst nicht wert. Ihr Herz sank bei dem Gedanken, dass ihre Ehe genauso schlecht begonnen hatte, wie sie es sich in ihren unerfreulichsten Vorstellungen ausgemalt hatte. An und für sich sogar noch schlimmer! Nie hätte sie erwartet, dass ihr Mann sie gleich zu Beginn so demütigen würde, indem er sich zwei volle Tage in der Stadt herumtrieb und ihr nicht einmal eine Nachricht schickte.
Ohne ein weiteres Wort verließ sie die Küche, ging ins Schlafzimmer und tastete bis zum Bett. Ich hätte die Kerze mitnehmen und Ernst im Dunklen lassen sollen, fuhr es ihr durch den Kopf, als sie sich das Schienbein am Bettkasten stieß. Mit einer wütenden Bewegung zog sie ihr Kleid aus, knüllte es zusammen und warf es in eine Ecke. Danach legte sie sich so ins Bett, dass sie fast auf der Kante lag. Näher bei ihrem Mann wollte sie in dieser Nacht nicht schlafen.
Unterdessen spülte Ernst sich in der Küche den Mund aus und machte sich zum Bettgehen fertig. Hoffentlich gelingt es Doktor Luther zu entkommen, dachte er, als er den Kerzenhalter nahm und ins Schlafzimmer ging. Veva lag bereits im Bett und hatte das Gesicht zur Wand gekehrt. Im Grunde gehört auch sie zu den Frauen, die ständig zu den Pfaffen laufen, um für eingebildete Sünden Vergebung zu verlangen, dachte er. Die Kritik an der Kirche, die Martin Luther in Worte gefasst hatte, würde sie niemals verstehen.
Veva sah am Spiel der Schatten, wie er den Kerzenhalter abstellte und sich auszog. Das war also ihr Mann: ein Lump, der sich hier in der Ferne noch schlimmer aufführte als da-

heim in München. Zwar sagte sie sich, dass er es nicht wert war, wenn sie sich seinetwegen grämte. Und doch wünschte sie sich zu dieser Stunde jeden anderen Mann der Welt zum Gatten als ihn.

11.

Am nächsten Tag stand Veva auf, ohne ihren schnarchenden Mann zu wecken. Daher wurde Ernst erst wach, als aus der Küche die Geräusche drangen, die Veva bei der Zubereitung des Morgenbreis machte. Er hatte so wild geträumt, dass er zuerst glaubte, Waffenklirren zu hören. Als er sich bewusst wurde, dass er zu Hause war und im eigenen Bett lag, seufzte er erleichtert.

Nachdem er aufgestanden war und sich angekleidet hatte, trat er in die Küche und wünschte Veva einen guten Morgen.

Als Antwort klatschte sie einen Schöpfer Brei in einen Napf und knallte diesen auf den Tisch. Ein Becher Bier folgte so schwungvoll, dass er überschwappte.

Ernst setzte sich und dachte, dass Frauen wirklich launenhafte Geschöpfe waren. Würde die Menschheit sie nicht brauchen, um sich fortzupflanzen, hätte Gott nach seinem Dafürhalten auf ihre Erschaffung gut und gern verzichten können.

Das Frühstück verlief in eisigem Schweigen. Dabei schmeckte der Brei, den Veva gekocht hatte, besser als der zu Hause, und Ernst hätte sie gerne gelobt. Ihre verbissene Miene hielt ihn jedoch davon ab. Bevor er ihr ein paar freundliche Worte zukommen ließ, musste sie erst ihren Trotz aufgeben, sagte er sich und griff zum Bierbecher.

Just in dem Augenblick klopfte es. In dem Glauben, es wäre der kleine Nis, stand Veva auf und öffnete die Tür. Doch draußen standen ein Waffenknecht und ein Mann im Talar eines geistlichen Herrn.

»Ist hier Ernst Rickinger zu Hause?«, fragte der Bewaffnete, sah Veva genauer an und zuckte zusammen.

Veva musterte ihn verwirrt, denn seine Stimme kam ihr bekannt vor. Doch sie hätte nicht zu sagen vermocht, wo sie sie schon einmal gehört hatte. »Ja, Ernst Rickinger wohnt hier«, antwortete sie.

»Befragt Ihr ihn, hochwürdiger Herr!«, bat der Kriegsknecht mit heiser klingender Stimme.

Der Geistliche nickte kurz und musterte Veva mit einem überheblichen Blick. »Bist du Rickingers Weib oder seine Kebse?«

»Bis gestern war ich ihm noch angetraut, und heute habe ich auch noch nichts anderes vernommen!« Veva gefielen die beiden Besucher nicht, und sie fragte sich, was Ernst angestellt haben mochte.

»Ich will deinen Ehemann sprechen. Ist er hier?«, fuhr der Geistliche fort.

»Er sitzt am Tisch und isst seinen Morgenbrei!« Die Frage, ob Ernst hier wäre, verwunderte Veva noch mehr, aber sie gab den Weg frei. Der Kirchenmann trat ein, während der Bewaffnete draußen blieb und sich scheinbar nur für die Baustelle interessierte, an der eine Reihe neuer Häuser errichtet werden sollte. Seltsam war, dass er ihr sorgfältig den Rücken zukehrte. Das verstärkte ihre Überzeugung, dem Mann schon einmal begegnet zu sein.

Als Veva dem Geistlichen in die Küche folgte, sah sie auf Anhieb, dass Ernst stark angespannt war. Hatte er sich hier in Augsburg einen ähnlich üblen Scherz geleistet wie in München mit Pater Remigius? Sie spitzte die Ohren, um ja nichts zu verpassen.

»Du bist gestern im Haus des ehrwürdigen Herrn Fugger gewesen?«, fragte der Geistliche.
Ernst nickte. »Ich bin seit einigen Wochen in Fuggers Haus, denn ich arbeite dort als Kommis.«
»Du hast das Haus gestern bei Einbruch der Dunkelheit verlassen«, setzte der Pater das Verhör fort.
»Das stimmt«, antwortete Ernst mit einem kaum merklichen Zögern.
»Und du bist dann sofort hierhergekommen?«
Ernst warf Veva einen hilfesuchenden Blick zu. »Das bin ich!«
Nun gilt es, dachte er. Wenn Veva jetzt die Wahrheit sagt, sitze ich in des Teufels Kochkessel.
Der Geistliche wandte sich Veva zu, und seine Stimme klang drohend. »Ist dein Mann gestern wirklich kurz nach Einbruch der Nacht nach Hause gekommen und nicht erst nach Mitternacht? Bedenke, es kostet dich dein Seelenheil, wenn du einen Mann der Kirche belügst!«
Ernst sah sich bereits verloren. Nach diesem Hinweis auf die Höllenstrafe würde kein Weib der Welt es wagen, ihren Mann zu schützen.
Veva sah den Pater demütig an, und ihre Stimme klang so wahrhaftig, dass Ernst an sich halten musste. »Mein Mann ist beim Dunkelwerden nach Hause gekommen und hat unser Heim seitdem nicht mehr verlassen.«
Der Geistliche schüttelte den Kopf und musterte Veva durchdringend. Sie erwiderte seinen fragenden Blick und lächelte verwundert, wie es wohl jede Frau getan hätte. Da der Besucher nicht darauf reagierte, nahm sie die leer gegessenen Schüsseln und spülte sie, ohne sich weiter um ihn zu kümmern.
»Wenn du es sagst, wird es wohl so sein«, sagte der Pater nach einer Weile, schlug das Kreuz und ging.
Ernst ergriff Vevas Rechte und wollte sich bei ihr bedanken,

doch sie legte ihm die andere Hand auf den Mund. »Schweig!«, raunte sie ihm zu.
Der Geistliche hatte zwar die Küche verlassen, doch sie hatte nicht gehört, dass die Haustür ins Schloss gefallen wäre. Wenn der Mann draußen horchte, durfte er nichts Verfängliches hören.
»Soll ich dir noch einen Becher Bier einschenken, Mann, oder musst du gleich zu Herrn Fugger gehen?«
»Für einen Becher Bier wäre ich sehr dankbar!« Den brauche ich auch, setzte Ernst in Gedanken hinzu und fragte sich, was Veva bezweckte. Den ganzen Morgen war sie so stumm wie ein Fisch gewesen, doch nun erzählte sie munter, dass sie am Vormittag zum Markt gehen wolle, und fragte ihn, was er sich zum Abendessen wünsche.
»Denk nicht, ich müsse alles allein schleppen. Nis wird gleich kommen, und der soll sich seinen Kreuzer brav verdienen. Allerdings möchte ich doch bald in ein eigenes Haus umziehen. Kannst du nicht Herrn Fugger fragen, ob er dir bei der Suche behilflich sein kann? Dieses Häuschen, in dem ja auch noch andere Leute wohnen, mag für arme Leute geeignet sein, aber nicht für einen Rickinger aus München.«
Auf diese Weise ging es noch eine ganze Weile weiter, bis Veva endlich das Geräusch der ins Schloss fallenden Haustür vernahm. Sie eilte in den kleinen Flur und fand diesen leer vor. Durch das Fenster sah sie die beiden Besucher davongehen.
Sie wollte sich schon wieder abwenden, da bemerkte sie Nis, der im Laufschritt die Gasse heraufkam. Der Junge hatte es so eilig, dass er den Kirchenmann streifte und von diesem mit einem wenig frommen Fluch bedacht wurde. Doch der Kleine scherte sich nicht darum, sondern kam auf Vevas Tür zu und klopfte heftig.
Als sie ihm öffnete, grinste er über das ganze Gesicht. »Habt Ihr schon gehört, Herrin? Der sächsische Mönch,

dieser Luther, hat den Schergen des Kardinals Cajetanus ein Schnippchen geschlagen! Die haben ihn nämlich gestern Nacht aus dem Karmeliterkloster holen wollen, doch er ist ihnen kurz vorher durch die Lappen gegangen. Keiner weiß, wie er die Stadt verlassen konnte, aber er ist auf jeden Fall nicht mehr da.«

Während Nis seinen Bericht hervorsprudelte, fügten sich in Vevas Gedanken die einzelnen Teile zu einem Bild zusammen. Martin Luther war in Fuggers Haus durch den römischen Kardinal befragt worden. Wie es aussah, hatte Ernst dort erfahren, dass etwas gegen den Sachsen geplant gewesen war, und diesen gewarnt. Also hatte er ihre Wohnung nicht wegen eines anderen Weibes gemieden, sondern um Luther zu helfen. Nun schämte sie sich für ihren Verdacht und fühlte sich gleichzeitig gekränkt, weil Ernst ihr kein Vertrauen geschenkt hatte.

»Dieser Mönch interessiert mich nicht! Lauf zum Fleischmarkt und besorge mir die Würste, über die wir gestern gesprochen haben!« Veva reichte Nis ein paar Münzen und schickte ihn mit einem Klaps auf den Weg.

Als sie in die Küche zurückkehrte, heftete sie ihre Blicke auf Ernst. »Der Häretiker Luther ist heute Nacht entflohen. Also muss ihn jemand aus Fuggers Haushalt gewarnt haben! Willst du mir nicht sagen, was gestern wirklich geschehen ist?«

Ernst wusste nicht recht, was er tun sollte. Immerhin war Veva nur ein Weib, und solchen haftete der Ruf der Schwatzhaftigkeit an. Andererseits hatte sie ihm eben aus einer verteufelten Klemme geholfen. Hätte sie die Wahrheit gesagt, wäre Portikus endlich zu seiner Rache gekommen. Erst jetzt wurde ihm bewusst, in welche Gefahr er sich begeben hatte.

Im Stillen dankte er Gott, dass es so gut verlaufen war, und sah dann seine Frau forschend an. »Du musst mir versprechen, alles, was ich dir jetzt berichte, für dich zu behalten.«

Um Vevas Mund erschien ein herber Zug. »Auch wenn es für dich nichts bedeuten mag, so habe ich eben einen Mann der Kirche belogen, um dich zu schützen!«

Ernst senkte beschämt den Kopf. »Verzeih, ich wollte dich nicht kränken. Ich habe nur versucht, diese Sache von dir fernzuhalten. Weißt du, Doktor Luther wurde von Kaiser Maximilian freies Geleit zugesichert. Doch Kardinal Cajetanus hat Franz von Gigging und dessen Totschläger nach Augsburg geholt, damit sie Luther gefangen nehmen sollen, falls er seine Thesen nicht widerruft. Doch das konnte er nicht. Ich war Zeuge, wie er seinen Standpunkt vertrat und die Heilige Schrift zitierte. Cajetanus vermochte seine Worte nicht zu widerlegen. Der Ablass, den Männer wie Tetzel im Namen des Papstes verkaufen, ist nur dazu da, die Truhen der Kirche zu füllen, doch sie ersparen keinem Menschen auch nur eine Stunde Fegefeuer oder reißen ihn gar von den Pforten der Hölle zurück.«

Bei diesen leidenschaftlich hervorgebrachten Worten erbleichte Veva. »Dann wäre der Ablass, den ich – übrigens mit deiner Hilfe! – für meinen Bruder gekauft habe, ebenfalls nichts wert!«

Es tat Ernst weh, seine Frau so entsetzt zu sehen. Am liebsten hätte er erklärt, in diesem Fall sei es anders. Stattdessen aber lächelte er traurig und strich ihr über das Haar. »Die Zettel, die du erhalten hast, haben keinen Wert. Doch unser Herr Jesus Christus hat gesehen, dass du den Ablass in tiefer Liebe zu deinem Bruder erstanden hast, und wird die Gebete, die du für Bartl gesprochen hast, zu seinen Gunsten werten!«

Veva starrte ihn ungläubig an. »Du meinst, mein Gebet hätte eine größere Macht als ein Ablassbrief, der immerhin von Seiner Heiligkeit, dem Papst, gesegnet worden ist?«

»So steht es in der Heiligen Schrift! Gäbe es sie auf Deutsch, könntest auch du sie lesen. Doch genau deshalb besteht die Kirche darauf, dass sie nur in Latein gedruckt oder abgeschrieben wird. Auf diese Weise bleibt das Neue Testament unseres Herrn Jesus Christus dem Volk verborgen, und sie können es mit falschen Bullen und Erlassen betrügen.«

Verblüfft starrte Veva ihn an. Ernst war mit einem Mal ganz anders, als sie ihn in Erinnerung hatte. Früher hatte sie ihn für einen verwegenen Burschen gehalten, dem es Spaß machte, anderen ihre Grenzen aufzuzeigen. Bei dem Gedanken stahl sich ein Lächeln auf ihre Lippen. Verwegen war er immer noch, und er hatte den Männern um Kardinal Cajetanus einen abenteuerlichen Streich gespielt.

»Ich weiß zu wenig über diesen sächsischen Mönch und seinen Streit mit dem Papst, um mir ein Urteil erlauben zu können. Aber ich billige dein Verhalten. Wenn Kaiser Maximilian diesem Luther freies Geleit zugesichert hat, war es falsch von dem Kardinal, dagegen verstoßen zu wollen. Doch ich sehe, Nis kommt mit den Würsten zurück. Magst du noch ein Stück, oder drängt die Zeit?«

Ernst fand, dass die Versöhnung mit Veva es wert war, seinen Dienst eine halbe Stunde später anzutreten, und zog sein Messer. »Auf eine Wurst habe ich immer Appetit!«

»Und was ist heute Abend?«, fragte Veva. »Wirst du da wieder zu spät kommen?«

Ernst sah sie an und bedauerte, dass es noch nicht Abend war. »Nein, ich komme gewiss nicht zu spät«, versprach er und zwinkerte ihr zu.

12.

Während sich in Augsburg die Wogen zwischen Veva und Ernst glätteten, herrschte im Herzen der Magd Rosi in München trotz der sonnigen Oktobertage tiefste Finsternis. In der letzten Zeit war es ihr schon einige Male übel geworden, doch an diesem Tag war es besonders schlimm. Außerdem schmerzte sie der Rücken so, dass sie kaum Luft holen konnte.

Als sie einen Augenblick bei ihrer Arbeit innehielt, um sich zu strecken, hörte sie Frau Anna sofort keifen. »Mach schneller, du faules Ding! Glaubst du, ich bezahle dich fürs Nichtstun?«

Ein Rutenhieb ließ Rosi aufstöhnen. Sie wollte wieder zugreifen, krümmte sich aber in einem neuen Anfall von Übelkeit und stieß gegen den Tisch. Der Tonbecher, den sich die Herrin gerade mit Bier gefüllt hatte, kippte um und ergoss seinen Inhalt über die Tischplatte. Danach rollte er auf den Rand des Tischs zu. Rosi wollte ihn noch packen, griff aber daneben und sah voller Schrecken, wie das Gefäß auf dem Steinboden zerschellte.

Für einige Augenblicke herrschte Stille, dann begann die Meisterin zu schreien: »Du elendes Ding! Den Becher hast du mit Absicht umgestoßen. Es war mein Lieblingsbecher! Dafür wirst du bezahlen!«

Rosi wandte sich mit vor den Leib gepressten Armen zu ihr um. »Ich ersetze Euch den Becher, Frau Anna. Sobald ich hier fertig bin, werde ich zum Töpfer gehen.«

»Das würde dir so passen, die Arbeit schwänzen, um einen Becher zu kaufen. Nichts da! Das Geld dafür ziehe ich von deinem Lohn ab. Doch jetzt erhältst du erst einmal die Strafe für deine Ungeschicklichkeit!« Bei den letzten Worten begann die Frau, mit ihrem Stock auf die Magd einzuschlagen.

Rosi fiel auf die Knie und flehte die Heilige Jungfrau um Hilfe an.
»Die wird ausgerechnet dir helfen, du Lumpending! Aus Gnade und Barmherzigkeit habe ich dich in meine Dienste genommen, doch du dankst es mir mit Faulheit, Widerworten und der Zerstörung meiner liebsten Dinge!« Schäumend vor Wut schlug Frau Anna wieder und wieder zu.
Zuletzt vermochte Rosi es nicht mehr zu ertragen. Sie warf sich zu Boden und schrie sich schier die Seele aus dem Leib. Dann rebellierte ihr Magen, und sie würgte den Morgenbrei hervor.
Erst jetzt hielt Frau Anna inne und packte Rosi bei der Schulter. »Zieh dich aus!«, schrie sie.
Zunächst verstand Rosi nicht, was sie wollte. Erst als die Meisterin an ihrem Kleid zerrte, zog sie es über den Kopf und stand im Hemd da.
»Auch das muss herab!«
Rosi gehorchte zitternd. Frau Anna sah sie an und zeigte dann triumphierend auf die leichte Wölbung ihres Bauches.
»Du Miststück hast gehurt und dir einen Bankert eingefangen! Und das in meinem christlichen Haus! Dich sollte man erschlagen und in den Stadtgraben werfen! Oder glaubst du etwa, ich sehe zu, wie du deinen Balg hier wirfst, und ziehe das Ding auch noch auf? Oh, du Strafe Gottes! Womit habe ich das verdient?« Bei diesen Worten schlug Frau Anna erneut zu und zielte nun auf Rosis Bauch.
Die Magd krümmte sich, stürzte erneut auf die Knie und versuchte, wenigstens diese Stelle zu schützen. Die Hiebe fielen hageldicht, trafen Kopf, Schultern, Rücken, Arme und Beine und ließen dicke rote Striemen zurück.
Jeden Schlag begleitete die Meisterin mit einem Schimpfwort, und da ihr die Hiebe nicht genug erschienen, trat sie auch noch mit ihren Holzschuhen nach Rosi.
Die Magd schrie nun so durchdringend, dass man es in der

ganzen Nachbarschaft hörte. Bald aber verließ sie die Kraft. Sie wimmerte nur noch und sehnte sich danach zu sterben.

Mittlerweile war das gesamte Gesinde im Haus zusammengelaufen, doch keiner wagte es, der Herrin in den Arm zu fallen. Die Mägde rangen die Hände und riefen alle Heiligen im Himmel an, während manch einer der Knechte und Gesellen, die Rosi schöne Augen gemacht hatten und von ihr abgewiesen worden waren, zunächst noch hämisch grinste.

Als Rosi kaum noch zuckte, schlug eine Küchenmagd das Kreuz und rannte davon, um einen Stadtknecht oder einen geistlichen Herrn zu holen, damit dieser dem entsetzlichen Schauspiel ein Ende bereitete. Draußen hatten sich bereits einige Nachbarn versammelt und starrten die Frau an.

»Was ist denn bei euch los? Das hört sich ja an, als gäbe es da drinnen Mord und Totschlag?«, fragte ein Mann.

Die Magd sah ihn verzweifelt an. »Frau Anna muss verrückt geworden sein! Sie will Rosi erschlagen und in den Stadtgraben werfen.«

»O Jesus, Maria und Josef!«, schrie eine Frau auf. Doch niemand wagte, das Haus zu betreten und einzugreifen. Einige rannten jedoch los, um Hilfe zu holen. Es dauerte nicht lange, da eilte der Stadtknecht Hias herbei und stürmte ins Haus.

Als er sah, dass Frau Anna immer noch auf Rosi einprügelte, als hätte sie den Verstand verloren, packte er sie am Arm. »Du erschlägst sie ja noch!«

»Ich kann mein Gesinde züchtigen, wie ich will«, keifte die Meisterin.

»Ein paar Hiebe ja, aber das hier ist Mord!« Der Mann sah voller Mitleid auf Rosi hinab, die nackt und von Striemen übersät auf den Steinplatten der Küche lag und nur noch leise wimmerte. Mit einem Mal aber bäumte sie sich auf,

stieß einen gellenden Schrei aus und griff sich mit beiden Händen an den Unterleib. Blut rann zwischen den Schenkeln hervor, und sie wand sich in Krämpfen.
»Sie ist schwanger und verliert gerade ihr Kind«, raunte eine Magd dem Stadtknecht zu.
Hias schluckte, riss dann seinen Blick von Rosi los und versetzte der Magd einen Stoß. »Los, hol die Hebamme! Gebe Gott, dass das arme Mädchen nicht zu Tode kommt. Du aber«, wandte er sich an die Meisterin, »wirst für diese Tat büßen.«
»Was soll ich büßen? Ich bin im Recht!« Trotz ihrer Worte wurde die Frau bleich. Wenn jemand seine Mägde oder Knechte züchtigen wollte, so nahm die Obrigkeit einige Schläge mit der Rute hin. Aber ein Totschlag würde sie vor Gericht bringen, und dies drohte ihr auch, wenn Rosi vom Kind kam.
»Was steht ihr so dumm herum? Macht, dass ihr die alte Kreszenz holt!«, schrie sie die übrigen Mägde an. Diese sahen sich kurz an, dann lief die flinkste von ihnen los, während eine andere den Hausknecht bat, ihr zu helfen, Rosi in die Kammer zu tragen.
Die Meisterin sah ihnen zu, bis sie verschwunden waren, dann schüttelte sie sich wie ein nasser Hund und eilte in den Keller, um ihre angegriffenen Nerven mit einem Becher Wein zu stärken. Doch selbst dort unten konnte sie den schier unmenschlichen Schreien, die Rosi nun von sich gab, nicht entrinnen.

13.

Die alte Kreszenz brauchte nur einen Blick, um zu erkennen, was los war. »Halte sie! Ich muss ihr einen Sud einflößen«, befahl sie der Magd, die sie geholt hatte, und zog ein kleines Fläschchen aus ihrer Umhängetasche.

»Was ist das?«, fragte die Frau.

»Etwas, das ihr helfen soll, die Schmerzen zu ertragen«, antwortete die Kräuterfrau herb. Sie fasste Rosis Kinn, bog ihr den Mund auf und träufelte einige Tropfen zwischen die Lippen.

»Mehr darf ich dir nicht geben, sonst wachst du nicht mehr auf«, setzte sie leise hinzu.

»Das wäre das Beste für mich«, wimmerte Rosi und streckte die Hand aus, um Kreszenz das Fläschchen abzunehmen. Diese stellte es außer Reichweite ab und begann, sie zu untersuchen. Dabei wurde ihr Gesicht immer düsterer.

»Du wirst das Kind verlieren. Unsere Heilige Jungfer im Himmel wird es an ihre Brust drücken und zu sich nehmen!« Kreszenz betete leise und versuchte es Rosi so leicht wie möglich zu machen. Diese stieß immer wieder Schreie aus, die durch das Haus hallten. Die andere Magd hielt es nicht mehr aus und fragte, ob sie etwas besorgen könne.

Kreszenz sah sie kurz an. »Schür den Herd in der Küche. Ich brauche heißes Wasser, um einen Kräutersud anzusetzen.«

Die Magd verschwand mit einem erleichterten Aufatmen. Als sie an der kleinen Nische vorbeiging, in der die Meisterin ein Bildnis der Jungfrau Maria gestellt hatte, sah sie Frau Anna davor knien und beten. Es lag der Magd auf der Zunge, ihr zu sagen, dass das nicht notwendig wäre, wenn sie Rosi nicht so brutal gezüchtigt hätte. Da sie sich jedoch keine Schläge einfangen wollte, hielt sie den Mund und schlüpfte in die Küche.

Unterdessen flößte Kreszenz ihrer Patientin einen Sud aus Sauerampfer, Tollkirsche und Schafgarbe ein und behandelte anschließend die schlimmsten Striemen mit einer Salbe, die sie selbst aus Kamille, Johanniskrautöl und anderen Kräutern zubereitet hatte.

»Es wird schon wieder«, sagte sie zu Rosi, die sich unter starken Krämpfen wand, während das Blut aus ihr herausfloss.

»Der Teufel soll die Meisterin holen«, quetschte Rosi zwischen zusammengebissenen Zähnen hervor.

»Wenn es gerecht zuginge, würde er es wohl tun. Aber wie ich Frau Anna kenne, wird sie sich einen Ablass kaufen, um auch dieser Sünde ledig zu werden«, antwortete Kreszenz und seufzte, um ein paar böse Worte zu unterdrücken.

Rosi stöhnte unter einer neuen Schmerzwelle und packte dann die Kräuterfrau an der Schulter. »Fast möchte man wie Doktor Martinus Luther glauben, der Ablass sei eitler Tand, der einen nur noch tiefer in die Feuer der Hölle hineinzieht!«

»Es war schon immer so, dass der, der reich ist, leichter Vergebung findet als ein Armer, sei es vor dem irdischen oder auch vor dem himmlischen Gericht. Solltest du sterben, wird deine Herrin zu einer Geldbuße verurteilt. Würde sie jedoch durch deine Hand sterben, wäre dir der Tod durch Ertränken gewiss.« Kreszenz schnaubte und träufelte Rosi noch ein paar Tropfen des schmerzlindernden Mittels ein. »Wollen wir hoffen, dass es nicht zu viel wird. Doch so unser Herrgott es will, werde ich dich am Leben halten.«

Da Rosi das Gesicht verzog, versuchte die alte Hebamme sie auf andere Gedanken zu bringen. »Weißt du überhaupt, weshalb Frau Anna so geworden ist, wie du sie kennst?«

Rosi schüttelte den Kopf. »Sie war schon immer gemein und böse bis ins Mark!«

»Hast du dich noch nie gefragt, weshalb sie ihrem Mann keine Kinder geboren hat?«

»Warum sollte ich?«, gab Rosi zurück.
»Es ist jetzt gut drei Jahrzehnte her, und ich war erst seit kurzem als Hebamme tätig. Da kam eines Nachts ein junges Mädchen zu mir und verlangte, ich solle sie von einer unerwünschten Last befreien. Ich habe es abgelehnt, da ich nicht in einen schlechten Ruf geraten oder gar vor Gericht kommen wollte. Auch war die Schwangerschaft bereits zu weit fortgeschritten, um noch etwas wagen zu können.
Kurz und gut, das Mädchen ging wieder. Als ich es drei Tage später wiedersah, sah es bleich und erschöpft aus, aber auch sehr zufrieden. Eine andere Kräuterfrau hatte das getan, was ich abgelehnt habe, nämlich einen Abortus herbeigeführt. Dabei ist bei der Schwangeren innen jedoch etwas kaputtgegangen, und sie wurde von Gott dadurch gestraft, dass ihr Leib fürderhin leer geblieben ist.«
»Soll ich Frau Anna deshalb verzeihen, was sie mir angetan hat?«, stieß Rosi aus. »Außerdem werde ich innen, wie du sagst, jetzt auch kaputt sein.« Ein weiterer Blutschwall schien ihre Befürchtungen zu bestätigen, doch die erfahrene Kreszenz spürte, dass es nicht mehr lange dauern würde, und sie rief nach der Magd, damit diese ihr ein Tuch brachte. Danach hieß es warten, bis Rosis Leib sich seiner Last entledigt hatte.
Als es so weit war, fing Kreszenz den Fötus auf und zeichnete ihm rasch ein Kreuz auf die Stirn. »Im Namen des Vaters, des Sohnes und des Heiligen Geistes taufe ich dich auf den Namen Alois!«
»Was tust du? Das darf doch nur ein Priester machen«, wandte Rosi erschrocken ein.
»Nicht nur! Es ist auch das Recht der Hebammen. Ein Kind, das seine Geburt nicht überlebt, wird so der Vorhölle entrissen und gelangt ins Himmelreich.« Kreszenz klang ein wenig stolz, obwohl sie diesmal wohl nicht ganz im Sinne der Kirche gehandelt hatte, denn das Kind war bereits tot

gewesen. Doch sie wollte Rosi in dem Glauben lassen, ihr Kleines würde von der Heiligen Jungfrau in die Schar der unschuldig gestorbenen Kinder aufgenommen und im Himmelreich auf sie warten.
Nun aber hatte Kreszenz anderes zu tun. Es galt, die Blutung zu stillen, bevor Rosi ihr unter den Händen wegstarb. Außerdem versorgte sie die restlichen Striemen und zwang die Kranke schließlich dazu, einen Napf Hühnerbrühe zu essen. Erst spät in der Nacht wagte die Hebamme, Rosi zu verlassen. Sie nahm das Bündel mit dem frühgeborenen Kind mit und machte einen Abstecher zum Friedhof. Dort holte sie eine Schaufel aus dem Schuppen und begrub das Kleine im kalten Schein des Mondes. Währenddessen dachte sie, dass das Kind dort, wo es jetzt war, wohl glücklicher sein würde als hier auf dieser Welt.

14.

Zuerst hatte Rosis Herrin nur gebetet und die Heilige Jungfrau angefleht, ihr zu helfen, damit sie ungeschoren aus dieser Sache herauskam. Doch während die Schreie der Magd immer wieder zu ihr herabdrangen, überlegte sie verzweifelt, was sie tun konnte, um einer Strafe zu entgehen. Sie dachte sogar daran, Rosi ein paar Gulden in die Hand zu drücken, damit diese zu ihren Gunsten sprach und leugnete, von ihr geschlagen worden zu sein. Doch dann schüttelte sie heftig den Kopf. Dieser losen Dirne würde sie nicht auch noch gutes Geld in den Rachen stopfen. Rosi war ganz allein daran schuld, dass es so weit gekommen war. Schließlich hätte das Weibsstück sich nicht unter einen Kerl legen und schwängern lassen müssen.

Mit diesem Gedanken stand sie auf und legte ihr Schultertuch um. Als sie das Haus verließ, lag ein Ausdruck wilder Entschlossenheit auf ihrem Gesicht. Sie hatte sich erinnert, bei der Morgenmesse Pater Remigius gesehen zu haben. Dieser war ein Freund der besseren Stände und würde ihr gegen eine lumpige Magd beistehen.
Die Nachbarn wunderten sich, sie so hastig in Richtung Sankt Peter eilen zu sehen. »Jetzt rennt dieses bigotte Weib zu den Pfaffen, um sich mit Weihwasser reinwaschen zu lassen. Hätte sie sich wie ein Christenmensch benommen, müsste sie nicht so hetzen!«, spottete ein Knecht aus der Nachbarschaft.
Die Frau, die bei ihm stand, seufzte tief. »Die arme Rosi! Das hat sie nicht verdient. Aber so ist nun einmal die Welt. Der Obere duckt den Unteren, und das wird auch immer so bleiben.«
»Trotzdem gehört dieses Miststück vor Gericht! Sie soll die Rosi halb totgeschlagen haben«, schnaubte der Mann.
»Wenn es dazu kommt, zünde ich der heiligen Notburga eine Kerze an. Aber so wie ich die Herrschaften kenne, werde ich das nicht tun müssen.« Die Frau wandte sich traurig ab und kehrte ebenso wie ihr Gesprächspartner wieder an die Arbeit zurück.
Unterdessen hatte Frau Anna Sankt Peter erreicht und fragte den Mesner nach Pater Remigius.
Der Kirchendiener musterte sie verwundert. Was wollte die Frau, die von der hohen Geistlichkeit als christliches Vorbild bezeichnet wurde, auf einmal von dem für seine Ausschweifungen bekannten Pater? Sie hatte sich doch bisher stets von ihm ferngehalten.
»Der sitzt in seinem Studierzimmer. Soll ich ihn holen?«
Die Meisterin schüttelte den Kopf. »Nein! Bitte führ mich zu dem hochwürdigen Herrn.«
»Wenn du meinst!« Der Mesner gab sich wenig Mühe, seine

Abneigung gegen Remigius zu verbergen. Der aus dem Adel stammende Priester hatte für ihn und die anderen Kirchendiener noch nie ein freundliches Wort übriggehabt, war aber rasch mit dem Stock zur Hand, wenn er seine Rechte angetastet sah. Eine Frau, die freiwillig zu diesem Pater kam, verachtete er zutiefst. Daher führte er Frau Anna mit unbewegter Miene durch das Haus, in dem ein Großteil der geistlichen Herren von Sankt Peter wohnte. Vor Remigius' Tür blieb er stehen und klopfte.

»Was ist?«, fragte der Pater ungehalten.

»Es ist Besuch für Euch gekommen, hochwürdiger Herr!«, antwortete der Mesner und trat von der Tür zurück, damit ihm nicht irgendein Gegenstand an den Kopf flog, wenn dem Geistlichen die Besucherin nicht passte.

Pater Remigius runzelte die Stirn, als er Frau Anna erkannte, denn ihm war zugetragen worden, dass sie sich schon mehrfach verächtlich über ihn geäußert hatte. Aus diesem Grund wollte er sie im ersten Augenblick abweisen. Doch als er ihre angstverzerrte Miene sah, entschied er sich anders.

»Komm herein, meine Tochter – und du kannst gehen!« Das Letzte galt dem Mesner, der sich aufatmend zurückzog und die Tür von außen schloss.

Frau Anna trat mit zögernden Schritten auf den Pater zu. »Gott zum Gruß, hochwürdiger Herr!«, sagte sie mit zittriger Stimme.

»Was führt dich zu mir, meine Tochter?« Pater Remigius sagte sich, dass er sie anhören und dann hohnlachend wegschicken konnte.

Sie fiel vor ihm auf die Knie, fasste nach seiner Rechten und presste diese gegen ihre Lippen. »Hochwürdiger Herr, Ihr müsst mir beistehen! Ich werde wahrscheinlich vor Gericht kommen. Dabei ist an allem nur diese elende Magd, die Rosi, schuld. Wäre das Weibsstück nicht so dumm und unbeholfen, hätte ich es niemals geschlagen! Ich wusste doch nicht, dass die Metze schwanger war. Jetzt hat sie wegen der Schläge ihr Kind verloren!«

Das Interesse des Paters war geweckt. »Ich verstehe nicht ganz, meine Tochter. Am besten ist es, du erzählst mir alles von Anfang an. Dann kann ich entscheiden, ob ich dir zu helfen vermag!«

Frau Anna befeuchtete die ausgetrockneten Lippen mit der Zunge und sehnte sich nach einem Schluck Wein. Zwar stand ein halbvoller Becher vor dem Pater auf dem Tisch, doch dieser dachte nicht daran, ihr einen Trunk anzubieten. So begann sie, ihm das Geschehene darzulegen, und schönte ihre eigene Rolle, während sie alle Schuld auf Rosi schob.

»Und? Weißt du, wer ihr das Kind in den Bauch geschoben hat?«, fragte Remigius, als sie am Ende ihrer Erzählung angelangt war.

»Gewiss war es der junge Rickinger. Mit dem hat sie, soviel ich weiß, mehrfach gebockt«, rief Frau Anna eilfertig.

»Ernst Rickinger also! Nun, das wird auch meinen Mitbruder Ägidius Thürl interessieren. Diesmal entkommt uns dieser Lump nicht.« Remigius rieb sich die Hände, denn wenn es stimmte, was die Frau erzählte, konnte er dem jungen Rickinger nun endlich die Sache von damals heimzahlen.

»Ja, der Kerl muss streng bestraft werden. Zu was verführt er auch meine Mägde?«, rief Frau Anna und blickte dann so treuherzig, wie sie es vermochte, zu dem Geistlichen auf. »Ihr sagt doch auch, dass mich die geringste Schuld an dem Ganzen trifft!«

Pater Remigius legte die Stirn in Falten. »Meine Tochter, es sieht für dich nicht gut aus. Da die Magd vom Kind gekommen ist, wirst du um einen Richtspruch der Obrigkeit nicht herumkommen. Es mag sogar sein, dass man dich zum Tode verurteilt!«

»Zum Tode gleich? Heilige Jungfrau, hilf!« Die Meisterin kreischte auf und wurde sofort zurechtgewiesen.

»Sei still! Sonst hört dich noch jemand, und dann kann ich gar nichts mehr für dich tun. Höre mir gut zu! Ich könnte mich vor Gericht und vor dem Herzog für dich verwenden. Wie du weißt, habe ich einen gewissen Einfluss in der Stadt!«

Remigius verdrängte die Tatsache, dass der Herzog sich schon mehrfach äußerst verächtlich über ihn geäußert hatte. Doch Wilhelm hatte keine Macht über die Münchner Geistlichkeit, denn diese unterstand Seiner Eminenz, Bischof Philipp von Freising, zu dessen Bistum die Stadt München zählte. Allerdings konnte er beim Rat etwas bewirken, da einige Räte gewisse Dinge über ihre weiblichen Verwandten ungern als Gerede in den Gassen hören wollten. Außerdem war der Richter ein naher Verwandter von ihm.

Nun ging es erst einmal darum, die Frau vor ihm so zu ängstigen, dass sie zu Wachs in seinen Händen wurde. Daher setzte er eine strenge Miene auf und blickte Rosis Herrin scharf an. »Meine Tochter, du hast ein fluchwürdiges Verbrechen begangen!«

»Aber ich wollte es doch nicht, hochwürdigster Herr!« Frau Anna kamen die Tränen, denn sie sah sich bereits zum Neuhauser Tor hinausgeschleppt und auf dem Richtplatz enden.

Pater Remigius musterte sie spöttisch. »Ich kann dir helfen, Weib. Doch dafür verlange ich meinen Lohn!«

»Ich tue, was Ihr von mit verlangt, Hochwürden«, flüsterte sie und wollte sich auf den Rücken legen.

Remigius betrachtete den mageren Leib des Weibes und verzog sein Gesicht zu einer verächtlichen Grimasse. Er hatte einige der schönsten Frauen und Mädchen der Stadt besessen, und da wollte er sich wirklich nicht mit dieser Kost begnügen. Daher ängstigte er sie mit dem Hinweis auf das

Höllenfeuer, bis sie wimmernd vor ihm kroch und um Gnade flehte.
Während er die Macht genoss, die er über dieses Weib errungen hatte, wob er in Gedanken an einem Gespinst, in dem sich Rosi und Ernst Rickinger verfangen sollten. Dabei dachte er auch an Veva, die zu besitzen ihn mehr reizte als alles andere, und sagte sich, dass die Leibert-Tochter sich noch mehr vor ihm würde demütigen lassen müssen als die Frau vor ihm, um ihren Mann zu retten. Dies würde nicht nur seine Rache an Ernst Rickinger sein, sondern auch die an Veva, deren Schönheit ihn reizte, seit sie zur Jungfrau herangewachsen war, und die seine Annäherungsversuche bisher stets zurückgewiesen hatte.

15.

Da Kreszenz Rosi noch einige Tropfen der aus Mohnsamen und anderen Pflanzen destillierten Essenz eingeflößt hatte, schlief diese bis zum nächsten Morgen tief und fest. Das Erwachen war jedoch grauenvoll. Ihr ganzer Unterleib schmerzte, und in ihrem Kopf wummerte es, als schlage darin eine Rotte Teufel die Trommel. Schon bei der kleinsten Bewegung spürte sie auch die Folgen der Schläge, die sie erhalten hatte, und noch etwas länger dauerte es, bis sie sich an das erinnerte, was am Vortag geschehen war.
Zuerst glaubte sie an einen üblen Traum, doch als sie an sich herabblickte und die Striemen sah, die den ganzen Körper bedeckten, schossen ihr die Tränen aus den Augen. Sie musste auch an das kleine Wesen denken, das in ihr gewachsen war und nicht hatte leben dürfen, und verspürte einen Hass

auf Frau Anna, der sie erschreckte. Sie konnte nicht länger in diesem Haus bleiben, sonst würde sie die Meisterin umbringen. Mühsam kämpfte sie sich hoch, schlüpfte in Hemd und Kleid und hob dann den Strohsack an. Zwischen den Brettern, auf denen er lag, hatte sie das Beutelchen mit ihrem gesparten Geld versteckt.

Sie zog es heraus und hängte es sich mit einer Schnur um den Hals. Danach verließ sie die Kammer mit dem festen Vorsatz, sie nie wieder zu betreten. Eine der beiden anderen Mägde wurde auf sie aufmerksam und steckte den Kopf zur Küchentür heraus. »Du bist ja schon wieder auf, Rosi!«

»Ich gehe! Unsere Jungfrau im Himmel wird mir beistehen, damit ich eine bessere Herrschaft finde als diese Hexe.« Rosis Stimme klang gepresst und rauh, doch sie wollte lieber vor Durst umkommen, als in diesem Haus noch einen Trunk zu sich zu nehmen.

»Du hast Fieber! Leg dich wieder hin. Die Kreszenz wird heute noch einmal nach dir schauen.«

Rosi schüttelte den Kopf. »In diesem Haus ist kein Bleiben mehr für mich. Ich hätte es längst verlassen müssen. Leb wohl!« Damit wandte sie sich zur Tür und stand plötzlich Hias und einem weiteren Stadtknecht gegenüber. Beide sahen nicht so aus, als wären sie glücklich über den Auftrag, den sie erhalten hatten. »Es tut uns leid, Rosi, aber der Richter hat verfügt, dass du ins Loch kommen sollst. Wir können nichts dafür!«

»Ich soll in den Kerker? Aber warum denn?«, fragte Rosi erschrocken.

Hias senkte den Kopf. »Das hat man uns nicht gesagt. Wir müssen dich hinbringen! Geht es überhaupt? Es hat geheißen, du wärst nur knapp am Tod vorbeigeschrammt.«

»Es muss wohl, wenn der Richter es so verfügt. Nur Durst habe ich zum Verrecken!« Rosi war es im Grunde gleichgültig, was mit ihr geschah, wenn sie nur endlich dieses Haus verlassen konnte.

Die beiden Stadtknechte begriffen, wie schwach die Magd war, und fassten sie unter. »So geht es gewiss besser«, sagte Hias und warf seinem Begleiter einen fragenden Blick zu. »Wie ist es, hast du auch so einen trockenen Hals wie ich?«

»Und wie! Außerdem ist der Weg zum Rathaus weit, und den schafft die Rosi nicht auf einmal. Da müssen wir unterwegs einkehren.«

Die Nachbarn, die Rosis Verhaftung beobachteten, begannen zu murren. »Was soll das? Lasst doch das arme Mädel in Ruhe!«, rief ein Mann, und mehrere Frauen beschimpften die Stadtknechte.

Hias zuckte jedoch nur mit den Achseln. »Befehl ist Befehl! Was sollen wir da machen? Der Richter wird schon wissen, warum er die Rosi einkerkern lässt.«

Ein Bäckergeselle vertrat der Gruppe den Weg und funkelte die Stadtknechte zornig an. »Eine arme Dienstmagd wird in den Kerker geschleift. Aber denen da oben, die weitaus eher eine Strafe verdient hätten, tut keiner was. Ein Kreuz ist's auf der Welt! Da hat der Luther schon recht, wenn er dreinhaut. Die Pfaffen blasen uns mit ihren Lügen die Ohren voll, und die hohen Herren kriechen ihnen in den Hintern, damit sie ja ins Himmelreich gelangen. Aber die kommen alle in die Hölle, sag ich euch! Wie hat schon unser Herr Jesus Christus gesagt: Eher geht ein Kamel durch ein Nadelöhr, als dass ein Reicher in den Himmel kommt!«

»Jetzt halt dein Maul, sonst kommst du in den Kerker, weil du die christliche Lehre schmähst. Von da bis zum Scheiterhaufen ist es nicht mehr weit«, warnte Hias den Bäcker. Trotzdem trat dieser erst beiseite, als ihn eine Magd am Ärmel packte und wegzog.

Da Rosi sich kaum mehr auf den Beinen halten konnte, schleppten ihre Begleiter sie in die nächste Schankstube und setzten sie auf die Ofenbank. Dann rief Hias die Schankmaid zu sich. »Drei Becher Bier wollen wir haben, und wenn es was zum Beißen gibt, wär es auch nicht schlecht. Wir kommen früh genug zum Rathaus zurück!«

16.

Die Stadtknechte besorgten noch frisches Stroh, damit Rosi sich hinlegen konnte, und stellten ihr einen vollen Krug Bier in die Arrestzelle. Danach verabschiedeten sie sich und ließen die Magd allein zurück.

Rosi war viel zu schwach, um sich Gedanken über ihre Lage zu machen. Gott hat es eben so gewollt, sagte sie sich, trank einen Schluck Bier und legte sich hin. Ihre Schmerzen hinderten sie jedoch einzuschlafen, und so drehten sich ihre Gedanken im Kreis. Mehr als die düstere Umgebung des Gewölbekellers, in den man sie gesperrt hatte, bedrückte sie ihre Einsamkeit. Wie gerne hätte sie mit jemandem geredet. Ihr Herz war übervoll vor Leid, und als die Schmerzen und die Verzweiflung zu groß wurden, sehnte sie sich nach der Erlösung durch den Tod.

Statt seiner erschien jedoch der Richter. In einen weiten Talar gehüllt, kam er in der Begleitung des Stadtknechts Hias und eines Schreibers und baute sich vor Rosi auf.

»Erhebe dich, wie es sich gehört«, befahl er ihr.

Als Rosi sich unsicher auf die Beine kämpfte, räusperte sich Hias. »Verzeiht, hoher Herr, das Weib ist sehr krank, und es ist auch nicht recht, sie hier einzusperren.«

Dabei ist das hier der einzige Platz, der mir noch geblieben ist, fuhr es Rosi durch den Kopf. Ihr war schwindlig, und sie musste sich an der Wand festhalten, um nicht zu fallen.

Jetzt merkte auch der Richter, dass seine Gefangene nicht in der Lage war, ein scharfes Verhör durchzustehen. Trotzdem wollte er seine Ziele nicht ganz zurückstecken. »Du bist verhaftet worden, weil dir ein unsittlicher Lebenswandel nachgesagt wird. Du bist schwanger geworden, ohne verheiratet zu sein, und hast dich deiner Herrin gegenüber aufsässig und störrisch verhalten«, herrschte er sie an.

Trotz ihrer Schmerzen begann Rosi zu lachen. »Wenn ich unsittlich gelebt haben soll, dann müsstet Ihr die Hälfte der Weiber in München einsperren, und die meisten Männer mit dazu!«

»Versündige dich nicht! Deine Lage ist schlimm genug. Dennoch kann Gnade vor Recht ergehen. Bekenne, dass du von Ernst Rickinger geschwängert worden bist, dann wird dir die Strafe erlassen. Man wird dich ins Frauenhaus schicken, wo du nach deiner Heilung bei den gefälligen Mägden arbeiten kannst.«

Zwar war Rosi körperlich sehr schwach, aber mit einem Mal bei ganz und gar wachem Verstand. Sie begriff sofort, worauf der Richter hinauswollte. Ihm ging es gar nicht um sie. Sie war nur eine schlichte Magd unter vielen und gewiss nicht die erste, die ledig schwanger geworden war. Bei den meisten überließen die Behörden es dem jeweiligen Pfarrer, das unbesonnene Ding zu schelten und zur Buße anzuhalten. Das Kind wurde in der Regel in dem Haus aufgezogen, in dem die Mutter arbeitete, oder es kam zu den Klarissinnen ins Kloster, und diese kümmerten sich um das Würmchen. Eingesperrt wurde selten eine, denn die meisten Mägde besaßen kein Geld und kosteten die Stadt nur die Verpflegung und die Aufwendungen für ihre Bewachung. Allenfalls kamen sie, wenn sie es zu arg getrieben hatten, einen Tag in die Schandgeige.

Auch bei ihr hätten die Behörden nicht anders gehandelt. Aber dieser Richter wollte sie benutzen, um Ernst Rickinger am Zeug zu flicken. Da es sich bei dem Mann um einen von Remigius' Verwandten handelte, durchschaute Rosi das üble Spiel.

»Ich bedaure, dass ich Euch den Vater des Kindes nicht nennen kann, doch ich weiß es nicht!« Das war nicht einmal gelogen, dachte Rosi. Zwar hatte sie sich Ernst hingegeben, doch genauso gut konnte Pater Hilarius sie geschwängert haben. Sie überlegte schon, ob sie nicht diesen als Vater angeben sollte, doch eine unerklärliche Scheu hielt sie davon ab.

»Es muss Rickinger sein«, beharrte der Richter. »Du bist bei der letzten Feier auf dem Schrannenplatz mit ihm gesehen worden.«

»Ich habe mit ihm getanzt und gescherzt. Schließlich ist er ein schmucker Bursche«, antwortete Rosi leise.

»Du musst mehr mit ihm getan haben, als nur zu tanzen«, schnaubte der Richter. »Gestehe!«

Hias hatte schon vorher auf Rosis schlechten Zustand hingewiesen und brachte nun einen weiteren Einwand. »Verzeiht, Euer Gestrengen, aber die Magd ist auf den Tod krank. Wenn sie nicht rasch versorgt wird, wird sie uns hier sterben, und das gibt kein gutes Bild! Seine Gnaden, der Herzog, wird dann ganz genau wissen wollen, was hier geschehen ist, und ich will nicht einer Magd wegen in Ungnade fallen.«

Am liebsten hätte der Richter dem Knecht eins mit seinem Amtsstab übergezogen. Doch um Ernst Rickinger zu Fall zu bringen, benötigte er Rosi lebendig und nicht tot.

Verärgert wandte er sich zu Hias um. »Ich werde das Weib zu einem späteren Zeitpunkt verhören. Hol jetzt die Hebamme, damit sie sich um die Gefangene kümmert. Dir aber, Rosi, sage ich eines: Du machst dein Los nicht leichter, wenn du nicht in dich gehst und bekennst, dass Ernst Rickinger der Vater deines Kindes war.« Damit wandte er sich ab und verließ die Zelle.

Der wackere Stadtknecht wartete, bis er fort war, und zwinkerte Rosi zu. »Jetzt hast du ein paar Tage Ruhe vor ihm. Vielleicht entwickelt sich die Sache in der Zeit zu deinen Gunsten.«

»Da müsste schon ein ganz großes Wunder geschehen.«

»Wer weiß?« Damit versuchte Hias, sie zu trösten, und wurde mit einem dankbaren Lächeln belohnt.

Als der Stadtknecht die Tür hinter sich geschlossen hatte, blieb Rosi im Halbdunkel liegen und spann sich in ihre trüben Gedanken ein. Die Schmerzen wurden wieder stärker, und während sie sich weinend auf der Strohschütte zusammenrollte, fragte sie sich, ob sie sich tatsächlich dem Zorn der Obrigkeit und der Verdammnis durch die Kirche aussetzen sollte, nur um Ernst Rickinger zu schützen. Gewiss, er war freundlich zu ihr gewesen und hatte sich als sanfter und ausdauernder Liebhaber erwiesen. Doch jetzt lag sie in diesem Loch und würde, wenn nicht ein Wunder geschah, bald die Daumenschrauben zu spüren bekommen. Wenn sie Ernst jedoch denunzierte und dieser wegen erwiesener Unzucht an den Schandpfahl kam und aus der Stadt verbannt wurde, würde der Spruch des Richters gnädiger ausfallen.

Dann aber dachte sie an die Folgen für sich selbst. Der Richter würde sie ins Frauenhaus bringen lassen, und dort musste sie als Hure jedem Kerl zur Verfügung stehen, der ein paar Groschen auf den Tisch des Frauenmeisters legen konnte. Sie kannte einige Männer, die sich darüber freuen und sehr fleißig zu ihr laufen würden, um ihr zu zeigen, dass sie nun die Macht hatten, sie jederzeit und ohne Rücksicht nehmen zu können. Da war es wahrlich besser, wenn sie starb und von den Stadtknechten draußen auf dem Anger verscharrt wurde.

Die Tür wurde geöffnet, und Kreszenz kam herein. Die Kräuterfrau schleppte einen ganzen Korb mit Verbandmaterial und Arzneien mit sich und stellte diesen ächzend ab. »Du machst ja Sachen!«

»Ich habe doch überhaupt nichts getan«, antwortete die Kranke. »Man hat mich hierhergeschleppt, weil …« Sie kroch auf Kreszenz zu und sprach mit leiser Stimme weiter. »Der Richter will, dass ich Ernst Rickinger als Kindsvater angebe.«

Die Kräuterfrau nickte. »Das soll wohl die Rache für den Streich gegen Remigius sein. Der Teufel soll dieses Gesindel holen! Aber jetzt kümmere ich mich erst einmal um dich. Du da«, sie wandte sich an den Stadtknecht, der sie begleitet hatte, »lässt uns jetzt allein. Das ist eine Sache, die nur uns Frauen etwas angeht.«

Der Mann schluckte und verschwand so rasch, als wäre sie mit dem Knüppel hinter ihm her.

»Den wären wir los«, erklärte Kreszenz zufrieden und forderte Rosi dann auf, den Unterleib zu entblößen. Während sie die Magd mit kundigen Händen untersuchte, murmelte sie unverständliche Worte vor sich hin. Danach wusch sie Rosis Scham mit einer Tinktur aus verschiedenen Kräutern aus, die Entzündungen vorbeugen sollte, und reichte ihr schließlich einen Tontopf. »Das ist Hühnersuppe. Iss erst mal! Danach sehe ich mir deine Striemen an. Sie scheinen gut zu verheilen. Aber du wirst noch einige Tage am ganzen Körper grün und blau sein.«

»Es tut nicht mehr ganz so weh wie gestern. Auch hier«, Rosi deutete an sich nach unten, »wird es langsam besser.«

»Der Jungfrau im Himmel sei Dank! Trotzdem solltest du nicht zu schnell gesund werden. Kommt Zeit, kommt Rat, heißt es. Vielleicht lässt man dich wieder frei, wenn die Gefahr besteht, du könntest hier sterben.«

»Wo soll ich denn hin? Ins Hurenhaus vielleicht, wo der Richter mich hinstecken will? Lieber springe ich von der Isarbrücke.« Rosi klang mutlos, und das konnte Kreszenz ihr nicht verdenken. Doch sie vermochte nicht mehr für die Magd zu tun, als vor den Stadtknechten und dem Richter den elenden Zustand der Kranken zu betonen.

»Iss jetzt, bevor der Wächter zurückkommt«, befahl sie Rosi, und während diese gehorsam den Löffel entgegennahm, suchte die Kräuterfrau alles zusammen, was sie für die weitere Wundversorgung brauchte. In Gedanken schimpfte sie über die Ungerechtigkeit der Welt, die ein armes Mädchen wie Rosi ins Armesünderstübchen gebracht hatte, während deren Herrin weiter draußen herumlaufen und die übelsten Lügen über sie verbreiten konnte.

17.

Nachdem Kreszenz Rosi versorgt hatte, klopfte sie an die Tür und rief nach dem Wächter. Es dauerte eine Weile, bis Hias erschien. In der Hand trug er einen Korb, über den ein Tuch gedeckt war. »Die Gefangene wird sicher Hunger haben. Da habe ich ihr was geholt.«

Kreszenz sah ihn an und lächelte. »Du bist ein braver Bursche, Hias. Was hast du der Rosi denn Schönes mitgebracht?« Bevor der Mann sich versah, hatte die Alte ihm den Korb abgenommen und lupfte das Tuch.

»Eine Wurst, Käse, Brot und einen Krug Bier. Nicht schlecht. Wenn die Stadt München ihre Gefangenen alleweil so gut füttert, lass ich mich auch einsperren.«

»Du bekämst nur Wasser und Brot und am Sonntag ein Zipfelchen Wurst. Ich hab mir halt gedacht, dass die Rosi eine kräftigere Kost braucht, als sie normalerweise bekäme, wo sie doch so krank ist.«

»Das braucht sie auch. Aber es soll keiner wissen, verstehst du? Für die da oben muss sie noch eine Weile sterbenskrank sein. In dein Wachbuch schreibst du hinein, ich hätte dir gesagt, dass sie wahrscheinlich hier im Kerker sterben wird.« Kreszenz zwinkerte dem Mann zu und sah, wie er ebenfalls zu lächeln begann.

»Das tu ich doch glatt! Und gelogen ist es auch nicht, denn du hast es ja eben gesagt.«

Kreszenz griff in den Korb und brach sich einen Teil der Wurst ab. »Das ist für die Hühnersuppe, die ich ihr gebracht habe.«

»Das ist aber Diebstahl städtischen Eigentums«, spottete Hias. Grinsend verabschiedete er sich von der alten Frau und trug seinen Korb in Rosis Zelle. Die Magd war eingeschlafen. Daher stellte der Stadtknecht den Korb neben sie und verließ leise die Zelle. Als er nach oben kam und in die Stube trat, nahm er das Wachbuch und trug dort Kreszenz' Worte ein. Noch während er es tat, fiel ein Schatten über ihn. Er hob den Kopf und sah Pater Hilarius neben sich stehen.

Der Blick des Geistlichen flackerte, und sein Gesicht wirkte wie erstarrt. »Stimmt es, dass die Magd Rosi eingesperrt worden ist?«, fragte er mit rauher Stimme.

Hias nickte. »Wohl, wohl! Der Herr Stadtrichter hat's so angeordnet. Weil sie nämlich einen dicken Bauch bekommen hat, ohne verheiratet zu sein.«

»Sie ist schwanger?« Den Pater riss es förmlich herum.

»Sie war's! Ihre Herrin hat sie jedoch so geschlagen, dass sie vom Kind gekommen ist.« Hias wunderte sich über das Interesse, das der Geistliche an Rosi zeigte. Im Grunde mochte er Hilarius lieber als viele andere Priester. Der Pater vergab leichte Sünden rascher und drohte auch nicht so mit dem Höllenfeuer, und wenn er sich von Zeit zu Zeit von einer Sünderin mit der Hand befriedigen ließ, so hätte diese eigentlich eine ärgere Strafe verdient gehabt.

»Wollt Ihr ihr vielleicht die Beichte abnehmen, Hochwürden? Derzeit schläft sie, und ich weiß nicht, ob es gut ist, sie zu wecken. Sie hat sehr viel mitgemacht, und es ist mit Verlaub gesagt eine Schande, dass sie eingesperrt worden ist. Das muss einmal gesagt werden!« Einem anderen als Hilarius gegenüber hätte Hias das niemals gewagt. Bei ihm aber hoffte er, er würde Rosi vielleicht helfen.

»Ich möchte sie sehen!«

»Dann geh ich halt wieder hinunter.« Hias nahm seufzend die Schlüssel an sich und verließ die Wachstube.

Hilarius warf rasch einen Blick auf den letzten Eintrag und zuckte zusammen, als er las, dass Kreszenz den Tod der Gefangenen befürchtete. Lieber Herr Jesus, flehte er lautlos, lass das nicht geschehen! Erschüttert folgte er Hias in die Arreststube und sah in dem Schein der Lampe, die dieser in die Höhe hielt, auf Rosi hinab.

Ihr Gesicht war bleich, die Haut durchscheinend, und sie bewegte im Schlaf den blassen Mund, als wolle sie das, was sie quälte, in Worte fassen. Nie war sie Hilarius schöner erschienen, und er begriff, dass er sie liebte wie nichts zuvor in seinem Leben. Dabei war sie nur eine einfache Dienstmagd und weder des Schreibens noch des Lesens kundig. Er selbst stammte aus einem wohlhabenden Bürgerhaus und hätte, wäre er nicht Geistlicher geworden, mit Aussicht auf Erfolg um eine Veva Leibert werben können. Doch das alles galt in diesem Augenblick nicht mehr. Selbst die Tatsache, dass Rosi nicht gerade keusch gelebt hatte, war für ihn bedeutungslos. Er hatte sie gezwungen, sich ihm hinzugeben, und konnte daher der Vater des Kindes sein, das sie verloren hatte.

Leise, um Rosi nicht zu wecken, wandte er sich um und verließ die Zelle. Hias folgte ihm, schloss die Tür und deutete dann mit dem Daumen nach hinten. »Da steckt gewiss Pater Remigius dahinter. Sie wollen sie nämlich dazu bringen, den

Rickinger Ernst als Kindsvater anzugeben. Da der Mann verheiratet ist, wäre ihm eine harte Strafe durch den hochwürdigen Pfarrherrn Georg Eisenreich von Sankt Peter sicher.«

»Ich glaube nicht, dass das dem Remigius und unserem hochgestochenen Doktor Thürl reichen würde«, stieß Hilarius hervor. »Die wollen Rickinger als Bettler auf der Landstraße oder gar tot sehen!«

»Auf der Folterbank wird die Rosi schon das sagen, was die von ihr hören wollen. Daher wär's besser für sie, wenn sie vorher sterben würde.«

Jedes von Hias' Worten traf Hilarius wie ein Schlag. Der Geistliche stellte sich vor, wie die eisernen Zangen in Rosis Fleisch zwicken würden, und hörte ihre Schmerzensschreie bereits in seinen Ohren gellen. Ohne sich von dem Stadtknecht zu verabschieden, verließ er dessen Stube und eilte auf den Schrannenplatz hinaus.

Hilarius beachtete die Menschen nicht, die an den Ständen ihre Waren feilhielten oder suchend zwischen den Marktbuden umhergingen, sondern hatte immer noch Rosis Bild vor Augen. Da er Remigius und Portikus kannte, war ihm klar, dass die Magd von diesen keine Gnade zu erwarten hatte, sondern zu ebenso bösartigen wie falschen Aussagen gezwungen werden sollte. Beide hassten Ernst Rickinger und würden alles daransetzen, um ihn zu vernichten.

Für einige Augenblicke überlegte er, zu Rosi zurückzukehren und ihr zu sagen, sie solle ihn als Kindsvater angeben. Doch das würde die beiden Geistlichen nicht daran hindern, ihre Pläne weiterzuverfolgen. Wenn er nicht wollte, dass Rosi als blutig geschundenes Bündel endete, musste er sich etwas anderes einfallen lassen. Vielleicht konnte er sie befreien und mit ihr fliehen! Doch diesen Gedanken schob er rasch wieder beiseite. In ihrem jetzigen Zustand würde Rosi nicht weit kommen.

Es gab nur eine einzige Person, die sie noch retten konnte. Doch es würde besonders für ihn nicht leicht werden, diese dazu zu bewegen, Rosi Gnade zu gewähren. Wenn es schlecht ausging, handelte er sich sehr viel Ärger ein und würde im schlimmsten Fall von seinem Bischof in ein strenges, abgelegenes Kloster verbannt. Trotzdem war Hilarius entschlossen, den Schritt zu wagen. Rasch drehte er sich um und eilte des Dieners Gasse entlang zum herzoglichen Hof. Dort jedoch erlebte er eine Enttäuschung. Das schöne Herbstwetter hatte Wilhelm IV. auf das Land gelockt, und er befand sich nun auf der Jagd.

Da Hilarius nicht wusste, ob er noch einmal den Mut aufbringen würde, hierherzukommen, beschloss er, auf den Herzog zu warten. Ein Diener, der ihn als geistlichen Herrn nicht stehen lassen wollte, holte einen Stuhl. Der Pater setzte sich und verbrachte die Zeit damit, zu beten und sich zu überlegen, wie er Wilhelm IV. dazu bewegen konnte, Rosi zu begnadigen.

18.

Es dämmerte bereits, als es in der Residenz unruhig wurde. Hilarius schreckte aus seinen Gedanken hoch und stand gerade noch rechtzeitig auf, bevor der Herzog den Gang heraufkam. Wilhelm IV. trug Jagdtracht und hatte es eilig.

Mit dem Gefühl, einen aussichtslosen Kampf ausfechten zu müssen, trat Hilarius auf ihn zu. »Erlaubt mir ein Wort, Euer Gnaden!«

Der Herzog blieb stehen und musterte ihn mit kaltem Blick. In seinen Augen war Hilarius ebenfalls einer der verderbten

Geistlichen, die ihm vom Freisinger oder einem der anderen, ihm benachbarten Kirchen- und Landesfürsten untergeschoben worden waren.
»Was willst du?«, fragte er.
Das klingt eher wie »Verschwinde!«, dachte der Pater. Doch es war wenigstens ein Anfang. »Ich bitte um Gnade!«
»Um Gnade? Was hast du jetzt schon wieder angestellt?«
Wilhelm versagte dem Pater die höfliche Anrede, auf die dieser als Geistlicher ein Anrecht gehabt hätte, und behandelte ihn wie einen Knecht.
Hilarius ließ sich nicht beirren. »Ich bitte nicht um Gnade für mich, Herr, sondern für eine arme Magd, die heute in den Kerker geworfen wurde.«
Da Wilhelm an diesem Tag das Jagdglück versagt geblieben war, hatte er wenig Lust, sich Klagen anzuhören. Einzig die Neugier hielt ihn davon ab, den Pater einfach wegzuschicken.
»Komm mit!«, sagte er und ging weiter.
Hilarius eilte mit wehender Kutte hinter Wilhelm IV. her und versprach der Heiligen Jungfrau eine große Wachskerze, wenn sie ihm bei dem Gespräch mit dem Herzog helfen würde.
In seiner Kammer angekommen, dachte Wilhelm nicht daran, sich sofort dem Geistlichen zu widmen, sondern winkte seinem Leibdiener, ihm beim Umziehen zu helfen. Erst als er in ein anderes Gewand gekleidet war, wandte er sich Hilarius zu. »Jetzt rede! Später habe ich keine Zeit mehr für dich!«
Hilarius schluckte, um den Frosch hinunterzuwürgen, der sich in seiner Kehle breitgemacht hatte, und breitete dann Rosis Geschichte vor dem Herzog aus.
Wilhelm hörte ihm zu und sagte erst etwas, als Hilarius seinen Bericht beendet hatte. »Du behauptest, die Magd war schwanger, und man will, dass sie bekennt, Ernst Rickinger wäre daran schuld?«

»So ist es, Euer Gnaden. Aber …« Hilarius brach ab, als er den spöttischen Blick des Herzogs auf sich gerichtet sah.

»Waren vielleicht deine Hände – oder besser gesagt das, was zwischen deinen Beinen hängt – im Spiel? Zutrauen würde ich es dir, obwohl du aufgrund deiner Vorlieben bislang der Ochse genannt wurdest, der gemolken werden will!« Wilhelm lachte laut über diesen derben Scherz.

Hilarius nickte unglücklich. »Ich habe mit der Magd fleischlich verkehrt, Euer Gnaden.«

»Und jetzt sitzt sie im Kerker, weil du ihr einen dicken Bauch gemacht hast? Pfaffe, man sollte dich an ihrer Stelle ins Loch stecken!« Der Herzog schob den Diener, der ihm eben einen Becher Wein reichen wollte, zur Seite und drohte mit der Faust.

»Wenn es die einzige Möglichkeit ist, um Rosi vor dem Gefängnis und der Folter zu retten, bin ich bereit, ihre Stelle einzunehmen«, erklärte Hilarius gepresst.

»Du wärst dazu bereit?« Das hatte Wilhelm nicht erwartet. Dann aber winkte er verächtlich ab. »Der Freisinger Bischof würde bis zum Papst laufen, um den Kirchenbann für mich zu fordern, wenn ich einen seiner Geistlichen meinem Gericht unterwerfe!«

Da kam ihm ein Gedanke, über den er im ersten Augenblick lachen musste. Er wurde aber rasch wieder ernst und musterte Hilarius mit heimlichem Spott. »Also gut! Ich bin bereit, die Magd Rosi zu begnadigen und aus dem Kerker zu entlassen. Jedoch nur unter dieser Bedingung: Du wirst deinem geistlichen Amt mit all seinen Privilegien entsagen und in den weltlichen Stand zurückkehren. Außerdem wirst du diese Magd zu deinem ehelichen Weib nehmen und drittens Unsere Residenzstadt München und Unser Herzogtum Bayern verlassen. Da das Weib krank ist, gebe ich euch drei Tage Zeit. Danach müsst ihr gehen.«

Wilhelm IV. erwartete nicht, dass Hilarius darauf eingehen

würde. Dafür saß der Pater zu dick in der Wolle, und es gab in der Pfarrei von Sankt Peter genug liederliche Weiber, mit denen er sich vergnügen konnte.
Für Hilarius war die Forderung des Herzogs im ersten Moment ein Schock. Bisher hatte er sich als Ordenspriester recht wohl gefühlt und nie einen Gedanken daran verschwendet, seinen geistlichen Stand aufzugeben. Allerdings erinnerte er sich jetzt daran, wie er sich in den Nächten nach Rosi gesehnt hatte, und der Gedanke, sie für immer um sich zu haben, war verführerisch. Doch eine Heirat war für ihn unmöglich. Immerhin war Rosi nur eine einfache Magd und hatte zudem auch unter anderen Männern gelegen. Vergiss sie, sagte ein Teil seines Ichs, das dem angenehmen Leben eines Seelsorgers den Vorzug gab. Doch ihm war klar, dass er, wenn er jetzt ging, die junge Frau dem Richter und der Folter auslieferte.
Hilarius atmete tief durch und verbeugte sich vor dem Herzog. »Wenn dies Euer Wille ist, Euer Gnaden, werde ich ihn erfüllen!«
Damit verblüffte er den Herzog so sehr, dass dieser sich an seinem Wein verschluckte. »Du würdest es wirklich tun?«, rief Wilhelm, nachdem er wieder Luft bekam.
Hilarius sah ihn mit einem wehmütigen Lächeln an. »Ich liebe Rosi, und ich will nicht, dass sie leidet!«
»Du bist wahrlich nicht für den geistlichen Stand geschaffen. Doch da du die Magd haben willst, sollst du sie bekommen. Hole meinen Sekretarius!«
Der letzte Satz galt dem Diener, der seinem Herrn eben noch auf den Rücken geklopft hatte. Dieser verließ den Raum und kehrte kurz darauf mit einem jungen Mann in einem knielangen braunen Wams zurück.
»Euer Gnaden befehlen?« Ohne auf Antwort zu warten, wandte der Schreiber sich einem an der Wand stehenden Pult zu, nahm aus einem Fach, das unter der schräg ste-

henden Schreibplatte angebracht war, einen Bogen Papier, ein Tintenfass und eine Schreibfeder und legte sich alles zurecht.
Wilhelm IV. wanderte durch den Raum und begann zu diktieren. Zunächst ließ er einen Erlass anfertigen, der die Freilassung der gefangenen Magd befahl. Auf das gleiche Blatt kam die Anweisung, dass das Rosi genannte Weib Hilarius zu heiraten und mit diesem zusammen in drei Tagen die Stadt München zu verlassen habe.
Als er das Blatt unterschrieben und gesiegelt hatte, reichte er es an Hilarius weiter. »Da hast du es! Was du jetzt damit tust, ist deine Sache.«
Für sich dachte er, dass der Pater, nachdem ihm die Tragweite seines Schritts bewusst geworden war, das Schreiben zerreißen und ins Feuer werfen würde.
»Ich danke Euch, Euer Gnaden!« Hilarius küsste die Hand des Herzogs und zog sich rückwärtsgehend zurück.
Wilhelm IV. blickte ihm einen Augenblick lang nach und deutete dann mit dem rechten Zeigefinger auf seinen Sekretär. »Schreibe!«, wies er ihn an und erteilte dann den Befehl, Rosis Herrin gefangen zu setzen und der Schwere ihrer Tat nach zu bestrafen. Immerhin hatte Frau Anna eine andere Frau so geschlagen, dass diese ihr Kind verloren hatte, und so etwas gedachte er in seinem Herzogtum Bayern nicht zu dulden.

19.

Am Tor der Residenz lieh Hilarius sich von einem Knecht eine Laterne und eilte, so rasch er konnte, in Richtung Rathaus. Um die Zeit schlief die Stadt bereits. Außer dem Bellen eines Hundes und den misstönenden Schreien eines verliebten Katers war nur der Ruf eines der Nachtwächter zu vernehmen, die in den verschiedenen Vierteln der Stadt ihren Dienst versahen. Hilarius hätte bis zum nächsten Morgen warten können, doch es drängte ihn, Rosi aus dem Kerker zu befreien. Schließlich war sie schwer verletzt, lag möglicherweise sogar im Sterben. Daher hämmerte er gegen die Tür der Wachstube und sah sich einige Zeit später dem verschlafenen Stadtknecht Hias gegenüber.

»Wo brennt es denn?«, brummte der Mann.

Statt einer Antwort hielt Hilarius ihm das herzogliche Schreiben unter die Nase. Der Mann ergriff es und versuchte es im Schein der Laterne zu lesen. Er musste mehrmals ansetzen und schüttelte zuletzt verwirrt den Kopf.

»Also, verheiraten kann ich dich nicht mit der Gefangenen. Da brauchst du schon einen Pfarrer. Oder kannst du das selbst machen?«

»Du sollst die Gefangene freilassen«, stieß Hilarius ärgerlich hervor. Um die Zeit und in der Situation hatte er keinen Sinn für Scherze.

Das begriff Hias nun ebenfalls und winkte ihm mitzukommen. »Aber du musst mir unterschreiben, dass du die Rosi geholt hast. Doch das tragen wir erst morgen ein, sonst wird uns das Kostgeld für heute nicht mehr ausgezahlt.«

»Von mir aus!« Hilarius interessierte es wenig, ob die Stadtknechte, die Rosi zu bewachen hatten, nun ein paar Kreuzer mehr oder weniger erhielten. Er wollte die junge Frau nur so schnell wie möglich aus dieser düsteren Umgebung herausholen.

Da Hias wieder in sein Bett zurückwollte, kürzte er die Sache ab. »Den Erlass des Herzogs wirst du hierlassen müssen. Um den soll sich morgen der Stadtrichter kümmern. Einsperren kann er die Rosi nicht mehr, aber er wird euch das Heiraten ans Herz legen und die Stunden zählen, die ihr noch in unserem München bleiben dürft!«

So ganz konnte der gute Mann nicht begreifen, dass ein Priester, der ein so angenehmes Leben führte wie Hilarius, seine geistlichen Würden ablegen wollte, um eine einfache Dienstmagd zu heiraten. Vielleicht hat die Rosi ihn verhext, dachte er. Doch wenn das so war, würde er brav den Mund halten. Der Herzog hatte diese Heirat beschlossen, und es wäre nicht klug, gegen den Willen des vierten Wilhelm zu verstoßen.

Hias nahm eine Laterne und den Schlüsselbund, stieg in den Keller hinab und sperrte die Zelle auf. »Jetzt sieh zu, wie du sie hier herausbringst!«

Hilarius kümmerte sich nicht weiter um ihn, sondern trat in die Zelle. Als sein Schatten über Rosi fiel, schreckte diese hoch.

»Keine Angst, ich bin es! Kannst du aufstehen?«

»Pater Hilarius, was wollt Ihr denn von mir?« Rosi dachte nicht daran, sich zu erheben. Da beugte der Mann sich zu ihr hinab und hob sie auf.

»Du bist frei! Ich bringe dich zur Kreszenz. Sie muss dafür sorgen, dass du innerhalb von drei Tagen auf die Beine kommst. Denn bis an die Grenzen des Herzogtums Bayern kann ich dich beim besten Willen nicht tragen!«

»Kreszenz? Das ist gut!« Rosi sehnte sich nicht nur nach den sanften Händen der alten Hebamme und deren Arzneien, sondern auch nach deren Zuwendung. Außerdem war es schön, dieses Gelass verlassen zu können und keine Angst mehr haben zu müssen, der Richter könnte wiederkommen, um sie unter der Folter zu verhören.

Bis jetzt hatte Hilarius in seinem Leben nie körperlich arbeiten müssen, und so fiel es ihm schwer, die junge Frau die Treppe hochzutragen. Dabei lag noch der ganze Weg bis zum Pernersgässel vor ihm, und das bei Dunkelheit. Das war auch

dem Amtsdiener klargeworden, und er holte mit einem missmutigen Knurren seinen Mantel aus der Wachstube.
»Ich leuchte Euch, sonst fallt Ihr noch auf die Nase! Aber das sollte Euch schon einen Kreuzer wert sein.«
»Du wirst dein Trinkgeld bekommen!« Hilarius war versucht, den Mann zu fragen, ob er sich nicht noch ein wenig mehr verdienen wolle, indem er Rosi zum Häuschen der Kreszenz trug. Doch das Gefühl, die geliebte Frau an seiner Brust zu wissen, überwog den Wunsch, der Last ledig zu sein.
Als sie endlich vor der Tür der Hebamme angekommen waren, rann Hilarius der Schweiß in Strömen über Rücken und Stirn. Der Stadtknecht grinste, als er es bemerkte, und klopfte.
»Ich komme!« Gewohnt, jederzeit zu einer Gebärenden geholt zu werden, riss die Hebamme wenig später die Tür auf. Trotz der Kürze der Zeit hatte sie sich angekleidet und hielt ihren Korb in der Hand. Beim Anblick der Gruppe, die vor ihr stand, runzelte sie die Stirn. »Was ist passiert?«
»Der Herzog hat befohlen, Rosi freizulassen. Sie bekommt drei Tage Zeit, sich zu erholen. Dann muss sie die Stadt und das Herzogtum verlassen. Da ich keinen anderen Platz weiß, an den ich sie bringen kann, habe ich an dich gedacht«, erklärte Hilarius keuchend. Ihn drängte es, die Magd abzulegen, denn seine Arme wurden allmählich lahm.
Kreszenz überlegte keine Minute, sondern bat sie hinein. Während Hilarius ins Haus trat, blieb Hias draußen stehen, stellte aber den Fuß in die Tür.
»Ich kriege noch einen Kreuzer Trinkgeld«, meinte er grinsend.
Unterdessen hatte Hilarius Rosi auf einen Stuhl gesetzt und nestelte seinen Geldbeutel vom Gürtel. »Hier, das ist für dich«, rief er Hias zu und reichte ihm zwei Münzen.
Der Stadtknecht betrachtete sie im Schein seiner Laterne

und stieß einen Pfiff aus. »Gleich zwei Kreuzer! So mag ich's. Eine gute Nacht wünsche ich noch.«
Kreszenz schloss die Tür und sah abwechselnd Rosi und Hilarius an. »Ich glaube, ihr zwei habt mir einiges zu erzählen. Wartet, ich mache Licht, und dann schau ich nach, wie es um dich steht, Rosi. Aber dabei möchte ich was hören.«
»Ich weiß überhaupt nichts«, antwortete die Magd. »Ich habe ein wenig geschlafen, da ist der da gekommen und hat mich aus dem Kerker getragen.«
»Du wirst doch nicht sagen wollen, dass Pater Hilarius zum Herzog gelaufen ist, um für dich zu bitten?«
»Aber so war es! Und ich bin froh, dass ich es getan habe!« Hilarius atmete tief durch und lächelte auf eine Weise, die Kreszenz noch nie bei ihm gesehen hatte.
»Das interessiert mich. Aber warum muss Rosi in drei Tagen fort?«
»Das war die Bedingung des Herzogs!« Hilarius begann nun, den beiden Frauen zu erklären, wie er Rosis Freilassung erreicht hatte. Als er darauf zu sprechen kam, dass er dem geistlichen Stand entsagen und Rosi heiraten müsse, stieß diese einen ärgerlichen Laut aus. »Eher gehe ich ins Hurenhaus, als so einen wie dich zu heiraten!«
Hilarius prallte erschrocken zurück, doch Kreszenz hob begütigend die Hand. »Es wird nicht alles so heiß gegessen, wie es gekocht wird, und es ist auch nicht alles so gemeint. Die Rosi ist krank und hat viel mitmachen müssen. Das solltest du nicht vergessen!« Um ihre Worte zu bekräftigen, entkleidete sie Rosi, so dass der Mann die Striemen auf dem grün und blau geschlagenen Leib sehen konnte.
»Mein Gott! Frau Anna ist eine Bestie! Die gehört erschlagen wie ein toller Hund«, stieß Hilarius aus.
»Irgendwann wird sie für ihre Bosheit bezahlen, und wenn's in der Hölle ist. Da findet sich schon ein Teufel, der ihr be-

sonders einheizt. Aber jetzt werde ich die Rosi unten untersuchen, und da solltest du wegschauen. Wir Frauen mögen es nicht, wenn da einer zu neugierig ist!«

Während Hilarius den Frauen den Rücken zukehrte, vollführten Rosis Gedanken einen wilden Tanz. Sie hasste und verachtete den Priester, seit er sie gezwungen hatte, sich ihm hinzugeben. Alles in ihr schrie, ihm zu sagen, er solle sich zum Teufel scheren und sie in Ruhe lassen. Andererseits aber hatte er den Herzog aufgesucht und um Gnade für sie gebeten. Er war sogar bereit, seinen geistlichen Stand aufzugeben und sie zu heiraten. Dies taten Bischöfe und Äbte gelegentlich, wenn es die Pflicht ihrer Familie gegenüber forderte, an der Stelle verstorbener Brüder das Erbe zu übernehmen und die Sippe weiterzuführen. Doch auf Hilarius warteten kein Vermögen und keine Braut aus einem angesehenen Haus, sondern ein Leben in Armut und die Ehe mit einer schlichten Dienstmagd. Rosi konnte nicht begreifen, was ihn dazu trieb. Dann erinnerte sie sich daran, wie zartfühlend er ihre Striemen versorgt hatte, nachdem sie von der Meisterin bis aufs Blut geschlagen worden war.

Plötzlich wurde ihr die Kehle eng, und ihr liefen die Tränen über die Wangen. »Wollt Ihr wirklich alles aufgeben, was Euch bislang lieb und teuer war, und das nur meinetwegen?«, fragte sie leise.

»Das will ich!«, antwortete Hilarius mit fester Stimme.

Rosi konnte es kaum glauben, doch offensichtlich liebte er sie tatsächlich. Bei dem Gedanken tastete sie nach dem kleinen Beutelchen, das ihr um den Hals hing. Ein wenig Geld hatte sie gespart, und in Hilarius' Börse befanden sich auch ein paar Münzen. Es war nicht viel, doch es konnte für einen neuen Anfang reichen. Sie erwog kurz, welche andere Wahl sie hätte. Allein auf sich gestellt würde sie betteln, stehlen und huren müssen, um zu überleben.

»Also gut! Aber Ihr müsst mir versprechen, dass Ihr erst dann zu mir kommt, wenn ich wieder gesund bin!«
»Das verspreche ich gerne!« Hilarius ertappte sich dabei, wie er davon träumte, ihr beizuwohnen, doch er war bereit, einige Zeit wie Bruder und Schwester mit ihr zu leben, nur um sie in seiner Nähe zu haben.
Kreszenz versetzte Rosi einen Nasenstüber. »Die nächsten zwei Wochen geht da noch nichts. Aber danach solltest du ihn nicht zu lange warten lassen, sonst läuft er dir noch davon!«
»Das werde ich nicht!«, rief Hilarius empört.
»Natürlich werdet Ihr das nicht tun. Ihr seid immerhin ein gelehrter Mann und gewiss in der Lage, Weib und Kinder zu ernähren. Rosi wäre ein Schaf, würde sie Euch nicht nehmen. Doch die Gefahr besteht nicht. Dafür trägt sie einen zu klugen Kopf auf den Schultern. Nicht wahr, das tust du doch?« Noch während Kreszenz es sagte, bedachte sie Rosi mit einem mahnenden Blick.
Diese dachte jedoch weniger an mögliche gemeinsame Stunden im Bett und daran, endlich versorgt zu sein, sondern an einen Wunsch, den sie hegte, seit sie ein kleines Mädchen gewesen war.
»Würdet Ihr mir, wenn wir verheiratet sind, das Lesen beibringen?«, fragte sie schüchtern.
»Und das Schreiben gleich mit dazu!« Hilarius lachte wie befreit auf. Damit würden Rosi und er sich noch näherkommen, als wenn sie nur das Bett miteinander teilten.
Kreszenz dachte mehr an die nähere Zukunft des seltsamen Paares. »Wo wollt ihr hingehen, wenn ihr München verlasst? Zu viel darf Rosi sich nicht zumuten!«
Hilarius überlegte kurz und wies dann Richtung Westen. »Ich habe mir gedacht, wir reisen nach Augsburg. Dort kann ich vielleicht eine Stelle als Schreiber finden.«
Das schien auch Kreszenz ein guter Gedanke zu sein. Da sie

sehr müde war, forderte sie Hilarius auf, sich in eine Decke zu hüllen und vor den Herd zu legen. »Rosi kann derweil bei mir im Bett schlafen. Das ist zurzeit für sie bekömmlicher als andersherum.«
An diesem Vorschlag hatten weder Rosi noch Hilarius etwas auszusetzen.

20.

Nachdem Martin Luther den Häschern entkommen war und alle Nachforschungen keinen Anhaltspunkt lieferten, an welchem Ort er sich aufhielt, beschloss Kardinal Cajetanus, nach Rom zurückzukehren.
Damit war Doktor Portikus überhaupt nicht einverstanden. »Euer Eminenz, Ihr könnt jetzt nicht tun, als wäre alles in bester Ordnung, und die Stadt verlassen! Wir müssen diesen aufsässigen Mönch verfolgen und einfangen. Stellt Euch vor, was passieren wird, wenn er weiterhin sein Unwesen treibt! Er muss nach Rom gebracht und dort nach den Regeln der heiligen Inquisition verurteilt werden.«
»Hast du die Mittel dazu, mein Sohn?«, fragte der Kardinal. »Um Luther zu fangen, benötigten wir mehrere hundert Soldaten und die Gewähr, dass ihm niemand zu Hilfe kommt. Doch selbst hier in Augsburg hat er bereits Unterstützung gefunden.«
»Das war gewiss dieser Ernst Rickinger!« Portikus hätte den jungen Mann am liebsten gefangen nehmen und unter der Folter verhören lassen. Da Cajetanus jedoch nicht auf den Vorschlag eingegangen war, würde dieser Verächter der heiligen Kirche weiterhin sein Unwesen treiben können.

Der Kardinal beachtete ihn nicht weiter, und so wandte Portikus sich an Franz von Gigging, der dem Gespräch aufmerksam gefolgt war. »Habt Ihr nichts herausgefunden?«

Der Ritter schüttelte den Kopf. »Nicht das Geringste! Als wir zum Kloster gekommen sind, um Luther abzuholen, war dieser verschwunden. Der Bruder Pförtner glaubte, er wäre zum Abtritt gegangen, da seine Kutte noch in der Kammer lag. Doch als ich mit meinen Leuten das Scheißhaus kontrolliert habe, war der Kerl dort nicht zu finden. Von den Nachtwachen an den Stadttoren hat ihn angeblich auch keiner hinausgelassen. Wenn diese Kerle nicht lügen, müssen dem Sachsen Flügel gewachsen sein.«

»Wahrscheinlich hat ihm der Teufel geholfen«, warf einer der Geistlichen aus dem Gefolge des Kardinals ein.

»Ich glaube nicht an den Teufel«, platzte Portikus heraus und fand sich im Zentrum etlicher entsetzter Blicke wieder. »Ich meine, ich glaube nicht daran, dass Luzifer Luther in eigener Gestalt oder durch einen seiner Hilfsteufel beigestanden hat, es sei denn, dieser trägt den Namen Ernst Rickinger!«

»Rickinger ist, wie das Verhör seines Weibes erbracht hat, an dem betreffenden Abend nach Hause gegangen und hat sein Heim bis zum Morgen nicht mehr verlassen!« Kardinal Cajetanus fertigte Portikus in fast beleidigender Weise ab und begab sich selbst zu Jakob Fugger, um diesem seinen baldigen Abschied mitzuteilen. Da auch sein Gefolge den Raum verließ, blieben Portikus und Gigging allein zurück.

»Es war der Rickinger! Darauf verwette ich meine unsterbliche Seele«, schäumte der Theologe.

»Euch scheint dieser Pinscher ja arg am Herzen zu liegen!«, spottete Gigging.

»Ich würde ihn am liebsten tot sehen!« Portikus sah den

Ritter auffordernd an. »Könntet Ihr mir nicht diesen Gefallen tun? Es braucht ja nur einer Eurer Leute mit Rickinger in Streit zu geraten und ihm zehn Zoll kalten Stahls zu kosten zu geben!«

Dieser Vorschlag hallte verführerisch in Giggings Ohren, insbesondere, da er bereits von Benedikt Haselegner den Auftrag erhalten hatte, Ernst Rickinger aus dem Weg zu räumen. Nun überlegte er, ob er die Angelegenheit nicht doch auf diese Art und Weise erledigen sollte. Ein Raufhandel war schnell vom Zaun gebrochen, und jeder seiner Männer konnte den Dolch weitaus geschickter handhaben als der Kaufmannssohn. Es blieb jedoch die Unwägbarkeit, wie die Obrigkeit in Augsburg auf eine solche Tat reagieren würde. Wenn sein Mann gefangen genommen und verhört wurde, konnte er in des Teufels Küche geraten. Daher schüttelte er den Kopf.

»Ich will keinen Ärger mit der Stadt Augsburg. Doch anderswo könnte ich Euch vielleicht zu Diensten sein. Warum aber sollte ich ihn umbringen? Rickinger hat mir nichts getan.« Giggings Stimme klang gleichmütig, doch seine Augen verrieten ein gewisses Lauern. Da Ernst Rickinger sowieso sterben musste, wollte er sich neben der von Haselegner versprochenen Summe auch Portikus' Gold sichern.

Der Theologe knetete die Finger und starrte in die Ferne. Zwar hatte er eine gewisse Summe zusammengespart, aber er war nicht bereit, diese so einfach zu opfern. Der Kirchenschatz von Sankt Peter zu München war jedoch gut gefüllt, und daraus konnte er etwas für diesen Zweck abzweigen. Schließlich hatte Ernst Rickinger die Geistlichkeit in München schwer gedemütigt, ohne dafür bestraft worden zu sein. Zudem war der Mann – davon war der Theologe felsenfest überzeugt – schuld daran, dass Luther hatte fliehen können.

Daher drehte er sich mit einer leidenschaftlichen Geste zu

Gigging um. »Wenn Ernst Rickinger aus dem Weg geräumt wird, soll es mir auf ein- oder zweihundert Gulden nicht ankommen!«
»Zweihundert Gulden? Das ist ein Wort!«, rief Gigging und streckte Portikus die Hand hin. Dieser zögerte kurz und schlug dann ein.

SECHSTER TEIL

Ein infamer Plan

I.

Nein, nicht so. Dort musst du anfangen!« Mit einer energischen Bewegung scheuchte Veva den Maurer ein Stück nach rechts. Noch während der Handwerker seine Mörteltruhe verrückte, eilte sie weiter, um zu sehen, wie weit die Schreinergesellen im geplanten Kontor gekommen waren. Die Seitenwände hatten sie bereits vertäfelt, nun begannen sie mit der Decke. In diesem Raum ging alles wie gewünscht, fand Veva und begab sich in die Küche. Hier war der Ofensetzer fast fertig, und der Schreinermeister maß bereits den Platz für die Schränke und Borde aus, die er in Vevas und Ernsts Auftrag anfertigen sollte.

Veva erteilte ihm noch ein paar Anweisungen und rief dann Nis zu sich. »Besorge Bier und eine Brotzeit für die Handwerker. Sie haben gut gearbeitet und eine Pause verdient!«

Der Junge gehorchte freudig, denn er erhielt sowohl vom Wirt wie auch vom Metzger einen Pfennig für diesen Gang – und vom Bäcker wenigstens eine Brezel.

Auch die Handwerker waren zufrieden. Nicht jeder Hausherr zeigte sich so großzügig wie das junge Paar, das in wenigen Wochen hier einziehen wollte.

»Das wird ein schönes Haus und so stattlich, wie es sich für einen Kaufherrn gehört«, sagte der Ofensetzer zu Veva.

»Wollen wir's hoffen!« Die junge Frau atmete tief durch. Zum ersten Mal, seit sie in Augsburg weilte, hatte sie eine Aufgabe, die sie ausfüllte.

Durch Jakob Fuggers Vermittlung war es Ernst gelungen, das Gebäude billig zu erwerben. Es lag in einer Seitengasse, doch von hier aus konnte er Fuggers Anwesen in wenigen Minuten erreichen. Auch Sankt Anna war nicht weit, ebenso das Rathaus und der Markt. Für Ernsts Pläne war dieses Anwesen ideal. Es bot genug Speicher für Waren, hatte einen eigenen Stall und sogar einen Saal, in dem er Gäste bewirten konnte. Doch die Einrichtung der meisten Zimmer existierte erst in der Phantasie seiner Besitzer.

Veva freute sich auf ihr neues Heim und war mit dem Fortgang der Arbeiten sehr zufrieden, auch wenn sie gelegentlich eingreifen musste, um ihre Vorstellungen durchzusetzen.

»Ich wäre hier bald fertig. Plant Ihr noch den Kachelofen in der guten Stube, wie Ihr letztens gemeint habt?« Der Ofensetzer sah sie hoffnungsvoll an, denn die Errichtung eines Kachelofens versprach guten Verdienst.

Veva nickte lächelnd. »Natürlich! Er soll aber so eingebaut werden, dass er auch die Kammer daneben wärmt.«

»Das wird schon gehen«, sagte der Mann und betrachtete den Küchenherd und den Rauchfang mit dem modernen Abzug, den er gemauert hatte. Die Arbeit gereichte ihm zur Ehre, und er war zu Recht stolz darauf.

Unterdessen schlug die Domuhr die neunte Stunde, und die Handwerker hielten inne, um Pause zu machen. Da kam Nis auch schon schwer beladen zurück und stellte alles auf das Brett, welches im Erdgeschoss auf zwei Böcken lag und den Männern als Tisch diente.

»Lasst es euch schmecken«, sagte Veva und sah sich nach ihrem Korb um, denn sie wollte noch rasch zum Markt laufen. Schon bald würde sie in diesem Haus auf ihrem eigenen Herd kochen oder vielmehr die Köchin überwachen. Da es ihr in der kleinen Wohnung zu eng wurde und die Familie bereits bestimmt war, die nach ihnen dort einziehen sollte, drehten sich ihre Gedanken beinahe rund um die Uhr um ihr neues Domizil. Manchmal bekam sie ein schlechtes Gewissen, weil sie sich allzu selbstsüchtig vorkam. Sie beruhigte sich jedoch damit, dass sie die armen Leute, die sich

auf eine trockene, saubere Unterkunft freuten, nicht zu lange warten lassen wollte.
Veva zog ihr warmes Schultertuch zurecht, hob den Korb auf und machte sich alleine auf den Weg zum Markt, weil Nis sich zu den Handwerkern gesetzt hatte. Dort hielt sie sich weitaus länger auf als geplant, denn das Angebot war trotz des winterlichen Wetters recht üppig, und sie wollte nur das Beste kaufen.
Als ihr Korb fast voll war, fiel ihr Blick auf eine junge Frau in einem für die Jahreszeit viel zu dünnen Kleid. Obwohl ihr das ebenmäßige Gesicht bekannt vorkam, dauerte es einige Augenblicke, bis sie die Magd Rosi aus München erkannte.
Veva erinnerte sich sofort, dass ihrem Mann eine Liebschaft mit diesem Weibsstück nachgesagt worden war, und wollte der Frau schon den Rücken kehren. Andererseits war sie neugierig, was Rosi hier in Augsburg zu suchen hatte, und trat näher. Sie beobachtete, wie Rosi verzweifelt um ein paar schrumpelige Rüben feilschte. Sie war mager geworden und so blass, als hätte sie eben eine schwere Krankheit überwunden. Dennoch war sie noch immer eine schöne Frau, und Veva begriff, warum Ernst mit ihr getändelt hatte.
Rosi kam nun doch zu einem Abschluss und barg die Rüben sichtlich erleichtert in einem Tragetuch.
Als sie gehen wollte, fasste Veva sie am Arm. »Einen Augenblick, wenn es genehm ist.«
Rosi drehte sich um, erkannte Veva und stieß einen erstickten Ruf aus. »Jungfer Veva, ich meine, Frau Rickingerin, Ihr?«
»War dir nicht bekannt, dass Ernst und ich in Augsburg leben?«
Rosi schüttelte den Kopf. »Bei meiner Seele, nein! Sonst …«
Die junge Frau brach ab, denn sie hatte sagen wollen, sonst wären Hilarius und sie niemals nach Augsburg gekommen.

Da sie die Gerüchte kannte, die sich um sie und Ernst drehten, musste dessen Frau sie verachten. Ein bitterer Zug glitt über ihr Gesicht.
Doch gerade diese Regung war es, die Veva ihren Groll vergessen ließ. »Bei Gott, du bist doch viel zu dünn angezogen! Komm mit und wärme dich bei mir auf. Bei einem Schluck Würzwein kannst du mir erzählen, was es Neues aus München gibt. Wie geht es meinem Vater? Er befindet sich doch hoffentlich bei guter Gesundheit.«
»Als wir München verlassen haben, tat er es noch. Aber das ist nun schon einige Wochen her.«
Veva spürte eine gewisse Abwehr in Rosis Stimme, die ihre Neugier weckte. Sie fasste die Magd unter und zog sie mit sich. Zwar machte Rosi eine Bewegung, als wolle sie sich losreißen, doch der Gedanke an ein wärmendes Feuer und einen Becher Würzwein war zu verlockend. Unterwegs hoffte sie jedoch, nicht auch noch Ernst zu begegnen. Zwar war er wahrscheinlich der Vater des Kindes, das sie verloren hatte, und früher hätte sie ihn vielleicht um eine kleine Summe Geldes gebeten. Doch nun hätte ihr diese Bitte das Gefühl gegeben, Hilarius zu hintergehen, und das wollte sie nicht.

2.

Das warme Herdfeuer und zwei Becher Würzwein, den Veva mit einem glühenden Schürhaken wärmte, weckten Rosis Lebensgeister. Während sie in kleinen Schlucken trank, berichtete sie, was bis zu ihrer Abreise in München geschehen war. Viel Neues vermochte sie nicht zu erzählen, denn Jakob Fugger hatte Augen und Ohren überall in der Herzogstadt, und so erfuhr Veva Dinge, von denen Rosi nie gehört hatte.

Nach einer Weile blickte Veva die Magd forschend an. »Du sagst, du bist verheiratet. Wie kommst du dann nach Augsburg? Du und dein Mann hättet doch auch in München leben können.«

Rosi schüttelte traurig den Kopf. »Das durften wir nicht, denn Herzog Wilhelm hat uns des Landes verwiesen.«

»Das klingt nach einer längeren Geschichte. Vielleicht willst du sie mir einmal erzählen? Aber sag, wer ist denn eigentlich dein Mann?«

Es dauerte einige Augenblicke, bis Rosi Antwort gab. »Ihr werdet es wahrscheinlich nicht glauben, aber es handelt sich um den Mann, der früher in München als Pater Hilarius bekannt war. Er hat seinem geistlichen Stand entsagt.«

»Pater Hilarius?«

»Er ist mir ein guter Mann«, sagte Rosi leise, wagte aber nicht zu bekennen, dass ihre Ehe bislang noch nicht vollzogen worden war.

Veva schüttelte den Kopf. »Wie ist es denn dazu gekommen? Pater Hilarius sah mir nicht so aus, als würde er einmal Sankt Peter verlassen, um ein Weib zu heiraten.«

»Eine einfache Magd wie mich, meint Ihr wohl. Doch er war bereit, sich mit Herzog Wilhelm anzulegen, um mich zu retten.«

»Dich zu retten? Bei Gott, was ist denn geschehen?« Veva fasste Rosis Hände und hielt sie fest. Diese begann zu weinen, und dann brach alles aus ihr heraus. Sie berichtete von den Gemeinheiten ihrer Herrin ebenso wie davon, wie sie ihr Kind verloren hatte und anschließend eingesperrt worden war.

»Daran war gewiss Pater Remigius schuld, sagt mein Mann. Man wollte mich nämlich zwingen zu sagen, dass …« Rosi sah Veva ängstlich an. »… dass Euer Gatte der Vater des

Kindes sei. Der Richter hat mir sogar die Folter angedroht, wenn ich dies nicht bekenne.«

»Bei Gott, dass nenne ich christlich handeln! Zum Glück bist du diesem Schicksal entkommen.« Veva schwieg einen Moment und sah ihren Gast eindringlich an. »Und? War mein Mann der Vater?«

Rosi machte sich so klein, wie sie nur konnte. »Wir haben es nur ein einziges Mal getan, damals, als Ihr auf dem Weg nach Innsbruck gewesen seid. Doch genauso kann das Kind von meinem jetzigen Mann stammen. Als er noch Priester war, hat er mich als Gegenleistung für den Beichtzettel aufgefordert, mich ihm hinzugeben.«

»Einmal also nur, und das, als ich mit einem anderen verlobt war!« Veva sprach ihren Gedanken laut aus. Damit konnte sie weder Rosi noch Ernst böse sein. Die Eifersucht, die für kurze Zeit in ihr aufgeflammt war, schwand und machte Mitleid Platz. »Es scheint euch nicht gutzugehen!«

»Oh, wir kommen schon durch. Nur ist es zurzeit ein wenig schwierig, weil ich das Feuer auf dem Herd den ganzen Tag über brennen lassen muss, damit es in unserem Kämmerchen nicht zu kalt wird.«

»Wovon lebt ihr?«

»Mein Mann schreibt Briefe für Leute, die es selbst nicht können, und hilft überall aus, wo ein Schreiber gebraucht wird. Er verdient zwar nicht viel, aber wir können davon leben.« Rosi wollte nicht zugeben, wie schwer es für sie manchmal wurde, mit dem wenigen auszukommen, das sie besaßen, insbesondere, weil ihr Mann oft nur mit Lebensmitteln oder kleinen Gegenständen bezahlt wurde, die sie wiederum gegen Lebensmittel eintauschen mussten. Da sie auf der Wanderung nach Augsburg erneut krank geworden war, hatte ihr Mann fast alles, was sie besessen hatten, für Medizin und kräftigendes Essen hergeben müssen. Auf die-

se Weise waren ihre Ersparnisse geschmolzen wie Schnee in der Sonne.
Bei dem Gedanken an die liebevolle Fürsorge ihres Mannes kamen Rosi erneut die Tränen. »Er ist so gut zu mir! Dabei verdiene ich das gar nicht.«
Veva sagte sich, dass eine Frau, um deretwillen ein Mann auf die Vorteile des geistlichen Standes verzichtete, etwas Besonderes sein musste. Schweigend goss sie Rosis Becher noch einmal voll und holte dann ihr altes Schultertuch, das sie kürzlich durch ein neues ersetzt hatte. »Hier, das kannst du haben. Ich packe dir auch ein paar Lebensmittel ein. Morgen kommst du dann wieder und hilfst mir, Fleisch für den Winter einzusalzen. Wenn Ernst zurückkommt, werde ich ihn fragen, ob er nicht eine Arbeit für deinen Mann weiß, die besser bezahlt wird.«
Rosi sah sie ungläubig an. »Ihr wollt uns wirklich helfen, obwohl Euer Mann und ich …« Beschämt brach sie ab.
Mit einem kurzen Auflachen zuckte Veva mit den Achseln. »Steht nicht in der Heiligen Schrift, dass Sündern und Schuldnern vergeben werden soll? Mach dir keine Sorgen, ich trage dir nichts nach.« Für sich aber hoffte Veva, dass Ernst Rosi in Zukunft in Ruhe lassen würde. So ganz sicher war sie sich seiner noch nicht.

3.

Als Rosi zu Hause den Korb auspackte, den Veva ihr mitgegeben hatte, konnte sie kaum glauben, welche Schätze er enthielt. Mit den Lebensmitteln kamen ihr Mann und sie eine halbe Woche aus, ohne hungern zu müssen. Sogar eine Wurst war dabei und roch so verführerisch, dass sie sich am liebsten sogleich ein Stück abgebrochen hätte. Sie wollte jedoch auf Hilarius' Rückkehr warten und begann, das Abendessen vorzubereiten.

Zwei Stunden später kehrte der ehemalige Priester zurück. Er trug einen schlichten Talar, der ihn als Gelehrten auswies, und hatte seine Schuhe mit Heu ausgepolstert, um die Füße warm zu halten. Beim Eintreten winkte er seiner Frau lächelnd zu. »Heute war ein guter Tag. Bei Peutinger waren gleich zwei Schreiber krank geworden, und so konnte ich dort arbeiten. Ich habe zum Mittag sogar ein Stück Brot und einen Becher Bier erhalten.«

Dann schnupperte er verwundert. »Das riecht aber gut!«

»Ich habe heute Frau Veva Rickinger getroffen. Sie hat mir einige Sachen mitgegeben und will, dass ich ihr morgen beim Einsalzen von Pökelfleisch helfe.«

»Du sollst mich nicht geheiratet haben, um weiterhin als Magd arbeiten zu müssen!«

»Sie hat auch gesagt, dass sie mit ihrem Mann reden wird, damit er dir eine bessere Arbeit verschafft«, setzte Rosi hinzu.

Mit einem bitteren Auflachen winkte Hilarius ab. »Ausgerechnet Ernst Rickinger wird sich für mich verwenden! Wäre es nach ihm gegangen, hätte er mich ebenso bloßgestellt wie den verdammten Remigius, und er hätte sogar recht damit getan.«

»Du sollst dich nicht mit dem quälen, was früher war. Du bist mir ein braver Mann, und das allein zählt.« Rosis Lächeln ließ seinen Unmut wie von Zauberhand verschwinden.

»Was ich jetzt bin, bin ich durch dich geworden«, sagte er und streckte die Arme aus, als wolle er sie an sich ziehen.

Da er jedoch fürchtete, sie zu verschrecken, unterließ er es, setzte sich an den Tisch und zog seinen Löffel aus dem Etui. »Der Duft macht mich hungrig!«

Sofort füllte Rosi zwei Näpfe mit der dicken Suppe, stellte sie auf den Tisch und legte die Wurst daneben. »Die ist für dich!«

Ihr Mann sah sie erstaunt an, zog dann sein Messer und teilte die Wurst. Das größere Stück schob er ihr zu. »Du hast es dir verdient.«

Weil ich ein wenig Essen geschenkt bekommen habe?, wollte Rosi fragen, spürte aber, dass sie ihn damit verletzen würde, und tauschte die beiden Wurststücke aus. »Du hast es dir auch verdient!«, sagte sie und begann das ihre mit Genuss zu essen.

»Hast du nicht etwas vergessen?«, fragte Hilarius streng und faltete die Hände zum Gebet.

»Verzeih!« Rosi legte die Wurst wieder hin, wusste aber nicht, ob sie das, was sie im Mund hatte, nun hinunterschlucken durfte.

Daher wartete sie, bis ihr Mann das Tischgebet gesprochen hatte, schluckte dann und sah scheu zu ihm hin. »Es wird nicht wieder vorkommen!«

»Man soll Gott für alles danken, mein Kind, vor allem aber für Nahrung und eine warme Kammer im Winter. Und nun iss!«

Obwohl sie Hunger hatte, griff Rosi eher zögerlich zu. Ihr Mann sah es und lächelte. »Lass es dir schmecken. Übrigens schmeckt die Suppe ausgezeichnet.«

»Danke!«, sagte Rosi verwundert. In Frau Annas Haushalt hatte niemals jemand das Essen gelobt. Die Männer hatten ihren Teil schweigend hinuntergewürgt, und die Frauen – bis auf die Herrin natürlich – hatten sich mit dem begnügen müssen, was übrig geblieben war. Hilarius hingegen zeigte sich ihr gegenüber immer freundlich, dabei musste er in einer Armut leben, die er nie zuvor gekannt hatte. Aber er forderte dafür keinen Lohn von ihr ein. Plötzlich schämte sie sich und spürte, wie es ihr nass über die Wangen rann.

»Du weinst. Bist du wieder krank?«, fragte Hilarius besorgt.
Rosi schüttelte den Kopf und wischte sich die Tränen mit einer resoluten Bewegung ab. »Nein, mir geht es gut. Ich hoffe nur für dich, dass sich unser Schicksal bald ändert. Vielleicht helfen die Rickingers uns wirklich.«
Sie ahnte nicht, dass diese Aussicht ihren Mann erschreckte, denn er verglich sich zu seinen Ungunsten mit Ernst und hatte Angst, dieser könnte erneut Gefallen an Rosi finden.
»Nun, vielleicht kommen wir auch sonst irgendwie zu Geld«, meinte er brummig.
Während er einen Becher Bier trank, spülte Rosi die Näpfe und den Topf und legte zwei weitere Holzscheite nach. »Mehr sollten wir heute nicht verfeuern, sondern bald zu Bett gehen, damit wir Brennmaterial sparen.«
»Gut!« Hilarius nahm seinen alten Mantel und eine Decke und wollte sich vor dem Herd niederlegen. Da fasste ihn Rosi am Arm. »Wird es dir nachts dort nicht zu kalt? Komm lieber zu mir ins Bett!« Sie sagte es aus einer Laune des Augenblicks heraus, doch als sie in seine leuchtenden Augen sah, bereute sie es nicht.
Nachdem sich beide zum Schlafengehen zurechtgemacht hatten, stellte Rosi die Unschlittkerze neben das Bett und schlüpfte als Erste unter die Decken. Hilarius folgte ihr, sichtlich bemüht, seine Leidenschaft im Zaum zu halten.
Das Bett war schmal, und so war es unausweichlich, dass ihre Leiber sich berührten. Rosi spürte seine Wärme, aber durch sein Hemd auch etwas Hartes, das gegen ihr Gesäß drückte, und fragte sich, weshalb sie sich ihm bis jetzt verweigert hatte. Immerhin war er ihr Ehemann und behandelte sie gut. Kurz entschlossen drehte sie sich auf den Rücken und zog ihr Hemd bis zum Bauch hoch.
»Wenn du mich nehmen willst, kann es jetzt sein«, flüsterte sie.

»Dich wollen? Bei Gott, nichts wäre mir lieber als das.« Hilarius schob sich auf sie, raffte sein hinderliches Hemd und begann, seinen Unterleib sanft an ihrem zu reiben. Rosi erinnerte sich an jenen Abend, an dem er sich mit harten Stößen Befriedigung verschaffte hatte, und schloss ergeben die Augen. Doch zu ihrer Überraschung reagierte ihr Körper auf seine Nähe und drängte sich beinahe gegen ihren Willen an ihn. Sie spürte, wie sein Penis gegen ihre empfindlichste Stelle drückte und langsam in sie eindrang. Die Abscheu, die sie ganz kurz verspürte, schwand rasch, und sie ertappte sich dabei, wie sie mit ihren Händen unter sein Hemd griff, ihre Finger in seinen Nacken krallte und ihm zuflüsterte, er müsse nicht gar so vorsichtig sein.
»Ist alles gut bei dir?«, fragte er.
Rosi nickte lächelnd. »Ja, alles ist gut!«

4.

Kurz vor Feierabend suchte Veva noch einmal ihr neues Heim auf, um zu sehen, wie weit die Handwerker gekommen waren. Nis erklärte, er habe genau aufgepasst und den Männern gesagt, was sie tun müssten. Veva lächelte ein wenig über seine Begeisterung und zerzauste ihm das Haar.
»Wenn wir dich nicht hätten. Gut gemacht!« Ihr Lob galt zwar mehr den Handwerkern als dem Jungen, doch der bezog es auf sich und lächelte breit.
»Das Haus wird bald fertig sein. Der Schreiner hat heute schon die Betten im Schlafgemach ausgemessen. In zwei Wochen, sagt er, wird er sie bringen.« Nis sah treuherzig zu Veva auf. »Der Schreiner hat auch ein Bett für das Kämmer-

chen neben der Haustür ausgemessen. Dort würde ich gerne schlafen. Wenn es Euch recht ist, heißt das.«

»Warum sollte es Ernst und mir nicht recht sein?« Veva wusste, dass die Eltern des Jungen kaum genug Platz für sich und die jüngeren Kinder hatten und froh sein würden, wenn ihr Ältester aus dem Haus war. Doch ihnen fehlte das Geld, um ihn als Lehrling zu einem Meister zu geben, und so würde er als Dienstbote arbeiten müssen. Da er aufgeweckt war, überlegte Veva, ob sie ihm nicht Lesen und Schreiben beibringen sollte, damit er ihren Mann später in den Handelsgeschäften unterstützen konnte. Ein fähiger Kommis war Gold wert. Außerdem mochte sie den Jungen.

Nis grinste fröhlich und hüpfte in dem bereits düster werdenden Raum herum. Dabei kam er einem Eimer zu nahe, stolperte und fiel unter dem Gelächter der Handwerker hin. Er raffte sich jedoch sofort wieder auf und rieb sich das angeschlagene Schienbein.

»Hast du dir weh getan?«, fragte Veva.

»Ach wo!«, antwortete Nis nicht ganz wahrheitsgetreu. »Das vergeht wieder.«

»Wenn du willst, kannst du zum Abendessen mitkommen. Es gibt Linsensuppe mit Leberwurst«, bot Veva an.

»Das würde ich mir an deiner Stelle nicht entgehen lassen«, rief der Ofensetzer Nis zu.

»Das tu ich auch nicht!« Nis lachte schon wieder und begann, den Raum ein wenig aufzuräumen.

»Sonst fällt die Herrin noch hin und tut sich weh«, erklärte er.

»So wie du eben!«, spottete der Schreinermeister und wandte sich Veva zu. »Morgen werden wir mit der großen Kammer fertig und können in Eurem Zimmer weitermachen.«

»Tut das!« Veva reichte nun jedem der Handwerker ein kleines Trinkgeld und wartete an der Tür, bis sie das Haus verlassen hatten. Dann nahm sie eine Laterne und ging noch einmal durch alle Räume. Es war schon jetzt zu erkennen, dass das Haus sowohl wohnlich als auch so repräsentativ werden würde, wie es sich für einen jungen, aufstrebenden Fernkaufmann gehörte. Zufrieden kehrte sie zum Eingang zurück, schlug die Vordertür zu und reichte Nis den Schlüssel.

»Du wirst morgen den Handwerkern aufsperren. Vergiss es aber ja nicht, sonst …« Sie deutete mit der Hand ein paar Ohrfeigen an.

Nis steckte den Schlüssel in seinen Gürtel, schlang den Überwurf um sich, mit dem er sich gegen die Winterkälte schützte, und blickte sie vorwurfsvoll an. »Ich werde rechtzeitig zur Stelle sein!«

»Wollen wir's hoffen! Geh du schon vor. Ich hole noch meinen Mann ab.« Mit diesem Worten wandte Veva sich in die Richtung, in der Jakob Fuggers prachtvolles Palais lag.

Nis trabte zur Fuggerei und begann dort ein längeres Gespräch mit dem Pförtner, um herauszufinden, ob seine Familie nicht auch die Möglichkeit hätte, eine Wohnung in der Armensiedlung zu beziehen.

Unterdessen erreichte Veva das prunkvolle Domizil des fürstlichen Handelsherrn und schlug den Türklopfer an.

Der Pförtner ließ sie so schnell ein, als habe er sie kommen sehen. »Gott zum Gruß, Frau Rickingerin. Euer Mann wird gleich kommen!«

Dann zog er sich in seine Kammer zurück und ließ sie im Vorraum stehen.

Veva ging ein paar Schritte in die Eingangshalle hinein, vernahm dann von oben Jakob Fuggers Stimme und die ihres Mannes und wollte die Treppe hinaufsteigen. Doch nach wenigen Stufen hielt sie inne. Die Männer sprachen über Geschäfte, und da wollte sie nicht stören.

»Du machst deine Sache gut, Rickinger. Ich werde dich bald

auf Reisen schicken, damit du siehst, wie es in anderen Teilen der Welt zugeht. Kontrolliere einige Bergwerke für mich und sieh dir dann Venedig und die Lombardei an«, sagte Fugger gerade.
Das versetzte Veva einen Stich. Wenn Ernst auf Reisen war, würde er vielleicht die Gelegenheit nutzen, anderen Frauen unter die Röcke zu schauen. Sie versuchte, sich einzureden, dass sie nicht eifersüchtig sei, doch im Grunde war sie es sogar auf Rosi gewesen. Um nicht als Lauscherin ertappt zu werden, wollte sie die Treppe wieder hinabsteigen, doch da richtete Fugger des Gespräch auf ein laufendes Geschäft, an dem auch ihr Vater beteiligt war. Das interessierte sie, und so hörte sie zu, bis die beiden Männer beinahe die Treppe erreicht hatten. Schnell huschte sie nach unten und drehte sich gerade noch rechtzeitig um, so dass ihr Mann und Jakob Fugger annehmen mussten, sie sei eben erst angekommen.
»Veva, du bist schon da! Oder ist es schon so spät?« Ernst winkte ihr kurz zu, verabschiedete sich vom Hausherrn und stieg die Treppe hinab. »Ich brauche nur noch meinen Mantel, dann können wir gehen!«
Veva hatte das Kleidungsstück in der Kammer des Pförtners gesehen und holte es. Ernst warf sich den Mantel um, wartete, bis der Pförtner die Tür geöffnet hatte, und fasste nach Vevas Hand. »Ich freue mich, dass du mich abgeholt hast. Und nun sag, wie sieht unser neues Haus aus?«
»Die Handwerker arbeiten gut, und noch ist es nicht so kalt, dass sie Maurerkelle und Hobel aus der Hand legen müssten. Ich hoffe nur, der Kachelofen wird früh genug fertig, damit wir ihn einheizen können.«
»Bestimmt wird er das!« Ernst lächelte über Vevas Eifer, freute sich jedoch kaum weniger darauf, mit ihr in das eigene Haus zu ziehen. Allerdings würde er, wenn Jakob Fugger Wort hielt, nicht lange etwas von seinem neuen

Heim haben. Spätestens wenn der Schnee geschmolzen war, musste er auf Reisen gehen. Davon wollte er Veva jedoch erst erzählen, wenn Fugger ihm genaue Anweisungen gab.

Veva hatte gehofft, ihr Mann würde ihr berichten, was er mit Fugger besprochen hatte, und war enttäuscht, als er nur über allgemeine Dinge sprach. Anscheinend hielt er sie ebenso wie ihr Vater für so dumm, dass er sie nicht an den Geschäften teilhaben lassen wollte. Doch wenn er Augsburg verlassen musste, um in andere Länder zu reisen, würde ihm nichts anderes übrigbleiben, als ihr zu vertrauen.

»Sonst gibt es nichts Neues?«, fragte sie lauernd.

»Nein, gar nichts! Und bei dir?«

»Ich habe heute auf dem Markt jemanden aus München getroffen.«

»So, und wen?«

»Du wirst es nicht glauben, aber es war Frau Annas Magd Rosi. Du kennst sie ja ganz gut!« Diese Spitze konnte Veva sich nicht verkneifen, und sie sah zufrieden, wie ihr Mann rot anlief und sich auf die Lippen biss.

»Sie ist inzwischen verheiratet«, setzte sie ihren Bericht fort, »und lebt jetzt mit ihrem Mann in Augsburg. Ihnen geht es nicht besonders gut, aber das werde ich dir besser zu Hause erzählen.«

Ernst tat Rosi leid, denn er mochte sie. Und so überlegte er, wie er ihr und ihrem Mann helfen könne. Doch das würde er wohl heimlich tun müssen. Im Allgemeinen war Veva recht vernünftig für eine Frau, doch manchmal zeigte sie Mucken und würde gewiss niemals zulassen, dass er eine ehemalige Magd unterstützte, mit der er sich im Heu gewälzt hatte.

5.

Da Nis zum Essen blieb und einen Großteil der Unterhaltung bestritt, war es bereits Nacht, als Veva und Ernst endlich allein waren. Nun vermochte er seine Neugier nicht länger zu bezähmen. »Du hast vorhin von Rosi erzählt und gesagt, es gehe ihr schlecht.«

»Habe ich das? Ach ja, stimmt.« Veva lächelte sanft, während sie sich die nächsten Worte zurechtlegte. »Man hatte sie eingesperrt, doch ihr Mann hat beim Herzog Gnade für sie erwirkt, wurde aber dafür gemeinsam mit ihr aus dem Herzogtum Bayern ausgewiesen.«

Ernst sog erschrocken die Luft ein. »Rosi wurde eingesperrt?«

»Frau Anna hat sie so sehr geschlagen, dass sie ihr Kind verlor, und wurde von dieser auch noch wegen Unzucht angezeigt. Dieser Pater Remigius, mit dem du schon zu tun hattest, wollte Rosi zwingen, dich als Vater des Kindes anzugeben, um sich an dir rächen zu können.« Veva sagte es in einem lockeren Plauderton, während Ernst wahre Höllenqualen durchlitt.

Rosi war eingesperrt worden, weil er ihr damals beim Tanz auf dem Schrannenplatz Beachtung geschenkt hatte und später mit ihr auf dem Heustock verschwunden war. Also trug er einen Großteil der Schuld an ihrem Schicksal. Er nahm sich fest vor, ihr zu helfen, selbst wenn er dies vor Veva verbergen musste.

Diese bemerkte sein verzweifeltes Mienenspiel und lächelte. »Übrigens habe ich ihr gesagt, ich würde mit dir reden, ob du ihrem Mann Arbeit beschaffen könntest. Derzeit schlägt er sich als Schreiber durch und schreibt auf dem Markt Briefe für die Bauern.«

Ernsts Verblüffung war mit Händen zu greifen, denn niemals hätte er erwartet, dass Veva Mitleid mit Rosi empfand. Aber das machte es ihm leichter, der Magd unter die Arme zu greifen. »Nun«, meinte er gedehnt. »Wenn du es wünschst, werde ich mich des guten Mannes annehmen. Ich könnte jemanden brauchen, der den Schriftverkehr für mich führt!«

»Wieso? Willst du etwa auf Reisen gehen?«, fragte Veva zuckersüß.

Ernst wand sich wie ein Aal, nickte dann aber. »Es steht noch nicht fest, und es ist auch nicht so, dass ich selbst danach strebe. Doch Jakob Fugger will mich zuerst nach Ungarn schicken und später nach Italien, um einiges für ihn zu erledigen, aber vor allem auch, um zu lernen. Ich werde mich beeilen, rasch zurückzukommen.«

Als Veva klein gewesen war, hatte ihr Vater die für den Handel notwendigen Geschäftsreisen noch selbst unternommen und war manchmal ein halbes Jahr lang ausgeblieben. Daher legte sie sich jetzt die Hände vorsichtig auf den Leib und verbiss sich ein Lachen. Wenn Ernst es genauso hielt, würde ihn bei seiner Rückkehr eine Überraschung erwarten. Doch sie verriet ihm nichts. »Es freut mich, dass du Rosis Mann in deine Dienste nehmen willst. Sie hat ein schweres Schicksal erlitten und Besseres verdient, als in einem einzigen Zimmer zu leben, in dem sie mit dem Feuerholz sparen muss.«

»Du hast also nichts dagegen, wenn ich auf Reisen gehe?«, fragte Ernst gespannt.

»Natürlich nicht! Es ist doch dein Gewerbe, Handel zu treiben, und da musst du andere Orte aufsuchen.«

Ernst wunderte sich nicht wenig, denn die Frauen verheirateter Bekannter und Handelspartner seines Vaters hatten die Abwesenheit ihrer Männer oft lautstark beklagt. Dann aber sagte er sich, dass Veva als Tochter eines Kaufmanns wusste, welche Pflichten einen solchen erwarteten. So gesehen konnte er mit seiner Heirat sehr zufrieden sein.

Dabei fiel ihm etwas ein. »Wen hat Rosi eigentlich geheiratet? Ist es jemand aus unserer Münchner Kirchengemeinde?«

»Es handelt sich um den früheren Pater Hilarius. Um sie zu heiraten, hat er seinem geistlichen Stand entsagt, und er war sogar bereit, für sie Herzog Wilhelm die Stirn zu bieten. Ihretwegen ist er aus dem Herzogtum verbannt worden.«

»Hilarius? Dieser geile Bock?« Ernst verschluckte sich. Der frühere Priester war nicht gerade der Mann, dem er die Sorge um seine Frau und die Geschäfte übertragen mochte. Doch wenn er etwas für Rosi tun wollte, würde ihm nichts anderes übrigbleiben, als den Kerl als Schreiber einzustellen.

»Ich werde mir Hilarius ansehen und ihm auf den Zahn fühlen. Da fällt mir noch etwas ein: Du hast doch für deinen Vater die Briefe geschrieben. Könntest du das nicht auch für mich tun?«

Zu anderen Zeiten hätte Veva sich über diese Worte gefreut, doch nun nahm sie an, Ernst hätte ihr den Vorschlag nur gemacht, um Hilarius nicht anstellen zu müssen. Beinahe hätte sie ihm geantwortet, es wäre ihr neben der Führung des neuen Haushalts zu viel. Dagegen aber rebellierte ihr Stolz.

»Natürlich kann ich das. Aber wir benötigen jemanden, der die Knechte anleitet und überwacht.«

Ernst blickte sie ein paar Augenblicke lang an, als wolle er in ihrem Kopf lesen. Dann nickte er. »So könnte es gehen. Der Handel deines Vaters, der über Augsburg läuft, ist zwar noch gering, aber er trägt bereits Früchte. Deswegen will dein Vater ihn ausweiten. Es ist also notwendig, dass du hier die Zügel in der Hand hältst. Wenn ich unterwegs bin und du Probleme bekommen solltest, kannst du jederzeit zu Herrn Fugger gehen und ihn fragen.«

Da ist er wieder, der unerschütterliche Glaube an die männliche Überlegenheit, dachte Veva. Wohl hatte Gott den

Mann zuerst geschaffen und zum Oberhaupt der Familie gemacht, ihm aber das Weib als Gefährtin zugegeben und nicht als Magd. Von einem unterschiedlichen Verstand war ebenfalls nicht die Rede gewesen. Aus München kannte sie Männer, die weitaus dümmer waren als die meisten Frauen, aber auch Weiber, die nicht einmal den vielgerühmten Hausverstand besaßen. In ihren Augen war dies ein klares Zeichen dafür, dass Gott keinen Unterschied zwischen den Geschlechtern gemacht hatte. Das wäre auch nicht sinnvoll gewesen, da das Weib die Stütze ihres Mannes sein sollte.
Obwohl alles in ihr danach schrie, Ernst ein paar deutliche Worte an den Kopf zu werfen, entschied sie, dass es klüger wäre, zu schweigen. Daher lächelte sie und versicherte ihm, Jakob Fuggers Rat gerne einzuholen.
Sie stand auf, wusch das Geschirr ab und stellte die Schüsseln und Töpfe weg. Dann machte sie sich zur Nacht zurecht. Ernst kam auf sie zu und strich ihr über den Hintern.
»Da ich bald längere Zeit unterwegs sein werde, sollten wir die Tage bis dahin nützen.«
»Das sollten wir«, antwortete sie mit einem amüsierten Blick und nahm die Lampe, um ins Schlafzimmer zu gehen.

6.

Während es in Augsburg zwar kalt, aber noch schneefrei war, ließ der Winter das Land in den Tiroler Bergen unter einer weißen Decke erstarren. Aber in der kleinen Schenke am Rande von Innsbruck sorgte ein loderndes Feuer für angenehme Wärme. Franz von Gigging hatte Kardinal Cajetanus bis nach Trient eskortiert und war erst vor wenigen Tagen in die Stadt gekommen. Ihn schreckte eine winterliche Reise durchs Gebirge weitaus weniger als Benedikt Haselegner, der missmutig neben ihm hockte. »Bei dem Sauwetter bringt man keine einzige Traglast über die Berge«, schimpfte er und brachte Gigging damit zum Lachen.

»Wenn es nach euch Pfeffersäcken ginge, müsste es das ganze Jahr über Sommer sein, damit ihr möglichst viele Waren aus Italien kommen lassen könnt. Sobald es draußen stürmt und schneit, müsst ihr brav zu Hause sitzen und habt als einzige Abwechslung am Tag den Würzwein und in der Nacht die geöffneten Schenkel eurer Weiber.«

Haselegner verzog das Gesicht, denn Giggings Bemerkung erinnerte ihn an seine Ehefrau, die er auf Drängen Ferdinand Antschellers geheiratet hatte. Johanna war stolz, herrschsüchtig und im Bett so kalt wie ein Eisblock. Mehr denn je verzehrte er sich nach Veva, die für ihn unerreichbar in Augsburg weilte und zudem einem anderen Mann gehörte.

»Wann werdet Ihr endlich zu Eurem Wort stehen und Ernst Rickinger aus der Welt schaffen?«, fragte er Gigging leise.

Der Ritter lachte dröhnend. »Da muss ich warten, bis das Wild aus seinem Gehege kommt, mein Guter. Dann werde ich die Sache für dich erledigen.«

Während die Miene des Kaufmanns sich aufhellte, dachte Gigging nach. Sobald Ernst Rickinger tot war und Haselegner dessen Witwe geheiratet hatte, würde dieser auf einen Schlag sehr reich werden. Dagegen stellten die paar Gulden, die der Kaufmann ihm für diese Tat versprochen hatte, einen Bettel dar. Um mehr aus der Sache herauszuholen, würde er die Belohnung einstreichen müssen, die Doktor Portikus ihm für die Beseitigung Rickingers geboten hatte. Mittlerweile waren in ihm jedoch Zweifel gewachsen, ob er das Geld nehmen sollte. Denn sagte man ihm erst einmal einen Überfall in den Bergen nach, würde die Obrigkeit ihn rasch

mit der Oberländer Bande in Verbindung bringen. Das aber konnte er sich unter keinen Umständen leisten.
Damit schrumpfte sein Gewinn auf jene Summe, die Haselegner ihm zahlen würde. Gigging war kurz davor, diesem weitere Forderungen zu stellen. Da kam ihm eine andere Idee. »Auf dein Wohl, Haselegner, und darauf, dass der Winter bald vorüber ist und ich wieder Geld damit verdienen kann, deine Warenzüge zu bewachen!« Gigging rief es so laut, dass es alle in der Schenke hören konnten. Immerhin galt er hier als ein Mann, der von Innsbruck aus nach Norden Geleitschutz und Vorspanndienste bot.
Haselegner hingegen fasste die Worte als Versprechen auf und lächelte zum ersten Mal seit langem. Damit war Ernst Rickinger bereits so gut wie tot und Veva bald Witwe. Bis dorthin musste er ein weiteres Hindernis aus dem Weg räumen, das einer Heirat mit Veva im Augenblick noch im Wege stand. Kurz überlegte er, ob er sich auch um Leibert kümmern sollte, der ihn schon mehrfach als Schwiegersohn abgelehnt hatte. Doch um den Mann sollte es, wie er aus München erfahren hatte, ohnehin nicht besonders gut stehen.

7.

In Bartholomäus Leiberts Schlafkammer war es so heiß, dass der Schwab bereits ins Schwitzen kam, wenn er sich nur ein paar Minuten darin aufhalten musste. Trotzdem jammerte sein Herr, dass ihm kalt sei.
Nachdem der Schwab ihn mit einem weiteren Schaffell zugedeckt hatte, ging er zu Cilli in die Küche. Als er eintrat, schüttelte er noch immer den Kopf. »Heißer als in der Kammer des Herrn kann es auch in der Hölle nicht sein!«

Die Köchin starrte ihn empört an. »So etwas darf man nicht einmal denken!«
»Dann geh du doch rauf und versorg ihn«, schimpfte der Knecht.
»Wenn du statt meiner kochst und die Mägde anleitest, mache ich es!«
Da die Köchin so aussah, als wäre es ihr ernst mit ihrer Drohung, hob der Schwab abwehrend die Hände. »Jetzt lass gut sein! Du weißt, ich kümmere mich gern um den Herrn. Aber diesmal habe ich Angst, dass er nicht mehr aufkommen wird.«
Cilli schlug erschrocken das Kreuz. »Lieber Herr Jesus im Himmel, lass das nicht zu!«
»Es täte mich freuen, wenn Christus dich erhört. Aber ich habe mit dem Arzt geredet. Viel Hoffnung, sagt er, hat er nicht mehr. Dafür ist das Fieber zu stark und die Lunge zu schwach. Der Herr kriegt den Schleim trotz aller Kräuterdämpfe, die ihm die Kreszenz angeraten hat, nicht mehr heraus. Ich frage mich, ob wir nicht besser der Veva Bescheid sagen sollten.«
»Der Herr hat's ausdrücklich verboten«, wandte die Köchin ein.
»Das weiß ich! Aber damals ist er noch nicht so krank gewesen. Außerdem gefällt mir nicht, dass der alte Rickinger seine Geschäfte führt. Seit der die Bäckerin geheiratet hat, trau ich ihm nicht mehr.« Der Schwab sah Cilli eindringlich an. »Wir müssen die Veva zurückholen!«
»Schreibst du den Brief an sie?« Die Köchin lachte, denn der Knecht konnte ebenso wenig lesen und schreiben wie sie selbst.
»Mir fällt schon was ein. Ich werde mich umhören, wann der Augsburger Ratsbote wieder in der Stadt erwartet wird. Der Echle ist doch ein Freund vom Ernst. Ihm brauche ich es nur zu sagen, dass die Veva kommen soll. Sonst lass ich

halt von einem Schreiber einen Brief aufsetzen. So viel kostet das auch nicht!«

Cilli sah den Knecht bewundernd an. »Du weißt dir immer zu helfen!«

»Das muss auch so sein!« Der Schwab grinste und fragte, ob sie nicht einen kleinen Bissen für zwischendurch hätte.

Mit einem Wurstzipfel gestärkt machte er sich kurz darauf auf den Weg, jemanden zu suchen, der seine Botschaft nach Augsburg tragen konnte. Cilli aber stieg in die Kammer des Hausherrn hinauf, um nach dem Kranken zu sehen. Dort blickte sie bekümmert auf ihren Herrn hinab und sagte sich, dass der Schwab wohl recht hatte. Lange würde Bartholomäus Leibert es nicht mehr machen. Es blieb nur zu hoffen, dass Veva rechtzeitig zurückkehrte, um von ihrem Vater Abschied zu nehmen.

Da der Kranke sich nicht rührte, wollte sie schon wieder gehen. Da schlug Leibert plötzlich die Augen auf und sprach sie an. »Cilli, gib mir etwas zu trinken. Ich verbrenne innerlich.«

Sofort eilte die Köchin zum Kachelofen, auf dessen Rand ein Krug Kamillensud warm gehalten wurde, und goss einen Becher ein. »Das wird Euch guttun, Herr, sagt die alte Kreszenz.«

Leibert trank gierig, sank dann wieder auf das Kissen zurück und schüttelte den Kopf. »Mit tut nichts mehr gut, nur noch die heilige Ölung und dann die Erlösung durch den Tod.«

»Jesus, Maria und Josef! Das dürft Ihr nicht sagen!« Cilli machte das Kreuzzeichen und fragte Leibert dann, wie sie ihm helfen könnte.

»Hole mir Papier, Tinte und eine Schreibfeder. Ich muss einen Brief an Ernst schreiben. Ich hätte es längst tun sollen, aber das Fieber hat mich zu rasch gepackt!« Noch während er es sagte, erlitt der Kranke einen Hustenanfall, der nicht enden wollte. Cilli reichte ihm rasch ein Tuch, das er sich vor den Mund hielt. Als der Anfall ausgestanden war, wies der Lappen Blutflecken auf.

»Mach schon! Bring das Schreibzeug«, sagte Leibert mit schwacher Stimme, während er stumm Jesus Christus und die Heilige Jungfrau anflehte, ihm wenigstens noch die Zeit zu lassen, diesen Brief zu schreiben. Doch als sein Blick unwillkürlich zur Tür glitt, glaubte er dort bereits einen dunklen Schatten zu sehen.

»Nein, noch nicht!«, stöhnte er.

»Soll ich das Schreibzeug also nicht bringen?«, fragte Cilli verwundert.

»Doch! Und hol mir das Tablett, mit dem du mir immer das Essen hochgebracht hast. Ich brauche es als Schreibunterlage. Mein Schreibpult werde ich wohl nie mehr benützen können. Und jetzt beeile dich!« Bei den letzten Worten klang Leibert beinahe wieder so kraftvoll wie früher.

Gegen ihre eigene Überzeugung hoffte Cilli, ihr Herr würde sich doch noch erholen. Immerhin war er zum ersten Mal seit Tagen wieder bei klarem Verstand. Daher eilte sie die Treppe so rasch nach unten, dass sie beinahe ausgerutscht und gestürzt wäre.

»Nimm dich in Acht!«, rief sie sich selbst zur Ordnung. »Mit einem gebrochenen Bein oder gar Genick hilfst du dem Herrn auch nicht weiter.« In der Küche ergriff sie das Tablett und schoss die Treppe hoch.

»Du musst mir noch ein paar Kissen in den Rücken stopfen, damit ich sitzen kann«, befahl der Kranke.

Obwohl Cilli eine kräftig gebaute Frau war, kostete es sie erhebliche Mühe, Leiberts Wunsch zu erfüllen.

Endlich saß er aufrecht im Bett, hatte sich das Tablett auf die Oberschenkel gelegt und griff mit zittrigen Fingern nach dem Papierbogen. Er sah so elend aus, dass Cilli sich wünschte, schreiben zu können. In dem Fall hätte er den

Brief nur diktieren müssen. Um ihn nicht weiter zu stören, stellte sie ihm einen vollen Becher Kamillensud auf das kleine Schränkchen neben dem Bett und zog sich leise zurück.
Bartholomäus Leibert starrte auf das Blatt und versuchte seine Gedanken zu ordnen. Das Schreiben fiel ihm schwer, und seine Schrift sah aus, als hätte er ein Insekt mit den Füßen ins Tintenfass gesteckt und über das Papier laufen lassen. Nur mit Mühe gelang es ihm, die Worte so zu setzen, dass sie auch lesbar waren.
»Mein lieber Schwiegersohn«, begann er. »Es gefällt Gott, dem Allmächtigen, mich von dieser Welt abzuberufen. Doch bevor ich aus diesem Leben scheide, will ich dir etwas mitteilen, das mir wie eine schwere Last auf dem Herzen liegt.«
Die Kraft drohte ihn zu verlassen, und er musste eine Pause einlegen. Der Kopf sank nach hinten, und für eine gewisse Zeit sah er nur graue Wände um sich. Erst die Glocken von Sankt Peter weckten ihn wieder aus seiner Starre, und er wollte weiterschrieben. Die Tinte in der Feder war jedoch eingetrocknet, und er musste sie wieder ins Fass tauchen.
»Es geht um den Haselegner. Da ist zum einen eine alte Sache, von der ich vor ein paar Jahren erfahren habe. Außerdem geht mir mein Bartl nicht aus dem Sinn. Ich …« Leiberts Hand stockte erneut. Er sah, wie um ihn herum alles dunkel wurde, und wehrte sich verzweifelt dagegen, erneut wegzudämmern. Doch seine Kraft war verbraucht, und er spürte, dass er diesen letzten Brief, der ihm so am Herzen lag, nicht mehr zu Ende würde schreiben können. Bis zuletzt versuchte er, sich gegen den schwarzen Schnitter zu wehren, um Ernst wenigstens das Wichtigste mitzuteilen. Doch statt der Buchstaben zog sich nur noch eine Linie über das Papier, die im Bogen nach unten verlief. Dann entfiel die Feder der schlaff werdenden Hand.
Als Cilli kurz darauf wieder in seine Kammer schaute, sah

sie einen Toten vor sich. Ein paar Atemzüge lang starrte sie entsetzt auf ihren Herrn. Dann raffte sie sich auf, rief das restliche Gesinde zusammen und scheuchte die Leute herum, einen Priester zu holen und auch Eustachius Rickinger, der als bester Freund und Verwandter des toten Hausherrn die Verantwortung über den nun herrenlosen Haushalt übernehmen musste.

8.

Veva war wieder in ihrem neuen Haus, als Korbinian Echle abgehetzt an die Tür klopfte. Er war zunächst zur Fuggerei gelaufen, hatte sie dort aber nicht angetroffen. Von den Ratschlägen der Nachbarn geleitet, war es ein Leichtes gewesen, ihr neues Domizil zu finden.

Jetzt nahm er seinen Hut in die Hand und wagte es nicht, Veva in die Augen zu sehen. »Ich habe eine schlimme Nachricht für Euch, Rickingerin«, begann er mit leiser Stimme und reichte ihr einen Brief.

Vevas Herz krampfte sich zusammen. »Mein Vater! Ist er krank?«

»Es hat unserem Herrn Jesus Christus gefallen, ihn in die Schar seiner Engel aufzunehmen!«

»Er ist tot!« Veva stiegen die Tränen in die Augen, und sie fühlte sich so elend wie damals, als ihr Zwillingsbruder sein Leben im Straßenstaub ausgehaucht hatte.

»Mein Beileid, Rickingerin! Euer Vater war ein guter Mann. Wie oft habe ich Waren oder Botschaften für ihn gefahren! Er hat sich nie beschwert, sondern mir immer reichlich Trinkgeld gegeben.«

»Das sollst du jetzt auch bekommen!« Obwohl ihr die

Tränen über die Wangen liefen, löste Veva ihren Geldbeutel vom Gürtel, öffnete ihn und griff wahllos hinein. Als sie Echle die Münze reichte, glänzte es golden.
»Das ist viel zu viel!«, sagte er und wollte ihr das Goldstück zurückgeben.
»Nimm es als Dankeschön meines Vaters für den letzten Dienst, den du ihm erwiesen hast.« Veva rieb sich mit dem Ärmel über die Augen und wünschte sich, allein zu sein. Mühsam drehte sie sich zu Nis um, der mit hängenden Schultern hinter ihr stand und sie mitleidig ansah.
»Kümmerst du dich weiter um die Handwerker und besorgst ihnen, was sie brauchen?«
Der Junge begriff, dass er sonst nichts für sie tun konnte, und nickte. »Ich gebe schon acht, Herrin. Darauf könnt Ihr Euch verlassen.«
»Vergelt's Gott!«, sagte Veva und ging.
Nis blickte ihr kurz nach und drehte sich dann zu den Handwerkern um. »Macht ihr inzwischen weiter. Ich laufe schnell zu Fuggers Haus, um meinem Herrn Bescheid zu sagen. Die Herrin braucht ihn nämlich jetzt!«
Ohne eine Antwort abzuwarten, rannte er los. Da der Pförtner des Fuggerhauses ihn als Vevas Faktotum kannte, ließ er den Jungen ein und eilte selbst durch das Haus, um Ernst zu holen.
Während Nis wartete, betrachtete er den Eingangsbereich des Hauses, den Fugger nach italienischer Art hatte gestalten lassen, und befand, dass ihm dieses Gebäude zu protzig war. Allerdings gehörte Fugger zu den reichsten Bürgern von Augsburg und konnte sich so etwas leisten. Gegen dieses Gebäude war das Haus, in das Veva und Ernst einziehen wollten, geradezu winzig zu nennen. Dennoch gehörte es zu den besseren Häusern der Stadt, und er freute sich darauf, die Enge seiner elterlichen Wohnung verlassen und dort einziehen zu können.

»Ist etwas mit meiner Frau?«
Ernsts Frage brachte Nis wieder in die Gegenwart zurück.
»Nein, Herr, der geht es gut. Aber ihrem Vater nicht, denn den hat der Herrgott zu sich geholt!«
»O Himmel, die arme Veva! Wo ist sie? Ich kann sie jetzt nicht allein lassen.« Ernst packte den Jungen, als wolle er die Antwort aus ihm herausschütteln.
Nis zeigte in die Richtung, in der er die Fuggerei wusste. »Sie ist nach Hause gegangen und hat mir die Aufsicht über die Handwerker übertragen. Keine Angst, ich gebe schon acht, dass sie alles richtig machen.«
»Das weiß ich doch!« Ernst strich dem Jungen über das Haar und forderte den Pförtner auf, ihm seinen Mantel zu bringen. Kaum hatte er ihn übergeworfen, eilte er davon. Draußen tanzten einzelne Schneeflocken um ihn herum, doch er merkte es nicht.
In der Fuggerei angekommen fand er Veva am Tisch in der dämmrigen Küche. Sie saß auf ihrem dreibeinigen Hocker, hatte das Kinn auf die Hände gestützt und starrte ins Leere. Als Ernst einen Fidibus in das fast niedergebrannte Herdfeuer hielt und eine Kerze damit anzündete, bemerkte er die nassen Spuren auf ihren Wangen. Doch anders als andere Weiber, die er kannte, brachte sie ihren Kummer nicht durch lautes Schreien zum Ausdruck, sondern weinte lautlos.
Zunächst glaubte er, sie hätte ihn nicht bemerkt. Doch da hob sie den Kopf und sah ihn an. »Jetzt habe ich alles verloren. Vor einigen Jahren war es die Mutter, dann der Bruder, und nun hat Gott mir auch noch den Vater genommen.«
»Du hast ja noch mich!« Bereits während er es sagte, erschien Ernst der Satz banal.
Veva nickte gedankenverloren. »Ja, ich habe noch dich.«
Vor ein paar Wochen, dachte sie, hätte sie sich eher die Zunge abgebissen, als das zuzugeben. Doch mittlerweile gab es

ein Band zwischen ihr und Ernst, von dem er noch nichts ahnte. Nun stimmte es sie traurig, dass ihr Vater dies nicht mehr erfahren würde.
»Cilli und der Schwab bitten mich, nach München zu kommen«, erklärte sie leise.
»Wir werden beide hinreisen! Da fällt mir ein: Wer kümmert sich derzeit um die Geschäfte in München? Halte mich nicht für herzlos, aber das ist wichtig.« Trotz dieses Zusatzes fürchtete er, sie würde ihm seine Frage übelnehmen.
Veva seufzte und wies auf den Brief, den sie von Echle erhalten hatte. »Das Schreiben hier ist von deinem Vater. Er teilt uns mit, wir bräuchten uns keine Sorgen zu machen und es gäbe auch keinen Grund für uns, nach München zu kommen. Bis wir kämen, wäre mein Vater längst begraben, und die Geschäfte seien bei ihm in besten Händen.«
Ernst schüttelte den Kopf, denn ihm gefiel es nicht, dass sein Vater sich ohne Rücksicht zum Sachwalter des Vermögens aufgeschwungen hatte, welches seiner Frau als Erbe zustand. Da es jetzt jedoch vor allem darum ging, Veva zu trösten, verbannte er diesen Gedanken aus seinem Kopf und setzte sich zu ihr. »Dein Vater war ein guter Mann!«
Obwohl Veva die Missachtung ihrer Fähigkeiten, die ihr Vater offen gezeigt hatte, immer noch weh tat, nickte sie. Viele ihrer Freundinnen waren schlimmer dran gewesen. Immerhin hatte er sie nur selten geschlagen und war auf seine Weise sogar stolz auf ihre hausfraulichen Fertigkeiten gewesen. Trotzdem hätte sie gerne mehr Zeit mit ihm verbracht und mit ihm über den Handel gesprochen. Immerhin unterstützten die meisten Frauen der Münchner Kaufleute ihre Männer in ihren Geschäften, und manch eine hielt in Wahrheit die Zügel in der Hand.
»Was sollen wir tun? Auf das Wort meines Vaters vertrauen und hierbleiben? Oder doch nach München reisen?«, fragte Ernst.

»Ich will am Grab meines Vaters und an dem meines Bruders beten!«
Ernst legte die Arme um sie und küsste sie aufs Haar. »Damit ist es entschieden. Ich werde morgen mit Herrn Jakob Fugger sprechen, damit er mir freigibt. Dann machen wir uns auf den Weg.«

9.

Jakob Fugger zeigte Verständnis für Ernsts Lage und reichte ihm die Hand. »Es tut mir leid um deinen Schwiegervater, doch mag es dir und deinem Weib ein Trost sein, dass er den Tod nicht als Feind, sondern als Erlöser empfangen hat!«
Wie so oft wusste Fugger mehr als andere, und Ernst fragte sich, wer sein Zuträger in München sein konnte. Andererseits war Bartholomäus Leiberts schlechter Gesundheitszustand allgemein bekannt gewesen, und da mochten solche Worte leicht über die Lippen kommen.
»Ich danke Euch, Herr. Wenn es Euch genehm ist, werde ich heute noch aufbrechen. Mein Weib kann es nicht erwarten, am Grabe ihres Vaters zu beten.«
»Reise in Gottes Namen! Ich werde dafür sorgen, dass die Geschäfte, die du hier in Augsburg begonnen hast, weitergeführt werden, und wenn du willst, kann ich mich auch um dein neues Haus kümmern«, bot Fugger an.
»Auch dafür danke ich Euch. Allerdings werde ich vorerst ein mir bekanntes Ehepaar dort einquartieren. Der Mann wird als Schreiber bei mir arbeiten. Greift ruhig auf ihn zurück, wenn Ihr ihn braucht.« Ernst war bei diesen Worten nicht ganz wohl, denn ein davongelaufener Priester

wie Pater Hilarius gehörte nicht zu denen, die auf Jakob Fuggers Sympathie zählen konnten. Andererseits wollte er nicht, dass Rosi weiterhin hungern und frieren musste.
»Du machst es schon richtig, Rickinger!« Jakob Fugger klopfte ihm auf die Schulter und entschuldigte sich dann, weil andere Pflichten ihn riefen. An der Tür drehte er sich noch einmal um. »Reise mit Gottes Segen, Rickinger. Und auf ein baldiges Wiedersehen!«
»Darauf hoffe ich auch.« Ernst verneigte sich kurz und verließ das Fuggersche Palais. Obwohl es ihn drängte, aufzubrechen, lenkte er seine Schritte in die Seitengasse neben der Sankt-Jakobs-Kirche, in der Rosi und Hilarius in einer elenden Kammer hausten.
Er trat in das Haus und wurde vom Pförtner zur hintersten Tür gewiesen. Als er dort klopfte und nach einem kaum vernehmlichen »Herein« eintrat, sah er das Paar vor sich. Rosi war magerer als früher, aber immer noch schön. Trotzdem verspürte er die Verlockung nicht mehr, die in München von dieser Frau ausgegangen war. Stattdessen schob sich Vevas Bild vor seine Augen. Das machte es ihm möglich, sich ohne Eifersucht dem ehemaligen Priester zuzuwenden.
Auch Hilarius hatte an Gewicht verloren, wirkte aber jünger und energischer, als Ernst ihn in Erinnerung hatte, auch wenn er ihm jetzt mit einer Mischung aus Hoffnung und heimlicher Furcht entgegensah.
»Gott zum Gruß«, begann Ernst, während er von der Tür aus die ärmliche Einrichtung musterte.
»Der Segen des Herrn sei mit dir!« So ganz konnte Hilarius seine geistliche Vergangenheit nicht abschütteln. Er war froh über Ernsts freundlichen Gruß und bemerkte auch erleichtert, dass dieser ihn ansah und nicht etwa Rosi mit seinen Blicken verschlang.
»Ich hoffe, ich komme nicht ungelegen«, fuhr Ernst fort.
Sofort schüttelten beide den Kopf. »Das kommt Ihr gewiss

nicht, Herr Rickinger. Eure Ehefrau war bereits so freundlich, uns zu unterstützen!« Es waren die ersten Worte, die Rosi jetzt sagte, und sie klangen sehr dankbar. Wie es aussah, hatte Veva sich durch ihre Hilfe die Sympathie der früheren Magd errungen.

»Trotzdem will ich Euch nicht lange aufhalten. Veva und ich müssen heute noch nach München aufbrechen, und der Augsburger Bote wartet auf uns.«

»Ihr kehrt nach München zurück?« Enttäuschung schwang in Rosis Stimme mit.

»Ja. Da ich nicht weiß, wie lange ich dort bleibe, brauche ich jemanden, der hier in Augsburg meine Interessen vertritt. Um den Handel kümmern sich zwar Herrn Fuggers Leute, doch Veva und ich wollten uns ein Haus einrichten, das nicht leer stehen sollte. Darum mache ich Euch den Vorschlag, sobald es fertiggestellt ist, dort zu wohnen, bis sich entschieden hat, wie es weitergehen wird. Außerdem könnt Ihr als mein Gewährsmann arbeiten, Pat… äh Hilarius. Wie soll ich Euch jetzt eigentlich nennen?«, wollte Ernst wissen.

»Da meine Familie mir das Recht auf den Sippennamen verweigert, mit dem ich geboren wurde, habe ich beschlossen, mich Leopold Hilarius zu nennen!« Rosis Ehemann beantwortete zuerst Ernsts Frage und begriff dann erst, was dieser ihnen angeboten hatte. »Ihr wollt uns in Euer Haus aufnehmen und bietet mir Arbeit an?«

»Nur, wenn es Euch passt!«, wandte Ernst ein.

Hilarius' Gesicht begann förmlich von ihnen heraus zu leuchten. »Und ob es uns passt! Ich bin ja so froh, wenn mein Weib aus diesem kalten, feuchten Loch herauskommt und wieder genug zu essen hat!«

In dem Augenblick begriff Ernst, dass dieser Mann Rosi mehr liebte als alles andere auf der Welt. Dieser Hilarius war nicht mehr der leichtsinnige Priester, der sein Amt weder

besonders ernst genommen noch so ausgefüllt hatte, wie es seine Pflicht gewesen wäre. Das machte es ihm leicht, ihn in seine Dienste zu nehmen. Er löste seine Börse vom Gürtel und zählte Hilarius zwei Dutzend Gulden ab.
»Hier, für die wichtigsten Dinge! Weiteres Geld weise ich Euch über Jakob Fugger an, und genaue Aufträge, besonders, was das Haus betrifft, bekommt Ihr schriftlich. Doch nun Gott befohlen. Wie ich sagte, wartet Echle bereits auf uns.« Damit reichte er Hilarius die Hand.
Dieser sah ihn mit Tränen in den Augen an und vermochte kaum ein paar Abschiedsworte zu stammeln. Erst als Ernst die Kammer längst verlassen hatte, wandte er sich zu Rosi um und sah sie mit glücklichen Augen an. »Unser Herr Jesus Christus im Himmel hat uns nicht vergessen. Komm, lass uns ein Gebet sprechen, in dem wir um eine gute Reise für Rickinger und sein Weib bitten. Er ist ein anderer geworden, seit ich ihn zuletzt gesehen habe, und das ist gut so.«
»Auch du bist ein anderer, ein besserer Mensch geworden«, antwortete Rosi und küsste ihn auf die Wange.
Hilarius schlang die Arme um sie und zog sie an sich. Doch mehr als einen Kuss gönnte auch er sich nicht, dann ließ er sie wieder los und faltete die Hände, um zu beten.

10.

Obwohl Veva mehrere wollene Jacken und Röcke übereinander angezogen und Echle sie zudem noch mit Fellen zudeckt hatte, war sie froh, als sich die Silhouette Münchens aus dem grauen, trüben Horizont schälte. Da ihr trotz all der Schichten Stoff kalt war, fragte sie sich, wie es Ernst gehen mochte, der in einen weiten Mantel gehüllt hinter dem Wagen ritt. Anders als sie schien sich Korbinian Echle in seinem Schaffellmantel und den dicken, mit Heu gepolsterten Stiefeln wohl zu fühlen. Allerdings hatte er auch eine bis über die Ohren reichende Mütze auf und keinen schlichten Filzhut wie Ernst, bei dem sich die Krempe in dem steifen Wind immer wieder aufbog.

»Geht es noch?«, fragte sie ihren Mann.

»Ich habe schon Schlimmeres erlebt. Aber ich gebe ehrlich zu, ich habe nichts gegen einen Becher heißen Würzwein, so wie ihn Leiberts Cilli zu machen pflegt.«

»Es ist jetzt unsere Cilli«, erinnerte Veva ihn. »Wir beide sind nun anstelle meines Vaters die Besitzer des Anwesens und des Handelshauses.« Sie sagte »wir«, weil sie von vorneherein klarstellen wollte, dass Ernst sie nicht von seinen Geschäften ausschließen durfte. Ihr Vater hatte das Recht gehabt, ihr sein Wissen vorzuenthalten, doch ihrem Mann würde sie dies nicht zugestehen.

Ernst spürte, dass Veva ihre Federn aufstellte. Da er schon vorher beschlossen hatte, sie zumindest dann mit der Aufsicht über seine Handelsaktionen zu betrauen, wenn er auf Reisen war, lächelte er. Sein Vater und Leibert hatten in seinen Augen den gleichen Fehler begangen, ihre Frauen vom Geschäft fernzuhalten. Allerdings musste er gerechterweise zugeben, dass seine Mutter sich niemals dafür interessiert und sich seit seiner Geburt nur noch um ihn gekümmert hatte. Nun nahm mit Susanne Striegler eine ganz andere Person ihre Stelle ein. Obwohl schon einige Wochen ins Land gegangen waren, seit sein Vater geheiratet hatte, wusste er noch immer nicht, wie er sich zu seiner Stiefmutter stellen sollte.

Die Ankunft am Neuhauser Tor beendete sein Sinnieren. Die Wächter standen in dicke Mäntel gehüllt im Windschatten der Mauer und sahen wenig glücklich aus, als sie den Wagen vor sich auftauchen sahen.

»Ach du bist es, Echle. Was bringst du denn heute wieder mit?« Die Männer hätten den Augsburger am liebsten durchgewinkt, denn sie kannten ihn gut. Doch Befehl war nun einmal Befehl, und der lautete, genau darauf zu achten, dass keine Ware ohne Frachtbrief und vor allem keine ketzerischen Schriften in die Stadt geschmuggelt wurden. Daher bequemten sie sich widerwillig, den geschützten Platz zu verlassen.

Echle reichte ihnen die Liste der Güter, die er geladen hatte, und wies dann auf Veva und Ernst. »Die zwei sind Münchner Bürger, die könnt ihr ja durchlassen, damit sie endlich ins Warme kommen.«

»Ah, der Rickinger Ernst. Lasst Ihr Euch auch wieder einmal blicken? Ein paar Leute werden sich nicht gerade über deine Rückkehr freuen. Pater Remigius speit in letzter Zeit Feuer, wenn er nur Euren Namen hört, und wenn's nach dem Doktor Thürl ginge, dürften wir Euch gar nicht mehr einlassen.«

Die Miene des Mannes machte keinen Hehl daraus, dass er kein Freund der beiden Geistlichen war. Trotzdem wies er Ernst an, vom Pferd zu steigen und sein Gepäck vorzuzeigen.

»Das liegt hier auf dem Wagen. Ihr könnt es doch auch ohne ihn ansehen, damit die Frau aus der Kälte kommt.« Echle schüttelte den Kopf über so viel Diensteifer, doch der Torhüter zuckte nur mit den Achseln.

»Der Thürl will, dass alles kontrolliert wird, und da können wir nicht ausgerechnet den Rickinger Ernst durchlassen. Es dauert nicht lange.« Der Torwächter öffnete das Bündel, das Ernst ihm zeigte, doch außer ein wenig Kleidung und ein paar persönlichen Gegenständen war nichts zu finden.

»Jetzt muss ich Eure Ankunft nur noch ins Wachbuch einschreiben. Dann könnt Ihr passieren!«, sagte er und verschwand in der Wachkammer. Kurz darauf kehrte er zurück und winkte seinen Untergebenen, den Weg freizugeben.

»Übrigens, mein Beileid noch, Rickingerin, wegen des Todes von Eurem Vater. Sicher seid Ihr deswegen nach Haus gekommen.«
Veva nickte, stieg, von Echle gestützt, vom Wagen und blickte dann zu Ernst auf. »Komm! Mir beginnen die Knochen einzufrieren.«
Ernst lenkte sein Pferd auf das Tor zu, stieg dann aber ab und hielt den Gaul am Zügel. »Willst du aufsitzen?«
»Nein! Die paar Schritte gehe ich lieber zu Fuß.« Obwohl das Tier nicht allzu temperamentvoll war, wollte Veva nichts riskieren. Schon so manche Edeldame war bei einem Ausritt vom Pferd gestürzt und hatte ihr Kind verloren.
Mit einem Dankeschön an die Torwächter, das Ernst mit einem Trinkgeld unterstrich, durchschritten sie das Neuhauser Tor und gingen die Neuhauser Straße entlang. Kurz vor dem Schönen Turm bogen Ernst und sie ab und gelangten kurz darauf zum Leibert-Haus im Haggengässel.
Ernst pochte ans Hoftor. Es dauerte recht lange, bis jemand erschien und ihnen aufmachte. Ernst erkannte Sepp, der sie missmutig musterte und weder ihn noch Veva auf Anhieb zu erkennen schien.
»Was wollt ihr?«, fragte er kurz angebunden.
»Erst einmal ins Warme und dann vielleicht noch einen Becher Würzwein«, erklärte Veva und schob Sepp einfach beiseite.
»Die Veva! Ich meine, die Frau Rickingerin!« Jetzt ärgerte Sepp sich, nicht besser aufgepasst zu haben. Leibert hatte in letzter Zeit den Schwab als Knecht vorgezogen, und so hatte er gehofft, die Tochter so weit bringen zu können, dass er wieder die angenehmeren Arbeiten aufgetragen bekam. Aber das hatte er sich vorerst verscherzt.
Um wenigstens auf Ernst einen guten Eindruck zu machen, ergriff er die Zügel des Pferdes und fragte, ob er das Tier abreiben und füttern solle.

»Tu das! Und spar nicht mit Hafer. Der Braune hat's verdient.« Damit wandte Ernst ihm den Rücken zu und folgte Veva zu dem Eingang, der vom Hof ins Haus führte.

Drinnen war es so still wie in einer Gruft. Langsam schritt Veva in die Düsternis des unbeleuchteten Flurs hinein. Sie war in ihr Elternhaus zurückgekehrt, und doch fühlte sie sich hier fremder als in dem kleinen Häuschen in der Fuggerei oder dem Anwesen, das Ernst und sie erworben hatten. Wenn sie nach Augsburg zurückkehrten, würde ihr Heim fertig sein. Wahrscheinlich wohnten dann schon Rosi und Hilarius im Haus und der kleine Nis, den die beiden unter ihre Fittiche nehmen wollten.

Sie fand es seltsam, dass sie an dem Ort, an dem sie geboren worden war, an Augsburg denken musste, doch die wenigen Wochen dort hatten ihr Leben stark verändert. Veva trat in die Küche.

Cilli stand am Herd, während der Schwab am Tisch saß und sich mit einem Becher Bier in der Hand leise mit der Köchin unterhielt. Beide drehten sich um, als sie die Tür gehen hörten, und rissen die Augen auf.

»Jesus, Maria und Josef! Die Veva und der Ernst!« In ihrer Erregung vergaß Cilli ganz, dass sie ihre neue Herrschaft höflicher hätte ansprechen müssen. Sie ließ den Kochlöffel fallen und eilte Veva entgegen. »Ich bin so froh, dass du zurückgekommen bist, Dirndl«, sagte sie unter Tränen und klammerte sich an die junge Frau.

Veva strich ihr über das Haar und ließ sie weinen. »Ja, ich bin wieder da!«

Sie seufzte und blickte den Schwab an, der ebenfalls so aussah, als würde er sie am liebsten umarmen.

Das getraute er sich jedoch nicht, sondern nahm seine Mütze in die Hand und lächelte. »Also hat Euch Echle alles ausgerichtet, was ich ihm aufgetragen habe?«

»Ja, das hat er. Er hat mir aber auch einen Brief von meinem

Schwiegervater gebracht, in dem es heißt, ich könne ruhig in Augsburg bleiben.« Vevas Tonfall ließ nicht erkennen, was sie von dem Schreiben hielt.

»Der Rickinger war in den letzten Tagen ein paarmal da, um uns zu sagen, wo es langgeht. Er will den ganzen Handel von seinem Haus aus erledigen, hat er gemeint, und unseres nur noch als Lager verwenden. Aus dem Grund will er auch die Dienstboten verringern. Bloß der Schwab und ich sollen bleiben, dazu will er uns die alte Lina schicken. Die versteht sich nämlich nicht mit seiner neuen Frau«, erklärte Cilli bitter.

Nun huschte ein erster Ausdruck von Ärger über Vevas Gesicht. Ihr war klar, dass nach dem Tod ihres Vaters Änderungen vorgenommen werden mussten. Doch sie mochte es nicht, wenn ein Fremder sich zum Herrn aufschwang und Dinge befahl, die nicht in ihrem Sinn waren.

»Wir kriegen übrigens auch den Hasso«, setzte der Schwab hinzu, »weil der die neue Frau ständig verbellt. Sie hat ihn schon erschlagen lassen und den Kadaver einem Ledermacher geben wollen. Aber das hat ihr Mann dann doch nicht zugelassen. Nun schiebt er halt alles, was er und seine Frau nicht brauchen können, zu uns ab. Deshalb bin ich froh, dass Ihr gekommen seid. Immerhin ist das Haus hier Euer Erbe, und wenn da was geändert werden soll, müsst Ihr es anschaffen.«

Veva sah rasch zu Ernst hin, um zu sehen, wie er auf die unverblümten Worte des Knechts reagierte.

Ihr Mann nickte jedoch nur und lächelte ihr zu. »Du bist die Hausherrin und musst entscheiden, was hier geschieht. Ich würde mich jedoch freuen, wenn du Lina und den guten Hasso hier aufnehmen könntest. Beide sind treue Seelen. Was den Handel betrifft, so werde ich mit meinem Vater sprechen. So, wie er es meint, geht es wirklich nicht.«

Mit diesem Entschluss hatte Ernst einen Trennstrich gezogen. Das Wohnhaus und was darin geschah, war Vevas

Sache, während er selbst in die Fußstapfen ihres Vaters treten und das Handelsgeschäft übernehmen würde. Vor ihrem Aufenthalt in Augsburg hatte Veva sich davor gefürchtet, Ernst im Kontor ihres Vaters zu sehen. Doch unter Jakob Fuggers Fittichen hatte er viel gelernt und würde, gerade weil er sich noch enger an den Augsburger Kaufherrn anlehnen wollte, ihren und damit auch seinen Reichtum mehren. Sie atmete kurz durch und reichte ihm die Hand. »Es ist doch selbstverständlich, dass ich die, die dir wohlgesinnt sind, hier bei uns aufnehme. Für Lina wird sich gewiss eine Aufgabe finden.« Dabei griff Veva sich unwillkürlich an den Leib. Während ihrem Mann und dem Schwab die Geste entging, leuchteten Cillis Augen auf. Sie sagte nichts, dachte sich aber, dass Vevas Vater, wenn er vom Himmel herab auf seine Tochter sah, wohl sehr zufrieden sein würde.

11.

Noch am selben Tag besuchten Veva und Ernst den Friedhof, um an Bartholomäus Leiberts Grab und dem seines Sohnes zu beten. Während Veva danach in ihr Elternhaus zurückkehrte und sich der Neugier Cillis ausgeliefert sah, ging Ernst weiter zum Anwesen seines Vaters. Aus alter Gewohnheit nahm er den Hintereingang, der in Hof und Garten führte.

Ein erleichtert klingendes Winseln begrüßte ihn. Er drehte sich um und sah Hasso aus seiner Hütte herauskommen. Der Hund wirkte magerer als früher. Es war gewiss eine gute Entscheidung, dass Veva das Tier aufnehmen wollte.

»Na, mein Hasso? Bald ist alles wieder gut!« Ernst ging zu dem Tier und streichelte es.

Als er sich dem Hauseingang zuwandte, trat ein Mann heraus und schrie ihn an. »He, du! Du hast hier herinnen nichts verloren. Mach, dass du verschwindest!«
Mit einem Knüppel ging er auf Ernst los. Dieser wich zurück, bis er neben Hasso stand, und fasste nach dessen Kette. »Wenn du nicht auf der Stelle den Prügel wegwirfst und dir bessere Manieren angewöhnst, lasse ich den Hund frei!«
»Pah, das kannst du nicht«, höhnte der Mann, traute sich aber nicht, näher zu kommen.
»Wer bist du überhaupt, dass du dich hier aufführst, als wärst du der Hausherr?« Nun wurde auch Ernst laut.
»Der Hausherr bin ich zwar nicht, aber der Hausknecht, und das gilt fast ebenso viel!«, kam es nicht minder laut zurück.
»Und ich bin der Sohn des Hausherrn, und ich will verdammt sein, wenn ich mir einen solchen Empfang in meines Vaters Haus bieten lasse!«
Ernst sah mit grimmiger Zufriedenheit, wie der andere blass wurde und den Knüppel sinken ließ. »Du bist Ernst Rickinger?«
»Für deinesgleichen heißt das immer noch Ihr und Herr Rickinger! Und jetzt geh mir aus dem Weg.« Kurzerhand schob er den Mann beiseite.
Während er ins Haus ging, fragte er sich, wie sein Vater einen solchen Kerl in seine Dienste hatte nehmen können. Immerhin war ihr alter Hausknecht ein treuer, zuverlässiger Mann gewesen. Doch wie es aussah, erwies sich seine Stiefmutter als ein Besen, der alles Alte auskehren wollte.
Als Erstes kam ihm die alte Lina entgegen. Die Magd ging ganz schief, und ihr liefen die Tränen über die Wangen. Die trübten ihr so den Blick, dass sie Ernst erst wahrnahm, als er direkt vor ihr stand.
»Bub, ist es möglich?« Der schmerzhafte Ausdruck auf

ihrem Gesicht verschwand und machte einer freudigen Miene Platz.
Ernst fasste ihre Hände und hielt sie fest. »Lina, ich freue mich, dich zu sehen. Aber sag, was ist mit dir los? Bist du krank?«
Die alte Magd schüttelte den Kopf. »Nein! Geschlagen hat sie mich. Mir tut der ganze Rücken weh. Wenn die so weitermacht, wird sie noch genauso schlimm wie die Frau Anna!«
Ernsts Blick wurde hart. »Schlagen darf dich hier keiner, Lina. Pack gleich dein Bündel und geh in mein Haus. Die Veva freut sich, wenn du bei uns einstehst.«
»Wirklich?« Die Magd küsste Ernsts Hände und eilte so rasch davon, als könne sie es nicht erwarten, dieses Haus zu verlassen.
»Nimm Hasso mit und sag der Cilli, sie soll ihm was zum Fressen geben. Der arme Kerl ist ja halb verhungert«, rief Ernst ihr noch nach, dann wandte er sich dem Kontor seines Vaters zu. Bevor er eintreten konnte, sah er sich seiner Stiefmutter gegenüber.
Susanne hatte Stimmen auf dem Flur gehört und schoss nun aus dem Raum, in dem das Leinen aufbewahrt wurde, um die Sprecher zur Ordnung zu rufen.
Während sie lautstark fragte, was der Lärm zu bedeuten habe, fiel Ernst ihr Kleid auf, das selbst für die Frau eines reichen Bürgers zu protzig war. Wenn seine Stiefmutter schon in ihrem Haus so auftrat, was würde sie erst tragen, wenn sie nach draußen ging? Mit dem bitteren Gedanken, dass selbst seine schlimmsten Befürchtungen noch übertroffen wurden, zog er seinen Mantel aus und legte ihn ihr auf den Arm.
»Da kein Knecht da ist, kannst du ihn aufräumen!«
»Ja, wer meinst denn du, wer ich bin?«, keifte die Frau und warf den Mantel auf den Boden.

»Da mein Vater dich geheiratet hat, muss ich wohl Stiefmutter zu dir sagen«, antwortete Ernst ungerührt.
Die Frau riss die Augen auf und starrte ihn an. »Du bist der Ernst?«
Jetzt erinnerte der junge Mann sich, dass er nie dabei gewesen war, wenn die Bäckerin und ihr Anhang zu Besuch gekommen waren. Da die Frau selbst erst kurz zuvor aus Dachau zugezogen war, hatte sie ihn noch nie gesehen.
»Ja, ich bin der Ernst, und ich will jetzt zu meinem Vater!« Er wollte sich an der Frau vorbeischieben, die breitbeinig auf dem Flur stand.
Sie aber lachte höhnisch und wies auf ihren Bauch. »Ich bin schwanger, und unser hochwürdiger Herr Remigius sagt, es wird gewiss ein Bub. Dann werden wir ja sehen, welchen seiner Söhne dein Vater lieber sieht!«
»Vorerst muss er noch mit mir vorliebnehmen«, sagte Ernst und wollte anklopfen.
Sein Vater war inzwischen aufmerksam geworden und öffnete die Tür. Als er Ernst erkannte, zog er die Stirn kraus. »Ich habe doch geschrieben, dass es nicht nötig ist, nach München zu kommen!«
»Verzeiht, Herr Vater, aber mein Weib hat wohl das Recht, das Grab ihres Vaters aufzusuchen und ein Gebet für ihn zu sprechen. Außerdem müssen Seelenmessen für meinen Schwiegervater und Vevas Bruder bestellt werden.« Ernst war über den unfreundlichen Empfang verärgert und antwortete daher harscher, als er es beabsichtigt hatte.
Dabei nahm er wahr, wie seine Stiefmutter sich die Hände rieb. Wahrscheinlich, dachte er bei sich, schürte sie die Abneigung seines Vaters gegen ihn nach Kräften. Mehr denn je war er froh, Veva geheiratet zu haben und über sie sein eigenes Handelshaus führen zu können.
»Nun, was willst du?« Der Tonfall seines Vaters wurde um keinen Deut freundlicher.

Daher beschloss Ernst, ebenfalls kein Blatt vor den Mund zu nehmen. »Ich will die Geschäftsbücher meines Schwiegervaters holen, um seinen Handel weiterführen zu können.«

Eustachius Rickinger blickte seinen Sohn an, als habe er einen Schwachsinnigen vor sich. »Ich habe doch geschrieben, dass ich den Handel übernehme!«

Ernst bemerkte einen verschlagenen Ausdruck auf dem Gesicht seines Vaters und wurde misstrauisch. »Da Veva und ich nach München zurückgekehrt sind, wird dies nicht nötig sein. Daher wäre ich Euch dankbar, wenn Ihr mir jetzt die Bücher gebt.«

Sofort brüllte Eustachius Rickinger los: »Ich denke nicht daran!«

»Es ist mein Recht, sie zu fordern!«, antwortete Ernst kaum leiser.

Das Gesicht seines Vaters lief dunkel an. »Dazu hast du überhaupt kein Recht! Ich bin der Herr in diesem Haus, und wenn ich dir etwas befehle, hast du zu gehorchen!«

»Verzeiht, Herr Vater. Aber nach dem Tod meines Schwiegervaters bin ich das Oberhaupt meines eigenen Hausstandes, und es ist meine Pflicht, Leiberts Gewerbe weiterzuführen und das Erbe meiner Frau zu wahren. Wollt Ihr mir nun die Bücher geben, oder muss ich den Rat anrufen, damit er Euch dazu zwingt?«

Der alte Rickinger drohte Ernst mit der Faust. »Hinaus! Und komme mir nie mehr über die Schwelle!«

»Gut, ich werde gehen. Dafür aber werden heute noch die Stadtknechte erscheinen und Leiberts Rechnungsbücher von Euch fordern.« Mit diesen Worten drehte Ernst sich um und verließ das Haus.

Draußen traf er auf Lina. Die alte Frau hatte ihr Bündel geschultert und war gerade dabei, Hasso einen Strick um den Hals zu binden. Da ihre Hände immer noch zitterten und steif vor Kälte waren, ging ihr dies nicht so leicht von der Hand. Ernst half ihr und nahm ihr auch das Bündel ab. Es war beschämend, fand er, wie wenig die Magd nach so vielen Jahren treuer Dienste besaß.

12.

Als Benedikt Haselegner in Innsbruck von Bartholomäus Leiberts Ableben erfuhr, atmete er erst einmal auf. Damit hatte sich der gewichtigste Grund verflüchtigt, der seiner Heimkehr nach München im Weg gestanden hatte. Zwar wusste er von Freunden, dass Vevas Vater keine Anklage gegen ihn erhoben hatte und er deswegen seine Heimatstadt gar nicht hätte verlassen müssen. Aber es war nicht nur der Messerstich gegen Leiberts Knecht gewesen, der ihn in die Flucht getrieben hatte. Sonderbarerweise war es für ihn auch immer mehr zum Problem geworden, dem Mann gegenübertreten zu müssen, dessen Sohn auf sein Betreiben hin ermordet worden war.

Inzwischen aber hatte er diese lächerlichen Anfälle von schlechtem Gewissen überwunden und beschloss, die Sache voranzutreiben. Dazu bot sein Schwiegervater ihm die beste Möglichkeit. Als er Antscheller in seinem Kontor aufsuchte, war dieser gerade dabei, einen Brief an Ernst Rickinger zu schreiben. Er war unsicher, wie er sich dem Nachfolger seines alten Geschäftspartners gegenüber verhalten sollte, und atmete auf, als er Haselegner eintreten sah. »Gut, dass du kommst, Benedikt. Was hältst du von dem jungen Rickinger? Früher soll er ja ein rechter Treibauf gewesen sein, doch seit seiner Heirat hört man nichts Schlechtes mehr über ihn.«

»Ich habe München bereits vor seiner Heirat verlassen und

kann daher nicht sagen, ob er sich inzwischen geändert hat. Damals hätte ich ihm keinen schimmligen Groschen anvertraut«, erklärte Haselegner mit einer verächtlichen Geste.
»Es heißt, sein Vater sei stark in die Belange des Hauses Leibert verwickelt. Der alte Rickinger ist zwar nicht der angenehmste Geschäftspartner, aber er versteht etwas vom Geschäft. Daher sollten wir unsere Verbindung zu Leiberts Schwiegersohn nicht ohne Not beenden.«
Während Friedrich Antscheller seine Überlegungen aussprach, ärgerte Haselegner sich insgeheim, dass sein Schwiegervater ihn wie einen lumpigen Kommis behandelte und nicht wie einen gleichwertigen Kompagnon. Wenn er das ändern wollte, musste er nach München zurückkehren. Vorher aber würde er noch die beiden letzten Hindernisse beseitigen, die seinen Plänen im Wege standen. »Ladet Ernst Rickinger doch ein, hierherzukommen. Dann könnt Ihr Euch selbst ein Bild von ihm machen«, schlug er vor.
Antscheller wiegte den Kopf, nickte dann aber. »Das ist ein guter Gedanke! Ich werde Dringlichkeit vorschützen. Dann sehen wir auch, ob der junge Mann trotz des winterlichen Wetters reist oder ob er wartet, bis es getaut hat. Einen guten Handelsmann kümmert es nicht, dass es stürmt oder schneit, wenn er nur ein gutes Geschäft abschließen kann.«
»Tut das, Herr Schwiegervater. Danach wisst Ihr gewiss, was von Ernst Rickinger zu halten ist.«
Haselegner rieb sich insgeheim die Hände. Um diese Zeit reisten nur wenige, und es wurden kaum Waren übers Gebirge gebracht. Daher würde es Franz von Gigging leichtfallen, dem jungen Gimpel aufzulauern und dafür zu sorgen, dass Veva Witwe wurde. Während er Antscheller über die Schulter blickte und las, was dieser an Ernst schrieb, verfasste er in Gedanken selbst einen Brief. Diesen würde er Giggings Gefolgsmann übergeben, der hier in Innsbruck für seinen Herrn Augen und Ohren offen hielt.

13.

In München stand Ernst ebenfalls im Zentrum heftiger Überlegungen. Für Doktor Ägidius Portikus war seine Rückkehr ein Schlag ins Gesicht, aber da Georg Eisenreich, der Pfarrherr von Sankt Peter, sich weigerte, Ernst aus seiner Kirchengemeinde auszuschließen oder ihm zumindest die Teilnahme am heiligen Abendmahl zu verwehren, blieb Portikus nichts weiter übrig, als seinem Unmut im engeren Kreis Luft zu machen. Auch an diesem Tag schimpfte er wieder über ihn und wurde von Pater Remigius lebhaft unterstützt.

»Es ist allzu ärgerlich, dass mein Plan, diesen Kerl mit Hilfe der Magd, die er geschwängert hat, zu Fall zu bringen, durch das Eingreifen des Herzogs vereitelt worden ist. Andernfalls wäre er beim Betreten der Stadt noch am Tor verhaftet worden!«, rief Remigius und spülte seine Enttäuschung mit einem kräftigen Schluck Wein hinunter.

»Ihr hättet nicht unbedacht handeln, sondern auf meine Rückkehr warten sollen«, grollte Portikus. »Zusammen hätten wir Ernst Rickinger seine Grenzen aufzeigen können. So aber konnte dieser Narr Hilarius den Herzog dazu bringen, das Weibsstück freizulassen. Jetzt wird dieser elende Lümmel über uns lachen.«

»Dem wird das Lachen noch vergehen, und wenn ich ein paar kräftige Kerle bezahlen muss, die ihm eine scharfe Klinge in sein schwarzes Herz stoßen.« Remigius klang danach, als wolle er am liebsten gleich in den Beutel greifen, um einen Meuchelmörder zu kaufen.

Das erinnerte seinen Gesprächspartner an Franz von Gigging und die Belohnung, die er diesem versprochen hatte, wenn der Ritter Ernst Rickinger aus der Welt schaffen würde. Da Portikus ungerne selbst Geld ausgab, kam ihm in diesem Moment der Gedanke, nicht den Kirchenschatz, sondern seinen weitaus wohlhabenderen Amtsbruder Remigius dafür bluten zu lassen. »Warum habt Ihr dem jungen Rickinger nicht schon vor zwei Jahren einen Meuchelmörder auf den Hals geschickt?«, fragte er lauernd.

»Hätte ich es damals getan, wäre der Verdacht sofort auf mich gefallen. Auch wenn ich nicht dem Gericht des Herzogs unterstehe, sondern dem unseres ehrwürdigen Bischofs von Freising, hätte Wilhelm IV. mir schaden können. Der hat einige rauhe Burschen in seinen Diensten, die nicht davor zurückschrecken, einem Diener des Herrn Gewalt anzutun.«

Remigius war also zu feige gewesen, etwas zu unternehmen, dachte Portikus, und seine Verachtung für sein Gegenüber wuchs. Dabei empörte ihn nicht nur dessen Lebenswandel, der selbst bei milder Betrachtung für einen Priester äußerst ungehörig war, sondern auch die Tatsache, dass Remigius Amt und Würden aufgrund seiner Herkunft in den Schoß gefallen waren. Er selbst hatte sich seinen Aufstieg hart erarbeiten müssen und bekam tagtäglich den Hochmut der aus dem Adel stammenden Geistlichen zu spüren.

Gerade jetzt aber konnte er nicht auf Remigius verzichten. Der Mann war der einzige Verbündete, den er derzeit in München hatte. Auch das verdankte er Ernst Rickinger. Die beiden Pfarrherren von Sankt Peter und Unserer Lieben Frau und auch die übrigen Kleriker weigerten sich, diesen Lumpenhund zu verdammen. Es gab sogar einige, die sich klammheimlich über die Abreibung freuten, die Rickinger Remigius erteilt hatte. Auch kannten sie die Ansichten des Herzogs über die Moral des Klerus und hatten keine Lust, Wilhelm zu verärgern. Zwar unterstanden sie nicht seiner Rechtsprechung, aber der Herzog besaß dennoch eine gewisse Macht über sie. Wenn er verhinderte, dass reichlich Spenden flossen, oder sich selbst knausrig zeigte, würden sie ihren eigentlichen Herrn, Bischof Philipp von Freising, verärgern und vielleicht sogar ihre angenehmen Pfründe in der Herzogstadt verlieren. Dies wusste Portikus ebenso gut wie Remigius, und beiden war klar, dass sie nur heimlich gegen Ernst Rickinger vorgehen durften.

»Dieser Lümmel gilt nun als ehrlicher Bürger und Hausvorstand! Dabei verrät sein Verhalten seinem Vater gegenüber deutlich, welch Kind des Teufels er ist«, brach es aus Portikus heraus.

»Es ist eine schwere Sünde, den eigenen Vater vor Gericht zu zerren. Er hat den ehrenwerten Eustachius Rickinger damit nicht weniger zum Gespött der Stadt gemacht als mich.« Remigius starrte auf seine Hände und wünschte sich, er könnte sie um Ernst Rickingers Hals legen und mit aller Kraft zudrücken.

Portikus nickte grimmig. »Der Kerl ist eine Schande für die Menschheit und muss vernichtet werden!«

Sein Gesprächspartner musterte ihn neugierig. »Das klingt ja danach, als hättest du einen Plan?«

»Vielleicht. Vielleicht auch nicht. Es würde auf jeden Fall einiges kosten!«

»An Geld soll es nicht scheitern«, rief Remigius eilfertig. »Sag, wie viel du brauchst, und ich verschaffe es dir« – und wenn es aus den Spendengeldern für Sankt Peter ist, setzte er in Gedanken hinzu. Zwei Jahre lang hatte Ernst Rickinger ihn zum Gespött der Stadt gemacht, das schrie nach Vergeltung.

Portikus ließ ihn ein wenig zappeln und nannte dann einen Betrag, der noch einmal um die Hälfte über dem lag, was er Gigging geboten hatte. Bei der Höhe der Summe sog Remigius hörbar die Luft ein, nickte dann aber und streckte seinem Mitbruder die Hand hin. »Schlag ein! Ich gebe dir das Geld.«

Er benimmt sich wie ein Bauer auf dem Pferdemarkt, dachte

Portikus. Das hinderte ihn jedoch nicht daran, das Angebot anzunehmen. Kurz darauf schrieb er in seinem Quartier einen Brief an Gigging und ließ ihn durch einen seiner geringeren Mitbrüder zustellen.

14.

Ernst legte das Rechnungsbuch aus der Hand und schlug mit der Faust auf den Tisch. Dann blickte er entschuldigend zu Veva hoch. »Es ist nicht zu fassen! Mein Vater hat den deinen bereits zu dessen Lebzeiten nach Strich und Faden betrogen und nach dessen Tod den größten Teil der Gewinne in seine Kasse gewirtschaftet.«

»Aber warum? Alles, was ich besitze, kommt doch dir als meinem Mann zugute!«

»Es muss mit der zweiten Frau meines Vaters zusammenhängen. Anscheinend will er noch reicher werden, um die Kinder mit ihr üppig ausstatten zu können. Aber dass er bis zu offenem Betrug geht, hätte ich niemals von ihm erwartet. Wir werden das unterschlagene Geld wohl ebenso durch das Gericht zurückfordern müssen wie kürzlich die Bücher. Jetzt wundere ich mich nicht mehr, weshalb er sie nicht herausrücken wollte.«

Ernsts Stimme drückte seine ganze Enttäuschung über seinen Vater aus. Dabei sah er weniger sich selbst als Geschädigten als vielmehr Veva, denn schließlich ging es um ihr Erbe.

»Dein Vater hat den meinen immer als seinen besten Freund angesehen«, fuhr er fort. »Doch wie es aussieht, ist wahre Freundschaft ein rares Gut. Eustachius Rickinger hätte sich als treuer Sachwalter einen Platz im Himmel verdienen können. Stattdessen ist er zum Betrüger geworden. Nun schäme ich mich, seinen Namen zu tragen.«

»Wir werden unser Geld schon wiederbekommen«, versuchte Veva, ihn zu trösten. Da sich Ernsts Miene jedoch nicht aufhellte, lehnte sie sich gegen ihn, nahm seine Rechte und legte diese auf ihren Bauch. Ihr Mann strich über die leichte Rundung, die dort in letzter Zeit entstanden war, ohne darüber nachzudenken, was das bedeuten mochte.

»Gräme dich nicht, mein Mann. Unser Herr Jesus Christus wird uns zu unserem Recht verhelfen. Freue dich lieber auf die Sommerzeit, denn dann wird, so die Heilige Jungfrau uns beisteht, die Wiege, die derzeit leer auf dem Dachboden steht, wohl gebraucht werden.«

Auch jetzt dauerte es noch einige Augenblicke, bis Ernst den Sinn ihrer Worte begriff. »Sag bloß, du bist schwanger?«, platzte es aus ihm heraus.

Veva nickte lächelnd. »Ich weiß es schon seit Augsburg. Aber um sicherzugehen, war ich gestern bei der alten Kreszenz. Sie hat es mir bestätigt. Spätestens am Tag der heiligen Maria Magdalena werde ich gebären. Und sage ja nicht, dass es nicht dein Kind ist. Kinder werden selten nach zwölf Monaten geboren.« Außerdem war Blut auf dem Laken, auf dem wir unsere erste Nacht verbracht hatten, aber du hast es nicht einmal bemerkt, fügte sie in Gedanken hinzu. Sie wollte ihrem Mann jedoch keine Vorhaltungen machen, denn er war vor Freude ganz aus dem Häuschen.

»Natürlich ist es mein Kind! Bei Gott, das ist wie ein Sonnenstrahl an einem trüben Tag. Aber das heißt auch, dass ich noch härter um dein Erbe kämpfen muss, denn es gehört unserem Sohn.«

»Oder unserer Tochter, wenn es denn eine werden sollte«, wandte Veva ein.

»Dann kommt der Sohn eben später. O Veva, du weißt gar

nicht, wie ich mich freue!« Ernst stand auf, fasste sie unter den Achseln und schwang sie im Kreis.

»Vorsicht! Sonst stolperst du noch und lässt mich fallen«, mahnte sie, als er dem wuchtigen Tisch nahe kam.

Ernst hielt inne und stellte sie wieder auf die Füße. »Du machst mich zum glücklichsten Mann auf Erden!«

Für einen Augenblick dachte er daran, dass er diese Worte vor fünf Monaten nicht einmal gedacht, geschweige denn gesagt hätte. Damals war Veva ihm allzu kühl und in sich gekehrt erschienen. Inzwischen aber war ihm klar, dass er mit keiner anderen besser auskommen würde als mit ihr.

Auch Vevas Gedanken glitten zurück in die Vergangenheit. Der Mann, der ihr jetzt gegenüberstand, hatte keine Ähnlichkeit mehr mit dem verantwortungslosen Burschen, für den sie ihn einmal gehalten hatte. »Es ist bereits spät geworden. Lass die dummen Bücher und komm zu Bett«, sagte sie und nahm den Kerzenhalter in die Hand.

»Ein Bett, das mir in den nächsten Monaten ein wenig kalt vorkommen dürfte, da wir gewisse Dinge nicht mehr miteinander tun können«, sagte er mit einem entsagungsvollen Seufzer.

Veva lachte. »Wer hat dir solch dummes Zeug erzählt? Kreszenz hat mir gesagt – und die muss es wissen –, dass wir noch mindestens zwei Monate Adam und Eva spielen können. Du musst nur auf mein wachsendes Bäuchlein achtgeben. Später gehst du dann auf Reisen, und wenn du zurückkommst, habe ich das Kind bereits zur Amme gegeben und kann dir wieder die Gefährtin sein, die du dir für das nächtliche Lager wünschst.«

Mit einem glückseligen Lächeln klappte Ernst das Rechnungsbuch zu und ging mit Veva zusammen in die gemeinsame Schlafkammer. Der Ärger über seinen Vater war fürs Erste vergessen, und er sah die Zukunft hell und strahlend vor sich.

15.

Die Rechnungsbücher des Handelshauses Leibert und die Belege wurden von drei Handelsherren geprüft, die der Rat der Stadt München dazu berufen hatte. Ihr Urteil fiel einhellig aus: Eustachius Rickinger hatte sich als Sachwalter seines Freundes und dessen Erbin unrechtmäßig bereichert und wurde dazu verurteilt, das veruntreute Geld zurückzugeben.

Ernst bedauerte, dass er diesen Schritt hatte tun müssen, doch ein Verzicht auf die unterschlagene Summe hätte das Handelshaus Leibert in ernsthafte Schwierigkeiten gebracht und ihn gezwungen, sich einen Seniorpartner zu suchen, der den größten Teil der Gewinne einheimsen würde. Dazu war er jedoch nicht bereit. Sein Blick schweifte über die Räte der Stadt München, die eben ihren Spruch verkündet hatten, und wanderte dann zu seinem Vater, der ihm gegenüber auf der anderen Seite des Saales saß.

Eustachius Rickinger sah aus, als stände er kurz vor dem Platzen. Zwar konnte er den Schiedsspruch des Rates vor Gericht anfechten, doch er wusste selbst, dass die Entscheidung des Richters nicht anders lauten würde. Nur lief er in dem Fall Gefahr, zusätzlich noch zu einer deftigen Geldstrafe verurteilt zu werden. Das hatte der Rat der Stadt ihm ersparen wollen. Dennoch ballte er drohend die Faust in Richtung seines Sohnes. »Das hast du mir nicht umsonst angetan, du Lump. Das schwöre ich dir!«

Der Ratsherr Arsacius Bart schlug mit der flachen Hand auf den Tisch, dass es durch den Saal hallte. »Jetzt mach halblang, Rickinger! Sonst könnte es uns reuen, dass wir dich so billig haben davonkommen lassen.«

»Billig?«, rief Ernsts Vater wütend. »Euer Spruch kostet mich mehr als dreitausend Gulden!«

»Die hättest du ja nicht an dich nehmen müssen«, stellte der Ratsherr ungerührt fest.
Eustachius Rickinger antwortete mit einem Schnauben und wandte sich zur Tür. Auf halbem Weg besann er sich anders, machte noch einmal kehrt und blieb vor Ernst stehen. »Ich verfluche dich! Du bist nicht mehr mein Sohn!«, rief er aus und versetzte Ernst einen heftigen Stoß.
Dieser blieb jedoch unerschütterlich stehen und schob seinen Vater zurück. »Es hätte auch anders kommen können. Doch Ihr habt jeden Versuch von meiner Seite, zu einer gütlichen Einigung zu kommen, von Euch gewiesen.«
»Verfluchter Räuber! Den eigenen Vater vor den Rat zu zerren – und das wegen ein paar lumpiger Gulden!« Mit diesen Worten verließ Eustachius Rickinger den Saal.
Ernst sah ihm kopfschüttelnd nach. »Was hätte ich tun sollen? Immerhin ging es um das Erbe meines Weibes.«
Arsacius Bart legte ihm die Rechte auf die Schulter. »Du hast dir keinen Vorwurf zu machen, Ernst. Die Bücher wurden geprüft, und aus ihnen ging der Betrug einwandfrei hervor. Schuld haben allein dein Vater und das Weib, das er geheiratet hat. Die Bäckerwittib kleidet sich wie eine Dame von Stand und fordert für sich das Recht, noch vor den Frauen der Räte die Kirche betreten zu dürfen. Dein Vater hätte sie, wenn er sie schon heiraten musste, gleich in der Hochzeitsnacht kräftig züchtigen sollen. Vielleicht würde sie sich dann so verhalten, wie Sitte und Brauch es verlangen.«
»Möglicherweise begreift mein Vater jetzt, was er tun muss. Auf jeden Fall werde ich ihm das Geld zukommen lassen, das ihm als lauteren Geschäftspartner und Bevollmächtigen zustände.«
»Er wird dir wenig Dank dafür wissen«, prophezeite der Ratsherr.
»Das mag sein. Doch ich will mich an Sitte und Brauch halten, damit mir niemand etwas vorwerfen kann.«

Arsacius Bart klopfte Ernst auf die Schulter. »Tu es! Dann weiß jeder, dass du ein ehrlicher Handelsmann bist, mit dem man Geschäfte abschließen kann. Deinem Vater wird die Sache schaden, denn wer einmal betrogen hat, muss um seine Reputation fürchten.«

Das war Ernst klar, und er begriff, dass sein Vater ihm auch das anlasten würde. Doch er ging mit einem Achselzucken über diese Erkenntnis hinweg und verabschiedete sich von Bart und den anderen Ratsherren. Als er das Rathaus verließ und über den Schrannenmarkt ging, entdeckte er Veva, die sich eben an einer Metzgerbude eine Bratwurst gekauft hatte und diese genussvoll verspeiste.

»Nun, wie ist es ausgegangen?«, fragte sie Ernst erwartungsvoll. »Ich hoffe, es gab keinen schlimmen Streit, denn ich habe deinen Vater aus dem Rathaus stürmen sehen. Er hat einen Passanten über den Haufen gerannt und ihn dann auch noch fürchterlich beschimpft.«

Ernst blies die Luft aus den Lungen und gab Veva damit einen besseren Einblick in sein Seelenleben als mit vielen Worten. »Der Rat hat meinen Vater aufgefordert, uns das unterschlagene Geld zurückzugeben, sonst käme die Sache vor Gericht. Jetzt bin ich gespannt, ob er einlenkt oder den Streit durchfechten will. Doch wenn der Herzog auf die Sache aufmerksam wird, wird er mehr verlieren als die dreitausend Gulden, die er uns schuldet. Übrigens habe ich mir überlegt, ihm so viel Geld zu geben, wie ihm als ehrlichen Treuhänder zustände. Das wären um die siebenhundert Gulden.«

»Du willst ihm Geld geben, obwohl er uns schamlos betrogen hat?«, fragte Veva verwundert.

»Es geht mir um die Leute. Man soll sehen, dass wir keinen Streit mit ihm wollen.«

Diesem Argument konnte Veva sich nicht entziehen. Daher nickte sie, steckte das letzte Stück Bratwurst in den Mund

und hakte sich, noch auf beiden Backen kauend, bei ihrem Mann unter.

»Du hast recht«, sagte sie, als sie den Bissen geschluckt hatte. »Ein Handelsmann lebt von seinem Ansehen und seinem Ruf! Daher dürfen wir uns auch deinem Vater gegenüber nichts zuschulden kommen lassen.«

»Beinahe noch mehr als der Betrug ärgert es mich, dass nun die Mitglieder des Inneren Rates die Bücher unseres Handelshauses bis auf das letzte Komma kennen.«

»Wirklich?«, fragte Veva leicht amüsiert. »Immerhin hat mein Vater seine Augsburger Beteiligungen nicht in diese Rechnungsbücher eingetragen. Für die gibt es nur einen von Jakob Fugger unterzeichneten Pfandbrief, und den haben wir in seinem Kontor gefunden.«

»Gerade wegen dieser Summe müssen wir achtgeben, dass nicht plötzlich Geld von außen in das Handelsgeschäft fließt und die hohen Herren vom Rat sich fragen, woher es stammt. Sie könnten nämlich auf den Gedanken kommen, wir hätten es bei der Steuerfestsetzung verheimlicht, und dann stehe ich als Beschuldigter vor dem Rat.«

Ernst hatte erst an diesem Tag begriffen, dass die Geschäfte hier in München zu einem Tanz auf dem Seil werden würden, bei dem er sich keinen Fehler erlauben durfte. Auch wenn der Rat viele Probleme unter der Hand zu lösen versuchte, so war es dem Herzog zuzutrauen, dass er auf einem Gerichtsurteil bestand, um eine hohe Geldstrafe einstreichen zu können.

Das war Veva eigentlich schon länger klar, aber sie machte sich weniger Sorgen. Ernst war in ihren Augen gewitzt genug, mit diesen Problemen zu Rande zu kommen. Im Augenblick beschäftigte sie eine andere Frage. »Cilli hat erzählt, mein Vater sei kurz vor seinem Tod noch einmal aus seinem Fieber erwacht und habe unbedingt noch einen Brief schreiben wollen, ohne diesen jedoch vollenden zu können.«

»In dem angefangenen Brief war nur von Haselegner die Rede. Vielleicht hatte er mit ihm ein Geschäft abgeschlossen, das nicht in den Büchern steht, und wollte es uns mitteilen.«
Ernsts Mutmaßung klang schlüssig, doch Veva kannte ihren Vater. »Er hat niemals Geschäfte mit Haselegner gemacht, obwohl mein Bruder ihn mehrfach dazu gedrängt hat.«
»Bartl war Benedikts Freund, genau wie ich. Aber ich hätte Haselegner auch nicht zu meinem Geschäftspartner gemacht.«
Ernst dachte an die Zeiten, in denen Vevas Bruder und er mit Benedikt Haselegner herumgezogen waren. Benedikt war der Älteste von ihnen gewesen und damit auch ihr Anführer. Doch wenn sie in ihrem Übermut etwas angestellt hatten, war es diesem meist gelungen, sich aus der Sache herauszuwinden und ihn und Bartl als Schuldige dastehen zu lassen. Damals hatte er sich wenig dabei gedacht, aber nun fragte er sich, ob Haselegner als Geschäftspartner zuverlässiger war denn als Jugendfreund. Immerhin hatte er Dinge gesehen und erfahren, die diesen in keinem guten Licht zeigten.
Er atmete tief durch und sah Veva auffordernd an. »Wir werden suchen müssen, ob wir irgendwelche Unterlagen finden, die Licht in dieses Dunkel bringen können. Das wird vor allem deine Aufgabe sein, denn du kennst das Gebäude und weißt, wo dein Vater etwas verborgen haben könnte. Ich werde erst einmal dafür sorgen, dass der Handel wieder anläuft. Wahrscheinlich werde ich in der nächsten Zeit nach Augsburg reisen müssen, um mich mit Jakob Fugger zu beraten. Da man hier zu viel über uns weiß, sollten wir unsere Geschäfte noch stärker über Augsburg laufen lassen.«
»Das halte ich ebenfalls für besser. Ach, es ist schon seltsam! Obwohl ich in München aufgewachsen bin und Augsburg nur ein paar Wochen lang kennengelernt habe, würde ich lieber dort leben als hier.«

Veva wunderte sich über sich selbst. Eigentlich gab es keinen Grund, München zu verlassen. Das Gerede um den Mord an ihrem Bruder und ihre Gefangenschaft bei den Räubern war längst verstummt, und die Ehefrauen der Patrizier und Fernhandelskaufleute hatten sie nach ihrer Heirat sofort in ihren Kreis aufgenommen. Allerdings fragte sie sich, ob die Frauen nur ihrer Stiefschwiegermutter einen Tort hatten antun wollen. Der Bäckerin, wie Susanne trotz ihrer Heirat mit Ernsts Vater immer noch genannt wurde, zeigten die Damen deutlich, dass sie von ihnen nicht als gleichrangig anerkannt wurde.

Ernst beschäftigte sich ebenfalls mit Augsburg, aber er wollte dort nur ein Kontor einrichten, seine Geschäfte aber weiter von München aus betreiben. Er würde jedoch sehr vorsichtig zu Werke gehen müssen, damit dies nicht bekannt wurde, denn in seiner Geldgier schreckte der bayrische Herzog vor keinem Winkelzug zurück.

Während er Veva nach Hause führte, blickte er sie immer wieder von der Seite an, um auf angenehmere Gedanken zu kommen, und sagte sich zum wiederholten Mal, dass er mit ihr auf jeden Fall einen weitaus besseren Fang gemacht hatte als sein Vater mit seiner Bäckerin.

16.

In den nächsten Tagen durchsuchte Veva alle Verstecke, die sie im Haus, im Stall und in dem Gebäude kannte, in dem die weniger wertvollen Waren zwischengelagert wurden. Doch sie entdeckte nicht den geringsten Hinweis darauf, aus welchem Grund ihrem Vater noch in seinen letzten Minuten der Name Haselegner so wichtig gewesen war. Dafür aber fand sie etliche Dinge, die sie und Bartl als Kinder verborgen hatten, und brach immer wieder in Tränen aus. Wie schön wäre es, dachte sie, wenn ihr Bruder noch lebte. Dann könnte Bartl hier in München das Handelshaus führen, während Ernst und sie in Augsburg wohnen und wirken würden. Erst in diesem Moment fiel ihr ein, dass sie ohne den Mord an ihrem Bruder die Frau Friedrich Antschellers geworden wäre und nun Innsbruck ihre Heimat wäre. Der Gedanke ernüchterte sie. Sie hatte sich so an Ernst gewöhnt, dass sie sich nicht vorstellen konnte, mit einem anderen Mann verheiratet zu sein. Nun fragte sie sich, ob Glück immer nur mit Leid erkauft werden konnte. Mit einem Seufzen legte sie ihre Funde wieder an die Stellen, an denen sie sie entdeckt hatte, und wollte weitersuchen. Ein Hungeranfall veranlasste sie jedoch, zunächst in die Küche zu gehen. Dort schnitt sie sich ein Stück Schinken ab, setzte sich auf einen Stuhl und begann zu kauen.

»Gleich gibt es Mittagessen«, tadelte Cilli sie.

»Ich habe aber jetzt Hunger«, antwortete Veva gelassen und spülte den Schinken mit einem Becher Bier hinunter. »So, jetzt kann ich bis Mittag warten.« Da sie sich etwas matt fühlte, blieb sie sitzen und strich sich über den Bauch.

»Spürst du das Kleine?«, fragte Cilli neugierig.

Veva horchte in sich hinein und nahm leichte Bewegungen wahr. »Ich glaube, es tritt mich gerade«, sagte sie lachend.

»Das ist ein Zeichen, dass das Kind gesund ist und sich gut entwickelt. Ich freue mich schon so auf das Würmchen.« Cillis Augen leuchteten auf. Ein Kind war in ihren Augen genau das, was in diesem Haus fehlte. Sein Geschrei und sein Lachen würden die düstere Stimmung vertreiben, die sich nach dem Mord an Bartl und dem Tod des Hausherrn hier breitgemacht hatte.

Auch Veva freute sich auf das Kind. Mit Ernst war sie übereingekommen, es, falls es ein Junge würde, Bartholomäus nach ihrem Vater und ihrem Zwillingsbruder zu nennen, als Mädchen würde es den Namen von Ernsts Mutter Elisabeth erhalten.

»Wenn alles gutgeht und das Kleine gesund ist, werde ich der heiligen Margarete eine große Kerze stiften und ebenso unserer Mutter Gottes im Himmel.« Veva bekreuzigte sich, um die Gunst der beiden heiligen Frauen zu erlangen, und sah dann zu, wie Cilli mit Hilfe der alten Lina und einer Jungmagd das Mittagessen auftrug. Als sie ihnen in das Speisezimmer folgte, fand sie ihren Mann nachdenklich über einen Brief gebeugt.

»Gibt es etwas Neues, mein Lieber?«, fragte sie.

Ernst nickte. »Antscheller aus Innsbruck schreibt, er habe vom Tod deines Vaters gehört. Nun fordert er mich auf, umgehend zu ihm zu kommen, um die weiteren Geschäfte mit ihm zu besprechen. Dabei hat er mir bei meinem letzten Besuch dort die kalte Schulter gezeigt.« Für einen Augenblick dachte Ernst an seine gescheiterte Werbung um eine Antscheller-Tochter und war gottfroh, dass es anders gekommen war.

»Du wolltest doch nach Augsburg reisen«, wandte Veva ein.

»Das ist nicht ganz so eilig. Antscheller aber macht es dringend. Also werde ich zuerst nach Tirol reiten und mit ihm reden. Von dort aus mache ich mich auf den Weg zu Jakob Fugger und komme anschließend wieder hierher. Ich hoffe, ich bin wieder da, wenn das Kind auf die Welt kommt.«

»Darüber würde ich mich freuen. Irgendwie gefällt mir die Sache nicht. Ich halte es für ein schlechtes Omen, dass du die erste Reise ausgerechnet zu Antscheller nach Innsbruck machst. Auf dem Weg dorthin ist mein Bruder umgekommen.«

Ernst hob lächelnd die Hand. »Nichts geschieht zweimal auf der Welt, mein Schatz. Außerdem hat man seit dem

Herbst nichts mehr von der Oberländer Bande gehört. Wahrscheinlich ist den Schurken der Boden unter den Füßen zu heiß geworden, und sie haben sich in alle Winde zerstreut.«

»Ein Wagenzug ist überfallen worden«, wandte Veva ein.

»Ja, aber das war noch, bevor Luther nach Augsburg gekommen ist. Danach ist es um die Räuber still geworden. Und selbst wenn es sie noch gibt, so sitzen sie bei diesem Wetter gewiss in ihren Hütten am warmen Feuer und trinken Würzwein oder Bier!« Ernst lächelte, sprach dann das Tischgebet und griff zum Schöpflöffel, um Vevas und seinen Napf zu füllen.

»Lass es dir schmecken«, sagte er und sann dann darüber nach, weshalb Antscheller so auf seinen Besuch drängte. »Weißt du, ob dein Vater bei Antscheller Geld angelegt hat, das nicht in den Büchern steht?«

»Davon weiß ich nichts. Aber er hat einen Teil des Italienhandels zusammen mit Antscheller betrieben.«

»Wahrscheinlich will Antscheller nur wissen, ob wir diese Geschäfte weiter mit ihm führen wollen«, sagte Ernst und legte sich in Gedanken die Wegstrecken zurecht, die er bei winterlichen Witterungsverhältnissen an einem Tag bewältigen konnte.

Veva hätte ihm die Reise am liebsten ausgeredet, aber sie sah ein, dass es sinnlos war. Daher ermahnte sie ihn nur. »Du darfst nicht allein reiten! Auch wenn unterwegs keine Räuber lauern, könntest du vom Pferd fallen und dir ein Bein brechen. Dann wärst du im Gebirge verloren.«

»Ich falle selten vom Pferd!«, versuchte er ihre Besorgnis scherzhaft zu zerstreuen. »Damit du ruhig schlafen kannst, nehme ich den Schwab mit. Nein, besser den Sepp. Der Schwab taugt im Haus mehr als der andere. Und nun lass uns von Angenehmerem reden. Was zum Beispiel soll ich dir aus Innsbruck mitbringen?«

»Komm gesund zurück! Das ist mir Geschenk genug«, antwortete Veva leise und versuchte, ihre Angst als eine der Launen anzusehen, die eine schwangere Frau von Zeit zu Zeit überfielen.

17.

Nachdem Ernst sich entschlossen hatte, nach Innsbruck zu reiten, wollte er die Reise so rasch wie möglich antreten. Zwar bedauerte er, sich so bald schon von Veva trennen zu müssen, doch er wollte ihr beweisen, dass sie die Heirat mit ihm auch in geschäftlicher Hinsicht nicht bereuen musste. Zudem wusste er nicht, ob sein Vater Vereinbarungen mit Antscheller getroffen hatte, und daher drängte es ihn, so schnell wie möglich vor Ort zu sein, um falsche Entscheidungen korrigieren zu können.
Veva verstand seine Beweggründe und versuchte, sich zusammenzunehmen. Aber als Ernst zusammen mit dem Knecht Sepp aufbrach, tat ihr das Herz weh. Sie lief noch etliche Schritte neben seinem Pferd her und krallte ihre Finger in den dicken Stoff des Mantels, mit dem er sich gegen die Kälte und den leichten Schneefall gewappnet hatte.
»Gib auf dich acht!«, bat sie ihn.
»Darauf kannst du dich verlassen. Und du pass ebenfalls auf dich auf! Denke daran, du bist nicht mehr nur für dich, sondern auch für unser Kind verantwortlich!«
Seine Fürsorge tat Veva gut. Sie begriff, dass er auch an Rosi dachte, die ihr Kind verloren hatte und sich deswegen immer noch grämte. Dabei wäre es für die Magd eher eine Last denn ein Segen gewesen. Für sie selbst war die Vorstellung, ihr Kind zu verlieren, so schrecklich, dass sie beschloss,

noch an diesem Tag der Heiligen Jungfrau eine Kerze zu weihen und eine weitere dem heiligen Christophorus, damit dieser ihren Mann auf der Reise beschützte.
Erst kurz vor dem Isartor ließ sie seinen Mantel los und blieb zurück. Ernst drehte sich noch einmal im Sattel um und winkte ihr zu. Dann trabte er zur Stadt hinaus und verschwand samt dem Knecht im Schneegestöber.
Veva wäre es lieber gewesen, ihr Mann hätte sich einer größeren Gruppe angeschossen. Doch Ernst war nicht bereit gewesen zu warten, bis sich zu dieser Jahreszeit weitere Reisende auf den Weg nach Süden machten.
Auf dem Heimweg begegneten ihr drei Reiter, die sich in weite Kapuzenmäntel gehüllt hatten und ihr dennoch bekannt vorkamen. Es waren jedoch keine Münchner. Veva versuchte, ihrem widerstrebenden Kopf eine Erinnerung abzuringen, doch wie schon einige Male zuvor gelang es ihr nicht.

18.

Zunächst kamen Ernst und sein Knecht gut voran. Um München herum wurden die wichtigsten Handelswege vom Schnee geräumt, und sie konnten hoffen, dass dies bis in die Berge hinein geschah. Da Ernst die Pferde nicht zu sehr anstrengen wollte, schlug er ein gemächliches Tempo ein und nahm sich vor, frühzeitig einzukehren, um nicht in die Nacht reiten zu müssen. Bald schon bedauerte er, Sepp mitgenommen zu haben und nicht den Schwab. Dieser war immer fröhlich und hätte ihn mit unbeschwerten Geplauder unterhalten. Doch Sepp brachte kaum den Mund auf und ließ sich zudem anmerken, wie sehr es ihm missfiel, sich der Kälte und dem Wind aussetzen zu müssen.

Man merkt, dachte Ernst, dass mein Schwiegervater in den letzten Jahren keine Reisen mehr unternommen hat. Sonst wäre der Knecht daran gewöhnt gewesen. Er hatte jedoch wenig Lust, Sepp zur Ordnung zu rufen, sondern ließ seine Gedanken schweifen. Im letzten halben Jahr hatte sich in seinem Leben vieles geändert. Er war verheiratet, würde bald Vater werden und führte zudem sein eigenes Handelshaus. Gleichzeitig hatte sein Vater das Band zwischen ihnen, das schon immer arg dünn gewesen war, endgültig durchtrennt. Er empfand eine gewisse Trauer, war aber überzeugt, richtig gehandelt zu haben.
»Wollen wir nicht bald irgendwo einkehren und uns aufwärmen, Herr?«, ließ Sepp sich vernehmen.
»So lange sind wir doch noch nicht unterwegs«, antwortete Ernst, blickte aber zum Himmel. Die graue Wolkendecke ließ keinen Sonnenstrahl durch und hüllte das Land in Düsternis. Da die Landschaft ganz anders aussah als zwischen Frühling und Herbst, konnte er nicht erkennen, wie weit sie gekommen waren. Deswegen fragte er im nächsten Dorf einen Bauern, der vor seiner Hütte Holz hackte, welchen Namen der Ort trug.
Die Antwort verriet ihm, dass sie kaum mehr als die Hälfte der geschätzten Strecke zurückgelegt hatten. Dennoch lenkte er sein Pferd zum nächsten Gasthof und befahl den Knechten, sich um die Tiere zu kümmern. Er trat mit Sepp zusammen in die Gaststube und bestellte zwei Becher Würzwein und zwei Näpfe des über dem Feuer köchelnden Eintopfs für sich und seinen Begleiter.
Die Wirtin war durchaus ansehnlich, und noch vor einem Jahr hätte Ernst versucht, mit ihr zu tändeln. Nun aber setzte er sich gemütlich auf einen Stuhl, betrachtete die holzgetäfelten Wände und die schweren, altersdunklen Balken, die die Decke trugen, und fühlte sich einfach wohl. So schön es zu Hause bei Veva auch war, so freute er sich doch,

wieder andere Gesichter zu sehen als in München oder in Fuggers Haus.
»Sollten wir nicht hier übernachten? Es wird draußen schon dunkel«, fragte Sepp.
»Es ist gerade erst Mittag. Ein paar Stunden können wir noch reiten. Und jetzt iss auf! Je schneller du fertig wirst, umso eher erreichen wir unser Nachtquartier.« Ernst ließ sich von Sepps schlechter Laune nicht anstecken, sondern verzehrte genüsslich sein Essen, bezahlte und verließ die Wirtsstube, um den Knechten draußen zu sagen, sie sollten sein und Sepps Pferd wieder aus dem Verschlag holen, in dem sie die Tiere untergestellt hatten.
Sepp kam erst aus der Wirtschaft, als Ernst laut nach ihm rief. Grummelnd setzte er sich aufs Pferd und ritt wie das Leiden Christi hinter seinem Herrn her.
Trotz Sepps Trödelei kamen sie gut voran und erreichten den Gasthof, in dem Ernst übernachten wollte, noch vor der Dämmerung. Bei dem kalten Wetter befanden sich nur wenige Gäste in der Stube, und diese waren in Richtung München unterwegs. Neugierig fragten sie Ernst, was sich in den letzten Wochen in der Stadt getan habe. Er stand Rede und Antwort, so gut er es vermochte, war aber schließlich froh, als die anderen ihre Betten aufsuchten.
Nun nahm auch er einen der Kerzenhalter, die der Wirt herumreichte, und klopfte seinem Knecht auf die Schulter. »Komm schlafen, Sepp! Der morgige Tag ist früh genug da.«
Der Knecht brummte nur etwas und folgte ihm. Statt ihn in den Stall zu schicken oder ihn in der Gaststube auf der harten Bank einzuquartieren, hatte Ernst auch einen Schlafplatz für Sepp gemietet, und so mussten sie sich ein Bett teilen. Nicht lange, da bedauerte Ernst seine Großzügigkeit, denn Sepp schnarchte gotterbärmlich und hatte zudem die Angewohnheit, sich im Schlaf mit den Ellbogen Platz zu schaffen.

Ab dem nächsten Tag, so schwor Ernst sich, würde sein Knecht wie die anderen Bediensteten neben dem Pferd im Stroh schlafen. Dort war es auch warm, und er hatte seine Ruhe – zumindest, wenn er genug bezahlte, um das Bett nicht mit einem fremden Gast teilen zu müssen.

19.

Ernst und Sepp ritten bereits durchs Gebirge, ohne dass sie Reisegefährten gefunden hätten. Nur ab und an waren sie auf einzelne Wanderer gestoßen, die von einem Dorf zum anderen unterwegs waren. Diese waren jedoch rasch hinter ihnen zurückgeblieben.

Ernst hätte nun viel darum gegeben, wenn sie in Gesellschaft hätten reisen können, denn ihre Lage verschlechterte sich von Stunde zu Stunde. Das Land lag unter einer dicken Schneedecke, und der Weg war nur noch durch in den Boden gesteckte Zweige zu erkennen. Gelegentlich teilte sich die Straße, und oft war er unsicher, ob er sich nun rechts oder links halten sollte. Zudem wurde der Himmel immer dunkler, als bräche bereits die Dämmerung herein, obwohl es kaum später als eine Stunde nach Mittag sein konnte. Kurz darauf tanzten erste Schneeflocken um ihn und seinen Begleiter.

Als sie eine weitere Abzweigung erreichten und Ernst sich fragte, wie sie weiterreiten sollten, begann Sepp zu schimpfen. »Ihr hättet im letzten Dorf einen Führer mitnehmen sollen! Jetzt werden wir uns verirren und elend erfrieren!«

»Erfrieren werden wir wohl kaum, denn ich habe vorhin mehrere Rauchfahnen gesehen, die aus den Kaminen großer Bauernhöfe oder sogar von Burgen stammen müssen. Sollte das Wetter sich weiter verschlechtern, werden wir dort Unterschlupf finden.«

Ernst ärgerte sich weniger über den Knecht, der ihm eher eine Belastung denn eine Hilfe war, als über sich selbst. Obwohl er die Berichte über die Winterstürme im Gebirge kannte, hatte er sich in München nicht vorstellen können, wie sich das Land zwischen den Bergen zu dieser Jahreszeit veränderte. Nun begriff er, dass es Leichtsinn gewesen war, den Weg ohne einen erfahrenen Führer anzutreten.

Noch während er mit sich haderte, hörte er hinter sich Rufe. Er drehte sich um und entdeckte drei Reiter, die offensichtlich bemüht waren, zu ihnen aufzuschließen.

»Von denen wird gewiss einer wissen, wie wir weiterreiten müssen«, sagte er zu Sepp und wartete, bis die Fremden näher gekommen waren.

»Grüß euch Gott! Seid ihr auch bei dem schlechten Wetter unterwegs?«

»Wie du siehst! Es war schon schlimm, als wir von München aufgebrochen sind. Unterwegs haben wir bei jedem Gasthof gehört, es wären zwei Reiter vor uns, und uns bemüht, euch einzuholen. Schließlich reist es sich in Gesellschaft angenehmer – und sicherer.«

Der Sprecher, der sich ebenso wie seine beiden Gefährten in einen weiten Kapuzenmantel gehüllt hatte, lenkte sein Pferd neben Ernsts Braunen. »Wir sind nach Innsbruck unterwegs, um dort wichtige Handelsgeschäfte zum Abschluss zu bringen.«

Ernst zog verwundert die Augenbrauen hoch. »Welch ein Zufall, ich auch! Dabei seht ihr mir gar nicht wie Kaufleute aus, sondern eher wie Kriegsmänner.«

»So kann man sich täuschen. Aber du siehst auch nicht aus wie ein Pfeffersack.« Der Mann lachte über den Ausspruch wie über einen guten Witz und berichtete dann, dass er zu Ferdinand Antscheller wolle. »Weißt du, meine Freunde und ich sind mit ein paar Gulden an seinen Geschäften beteiligt. Dafür geben wir seinen Warentransporten Geleitschutz bis nach Sachsen hinauf. In einem hast du nämlich recht: Wir sind wirklich Krieger, und zwar von ritterlicher Herkunft. Aber du weißt ja selbst, wie es ist. Mit einer zugigen Burg und ein paar Bauern, die für einen fronen, ist heutzutage kein Geld mehr zu machen. Das zahlen uns die Kaufherren, denen wir im Gegenzug die Räuber vom Hals halten. Eigentlich sollten das ja die Pfleger und Landrichter tun, aber die kümmern sich mehr darum, den dummen Bauern und Bürgern das Geld aus der Tasche zu ziehen, damit Kaiser Maximilian und Herr Wilhelm von Bayern ein gutes Leben führen können.«

»Diese Herrschaften brauchen immer Geld«, antwortete Ernst lachend und dachte an Franz von Gigging, der auf ähnliche Weise seinen Lebensunterhalt verdiente. Er wollte seine Begleiter nach dem Ritter fragen, doch da wechselten diese das Thema, und er vergaß ihn wieder. Nach den endlos langen Tagen, die er mit dem mürrischen Sepp allein durch Schnee und Eis geritten war, freute er sich über die Gesellschaft. Außerdem war er im Zweifel, ob er auf sich allein gestellt noch vor der Nacht die nächste Herberge erreichen würde. Die Männer hier kannten sich aus, und so folgte er ihnen erleichtert. Erst als zur linken Hand ein kleiner, verschneiter Wald auftauchte, merkte er, dass sie über die Abzweigung hinausgeritten waren. Nun ging es stetig bergan, und als das Waldstück hinter ihnen zurückgeblieben war, lag der Talboden, auf dem die Straße nach Innsbruck verlief, bereits ein ganzes Stück unter ihnen.

»Sind wir überhaupt noch auf dem richtigen Weg?«, fragte Ernst besorgt.

»Wir kürzen ein Stück ab und meiden dadurch die nächste Zollstelle. Der Amtmann dort hat mir ein zu offenes Händchen, musst du wissen.«

Ernst dachte insgeheim, dass er wohl weniger auf Geschäftsfreunde Friedrich Antschellers gestoßen war als vielmehr auf Schmuggler, mit denen dieser anscheinend zusammenarbeitete. Obwohl die Steuern und Zölle, die man unterwegs entrichten musste, ein Ärgernis darstellten, hätte er sich niemals mit Schmugglern eingelassen. Jakob Fuggers Leute bekämpften diese sogar, weil sie mehrere Monopole des Kaufherrn bedrohten. Daher sank Antschellers Ansehen in seiner Einschätzung so stark, dass er sich überlegte, ob er weiterhin mit dem Mann zusammenarbeiten sollte.
Als das Wetter sich weiter verschlechterte und der Schnee wie mit Schaufeln geschüttet vom Himmel fiel, wandte er sich an den Anführer seiner Begleiter. »Wenn das so weitergeht, kommen die Pferde bald nicht mehr vorwärts. Der Schnee reicht ihnen jetzt schon fast bis zum Bauch.«
»Weiter vorne fegt der Wind den Schnee ins Tal. Da können wir wieder etwas schneller reiten.«
»Und wie ist es mit Lawinen? Da habe ich schon Schlimmes gehört!«
»Hast du etwa Angst? Denke daran, wie groß das Gebirge ist. Würden da andauernd Lawinen zu Tal sausen, könnte niemand hier leben. Außerdem kommen wir bald in eine Gegend, wo du dich nicht mehr ängstigen musst!«
»Ich habe keine Angst«, erklärte Ernst barsch.
Die Fremden achteten jedoch nicht mehr auf ihn, sondern sahen sich nun selbst zweifelnd um. Schließlich machte ihr Anführer eine resignierende Geste. »Es schneit wirklich verdammt stark. Also sollten wir uns einen Unterschlupf suchen. Ein Stück weiter vorne steht eine Heuhütte, die für uns und unsere Gäule gerade groß genug ist. Hungern müssen wir nicht, denn wir führen ein paar Vorräte in den Satteltaschen mit und teilen gerne mit euch!«
Nun war Ernst sich sicher, dass es sich bei den Männern um gewerbsmäßige Schmuggler handelte, die leichte, aber wert-

volle Ware an den Zollstellen vorbei zu ihrem Zielort transportierten.

Da der Schnee sogar das Atmen erschwerte, ritten sie schweigend weiter. Es dauerte, bis eine Hütte auftauchte, die einen Steinwurf weit vom Weg entfernt auf einer freien, leicht abfallenden Fläche lag. Einer der Männer sprang ab, reichte die Zügel seines Gauls einem Kameraden und schob den Schnee, der sich vor der Tür der Hütte angesammelt hatte, mit seinem Schwert beiseite. Danach wandte er sich mit einer einladenden Handbewegung an Ernst.

»Tritt ruhig ein. Jetzt ist es innen noch ein wenig kalt, doch wenn erst die Pferde darin stehen, wird es rasch wärmer werden. Wir können sogar ein Feuer machen und uns eine nahrhafte Suppe kochen.«

»Ohne Wasser?«, fragte Ernst, da er keinen Brunnen und auch keinen Bach entdeckte.

»Wir nehmen Schnee und schmelzen ihn. Das schmeckt besser als das Wasser in München. Dort können es ja nicht einmal die Gäule saufen.« Der Mann lachte wieder, als wäre das Leben nur ein einziger großer Scherz.

Da Ernst nicht sofort reagierte, packte er ihn und zerrte ihn aus dem Sattel. »Je länger du zauderst, umso länger müssen wir frieren«, sagte er und stieß Ernst in die Hütte hinein.

Dort war es zunächst so dunkel wie in einer Neumondnacht. Einer der Männer entfachte jedoch mit Stahl, Feuerstein und etwas Schießpulver eine Flamme, nährte sie mit trockenem Moos und Kiefernrinde und zündete daran eine Unschlittkerze an, die er aus einer alten Truhe an der Hüttenwand zog.

Ernst sah sich um. Zwar befand sich im hinteren Teil des Gebäudes ein wenig Heu und Stroh, aber nicht genug für den Wintervorrat eines Bauern. Dafür standen mehrere primitive Hocker an einer Wand, und in der Mitte fasste ein Kreis aus großen Feldsteinen eine Feuerstelle ein. Offensichtlich war die Hütte ein Schmugglernest. Ernsts Eindruck verstärkte sich noch, als einer der Männer einen Kochkessel aus der Truhe holte und draußen mit Schnee füllte. Ein anderer entzündete ein fast rauchlos brennendes Feuer aus Tannenzapfen und Kiefernrinde und stellte einen Dreifuß darüber, an den der mit Schnee gefüllte Kessel gehängt wurde.

Die Männer mussten mehrfach Schnee nachholen, bis sich genug Wasser im Kessel befand, um damit kochen zu können. Nun kamen getrocknete Erbsen und geräucherter Speck in den Kessel. Bald zog ein verführerischer Duft durch die Hütte, und Ernst fühlte sich mit den Umständen versöhnt.

Als die Suppe fertig war, stellten die Schmuggler den Kessel in die Mitte und zogen ihre Löffel hervor. »Lasst es euch schmecken«, erklärte der Anführer und begann zu essen. Ernst, Sepp und die zwei anderen taten es ihm gleich und löffelten den Eintopf gemeinsam aus dem Kessel.

Als dieser leer war, wandte sich der Hauptschmuggler wieder an Ernst. »Ein Schlückchen Branntwein gefällig?«

Sepps Kopf ruckte hoch, und er sah seinen Herrn bittend an. »Das wäre bei dieser Kälte sicher nicht schlecht, meint Ihr nicht auch?«

Kalt war es Ernst nicht mehr. Der Eintopf wärmte von innen heraus, und durch die Pferde waren die Temperaturen in der Hütte erträglich geworden. Dennoch nickte er und nahm einen Lederbecher entgegen, den ihm einer der Schmuggler bis zum Rand füllte.

»Worauf wollen wir trinken?«, fragte er.

»Auf uns und darauf, dass wir unseren Auftrag gut erfüllen«, antwortete der Anführer und stieß vorsichtig mit ihm an, um ja nichts zu verschütten.

»Auf eine baldige, glückliche Ankunft in Innsbruck«, antwortete Ernst und führte den Becher zum Mund.

Während er das scharfe Zeug in kleinen Schlucken trank, schütteten die drei Schmuggler es in einem Zug hinunter und stellten ihre Becher ab. Im nächsten Moment war einer von ihnen aufgestanden und trat hinter Sepp, der beim Trinken den Kopf weit zurückgelegt hatte, zog seinen Dolch und schnitt ihm die Kehle durch.
Ernst sprang entsetzt auf und wollte nach seinem Schwert greifen. Da stürzten sich die beiden anderen Kerle auf ihn und rissen ihn zu Boden. Noch während er verzweifelt kämpfte, um die Hände abzuschütteln, die ihn festhielten, schlug Sepps Mörder ihm den Knauf seines Dolchs gegen die Schläfe, und er versank in einer schier endlosen Dunkelheit.
Der Anführer der Kerle blickte auf die reglos am Boden liegenden Männer und tippte Ernst mit der Fußspitze an. »Ich hoffe, du hast ihm nicht den Schädel eingeschlagen. Der Hauptmann will ihn lebendig.«
»Keine Sorge! Den habe ich nur ein wenig gestreichelt. Bei Sankt Petri, der Bursche ist uns wie ein Gimpel in die Falle gelaufen. Der hat wohl gedacht, hier in den Bergen gäb's keine Räuber mehr!« Der Mann lachte, füllte die drei Lederbecher erneut mit Branntwein und reichte zwei an seine Kumpane weiter. »Auf uns, die Oberländer Bande, und auf die Beute, die wir noch machen werden!«
»Darauf trinke ich gerne«, erklärte sein Anführer und deutete auf Ernst. »Fesselt den Kerl und steckt ihn in einen Sack. Den anderen ebenfalls. Aber fesseln braucht ihr den nicht.«
»Der spürt kein Halsweh mehr!« Sepps Mörder lachte, entnahm der Truhe mehrere kurze Stricke und zwei große Säcke. Einen Teil davon warf er seinen Kumpanen zu.
Kurz darauf war Ernst fest verschnürt und verpackt. Sepps Leichnam ließen die Räuber zuerst ausbluten, damit der Sack keine verräterischen Flecken bekam, dann luden sie den Toten und den Gefangenen auf ihre Pferde und machten

sich trotz des immer noch dicht fallenden Schnees auf den Weg.

»Wohin sollen wir die beiden Kerle denn schaffen?«, fragte einer der Männer den Anführer.

»Der Ritter will sie auf der Burg sehen.«

Der andere stieß einen Pfiff aus. »Zur Burg? Aber bis jetzt hat der Herr immer strikt darauf geachtet, weder Gefangene noch sperrige Beute dorthin zu bringen!«

»Da musst du ihn schon selbst fragen. Es muss ihm eine Menge Geld einbringen, denn er hat uns eine zusätzliche Belohnung versprochen, wenn wir ihm den einen Burschen lebend bringen. Und das tun wir! Mehr hat uns nicht zu interessieren.« In seinen Worten lag eine unmissverständliche Warnung.

Sepps Mörder zuckte mit den Achseln. »Unser Herr wird schon wissen, was er tut. Auf jeden Fall haben wir unsere Aufgabe erfüllt und werden unseren Lohn dafür erhalten. Darauf sollten wir noch einen trinken!«

»Du kennst den Befehl des Hauptmanns. Nie zu viel saufen! Erinnere dich daran, wie es dem Veit ergangen ist, als der sich in der Schenke in Achenkirch einen Rausch angesoffen und vor den Gästen mit seinen Taten geprahlt hat. Hätten die Leute nicht so viel Angst vor uns Oberländern, wäre er wahrscheinlich gefangen gesetzt und dem Amtmann ausgeliefert worden. Erzählt haben sie diesem aber, dass der Veit zu unserer Bande gehört. Wären wir nicht schneller gewesen als dessen Soldknechte, würden die Behörden in Tirol und in Bayern jetzt etliche von uns mit Namen kennen und wüssten, wo wir herkommen.«

Der Anführer ärgerte sich, weil der so leicht errungene Erfolg seine Kumpane zur Sorglosigkeit verleitete. Dabei war ihr Herr keiner, der einen Fehler durchgehen ließ. Er kannte nur eine Strafe – und die bestand aus scharf geschliffenem Stahl.

20.

Ernst erwachte mit heftigen Kopfschmerzen und hatte einen so schlechten Geschmack im Mund, dass es ihn würgte. Er wollte sich aufrichten, konnte aber weder Arme noch Beine bewegen. Trotz seines Brummschädels versuchte er herauszufinden, was mit ihm geschehen war. Doch in seinem Kopf drehte sich alles, und so war er schließlich geradezu erleichtert, dass er wieder wegdämmerte.

Als er erneut zu Besinnung kam, erinnerte er sich allmählich daran, dass er nach Innsbruck unterwegs gewesen und auf drei Fremde getroffen war. Im selben Augenblick sah er die Szene vor sich, in der einer der Kerle Sepp die Kehle durchschnitt. Es war so blitzschnell gegangen, als schlachte der Mann jeden Tag einen Menschen ab.

Ernst war es, als griffe eine eisige Hand nach seinem Herzen. Er hatte sich den drei Fremden angeschlossen, ohne das geringste Misstrauen zu hegen, obwohl er genug von den Räubern im Gebirge gehört hatte. Durch diesen Leichtsinn war er genauso am Tod seines Knechts schuld, als hätte er ihn eigenhändig umgebracht.

Nun machte er sich Vorwürfe, weil er einfach drauflos geritten war, anstatt zu warten, bis sich eine größere Gruppe in Richtung Innsbruck zusammengeschlossen hatte. Dann fragte er sich, weshalb er noch lebte. Immerhin hieß es von den Räubern in dieser Gegend, sie töteten jeden, der ihnen in die Hände fiel. Niemals würde er heil aus dieser Sache herauskommen. Er musste an Veva denken, die nun vergebens auf ihn warten würde. Sie hatte ihn gewarnt, allein zu reiten, aber er hatte ihren Rat in den Wind geschlagen. Nun musste sie unter seiner Unvernunft leiden.

Ihm war klar, dass man seine Witwe von allen Seiten bedrängen und versuchen würde, sie auszuplündern. Priester würden ständig Opfer und Spenden von ihr fordern, sein Vater sich zu ihrem Vormund aufschwingen und etliche Kerle in verbesserungsbedürftigen Verhältnissen sie zu einer Heirat zwingen wollen. Im nächsten Moment fiel ihm ein, dass er sein Kind niemals zu sehen bekommen würde, und er brach in Tränen aus.

Eine Weile überschüttete er sich mit Selbstvorwürfen, doch dann begriff er, dass ihm dies nichts brachte. Solange er lebte, durfte er die Hoffnung nicht aufgeben. Er versuchte, seine Fesseln zu lösen oder abzustreifen, merkte aber rasch, dass die Männer, die ihn überfallen hatten, ihr Handwerk verstanden. Zudem steckte er in einem großen Sack, der so fest gewoben war, dass er ein Messer gebraucht hätte, um sich daraus zu befreien.

Schließlich hallten die Hufschläge der Pferde wider, als ritte die Gruppe durch einen Torbau. Kurz darauf blieb das Pferd, das ihn trug, stehen, und grobe Hände zerrten ihn von dem Rücken des Tieres herab. Für kurze Zeit lag er im Schnee, dann schleppte man ihn eine Treppe hinab und ließ ihn auf etwas Nachgiebiges fallen, das aus Stroh, Heu oder Reisig bestehen musste. Damit, dachte er mit einem Anflug von Galgenhumor, war seine Geschäftsreise erst einmal zu Ende, und er fragte sich, was nun folgen würde.

21.

Franz von Gigging betrachtete den Sack, in dem sein Gefangener steckte, und zählte in Gedanken die blanken Gulden, die dieser ihm einbringen würde. Dann sah er zu dem anderen Insassen seines Kerkers hinüber, der sich bereits seit einigen Wochen in seiner Gewalt befand. Es handelte sich um einen jungen Burschen aus dem Tirolischen, den er hatte entführen lassen, weil der Kerl Ernst Rickingers Figur und Haarfarbe aufwies. Um Benedikt Haselegner eine Weile in Sicherheit zu wiegen, benötigte er einen Toten, und dafür hatte er den Mann persönlich ausgesucht.

Da der junge Rickinger nicht wissen durfte, in wessen Händen er sich befand, gab Gigging seine nächsten Befehle nur mit Handzeichen. Zwei seiner Leute traten auf den Tiroler zu, der bis an die Kerkermauer zurückwich.

»Lasst mich frei, bitte! Ich habe euch doch nichts getan«, flehte er.

Die beiden Bewaffneten packten ihn und pressten ihn gegen die Wand. Zunächst begriff der Gefangene nicht, was sie von ihm wollten. Doch als einer von ihnen seinen Dolch zog und ihm grinsend vors Gesicht hielt, schrie er gellend auf. »Nein, tut das nicht! Bei eurer Seligkeit!«

»Die geht dich einen Scheißdreck an!« Der Mann mit dem Dolch lachte höhnisch auf und stieß ihm mit einem heftigen Ruck die Klinge in die Brust. Noch während der Tiroler röchelnd zu Boden sank, wischte sein Mörder den Dolch an dessen Kleidung sauber. Er steckte ihn wieder weg und machte sich anschließend mit einem seiner Kumpane daran, die Leiche bis auf die Haut auszuziehen. Hosen, Weste und Hemd warfen sie achtlos auf einen Haufen. Danach blickten sie sich zu ihrem Hauptmann um.

Gigging nickte zufrieden und verließ den Kerker. Zwar hatte er nicht die Absicht, Ernst Rickinger je wieder freizulassen, aber er wollte trotzdem nicht von ihm erkannt werden. Zwei der drei, die Ernst und Sepp überfallen hatten, blieben in der Zelle und schnürten den Sack auf, in dem ihr Gefangener steckte.

Nun konnte Ernst sehen, dass er sich in einem etwa sechs auf sechs Schritte großen, aus wuchtigen Quadersteinen gemauerten Raum mit einer Gewölbedecke befand. Fenster gab es keine, nur ein etwa faustgroßes Luftloch oben in der Decke. Dann fiel sein Blick auf den Toten, und er erstarrte. War er jetzt an der Reihe? Schnell empfahl er seine Seele dem Herrn.

Die beiden Männer lösten die Knoten der Stricke, mit denen sie ihn gefesselt hatten. »Zieh dich aus!«, befahl einer von ihnen. Ohne zu begreifen, was sie von ihm wollten, versuchte Ernst aufzustehen. Durch die straff sitzenden Fesseln waren Arme und Beine wie abgestorben und gehorchten ihm nicht. Daher beugten die Räuber sich über ihn und schälten ihm kurzerhand die Kleidung vom Leib. Kurz darauf lag er nackt und vor Kälte zitternd auf dem harten Steinboden und wünschte sich nur noch zu sterben.

»Du kannst die Klamotten dort anziehen!«, erklärte einer der Banditen, als er und sein Kumpan sich dem ermordeten Tiroler zuwandten und diesem Ernsts Kleider überstreiften. Danach packten sie den Leichnam unter den Armen und schleiften ihn hinaus.

Ernst glaubte, in einem üblen Alptraum zu stecken, und betete unwillkürlich, bald daraus zu erwachen. Die Kälte, die in seine Glieder biss, ließ ihn jedoch rasch begreifen, dass dies die Wirklichkeit war. Da er immer noch nicht auf die Beine kam, kroch er zu der Kleidung des Toten hin und zog sie nach kurzem Zögern an. Beim Anblick des noch frischen Blutes schauderte es ihn, doch wenn er nicht erfrieren wollte, blieb ihm keine andere Wahl, als sich in die Lumpen zu hüllen, die der Tote wohl schon seit Wochen getragen haben musste. Dann rutschte er zu der Strohschütte, auf die man ihn zuerst gelegt hatte, kroch hinein und zog zusätzlich noch den Sack über sich.

Als er mit immer noch klappernden Zähnen dalag, sehnte er sich nach Vevas anschmiegsamem Körper und mehr noch nach ihrer fürsorglichen Art und spürte, dass ihm wieder die Tränen über die Wangen liefen.

22.

Als Benedikt Haselegner von einem Gefolgsmann Gigings erfuhr, dass Ernst Rickinger tot sei, hätte er am liebsten die ganze Welt umarmt. Bevor der Weg zu Veva und deren Erbe endgültig frei für ihn war, galt es jedoch, noch ein letztes Hindernis aus der Welt zu schaffen, und das war seine Frau.

Johanna saß auf ihrem Stuhl und bestickte ein Altartuch, das sie ihrer Pfarrkirche stiften wollte. Mit hämisch verzogenem Mund dachte er, dass dieses Altartuch wohl unvollendet bleiben würde. Ohne ein Wort mit ihr zu wechseln, verließ er die Räume, die ihr Schwiegervater ihnen in einem Anbau des Hauses zur Verfügung gestellt hatte, und suchte Antscheller auf.

Dieser beugte sich gerade über sein Rechnungsbuch und trug seinem Gesichtsausdruck nach zu urteilen erfreuliche Zahlen ein. Erst als er damit fertig war, bequemte er sich dazu, die Anwesenheit seines Schwiegersohns zur Kenntnis zu nehmen. »Nun, was gibt es?«

»Verzeiht, Herr Schwiegervater, aber ich habe Botschaft aus München erhalten. Meine Anwesenheit ist dort dringend erforderlich.«

»Du willst nach München reisen?«, fragte Antscheller verwundert nach, denn bisher hatte Haselegner sich sogar geweigert, die Stadt in seinem Auftrag aufzusuchen.

»Es geht um meinen Besitz. Wenn ich nicht rasch erscheine und meine überfälligen Steuern bezahle, wird das Haus beschlagnahmt.«

»Das wäre eine üble Sache«, gab Antscheller zu.

»Ihr werdet verstehen, dass ich so rasch wie möglich aufbrechen will. Wenn Ihr gestattet, reite ich morgen früh.«

»So bald schon?« Antscheller wollte es ihm schon untersagen, da fiel ihm ein, dass sein Schwiegersohn einige wichtige Geschäftsbriefe nach München bringen konnte, die er ungern einem Boten anvertrauen würde.

»Also gut! Wenn du morgen abreist, wirst du einige Schreiben, die ich noch verfassen werde, mitnehmen und den Empfängern übergeben.« Mit einer Handbewegung, die Haselegner anzeigte, dass er überflüssig war, verabschiedete Antscheller ihn und nahm einen frischen Bogen Papier zur Hand.

Haselegner kochte vor Wut über die Behandlung, die sein Schwiegervater ihm zuteilwerden ließ. Schließlich war er weder Antschellers Kommis noch sein Laufbursche. Nicht zuletzt deswegen begrüßte er es, dass ihm der Weg nach München wieder offenstand. Dort konnte er sich zuerst einmal um seine eigenen, arg vernachlässigten Geschäfte kümmern. In zwei bis drei Monaten würde er Veva heiraten und deren Vermögen mit dem seinen vereinen. Dann würde er nicht nur Antscheller, sondern auch die meisten Kaufherren Münchens an Reichtum übertreffen.

Ohne sich seine Überlegungen anmerken zu lassen, verließ er das Kontor und suchte die Sachen zusammen, die er für die Reise brauchte. Seine Frau bemerkte es, sagte aber nichts. Wahrscheinlich ist sie froh, wenn ich fort bin, weil sie nicht mehr die Beine für mich breit machen muss, fuhr es Haselegner durch den Kopf. Ihr Beichtvater hatte ihr weisgemacht, dass jede körperliche Vereinigung, auch die mit ihrem Ehemann, eine Sünde darstellte. Nun fragte Haselegner sich, ob der Priester ein ausgemachter Schwachkopf war oder selbst bei den Frauen zum Zuge kommen wollte.

Im Grunde war es ihm gleichgültig, denn das Problem würde sich bald lösen. Das Einzige, was im Leben wirklich zählte, sagte er sich, war Geld. Er musste nur an Jakob Fugger in Augsburg denken, der dem Kaiser auf einen einzigen

Wechsel hin mehr Geld lieh, als er selbst in seinem ganzen Leben verdienen würde.

»Ich werde mir meinen eigenen Reichtum schaffen!«, schwor Haselegner sich, ballte die Rechte zur Faust und drohte damit allen, von denen er glaubte, sie würden sich ihm in den Weg stellen.

»Bist du böse auf meinen Vater?«, fragte seine Frau, die die Geste gesehen hatte.

»Nicht direkt böse. Aber ich werde froh sein, wenn ich wieder in München wohnen kann. Dein Vater behandelt mich wie einen Knecht! Dabei habe ich mein Handelsgeschäft in München durchaus mit Erfolg geführt. Dir wird es dort gefallen, meine Liebe. Es ist eine große Stadt und zudem die Residenz unseres allergnädigsten Herzogs, an dessen Luxus und Prachtentfaltung ich sehr gut verdienen werde.«

Er rang sich ein Lächeln ab und gab sich alle Mühe, so zu tun, als würde er sein Weib bald nachholen. Damit wollte er verhindern, dass später der Verdacht aufkam, er habe sich ihrer entledigen wollen. Im Stillen aber verglich er seine Frau mit Veva, was Johanna zum Nachteil gereichte. Mit ihrem schmalen Gesicht, der messerscharfen, gebogenen Nase und den blassen, leicht vorstehenden Augen war sie eher unansehnlich.

»Da ich morgen reise, sollten wir etwas eher zu Bett gehen. Vielleicht segnet Christus, unser Herr, uns diese Nacht, und du wirst schwanger.« Immer so tun, als gäbe es für sie ein Morgen, sagte er sich, während die Frau seufzend den Kopf senkte. Natürlich sehnte sie sich nach Kindern, aber sie ekelte sich vor der Art, wie sie gezeugt wurden. Da weder ihr Mann noch ihr Vater für ihren Widerwillen Verständnis aufbrachten, nickte sie ergeben, zögerte aber ihre weiteren Verrichtungen an diesem Tag so hinaus, dass es draußen bereits dunkel wurde, als sie sich endlich vom

Abendbrottisch erhoben. Bis zuletzt hatte sie gehofft, ihr Mann würde die Geduld verlieren und seine Absichten auf sie fallenlassen.

Haselegner aber packte sie am Arm. »Komm endlich zu Bett, Weib! Ich muss früh hinaus.«

»Ich werde morgen in der heiligen Messe für deine glückliche Rückkehr beten.«

»Ja, ja, tu das!« Ohne sie loszulassen, schritt Haselegner den Flur entlang und stieß Johanna ins Schlafgemach. »Mache dich für die Nacht fertig! Ich komme gleich nach!«

»Bitte, Mann, lass mir ein wenig Zeit!«, flehte sie.

»Von mir aus!« Haselegner kehrte in die Wohnstube zurück und schenkte sich einen Becher Welschwein ein. Erst nachdem er ihn genussvoll geleert hatte, wandte er sich wieder der Schlafkammer zu. »Bist du so weit?«

Ein unglücklich klingendes »Ja!« antwortete ihm. Er lachte hämisch auf und trat ein. Auf der kleinen Anrichte am Kopfende des Bettes seiner Frau brannte eine dünne, einsame Kerze, die nicht einmal den halben Raum zu erhellen vermochte, und auf seinem Bett lag ein fein säuberlich zusammengefaltetes Hemd.

»Was soll das?«, wollte er wissen.

»Das ist ein neues Hemd für die Nacht, mein Herr. Unser hochwürdiger Herr Pfarrer hat es für Eheleute empfohlen, damit ihnen die Sünde fernbleibe!«

»Bis jetzt war mir mein eigenes Hemd gut genug«, sagte Haselegner mürrisch.

»Trag es mir zuliebe!« Die Stimme der Frau klang flehend.

Da ein Streit das Letzte war, was Haselegner brauchen konnte, zog er sich bis auf die Haut aus. Um ihn nicht nackt sehen zu müssen, drehte Johanna das Gesicht zur Wand.

Er zuckte verächtlich mit den Schultern, packte das neue Hemd und streifte es über. Als er den Grund erkannte, aus dem heraus der Priester dieses Ding den Eheleuten

aufschwatzte, musste er schallend lachen. Das Hemd hatte vorne im Schritt einen Schlitz, durch den er bequem seinen Penis stecken konnte. Wahrscheinlich gab es im Hemd seiner Frau einen ähnlichen Schlitz.
Um des lieben Friedens war er bereit, auch das hinzunehmen. Er ließ sein bestes Stück ins Freie schauen, legte sich ins Bett und schob sich über seine Frau. Diese löschte noch rasch das Licht und drehte sich mit einem tiefen Seufzer so hin, dass er sie benutzen konnte.
Haselegner wusste aus Erfahrung, dass sie es verabscheute, berührt zu werden. Daher griff er ihr mit hämischer Freude zwischen die Beine, ertastete den Schlitz in ihrem Hemd und das, was dahinterlag. Dann drang er in sie ein, ohne besondere Rücksicht auf sie zu nehmen. Während er keuchend das Becken vor und zurück bewegte, glaubte er zu hören, wie sie leise den Rosenkranz betete.

23.

Am nächsten Tag wurde Ferdinand Antscheller erst am Mittag mit den Briefen fertig, die er seinem Schwiegersohn übergeben wollte. Als er sie ihm reichte, fragte er ihn: »Willst du nicht doch lieber bis morgen warten?«
Haselegner lauschte dem Stundenschlag der Uhr und schüttelte den Kopf. »Ich möchte München so früh wie möglich erreichen.« Er schob die Briefe seines Schwiegervaters in einen Stoffbeutel, den er später in die Satteltasche stecken wollte.
»Du solltest einen oder zwei Knechte mitnehmen. Das ist sicherer«, schlug sein Schwiegervater vor.
»Nicht nötig! Gigging hat versprochen, mir zwei seiner

Waffenknechte als Geleit mitzugeben, und die warten schon in einem Gasthof auf mich. Wenn ich nicht bald komme, denken sie noch, ich hätte es mir anders überlegt, und reiten zu ihrem Herrn zurück«, antwortete Haselegner und schwang sich in den Sattel.

»Gott behüte euch bis zu meiner Rückkehr!«, rief er und winkte seiner Frau, die oben am offenen Fenster stand, noch einmal zu. Dann ritt er aus dem Hof hinaus und reihte sich in die Menge der Fußgänger, Reiter und Karren auf der Straße ein.

Am Tor grüßte er die Wachen fröhlich, nannte ihnen sein Ziel und reichte ihnen einen Schilling, damit sie auf seine glückliche Reise trinken sollten. Zwei Dörfer weiter kehrte er in einer Herberge ein, in der Giggings Männer bereits auf ihn warteten. Sie gehörten zu jenen, die mit geschwärzten Gesichtern an dem Überfall auf Vevas Brautzug teilgenommen und auch ihren Herrn nach Augsburg begleitet hatten. Ein Menschenleben zählte für sie nur so viel, wie sie dafür erhielten, es auszulöschen.

Haselegner begrüßte sie lachend und zeigte nach draußen. »Es ist schon recht spät. Wir übernachten besser hier!«

»Uns soll's recht sein«, antwortete einer der Männer und stieß seinen Kumpan an. »Dann haben wir mehr Zeit für einen oder zwei Humpen, meinst du nicht auch?«

»Es können auch drei sein!« Der Kerl grinste und zwinkerte Haselegner zu. »Einen schönen Gruß von unserem Ritter. Er hat uns etwas für Euch mitgegeben!« Damit zog er einen länglichen Beutel unter seinem Wams hervor und legte ihn auf den Tisch. Haselegner schnappte danach und schob ihn unter seine Kleidung. Er fingerte den Beutel kurz ab. »Ist es auch der richtige?«

»Wir wollen tot umfallen, wenn er's nicht ist. Ich habe ihn nämlich schon benützt«, antwortete einer der Kerle.

Haselegner nickte zufrieden und bestellte einen Krug Wein

und drei Becher. Die nächsten Stunden saßen sie zusammen und boten jedem, der sie beobachtete, das Bild gemütlicher Zecher.
Als es dunkel wurde, zogen sie sich zu dritt in eine Kammer zurück, legten sich aber nicht zum Schlafen hin, sondern lauschten, bis sich die Stille der Nacht über die Herberge gelegt hatte.
Haselegner stand auf. »Ich glaube, jetzt können wir aufbrechen. Einer von euch beiden kommt mit mir. Der andere bleibt in der Herberge zurück, schließt das Tor hinter uns und lässt uns später wieder ein.«
Die beiden Räuber sprachen sich kurz ab, dann erklärte sich einer von ihnen bereit, Haselegner zu begleiten. Aus seinen Satteltaschen nahm er eine Laterne, entzündete diese an der Kerze, die ihnen der Wirt gegeben hatte, und warf einen prüfenden Blick auf Flur und Treppe. Da alles ruhig blieb, verließen die drei leise das Gebäude und schlichen zum Stall. Dort sattelten sie zwei Pferde und führten sie hinaus. Der Räuber, der zurückbleiben sollte, öffnete das Tor, damit sein Kumpan und Haselegner passieren konnten, und kehrte dann in seine Kammer zurück.
Haselegner und sein Begleiter ritten indes wieder Richtung Innsbruck. Im Mondlicht konnten sie den schneebedeckten Weg an den in die Erde gesteckten Zweigen gut erkennen. Ein Stück außerhalb der Stadtmauern hielt der Räuber sein Pferd an. »Von hier aus müsst Ihr zu Fuß weiter. Ich warte mit den Pferden. Ihr kennt die Pforte?«
Haselegner nickte. »Die habe ich mir in den letzten Tagen mehrmals angesehen. Jetzt muss nur noch der Schlüssel passen.«
»Keine Sorge, das tut er. Wir sind öfter nachts in der Stadt und wollen nicht jedes Mal der Wache am Tor Rede und Antwort stehen müssen!« Der Mann lachte leise und nahm die Zügel entgegen.

Haselegner atmete noch einmal tief durch und ging dann mit steifen Schritten auf die Stadtmauer zu. Da zu jeder Tages- und Nachtzeit Kuriere eintreffen konnten, war der Weg zur Nachtpforte geräumt. Dies hatte Haselegner bereits am Vortag in Erfahrung gebracht und war erleichtert, dass er dadurch keine Spuren im Schnee hinterlassen würde.

Der Schlüssel passte ins Schloss, und er konnte die Pforte nahezu geräuschlos öffnen. Von hier aus war es nicht mehr weit bis zum Wohnhaus seines Schwiegervaters. Ungesehen von Passanten und Nachtwächtern erreichte er das Anwesen und betrat es durch den Hintereingang. Der Hund, der in seiner Hütte im Innenhof lag, kannte ihn und gab keinen Laut von sich.

Haselegner dachte erleichtert, dass es sich jetzt auszahlte, dass er einen abgesonderten Wohnteil für sich und seine Frau verlangt und auch bekommen hatte. Auf dieser Seite schlief niemand außer ihnen. Selbst die Bediensteten, die sein Schwiegervater ihnen zugeteilt hatte, waren im Hauptgebäude einquartiert. Nach kurzem Tasten fand er die Laterne, die in einer Nische bereitstand, schlug einen Funken in die Zunderdose und blies diese an, bis er die Unschlittkerze der Laterne entzünden konnte. Danach stieg er die schmale Treppe hinauf und schlich zur gemeinsamen Schlafkammer. Als er die Tür öffnete, hörte er Johanna leise schnarchen.

Kurz blickte er auf die schlafende Frau herab, stellte die Laterne ab und hob das Kissen auf, welches auf seiner Seite des Bettes lag. Er drückte es Johanna aufs Gesicht und hielt es mit aller Kraft fest. Zwar erwachte sie noch und versuchte, seine Hände wegzureißen, doch ihre Bewegungen wurden rasch matter, und sie erschlaffte. Dennoch drückte Haselegner ihr das Kissen so lange auf Mund und Nase, bis er sicher sein konnte, dass sie erstickt war. Dann legte er das

Kissen zurück auf seinen gewohnten Platz, zog die Bettdecke gerade, die durch Johannas verzweifeltes Strampeln in Unordnung geraten war, und verließ die Kammer, ohne die Tote noch einmal anzusehen. Zu seiner Erleichterung konnte er das Haus unbemerkt verlassen. Rasch eilte er zur Pforte und traf wenig später auf seinen Begleiter.

»Das hat aber gedauert! Ich habe schon gedacht, mir friert der Arsch am Sattel fest«, maulte dieser.

»Schneller ging es nicht!« Haselegner schwang sich auf sein Pferd und trabte an. Während die nächtliche Stadt hinter ihm zurückblieb, freute er sich an dem Gedanken, dass er nun als trauernder Witwer vor Veva treten und sie dazu bewegen konnte, ihn zu heiraten.

SIEBTER TEIL

Die Witwe

I.

Veva beugte sich über einen Stoß Papiere, den Leopold Hilarius ihr im Namen von Jakob Fugger aus Augsburg geschickt hatte. Wie es aussah, wollte Fugger sich an einer Schiffsflotte beteiligen, die in das sagenumwobene Indien fuhr, um dort Pfeffer und andere wertvolle Güter einzukaufen. In dem Brief stand zwar, die Fahrt wäre ein Risiko, doch sie würde sich bei Erfolg für jeden lohnen, der sich auch nur mit einem Dukaten daran beteiligte.
Da Veva durch Ernsts Berichte Fugger so weit zu kennen glaubte, dass dieser sich auf kein windiges Geschäft einlassen würde, zwickte es sie in den Fingern, zuzusagen. Andererseits war sie zwar die Erbin ihres Vaters, doch sie hatte das Handelshaus wie alle anderen weltlichen Güter in die Verwaltung ihres Mannes übergeben. Daher wäre es ihr lieb gewesen, sich mit Ernst beraten zu können.
»Sobald er nach Augsburg kommt, wird Fugger ihm diesen Vorschlag unterbreiten, und dann kann er entscheiden, ob er ihn annehmen oder ablehnen will«, sagte sie sich.
Ein weiterer Blick auf den Brief verriet ihr jedoch, dass Fugger auf rasche Antwort drängte. Was war, wenn Ernst länger als geplant in Innsbruck blieb und dadurch zu spät nach Augsburg kam? Unsicher las sie den Brief und den angebotenen Vertrag noch einmal durch. Zwar schreckten sie die Gefahren, die den Schiffen unterwegs drohen konnten, doch andererseits hatten bereits viele Schiffe Indien erreicht und waren reich beladen nach Lissabon zurückgekehrt.
»Ich mache es, selbst wenn Ernst mich hinterher mit der Rute strafen sollte.« Entschlossen nahm sie Papier und Feder zur Hand und begann zu schreiben. Eine knappe Stunde

später rief sie den Schwab zu sich und reichte ihm den gesiegelten Brief.

»Gib ihn dem nächsten Boten mit, der nach Augsburg reist. Sage ihm, er bekommt einen Gulden extra von mir, wenn er rechtzeitig zu Herrn Fugger kommt!«

»Einen ganzen Gulden?« Dem Schwab blieb vor Staunen der Mund offen stehen.

»Ja! Und jetzt geh. Oder willst du, dass der Brief durch deine Saumseligkeit zu spät ankommt?«

Eilfertig schnappte der Schwab sich das Schreiben und lief davon.

Veva sah ihm nach und fragte sich, ob sie klug gehandelt oder eine fürchterliche Dummheit begangen hatte. Das richtige Geld, dies war ihr mittlerweile klargeworden, wurde in Augsburg verdient und nicht in ihrer arg verschlafenen Heimatstadt München, die wie zu Kaiser Ludwigs Zeiten vom Salzhandel lebte und von den Aufwendungen des herzoglichen Hofes. Da Herzog Wilhelms Einnahmen, die er durch Steuern, Abgaben, Zölle und Geldstrafen erzielte, nicht einmal für seine Hofhaltung ausreichten, hielt er sich nicht nur an den reichen Bürgern Münchens, sondern auch an denen seiner anderen Städte schadlos, indem er von ihnen Darlehen verlangte und deren Zurückzahlung meist auf den Sankt-Nimmerleins-Tag verschob.

Seit Veva Augsburg erlebt hatte, konnte sie sich nicht mehr vorstellen, auf Dauer in München zu leben. Dabei verleideten ihr nicht nur äußere Umstände die Stadt. Zu viel erinnerte sie hier Tag für Tag an ihren toten Bruder, und sie spürte die Wunde in ihrem Herzen umso stärker, je öfter sie Gegenstände und Plätze sah, die Bartl etwas bedeutet hatten.

Um auf andere Gedanken zu kommen, ging sie in die Küche, wo Cilli und Lina dabei waren, das Mittagessen aufzutischen. Sie beluden gerade ein großes Tablett und ließen sich von ihrer Herrin nicht stören. Als sie die Platte jedoch

extra für Veva ins Speisezimmer tragen wollten, schüttelte diese den Kopf. »Ihr könnt einen Platz in der Küche für mich decken.«
Cilli drehte sich erstaunt zu ihr um. »Aber Herrin, das gehört sich nicht. Ihr seid doch …«
»Ein Mensch mit zwei Beinen, zwei Armen und einem Kopf, genauso wie du oder Lina und das restliche Gesinde. Außerdem mag ich nicht allein in der Kammer sitzen und mit niemand anderem reden können als mit mir selbst.«
»Das verstehe ich schon«, antwortete die Köchin zögernd und stellte das Tablett ab.
Unterdessen wischte Lina den besten Stuhl am Küchentisch mit einem Tuch ab und holte noch rasch ein Kissen für Veva. »So mag es gehen.«
Als sie an Cilli vorbeikam, raunte sie dieser zu: »Du musst die Herrin verstehen. Wenn Frauen in anderen Umständen sind, haben sie oft seltsame Anwandlungen.«
Der Hinweis auf Vevas Schwangerschaft brachte die Köchin dazu, dieser einen Napf Suppe hinzustellen, die sie noch rasch mit etwas Weißwein verfeinert hatte. »Lasst es Euch schmecken, Herrin!«
Veva fand es seltsam, dass eine Frau, die sie zeit ihres Lebens geduzt hatte, sich plötzlich die Zunge verbog, nur weil sie verheiratet und nach dem Tod des Vaters die Herrin des Besitzes geworden war. Dabei hatte sie auch vorher schon das Haus geführt und fühlte sich nicht anders als damals. Doch in Cillis Augen war sie erst jetzt die Hausherrin geworden und hatte damit das Recht erworben, ehrerbietig angesprochen zu werden.
Seufzend setzte sie sich und wartete, bis sich das restliche Gesinde um sie versammelt hatte. Dann sprach sie das Tischgebet. Ihre Hausgenossen griffen aber erst zu, als sie selbst zu essen begann. Rasch merkte sie, dass die Leute nur auf ihre Bemerkungen antworteten, wenn sie sie direkt

ansprach, und ansonsten stumm dasaßen. Das war so ungemütlich, dass sie beschloss, die nächste Mahlzeit wieder im Speisezimmer einzunehmen, auch wenn sie dort nur Selbstgespräche führen konnte. In diesem Augenblick vermisste sie Ernst mehr, als sie es für möglich gehalten hatte, und wünschte sich, er würde bald zu ihr zurückkommen.

2.

In den nächsten Tagen gab es für Veva viele Entscheidungen zu treffen, und es trafen Waren ein, die zu ihren jeweiligen Empfängern gebracht werden mussten. Daher blieb ihr nichts anderes übrig, als nach ihrem Gefühl und ihren Erfahrungen zu handeln. Nun zeigte es sich, wie wertvoll die Zeit gewesen war, in der sie ihren Vater unterstützt hatte. Sie kannte seine Geschäftspartner ebenso wie die Preise, die sie für ihre Waren fordern konnte, und vermochte bereits nach kurzer Zeit die Bücher besser zu führen, als dies zu den Zeiten ihres Vaters geschehen war. Auch fiel ihr es leicht, die Qualität der angelieferten Waren zu prüfen, und sie konnte meist damit zufrieden sein.

Doch als zwei Wochen nachdem Ernst abgereist war, der für die Lagerräume zuständige Hofknecht etwa vier Ballen flandrischen Tuches in Empfang nahm und den Schwab bat, die Herrin zu holen, wartete eine böse Überraschung auf sie. Sie musterte einen der Ballen, die noch von Ernsts Vater im Namen von Bartholomäus Leibert bestellt worden waren, und mochte ihren Augen nicht trauen. »Schau dir das Zeug genau an!«, befahl sie dem Schwab. »Hast du jemals einen schlechter gewebten Wollstoff gesehen? Den akzeptiere ich so nicht – und schon gar nicht zu diesem Preis.«

»Das Tuch ist für das große Turnier gedacht, das der Herzog im Frühjahr abhalten will. Wenn wir die Ballen jetzt zurückgehen lassen, bekommen wir so schnell keinen Ersatz«, wandte der Hofknecht ein, obwohl ihm die Qualität des Stoffes ebenso wenig behagte wie seiner Herrin.
Veva wies auf die restlichen Tuchballen und sah den Schwab an. »Öffne sie! Sind sie genauso schlecht wie der erste, bringst du alle zu Rickingers Haus und sagst ihm, so ein minderwertiges Zeug nähmen wir nicht an.«
Der Schwab fragte sich, wie Veva rechtzeitig gutes flandrisches Tuch in diesen Farben besorgen wollte, gehorchte aber und löste zusammen mit dem Hofknecht die Schnüre, die die drei übrigen Ballen zusammenhielten. Schon auf den ersten Blick war zu erkennen, dass der Wollstoff ebenfalls von miserabler Qualität war.
Mit einer heftigen Bewegung wandte Veva sich zum Schwab um. »Ich kenne den Lieferanten und weiß, dass er zuverlässig ist. Hätte mein Schwiegervater gutes Tuch bestellt, hätten wir es auch bekommen. Doch damit hat er sich selbst geschnitten. Wenn er vor dem Rat Klage gegen uns erhebt, wird jeder sehen, dass er Ernst und mich erneut betrügen wollte. Halt, warte noch!«
Veva dachte einen Moment nach und schickte dann den Schwab los, den Ratsherrn Arsacius Bart zu holen. Dieser war Ernst und ihr gewogen und würde bezeugen, dass ihr Schwiegervater ihr wertloses Zeug hatte andrehen wollen.
Während der Knecht davoneilte, fragte Veva sich seufzend, wie viele Prüfungen noch auf sie zukommen würden. Misstrauisch geworden überprüfte sie jetzt die anderen Waren, die zusammen mit dem Tuch ins Haus gebracht worden waren. Diese waren jedoch in Ordnung, und so machte sie das Zeichen darauf, welches dem Hofknecht und seinen Gehilfen sagte, dass diese Teile an ihre Empfänger weiter-

gereicht werden konnten. Bei zwei der Ballen zögerte sie. Sie waren für den Herzoglichen Rat Prielmayr bestimmt, von dem ihr Vater vor Monaten den heruntergekommenen Hof in Pewing als Pfand erhalten hatte. Da der Mann als säumiger Zahler bekannt war, beschloss sie, diese Ware erst zu übergeben, wenn der Preis dafür beglichen war.

Kaum hatte sie alle Waren durchgesehen, tauchte der Schwab in Begleitung des Ratsherrn wieder auf.

»Euer Knecht hat mir bereits berichtet, dass man Euch betrügen wollte. Lasst mich das Tuch sehen«, sagte Bart, nachdem er Veva begrüßt hatte.

Diese trat beiseite und sah zu, wie der Mann die vier Ballen vom Schwab und dem Hofknecht zur Hälfte ausrollen ließ und mit kundigen Blicken prüfte. Er nickte Veva zu. »Das Tuch ist zu schlecht, um verkauft werden zu können. Da Euer Schwiegervater es bestellt hat, soll er es nehmen. Ich werde einen Brief dazu schreiben, damit er weiß, dass Ihr klug genug wart, mir die Ballen zu zeigen. Diese Sache wird Rickinger ein weiteres Stück Ansehen kosten.«

»Ich will keinen Kampf gegen ihn, aber ich kann mir nicht alles gefallen lassen. Wenn ich diese Ballen an diejenigen, die sie bestellt haben, weitergebe, werden sie mich zu Recht vor Gericht zerren.« Veva erteilte den Knechten den Befehl, die Ballen wieder einzupacken, und führte Bart in ihr Kontor. Dort reichte sie ihm eigenhändig Papier, Tintenfass und Schreibfeder und sah dann zu, wie er den Brief aufsetzte und siegelte.

»Das hier wird Eurem Schwiegervater zu denken geben. Schreibt nun Ihr Euren Brief, indem Ihr erklärt, warum Ihr das Tuch nicht annehmt. Solltet Ihr noch einmal Hilfe brauchen, wisst Ihr, dass Ihr Euch jederzeit an mich wenden könnt.«

»Ich danke Euch, Herr Bart«, antwortete Veva und wollte knicksen. Sie war inzwischen jedoch nicht mehr ganz so

behende wie vor ihrer Schwangerschaft und wäre hingefallen, hätte der Ratsherr sie nicht rechtzeitig aufgefangen.
»Nun mal langsam! Ihr wollt Euren Ernst doch mit einem gesunden Kind erfreuen. Wo steckt er eigentlich? Ich habe nur gehört, er habe die Stadt verlassen.«
»Ferdinand Antscheller hat ihn aufgefordert, so rasch wie möglich nach Innsbruck zu kommen. Diesem Ruf konnte er sich nicht entziehen.«
»Innsbruck? Dafür ist es ein wenig früh im Jahr. Doch ein Handelsmann muss zur Stelle sein, wenn er gebraucht wird. Richtet ihm nach seiner Rückkehr aus, er solle sich vor Pater Remigius und Thürl in Acht nehmen. Die Spatzen pfeifen von den Dächern, dass die beiden Kerle darüber nachsinnen, was sie ihm antun können, nachdem ihnen der Streich mit Frau Annas Magd nicht gelungen ist.«
»Aber warum sollten sie so unversöhnlich sein?«
»Für Portikus ist die Kirche unantastbar, ganz gleich, was ihre Vertreter anstellen. Aus diesem Grund trägt er es Eurem Mann immer noch nach, dass dieser Pater Remigius bloßgestellt hat. Ich wollte, es gäbe eine Möglichkeit, ihn ebenso aus unserem Bayernland zu verbannen wie den einstigen Pater Hilarius. Der sollte ebenfalls achtgeben. Solange der Bischof in Freising ihm keinen Dispens erteilt hat, gilt er als davongelaufener Priester und könnte jederzeit eingesperrt werden.
Was Remigius angeht, so steht jener Vorfall seinem weiteren Aufstieg in der kirchlichen Hierarchie im Weg. Unser Herzog ist nicht gerade einer Meinung mit den Bischöfen, zu deren Diözesen unser Bayern zählt. Eine Berufung von Remigius in ein höheres Kirchenamt würde er als Affront ansehen und entsprechend reagieren.«
Barts Warnung bestärkte Veva in ihren Plänen, Ernsts und ihr Leben mehr auf Augsburg auszurichten. Sie schob den Gedanken an die fernere Zukunft jedoch rasch wieder von

sich und reichte dem Ratsherrn die Hand. »Ich danke Euch für Eure offenen Worte, Herr Bart, und werde sie an meinen Mann weitergeben. Vielleicht kann eine Spende für Sankt Peter den Unmut der Geistlichkeit mindern.«

»Den des Pfarrherrn und der restlichen Geistlichkeit gewiss, nicht aber den der beiden erklärten Feinde Eures Mannes. Hütet Euch vor ihnen, Rickingerin. Es mag sein, dass sie sich über Euch an Eurem Mann rächen wollen.«

An diese Möglichkeit hatte Veva noch gar nicht gedacht. »Ich werde mich vorsehen«, versprach sie und rief nach einer Magd, damit diese einen Becher des besten Weins für ihren Gast brachte. Der Schwab befahl inzwischen ein paar Knechten, die schlechten Tuchballen auf Schubkarren zu laden und ihm zu folgen. Dann machte er sich selbst zu Rickinger auf, obwohl das die Aufgabe des ersten Hofknechts gewesen wäre. Er tat es jedoch gern, denn er freute sich, dass seine junge Herrin sich nicht die Butter vom Brot nehmen ließ. Im Grunde hatte sie nicht weniger Verstand als ihr Vater oder ihr Mann. Was ihren Bruder betraf, so sollte man den Toten zwar nichts Schlechtes nachreden, doch Bartl hatte das leichte Leben mehr geliebt als Arbeit und Pflicht.

3.

Arsacius Bart sorgte dafür, dass Eustachius Rickingers letzte Bosheit rasch in der Stadt bekannt wurde. Auch wenn es diesmal keine Klage gab, so blieb ihrem Schwiegervater nichts anderes übrig, als Veva das Geld für die Ballen zurückzugeben und sich zu überlegen, was er selbst mit dem schlechten Tuch anstellen sollte. Sein ein-

ziger Trost war, dass es Veva nicht gelingen würde, rechtzeitig Ersatz für diese Lieferung aufzutreiben.
Ernsts Vater hatte jedoch nicht mit der Findigkeit seiner Schwiegertochter gerechnet. Veva schrieb sofort nach Augsburg und bat Jakob Fugger, ihr nach Möglichkeit gutes Tuch in bestimmten Farben zu schicken. Da der Kaufherr nicht nur auf Bestellung lieferte, sondern auch Waren auf Vorrat anschaffte, fuhr bereits sieben Tage später ein Wagen aus Augsburg in den Hof ihres Anwesens ein und erlöste Veva aus ihrer Klemme.
Sie wies den Schwab an, die Ballen abladen zu lassen und den Fuhrmann in die Küche zu schicken, damit Cilli ihm einen Krug Bier und eine Brotzeit hinstellen konnte. Sie selbst kehrte ins Haus zurück, um ein Dankesschreiben an Jakob Fugger zu verfassen.
Sie hielt kaum die Feder in der Hand, als es draußen auf dem Flur laut wurde.
»Geh mir aus dem Weg!«, rief eine Männerstimme, in der sie Benedikt Haselegner zu erkennen glaubte. Veva wusste von diesem nur, dass er in Innsbruck weilte und dem Vernehmen nach eine Tochter von Ferdinand Antscheller geheiratet hatte. In der Annahme, dass er einen Brief ihres Mannes mitgebracht hatte, stand sie auf, durchmaß mit wenigen Schritten den Raum und öffnete die Tür. Der Schwab stand breitbeinig davor und hielt die Rechte am Messergriff, während Haselegner seinem hochroten Kopf zufolge vor Wut fast zu platzen schien.
»Was geht hier vor?«, fragte Veva scharf.
Der Schwab sah sich kurz zu ihr um, ohne den Messergriff loszulassen. »Was soll hier vorgehen? Gar nichts! Ich habe Herrn Haselegner nur gesagt, dass Ihr beschäftigt seid und er ein andermal wiederkommen soll.«
Irgendetwas musste zwischen den beiden vorgefallen sein, und das war nichts Gutes, sagte Veva sich. Da sie jedoch mit

Haselegner reden wollte, gab sie dem Schwab ein Zeichen, er solle beiseitetreten, und blieb vor dem unerwarteten Gast stehen. »Da ich nun schon einmal gestört worden bin, könnt Ihr mir ruhig sagen, was Ihr von mir wünscht.«
Haselegners Gesicht drückte wechselnde Gefühle aus, die Veva nicht einordnen konnte. Einen Herzschlag lang glaubte sie Triumph zu erkennen. Dann aber wandte er ihr eine betrübte Miene zu und senkte den Kopf. »Es wäre mir lieber, wenn wir drinnen reden könnten. Auch solltest du dich setzen.«
»Auch gut!« Veva machte kehrt und nahm auf ihrem Stuhl Platz. Den angefangenen Brief drehte sie rasch um.
Haselegner bemerkte es und verkniff sich ein Lächeln. Schon bald würde er hier der Herr sein und die Entscheidungen treffen. Vorerst aber blickte er scheinbar mitfühlend auf sie hinab. »Veva, es tut mir sehr leid, aber …« Er brach ab, um seiner Nachricht noch mehr Dramatik zu verleihen, und setzte erneut an. »Was ich zu sagen habe, wird dich sehr bekümmern. Auf dem Weg hierher bin ich durch Kiefersfelden gekommen. Drei Tage zuvor hatten einige Holzknechte in den Bergen zwei Leichen gefunden und in den Ort gebracht. Der dortige Pfleger hat mir die beiden gezeigt und gefragt, ob ich sie kenne.«
»Und?«, fragte Veva, der sich ein eiserner Ring um die Brust legte.
Haselegner senkte den Kopf. »Es waren dein Mann und euer Knecht Sepp. Ich kann dir gar nicht sagen, wie sehr mich das schmerzt. Wie du weißt, hast du mir immer viel bedeutet, und ich war ja auch der beste Freund deines Bruders und deines Mannes. Wenn du Hilfe brauchst, bin ich sofort für dich da.«
»Aber … das kann doch nicht sein!« Obwohl sie saß, musste Veva sich an der Tischkante festhalten, so schwindlig wurde ihr.

»Leider ist es die Wahrheit. Ich habe die beiden Toten mitgebracht. Allerdings sieht Ernst übel aus. Seine Mörder haben ihn in eine Schlucht geworfen, dabei ist sein Schädel zerplatzt. Du solltest ihn dir besser nicht ansehen!«

An Veva strichen seine Worte vorbei wie der Wind. Nein!, schrie es in ihr. Das glaube ich nicht! Ernst kann nicht tot sein.

»Ich will ihn sehen!« Sie stand auf. Zu ihrer eigenen Verwunderung gelang es ihr, aufrecht zu stehen.

Haselegner hob begütigend die Hände. »Ich rate dir ab, Veva. Es würde dich nur erschrecken.«

»Noch mehr, als deine Worte mich erschreckt haben?«, fragte sie herb. Bein nächsten Schritt aber taumelte sie und musste sich an der Wand festhalten.

Sofort war Haselegner bei ihr. »Stütz dich auf mich, Veva. Du weißt, ich tue alles für dich!«

Veva wollte den Vorschlag schon annehmen, da zwängte sich der Schwab dazwischen. »Kommt, Herrin! Ich gebe Euch Halt, wenn Ihr die Treppe hinabsteigen wollt.«

Veva übersah Haselegners ausgestreckten Arm und ließ sich von ihrem Knecht nach unten führen. Auf dem Flur hatten sich bereits Cilli, Lina und die anderen Mägde eingefunden. Schweigend folgten sie ihrer Herrin und Haselegner auf den Hof. Dort waren zwei Knechte in Haselegners Diensten gerade dabei, zwei schlichte Fichtensärge von einem Wagen zu laden.

»Wohin sollen wir sie bringen?«, fragte einer.

Veva wies aufs Haus. »Dort hinein! In die große Stube im Erdgeschoss.«

»Ich zeige euch den Weg«, erklärte Cilli und eilte ihnen voraus.

Während die beiden Knechte die Särge nacheinander ins Haus trugen, flehte Veva in Gedanken die Heilige Jungfrau an, dass es nicht Ernst war, der dort in einem der einfachen

Holzkästen lag. Erst als beide Särge abgestellt waren, kehrte sie ins Haus zurück und blieb an der Tür stehen.
»Tu es dir nicht an«, beschwor Haselegner sie scheinbar besorgt. Derweil machten sich seine Knechte schon daran, die Deckel der beiden Särge zu öffnen.
»Da sind sie, mausetot alle beide«, meinte einer von ihnen. Da der Schwab Veva halten musste, damit sie nicht stürzte, wagte Cilli den ersten Blick, trat aber sofort schaudernd wieder zurück.
»Sie sind es! Den Sepp habe ich sofort erkannt, aber der Herr ist schrecklich entstellt. Das dürft Ihr Euch nicht antun.«
Gerade diese Worte aber trieben Veva an, auf die Särge zuzutreten. Sepp wies nur eine Wunde auf, doch Ernst sah so aus, als hätte ihm ein Riese den Schädel mit einem eisernen Schuh zertreten. Im Grunde wiesen nur noch seine Figur, seine Kleidung und der Ring an seinem rechten Finger darauf hin, dass es sich um ihren Mann handelte.
Veva schluckte, als sie den Toten so verstümmelt sah, und wandte sich mit schmerzerfüllter Miene ab. Der Schwab merkte, dass sie mit ihren Kräften am Ende war, und winkte Cilli zu sich. »Kümmere dich um die Herrin und sieh zu, dass du ihr etwas Belebendes einflößt. Ich werde einen Pfarrer holen.«
»Aber nicht den Remigius und auch nicht den Thürl!« Trotz ihrer Schwäche klang Vevas Stimme scharf.
Der Knecht nickte und wollte gehen, als Haselegner ihn aufhielt. »Warte, ich komme mit dir, um mit dem Pfarrherrn zu reden. Dir aber, Veva, sage ich noch einmal, dass ich dir immer zur Seite stehen werde. Schließlich weiß ich, was du fühlst!« Er wollte schon sagen, dass er ja selbst Witwer sei und sein Weib betrauere. Doch das konnte hier in München noch keiner wissen, und so verschluckte er die Worte schnell wieder.

4.

Als der Schwab zusammen mit Haselegner aus dem Haus trat, blieb der Kaufmann stehen und fasste ihn am Ärmel. »Ich weiß, du bist wegen der Sache damals noch wütend auf mich. Aber ich wollte nur verhindern, dass dein Herr seine Tochter mit Ernst Rickinger verheiratet. Ich hatte ebenfalls um sie geworben und war der Ansicht, dass Ernst nicht der richtige Mann für sie war.«

»Es ist schon gut! Mir hat ja nicht viel gefehlt!«, wiegelte der Schwab ab, den das Anbiedern des sonst so hochmütigen Mannes misstrauisch machte. Er war sicher, dass Leibert gute Gründe gehabt hatte, Haselegner seine Tochter zu versagen. Deswegen war er froh, dass dieser dem Vernehmen nach mit einer Antscheller-Tochter aus Innsbruck verheiratet war. Also würde er Veva wohl kaum aufs Neue bedrängen.

»Weißt du, mir hat diese Sache schwer auf der Seele gelegen. Immer wieder habe ich mir Vorwürfe gemacht, dich verletzt zu haben. Lass es mich aus der Welt schaffen und dir ein gutes Schmerzensgeld zahlen. Vielleicht hilft es dir, irgendwann einmal das Bürgerrecht zu erwerben. Immerhin bist du ein fixer Bursche und deinem Herrn immer treu gewesen«, fuhr Haselegner fort.

»Ich bin auch meiner Herrin treu ergeben.«

»Das weiß ich doch! Aber als Wittib braucht Veva jemanden, der in der Stadt etwas zählt und sich mit dem Handel auskennt. Deswegen biete ich ihr meine Hilfe an. Keiner soll denken, er könne sie übervorteilen, nur weil sie jetzt ohne Mann dasteht.«

Haselegner war sicher, den Schwab auf seine Seite ziehen zu können. Der war zwar nur ein dummer Knecht, aber auch er würde bald zu spüren bekommen, wie scharf der Wind seiner

Herrin von nun an um die Nase wehte. Da Vevas Vermögen bei einer Heirat auf ihn überging, musste er nun dafür sorgen, dass sie bis zur Hochzeit keine Verluste erlitt. Um sein Ziel zu erreichen, benötigte er jedoch Unterstützung aus ihrer Umgebung. Daher löste er seinen Beutel vom Gürtel und zählte dem Schwab fünf blanke Gulden in die Hand.

»Hier, die sind für dich! Du kriegst noch einmal fünf, wenn du auf die Veva aufpasst, damit nicht ihr Schwiegervater oder ein anderer Kaufherr sich in ihr Vertrauen einschleicht und sie um ihr Geld bringt.«

Der Knecht blickte verblüfft auf die Münzen und wusste nicht so recht, was er denken sollte. Schließlich steckte er das Geld weg und nickte. »Ich gebe schon acht, dass nichts passiert. Da braucht Ihr Euch keine Sorgen zu machen, Herr Haselegner.«

»Und du sagst ihr, dass sie sich auf mich verlassen kann!«

»Das werde ich!«, versprach der Schwab und dachte für sich, dass er Veva wohl eher vor Haselegner warnen musste. Der Mann hatte ihm schon früher nicht gefallen, und die anbiedernd freundliche Art, die er nun an den Tag legte, machte ihn noch misstrauischer. Doch wenn er erfahren wollte, was Haselegner plante, musste er so tun, als stände er ganz auf dessen Seite.

5.

Cilli und Lina brachten ihre Herrin in ihre Kammer und versuchten, sie zu beruhigen. Dort begann Veva zu zittern und griff sich mit beiden Händen an den Leib.

»Es tut so weh!«, stöhnte sie und krümmte sich unter den Schmerzwellen, die durch ihren Körper rasten.

Die beiden Mägde sahen sich erschrocken an. »Sie wird doch nicht das Kind verlieren?«, flüsterte Cilli mit bleichen Lippen.
»Möglich wäre es! Der Schreck war groß genug, und dazu kam auch noch der Anblick des Toten!« Lina schüttelte es bei dem Gedanken und sie schlurfte zur Tür.
»Wenn jetzt noch jemand helfen kann, ist es die Kreszenz. Ich laufe und hole sie.«
»Lass mich das machen! Ich habe die jüngeren Beine!« Trotz ihrer pummeligen Gestalt rannte Cilli so flink los wie ein Reh und ließ die alte Magd bei Veva zurück.
Lina wusste nicht recht, was sie tun sollte. Mit einem Lappen rieb sie das schweißnasse Gesicht ihrer Herrin trocken und half dieser, das Kleid und die Unterröcke auszuziehen. Nur noch mit dem Hemd bekleidet, kroch Veva in ihr Bett und weinte sich vor Trauer und Schmerz schier die Seele aus dem Leib.
Der alten Lina kam die Zeit, die Cilli ausblieb, endlos vor. Veva schrie sich heiser und biss zuletzt vor Schmerzen in die Bettdecke. Daher fielen der alten Magd ganze Wackersteine vom Herzen, als die Tür aufging und die Kräuterfrau hereinkam.
Kreszenz erfasste mit einem Blick, was sich hier anbahnte. »Ich brauche viel warmes Wasser und ein Schaff, das groß genug ist, damit Veva sich hineinsetzen kann. Macht schon! Es kommt auf jeden Augenblick an.«
»Ausgerechnet jetzt muss der Schwab fort sein!«, stöhnte die Köchin und stürmte trotz ihres Umfangs die Treppe hinab.
Derweil zog Kreszenz mehrere kleine Flaschen aus ihrer Umhängetasche, mischte sie in einem Becher und zwang Veva, das Gebräu zu schlucken.
»Das wird sie beruhigen«, sagte sie zu Lina. »Aber jetzt ist es wichtig, dass sie rasch in warmes Wasser kommt. Wo bleibt denn das Schaff?«

In dem Augenblick hörte sie Cilli von unten rufen. »Könnt ihr die Herrin herunterbringen? Das ist leichter, als wenn wir das ganze Wasser hinauftragen müssen!«
»Wo sie recht hat, hat sie recht«, murmelte Kreszenz und forderte Lina auf, mit zuzugreifen. Mit vereinten Kräften gelang es ihnen, Veva aus dem Bett zu hieven und aus dem Zimmer zu tragen. Die Treppe war jedoch zu schmal, als dass sie nebeneinander Platz gefunden hätten. Daher musste Lina rückwärts gehend Veva halten, während Kreszenz die Kranke von hinten stützte.
Als sie die Küche erreichten, zitterten die beiden alten Frauen beinahe ebenso stark wie Veva. Drinnen waren zwei der jüngeren Mägde dabei, heißes Wasser in einen großen Bottich zu schöpfen, während Cilli Holz nachlegte, um noch mehr Wasser zu erhitzen. Lina wollte ihre Herrin auf das Bad zuschieben, doch die Hebamme hielt sie auf. »Noch nicht! Erst muss ich schauen, ob das Wasser richtig ist. Zu kalt nützt es nichts, und zu warm darf es auch nicht sein, denn wir wollen die Veva ja nicht kochen!«
Niemand reagierte auf den Scherz, weil alle gespannt darauf warteten, dass Kreszenz die Hand ins Wasser steckte. »Noch ein wenig mehr heißes Wasser«, sagte diese, nahm aber selbst den Schöpfer zur Hand und goss nach, bis sie mit der Temperatur des Wassers zufrieden war.
»Packt mit an«, forderte sie Cilli und die Mägde auf und hob mit deren Hilfe Veva ins Schaff.
»Bleib drinnen!«, fuhr Kreszenz die Schwangere an, als diese sofort wieder aussteigen wollte, weil ihr das Wasser zu heiß vorkam.
»Siehst du, es geht doch!«, setzte die Hebamme das einseitige Gespräch fort, als Veva sich nach einer Weile entspannte. Sie massierte der Kranken Nacken und Schläfen, gab zwischendurch den Extrakt mehrerer Pflanzen ins Wasser, die einen starken Duft erzeugten, und sang zuletzt ein Wiegenlied.

Während Cilli und Lina sich verwundert anblickten, fielen Veva tatsächlich die Augen zu, und sie schlief ein.
»Wie ist denn das möglich?«, fragte die Köchin verdattert.
»Meine Säfte haben ihre Schmerzen gelindert und das warme Wasser ihren Leib entspannt. Sie war in großer Gefahr, ihr Kind zu verlieren. Doch das wird jetzt, so die Mutter Gottes es will, nicht geschehen. Wir lassen sie noch ein wenig schlafen, aber sobald das Wasser zu kalt wird, wecken wir sie und bringen sie wieder nach oben!« Kreszenz klang zufrieden, weil es ihr gelungen war, Vevas ungeborenes Kind zu retten. Sie vergaß jedoch die himmlischen Kräfte nicht und sprach der Heiligen Jungfrau in einem Gebet ihren Dank aus.
Dann drehte sie sich zu Cilli um. »Bis wir Veva aufwecken müssen, würde mir ein Schluck Bier guttun!«
»Du kriegst gleich einen Becher voll und eine Brotzeit dazu!« Cilli lief los und stapelte kurz darauf Brot, Wurst und Käse vor Kreszenz auf.
»So lasse ich es mir gefallen«, sagte diese, zog ihr Messer und begann zu essen.
Sie war noch nicht fertig, da schlug Veva die Augen auf und blickte verständnislos um sich. »Was ist geschehen?«, fragte sie.
Dann brach die Erinnerung über sie herein, und sie stieß einen Schrei aus, der ihre ganze Not zum Ausdruck brachte. »Ernst ist tot!«
»Das ist er! Aber du darfst jetzt nicht an ihn denken, sondern nur an euer Kind. Du bist es deinem Mann schuldig, es gesund zur Welt zu bringen«, mahnte Kreszenz sie harsch, denn sie wusste, dass gutes Zureden in einer solchen Situation nur selten half. »Kannst du alleine aufstehen?«
Veva nickte. »Ja! Aber mein Hemd ist ganz nass.«
»Wir haben es dir nicht ausgezogen, weil einer der Mannsleute in die Küche hätte kommen können, und der sollte

dich nicht nackt sehen. Lina, kannst du ein frisches Hemd für deine Herrin holen und auch ein Kleid? Sie muss genug trinken, bevor sie sich hinlegt, und möglichst auch eine Kleinigkeit essen.«

Die Hebamme hatte noch nicht zu Ende gesprochen, da rannte die alte Magd auch schon los und kehrte kurz darauf mit Kleidung für Veva zurück. Außerdem brachte sie ein Laken, mit dem sie die junge Frau abtrocknen konnten.

Kurz darauf saß Veva am Tisch und kämpfte erneut mit den Tränen. Da schob Kreszenz ihr ein Brettchen mit Wurst und Käse hin und schnitt ihr ein Stück Brot ab. »Iss! Dein Kleines braucht das jetzt. Es ist nicht weniger erschrocken als du.«

»Ich kann nichts essen«, flüsterte Veva, der sich allein bei dem Gedanken der Magen umdrehte.

»Man kann vieles, wenn man will«, beharrte Kreszenz.

Zögernd streckte Veva die Hand aus, nahm ein Stückchen Wurst und steckte es in den Mund. Sie glaubte, es müsste nach allem, was geschehen war, nach Asche schmecken, doch seltsamerweise empfand sie keinen Widerwillen. Dem ersten Stück folgten weitere, und schließlich legte ihr Kreszenz anerkennend den Arm um die Schulter.

»So ist es richtig! Du benötigst jetzt doppelt so viel Kraft, einmal für die Trauer um deinen Mann und zum anderen für dein Kind.«

6.

Obwohl Kreszenz ihr einen beruhigenden Extrakt aus Baldrian und Hopfen eingeflößt hatte, dauerte es lange, bis Veva einschlief. Sie träumte von Ernst, der lächelnd neben ihr Bett trat und ihr sagte, wie sehr er sich auf seine

Tochter freue. Der Traum war so intensiv, dass Veva am nächsten Morgen noch den Druck seiner Hand auf ihrer Rechten zu spüren glaubte. Von dieser Stunde an war sie sicher, ein Mädchen zur Welt zu bringen. Ein wenig bedauerte sie es, dann sie hätte Ernst als letzten Dienst gerne einen Sohn geschenkt. Aber sie nahm sich vor, die Kleine ungeachtet ihres Geschlechts zu lieben und sie zu einer schmucken Jungfer zu erziehen, auf die ihr Vater stolz sein konnte.
Der Traum hatte ihr Kraft verliehen, und so konnte sie nicht nur mit Hochwürden Eisenreich reden, der in eigener Person kam, um sie zu trösten, sondern anschließend auch die Geschäftsbriefe durchsehen, die ihr Lina ans Bett brachte. Kreszenz' Standpauke hatte ihr bewusst gemacht, dass sie es ihrem toten Mann schuldig war, ihm nicht nur eine gesunde Tochter zu gebären, sondern auch ihr Vermögen zusammenzuhalten, um es einmal ungeschmälert ihrem Kind hinterlassen zu können.
Noch während sie die Korrespondenz durchging, klopfte es an die Tür, und der Schwab steckte den Kopf herein. Er hatte erst am Abend von Vevas Problemen erfahren und schämte sich nun, weil er nicht im Haus gewesen war, um ihr zu helfen. »Ihr habt Besuch, Herrin, und Ihr werdet nicht glauben, wer da gekommen ist.«
»Wer will mich in meiner Trauer stören?«, fragte Veva ärgerlich.
»Euer Schwiegervater mitsamt seiner Frau. Sie stehen unten und wollen unbedingt mit Euch reden.«
Am liebsten hätte Veva dem Knecht aufgetragen, Eustachius Rickinger und seine Bäckerin wegzuschicken. Doch er war nun einmal Ernsts Vater und würde durch ihr Kind bald Großvater werden.
»Schicke mir Lina und eine der Mägde herauf, damit sie mir beim Ankleiden helfen, und führe unsere Gäste ins Kontor. Ich will sie nicht hier im Bett empfangen!«

»Ins Kontor?«, fragte der Schwab ungläubig. Private Besucher wurden normalerweise in die gute Stube gebracht, während Geschäftspartner und Bittsteller sich mit einem Gespräch im Kontor zufriedengeben mussten.
Während der Knecht ging, um seinen Auftrag auszuführen, stand Veva auf und begann sich anzuziehen. Währenddessen hinterfragte sie ihren spontanen Entschluss, und ihr wurde klar, dass sie diese Verwandten wirklich nicht im besten Raum des Hauses sehen wollte. Dafür hatte sie sich zu sehr über den alten Rickinger geärgert. Auch von diesem Besuch erwartete sie nichts Gutes und überlegte, vor welchen Übergriffen sie sich hüten musste.
Linas Eintreten unterbrach ihren Gedankengang. Sie ließ sich von der Magd helfen, ihr Gewand zu schnüren, stieg dann nach unten und betrat das Kontor. Kurz darauf führte der Schwab Eustachius Rickinger und die Bäckerin in den Raum.
Ernsts Vater eilte auf Veva zu und fasste nach ihrer Hand. »Wir haben es eben erfahren. Ernst soll tot sein! Was für ein Unglück aber auch. Ich weiß, wir hatten einen kleinen Zwist, doch angesichts seines Todes ist das vergessen. Du kannst dich jederzeit auf mich verlassen! Ich werde euren Handel weiterführen und alles für dich tun. Am besten, du ziehst zu uns ins Haus. Mein Weib wird dir eine treue Freundin sein. Ihr könnt dann beide in aller Ruhe dem Tag eurer Niederkunft entgegensehen, und du brauchst dir keine Sorgen mehr um die Zukunft zu machen.«
»Ich freue mich darauf, dich als Hausgenossin begrüßen zu können.« Mit einem Augenaufschlag, der wohl Mitgefühl ausdrücken sollte, schlang Susanne die Arme um ihre Stiefschwiegertochter und drückte ihr einen Kuss auf den Mund. Veva ekelte sich vor der Frau und widerstand nur mit Mühe dem Wunsch, sich mit dem Ärmel über das Gesicht zu reiben.

Stattdessen schenkte sie ihrem Schwiegervater und dessen Frau einen kühlen Blick. »Ernst mag tot sein, doch das ist weder ein Grund, mein Elternhaus zu verlassen, noch, meinen Handel aus der Hand zu geben.«

Über Rickingers Gesicht zog ein unwirscher Ausdruck. »Willst du das Geschäft deines Vaters zugrunde gehen lassen? Du hast doch niemanden, der den Handel für dich betreiben kann. Also werde ich das übernehmen. Es ist doch nur zu deinem Besten!«

»Warum sollte ich Euch diesmal vertrauen? Ihr habt schon zweimal versucht, mich zu betrügen!« Veva spürte, dass Rickingers Trauer um den Sohn weitaus geringer war als sein Wunsch, sich zum Herrn ihres Handelshauses aufzuschwingen.

Inzwischen ließ Susanne ihre Blicke flink durch den Raum wandern. »Wir sollten einen Teil der Möbel hier zu uns holen, damit Veva sich heimischer fühlt«, sagte sie zu ihrem Mann.

»Die Sachen bleiben da, wo sie sind!«, entgegnete Veva scharf. Ihr war klar, dass es der Bäckerin nur darum ging, ihr eigenes Heim noch prachtvoller einzurichten. Auch würde Susanne jeden Gegenstand, der von hier in die Schmalzgasse gebracht wurde, als ihr Eigentum betrachten.

»Du bist nicht bei Sinnen, Kind! Das ist nach diesem schweren Verlust auch verständlich. Aber das Leben und das Geschäft müssen weitergehen. Komm, gib mir das Rechnungsbuch und die anderen Unterlagen, damit ich unseren Partnern von Ernsts Tod berichten und ihnen schreiben kann, dass ich ab jetzt das Handelshaus führe.« Ohne eine Antwort abzuwarten, griff Rickinger nach dem Buch und wollte es an sich nehmen.

Doch Veva hielt es fest. »Dies hier ist immer noch mein Haus und mein Geschäft! Ihr wärt der Letzte, dem ich beides ausliefern würde.«

Rickinger versuchte nun, ihr das Buch zu entwinden. So viel Frechheit erboste Veva, und sie rief laut nach dem Knecht. »Schwab, komm und hilf mir! Man will mich berauben.«

»Unsinn! Ich will dich doch nur unterstützen«, schnaubte Ernsts Vater, ohne seinen Griff zu lockern.

»Ihr helft mir am besten, wenn Ihr jetzt geht! Mein Schmerz ist zu groß, als dass ich Besuch ertragen könnte.« Mit einem letzten, heftigen Ruck brachte Veva das Rechnungsbuch an sich und drückte es gegen die Brust.

Als Rickinger noch einmal danach greifen wollte, drängte der Schwab ihn zurück. »Ihr habt gehört, was meine Herrin gesagt hat. Sie wünscht, allein zu sein. Also kommt ein andermal wieder.«

»Am besten gar nicht mehr«, murmelte Veva laut genug, dass ihre Besucher es hören konnten.

»Was für eine Unverschämtheit! Da kommt man mit den besten Absichten und muss sich so etwas gefallen lassen.« Susanne ließ den letzten Funken Freundlichkeit fahren und schimpfte wie ein Rohrspatz, während Rickinger dem Schwab, der ihn zur Tür drängte, damit drohte, er werde ihn vor Gericht bringen, weil er es gewagt hatte, die Hand an einen Bürger zu legen.

»Auch als Bürger habt Ihr nicht das Recht, im Haus meiner Herrin zu bleiben, wenn sie das nicht will«, antwortete der Schwab ungerührt und gab Susanne einen Wink. »Was ist, Bäckerin? Willst du nicht mitkommen?«

»Du Lump! Ich bin die ehrengeachtete Ehefrau des Kaufherrn Eustachius Rickinger. So hast du mich auch anzusprechen.« Ehe der Knecht sich versah, hob Susanne die Hand und versetzte ihm eine schallende Ohrfeige.

Empört sprang Veva auf. »Das ist genug! Raus jetzt, oder ich lasse die Stadtknechte holen.«

Bei dieser Drohung zuckten ihre aufdringlichen Besucher zusammen. Dennoch drehte Rickinger sich noch einmal um

und drohte ihr mit der Faust. »Noch ist das letzte Wort zwischen uns nicht gesprochen. Du wirst mir noch dankbar sein, wenn ich dir helfe. Allein gehst du nämlich auf den Gant!«
»Habt Dank für Eure freundlichen Wünsche.« In dem Augenblick schwor Veva sich, alles zu tun, um das Handelshaus Leibert mit Erfolg fortzuführen, und wenn sie dafür ihre Seele dem Teufel verschreiben müsste.
Sie war so wütend über die Dreistigkeit, die ihr Schwiegervater und dessen Frau an den Tag legten, dass sie innerlich zitterte. Aus Angst, dies könnte ihrem ungeborenen Kind schaden, zog sie sich in ihre Kammer zurück und legte sich hin. Doch sie beruhigte sich erst, als Cilli ihr ein in den Absud aromatischer Kräuter getauchtes Tuch auf die Stirn legte, und vermochte schließlich einzuschlafen.

7.

Als Veva erwachte, war es beinahe Abend. Zu ihrer Erleichterung fühlte sie sich besser. Zwar spürte sie die Trauer um ihren Mann wie einen unauslöschlichen Schmerz in ihrem Herzen, doch sie war in der Lage, aufzustehen, ins Kontor hinabzusteigen und ihre Briefe fertigzuschreiben. Danach brachte sie das Rechnungsbuch auf den neusten Stand, schloss es mit einem Seufzer und fragte sich, wie sie weiter vorgehen sollte. In dem Augenblick kündete der Schwab ihr den nächsten Besucher an. Der Miene des Knechts entnahm sie, dass auch dieser Gast nicht nach seinem Geschmack war.
»Wer ist es?«, fragte sie in der Hoffnung, den Besucher wegschicken zu können.

»Haselegner. Er sagt, er muss unbedingt mit Euch reden.«
Veva überlegte, den Kaufmann zu bitten, ein andermal wiederzukommen. Doch da er ihren toten Mann aus den Bergen gebracht hatte, fühlte sie sich ihm verpflichtet. Außerdem war da noch der unvollendete Brief ihres Vaters, in dem der Name Haselegner eine Rolle gespielt hatte.

»Führe ihn herein – oder nein, bring ihn in den Raum, in dem Ernst und ich immer gegessen haben.« Nach den Erfahrungen mit ihrem Schwiegervater wollte sie niemanden mehr in ihrem Kontor empfangen und begab sich daher in die recht einfach ausgestattete Kammer, bevor der Schwab mit dem Besucher erschien.

Haselegner trat mit wahrer Leidensmiene ein und blieb mit hängenden Schultern vor ihr stehen. »Ich wäre gerne eher zu dir gekommen, denn du brauchst einen Mann, der dir hilft und deinen Handel für dich führt«, erklärte er mit brüchiger Stimme. »Doch leider hat mich heute eine Nachricht erreicht, die mich bis ins Mark erschüttert. In Innsbruck ist mein geliebtes Weib während meiner Abwesenheit von Gott, unserem Herrn, in sein himmlisches Paradies heimgeholt worden. Ich stehe daher als Witwer vor dir, so wie du Witwe bist.«

Hatte Veva einen Augenblick Mitgefühl verspürt, stellten sich ihr bei seinen letzten Worten innerlich die Stacheln auf. Der Hinweis, dass sie nun beide verwitwet seien, war zu deutlich. Schon früher hatte Haselegner um sie geworben, war aber von ihrem Vater mehrfach abgewiesen worden. Der Mann mochte in dem beinahe gleichzeitigen Ableben ihrer Ehepartner ein Zeichen des Himmels sehen, der sie zusammenführen wollte, doch ihre Trauer um Ernst war noch viel zu frisch, um einen Gedanken an eine weitere Ehe zu verschwenden.

»Ich trauere mit Euch, Haselegner. Es ist nie leicht, sein Lebensglück zu verlieren.« Es klang ein wenig kühl, doch mehr Anteilnahme vermochte Veva nicht aufzubringen.

»Ob wir wirklich unser Lebensglück verloren haben, muss sich noch zeigen«, widersprach er. »Zwar sind mein Weib und dein Mann tot, doch wir zwei leben noch, und wir sollten uns gegenseitig trösten. Wie ich schon sagte, benötigt dein Handel eine leitende Hand, und dazu bin ich gerne bereit.«

»Für dein Angebot, mir zu helfen, danke ich dir! Ich werde bei Gelegenheit darauf zurückkommen. Doch Trost vermag mir derzeit niemand zu spenden. Nur im Glauben liegt Hoffnung, daher werde ich morgen zu unserem Hochwürden gehen und Seelenmessen für meinen Mann bestellen.«

»Tu das! Ich mache es auch für meine Johanna, auf dass unser Herr Jesus Christus sie ins himmlische Paradies führt. Wenn du willst, kann ich beides veranlassen. Dann musst du nicht extra aus dem Haus.«

Vevas Ärger wuchs. Ebenso wie ihr Schwiegervater war auch Haselegner mit dem Hintergedanken gekommen, sie zu bevormunden. Beide wollten sie von sich abhängig machen, um mit ihrem Vermögen tun und lassen zu können, was ihnen beliebte. Doch damit würde sie das Andenken an ihren Ehemann mit Füßen treten. Ihr Besitz sollte, soweit sie ihn zu erhalten vermochte, an das Kind übergehen, das sie unter dem Herzen trug.

Daher schüttelte sie den Kopf. »Dies ist meine Aufgabe! Jetzt bitte ich dich, mich allein zu lassen. Der Schmerz um meinen Mann ist zu groß, als dass ich andere Menschen lange ertragen könnte.«

Auf Haselegners Gesicht erschien ein Ausdruck ungezügelter Wut. Seines Wissens war Veva von ihrem Vater gezwungen worden, Ernst Rickinger zu heiraten. Von Zuneigung oder gar Liebe konnte zwischen den beiden wohl kaum die Rede sein. Andere Frauen in ihrer Situation dachten bereits am Totenbett ihrer Männer an die nächste Ehe, doch Veva tat, als sei ihr das Liebste auf der Welt weggestorben.

»Auch wenn deine Trauer groß ist, musst du an morgen denken. Dein Handelshaus bricht zusammen, wenn es nicht richtig geführt wird!«

»Vorerst werde ich es selbst führen. Als Erbin meines Vaters und als Witwe steht mir dieses Recht zu«, antwortete Veva gelassener, als ihr zumute war.

»Das ist doch Unsinn!«, schnaubte Haselegner. »Ein Weib mag einen Kramladen führen, wenn ihr der Mann weggestorben ist, aber kein Handelshaus dieser Größe. Keiner deiner Handelspartner wird dich ernst nehmen!«

»Das wird sich zeigen.« Veva dachte an Jakob Fugger, auf den sie ihre größten Hoffnungen setzte. Wenn sie sich schon helfen lassen musste, dann nur von jemandem, der reich war und ehrlich genug, ihr Vermögen nicht an sich raffen zu wollen.

Haselegner begriff, dass er im Augenblick nichts erreichen konnte, und verabschiedete sich. Als er den Raum verließ, winkte er dem Schwab, mit ihm zu kommen. Draußen zog er ihn zu sich und forderte ihn leise, aber nachdrücklich auf, sich zu seinen Gunsten bei Veva zu verwenden.

Der Schwab hörte ihm scheinbar eifrig zu und nickte. »Freilich mache ich das! Einem so großzügigen Herrn wie Euch helfe ich gerne.«

Da es Haselegner nicht auf ein paar Gulden Trinkgeld ankam, versprach er dem Knecht eine saftige Belohnung und erklärte ihm, dass Veva ihren Handel so rasch wie möglich in seine Hände geben müsse, wenn nicht alles zusammenbrechen sollte. Er schied vom Schwab in dem Glauben, diesen überzeugt zu haben.

8.

Kaum hatte Haselegner das Anwesen verlassen, kehrte der Schwab zu Veva zurück. Diese saß wieder an ihrem Tisch im Kontor, las Briefe und machte sich Notizen. Als der Knecht eintrat, hob sie den Kopf. »Ist Haselegner endlich fort?«

»Das ist er – nicht ohne mich vorher aufzufordern, Euch eine Heirat mit ihm schmackhaft zu machen.«

Veva schüttelte den Kopf. »Bei der Heiligen Jungfrau! Sein Weib ist noch nicht richtig unter der Erde, da denkt er bereits an eine weitere Ehe.«

»Haselegner ist es schon immer um Euch gegangen. Er hatte damals sogar Euren Bruder dazu aufgefordert, bei Eurem Vater gut Wetter für ihn zu machen. Doch Herr Leibert hat es barsch abgelehnt, Euch mit Haselegner zu verheiraten. Als er nach Bartls Tod beschloss, Euch Ernst Rickinger zu geben, ist Haselegner vor Wut so gewalttätig geworden, dass ich Euren Vater vor ihm schützen musste.«

»Bist du so zu deiner Verletzung gekommen?«, fragte Veva ihn. »Etwas in dieser Art habe ich mir schon gedacht. Es wäre besser gewesen, Vater oder du hättet mir reinen Wein eingeschenkt.«

»Das hat Euer Vater nicht gewollt, und da habe ich eben den Mund gehalten. Ihr solltet den Willen Eures Vaters beherzigen und Euch vor Haselegner in Acht nehmen. Er ist ein Mann, der ein Nein nicht gelten lässt. Ich traue ihm zu, Euch Gewalt anzutun, um Euch zur Ehe mit ihm zu zwingen.« Der Schwab klang besorgt, denn er konnte nicht andauernd um Veva herum sein, um sie zu beschützen.

»Ich werde mich vorsehen. Kannst du mir ein scharfes Messer oder noch besser einen Dolch beschaffen, damit ich nicht ganz wehrlos bin?«

Der Schwab überlegte kurz. »Das werde ich. Aber auch damit seid Ihr einem zu allem entschlossenen Mann nicht gewachsen.«

»Das wird sich herausstellen! Doch nun muss ich noch etwas schaffen.« Mit diesen Worten verabschiedete Veva den Knecht und wandte sich wieder ihren Geschäften zu. Die Arbeit half ihr, die Trauer um Ernst zu ertragen. Könnte sie sich nur mit Hausarbeiten beschäftigen, würde sie wahrscheinlich verrückt werden.

Noch während sie nach dem nächsten Brief griff, klopfte es erneut an die Tür, und der Schwab steckte den Kopf herein. »Ihr habt schon wieder Besuch, Herrin!«

»Ich will niemanden mehr sehen!«

Doch der Knecht machte eine beschwichtigende Geste. »Ihr solltet es vielleicht doch tun, denn es handelt sich um den Ratsherrn Arsacius Bart. Er kommt im Namen des Rates.«

»Also gut! Führe ihn in die gute Stube und sag einer der Mägde, sie soll einen Krug des besten Weines bringen.« Veva stand auf und trat in das größte Zimmer des Hauses, das mit seiner Vertäfelung und den Deckenmalereien keinen Vergleich mit den anderen guten Stuben in den Kaufherrenhäusern scheuen musste.

Kurz darauf trat Bart ein und blieb vor Veva stehen. »Mein Beileid, Rickingerin. Dem Herrgott sei's geklagt, dass es so gekommen ist!«

»Ich danke Euch, Ratsherr, besonders dafür, dass Euer Beileid echt ist. Das kann ich leider nicht von jedem sagen.«

»Euer Knecht hat mir schon berichtet, wer bei Euch gewesen ist«, antwortete der Ratsherr mit einem harten Auflachen, für das er sich sofort entschuldigte. »Nichts für ungut, Rickingerin, aber sowohl Euer Schwiegervater wie auch der Haselegner haben keine Zeit versäumt und sind schon heute früh bei mir und anderen Ratsmitgliedern gewesen.

Sie haben vehement gefordert, zu Eurem Vormund bestimmt zu werden.«
»Zu meinem Vormund?« Veva erschrak, an diese Gefahr hatte sie noch gar nicht gedacht.
»Ihr braucht Euch keine Sorge zu machen. Die Absichten der beiden waren zu offensichtlich, als dass der Rat ihnen dieses Amt anvertrauen würde. Daher hat man mich dazu bestimmt. Ich hoffe, Ihr habt nichts dagegen.«
Veva musterte den Ratsherrn einige Augenblicke lang und dachte daran, dass dieser Ernst und ihr bereits mehrfach geholfen hatte. »Nein, Herr Bart, dagegen habe ich gar nichts. Ich will nur meinen Handel so führen können, wie ich es mir vorstelle.«
»Ich werde Euch nicht dreinreden. Wenn Ihr jedoch Hilfe braucht, weil einer Eurer Geschäftspartner denkt, mit einer Wittib kann er es machen, dann wendet Euch an mich!« Arsacius Bart streckte Veva die Hand hin, und sie schlug ein.
»Ich werde Euren Rat suchen. Habt Dank für Euer Eingreifen. Ich hätte nicht gewusst, wie ich mir sonst meinen Schwiegervater und auch den Haselegner vom Leib hätte halten können.« Da sie nun gegen jeden Zugriff gefeit war, fühlte Veva sich zutiefst erleichtert.
Sie schenkte dem Ratsherrn eigenhändig Wein ein, füllte auch sich einen Becher und hielt ihm Bart entgegen. »Auf Euer Wohl und auf das Eurer Familie!«
»Auf Euer Wohl – das wollen wir nicht vergessen. Gebe Gott, dass wir in zehn Jahren ebenso anstoßen können!« Der Ratsherr berührte mit seinem Becher kurz den Rand von Vevas Trinkgefäß und leerte dann den Pokal.
Als er ihn abstellte, schnalzte er anerkennend mit der Zunge. »Das ist ein guter Tropfen. Den könntet Ihr auch an den herzoglichen Hof verkaufen.«
»Und dann jahrelang auf die Bezahlung meiner Rechnung

warten? Nein, Herr Bart, das kann ich mir in meiner Lage nicht leisten.«

»Ihr seid eine kluge Frau.« Der Ratsherr lächelte zufrieden, denn er zählte zu jenen, die den herzoglichen Hof mit Wein versorgten, und hätte Veva ungern als Konkurrentin gesehen. Um sie zu unterstützen, bot er ihr ein paar Handelsbeteiligungen an, die sie nach kurzem Überlegen annahm. Der Gewinn war zwar im Erfolgsfall nicht so hoch wie bei ihren Geschäften mit Fugger, halfen ihr aber, Arsacius Bart als Verbündeten zu erhalten. Das war in dieser schwierigen Zeit wertvoller als Gold.

9.

Unterdessen waren Rosi und ihr Mann in das Haus gezogen, das Veva für sich und Ernst gekauft hatte. Auch Nis hatte es sich in dem Stübchen eingerichtet, das er Veva abgeschwatzt hatte. Er half Rosi im Haushalt und diente Hilarius als Bote.

Noch vor einem Jahr hätte Hilarius jeden verspottet, der ihm prophezeit hätte, er werde sein täglich Brot einmal mit Handelsgeschäften verdienen. Nun aber merkte er, dass diese Arbeit ihm Freude bereitete. Daher hätten Rosi und er eigentlich ein gutes Leben führen können. Aber ein Problem vergällte ihm immer stärker das Dasein.

Auch an diesem Abend hockte Hilarius wieder mit hängenden Schultern in der Küche und stocherte in seinem Essen herum.

Rosi sah ihm eine Weile zu und seufzte dann. »Was ist mit dir, mein Lieber? Irgendetwas bedrückt dich!«

»Es geht um den Bischof von Freising. Zwar habe ich auf

Befehl Herzog Wilhelms meine geistlichen Würden niedergelegt. Aber dies wird erst dann gültig, wenn ich einen Dispens von Bischof Philipp erhalte. Den will er mir jedoch erst geben, wenn ich dafür fünfhundert Gulden bezahle. Solange mir der Dispens fehlt, gelte ich als abtrünniger Priester und laufe Gefahr, gefangen gesetzt und zwangsweise in ein abgelegenes Kloster verschleppt zu werden. Dir aber droht der Pranger und die anschließende Einweisung in ein Hurenhaus.« Mit einem bitteren Lachen legte Hilarius seinen Löffel beiseite und sah Rosi an. »Wo soll ich fünfhundert Gulden hernehmen? In meiner Verzweiflung habe ich schon daran gedacht, das Kapital anzugreifen, das ich für Ernst Rickinger und dessen Frau verwalte. Dann aber würden sie mich zu Recht als unlauteren Menschen ansehen.«

»Du Armer!« Rosi dachte keinen Augenblick an die Gefahr, die ihr selbst drohte, sondern sah mit Schrecken den Tag heraufziehen, an dem die Augsburger Stadtknechte ihren Mann in Auftrag des Freisinger Bischofs verhaften und einsperren würden. »Schreibe an Ernst Rickinger. Vielleicht hilft er uns«, schlug sie vor.

Hilarius schüttelte den Kopf. »Fünfhundert Gulden sind sehr viel Geld, meine Liebe. So weit geht auch Ernst Rickingers Wohltätigkeit nicht. Daher werde ich jeden Pfennig sparen, den ich erübrigen kann. Vielleicht gibt sich der Bischof ja auch mit weniger zufrieden, so dass ich den Dispens irgendwann bezahlen kann. Bis dorthin müssen wir unserem guten Stern vertrauen und auf den Rat der Stadt Augsburg. Hoffen wir, dass die Ratsherren Philipp von Freisings Aufforderung, mich auszuliefern, erst einmal ablehnen werden. Allerdings wird der Rat sich wohl kaum wegen eines davongelaufenen Mönchs auf einen offenen Zwist mit Bischof Philipp einlassen.«

»Versprichst du mir, dass du, wenn es hart auf hart kommt, die fünfhundert Gulden von dem dir anvertrauten Geld nimmst und den Dispens bezahlst? Ich werde mich Ernst Rickinger vor die Füße werfen und ihn anflehen, es zu verstehen und uns zu erlauben, diese Schuld bei ihm bis zum Ende unseres Lebens abzutragen.« Rosi fasste die Hände ihres Mannes und küsste sie. »Ich liebe dich und will dich nicht verlieren!«

»Du liebst mich wirklich?« Hilarius zog sie an sich und hielt sie fest. »Ja, mein Liebes, ich werde es tun. Aber nur, wenn es nicht mehr anders geht. Dann aber werden wir uns beide vor Ernst Rickinger und seinem Weib niederwerfen und schwören, ihnen zu dienen, bis Gott, der Herr, uns von dieser Welt abberuft.«

Hilarius wusste selbst nicht, ob er es nur gesagt hatte, um Rosi zu beruhigen, oder ob er tatsächlich bereit war, Geld zu unterschlagen, um diese Last aus seinem früheren Leben loszuwerden. Denn wenn Ernst Rickinger ihn des Diebstahls anklagte, waren die Folgen nicht weniger schlimm, als wenn er in die Hände des Bischofs geriet.

Trotzdem hatte ihm das Gespräch mit Rosi gutgetan. Sie war der erste Mensch, der wahres Verständnis für ihn zeigte. Seine Eltern hatten ihn der Familientradition folgend im Alter von fünf Jahren in ein Kloster gegeben, und dieses hatte er erst verlassen dürfen, als er alt genug war, Theologie zu studieren. Nach seiner Priesterweihe war er nach Rom gepilgert, um am Grab der heiligen Apostel Petrus und Paulus zu beten, und dort war er dem Wittenberger Mönch Martin Luther begegnet, der derzeit den Bischöfen und dem Papst so viele Schwierigkeiten bereitet. Er selbst hatte sich wenig Gedanken über den rechten Glauben gemacht, sondern sich mit anderen Priestern und Mönchen einem liederlichen Lebenswandel ergeben. Mittlerweile war ihm jedoch klargeworden, wie verderbt die Kirche an etlichen Gliedern war, und nun strebte er danach, Luthers Thesen und Schriften selbst zu lesen. Er bereute jetzt, damals nicht mit dem Mönch aus Wittenberg gesprochen zu haben. Vielleicht wäre sein Leben dann anders verlaufen. Doch da stieg Rosis Bild in seinen Gedanken auf, und er war froh um die Liebe, die sie einander schenkten.

10.

Die Liebe seiner Frau und sein neu erwachtes Interesse an der Religion halfen Hilarius, sein inneres Gleichgewicht wiederzufinden. Gleichzeitig arbeitete er eifriger denn je für Ernst, von dessen Tod er noch nichts wusste, und für Veva. Wenn er wirklich deren Geld brauchte, um sich von dem Freisinger Bischof freizukaufen, musste er eine Reihe von Erfolgen vorweisen können, um sie milde zu stimmen.

Da der größte Teil des Handels über Fugger lief und die Waren auch dort und nicht in Ernsts und Vevas Haus gestapelt wurden, hielt Hilarius sich mindestens ein Mal am Tag für einige Stunden im Fuggerhaus auf. Meist hatte er es nur mit nachrangigen Kommis zu tun, doch als er am Morgen nach jenem Gespräch mit Rosi das Haus durch den Dienstboteneingang betrat, wartete ein Lakai auf ihn.

»Der Herr will dich sprechen!«

»Fürst Fugger persönlich?« Hilarius spürte, wie ihm die Knie nachgaben. Jakob Fugger war der Herr eines Handelsimperiums, das seinesgleichen suchte. Wenn dieser Mann jemanden wie ihn zu sich rief, verhieß das selten etwas Gutes. Daher folgte er dem Diener mit bangem Herzen in Fuggers Privaträume.

Der Kaufherr saß, in einen pelzbesetzten Mantel gehüllt, an seinem Tisch und las. Als Hilarius einige Schritte entfernt stehen blieb, hob er den Kopf und musterte den früheren Pfarrer mit einem durchdringenden Blick. Als gläubiger Mensch wusste Fugger nicht, ob er den Mann verachten sollte, weil dieser die Berufung zum Geistlichen von sich geworfen hatte, oder anerkennen, dass der Mann sich des hohen Amtes für unwürdig erachtet und die entsprechenden Konsequenzen gezogen hatte. Doch das, was er ihm jetzt mitteilen musste, hatte mit Hilarius selbst nichts zu tun.

»Du würdest es zwar bald durch einen Brief aus München erfahren, aber da ich die entsprechende Nachricht erhalten habe, will ich sie dir nicht vorenthalten. Dein Herr, Ernst Rickinger, ist bei einer Reise nach Innsbruck überfallen und ermordet worden. Daher ist es umso wichtiger, dass du dessen Eheweib mit allen Kräften dienst.«

Hilarius schlug erschrocken das Kreuz. »Ernst Rickinger ist tot? Bei Gott, das darf nicht sein!«

»Gott fragt selten danach, ob wir mit seinem Wirken einverstanden sind. Was er bestimmt, geschieht. Aus diesem Grund werden wir so um Ernst Rickinger trauern, wie er es verdient. Aber wir müssen auch alles daransetzen, damit seiner Witwe und dem Kind, mit dem diese schwanger geht, kein Schaden entsteht. Daher werde ich dir die Summe leihen, die der Bischof von Freising von dir für den Dispens verlangt. Dafür wirst du vier Stunden am Tag meinen Angestellten bei ihren Aufgaben helfen. Den Rest der Zeit kannst du für die Geschäfte deiner Herrin verwenden.« Fuggers Stimme klang so kühl, als fürchtete er, gutes Geld zum Fenster hinausgeworfen zu haben.

Hilarius schwirrte der Kopf. Ernst sollte tot sein? Er hatte ihn sowohl als verwegenen Burschen wie auch als verantwortungsbewussten Handelsmann kennengelernt und ihn zuletzt mehr geschätzt als jeden anderen Menschen mit Ausnahme von Rosi.

»Mein Herr, ich … Ihr seht mich erschüttert. Fast will ich es nicht glauben, dass unser Herrgott im Himmel einen Mann wie Ernst Rickinger von dieser Welt abberuft.«

»Rickinger hat sich durch Übermut einige Feinde geschaffen. Ich vermute, einer von ihnen hat jetzt Rache geübt«, erklärte Fugger.

»Ich traue es sowohl dem Remigius wie dem Thürl zu. Dieser war doch im Herbst hier, als Luther dem Kardinal Cajetanus Rede und Antwort stehen musste.« Hilarius wusste selbst nicht genau, weshalb er Doktor Portikus' Namen ins Spiel brachte.

Auch Fuggers Gedanken gingen unwillkürlich in diese Richtung. »Portikus war Gast in meinem Haus, und er hat Seine Eminenz, Kardinal Cajetanus, bedrängt, den sächsischen Mönch härter anzufassen. Dabei hat er öfter mit Cajetanus' Begleiter Franz von Gigging gesprochen. Soviel ich weiß, muss mindestens ein Mal Ernst Rickingers Namen gefallen sein. Du solltest deiner Herrin schreiben, sie solle sich vor Portikus hüten.«

Bei den letzten Worten nahm Fugger das Schreiben zur Hand, in dem er vorher gelesen hatte, und signalisierte damit, dass die Audienz beendet war. Hilarius zog sich rückwärts zur Tür zurück und verbeugte sich. Da der Handelsherr nicht noch einmal aufblickte, verließ er schweigend den Raum und sah sich draußen einem von Fuggers Angestellten gegenüber.

»Ich weiß nicht, ob der Herr es dir bereits gesagt hat, aber du wirst ab jetzt jeden Tag ein paar Stunden unter meiner Aufsicht arbeiten. Komm mit, es gibt viel zu tun!«

»Fürst Fugger hat es mir mitgeteilt«, antwortete Hilarius und folgte dem Mann.

In den nächsten Stunden schrieb er etliche Briefe für Fugger und musste beträchtliche Sorgfalt walten lassen. Doch Hilarius war froh, dass er zu tun hatte, sonst hätte er es nicht in

Fuggers Haus ausgehalten. Alles in ihm drängte, nach Hause zu eilen und Rosi und den kleinen Nis von Ernst Rickingers Tod zu informieren.

Wie lange er an diesem Tag für Fugger arbeitete, hätte er später nicht zu sagen vermocht. Er erhielt eine Liste, auf der die Gewinne verzeichnet standen, die Fugger mit Ernsts und Vevas Beteiligungen erzielt hatte. Die Summe, die der alte Leibert in Jakob Fuggers Geschäfte gesteckt hatte, war von den Gewinnen bereits verdoppelt worden. Doch der Gedanke an Ernsts Schicksal nahm Hilarius jede Freude an dem Erfolg.

Obwohl die Stunden schlichen, verließ er Fuggers Haus erst, als er seine Arbeit beendet hatte und diese für gut geheißen worden war. Auf dem Weg nach Hause beeilte er sich, obwohl er nicht wusste, wie er die Nachricht, die ihn vorantrieb, Rosi am schonendsten beibringen konnte.

Als er das Haus betrat und die Küche aufsuchte, sahen Rosi und Nis ihm an, dass etwas Schlimmes geschehen war. »Gott im Himmel, hat etwa der Bischof von Freising deine Auslieferung verlangt?«, rief sie erschrocken.

»Nein, das hat er nicht. Im Gegenteil: Fürst Fugger hat versprochen, mir die verlangte Summe zu leihen, damit ich den Dispens erhalte.«

»Jakob Fugger selbst?« Rosi sah ihren Mann verwundert an, denn für sie kam der reiche Handelsherr gleich nach dem Kaiser und dem Herzog von Bayern.

»So ist es. Doch er tut es nicht ohne Grund. Ernst Rickinger ist ermordet worden, und daher will Fugger verhindern, dass die Geschäfte des Handelshauses Leibert hier in Augsburg eingehen, wenn ich verhaftet werden sollte.«

»Was sagst du da? Ernst Rickinger soll tot sein?« Rosi schlug vor Entsetzen die Hände über den Kopf zusammen und begann zu weinen. Auch bei Nis flossen die Tränen, und für eine Weile hatte Hilarius genug damit zu tun, beide zu trösten.

Dann aber hob Rosi den Kopf. »Du sagst, Ernst Rickinger sei ermordet worden. Weiß man auch, wo das geschah?«
»In den Bergen auf dem Weg nach Innsbruck!«, erklärte Hilarius.
Da wischte sich seine Frau mit dem Ärmel resolut über die nassen Augen. »Findest du es nicht auch seltsam, dass sowohl Vevas Bruder wie auch ihr Mann auf der gleichen Reiseroute umgekommen sind?«
Hilarius zuckte mit den Achseln. »In den Bergen haust eine üble Räuberbande, gegen die bis jetzt noch niemand etwas hat ausrichten können.«
»Der Brautzug, der Veva nach Innsbruck bringen sollte, hatte nicht mehr an Wert bei sich als ihre Aussteuer. Jeder Wagenzug, der aus Italien kommt, bringt eine weitaus größere Beute. Wie war es bei Ernst Rickinger? Reiste er mit viel Geld?«
»Das kann ich nicht sagen. Fürst Fugger hat mir nur seinen Tod mitgeteilt. Allerdings glaube ich nicht, dass die beiden Morde zusammenhängen. Fugger hat nämlich Portikus im Verdacht, Ernsts Tod angestiftet zu haben. Dieser hat sich mehrmals mit Franz von Gigging über Ernst unterhalten, und Gigging ist ein Schlagetod, der sich als Beschützer von Handelszügen und Reisenden anwerben lässt. Wahrscheinlich ist er für Geld auch bereit zu morden.«
Rosi war nicht bereit, ihre Meinung so einfach der seinen anzupassen. »Ich glaube immer noch, dass es eine Verbindung gibt. Bartl Leibert war ebenfalls an dem Streich gegen Pater Remigius beteiligt. Sowohl dieser wie auch Portikus könnten Gigging kennen und bereits den ersten Mord in Auftrag gegeben haben.«
Zuerst wollte Hilarius diese Überlegung als Hirngespinst abtun, doch als er selbst darüber nachdachte, schien sie ihm gar nicht so unwahrscheinlich. Remigius und der latinisierte Thürl waren rachsüchtige Männer. Immerhin hatte Portikus

oft genug den Feuertod für jene gefordert, die Luthers Thesen und Schriften nach München schmuggelten. Von da bis zu einem Mordauftrag war es nicht weit.

»Gebe Gott, dass du dich irrst. Wenn nicht, wären meine einstigen Mitbrüder der Hölle würdig. Ich warte jetzt, bis Veva uns den Tod ihres Mannes mitteilt, dann werde ich ihr von deinen Überlegungen berichten. Zwar sagt Gott, der Herr, dass die Rache sein ist. Doch wenn diesen beiden Männern eine Schuld am Tod von Ernst Rickinger und Bartl Leibert nachgewiesen werden kann, werden sie ihrer Strafe nicht entgehen. Herzog Wilhelm hat ein aufbrausendes Gemüt, und da mag es leicht sein, dass er einem seiner Vasallen den Auftrag erteilt, Remigius und Portikus über die Klinge springen zu lassen. Auf jeden Fall wird er vom Bischof von Freising fordern, die beiden in ein strenges Kloster zu stecken, aus dem sie niemals mehr herauskommen!«

Hilarius wusste nicht, was er den beiden Priestern wünschen sollte, den Tod durch einen Gefolgsmann Herzog Wilhelms oder lebenslange Klosterhaft. Auf jeden Fall war er bereit, alles zu tun, damit sie eine dieser beiden Strafen erhielten.

11.

Während alle Welt Ernst für tot hielt, saß dieser im düsteren, kalten Kerker von Giggings Burg und hatte weder eine Ahnung, wo er sich befand, noch, in wessen Gewalt er geraten war. Während der ersten Tage sah er keinen Menschen, sondern nur einen Arm, der ihm durch eine kleine Klappe unten in der Tür einen Napf mit Brei, ein Stück Brot und einen Krug Bier hinstellte. Anfangs versuch-

te er den Mann anzusprechen, aber da er als Antwort nur Gelächter vernahm, gab er es schließlich auf.
Das Essen war eintönig, aber reichlich. Wer ihn auch immer hier eingesperrt hatte, wollte ihn bei guter Gesundheit halten. Deswegen glaubte Ernst nicht mehr daran, dass er in die Hände der berüchtigten Oberländer Bande geraten war. Die Schurken hätten ihn sogleich umgebracht und würden keine Lebensmittel an ihn verschwenden. Daher vermutete er, irgendeiner der kleinen Ritter in den Bergen habe ihn abgefangen, um Lösegeld zu erpressen. Wahrscheinlich war bereits ein Bote mit einem entsprechenden Brief nach München unterwegs, und da er fest davon überzeugt war, dass Veva alles tat, um ihn zu befreien, würde seine Gefangenschaft wohl nicht allzu lange dauern.
Dennoch hätte Ernst sich einen Menschen gewünscht, mit dem er sich unterhalten konnte, denn es fiel ihm schwer, den ganzen Tag ohne Licht und ohne einen Trost mit seinen Gedanken allein zu sein. Die Tageszeiten vermochte er nur dadurch zu unterscheiden, dass es in der Nacht im Kerker vollkommen dunkel war, während er am Tag wenigstens die Umrisse seiner Zelle erkennen konnte. Allerdings half ihm auch das nicht weiter, denn eine Flucht war unmöglich. Da hätte er sich schon in eine Maus oder besser noch in eine Schwalbe verwandeln müssen, um durch das kleine Luftloch unter der Decke entkommen zu können. Auch die Klappe, durch die er seine Mahlzeiten erhielt, war viel zu klein für einen ausgewachsenen Mann, und die Tür bestand aus dicken Eichenbohlen. Um diese zu zerschlagen, hätte er eine scharfe Axt gebraucht.
Daher blieb Ernst nichts anderes übrig, als sich in Geduld zu üben und zu beten, dass bald jemand kam und ihn freiließ. Doch seine Zweifel wuchsen von Tag zu Tag, denn er musste an den entsetzlichen Schrei des Mannes denken, in dessen blutverschmierter Kleidung er nun steckte. Wer mochte der

Ermordete gewesen sein?, fragte er sich immer wieder. Hatte es sich bei ihm um einen Gefangenen gehandelt, für den kein Lösegeld gezahlt worden war? Oder war er trotz Bezahlung des Lösegelds umgebracht worden, damit er seinen Entführer nicht verraten konnte?

Zwischen Hoffnung und Verzweiflung schwankend, wartete Ernst darauf, dass sich endlich eine Menschenseele sehen ließ. Spätestens dann, wenn der große Holzeimer, den man ihm als Abtritt hingestellt hatte, voll war, würde jemand in die Zelle kommen müssen. Bis dahin aber musste er den Gestank ertragen, der aus dem offenen Gefäß drang.

Der Eimer war etwa zu zwei Dritteln voll, als Ernst durch Geräusche geweckt wurde. Er schoss hoch und starrte gebannt auf die Tür. Tatsächlich klang es so, als würden die Riegel zurückgezogen. Er wünschte sich einen Dolch oder wenigstens einen Knüppel, um den Mann, der nun eintreten würde, zu überwältigen. Im nächsten Augenblick aber sah er auf die Spitzen zweier Speere, die vermummte Kerle auf ihn richteten. Ein Dritter schlurfte herein, stellte einen leeren Eimer hin, packte den vollen und trug ihn hinaus. Die beiden Bewaffneten folgten ihm auf dem Fuß und schlugen die Tür zu. Erst als Ernst hörte, wie die Riegel vorgeschoben wurden, wurde ihm klar, dass er vor Überraschung kein einziges Wort herausgebracht hatte. Jetzt ärgerte er sich darüber und überlegte sich, was er den Männern sagen sollte, wenn sie das nächste Mal in seine Zelle kamen.

12.

In München wollte Eustachius Rickinger es nicht hinnehmen, dass jemand anderes zu Vevas Vormund ernannt worden war. Da weder der Innere noch der Äußere Rat die Sache zu seinen Gunsten entschied, drohte er zuletzt, die Angelegenheit vor den Herzog zu bringen.
An einem trüben Nachmittag berichtete Arsacius Bart Veva von Rickingers Auftritt. Als sie seine Schilderung vernahm, war sie froh, nicht Zeugin des Vorfalls gewesen zu sein, denn sie hätte sich wahrscheinlich so darüber aufgeregt, dass ihr Kind zu Schaden gekommen wäre.
»Von mir aus kann Rickinger um eine Audienz beim Herzog bitten. Herr Wilhelm wird seinetwegen nicht die geschriebenen Gesetze der Stadt missachten«, versuchte Bart Veva zu beruhigen.
Sie schüttelte immer noch fassungslos den Kopf. »Ich verstehe nicht, was meinen Schwiegervater antreibt. Er müsste doch wissen, dass der Rat nicht anders entscheiden kann.«
»Sein Versuch, sich zum Herrn über Euch und Euer Vermögen aufzuschwingen, ist schon auffällig«, sinnierte Bart. »Ich fürchte, dass mehr dahintersteckt, und habe mich vorhin mit ein paar Freunden darüber unterhalten. Sowohl Euer Bruder wie auch Euer Mann wurden in den Bergen umgebracht, und den Spuren nach zu urteilen, muss es diese Oberländer Bande gewesen sein, die leider Gottes noch immer ihr Unwesen treibt. Beide Male hat sich der Überfall für diese Schurken nicht ausgezahlt, denn weder der Bartl noch der Ernst haben wertvolle Waren mitgeführt. Dabei hat die Bande sonst ausschließlich schwerbeladene Kaufmannszüge überfallen. Mittlerweile habe ich erfahren, dass etliches von dem, was diese Schurken geraubt haben, in anderen Teilen des Reiches verkauft worden ist. Das geht aber

nur, wenn die Räuber mit einem Kaufmann unter einer Decke stecken. Ich halte es durchaus für möglich, dass derselbe Kaufmann auch den Mord an Eurem Bruder und Eurem Mann in Auftrag gegeben hat.« Arsacius Bart musterte Veva nachdenklich. »Euer Vater wollte Euch damals doch mit dem Sohn Ferdinand Antschellers verheiraten, nicht wahr?«

»Das stimmt!«

»Nach dem Überfall kam diese Heirat wegen Eurer Gefangenschaft bei den Räubern nicht mehr zustande. Deswegen hat Euer Vater Euch mit Ernst Rickinger verheiratet. Soviel ich weiß, musste Ernst von seinem Vater zu dieser Ehe gezwungen werden. Also war Eustachius Rickinger die treibende Kraft hinter dieser Heirat. Kann es nicht sein, dass er die erste für Euch ins Auge gefasste Ehe hat verhindern wollen?«

Veva schüttelte entsetzt den Kopf. »Wollt Ihr etwa sagen, mein Schwiegervater hätte zuerst meinen Bruder umbringen lassen und dann auch noch seinen eigenen Sohn?«

»Zumindest hat er Ernst vor allen Leuten verflucht und wüst bedroht. Außerdem hat sich Euer Mann von seinem Vater nicht so beherrschen lassen, wie dieser es erwartet hatte. Das mag durchaus ein Grund für ihn gewesen sein, Ernst ermorden zu lassen. Da sein Weib schwanger geht, glaubte er wohl, auf seinen erstgeborenen Sohn verzichten zu können.«

Arsacius Barts Worte klangen so schlüssig, dass Veva am liebsten ebenfalls den Stab über ihren Schwiegervater gebrochen hätte. Ein paar Punkte fielen ihr jedoch auf, die gegen Barts Annahme sprachen. Soviel sie wusste, hatte Ernsts Vater sich zunächst gegen eine Ehe seines Sohnes mit ihr ausgesprochen und diesen nach Innsbruck geschickt, damit Ernst um eine Antscheller-Tochter werben sollte. Erst als aus dieser Heirat nichts geworden war, hatte er sie

als Schwiegertochter akzeptiert. Als sie dies Bart erklärte, winkte der ab.
»Eustachius Rickinger wusste, dass ein Mann wie Antscheller niemals seinen Sohn zum Eidam nehmen würde. Daher konnte er diesen leicht um dessen Tochter werben lassen. Auf jeden Fall hat der Innere Rat unserer Stadt München beschlossen, Ernsts Vater vorzuladen und zu dieser Sache zu befragen. Passen uns seine Antworten nicht, wird er sich in der Arreststube wiederfinden. Aber nun muss ich mich verabschieden. Mein Weib wartet mit dem Essen auf mich, und die urteilt strenger als unser Herzog, wenn ich zu spät komme!«
Bart hatte Veva mit dieser Bemerkung ein wenig aufheitern wollen, doch sie dachte angestrengt über den Verdacht nach, den er geäußert hatte, und zuckte zusammen, als er sich zum Gehen wandte. »Richtet Eurer Frau Grüße von mir aus. Sobald ich mich dazu in der Lage fühle, werde ich sie besuchen!«
Sie begleitete ihn zur Tür, und als sie ins Haus zurückkehren wollte, sah sie Cilli mit zwei Eimern Wasser um die Ecke biegen. Die Köchin sah so wütend aus, als wollte sie jemanden erwürgen. Dazu war ihr Haar zerrauft und ihr Kleid am Halsausschnitt zerrissen.
»Was ist denn mit dir passiert?«, fragte Veva verblüfft.
Cilli blieb stehen und schob sich das Joch, an dem die Eimer hingen, von der Schulter. Dann stemmte sie die Hände in die Hüfte. »Ich bin mit der Bäckerverwandtschaft Eurer Stiefschwiegermutter aneinandergeraten. Die reden überall herum, Euer Kind wäre nicht vom Ernst und ihm stünde dessen Erbe gar nicht zu.«
»Das soll doch wohl ein Scherz sein!«
Cilli stand die Empörung ins Gesicht geschrieben. »Wenn's einer wäre, dann ein ganz bösartiger. Nein, Herrin, es stimmt so, wie ich's sage. Die Schnurlbeckin hat's offen vor allen

Mägden und Frauen am Brunnen gesagt. Aber der bin ich übers Maul gefahren, sage ich Euch! Und dann ist sie handgreiflich geworden. Wäre nicht der Hias von den Stadtknechten hinzugekommen, hätte mich das Miststück glatt umgebracht.«

Veva wurde jetzt ebenfalls zornig. »Ich werde beim Rat Anzeige gegen die Schnurlbeckin erheben, damit ihr das Lügenmaul gestopft wird. Seit ihre angeheiratete Kusine Susanne meinen Schwiegervater geheiratet hat, denkt die wunder, wer sie ist.«

»Zeugen haben wir genug! Alle Frauen am Brunnen haben es gehört, dazu einige aus der Nachbarschaft und vor allem der Stadtknecht Hias. Die sagen bestimmt gegen die Schnurlbeckin aus.« Die Köchin atmete tief durch und strich sich eine widerspenstige Haarsträhne aus dem Gesicht. »Hoffentlich ist mir jetzt der Brei nicht angebrannt. Wenn, ist die Schnurlbeckin daran schuld, denn eigentlich hätte ich längst wieder zurück sein wollen.«

»Ich habe vorhin gesehen, wie die Lina in die Küche gegangen ist und dann nach den beiden Küchenmägden gerufen hat. Gewiss hat sie sich darum gekümmert, dass jemand am Herd steht«, versuchte Veva sie zu beruhigen.

»Hoffentlich!«, sagte die Köchin, schlüpfte wieder unter das Joch und verschwand mit ihrer Last im Haus.

Veva folgte ihr langsamer und legte die Hände auf ihren größer gewordenen Bauch. Die Anschuldigung, die Cilli ihr überbracht hatte, erboste sie ungemein, und sie beschloss, den Schwab mit einem Brief zum Ratsherrn Bart zu schicken. Gleichzeitig aber sagte sie sich, dass diese Verleumdung nur die Dummheit der Bäckersusanne und ihrer Verwandtschaft bewies, denn schließlich war alles, was sie besaß, nicht Ernsts Erbe, sondern das ihre, und das konnte sie jederzeit ungeschmälert an ihr Kind weitergeben. Ihre Verleumderinnen hingegen konnten sich leicht in der

Schandgeige wiederfinden, in die Frauen mit zu losem Mundwerk des Öfteren geschlossen und auf dem Schrannenplatz zur Schau gestellt wurden.

13.

Vevas Tage bestanden nicht nur aus Leid und übler Nachrede. Es gab auch Erfolge, die ihr die Kraft verliehen, sich gegen die Bosheiten ihres Schwiegervaters und dessen angeheirateter Verwandtschaft zu behaupten. Ihre Handelsgeschäfte, die teilweise noch von Ernst eingefädelt worden waren, liefen gut und brachten Gewinn. Auch aus Augsburg kamen erfreuliche Nachrichten. Um die Steuereinnehmer des Herzogs zu täuschen, die immer wieder die Post der Kaufleute öffnen ließen, musste sie ihre Korrespondenz mit Hilarius jedoch in einer Art Geheimschrift führen.
Veva begriff immer mehr, wie hilfreich die Jahre für sie gewesen waren, in denen sie ihren Vater hatte unterstützen müssen. Wahrscheinlich hatte sie dessen Handelsgeschäfte besser kennengelernt als ihr Bruder, der sich zu viele Freiheiten herausgenommen hatte, anstatt ernsthaft im Handelshaus mitzuarbeiten.
Es versetzte ihr jedoch immer wieder einen Stich, wenn sie sich daran erinnerte, dass ihr Vater sie trotzdem für dumm gehalten hatte und davon ausgegangen war, ihr Bruder wisse alles Notwendige, ohne es lernen zu müssen, nur weil er männlichen Geschlechts war. Schon um dem Vater posthum zu beweisen, wie sehr er sich geirrt hatte, bemühte sie sich intensiv, gute Geschäfte abzuschließen.
Inzwischen hatte Hilarius ihr auch schriftlich von seinem Verdacht berichtet, Doktor Portikus könnte für den Mord

an Ernst verantwortlich sein, aber Veva wusste nicht so recht, was sie davon halten sollte. In München ging noch immer das Gerücht um, ihr Schwiegervater habe die Tat veranlasst, um sich in den Besitz ihres Vermögens zu setzen. Daher musste Eustachius Rickinger sich auf dem Weg durch die Stadt gar als Sohnesmörder beschimpfen lassen.

Inzwischen war Ernsts Vater mit seiner Beschwerde vor den Herzog getreten. Doch Wilhelm IV. hatte ihm ebenfalls erklärt, dass Veva die rechtmäßige Erbin ihres Vaters und ihres Mannes sei, und den Ratsherrn Arsacius Bart als gesetzmäßigen Vormund bestätigt.

Für Veva hätte daher eine Zeit der Ruhe einkehren können, wäre da nicht Benedikt Haselegner gewesen. Dieser ließ keinen Tag verstreichen, ohne nicht mindestens ein Mal bei ihr vorzusprechen. Auch an diesem Morgen saß er ihr gegenüber, hielt einen Becher Wein in der Hand und berichtete von einem Handel, den er in Venedig abschließen wolle.

»Du solltest dich auf jeden Fall daran beteiligen, meine Liebe. Der Gewinn wird mindestens dreißig Prozent betragen, wenn nicht mehr, vor allem, wenn ich eine größere Partie an- und wieder verkaufen kann.«

Gerade diese geschäftlichen Ratschläge machten es Veva schwer, die nervtötenden Besuche des Mannes zu unterbinden. Erstaunlicherweise hatte er sich als uneigennütziger Helfer erwiesen und sie schon ein paarmal auf Pferdefüße bei anderen Angeboten aufmerksam gemacht. Sie ahnte jedoch, dass er schon bald wieder damit anfangen würde, sie sollten sich doch gegenseitig in ihrem verwitweten Stand trösten und die Ehe miteinander eingehen.

»Ich werde darüber nachdenken, Haselegner, ob ich bei diesem venezianischen Handel mitmachen kann. Allerdings muss ich auf den Gewinn aus ein paar anderen Geschäften warten und habe derzeit nicht genug Geld flüssig«, antwortete sie ausweichend.

Haselegner beugte sich vor und legte ihr die Hand auf den Arm. »Dann leihe ich dir das Geld. Bei einem Zinsfuß von fünfzehn Prozent im Vierteljahr machst du immer noch den halben Gewinn.«

»Und wenn es schiefgeht, einen herben Verlust! Nein, Haselegner, darauf lasse ich mich nicht ein.« Veva schüttelte seine Hand ab und schob ihren Stuhl ein wenig zurück.

»Jeder Handelsmann muss ein Risiko eingehen, wenn er Erfolg haben will. Du kannst deinen Handel nicht verwalten wie eine Hausfrau, Veva. Deshalb schlage ich dir die ganze Zeit vor, dass wir heiraten sollten. Dann gehören wir in fünf – ach was! – in drei Jahren zu den reichsten Bürgern Münchens. Vielleicht werde ich dann sogar in den Inneren Rat gewählt und habe die Chance, einmal Bürgermeister zu sein. Wäre es nichts für dich, wenn du bei der heiligen Messe als Erste der Bürgerfrauen das Kirchenschiff von Sankt Peter betreten dürftest?«, sagte Haselegner in der Hoffnung, an Vevas weibliche Eitelkeit zu appellieren.

Sie schüttelte den Kopf. Noch war der Schmerz um Ernst zu tief, als dass sie eine neue Ehe auch nur in Erwägung ziehen konnte, und sie ärgerte sich über Haselegners stetes Drängen. Da sie ihn jedoch nicht verprellen wollte, überlegte sie, was sie ihm antworten sollte. In dem Augenblick spürte sie, wie ihr Kind sich in ihrem Leib bewegte, und lächelte versonnen. Allein der Kleinen wegen musste sie alles tun, um ihr Erbe zu erhalten und zu mehren. Vor allem aber gab ihr die Schwangerschaft die Gelegenheit, ihren hartnäckigen Bewerber erst einmal zu vertrösten.

»Euer Antrag ehrt mich, Haselegner. Ihr vergesst jedoch, dass ich gesegneten Leibes bin. Ich will mein Kind als ehrengeachtete Witwe zur Welt bringen. Das bin ich meinem ermordeten Ehemann schuldig.«

»Im Grunde bist du ihm überhaupt nichts schuldig. Ihr seid doch schließlich nur ein paar Tage verheiratet gewesen!«

»Es waren schon einige Monate«, rückte Veva lächelnd die Tatsachen zurecht.
»Die meiste Zeit davon hast du in München verbracht! Ich verstehe ja, dass du dem Toten nichts Böses nachsagen willst, aber ich weiß mehr über ihn als du. So viel Treue, wie du ihm entgegenbringst, hat er nicht verdient.«
»Vergesst nicht, Ihr redet über den Vater meines Kindes!«, antwortete Veva scharf. Für ihr Gefühl steuerte Haselegner zu eifrig auf sein Ziel zu, und sie sagte sich, dass sie ihn, wenn er nicht bald damit aufhörte, nicht mehr empfangen würde.
Haselegner ärgerte sich über das sture Weibsstück, das aus ihm unverständlichen Gründen an Ernst Rickinger hing. Wahrscheinlich hatte dieser sich in den gemeinsamen Nächten als stark und ausdauernd erwiesen und sie damit zufriedengestellt. Wenn Veva ihn nur ließe, dachte er bei sich, würde er ihr beweisen, dass er in dieser Hinsicht auch nicht schlechter war als der Tote. Da sie jedoch schwanger war und er nicht wusste, wie Frauen in diesem Zustand empfanden, lenkte er ein.
»Wir müssen ja nicht gleich heute heiraten, Veva. Aber du musst auch an dein Kind denken. Es braucht einen Vater, der sich um den Kleinen kümmert und auch dich beschützt. Die Welt ist böse, das weißt du ebenso gut wie ich. Gerade hat dieser Mönch aus Wittenberg eine neue Streitschrift veröffentlicht, die unseren Klerus in übelster Weise verleumdet. Da sich viele von diesem Kerl aufhetzen lassen, fürchte ich, dass es noch zu Mord und Totschlag kommt.«
Seit ihr Mann Martin Luther bei der Flucht aus Augsburg geholfen hatte, befasste Veva sich mehr mit dessen Thesen und war zu dem Schluss gekommen, dass daran nicht alles so falsch und verderblich war, wie Doktor Portikus und andere Kirchenmänner es den Münchner Bürgern und dem Herzog weismachen wollten. Mit Ernst hätte sie über diese Dinge reden können, doch bei Haselegner bezweifelte sie

es. Daher ging sie nicht auf seine Bemerkung ein, sondern sagte nur, dass sie vor der Geburt ihres Kindes keine Entscheidung über ihre weitere Zukunft treffen werde.
Ihre entschlossene Miene hielt Haselegner davon ab, weiter in sie zu dringen. Aber er nahm ihre Weigerung nicht ernst. Da Weiber mal so und mal so handelten, würde sie ihre Meinung gewiss bald ändern. Bis dorthin würde er sich ihr unentbehrlich machen. Nicht zuletzt deshalb lenkte er das Gespräch wieder auf sein geschäftliches Angebot.
»Meine liebe Veva, ich gebe gerne zu, dass ich noch einige hundert Gulden brauche, um die Ware günstig erwerben zu können. Ich zahle dir ein Viertel dessen, was ich dabei spare, als zusätzlichen Gewinn aus. Du weißt, dass ich dir das Geld mehr gönne als jedem anderen.«
Veva überlegte, wie viel Geld sie erübrigen konnte, und nickte zögerlich. »Also gut, ich werde es mir überlegen. Reicht es Euch, wenn ich Euch morgen früh den Schwab mit meiner Antwort schicke?« Sie sagte es nicht zuletzt deswegen, weil dadurch sein Besuch bei ihr überflüssig geworden wäre. Doch in die Falle tappte Haselegner nicht.
»Ich suche dich auf. Wenn du noch Fragen hast, wäre ein Austausch über einen Boten zu mühselig. Jetzt muss ich dich verlassen. Sei aber versichert, dass ich alles für dich tue, was in meiner Macht steht!«
»Das weiß ich, und dafür danke ich Euch auch.« Für den Augenblick hatte Veva fast ein schlechtes Gewissen, weil sie den Mann so abweisend behandelte.
Während Haselegner sich verabschiedete, befassten Vevas Gedanken sich mit dessen verstorbener Frau. Hätte das Schicksal es anders entschieden, wäre Johanna Antscheller wahrscheinlich sogar im doppelten Sinne ihre Schwägerin geworden, nämlich als die Schwester ihres erkorenen Bräutigams und dann auch als Ehefrau ihres Bruders. Zumindest hatte ihr Vater dies nach Bartls Tod einmal angedeutet.

14.

Auf dem Weg nach draußen traf Haselegner auf den Schwab und zog diesen in einen düsteren Winkel. »Mein guter Freund, rede deiner Herrin zu, dass sie sich an dem Handel beteiligt, den ich ihr vorgeschlagen habe. Es wird weder ihr noch dein Schade sein. Und noch etwas: Gib acht, welche Männer zu ihr kommen, und warne mich, wenn einer von Heirat spricht. Wie du weißt, ruht Vevas Bild bereits seit Jahren in meinem Herzen, und ich bin die Ehe mit Johanna Antscheller erst eingegangen, als Veva unerreichbar für mich zu sein schien. Doch jetzt sind wir beide wieder frei, und es scheint Gottes Wille zu sein, dass wir das eheliche Beilager halten.«

Die Sympathien des Schwab für den Kaufherrn waren in den letzten Wochen nicht größer geworden. Auch für seinen Geschmack drängte dieser sich seiner Herrin zu sehr auf. Da war ihm ein Freund wie der Ratsherr Arsacius Bart dreimal lieber. Obwohl dieser vom Rat der Stadt als Vevas Vormund eingesetzt worden war, mischte er sich nicht in ihre Geschäfte ein. Am liebsten hätte der Schwab Haselegner ein paar deutliche Worte gesagt, doch er durfte es sich nicht mit ihm verderben.

Aus diesem Grund nickte er und machte die Geste des Geldzählens. »Ich habe nichts dagegen, wenn sich ein Geschäft für meine Herrin, aber auch für mich lohnt. Ihr habt mir doch zehn Gulden versprochen, damit ich bei meiner Herrin für Euch spreche. Beteiligt mich mit dieser Summe an Eurem Handel. Ist er erfolgreich, bekommen meine Gulden Junge!«

Geldgieriger Narr, fuhr es Haselegner durch den Kopf. Er lächelte jedoch und klopfte dem Knecht auf die Schulter. »Du bist ein Mann nach meinem Geschmack. Wenn du so weitermachst, kannst du bald deinen eigenen Handel aufmachen.«

»Da müsste ich erst Lesen und Schreiben lernen«, antwortete der Schwab feixend. »Aber das ist schwer, und so, wie es jetzt ist, ist es mir lieber. Ihr gebt mir immer wieder einmal ein paar Gulden, und ich sorge dafür, dass meine Herrin Euch gerne sieht!«

Ohne dass der Schwab oder Haselegner es bemerkt hätten, war die alte Lina auf den Flur getreten. Als sie die beiden Männer bemerkte, blieb sie stehen und hörte ihnen fassungslos zu. Für die alte Magd war es noch immer unerträglich, an Ernsts Tod zu denken. Sie hatte ihn schon als Kind wie eine Mutter geliebt und ihm später geholfen, wo sie nur konnte. Jetzt hören zu müssen, dass Haselegner, den sie zutiefst verachtete, dessen Platz als Vevas Ehemann einnehmen wollte, erfüllte sie mit heiligem Zorn.

Kaum war der Kaufherr gegangen, packte sie den Schwab am Ärmel und beschimpfte ihn wüst. »Du Judas! Du verrätst für ein paar Silberlinge deine eigene Herrin! Da soll doch der Herrgott dreinschlagen und dir die Pest auf den Hals schicken!«

Der Knecht zuckte im ersten Augenblick zusammen, musste dann aber lachen. »Du hast wohl gelauscht, Lina? Aber bevor du zu plärren anfängst, solltest du mir zuhören. Es ist wahr, dass der Haselegner unbedingt die Veva heiraten will. Aber genauso wahr ist es, dass ich ihm gewiss nicht helfe. Ich tu bloß so, damit er mir sagt, was er vorhat. Eines ist nämlich gewiss: Allein und in der Nacht sollte die Herrin diesem Mann nicht begegnen.«

»Und das soll ich dir glauben?« Die Alte schnaubte verächtlich und wollte gehen, um Veva zu informieren.

Doch der Schwab hielt sie fest. »Wenn du mir nicht glauben willst, dann schau dir das an!« Mit diesen Worten zerrte der Schwab sein Hemd aus der Hose und zeigte auf die weiße

Narbe auf dem Bauch. »Die habe ich dem Haselegner zu verdanken, als ich dem alten Leibert gegen ihn habe beistehen müssen. Er wollte Vevas Vater dazu zwingen, das Verlöbnis mit Ernst aufzulösen und sie mit ihm zu verheiraten. Übrigens hat er sie auch gleich, nachdem er sie aus der Gewalt der Räuber befreit hatte, heiraten wollen.«

Lina rieb sich die Nase. »Das ist seltsam. Damals haben alle gedacht, sie wäre von den Schurken geschändet worden. Rickinger wollte doch mit Ernsts Heirat warten, bis es sicher ist, ob sie ein Kind kriegt oder nicht. Und da sagst du, den Haselegner hätte dies nicht gekümmert?«

»Anscheinend nicht«, gab der Schwab zurück. Auch er wunderte sich nachträglich, doch schrieb er es Haselegners Gier zu, Veva zu besitzen. Oder war er von Anfang an nur hinter deren Erbe her gewesen?, fragte er sich, fand aber keine Antwort darauf.

Auch Lina gingen etliche Gedanken durch den Kopf. Hatte Veva damals nicht behauptet, ihr wäre durch die Räuber nichts geschehen? Und hatte die Hebamme Kreszenz letztens nicht auch erzählt, Veva sei noch als Jungfrau aus der Hand ihrer Entführer gerettet worden? Hatte Haselegner das etwa gewusst? Immerhin hatte er sie gefunden. Andererseits konnte Lina sich erinnern, dass ausgerechnet dieser Mann das Gerücht von Vevas Vergewaltigung in der Stadt verbreitet hatte. War dies nur geschehen, um die Heirat mit Friedrich Antscheller zu verhindern und andere Bewerber abzuschrecken?

»Heilige Maria, Mutter Gottes, hilf uns!«, betete sie, da sie nicht wusste, was sie sonst tun sollte.

Der Schwab aber war nicht bereit, es beim Beten bewenden zu lassen, sondern kehrte sogleich zu Veva zurück, um ihr von dem Gespräch mit Haselegner zu berichten.

15.

Das nächste Mal wurde der Kübel gewechselt, während Ernst schlief. Zwar hörte er noch, wie außen die Riegel wieder vorgeschoben wurden, doch als er zur Tür lief, mit den Fäusten dagegenschlug und verzweifelt flehte, die Männer sollten doch antworten, bekam er wieder nur das hämische Lachen zur Antwort. Weinend sank er auf sein Strohlager und verfluchte sich selbst, weil er nicht rasch genug aufgewacht war, um mit seinen Bewachern reden zu können. Nun musste er erneut warten, bis sie seinen Kerker betraten.

Dann aber durchzuckte ihn ein anderer Gedanke. Vielleicht war es falsch, um Hilfe zu bitten, wenn die Männer zu dritt waren. Da würden sie schon aus Angst, einer ihrer Kumpane könnte sie verraten, nicht mit sich reden lassen. Doch was war mit dem Mann, der ihm jeden Morgen das Essen in die Zelle stellte? Er nahm zwar an, dass dieser das besondere Vertrauen seines Anführers genoss, aber das Versprechen einer größeren Geldsumme konnte auch die Treue dieses Mannes ins Wanken bringen. Immerhin waren die Leute hier allesamt Schurken und nur auf ihren Vorteil bedacht.

Aus diesem Grund änderte Ernst seine Taktik und wartete auf den Augenblick, in dem ihm das Essen hereingestellt wurde. Schritte, die sich der Tür näherten, erhöhten seine Anspannung. Dann wurde die kleine Klappe geöffnet, eine Hand erschien und packte den Napf, der direkt davorstand.

»Bei der Liebe unseres Herrn Jesus Christus, ich will mit dir sprechen. Bitte antworte mir!«, flehte Ernst den Unbekannten an.

Ein Knurren erklang, dann die Frage, die Ernst innerlich aufjubeln ließ. »Was willst du von mir?«

»Kannst du mir helfen oder wenigstens eine Botschaft weitergeben? Wenn du mir hilfst, bekommst du von mir so viel Geld, wie du dir nur vorstellen kannst! Mein Weib ist schwanger und allein. Ich muss zu ihr! Hilf mir, und du wirst reich.«
»Reich wäre ich gerne«, klang es mit einem Lachen zurück.
»Du kannst tausend Gulden haben, meinetwegen auch zweitausend!« Ernst sagte sich, dass seine Entführer für seine Freilassung gewiss nicht weniger Geld verlangen würden. Aber wenn sie es bekamen, war es fraglich, ob sie ihn wirklich gehen ließen. Da wollte er die Freiheit lieber auf eigene Faust erringen.
»Eintausend Gulden, sagst du? So wenig ist dir dein Leben wert?«, spottete sein Bewacher.
Da Ernst für das große Haus in Augsburg nicht einmal die Hälfte dieser Summe ausgegeben hatte, verblüffte ihn diese Antwort. »Ich habe auch zweitausend gesagt«, wiederholte er, um den anderen daran zu hindern, das Gespräch abzubrechen.
»Das klingt schon besser«, sagte dieser zu seiner Erleichterung.
»Du musst mich dafür nur des Nachts hier herausholen und mir zeigen, wie ich in die nächste Stadt komme!«
»… und dann schlägt mein Herr mir den Kopf ab. Das wäre ein schlechtes Geschäft.«
»Du kannst mit mir mitkommen. In München bekommst du dein Geld«, rief Ernst verzweifelt.
»… oder werde dort von den Stadtknechten verhaftet und auf Befehl des Richters auf die Streckbank gelegt, um zu erzählen, was ich sonst noch weiß. Nein, mein Guter, so werden wir zwei nicht handelseinig!«
Der Mann tastete jetzt nach dem Krug, um auch diesen an sich zu nehmen. Da packte Ernst ihn am Arm und hielt ihn fest. »Bei unserem Herrn Jesus Christus, bitte hilf mir! Ich

schwöre dir bei meiner Seligkeit, der meines Weibes und der meines ungeborenen Kindes, dass du die zweitausend Gulden erhalten wirst und frei überall hingehen kannst, wohin du willst!«

Sein Bewacher riss sich mit einem ärgerlichen Laut los, schlug die Klappe zu und verriegelte sie. Dann vernahm Ernst ein höhnisches Lachen. »Jetzt kannst du einen Tag lang hungern und dürsten, denn von mir bekommst du heute nichts mehr. Wenn du das nächste Mal so ein Angebot machst, dann zähle mir die zweitausend Gulden gleich auf die Hand. Nur versprochen sind sie mir zu unsicher.« Draußen wurde es still.

Ernst starrte auf die Klappe und trat mit den Füßen dagegen. Seine Hoffnung, auf eigene Faust freizukommen, war zerronnen. Weder konnte er die Kerle überwältigen, die seinen Eimer ausleerten, noch sich in eine Spinne verwandeln und durch das Luftloch hinausklettern. Daher blieb ihm nichts anderes übrig, als zu hoffen, dass das Lösegeld für ihn bald bezahlt wurde.

»Veva wird es gewiss tun«, versuchte er sich Mut zu machen. Doch je mehr Tage verstrichen, umso weniger glaubte er daran, jemals wieder in Freiheit zu gelangen.

16.

Benedikt Haselegner kehrte zufrieden nach Hause zurück. Zwar war es ihm auch diesmal nicht gelungen, Veva zu einer eindeutigen Heiratszusage zu bewegen, dafür aber verließ sie sich in geschäftlichen Dingen immer mehr auf seinen Rat. Außerdem hatte er in der Nachbarschaft und auch bei Mitgliedern des Äußeren und Inneren Rates ange-

deutet, dass er und Veva nach der Geburt ihres Kindes zu heiraten gedächten. Nicht zuletzt deswegen sah er seine Position als ungefährdet an und dachte an nichts Böses, als sein Hausknecht ihm mitteilte, dass ein Gast erschienen sei.
»Na, um wen handelt es sich denn?«, fragte er gut gelaunt.
»Um den Ritter Gigging!«
Bei dem Namen zog Haselegner die Stirn kraus. Bislang hatte er seinen Komplizen noch nicht für den Mord an Ernst bezahlt und wollte dies wegen des geplanten Venedig-Handels auch so lange wie möglich hinausschieben. Daher beschloss er, erst einmal den guten Gastgeber zu spielen und sich dann zu überlegen, wie er Gigging weiterhin vertrösten konnte.
»Tische Wein und eine gute Brotzeit auf«, wies er den Knecht an und trat in den Raum, in dem der Ritter auf ihn wartete.
»Willkommen, mein Freund!«, rief er und schloss seinen Gast in die Arme.
Gigging ließ es geschehen, ohne die herzliche Geste zu erwidern. Dann löste er sich von Haselegner und verschränkte die Arme vor der Brust. »Ich hatte eigentlich gedacht, du würdest auf mich zukommen. Wie du weißt, schuldest du mir einen Haufen goldener Füchse. Die, mein Freund, solltest du bald bezahlen! Zwar bin ich selbst ein geduldiger Mensch, aber meine Leute warten auf ihre Belohnung. Immerhin haben sie gute Arbeit geleistet.«
»Darüber reden wir, wenn wir unter uns sind!« Haselegner drehte sich schnell zur Tür. Wenn nur einer seiner Knechte oder Mägde ein falsches Wort am falschen Platz fallen ließ, konnte dies fatal für ihn enden.
Der Ritter spürte die Angst seines Gastgebers und grinste. Auf dessen Einladung setzte er sich an den Tisch, wartete, bis der Bedienstete Wein, Braten und Brot auf den Tisch gestellt hatte, und begann mit gutem Appetit zu essen. Erst als Haselegner die Türe hinter dem Knecht geschlossen

hatte, kam er wieder auf den Anlass seines Besuchs zurück. »Ich hoffe, du lässt mich nicht länger warten, mein Freund. Ich müsste mir sonst mein Recht auf andere Weise holen!«
Die Drohung war nicht zu überhören. Haselegner ärgerte sich jetzt über sich selbst, dass er Gigging nicht schon früher mit einer kleinen Anzahlung zufriedengestellt hatte. Er hob seinen Becher, hielt ihn Gigging entgegen und versuchte, souverän zu wirken. »Keine Sorge, Ihr werdet Euer Geld schon bekommen, mein Freund. Doch im Augenblick kann ich keine so große Summe entbehren. Ich bin gerade dabei, in Venedig mein bisher größtes Handelsgeschäft abzuschließen. Damit es sich lohnt, musste ich mir bereits Geld bei Freunden leihen. Aber sobald dieses Geschäft erledigt ist, kann ich Euch die vereinbarte Summe auszahlen.«
Gigging musterte ihn von oben bis unten und fragte sich, ob der Kaufmann ihn betrügen wollte. Er verneinte dies aber sofort, denn dafür war Haselegners Angst vor ihm zu groß. Außerdem ging es ihm nicht um eine Handvoll Gulden, sondern um einen erklecklichen Anteil an dem Vermögen, das dieser durch eine Heirat mit Veva in seinen Besitz bringen würde.
»Also gut, ich werde mich noch ein wenig gedulden. Aber wenn du mich betrügen willst, ist dieser Warentransport dein letzter, den ich ungeschoren passieren lasse. Über das Geld, das mir zusteht, müssen wir allerdings noch reden.«
Bei diesen Worten spitzte Haselegner die Ohren. Offensichtlich wollte Gigging mehr herausschlagen als die vereinbarte Summe. Doch er hatte die beiden Morde nicht angezettelt, um den Gewinn, den er daraus zog, zu teilen.
»Wir haben eine Vereinbarung«, antwortete er daher verärgert.
»Ich sehe nicht ein, weshalb du für jeden Gulden, den ich erhalte, zehn und noch mehr einstreichen wirst«, antwortete der Ritter feixend.

Haselegner begriff, dass sein Gast ihn ausnehmen wollte wie eine schlachtreife Gans, und hätte am liebsten die Stadtknechte gerufen, um Gigging als Haupt der Oberländer Räuberbande festnehmen zu lassen. Doch zu seinem Leidwesen steckte er selbst zu tief in den Umtrieben der Räuber.

»Lasst uns in Ruhe über alles reden«, beschwor er Gigging. »Ich kann Euch jetzt keine größere Geldsumme geben. Da ist zum einen das Geschäft mit Venedig, das ich nicht ohne schwere Verluste platzen lassen kann. Zum anderen aber würden mich die Beamten des Herzogs fragen, was ich für ein Geschäft mit Euch abschließe. Sollten sie daraufhin unseren Verbindungen nachgehen, finden sie vielleicht heraus, wer seit Jahren in den Bergen die Warenzüge überfällt.«

»Willst du mir drohen?«, fuhr Gigging auf.

»Ich drohe nicht, sondern sage nur, wie es ist. Sobald es mir möglich ist, bekommt Ihr das versprochene Geld, und wenn meine Geschäfte gut ausgehen, noch einmal die Hälfte dazu. Mehr kann ich Euch jedoch nicht geben!« Haselegner tat dieses Zugeständnis zwar in der Seele weh, doch er konnte sich nicht leisten, dass Gigging aus Rache den Handelszug mit den Waren aus Venedig überfiel.

Sein Gast begriff, dass er Haselegner auf diese Weise nicht dazu bringen würde, mehr Geld herauszurücken. Im Kerker seiner Burg befand sich jedoch ein Trumpf, gegen den Haselegner machtlos war. »Musst du für diesen Handel nicht nach Venedig reisen?«, fragte er und sah sein Gegenüber nicken. »Gut. Dann wirst du mich auf der Rückreise in meiner Burg aufsuchen. Tust du es nicht, könntest du es bereuen! Übrigens, dein Wein schmeckt ausgezeichnet. Davon könntest du mir gleich ein paar Fässer mitbringen, sozusagen als Zinsen für das Geld, das du mir schuldig bist.« Gigging musste lachen, als er sah, wie Haselegner das Gesicht verzog. Doch der Kaufmann besaß Geld und Ein-

fluss, während er selbst nur eine halbverfallene Burg, ein paar Bauerhöfe und seinen adeligen Namen sein Eigen nannte. In Zukunft aber würde Haselegner für ihn wie eine Kuh sein, die er lange und mit Genuss melken wollte.
Nachdem er den letzten Bissen Schinken gegessen und den Wein ausgetrunken hatte, stand Gigging auf und klopfte seinem Gastgeber auf die Schulter. »Vergiss nicht zu kommen, mein Freund! Und nun lebe wohl!« Lachend verließ er das Haus.
Haselegner blieb in einem Zustand zurück, der zwischen grenzenloser Wut und ebensolcher Verzweiflung schwankte.

17.

Auf seinem Weg durch die Stadt ließ Gigging seine Blicke wachsam schweifen. Dennoch entging ihm Veva, die eben vom Friedhof kam, auf dem sie am Grab ihres Mannes gebetet hatte.
Zunächst bemerkte auch sie den Ritter nicht. Ganz in Gedanken versunken schritt sie dahin und stolperte schließlich über einen Eimer, den jemand vor der Haustür hatte stehen lassen. Das Schienbein schmerzte so, dass sie sich über sich selbst ärgerte. Wenn sie nicht besser achtgab, schadete sie nicht nur sich selbst, sondern auch ihrem Kind.
»Eustachius Rickinger würde vor Freude jubeln, wenn es tot zur Welt käme«, dachte sie erbittert, denn der Innere und der Äußere Rat der Stadt hatten gemeinsam beschlossen, das Recht ihres Kindes auf das Erbe seines Vaters mit allem Nachdruck zu vertreten.
In dem Moment entdeckte sie einen Mann, der eben aus der

Hütergasse heraustrat und Richtung Schrannenplatz abbog. Seiner Kleidung nach handelte es sich um einen Edelmann. Als sie ihn erkannte, musste sie einen Schrei unterdrücken. Es war Franz von Gigging, den Hilarius in seinem Brief als möglichen Mörder ihres Mannes bezeichnet hatte. Sie wollte ihm schon folgen und ihm diese Anklage ins Gesicht schleudern. Da machte Gigging eine Bewegung, die ihr seltsam vertraut schien. Veva blieb stehen und schüttelte verwirrt den Kopf. Die gleiche Geste hatte sie bereits in Augsburg wahrgenommen und auch schon vorher. Aber wo?
Mit einem Mal überlief es sie heiß und kalt, denn in ihr stiegen Bilder auf, die tief in ihrem Gedächtnis vergraben gewesen waren. Wie in einem Wachtraum durchlebte sie den Mord an ihrem Zwillingsbruder und sah dann, wie der Anführer der Schurken sich mit der gleichen Bewegung über die Stirn strich wie Gigging soeben. Nur hatte der Räuberhauptmann damals seine Maske berührt. Angespannt verglich sie die kräftige Gestalt des Ritters mit der des Anführers der Mörderbande und fragte sich, ob sie am helllichten Tag Gespenster sah. Wenn ihre Vermutung zutraf, hatte dieser Mann nicht nur ihren Ehemann, sondern auch ihren Bruder von seinen Leuten ermorden lassen.
Für einen Augenblick erwog sie, die Stadtknechte zu rufen und Gigging zu beschuldigen. Doch sie begriff rasch, dass sie nicht den kleinsten Beweis für ihren Verdacht vorlegen konnte. In ihrer Hilflosigkeit spann sie etliche Pläne und verwarf sie sofort wieder. Dabei folgte sie dem Ritter bis zum Schrannenplatz, wo er in die Richtung abbog, in der die Residenz des Herzogs lag.
Atemlos blieb sie stehen und presste sich die rechte Hand auf ihr wild pochendes Herz. »Er muss es sein«, flüsterte sie und drehte sich um, um nach Hause zurückzukehren.
Da walzte die Bäckerin Susanne schwergewichtig auf sie zu und vertrat ihr den Weg. »Du elende Hure!«, keifte sie und

zeigte auf Vevas Leib. »Unter wem bist du gelegen, um an diesen Balg zu kommen? Mein armer Stiefsohn war es gewiss nicht. Der wollte doch gar nichts von dir wissen!«
Veva war noch zu sehr mit ihrer Entdeckung beschäftigt, um sich mit Susanne streiten zu wollen. Ohne ein Wort zu sagen, schob sie sie beiseite und schritt erhobenen Hauptes davon. Ihre Feindin stieß weitere Verwünschungen aus, doch ihr Schreien und Kreischen verhallte bald, und als Veva ins Haggengässel einbog, in dem sich ihr Anwesen befand, war nichts mehr zu hören.
Zu Hause rief Veva den Schwab zu sich. Ihre Stimme klang so scharf und gepresst, dass auch Cilli und Lina aufmerksam wurden. Sofort übertrug die Köchin die Aufsicht über die Töpfe einer der Küchenmägde und sah Lina an. »Da muss etwas passiert sein! Vielleicht ist was mit dem Kind, und die Herrin will den Schwab deswegen zur Kreszenz schicken.«
Noch während sie sprach, rannte die Köchin los. Lina folgte ihr, so schnell es ihre alten Beine zuließen. Sie fanden Veva auf ihrem Stuhl sitzend, die Hände ineinander verkrampft und mit einem hasserfüllten Ausdruck, den sie noch nie an ihr gesehen hatten.
»Was ist mit Euch, Herrin?«, sprach Cilli sie an.
Veva musterte sie mit zornglühenden Blicken. »Habt ihr zwei nichts zu tun?«
»Wir haben gedacht, es ist was mit dem Kind, und wollten helfen«, warf Lina ein.
»Das war gut gemeint. Aber mit dem Kind ist nichts.« Veva beruhigte sich ein wenig und dachte daran, wie sehr Lina an Ernst gehangen hatte. Auch Cilli hatte ihrer Familie stets treu gedient, und daher wollte sie beide nicht ausschließen.
»Bringt Bier, Brot und Wurst! Danach können wir reden. Ach ja, eine von euch sollte nachsehen, wo der Schwab bleibt.«
»Bin schon da!«, rief der Knecht, der eben die Kammer betrat und seine Herrin erwartungsvoll anblickte.

Veva sagte ihm, er solle warten, bis Cilli und Lina die Brotzeit und das Bier gebracht hatten. Als ein voller Becher vor ihr stand, trank sie ihn in einem Zug leer. Dann blickte sie ihre drei Getreuen nacheinander an. »Wisst ihr, was Hilarius über Ernsts Tod geschrieben hat?«
Die beiden Mägde schüttelten den Kopf, während der Schwab scharf die Luft einsog. »Da war doch was mit dem Thürl – ich wollte sagen, dem Doktor Portikus.«
»Das ist richtig«, antwortete Veva. »Doch wen hält Jakob Fugger für den Mann, der die Tat vollbracht hat?«
»Irgendeinen Ritter, Gickerl heißt er, glaube ich.«
»Gigging«, korrigierte Veva. »Diesem Gigging bin ich eben begegnet. Aber das ist nicht alles. Er hat sich mit genau derselben Geste an den Kopf gefasst wie der Anführer der Räuber, die Bartl und mich damals überfallen haben. Diese Handbewegung ist mir schon in Augsburg an ihm aufgefallen. Aber jetzt habe ich mich zum ersten Mal deutlich an den Überfall erinnert.«
Nach Vevas Erklärung herrschte erst einmal Schweigen. Dann wiegte der Schwab den Kopf. »Das würde ja bedeuten, dass sowohl Euer Bruder wie auch Euer Mann von demselben Schurken umgebracht worden ist!«
Vevas nickte bedächtig.
»Aber wie kann das sein? Bei Ernst hieß es doch, Portikus habe Gigging dazu gebracht, ihm aufzulauern und ihn umzubringen. Portikus hatte jedoch keinen Grund, Euren Bruder tot sehen zu wollen«, wandte Lina ein.
»Ich weiß auch nicht, wie das zusammenhängt. Aber ich werde es herausfinden!« Veva klang entschlossen und kämpferisch.
Der Schwab ballte in zorniger Erregung die Faust, als ihm plötzlich etwas einfiel. »Mir läuft seit Tagen etwas nach, von dem ich nicht weiß, ob ich es sagen soll oder nicht.«
»Raus damit!«, herrschte Veva ihn an.

Der Knecht wirkte beinahe verängstigt, als erwarte er, für seine Worte Prügel zu beziehen. »Ihr dürft mir aber nicht böse sein! Erinnert Ihr Euch noch, wie die Leichen Eures Mannes und des armen Sepp ins Haus gebracht worden sind? Der Herr war übelst zugerichtet und im Grunde nur noch an seiner Kleidung und seinem Ring zu erkennen – wobei ich mich frage, wieso die Räuber ihm den gelassen hatten. Sepp hingegen wies außer der tödlichen Wunde am Hals lediglich ein paar Schrammen auf. Das hätte mir damals schon auffallen müssen, denn auch das passte nicht zusammen. Vor allem aber hätte ich über etwas noch Seltsameres nachdenken müssen.«

»Himmelherrgott, so rede doch!«, schimpfte Veva.

»Mir ist der kleine Finger von Ernsts linker Hand komisch vorgekommen. Bei der Leiche war er so krumm, als wäre er einmal gebrochen gewesen und schief zusammengewachsen. Als Ernst jedoch von München aufgebrochen ist, war der Finger noch in Ordnung.«

»Vielleicht ist er ihm bei dem Überfall gebrochen worden?«, mutmaßte Cilli.

Der Schwab schüttelte den Kopf. »Das war kein frischer Bruch. Das hätte ich bemerkt!«

»Jetzt, wo du es sagst, auch ich habe den Finger gesehen und mich gewundert«, meldete sich die alte Lina zu Wort. »Ich kannte Ernst von Kindheit an und kann sagen, dass er sich an der Stelle niemals verletzt hat. Und ich glaube ebenfalls nicht, dass dieser Bruch frisch war. Beschwören könnte ich es jedoch nicht.«

»Ich auch nicht«, erklärte der Schwab. »Aber nennt mir einen Grund, weshalb die Räuber Ernsts Gesicht unkenntlich machen hätten sollen und das vom Sepp nicht.«

»Jetzt sage endlich, worauf du hinauswillst!« Veva glaubte zu wissen, was ihr Knecht andeuten wollte, wagte aber nicht, es in Worte zu fassen.

Der Schwab stand auf, stemmte sich mit beiden Händen auf den Tisch und ließ seinen Blick über die drei Frauen wandern. »Wenn ihr mich fragt, haben wir nicht Ernst Rickinger, sondern einen Fremden begraben.«

»Du meinst, Ernst lebt noch?«, rief Lina mit erwachender Hoffnung aus.

»Ob er noch lebt, kann ich nicht sagen. Nur eines scheint mir klar zu sein: Der Tote, den Haselegner gebracht hat, war nicht Ernst, sondern ein anderer, der seine Stelle einnehmen sollte.« Mit einem Mal war der Schwab sich dessen ganz sicher und wandte sich mit einem verlegenen Lächeln an Veva. »Wenn man den Mann ausgezogen hätte, würdet Ihr erkannt haben, dass es nicht Ernst Rickinger war.«

»Dafür spräche auch, dass man Ernst seinen Ring nicht abgenommen hat. Welcher Räuber lässt Gold am Finger eines Toten?«, rief Cilli erregt aus.

Veva nickte, hob dann aber unschlüssig die Hände. »Welchen Sinn sollte es für die Räuber gehabt haben, den Tod meines Mannes vorzutäuschen?«

Der Schwab zog die Schultern hoch. »Das weiß ich nicht. Aber sie haben es getan!«

»Dann wäre es möglich, dass Ernst noch lebt!« Lina faltete die Hände und bat die Heilige Jungfrau, ihren Herrn zu beschützen und zu seiner Frau zurückzuführen.

Auch Veva betete stumm und sprach dann ein lautes Amen. Nach einer Weile seufzte sie auf. »Aber was können wir tun? Jeder, dem wir das erklären, lacht uns doch aus. Zudem ist Gigging ein Mann von Adel, den kein Richter ohne einen handfesten Grund festnehmen lassen würde. Und welchen Beweis haben wir schon? Keinen! Außerdem passt die Sache nicht zusammen. Welchen Grund hätte Gigging gehabt, uns zu überfallen und meinen Bruder zu ermorden? Beute gab es keine zu holen. Wir hatten zwar meine Aussteuer dabei, aber keine wertvollen Waren und auch kein Gold.«

Darauf wussten weder der Schwab noch die beiden Frauen eine Antwort.
Veva seufzte erneut. »Da wir zum jetzigen Zeitpunkt weder etwas gegen Portikus noch gegen Gigging unternehmen können, müssen wir uns in Geduld üben. Allerdings sollten wir die Zeit nutzen, um so viel wie möglich über diesen Ritter herauszufinden. Schwab, ich werde gleich einen Brief an Hilarius schreiben. Sorge dafür, dass ihn der nächste Bote nach Augsburg mitnimmt. Hilarius soll alles in Erfahrung bringen, was man über Gigging weiß. Bis jetzt kennen wir ja nicht einmal die Gegend, in der der Mann lebt.«
»Das könnten wir vom herzoglichen Hof erfahren«, schlug der Schwab vor.
Veva winkte ab. »Damit würden wir Gigging warnen. Er geht dort ein und aus und hat gewiss Freunde unter den Höflingen. Nein, wir besorgen uns unsere Informationen über Augsburg. Jakob Fuggers Augen blicken tiefer als die unseres Herzogs. Außerdem ist er ein Handelsmann geblieben, auch wenn der Kaiser ihn in den Fürstenstand erhoben hat, und als solcher ein Feind von Strauchrittern wie Gigging. Er wird uns helfen.«
»Eure Meinung in allen Ehren, aber wenn wir Gigging einmal ausräuchern wollen, brauchen wir die Unterstützung des Herzogs. Da können wir uns doch gleich an ihn wenden!« Dem Schwab schien dies sicherer zu sein, als sich auf einen Fremden wie Fugger verlassen zu müssen.
Veva lächelte traurig. »Der Herzog hilft uns nicht ohne Beweise, also müssen wir diese beschaffen. Außerdem will ich nicht, dass Gigging von meinen Absichten erfährt. Er wäre sonst imstande, meinen Mann zu töten.«

18.

Benedikt Haselegner verließ München bereits am nächsten Tag. Die Absicht, bis nach Venedig zu ziehen, hatte er jedoch bereits verworfen. Seine Verhandlungen waren so weit gediehen, dass er seinen Schwager Friedrich dorthin schicken konnte. Für ihn war es weitaus wichtiger, bald wieder nach München zurückzukehren, damit ihm nicht ein anderer die ebenso reiche wie schöne Rickinger-Witwe vor der Nase wegschnappte.

Gigging mit einem weiteren Mord zu beauftragen, konnte er sich nicht mehr leisten. Mittlerweile war ihm der Raubritter überaus lästig geworden, und er wünschte, er könnte ihn ebenso aus dem Weg räumen lassen, wie er es mit Bartl Leibert und Ernst Rickinger gemacht hatte. Immer wieder quälte er sich mit der Frage, weshalb er unbedingt Giggings Burg aufsuchen sollte. Wollte der Raubritter ihn dort festhalten, um an sein Geld zu kommen, und ihn dann als unliebsamen Mitwisser umbringen? Er wagte jedoch nicht, dieser nachdrücklichen Einladung keine Folge zu leisten. Denn wenn er es nicht tat, würde Gigging seinen Venedig-Transport überfallen.

Noch während er schwankte, gesellte sich ein Reiter zu ihm. Trotz des weiten Kapuzenmantels erkannte Haselegner ihn sofort.

»In Begleitung reist es sich angenehmer«, sagte Franz von Gigging und lenkte sein Pferd neben Haselegners.

»Wohin reitet denn Ihr?«, fragte dieser misstrauisch.

»Ich bin genauso wie Ihr auf dem Weg nach Süden oder, um es genauer zu sagen, nach Innsbruck. Bald kommen die ersten Warentransporte aus Italien über die Berge, und dann ist ein Schwertarm, der den Besitz der Pfeffersäcke vor bösen Räubern beschützt, heiß begehrt! Brauchst du nicht

auch ein paar handfeste Kerle, damit sie dir die Oberländer Bande von deinen Waren fernhalten?«
Haselegner fluchte leise. Wie es aussah, wollte Gigging ihn doppelt schröpfen, einmal für den Mord an Vevas Mann und ein zweites Mal, indem er ihm eine Begleitmannschaft aufdrängte, die er teuer bezahlen musste. Da ihm jedoch nichts anderes übrigblieb, als vorerst nachzugeben, nickte er grimmig. »Der Vorschlag mit den Waffenknechten ist gar nicht schlecht. Dann glauben die anderen Kaufherren, ich hätte ebenso wie sie Angst vor diesen üblen Schurken!«
»Üble Schurken! Der war gut!« Gigging war bestens gelaunt. Mochte Haselegner sich auch winden wie ein Wurm, er würde ihn ordentlich schröpfen.
Haselegner sah das spöttische Grinsen des Raubritters und bereute zutiefst, sich mit ihm eingelassen zu haben. Doch nun war es nicht mehr zu ändern. »Ich nehme Eure Männer als Begleitschutz in meine Dienste«, sagte er. »Allerdings wird es noch einige Wochen dauern, bis meine Waren aus Italien kommen. Da solltet Ihr vorher noch einen anderen Auftrag übernehmen!«
Gigging sah ihn interessiert an. »Hast du einen solchen Auftrag für mich?«
»Nein, leider nicht. Aber wie wäre es mit Jakob Fugger aus Augsburg? Der ist reich genug, um sich zehn Begleitmannschaften Eurer Sorte leisten zu können.«
»Dieser geadelte Pfeffersack verfügt über eigene Kriegsknechte und hat überall Vorspannpferde untergebracht. Der kann auf meine Dienste verzichten!« Giggings Stimme klang giftig, denn er hätte Fugger liebend gerne um ein paar Wagenladungen erleichtert. Dessen Handelszüge wurden jedoch zu gut geschützt, um sie gefahrlos überfallen zu können. Da war es besser, kleinere Kaufleute auszurauben, deren Geiz sie verführte, mehr auf Gottes Hilfe zu vertrauen als auf eine ausreichende Zahl an Waffenknechten.

19.

Gigging blieb bis Innsbruck an Haselegners Seite und sparte nicht mit Sticheleien. In dem Augenblick aber, in dem sie Ferdinand Antschellers Haus erreichten, verwandelte er sich in einen wackeren Ritter, der reichen Kaufherren für ein paar Gulden Schutz gegen Räuber bot. Er grüßte Ferdinand Antscheller freundlich und machte dessen nun einziger Tochter Josefa ein paar schlüpfrige Komplimente, über die sie trotz der zur Schau getragenen Trauer über ihre tote Schwester geschmeichelt kicherte.

Haselegner blieb zunächst unbeachtet und reagierte recht barsch, als Antscheller ihn schließlich ansprach. Dann aber erinnerte er sich daran, dass er hier den trauernden Witwer spielen musste. »Ich hoffe, Schwiegervater, Ihr habt mein Weib mit allen Ehren begraben«, sagte er, um den schlechten Eindruck zu verwischen.

Der Innsbrucker Kaufherr nickte. »Das habe ich. Ich werde gleich mit dir zum Friedhof gehen, damit du an ihrem Grab beten kannst. Ich habe übrigens auch zwanzig Seelenmessen auf deinen Namen bestellt und das Geld dafür ausgelegt.«

»Das war sehr freundlich von Euch!« Haselegner nickte eifrig, knirschte aber innerlich mit den Zähnen. Mit dieser zusätzlichen Ausgabe hatte er nicht gerechnet. Aber wenn er die Summe nicht beglich, würde er sich in ein schlechtes Licht setzen. Daher presste er ein paar Tränen hervor und beklagte, sein geliebtes Weib so früh verloren zu haben.

Gigging, der danebenstand, hielt sich die Hand vor den Mund, um sein Grinsen zu verbergen. Er wusste genau, auf welche Weise die junge Frau ums Leben gekommen war, und überlegte, ob er Haselegner nicht auch dafür um ein

paar Gulden erleichtern konnte. Immerhin hatte der Kerl von seinem Schwiegervater eine ansehnliche Mitgift erhalten.
Ebendiese war auch der Grund, der Antscheller bewogen hatte, einen Gang zum Kirchhof vorzuschlagen. Dort konnte er mit Haselegner unter vier Augen reden. Er überließ Gigging der Fürsorge seiner Tochter und forderte seinen Schwiegersohn auf, mit ihm zu kommen.
Auf dem Weg zum Friedhof schwiegen sie. Erst als sie vor dem Grab der jungen Frau standen und ein paar Tropfen Weihwasser daraufträufelten, wandte Antscheller sich an seinen Schwiegersohn. »Es ist mir schwergefallen, mein Kind hier begraben zu müssen. Sie war noch so jung und – wie der Arzt mir sagte – mit einem Kind gesegnet. Wie gerne hätte ich es aufwachsen sehen.«
Da Antscheller die Tränen in die Augen stiegen, übersah er die schnell wechselnden Gefühle, die sich auf dem Gesicht seines Schwiegersohns abzeichneten.
Haselegner fühlte den Boden unter sich wanken. Johanna war schwanger gewesen! Also hatte er zusammen mit seiner Frau auch sein eigenes Kind umgebracht! Eine Zeitlang starrte er so entsetzt auf den Erdhügel, unter dem Johanna ruhte, als befürchte er, die Ermordete würde heraussteigen und ihn seiner Tat anklagen. Doch nichts geschah. Nur die ersten Frühlingsblumen, die auf einigen Gräbern gepflanzt waren, wiegten sich sanft im Wind. Dennoch trat Haselegner einen Schritt zurück und blickte zum Ausgang, als suche er einen Fluchtweg.
Sein Schwiegervater zog ihn jedoch wieder näher zum Grab und legte ihm den rechten Arm um die Schulter. »Was der Herrgott in Seiner Allmacht beschlossen hat, dürfen wir Menschen nicht beklagen. Auch wenn ich um meine Tochter trauere und du um dein Weib, muss das Leben weitergehen. Leider waren Johanna und du nicht lange genug ver-

heiratet, als dass der Herrgott euren Bund mit einem Kind hätte segnen können. Ich will jetzt nicht sagen, dass du mir ihre Mitgift oder wenigstens den größten Teil davon zurückgeben sollst. Aber reden müssen wir darüber.«
Haselegner versteifte sich. Was bildete der alte Mann sich ein? Er würde ihm keinen einzigen Gulden der Mitgift zurückzahlen. Der Heiratsvertrag, den er mit Antscheller geschlossen hatte, war eindeutig und sprach ihm das Geld zu. Doch bevor er seinen Schwiegervater darauf aufmerksam machen konnte, sprach dieser weiter. »Ich habe mit unserem Pfarrherrn und einigen hochgelehrten Doktoren gesprochen. Alle sind der Meinung, dass es rechtens sei, wenn du meine jüngere Tochter zu deinem Weib nimmst, damit die Mitgift, die du erhalten hast, einmal meinen leiblichen Enkeln zugutekommt!«
Die Forderung war eindeutig, und sie kam Haselegner so gelegen wie ein Beinbruch in einer einsamen Gegend. Verdutzt starrte er seinen Schwiegervater an und überlegte, wie er sich aus dieser Klemme winden konnte. »Euer Angebot in allen Ehren, Antscheller, aber Eure jüngere Tochter gilt vor Gott und der Welt als meine Schwägerin und damit als mit mir verwandt. Die heilige Kirche würde niemals zulassen, dass wir heiraten.«
»Ich habe doch eben erklärt, dass ich bereits mit unserem Pfarrherrn gesprochen habe. Er hat mir bestätigt, dass die Kirche dir gegen eine gewisse Spende einen Dispens erteilen würde. Mit dem könntest du meine zweite Tochter unbesorgt heimführen!«
Antscheller klang beschwörend, und Haselegner begriff, dass er ihm diese fixe Idee nicht mehr würde ausreden können. Doch eine Heirat mit Josefa Antscheller war ausgeschlossen. Sie würde höchstens ein Viertel der Mitgift ihrer Schwester erhalten, und selbst die war gegen das Vermögen, das Veva ihrem zweiten Mann in die Ehe mitzubringen ver-

mochte, ein Bettel gewesen. Da er sich Antscheller durch eine schroffe Weigerung jedoch zum Feind machen würde, versuchte er, Zeit zu gewinnen.

»Ich kann verstehen, was Euch antreibt, und würde an Eurer Stelle nicht anders handeln. Auch ist Eure Josefa eine schmucke Jungfer und wäre mir gewiss eine gute Ehefrau. Aber ich kann Euch nicht so einfach zusagen, sondern muss auf meine Standesgenossen in München und vor allem auf unseren Herzog Rücksicht nehmen. Wenn ich noch einmal ohne deren Erlaubnis eine Tirolerin zum Weib nehme, könnten sie mir in München Schwierigkeiten machen. Es ist uns beiden nicht geholfen, wenn Euren Enkeln das Münchner Bürgerrecht verweigert wird, weil sie die Kinder einer Auswärtigen sind.«

»Dann musst du eben so rasch wie möglich nach München reiten und alles in die Wege leiten!«

»Wie stellt Ihr Euch das vor? Ich bin gerade auf dem Weg nach Venedig, um dort ein großes Geschäft abzuschließen. Da kann ich nicht einfach nach München zurückkehren.«

Haselegner hatte zwar nicht vor, in eigener Person über die Alpen zu ziehen, doch eine andere Ausrede war ihm nicht eingefallen.

»Diese Reise kann doch mein Friedrich für dich übernehmen. Er war schon einige Male in Venedig und kennt sich dort aus«, bot Antscheller an.

Haselegner lachte kurz auf. »Der verlangt dafür mindestens zehn Prozent von meinem Erlös. Auf die Dauer kommt mich das zu teuer.«

»Dann machen wir gleich Nägel mit Köpfen. Ich beteilige mich an deinem Geschäft zu gleichen Teilen, und du bekommst deinen Gewinn ungeschmälert ausgezahlt!« Antscheller streckte seinem Schwiegersohn die Hand hin. Dieser schlug nach kurzem Zögern ein. Da er in München nicht so viel Geld hatte auftreiben können, wie er gehofft hatte,

kam Antschellers Angebot ihm gerade recht. »So machen wir es! Wir werden beide gut verdienen.«
»Vor allem kannst du nach München reisen statt nach Italien und mit den Leuten reden, auf die es ankommt«, brachte Antscheller das Gespräch wieder auf die von ihm gewünschte Heirat zurück.
Haselegner sagte sich, dass er die gewonnene Zeit nützen würde, um Veva fest an sich zu binden. Antscheller würde zwar fluchen, wenn er von dieser Heirat erfuhr, sich aber überlegen müssen, ob er deswegen die guten Handelsbeziehungen mit ihm aufgeben sollte.

20.

Als Haselegner mit seinem Schwiegervater in dessen Haus zurückkehrte, machte ihm Josefa Antscheller durch Gesten und Andeutungen klar, dass sie sich bereits als seine zukünftige Frau fühlte. Nach dem Abendessen blickte sie ihn halb verschämt, halb erwartungsvoll an und verriet ihm durch ein weiteres Handzeichen, dass er sie des Nachts in ihrer Kammer besuchen solle.
Zu jeder anderen Zeit hätte das Angebot Haselegner reizen können. Doch wenn er in der jetzigen Situation mit Josefa Antscheller ins Bett stieg, war dies gleichbedeutend mit einer Verlobung. Daher schob er eine starke Erschöpfung durch die Reise vor und war froh, als er am nächsten Morgen das Haus seines Schwiegervaters in Giggings Begleitung wieder verlassen konnte.
Kaum hatten die beiden die Tore Innsbrucks passiert, brach es aus Haselegner heraus. »Das hätte Antscheller sich so gedacht! Ich soll auch noch seine jüngere Tochter heiraten,

damit die Mitgift, die ich bei der Hochzeit mit Johanna erhalten habe, in der Familie bleibt. Meinetwegen kann er das fade Mädchen behalten, bis es Schimmel ansetzt.«

Gigging drehte sich grinsend zu ihm um. »So fad ist Josefa gar nicht. Gestern Nacht fand ich sie recht brauchbar!«

»Sagt bloß, Ihr habt sie gestoßen?«, fragte Haselegner verdattert.

»Freilich! Du hast doch gemerkt, wie sie darauf gebrannt hat, etliche Zoll Männerfleisch zwischen die Beine zu bekommen. Da du ihr diese Freude nicht machen wolltest, bin eben ich eingesprungen.«

»Aber wie habt Ihr das fertiggebracht?«, fragte Haselegner, während sein Begleiter genießerisch mit der Zunge schnalzte.

»Das war gar nicht so schwer. Ich habe gewartet, bis alles ruhig war, und dann an ihre Tür geklopft. Sie hat mir auch gleich aufgemacht und mit einer Hand unter den Hosenlatz gegriffen. Erst als ihr beim Umarmen mein Bart auffiel, hat sie gemerkt, dass nicht du es bist, und wollte mich aus ihrer Kammer schieben. Aber wenn mir ein halbwegs ansehnliches Weib an meinen Zumpf greift, muss es auch die Röcke für mich heben. Als sie losschreien wollte, fragte ich sie nur, wie sie es ihrem Vater und vor allem dir erklären wolle, mir die Kammertür geöffnet zu haben. Da war es ihr dann doch lieber, stillzuhalten und mich machen zu lassen. Bereut hat sie es gewiss nicht, denn ich habe sie kräftig genommen!«

Giggings Prahlerei widerte Haselegner an. Gleichzeitig begriff er, dass Josefa Antscheller, falls diese Nacht Folgen zeitigen sollte, wohl kaum den Ritter, sondern ihn als den dafür Verantwortlichen bezeichnen würde.

»Du hast wirklich etwas versäumt. Ich glaube, wenn ich das nächste Mal beim Antscheller bin, werde ich erneut an Jungfer Josefas Kammertür klopfen. Da du sie ja im Gegensatz

zu Veva nicht heiraten willst, brauche ich mich bei ihr nicht zurückzuhalten.«
Während Gigging zufrieden grinste, kam Haselegner eine Idee. Vielleicht sollte er in seinem nächsten Brief an Ferdinand Antscheller andeuten, er habe erfahren, dass Josefa ihre Kammertür des Nachts zu rasch für männliche Besucher öffnete. Auf jeden Fall war es ein guter Grund, eine Heirat mit dieser Metze zu verweigern. Bei der Überlegung stieg Haselegners Laune wieder, und er stiftete Gigging an, Josefa auch bei seinem nächsten Besuch kräftig zwischen die Beine zu steigen.
»Das werde ich tun«, versprach der Ritter und bog dann von der Hauptstraße auf einen Weg ab, der in die Berge führte. »Aber jetzt zu etwas anderem: Ich habe dich zu mir auf meine Burg eingeladen und freue mich, dass du mitkommen willst.«
Von wollen ist keine Rede, sagte sich Haselegner im Stillen, denn er rechnete damit, dass Gigging ihm möglichst viel Geld abpressen wollte. Aber er wagte es nicht, sich zu weigern, und ritt daher mit wachsender Wut neben dem Ritter her.

21.

Die Wege, die Gigging einschlug, erinnerten Haselegner an Ziegenpfade. Oft konnten sie nur hintereinander reiten, und immer wieder ragten auf der einen Seite Felswände fast kerzengerade in die Höhe, während sich auf der anderen Seite abgrundtiefe Schluchten öffneten, bei deren Anblick es Haselegner schwindelte. Während er vor Angst fast verging, sein Pferd könnte fehltreten und zu-

sammen mit ihm in die Tiefe stürzen, benahm Gigging sich so, als befänden sie sich auf einem vergnüglichen Ausritt. Er sang, pfiff und spottete über Haselegners Knecht, der an allen ihm gefährlich erscheinenden Stellen abstieg, um sein Pferd zu führen, und dadurch immer weiter zurückblieb.
Haselegner hätte es gerne seinem Knecht gleichgetan, doch er wollte sich vor Gigging keine Blöße geben. »Ist es noch weit?«, fragte er schließlich.
»Wir müssen über den Pass dort vorne!« Gigging zeigte auf einen Einschnitt zwischen zwei hoch aufragenden Bergen, die Haselegner unüberwindlich erschienen. Um dorthin zu gelangen, mussten sie einen Pfad bewältigen, der so steil nach oben führte, dass zuletzt selbst Gigging abstieg und sein widerstrebendes Pferd hinter sich herzog. Der Kaufmann tat es ihm gleich und sprach, als er wieder festen Boden unter den Füßen spürte, ein leises Gebet.
Der Aufstieg zum Pass war anstrengend, aber nicht mehr so gefährlich wie einige Stellen, die sie bereits passiert hatten. Sie konnten stellenweise wieder nebeneinander gehen und sich unterhalten. Gigging nannte seinem Begleiter die Namen der umliegenden Berge, zeigte ihm, in welcher Richtung die nächstgelegenen Städte lagen, und spottete immer wieder über die Beamten des Herzogs von Bayern und des Statthalters von Tirol, die seinen Besitz bei der letzten Grenzziehung übersehen hatten, so dass dieser zwischen den beiden Ländern lag, ohne einem davon zu gehören.
Haselegner ließ ihn reden, denn er brauchte seinen Atem für den anstrengenden Weg. Daher war er froh, als sie die Passhöhe bewältigt hatten und es bergab ging. Doch schon bald bog Gigging wieder in einen steil ansteigenden Weg ein, und einige Zeit später sah Haselegner ein Tal vor sich, das zwei mächtige Bergriegel trennte. Am Eingang des Einschnitts lag ein einzelner Bauernhof mit einem langgestreckten, niedrigen Gebäude aus Holz, das mit flachen Steinplat-

ten gedeckt war. Ein paar Männer waren dabei, Holz aus dem angrenzenden Wald zu schaffen, und winkten Gigging zu.
Gigging erwiderte den Gruß beinahe übermütig. Die Männer zählten zum inneren Kern seiner Bande und waren seine Späher. Während des langen Winters hatten sie keinen einzigen Raubzug unternehmen können und warteten nun ungeduldig darauf, dass ihr Herr sie wieder rief. Im Augenblick aber gab es keine lohnende Beute. Entweder wurden die Warentransporte zu gut geschützt, oder sie gehörten Kaufherren, die Leute von ihm als Geleitschutz gemietet hatten.
»Ihr könnt mit euren Pferden bald wieder Vorspanndienste leisten«, rief er den Männern zu.
Diese verzogen die Gesichter. Verdorben durch das Geld, welches sie bei ihren Überfällen beinahe mühelos erbeuteten, verabscheuten sie nun die harte Arbeit der Vorspanndienste. Doch da sie Gigging fürchteten, nickten sie eifrig, und einer rief: »Wir sind bereit, Herr Ritter, zu tun, was Ihr von uns fordert!«
»Das will ich euch auch geraten haben!« Gigging lachte und wies Haselegner an, schneller zu reiten. Das Tal wurde bald enger, und der Kaufmann konnte sehen, dass hier einmal die gesamte Flanke des Berges herabgestürzt war und mehr als die Hälfte des Tals unter sich begraben hatte.
»Was ist hier passiert?«, fragte er seinen Begleiter.
Gigging machte eine wegwerfende Handbewegung. »Zu Zeiten meines Großvaters hat der Berg drei unserer Dörfer unter sich begraben. Seitdem verfügen wir nur noch über den Hof am Taleingang und die fünf Höfe unterhalb der Burg.« Mit einem Mal klang seine Stimme bitter.
Haselegner begriff, dass dieses Geschlecht damit schlagartig verarmt war, denn die verbliebenen Bauern waren kaum in der Lage, in dieser kargen Landschaft sich und die Bewohner der Burg zu ernähren. Auch das bewaffnete Geleit und

die Vorspanndienste brachten nicht genug ein, um Gigging das Leben eines geachteten Edelmanns zu ermöglichen.

Der Ritter wusste außerdem, dass die Zeit erfolgreicher Raubzüge sich dem Ende zuneigte. Reiche Kaufherren wie die Fugger und Welser in Augsburg oder die Tucher in Nürnberg ließen ihre Warentransporte immer besser bewachen. Hielt er sich zu sehr an die Kaufleute aus dem Gebiet Herzog Wilhelms, würde dieser um seine Steuern bangen und die Suche nach den Räubern kräftig ausdehnen. Zwar bildeten Giggings Männer eine verschworene Gemeinschaft, aber wenn der erste von ihnen gefasst wurde und unter der Folter redete, war es mit seinem herrlichen Leben als Raubritter vorbei. Nicht zuletzt deshalb wollte er Haselegner ausnehmen wie eine fette Gans und mit dem Geld einen Landbesitz erstehen, der ihm mehr einbrachte als diese Bergwildnis.

Während die Männer in ihre Gedanken versunken nebeneinander herritten, sah Haselegner mit einem Mal die Burg. Sie stand auf einem einzelnen Bergstock hoch oben am Ende des Tals und wirkte mit ihren festen Mauern und dem wuchtigen Bergfried uneinnehmbar. Erst als sie näher kamen, konnte er erkennen, dass das Bauwerk arg vernachlässigt worden war. Die Mauern zeigten Risse, und der Torturm stand so schief, als wolle er bald umstürzen. Auch die Zugbrücke wirkte nicht eben vertrauenerweckend, und die Ketten, mit denen sie hochgezogen werden konnte, strotzten vor Rost.

Innen sah die Burg noch schlimmer aus. Rinder liefen frei herum und rupften das im Hof wachsende Gras, in einer Kuhle suhlten sich Schweine, und die Knechte, die hier herumstanden und schwatzten, schienen lieber mit ihrem Herrn auf Raubzug zu gehen, als zu arbeiten.

Vor dem Wohngebäude stieg Gigging vom Pferd und warf seinem Gast einen schwer zu deutenden Blick zu. »Bevor wir einen Schluck Wein miteinander trinken, will ich dir etwas zeigen. Komm mit!« Er packte Haselegner am Arm und zerrte ihn auf eine Tür zu, hinter der eine steinerne Treppe steil in die Tiefe führte. Sie endete in einem rechteckigen Raum, an dessen Längswänden schwere, eisenbeschlagene Türen eingelassen waren. Zwei an der Wand befestigte Fackeln spendeten flackerndes Licht, so dass Haselegner einen wuchtigen Tisch, mehrere Stühle und ein Bett erkennen konnte. Auf einem der Stühle saß ein vierschrötiger Mann und vertrieb sich die Zeit damit, mit einem scharfen Messer an einem unterarmlangen Stück Holz herumzuschnitzen. Als er seinen Herrn und dessen Gast eintreten sah, legte er Messer und Holz beiseite und stand auf.

Mit knappen Gebärden wies Gigging ihn an, eine der Fackeln aus ihrer Halterung zu nehmen und die einzige verschlossene Tür zu öffnen. Während der Mann dies tat, fasste der Ritter Haselegner um die Schulter und schob ihn auf den Torbogen zu, hinter dem er zunächst nur Schwärze erkennen konnte.

»Gib gut acht!«, raunte Gigging ihm ins Ohr und gab seinem Knecht erneut einen Wink. Dieser hielt nun die Fackel tiefer in den Raum.

»Jetzt wirst du jemanden sehen, den du hier gewiss nicht erwartet hast!«, flüsterte Gigging amüsiert.

Haselegner kniff die Augen zusammen und starrte in die Zelle. An der gegenüberliegenden Wand stand ein Mann, der vom Licht der Fackel geblendet den rechten Arm als Schutz vor das Gesicht hielt. Trotzdem brauchte Haselegner keine drei Herzschläge, um zu erkennen, um wen es sich handelte. Er riss den Mund auf und wollte etwas sagen.

Da presste Gigging ihm die linke Hand auf die Lippen und wies den Wärter mit der Rechten an, die Tür wieder zu schließen.

22.

Ernst hatte geschlafen, als ihn ein Geräusch weckte. Unbewusst wich er bis zur Wand zurück. Da wurde die Tür aufgerissen, und das Licht einer in den Raum gehaltenen Fackel blendete ihn so, dass er nur zwei schemenhafte Gestalten erkennen konnte. Bevor seine Augen sich an die Helligkeit gewöhnen konnten, wurde die Fackel zurückgezogen und die Tür ins Schloss geworfen.

Ohne zu begreifen, was geschehen war, tastete Ernst sich zur Tür und schlug mit beiden Fäusten dagegen. »Hört ihr mich?«, rief er. »Bei Christi Blut! Sagt mir doch endlich, wer ihr seid und was ihr von mir wollt. Ich kann euch Geld für meine Freilassung geben. Nur sprecht mit mir! Ich werde sonst noch verrückt!«

Danach lauschte Ernst, doch er erhielt keine Antwort. Stattdessen wurden die Riegel wieder vorgeschoben, und er hörte, wie sich Schritte entfernten. Weinend brach er in die Knie. »Warum zeigt sich keiner? Warum reden sie nicht mit mir?«, brach es aus ihm heraus, und mit einem Mal packte ihn der Wunsch, mit dem Schädel so lange und so heftig gegen die Wand zu rennen, bis dieser zerplatzte und die Qual damit ein Ende hätte.

Doch dann musste er an Veva denken. Da er nicht wusste, wie lange er bereits gefangen saß, konnte er nicht einmal schätzen, wie weit ihre Schwangerschaft fortgeschritten war. Vielleicht hatte sie ihr Kind längst entbunden und ihn vergessen. Energisch schüttelte er den Kopf. Nein, Veva war keine Frau, die leichtfertig über sein Verschwinden hinweggehen würde. Wahrscheinlich suchte sie verzweifelt nach ihm. Doch was war, wenn den Männern, die ihn gefangen hielten, der Boden zu heiß wurde und sie ihn umbrachten, bevor sie etwas zu seiner Befreiung unternehmen konnte?

Statt ins heulende Elend zu versinken, wie er es am liebsten getan hätte, straffte er nun den Rücken und ballte die Fäuste. Wenn er sich jetzt aufgab, blieb ihm tatsächlich nichts anderes übrig, als sich den Kopf an der Wand einzurennen. Aber solange er lebte, gab es Hoffnung auf ein glückliches Ende. Er musste nur fest daran glauben und auf seine Frau vertrauen. Mit diesem Gedanken legte er sich wieder hin, verschränkte die Hände hinter dem Nacken und versuchte, sich Veva im fortgeschrittenen Stadium ihrer Schwangerschaft vorzustellen.

Als ihr Bild vor seinem inneren Auge stand, war ihm, als verleihe es ihm Kraft, seine Gefangenschaft zu ertragen. Er beruhigte sich so weit, dass er über sein Leben nachdenken konnte, besonders über die Zeit, in der er mit Veva zusammen gewesen war. Dabei kam ihm auch Jakob Fugger in den Sinn, und er überlegte sich, wie er seine Geschäfte in Zukunft führen sollte. Der fürstliche Kaufherr hatte seinen Blick auf Portugal und Spanien gerichtet, und er war überzeugt, dass er gut daran tat. Der wahre Reichtum war wohl eher im Handel mit diesen Ländern zu erwirtschaften als mit Italien, wie es seit Jahrhunderten Sitte war.

23.

Als Gigging Haselegner in den Hauptsaal der Burg führte, war dieser so weiß wie frisch gebleichte Leinwand. Immer wieder starrte er seinen Gastgeber an, auf dessen Lippen ein spöttisches Lächeln tanzte.

»Du hast mich betrogen!«, würgte er schließlich hervor.

»Aber, aber, mein Freund! Habe ich dir nicht Ernst Rickinger so aus dem Weg geräumt, dass du seine Witwe heiraten kannst?«

Auf diese Stunde hatte Gigging lange gewartet. Bislang war er von Haselegner jedes Mal mit einem Butterbrot abgespeist worden, während dieser mit den Erlösen aus den geraubten Waren reicher und reicher geworden war. Auch der Mord an Bartholomäus Leibert junior hatte ihm nur einen Bettel eingebracht, und mehr wollte Haselegner auch für Ernsts Tod nicht herausrücken. Nun aber würde er den Preis bestimmen.

»Was bezweckst du damit?« In seiner Erregung sprach Haselegner den Ritter bereits zum zweiten Mal hintereinander wie einen unter ihm stehenden Mann an.

Gigging runzelte die Stirn. »Du solltest höflicher zu mir sein. Immerhin bin ich ein Mann von Adel!«

Ein widerwärtiger Halunke bist du!, fuhr es Haselegner durch den Kopf. Aber es gelang ihm, diese Worte hinunterzuschlucken. »Also gut, dann frage ich Euch eben so: Was wollt Ihr damit bezwecken, Herr Ritter?«

»Es ist besser, einen Trumpf in der Hand zu halten, für den Fall, dass die Belohnung, die du mir geben willst, zu gering ausfallen sollte.«

»Wir haben doch bisher immer gut zusammengearbeitet!«, beschwor Haselegner seinen Gastgeber.

Gigging lachte so laut, dass es von den Wänden widerhallte, und bedachte seinen Gast mit einem höhnischen Blick. »Ich habe die Drecksarbeit für dich machen dürfen und dafür ein Almosen erhalten. Damit ist jetzt Schluss! Ab jetzt wird gerecht geteilt. Wie viel ist Veva Rickingers Vermögen wert? Fünftausend Gulden, zehntausend oder noch mehr? Die Hälfte davon wird in meine Taschen wandern!«

»Ihr seid verrückt!«, fuhr Haselegner auf.

»Nicht verrückt, sondern klug«, konterte Gigging gelassen.

»Bis jetzt hast du den Löwenanteil der Beute eingestrichen. Also sei froh, dass ich nicht mehr verlange.«
»Und wenn ich nicht zahle?« Haselegner schnaubte vor Wut, und nur das Wissen, dass der Ritter mit dem Dolch weitaus behender umzugehen wusste als er, hinderte ihn daran, die Waffe zu ziehen.
»Wenn du nicht zahlst, nun, dann wird in absehbarer Zeit ein in den Bergen herumirrender Mann aufgegriffen, in dem Veva Rickinger ihren angeblich ermordeten Ehemann erkennen wird!«
»Damit liefert Ihr Euch doch selbst an den Galgen! Rickinger weiß, dass Ihr ihn gefangen und einen anderen Mann an seiner Stelle getötet habt!«
»Da irrst du dich. Rickinger hat keine Ahnung, in wessen Gewalt er sich befindet. Außerdem werde ich ihn nur dann freilassen, wenn du dich weigerst, mir meinen gerechten Anteil zu geben. Und versuche nicht, mich bei den herzoglichen Richtern als den Anführer der Oberländer Bande anzuschwärzen. In dem Fall würdest du genauso wie ich auf der Richtstätte enden!«
Haselegner wollte schon sagen, dass es keine Beweise gegen ihn gäbe. Doch er wusste genau wie Gigging, dass der Herzog ihn bei dem kleinsten Verdacht, er könne mit der Oberländer Bande unter einer Decke stecken, unverzüglich der Folter unterwerfen würde. Also saß Gigging im Augenblick am längeren Hebel, und ihm blieb nichts anderes übrig, als auf dessen Erpressung einzugehen. Dazu musste er Veva so bald wie möglich heiraten.

ACHTER TEIL

Die Räuberburg

1.

Während Ernst Rickinger als Sohn und Schwiegersohn eines Münchner Kaufherrn in Jakob Fuggers Haus wie ein Gast aufgenommen worden war, behandelte man Hilarius wie einen nachrangigen Kommis. Den Hausherrn bekam er meist nur von weitem zu sehen, und es war schier unmöglich, ihn anzusprechen. Dabei erwog Hilarius schon geraume Zeit, mit ihm über Gigging zu reden. Seine Angst, den Kaufherrn zu verärgern und damit Veva in Schwierigkeiten zu bringen, war jedoch zu groß. Deren Auftrag, mehr über Franz von Gigging herauszufinden, gab er dennoch nicht auf.

Wie an jedem Tag erledigte er auch an diesem zuerst die Arbeit, die Fuggers Vertrauensmann ihm aufgetragen hatte, und widmete sich anschließend Vevas Geschäften. Als er damit fertig war, trat er in das Kontor seines Vorgesetzten.

»Verzeiht mir, doch ich hätte eine Bitte. Meine Herrin wünscht mehr über einen Ritter in Bayern zu erfahren, und ich würde ihr gerne helfen.«

»Wie heißt dieser Ritter?«

»Franz von Gigging. Es handelt sich um denselben Mann, der im letzten Oktober als Begleiter Seiner Eminenz Kardinal Cajetanus hier zu Gast war.«

»Ach der!« Hilarius' Gesprächspartner verzog das Gesicht. »Der Kerl war eine Pest und hat mindestens zwei Mägden hier im Haus zu dicken Bäuchen verholfen. Also sehen wir nach, was wir über ihn finden!«

»Vergelt's Gott!« Hilarius atmete auf. Wie er Jakob Fugger einschätzte, wusste dieser weitaus mehr über Gigging und die anderen Ritter in Bayern als Herzog Wilhelm und all seine Beamten. Neugierig folgte er dem Aufseher in einen Raum, der von einer festen Tür mit einem kompliziert aussehenden Schloss versperrt war. Drinnen standen an allen vier Wänden wuchtige, fast deckenhohe Schränke. Sein Begleiter öffnete einen davon, zog mehrere Stapel sauber gebündelter Papiere heraus und drückte sie Hilarius in die Hand.

»Durchsehen kannst du sie selbst! Ich habe anderes zu tun. Wenn du fertig bist, lässt du mich durch einen Diener holen, damit ich alles wieder einräumen kann.«

Als er gegangen war, trug Hilarius das Bündel zu dem Tisch, zog einen Stuhl heran, zündete zwei Kerzen an und begann zu lesen. Es handelte sich um Abschriften von Briefen, in denen von Gigging die Rede war, sowie um Informationen über dessen Beziehungen zu verschiedenen Handelsherren. Ebenso waren seine Aktivitäten als Geleitschutz und die Vorspanndienste verzeichnet, die seine Bauern und Kriegsknechte leisteten. Zuletzt entdeckte Hilarius eine Beschreibung des Besitzes des Ritters und gleich darunter die Überlegungen, die einer von Fuggers Leuten notiert hatte. Dieser hatte sich gewundert, weshalb Gigging, dessen Burg doch abseits aller Straßen lag, mit seinen Männern und Pferden ständig an den Handelswegen zu finden war.

Dies allein wäre kein Grund gewesen, sich Gedanken zu machen. Doch unter diesem Eintrag hatte ein anderer Schreiber mit abweichender Tinte vermerkt, dass kein Warentransport, den Gigging begleitet hatte, von den gefürchteten Räubern der Oberländer Bande angegriffen worden sei. Dahingegen seien mehrere Kaufherren, die Giggings Geleitschutz abgelehnt hatten, überfallen und samt ihren Knechten ermordet worden.

Eine weitere Anmerkung wies darauf hin, dass Ware aus Überfällen dieser Bande auf Märkten in Leipzig und Köln aufgetaucht wäre. Ihren Aussagen zufolge hätten die Käufer

das Handelsgut über einen Kaufmann aus München erworben.
Hilarius unterbrach nachdenklich seine Lektüre. Wenn Fuggers Informationen stimmten, musste ein Händler aus München mit den Oberländer Räubern im Bunde sein. Ebenso auffällig erschien ihm die Tatsache, dass bislang noch kein von Gigging eskortierter Handelszug überfallen worden war, obgleich stärker geschützte Transporte ausgeraubt und die Leute bis auf den letzten Mann erschlagen worden waren.
Ganz zuunterst fand Hilarius jenes Blatt, auf dem Jakob Fugger seinen Verdacht festgehalten hatte, Gigging könnte Ernst Rickinger im Auftrag Doktor Portikus' und Pater Remigius' ermordet haben. Zwar hatte er dies schon von dem Kaufherrn selbst vernommen, aber es war etwas anderes, die Tatsache im Zusammenhang mit den zusätzlichen Informationen über den Ritter zu lesen. Wenn Gigging für eine Handvoll Gulden einen kaltblütigen Mord beging, konnte man ihm auch zutrauen, Warentransporte zu überfallen.
Als Hilarius dieser Gedanke durch den Kopf schoss, musste er erst einmal schlucken. Obwohl er für seinen Verdacht kein Indiz nennen konnte, war er so fest davon überzeugt, Gigging müsse das Haupt der Oberländer Bande sein, als hätte er den Raubritter bei dessen Schandtaten beobachtet.
Um Veva mitteilen zu können, was er erfahren hatte, nahm er ein Blatt Papier und eine Schreibfeder zur Hand und begann die in seinen Augen wichtigsten Dinge abzuschreiben. Er war noch nicht ganz fertig, da kehrte sein Vorgesetzter zurück und blickte ihm über die Schulter.
»Interessant!«, murmelte der Mann. »Du wirst diesen Brief mit allen Schlussfolgerungen kopieren und zu dem Akt über Gigging legen.«
»Gerne! Ich hoffe nur, dass ich mich nicht vergaloppiert habe.«

»Das werden wir schon herausfinden. Die Oberländer Bande hat auch Augsburger Kaufleute beraubt und ermordet, da müssen wir jedem Verdacht nachgehen. In einem irrst du dich jedoch: Gigging ist kein Untertan Herzog Wilhelms, zählt aber auch nicht zu Tirol. Das Gebirgstal, in dem er lebt, wurde bei der Festlegung der Grenzen übersehen. Nun wollen weder der Herzog noch das Haus Habsburg zugunsten des jeweiligen Nachbarn darauf verzichten.«
»Aber warum kann Gigging dann sowohl in Tirol wie auch in Bayern Geleitschutz bieten und Vorspanndienste leisten?«
»Da die Herren beider Länder hoffen, er werde sich ihnen anschließen, hat er etliche Privilegien erhalten, die er nun schamlos ausnützt. Wenn er wirklich der Anführer dieser Bande ist, fällt es ihm leicht, seine Leute heute als Schnapphähne und morgen als ehrliche Waffenknechte auftreten zu lassen. Das würde erklären, warum alle Spuren im Nichts enden!«
Der Mann erwog, umgehend seinen Herrn zu informieren, verschob dies aber auf den nächsten Morgen, an dem er Jakob Fugger wie jeden Vormittag Rede und Antwort zu stehen hatte. Stattdessen las auch er die gesammelten Informationen über Gigging durch.
Unterdessen war Hilarius mit seiner Abschrift fertig und wollte schon gehen. Da fiel ihm noch etwas ein. »Meine Herrin interessiert sich auch dafür, ob etwas über Benedikt Haselegner bekannt ist. Ihr Vater hat kurz vor seinem Tod einen Brief begonnen, in dem dessen Name steht. Leider verstarb er, bevor er den Brief vollenden konnte.«
»Frau Veva Rickingerin ist wohl sehr neugierig. Aber so sind Frauen nun mal.« Der Angestellte lachte auf, öffnete einen weiteren Schrank und suchte darin herum, bis er den entsprechenden Packen fand.
»Ich glaube, den sollten wir zusammen durchsehen. Sonst

sitzt du um Mitternacht noch hier«, sagte er zu Hilarius und begann zu lesen. Zunächst fand er nur Aufstellungen über Geschäfte, die auf mancherlei Weise ihren Weg zu Fugger gefunden hatten. Mehrmals kniff er die Augen zusammen, sagte aber nichts, um Hilarius nicht zu stören. Er legte mehrere Blätter beiseite und kam zuletzt zu einem vergilbt aussehenden Papier.

»Ich glaube, das hier dürfte deine Herrin interessieren!« Damit schob er Hilarius das Blatt hin.

Dieser warf einen Blick darauf und stieß einen erstaunten Ruf aus. »Das hätte ich nicht erwartet!«

»Wie es aussieht, hat Bartholomäus Leibert Haselegner nach dem Tod von dessen Vater bei seinen Geschäften geholfen. Haselegner sollte in Rom heilige Reliquien für einen hohen Herrn kaufen und hat diese auch für teures Geld geliefert. Ein Geschäftsfreund aus Italien muss Leibert später geschrieben haben, dass Haselegner nicht die verlangten wundertätigen Reliquien erworben habe, sondern billige Fälschungen. Danach brach Leibert seine Geschäftsbeziehung zu Haselegner ab. Aber er wagte es nicht, den Käufer der Reliquien über den Betrug aufzuklären.« Fuggers Vertrauensmann schüttelte den Kopf, denn sein Herr hätte einen betrügerischen Geschäftspartner sofort zur Rechenschaft gezogen.

Hilarius hingegen verstand, was Vevas Vater angetrieben hatte. Ohne einen anderen Beweis als einen Brief, den Haselegner jederzeit als Verleumdung hätte abtun können, wäre es Leibert unmöglich gewesen, Recht zu erhalten. Immerhin lag den Reliquien das Schreiben eines römischen Abtes bei, in dem sie als echt bezeichnet wurden. Da er selbst Geistlicher gewesen war, wusste Hilarius, wie leicht so ein Schreiben gefälscht werden konnte. So viele Knochen von Heiligen, wie die Gläubigen sie als wundertätige Reliquien forderten, gab es nun einmal nicht. Deswegen stellten die hohen

Preise, die dafür gezahlt wurden, eine Versuchung für so manchen Priester oder Kirchenfürsten dar, die eigene Schatulle durch den Verkauf angeblicher Knochenstücke von Heiligen, falschen Windeln des Jesuskinds und ebenso falschen Splittern vom Kreuz Christi zu füllen. Nachweisen konnte man ihnen den Betrug nicht, da ihre Unterschrift und ihr Siegel genügten, um die Echtheit der Stücke zu bekunden.

Fuggers Angestellten dies zu erklären, hielt Hilarius für überflüssig. Ihn zog es nun mit aller Macht nach Hause, um dort in Ruhe einen Brief an Veva zu schreiben. Daher verabschiedete er sich von dem Hauptkommis und eilte davon.

Kaum hatte er sein Zuhause betreten, wollte Rosi die Schüssel mit dem Abendessen auf den Tisch stellen. Doch Hilarius schüttelte den Kopf. »Später! Ich will noch rasch einen Brief schreiben!«

»Das kannst du hernach auch noch tun. Der Brei ist schon ganz zerkocht. Ich musste bereits zweimal Wasser hinzugeben«, antwortete Rosi verärgert, denn so lange wie an diesem Tag hatte sie noch nie auf ihren Mann warten müssen.

Hilarius' Magen knurrte vernehmlich, daher nickte er lächelnd. »Du hast recht! Essen wir zuerst zu Abend. Allerdings muss der Brief heute noch geschrieben werden, denn ich will ihn morgen dem ersten Boten mitgeben, der nach München reist. Ich habe endlich Antworten auf etliche Fragen erhalten, die Frau Veva mir in ihren letzten Briefen gestellt hat.«

»Wenn das so ist, sei dir dein spätes Heimkommen verziehen.«

Ihr Mann fasste Rosi um die Taille und gab ihr einen Kuss. »Du bist die Beste! Und jetzt tisch auf. Meine Hände sehnen sich danach, den Brief so rasch wie möglich zu schreiben.«

»Erst muss die Schüssel leer sein«, erklärte Rosi, während sie sich setzte und ihren Löffel auf den Tisch legte. Sie war-

tete, bis Hilarius das Tischgebet gesprochen und den ersten Bissen gegessen hatte, dann griff auch sie zu.
Nis saß mit ihnen am Tisch und ließ es sich schmecken. Im Gegensatz zu früher trug er einen sauberen Kittel und enge Beinlinge und wirkte viel erwachsener. Obwohl er sich sonst so würdevoll benahm, wie es einem angehenden Handelsgehilfen zustand, rutschte er an diesem Abend auf seinem Hocker hin und her und stellte etliche Fragen. Da er sich viel mit Veva und Ernst unterhalten hatte, kannte er Gigging von dessen Aufenthalt bei Fugger. Vor allem aber traute er dem Mann alle Schandtaten zu.

2.

In München wartete Veva ungeduldig auf Nachrichten über Gigging. Sie hatte inzwischen den siebten Monat ihrer Schwangerschaft überschritten und hoffte, noch vor der Geburt ihres Kinders zu erfahren, ob ihr Ehemann tatsächlich am Leben war. Dafür aber musste sie in Erfahrung bringen, wo Gigging zu finden war und was er im Schilde führte.
Mehr als ein Mal war sie kurz davor, die herzogliche Kanzlei aufzusuchen und dort Erkundigungen einzuziehen. Die Angst aber, Franz von Gigging könnte dadurch gewarnt werden, hielt sie davon ab. Es nützte ihrem Mann wenig, wenn sie ihn durch ihre Ungeduld in Gefahr brachte.
Fast jede Nacht lag sie fast bis zum Morgengrauen wach und richtete ihre Gebete an die Heilige Jungfrau, den heiligen Christophorus und den heiligen Franz von Assisi, den Patron der Kaufleute, und bat sie, Ernst, ihr selbst und ihrem ungeborenen Kind beizustehen. Deren Hilfe tat

wirklich not. Obwohl Benedikt Haselegner auf Reisen war und sie nicht bedrängen konnte und ihr Schwiegervater sie nach kräftiger Ermahnung durch den Inneren und Äußeren Rat der Stadt München in Ruhe ließ, machte ihr das kleine Wesen Sorgen, das in ihrem Leib heranwuchs.

Wie an jedem Tag kam Kreszenz auch an diesem zu ihr und brachte frische Kräuter, damit das Kind nicht vor der Zeit den Mutterleib verließ. Sie musterte Veva mit gerunzelter Stirn. »Am liebsten würde ich dich nach Pewing schicken, damit du dort fern aller Sorgen und Aufregungen leben kannst, bis die Stunde der Geburt gekommen ist. Aber das wirst du wohl nicht tun!«

Veva schüttelte den Kopf. »Ich kann das Handelshaus nicht zwei Monate lang ohne Leitung lassen. Dazu fehlen mir eingearbeitete Helfer.«

»Wäre dein Schwiegervater ein rechtschaffener Mann, hättest du das nicht nötig. Aber warum überlässt du deinen Handel in der Zeit nicht dem ehrenwerten Ratsherrn Arsacius Bart? Er würde dich gewiss nicht betrügen.« Kreszenz sah die Schwangere auffordernd an, doch Veva machte erneut eine abwehrende Geste. Mittlerweile lief ein beträchtlicher Teil ihres Handels über Augsburg und entging somit den Steuerschätzern der Stadt München und des Herzogs von Bayern. Davon durfte der Ratsherr nichts erfahren.

Während sie die grässliche Brühe schlürfte, der die Hebamme sowohl heilende wie auch beruhigende Wirkung zumaß, lenkte Veva das Gespräch auf ein anderes Thema. »Die Steinbäuerin von Pewing wird kurz vor mir gebären und hat sich als Amme für mein Kind angeboten. Wenn es so weit ist, werde ich das Kleine zu ihr bringen.«

Kreszenz schnaubte. »Es ist mir unbegreiflich, warum die Frauen der besseren Stände und vom Adel ihre Kinder zwar austragen, sie dann aber an die Brüste fremder Frauen legen. Diesen Unsinn kann ich dir wohl nicht ausreden.«

Veva rümpfte die Nase. »Du tust ja so, als hätte der Herrgott uns Frauen als Kühe geschaffen. Wir Menschen sind doch sein Ebenbild und keine Tiere!«
»Wenn es nach unseren hochwürdigen Herren Geistlichen geht, gilt das nur für die Männer! Das erste Weib habe der Herrgott aus Adams Rippe gemacht und an verschiedenen Stellen anders gestaltet als diesen. Aber der Herrgott wird sich schon etwas dabei gedacht haben, denn unnütz sind wir gewiss nicht«, wandte Kreszenz ein.
»Männer können keine Kinder kriegen!« Veva lachte und strich sich über den angeschwollenen Bauch, der ausnahmsweise nicht schmerzte. Nicht zum ersten Mal fragte sie sich, weshalb eine Schwangerschaft so beschwerlich sein musste.
Kreszenz grinste mit den zwei Zähnen, die ihr noch geblieben waren. »Sie können auch keine Kinder säugen, aber Frauen können es, und sie sollten es auch tun!«
Doch mit dieser Ansicht biss Kreszenz bei Veva auf Granit. Seit Generationen war es üblich, die neugeborenen Kinder reicher Familien an Ammen zu übergeben, die sie nährten und pflegten. Da diese Arbeit gut bezahlt wurde, waren arme Frauen gerne dazu bereit. Dennoch war Veva froh um die Steinbäuerin, der sie zutraute, so für ihre Tochter zu sorgen, dass diese gesund blieb und kräftig wurde.
Die Bäuerin war vor ein paar Tagen zum ersten Mal in München gewesen und hatte ihr erklärt, sie habe nach jeder Geburt stets mehr als genug Milch, und sie werde Vevas Kleines auch immer als Erstes an die Brust legen. Da die Frau nicht nur dankbar war, weil ihre Familie die Heimat hatte behalten dürfen, sondern auch reinlich und ehrlich, freute Veva sich, auf sie zurückgreifen zu können. Die Weiber, die sich in der Stadt als Ammen anboten, waren oft schmutzig und stanken. So einer Frau wollte sie ihr Kind gewiss nicht anvertrauen.

Kreszenz mischte unterdessen die Kräuter, die in Vevas Badewasser gegeben werden sollten, damit deren Leib dem Kind die Zeit ließ, auszureifen. Dabei berichtete sie Neuigkeiten aus der Stadt. Auch Cilli und Lina, die den großen Bottich mit warmem Wasser füllten, beteiligten sich an dem Gespräch. Den drei Frauen lag viel daran, Veva als glückliche Mutter zu sehen. Doch bis dahin mussten noch fast zwei Monate verstreichen, und die würden, wie Kreszenz der Köchin und der Magd unter dem Siegel der Verschwiegenheit mitgeteilt hatte, heikel werden. Nicht zuletzt deshalb kümmerten sich die beiden selbst um Veva und überließen sie nicht den Händen der jüngeren Mägde.
Kreszenz prüfte die Temperatur des Wassers und gab ihre Kräuter hinzu. Dann sah sie Veva auffordernd an. »Auf geht's, Rickingerin! Du bleibst mindestens bis zum Stundenschlag von Sankt Peter da drinnen. Das Wasser darf aber nicht zu kalt werden. Passt also auf, dass ihr rechtzeitig nachschüttet! Allerdings dürft ihr eure Herrin auch nicht abbrühen wie ein geschlachtetes Huhn.«
»Wir geben schon acht«, versprach Lina und half Veva, das Kleid auszuziehen.
»Das Hemd kannst du auch runtertun«, erklärte Kreszenz, als Veva damit in den Bottich steigen wollte. »Wenn du nackt bist, wirken die Kräuter am besten, und in deiner eigenen Kammer kann dir keiner was abschauen.«
Veva hob die Arme, damit Lina ihr das Hemd über den Kopf streifen konnte, steckte einen Fuß ins Wasser und zog ihn sofort wieder zurück. »Das ist doch viel zu heiß!«
»Du wirst dich gleich daran gewöhnt haben.« Kreszenz gab ihr einen Klaps auf den Po und brachte sie dazu, mit beiden Beinen in den Bottich zu steigen. Auf eine weitere bissige Aufforderung ließ Veva sich vorsichtig nieder und sog erschrocken die Luft ein, als sie mit ihren empfindlicheren Teilen das Wasser berührte. Rascher als erwartet fühlte sie

sich jedoch in der Wärme wohl und lehnte sich mit geschlossenen Augen zurück.
Sie musste kurz eingeschlafen sein, denn Linas Schimpfen riss sie aus ihrer Versunkenheit. »Was fällt denn dir ein, einfach so hereinzuplatzen!«, hörte sie und vernahm dann ein klatschendes Geräusch, als ohrfeige die alte Magd jemanden.
Veva öffnete die Augen und sah den Schwab halb abgewandt an der Tür stehen, die Arme vor dem Kopf, um sich vor Linas Schlägen zu schützen.
»Was ist los?«, fragte sie.
»Nichts für ungut, Herrin, aber ich habe eben gesehen, dass der Haselegner in die Stadt gekommen ist. Sein Gesicht hat mir direkt Angst gemacht, so finster hat er dreingeschaut.«
Ein Seufzen entfloh Vevas Lippen. Nun würde sie sich wieder auf eine ständige Belagerung durch Haselegner einrichten müssen. »Wenn er heute kommen sollte, sagt ihm, es ginge mir nicht gut und ich hätte mich hingelegt«, befahl sie ihren Getreuen.
»Das machen wir«, sagte der Schwab. »Aber wenn Ihr nichts dagegen habt, geh ich zu Haselegner hinüber. Vielleicht kriege ich heraus, warum er fast zwei Monate früher als geplant zurückgekommen ist und welche Laus über seine Leber krabbelt!« Der Schwab wartete Vevas Antwort nicht ab, sondern verschwand aus dem Zimmer. Er schüttelte den Kopf darüber, wie rabiat die Weiber werden konnten, wenn sie sich durch seinesgleichen gestört fühlten.

3.

Haselegners Wut wurde nur noch von seiner Angst vor Gigging übertroffen. Ein Mann, der kalt lächelnd einen Unbeteiligten ermordete, um dessen Leiche für die eines anderen auszugeben, würde auch ihn abstechen wie eine schlachtreife Sau. Doch bevor er dem Raubritter einen einzigen Gulden bezahlen konnte, musste er erst einmal Veva heiraten und deren Besitz in seine Hand bekommen. Die vermeintliche Witwe hatte zwar erklärt, sie wolle erst eine neue Ehe eingehen, wenn sie das Wochenbett verlassen hatte. Aber so lange durfte er nicht warten. In weniger als einem Monat wollte Gigging die erste Rate haben, und er hatte diese Summe so groß bemessen, dass nicht einmal der Gewinn aus dem Venedig-Handel dafür ausreichen würde.

Nachdem Haselegner sich von einem Knecht einen vollen Weinkrug auf den Tisch hatte stellen lassen, scheuchte er das Gesinde aus seinen Privaträumen und versuchte in Ruhe nachzudenken. Schließlich konnte er nicht einfach zu Veva gehen und ihr sagen, sie müssten umgehend heiraten. Sie würde ihn des Hauses verweisen. Aber wenn er nicht schon bald Giggings Stahl zwischen den Rippen spüren wollte, musste er ihren Willen brechen.

»Genau das werde ich tun!«, rief er aus und führte seinen Becher zum Mund.

Darin aber war kein Tropfen mehr. Er füllte ihn erneut, und während er trank, wanderten seine Gedanken weiter. Wahrscheinlich würde er Veva eine ordentliche Tracht Prügel verabreichen müssen, um sie zur Ehe zu zwingen, und ihr damit gleich zeigen, wer der Herr war. Doch auch dann bestand die Gefahr, dass sie vor dem Priester nein sagte und ihm ins Gesicht lachte. Demzufolge gab es nur eine einzige Möglichkeit, um ihr eine Weigerung unmöglich zu machen, nämlich, sie zu vergewaltigen. Danach musste sie ihn heiraten, um ihre Ehre wiederherzustellen. Allerdings war Veva eine eigenartige Frau und würde sich möglicherweise selbst dann weigern.

»Es muss ein Pfaffe anwesend sein, der den Trausegen spricht, während ich sie rammle!«, sagte er und versetzte der Tischplatte einen heftigen Schlag. Doch wie sollte er einen Priester finden, der ihm gegen eine Belohnung diesen Dienst erweisen würde? Mit einem Mal glättete sich seine verzerrte Miene. Natürlich gab es einen Priester in München, den er für diesen Streich gewinnen konnte. Lächelnd leerte er den Becher ein weiteres Mal und machte sich zum Ausgehen bereit. Dabei überlegte er, dass er kaum am helllichten Tag zu Vevas Haus gehen und ihr Gewalt antun konnte. Das durfte nur in der Nacht geschehen, und da brauchte er jemanden, der ihm die Türen öffnete.

Nun wird der Schwab etwas für die Gulden tun müssen, die er von mir kassiert hat, sagte er sich. Immerhin hatte er dem Kerl schon einiges an Geld in den Rachen gestopft, und er war auch bereit, noch ein paar goldene Füchse, wie Gigging sie nannte, springen zu lassen. Haselegner griff nach seinem Überwurf, denn er wollte Vevas Haus aufsuchen, um mit ihrem Knecht zu sprechen. Doch wie es das Schicksal wollte, sah er diesen just in diesem Moment die Hütergasse herabkommen. Mit einem zufriedenen Grinsen verließ Haselegner seine Kammer und eilte zur Tür.

Er erreichte die Pforte schneller als sein Hausknecht, der auf den Ton des Türklopfers herbeigeeilt war.

»Du kannst wieder an deine Arbeit gehen«, beschied Haselegner ihm und öffnete selbst.

Der Schwab wunderte sich, den Hausherrn an der Tür zu sehen, der außerdem gänzlich verwandelt schien. Er wirkte hochzufrieden, während er noch am Vormittag mit verzweifelter Miene in die Stadt eingeritten war.

»Grüß Euch Gott, Herr Haselegner!«, sprach der Schwab ihn an.
Der Hausherr nickte lächelnd und forderte ihn auf, hereinzukommen. »Magst du einen Becher Wein?«
»Gern! Wenn's keine Umstände macht, heißt das!«
»Es macht keine Umstände.« Auf dem Weg nach oben nahm Haselegner einen weiteren Becher mit, füllte diesen in seiner Kammer ebenso wie seinen eigenen und stieß mit dem Schwab an. »Auf uns zwei und auf die Veva, die bald mein Weib sein wird!«
Als der Schwab dies hörte, stellten sich ihm die Nackenhaare auf. Haselegner schien sich ganz sicher zu sein, Veva bald heimführen zu können. Dabei hoffte diese von Herzen, Ernst wäre noch am Leben und es könne ihr gelingen, ihn zu finden und zu befreien.
»Auf Euch, Haselegner, und auf meine Herrin«, beantwortete er den Trinkspruch und führte den Becher zum Mund. Der Wein war mit der beste, den der Schwab bisher zu kosten bekommen hatte. Er schnalzte anerkennend mit der Zunge und hielt Haselegner in einem Anfall von Keckheit den Becher noch einmal hin. Zu seiner Überraschung füllte dieser ihn unbesehen.
»Das ist wohl der berühmte Welschwein, was?« Der Schwab, der als Knecht an dünnes Bier gewöhnt war, nahm noch einen Schluck und sagte sich, dass man es sich als Bürger gehobenen Standes wirklich gutgehen lassen konnte. Für ihn lag ein solches Leben jenseits aller Hoffnungen. Er träumte davon, Veva könne ihn später einmal so weit unterstützen, dass er das Bürgerrecht erwerben und eine Magd heiraten konnte. Einen Augenblick lang musste er an Rosi denken, die ihm früher ins Auge gestochen hatte. Doch die war so hübsch, dass sie immer die Blicke besserer Herren auf sich gelenkt hätte. Da war die Cilli schon besser geeignet. Sie war zwar ein paar Jahre älter als er und recht kräftig

gebaut, aber mit ihr würde er jederzeit eine Schenke oder Garküche führen können.
Haselegner bemerkte, dass die Gedanken des Knechts umherwanderten, und fasste ihn um die Schulter. »Woran denkst du denn gerade?«
»Ans Heiraten. Ihr wollt es, und ich täte es halt auch gerne.«
Eigentlich war Haselegner keiner, dem der Schwab seine innersten Gefühle so leicht offenbart hätte, doch die beiden Becher Wein waren ihm zu Kopf gestiegen, und so erzählte er, was er sich von seinem Leben so erhoffte.
Mit heimlicher Freude hörte der Kaufmann ihm zu. Wenn er jetzt das richtige Versprechen gab, hatte er den Knecht in der Hand. »Weißt du was«, sagte er lauernd. »Ich richte dir deine Hochzeit aus und sorge auch dafür, dass du von der Stadt die Erlaubnis erhältst, eine Gastwirtschaft zu übernehmen. Keine Angst, auch das zahle ich. Dafür musst du mir nur einen Gefallen tun!«
Während er das sagte, schenkte Haselegner dem Schwab erneut nach und forderte ihn zum Trinken auf. Den schwindelte es. Aus dem Stand eines Knechts in den eines geachteten Bürgers aufzusteigen, das gelang den wenigsten, und ihm wurde diese Gelegenheit geradezu auf dem Silbertablett angeboten. »Ihr meint einen richtigen Gasthof mit allem, was dazugehört?«, fragte er nach.
»Freilich«, antwortete Haselegner und sagte sich, dass der Knecht sich auch mit weniger begnügen würde, wenn erst einmal alles nach Plan gelaufen war.
So betrunken, um sich ohne Bedenken mit Haselegner einzulassen, war der Schwab jedoch nicht. »Ich würde schon gerne wissen, was das für ein Gefallen ist, den ich Euch tun soll.«
»Du musst mir morgen Nacht eure Haustür öffnen und mich zur Veva bringen.« Jetzt war es heraus. Wenn der Knecht sich weigerte, war Haselegner bereit, ihm das Ge-

nick zu brechen und die Treppe hinabzustoßen, damit sein Tod wie ein Unfall aussah.

Der Schwab kniff die Augen zusammen. »Ihr wollt heimlich zu meiner Herrin? Warum?«

»Um mit ihr zu reden. Bei dem dicken Bauch, den sie vor sich herschiebt, kann ich doch nicht mehr tun.« Haselegner begleitete diesen Ausspruch mit einem dröhnenden Lachen.

In Schwabs Ohren klang seine Belustigung falsch, dennoch fiel er in das Gelächter ein und versetzte dem Kaufmann einen leichten Rippenstoß. »So wie die Herrin jetzt aussieht, könnt Ihr mit ihr wirklich nicht mehr Adam und Eva spielen. Aber ich verstehe, dass Ihr einmal ungestört mit ihr reden wollt. Wenn Euch das einen ganzen Gasthof wert ist, soll's mir recht sein.«

»Du wirst deinen Gasthof kriegen!« Haselegner klang verärgert, denn nun schien es ihm so, als würde der Knecht sich zu einem ebenso hartnäckigen Erpresser entwickeln wie Gigging. Doch um Veva zu bekommen, war er bereit, jeden Meineid der Welt zu leisten.

»Ich schicke dir einen Knecht. Der wird dir sagen, wann du mich einlassen sollst«, erklärte er dem Schwab und schenkte ihm noch einmal ein. Als er seinen Becher füllen wollte, war die Kanne leer.

Der Schwab nahm es amüsiert zur Kenntnis. Während ihm der süffige Tropfen durch die Kehle rann, sagte er sich, dass er seiner Herrin einiges zu berichten hatte. Zwar trauerte er ein wenig dem Gasthof nach, den Haselegner ihm versprochen hatte, doch da er den Kaufmann kannte, gab er ohnehin nicht viel darauf.

4.

Nachdem der Schwab gegangen war, brach auch Haselegner auf. Sein Weg führte ihn zu dem Haus, in dem Pater Remigius sich mit einigen Mitbrüdern eingerichtet hatte, denen der Aufenthalt im Kloster ebenfalls zu beschwerlich war. Es dauerte ein wenig, bis er zu dem Pater vorgelassen wurde, und als er die Treppe emporstieg, sah er eine in ein weites Schultertuch gehüllte Frau durch den Hintereingang verschwinden. Offensichtlich hatte der Priester gerade eine Besucherin verabschiedet.

Ein junger, in der Klosterhierarchie noch weit unten stehender Mönch öffnete Haselegner die Tür zu Remigius' Kammer. Der Geistliche saß wie ein fetter, zufriedener Kater auf seinem Stuhl und hielt ein Brevier in der Hand. Aber er las nicht darin, sondern blickte seinem Gast neugierig entgegen.

»Der Segen des Herrn sei mit dir, Haselegner!«

»Und mit deinem Geiste!« Der Kaufmann beugte das Knie und küsste die Hand, die Remigius ihm entgegenstreckte, als wäre er ein Bischof oder gar der Papst.

»Was führt dich zu mir, mein Sohn?«, wollte der Pater wissen.

»Ich gedenke, in den geheiligten Stand der Ehe einzutreten, und bitte Eure Hochwürdigkeit, den Segen dazu zu spenden.«

»Ich soll eine Trauung vornehmen?« Remigius wunderte sich, denn weder der Pfarrherr von Sankt Peter noch der zu Unserer Lieben Frau überließen ihm eine solche Aufgabe. Wahrscheinlich fürchteten sie, er würde den Bräutigam unter den Tisch trinken, um dessen Rolle bei der Braut im Bett zu übernehmen.

»Nun, es ist eine etwas ungewöhnliche Trauung. Meine

Braut wird sich zunächst arg zieren, die Ehe mit mir einzugehen.«
Der Kopf des Priesters ruckte herum. »Du willst ein Weib zur Ehe zwingen?« Jetzt hätte er Haselegner eine Buße auferlegen und ihn wegschicken müssen. Aber er war zu neugierig. »Und wer ist die Frau?«
»Genoveva, des Bartholomäus Leiberts Tochter. Sie ist die Witwe von Ernst Rickinger, müsst Ihr wissen.« Haselegner zitterte innerlich, denn außer Remigius würde ihn niemand gegen Vevas Willen mit ihr trauen. Weigerte dieser sich, würde auch eine Vergewaltigung nicht den erhofften Erfolg bringen.
»Veva also!« Auf dem Gesicht des Geistlichen wechselten sich Überraschung und Schadenfreude ab. Wie sehr hatte er gehofft, diese Frau einmal besitzen zu können. Doch sie war ihm stets in weitem Bogen aus dem Weg gegangen. Er musterte Haselegner. Es klang so, als sei Veva mit dieser Heirat nicht einverstanden. Gerade deswegen reizte es ihn, den Trausegen zu spenden. »Wie gedenkst du Veva so weit zu bringen, dass sie in die Heirat einwilligt?«
»Auf die Art, wie man im Allgemeinen unwillige Weiber zur Ehe zwingt.«
»Du willst sie auf den Rücken legen und ihr zeigen, wie gut du zwischen den Beinen bestückt bist. Bei Gott, das möchte ich sehen!« Dann erinnerte Remigius sich daran, dass Haselegner geplant hatte, ihn zum Zeugen dieser Vergewaltigung zu machen, und begann zu lachen. »Also gut! Ich bin bereit, dich und Veva vor Gott und der Welt zusammenzugeben. Das hat aber seinen Preis.«
Haselegner fluchte innerlich. Wie es aussah, wollte jeder ihn ausnehmen.
Remigius sah dem Mann an, was diesen bewegte, und hob begütigend die Hand. »Mir geht es nicht um dein Geld, guter Mann. Ich habe mich oft genug über dieses hochnäsige

Weibsstück geärgert und freue mich daher, dass sie auf diese Weise zur Ehe gezwungen wird. Allerdings will ich vorher mein eigenes Vergnügen mit ihr haben!«

Erschrocken schüttelte Haselegner den Kopf. »Das geht doch nicht! Immerhin bin ich ein ehrengeachteter Bürger dieser Stadt.«

Remigius lachte ihn aus. »Der einer ehrengeachteten Bürgerin Gewalt antun will, damit sie ihn heiraten muss.«

»Sie ist hochschwanger, und es ist gewiss kein Vergnügen, sie mit ihrem dicken Bauch zu stoßen«, wandte der Kaufmann ein.

»Eine Schwangere ist unten nicht anders gestaltet als andere Weiber. Entweder du gehst auf meine Bedingung ein, oder du suchst dir einen anderen Pfarrer, der euch traut!« Remigius grinste Haselegner an, denn dieser wusste ebenso gut wie er, dass sich kein anderer Geistlicher in München dazu hergeben würde.

Die Angst vor Gigging brachte den Kaufmann dazu nachzugeben. Außerdem war Veva schwanger. Da konnte es ihm im Grunde gleichgültig sein, ob Remigius sie stieß oder nicht. »Also gut, ich bin einverstanden. Aber Ihr schweigt darüber, das müsst Ihr mir versprechen.«

»Wie ein Grab«, antwortete Remigius belustigt. »Wann soll diese Hochzeit stattfinden?«

»Morgen Nacht!«

»Bis dorthin kann ich nachsehen, welche Worte bei so einer wichtigen Handlung zu sprechen sind. Hole mich um die zehnte Stunde ab. Um Mitternacht bist du dann Vevas Ehemann und der Verwalter ihres Vermögens.« Remigius gab sich freundlich, doch insgeheim verachtete er Haselegner, der seinen Bürgerstolz in die Gosse geworfen hatte, nur um die reiche Witwe heimführen zu können.

5.

Der Schwab hatte keine Ahnung vom wahren Ausmaß der Pläne, die Haselegner hegte, doch er kannte den Mann gut genug, um in Sorge zu sein. Immerhin hatte dieser Vevas Vater mit Schlägen dazu bringen wollen, ihm seine Tochter zu überlassen. Daher hielt er es für wahrscheinlich, dass der Kaufmann auch diesmal Gewalt anwenden würde. Als tatsächlich am nächsten Tag ein Knecht Haselegners ihm die Nachricht überbrachte, sein Herr wolle eine Stunde vor Mitternacht erscheinen, beschloss er, Veva zu informieren.

Diesmal klopfte er an, bevor er ihre Kammer betrat, und wurde von Lina mit einem spöttischen Grinsen empfangen. »Heute fängst du dir keine Watschen ein«, sagte sie und wies auf Veva, die in ein weites Kleid gehüllt auf einem Korbstuhl saß und einen Packen Briefe auf dem Schoß liegen hatte. Sie war in eines der Schreiben vertieft und nahm den Schwab erst wahr, als dieser sich räusperte.

»Was ist denn?« Veva klang unwirsch, denn kurz vorher hatte ihr Korbinian Echle aus Augsburg Hilarius' Bericht gebracht, und dessen Lektüre wollte sie nicht unterbrechen.

Der Schwab räusperte sich noch einmal, da sein Hals plötzlich wie zugeschnürt war. »Es geht um Haselegner. Ich war doch gestern in seinem Haus, und da hat er mir viel Geld versprochen.«

»Wofür?«, fragte Veva scharf.

»Ich soll ihm heute Nacht die Haustür öffnen. Angeblich will er mit Euch reden, doch ich denke, er will Euch dazu zwingen, ihn zu heiraten. Der Mann ist die personifizierte Niedertracht. Das könnt Ihr schon an der Wunde erkennen, die er mir beigebracht hat. Damals wollte er Euren Vater mit Schlägen dazu bringen, ihn mit Euch zu verheiraten.«

»Ich weiß, dass du meinem Vater damals beigesprungen bist.« Veva hatte die Geschichte inzwischen mehrfach gehört. Da sie jedoch mehr an Ernst dachte und daran, ob er noch leben mochte, maß sie Haselegner nicht die Bedeutung bei, die der Schwab für angebracht hielt.

Daher krauste der Knecht beleidigt die Nase und dachte einen Moment, dass seine Herrin selbst schuld war, wenn sie seine Warnungen missachtete und dadurch Schaden nahm. Doch dann versuchte er sie trotz seiner Verärgerung zu überzeugen. »Herrin, Ihr solltet Euch vorsehen. Ich traue Haselegner nicht über den Weg und bin mir sicher, dass er ein Schurkenstück plant.«

Jetzt blickte Veva doch auf. »Wahrscheinlich hast du recht. Kein ehrlicher Mann schleicht sich spät in der Nacht in das Haus einer Witwe, es sei denn, sie hat ihn dazu eingeladen. Und das habe ich gewiss nicht!«

»Am besten wäre es, ich würde ihn erst gar nicht einlassen«, schlug der Schwab vor.

Veva schüttelte den Kopf. »Dann versucht er es zu einer anderen Zeit wieder, wenn wir nicht darauf vorbereitet sind. Also wirst du ihm die Tür öffnen. Allerdings werde ich nicht allein sein. Du, Cilli und Lina werdet mir helfen.«

»Ob das ausreichen wird?«, gab Lina zu bedenken. »Der Schwab müsste allein mit diesem Mann fertig werden, denn weder Ihr noch Cilli und ich können ihn unterstützen. Da müsstet Ihr schon ein paar der Knechte hinzuholen, die Eure Waren ab- und aufladen.«

Den Vorschlag kommentierte der Schwab mit einem verächtlichen Schnauben. »Wenn Haselegner denen einen Gulden zusteckt, hören, sehen und sagen die Kerle nichts oder helfen ihm gar noch.«

»Was ist mit den übrigen Mägden? Wenn diese Besenstiele und Knüppel in die Hand nehmen, würden wir mit Haselegner fertig!« Lina sah Veva fragend an, doch die schüttelte den Kopf. »Die schwatzen mir zu viel! Ich möchte nur zuverlässige Leute um mich haben, die auch den Mund zu halten wissen.«

»Die Kreszenz würde gewiss schweigen, aber sie ist genau wie ich zu alt für so etwas.« Lina seufzte und wünschte sich, ein paar Jahrzehnte weniger auf dem Buckel zu haben.

Veva nickte Lina zu. »Dein Vorschlag ist gut, denn Kreszenz' Wort gilt viel unter den Leuten. Daher will ich sie auf jeden Fall hier haben. Doch um mit Haselegner fertig zu werden, brauchen wir mindestens noch einen oder besser zwei kräftige Männer. Ich weiß auch schon, wo wir die herbekommen. Schwab, du wirst gleich zum Ratsherrn Bart gehen. Ich schreibe rasch einen Brief und bitte ihn um Unterstützung.«

Lina atmete auf. »Ihr wollt den Herrn Arsacius Bart dabeihaben? Das ist ein guter Gedanke! Ich hatte schon Angst, Ihr würdet an Euren Schwiegervater denken. Der kann froh sein, dass der Rat der Stadt ihn nicht wegen des Verdachts eingesperrt hat, er könne den Mord an Eurem Mann veranlasst haben.«

»Es war knapp davor. Hätte er nicht Geschäfte mit zwei Ratsherren abgeschlossen, die diese nicht gefährden wollten, hätten sie ihn in den Turm geworfen. So ist er mit einer scharfen Rüge davongekommen.« Das Gesicht des Schwab verriet, dass er dem alten Rickinger etliche Tage im Kerker vergönnt hätte.

Veva beteiligte sich nicht weiter an dem Gespräch, sondern widmete sich wieder Hilarius' Schreiben und kam zu der Stelle, an der dieser Haselegner des Reliquienschwindels beschuldigte. Eine alte Erinnerung glomm in ihr auf, und sie sah sich und Ernst noch als halbe Kinder mit Hasso auf den Spuren eines Mörders durch die nächtliche Stadt streifen. Auch damals war es um eine Reliquie gegangen, und Benedikt Haselegner hatte eine unrühmliche Rolle dabei gespielt.

Seufzend legte sie das Schreiben beiseite und ließ sich von Lina Feder, Papier und Tinte reichen, um den Brief an Arsacius Bart zu verfassen. Ihre Augen blitzten, und als der Schwab dies bemerkte, musste er grinsen. So leicht, wie Haselegner sich das vorstellte, ließ seine Herrin sich nicht den Schneid abkaufen.

6.

Der Mönch, der Remigius bediente, sah mit Verwunderung, wie sich der Pater spät am Abend Albe und Kasel anzog, einen Umhang darüberwarf, um die geistliche Kleidung zu verbergen, und dann sein Brevier in einen Beutel steckte.

»Ihr wollt noch ausgehen, Herr?« Der Mönch kannte den liederlichen Lebenswandel des Priesters und hätte ihm gerne ins Gewissen geredet. Da sein erster Versuch vor einigen Monaten in einer herben Tracht Prügel geendet hatte, hielt er sich jedoch zurück.

Remigius schenkte ihm einen Blick, der auch einem aufdringlichen Hund oder einer lästigen Katze hätte gelten können, und verzog verächtlich den Mund. »Geht dich das was an? Öffne mir lieber die Tür. Es wird dauern, bis ich zurückkomme. Schlafe bis dahin ja nicht ein!«

»Gewiss nicht, hochwürdiger Herr!« Nicht zum ersten Mal dachte der Mönch, dass er im Kloster ein besseres Leben führen würde denn als Diener dieses Wüstlings, und nahm sich vor, mit dem Prior darüber zu reden, ob er nicht wieder dorthin zurückkehren konnte.

Unterdessen stieg Remigius die Treppe hinab und wartete, bis sein Diener die Tür geöffnet hatte. Dann trat er hinaus in die nächtliche Stadt. Der Mönch wollte schon fragen, ob er eine Laterne nehmen und ihm leuchten sollte. Doch da schälte sich die Gestalt eines Mannes aus der Dunkelheit, der eine Blendlaterne bei sich trug.

»Da seid Ihr ja, hochwürdiger Herr!«, begrüßte Haselegner den Pater mit geheuchelter Freundlichkeit, denn er ärgerte sich, dass Remigius ihn mehr als eine halbe Stunde hatte warten lassen.

Der junge Mönch fragte sich, was sein Herr und der Kaufmann in dieser Nacht unternehmen wollten. Gewiss war es wieder etwas, was Gott missfallen würde. Zwar hatte er von jener Sache, bei der Ernst Rickinger Pater Remigius bis auf die Knochen blamiert hatte, nur Gerüchte vernommen, aber er vergönnte seinem Herrn eine zweite Zurechtweisung dieser Art. Während er die Türe schloss und in seine Kammer zurückkehrte, faltete er die Hände und bat Jesus Christus, Remigius zu erleuchten und dafür zu sorgen, dass er sich von einem unmoralischen Saulus zu einem keuschen Paulus wandelte.

Hätte Remigius die Gedanken seines Dieners gekannt, wäre er in schallendes Gelächter ausgebrochen. Seit Veva ihr sechzehntes Jahr erreicht hatte, war er darauf erpicht gewesen, sie irgendwann einmal zu besitzen. Nun würde es endlich so weit sein. Ihn störte weder ihre fortgeschrittene Schwangerschaft noch die Tatsache, dass er selbst heute Nacht die Ehe zwischen ihr und Haselegner schließen sollte. Der Gedanke, der Frau in Gegenwart ihres späteren Ehemanns Gewalt anzutun, erregte ihn zusätzlich, und er konnte es kaum erwarten, das Haus im Haggengässel zu erreichen.

Auch Haselegner hing seinen Gedanken nach. Gewiss würde es Veva nicht gefallen, außer ihm auch noch dem Pfaffen zu Willen sein zu müssen, und er sah einen lang anhaltenden Streit vor sich, bei dem er weder seinen Gürtelriemen noch ihr Hinterteil schonen durfte. Doch der Gedanke, einer von

Giggings Meuchelmördern könnte ihm auflauern und seinem Leben ein Ende setzen, ließ ihm Vevas Zorn als das leichtere Übel erscheinen.

Als die beiden Männer das Leibert-Haus erreichten, wartete der Schwab bereits auf sie. Er grinste so breit, dass sie im Schein der Blendlaterne seine Zähne sehen konnten.

»Da seid Ihr endlich! Ich habe schon gedacht, Ihr würdet nicht mehr kommen«, grüßte der Schwab Haselegner und sah erst dann den Priester. Remigius' Umhang flatterte von einer Windböe erfasst auf, und so konnte der Knecht den Messornat erkennen. Wie es aussah, wollte Haselegner gleich Nägel mit Köpfen machen und sich mit Veva trauen lassen.

Da aber eine herbe Überraschung auf die beiden wartete, wurde er beinahe übermütig. »Ihr habt Euch gleich geistlichen Beistand mitgebracht? Nun, da wird sich meine Herrin aber freuen.«

»Rede nicht so viel, sondern lass uns ein!«, raunzte Haselegner ihn leise an, weil er Angst hatte, der Knecht würde die Nachbarn und das übrige Gesinde in Vevas Haus wecken.

Der Schwab begriff, dass Haselegners Nerven bis zum Äußersten gespannt waren, und gab den Weg ins Innere des Hauses frei. Die beiden Besucher folgten ihm so eilig, dass sie einander behinderten.

Kaum waren sie über die Schwelle getreten, wandte Haselegner sich an den Knecht. »Sag uns noch, wo Vevas Kammer ist. Dann kannst du dich schlafen legen. Sperre aber vorher die Mägde ein, damit uns keine über den Weg läuft!«

»Das Zimmer meiner Herrin ist im ersten Stock, dritte Tür links!« Lächelnd blieb der Schwab im Flur stehen und sah zu, wie die beiden Männer leise nach oben stiegen.

Cilli, Lina und die Kreszenz warteten im Nebenraum zusammen mit dem Ratsherrn Bart und dessen Knechten.

Auch der Schwab wollte kräftig mitmischen und holte den Knüppel aus der Küche, den er am Abend bereitgelegt hatte. Als er den beiden nächtlichen Besuchern auf Zehenspitzen folgte, war er froh, dass Veva darauf bestanden hatte, Unterstützung zu holen. Allein hätte er gegen Haselegner und Pater Remigius nicht viel ausrichten können.

7.

In Vevas Kammer war es dunkel, und sie lag so in ihrem Bett, als schlafe sie. Allerdings war sie angezogen, und ihr wurde bereits heiß unter der Decke. Nicht zuletzt deshalb hoffte sie, die Sache bald hinter sich bringen zu können. Noch während sie überlegte, ob sie die Decke für ein paar Augenblicke zur Seite schieben sollte, wurde die Tür lautlos geöffnet. Ein Luftzug verriet ihr, dass die Entscheidung nahte.

Im schwachen Widerschein der Kerze, die in der Lampe auf dem Flur brannte, nahm sie die Umrisse von zwei Personen wahr, die mit der Dunkelheit fast verschmolzen. Noch während sie sich fragte, weshalb Haselegner mit Begleitung gekommen war, wurde eine Blendlaterne geöffnet, und ihr Licht wanderte über ihr Bett.

»Dort ist sie!«, hörte sie Haselegner flüstern. »Schnell, Ihr müsst ihr den Mund zuhalten, damit sie nicht schreien kann!«

Dann geschah alles blitzschnell. Der andere Mann, in dem Veva zu ihrer Überraschung Pater Remigius erkannte, packte sie und drückte sie auf die Matratze. Seine Rechte tastete nach ihrem Mund. Sie biss zu, hörte ihn aufkeuchen und erhielt eine Ohrfeige, von der ihr die Wange brannte. Noch während ihr vor Schmerz die Tränen aus den Augen traten, zwang Remigius ihr den Kiefer auseinander und steckte ihr einen Zipfel des Kissens zwischen die Zähne. Dann entfernte er die Decke vom Bett und sah auf sie herab.

»Dir ist wohl kalt, da du mit dem Kleid im Bett liegst? Doch keine Sorge, gleich wird dir warm werden.« Während er mit der einen Hand ihre Hände festhielt, zerrte er mit der anderen ihr Kleid nach oben. Haselegner löste bereits seinen Hosenlatz. Doch als er auf das Bett steigen wollte, stieß Remigius ihn zurück.

»Hast du unsere Abmachung vergessen? Ich will sie als Erster haben. Danach kannst du sie rammeln, und ich spreche den Trausegen dazu!«

Da klang auf einmal Arsacius Barts befehlsgewohnte Stimme auf. »Halt, ihr Schurken!«

Gleichzeitig wurden mehrere Laternen in den Raum gehalten und leuchteten die Szene fast taghell aus.

Während Haselegner erschrocken herumfuhr und den Ratsherrn mit weit aufgerissenen Augen anstarrte, begann Remigius unflätig zu fluchen.

»Das hast du nicht umsonst getan, du Hure!«

Er ballte die Fäuste und wollte auf Veva einschlagen, doch da tauchte der Schwab neben dem Bett auf und schwang seinen Knüppel. Remigius wurde am Rücken getroffen und erstarrte vor Schmerz.

Veva nützte die Gelegenheit und stieß ihn über die Bettkante. Noch während der Mann auf den Boden krachte, streifte sie ihr Kleid nach unten und bedachte sowohl den Schwab wie auch den Ratsherrn mit zornigen Blicken. »Ihr habt Euch wahrlich Zeit gelassen!«

»Wir dachten nicht, dass die Kerle dies wagen würden«, antwortete Bart und gab seinen Knechten den Befehl, die beiden Männer zu fesseln. Als sie auf Haselegner zugingen, riss dieser seinen Dolch aus der Scheide und hieb wild um

sich. Schnell trat der Schwab hinter ihn und prellte ihm mit seinem Knüppel die Waffe aus der Hand. Nun konnten ihn die Knechte des Ratsherrn packen und überwältigen.
»Du hast mir den Arm gebrochen!«, schrie Haselegner den Schwab anklagend an.
»Sei froh, dass ich dir nicht den Schädel zerschmettert habe!«, höhnte dieser.
Da sich jetzt alle Aufmerksamkeit auf Haselegner richtete, erhob Pater Remigius sich mit schmerzverzerrtem Gesicht und schlich hinter den Rücken der anderen zur Tür. Auch Veva bemerkte seine Flucht erst, als er den Flur fast schon erreicht hatte. Sie stieß einen Warnruf aus, doch es war zu spät. Obwohl Schwabs Hieb ihm etliche Rippen geprellt hatte und er vor Schmerzen stöhnte, stürmte der Pater die Treppe hinunter, stürzte zur Haustür und sprang auf die Gasse hinaus, bevor ihn jemand festhalten konnte.
»Verdammt! Gerade den Kerl hätte ich gerne in Fesseln zum Kerker gebracht«, fluchte der Schwab und wollte ihm folgen.
Bart hielt ihn auf. »Lass ihn! Es gibt genug Zeugen der Schandtat, die er begehen wollte. Leider fällt dieser Schuft als Geistlicher nicht unter die Zuständigkeit unseres städtischen Gerichts. Aber ich werde gleich morgen früh zum Herzog gehen. Dem ist dieser Pfaffe schon lange ein Dorn im Auge, und er wird nicht eher ruhen, bis der Bischof ein gerechtes Urteil über Remigius gesprochen hat. Über Haselegner jedoch werden wir den Stab brechen. Bringt ihn zum Turm!«
Das Letzte galt seinen Knechten. Diese machten wenig Federlesens mit ihrem Gefangenen und schleiften ihn wie einen Mehlsack hinter sich her.
Arsacius Bart deutete auf eine der Laternen. »Du solltest meinen Männern leuchten, Schwab. Ich will nicht, dass dieser Schurke die Dunkelheit ausnützt, uns zu entkommen.«

Dann wandte er sich Veva zu und sah, dass diese auf einmal bleich und zitternd auf der Bettkante saß und vor sich hin wimmerte. »Was ist mit Euch?«
Da griff Kreszenz ein. Sie kannte Vevas Zustand am besten und ahnte, dass diese im Begriff war, zu früh zu gebären.
»Ihr Mannsleute macht jetzt, dass ihr rauskommt! Das ist Frauensache! Cilli und Lina, ihr besorgt heißes Wasser – und zwar so viel wie möglich. Weckt die Mägde und schickt eine davon zu meinem Haus. Sie soll den Korb holen, der auf der Anrichte neben der Tür steht. Er enthält alles, was ich brauche. Macht schnell!« Kaum hatte sie die anderen zu Tür hinausgescheucht, eilte sie zu Veva und forderte diese auf, sich wieder ins Bett zu legen.
»Gleich gebe ich dir etwas, das gegen die Schmerzen hilft. Am besten ist, du betest, so lange du kannst. Jetzt können wir den Beistand der himmlischen Mächte wahrlich brauchen!«
Veva starrte die Hebamme erschrocken an. »Verliere ich jetzt das Kind?«
»Das wird die Heilige Jungfrau im Himmel verhindern. Aber es will raus! Ich glaube nicht, dass wir es in deinem Leib halten können. Doch wenn die heilige Dorothea und die heilige Margarete unsere Gebete erhören, bleibt das Kleine am Leben. Also hab keine Angst, sondern vertraue unserem Herrn Jesus Christus im Himmel!«
Während Kreszenz auf ihren Korb wartete, versuchte sie Veva zu beruhigen und berichtete ihr von etlichen Menschen, die als Kinder den Schoß der Mutter vor der Zeit verlassen hatten und dennoch zu stattlichen Männern und Frauen herangewachsen waren.
Unterdessen schleppten die Mägde einen Eimer heißes Wasser nach dem anderen heran. Cilli überwachte sie und schimpfte vor sich hin. »Der Schwab hätte diese Schurken niemals ins Haus lassen dürfen! Und wenn doch, hätten

Barts Knechte sie sofort festnehmen müssen. Es ist eine Schande, dass sie meine Herrin so bedrängen konnten.«
»Sei endlich still!«, fuhr die Hebamme sie an. »Du machst es nur noch schlimmer. Vevas Leib muss jetzt schwer arbeiten, um das Kind ans Licht zu bringen. Wasser habt ihr genug gebracht. Hole lieber einen Krug Bier, damit Veva etwas zu trinken hat. Auch ich hätte nichts gegen einen Schluck einzuwenden.«
Während die Köchin maulend verschwand, schüttelte Veva den Kopf. »Ich glaube nicht, dass ich etwas trinken kann! Dafür tut es zu weh!«
»Du kannst viel, von dem du noch nichts weißt«, erklärte Kreszenz und untersuchte sie gründlich. Nachdem sie die Scham und den Bauch abgetastet hatte, atmete sie auf. »Es sieht so aus, als hätte dein Leib sich schon vorher entschlossen, das Kind loszuwerden. Das erspart dir viele Qualen, weil das Kind bereits darauf vorbereitet ist, sich uns zu zeigen.«
Kurz darauf brachte Lina den Korb, den eine der Mägde geholt hatte, so dass die Hebamme alles für die Geburt und die Versorgung von Mutter und Kind bereitstellen konnte. Derweil warteten die weiblichen Bediensteten angespannt auf den Augenblick der Geburt und weinten oder beteten je nach Temperament.
Entgegen den Erwartungen, die die Hebamme geweckt hatte, verstrichen etliche Stunden, in denen Veva immer wieder vor Schmerzen aufschrie. Als Kreszenz bereits das Schlimmste befürchtete, zeigte sich endlich das Köpfchen des Kindes, und kurz darauf konnte die Hebamme das Kleine auffangen. Noch während das Neugeborene an der Nabelschnur hing, träufelte Kreszenz ihm etwas Wasser auf den Kopf und machte das Kreuzzeichen.
»So, damit hat es die Nottaufe erhalten. Ich werde es unserem hochwürdigen Herrn Eisenreich mitteilen, falls das

Kind nicht überleben sollte«, sagte sie und versetzte dem Säugling einen leichten Klaps.

Als dieser ein schwächliches Greinen ausstieß, atmete die Hebamme auf. Auch Veva hörte es und wollte sich aufrichten, um das Kind in die Arme zu nehmen, doch Kreszenz drückte sie zurück.

»Bleib liegen! Noch sind wir nicht fertig. Auf jeden Fall lebt deine Tochter und sie sieht auch gesund aus. Sie braucht aber bald Milch.«

»Die Steinbäuerin wird erst in einem Monat gebären«, wandte Veva erschrocken ein.

Kreszenz lachte leise auf. »So lange kann deine Kleine freilich nicht warten. Ich weiß aber auch keine andere Amme in der Stadt, deren Dienste du in Anspruch nehmen könntest. Zudem rate ich dir davon ab! Das Mädchen ist zu früh geboren und verträgt die Milch einer Amme möglicherweise nicht. Mit Ziegenmilch wird sie ebenfalls nicht durchkommen. Auch wenn es dich noch so schmerzen sollte: Du wirst das Kind selbst nähren müssen, bis die Steinbäuerin zur Verfügung steht.«

Veva, deren ganzes Sehnen darauf gerichtet war, ihre Tochter am Leben zu erhalten, nickte. »Ich werde es tun!«

»Dann ist es gut. Ein Frühchen braucht die Milch der eigenen Mutter, die es bereits im Mutterleib genährt hat. Doch nun lass uns weitermachen. Gib mir das Messer dort!« Die Hebamme zeigte auf eine Klinge in ihrem Korb, die in einer ledernen Scheide steckte. Als Lina ihr diese reichte, kam ein schmales, scharfes Messerchen zum Vorschein.

Kreszenz schnitt die Nabelschnur durch und erklärte, dass sie dieses Werkzeug bei einer Wallfahrt nach Altötting hatte weihen lassen. »Man braucht die Hilfe der Heiligen, wenn man schwangeren und gebärenden Frauen beistehen will«, erklärte sie Veva und begann, das Kind zu reinigen.

Obwohl sie ganz vorsichtig mit ihr umging, weinte die

Kleine. Während Vevas Herz sich vor Angst um das winzige Geschöpf verkrampfte, lächelte die Hebamme zufrieden. »Deine Tochter hat genug Kraft fürs Leben. Du kannst übrigens froh sein, dass es ein Mädchen ist. Die sind zäh! Buben, die zu früh geboren werden, sterben hinweg wie die Fliegen. Aber jetzt sollten wir sie dir an die Brust legen. Das Kind braucht zwar nicht viel, dafür aber sehr oft. Du wirst in den nächsten Tagen nur wenig zum Schlafen kommen, wenn du deine Tochter am Leben erhalten willst.«

»Ich werde sie am Leben erhalten! Das bin ich Ernst schuldig!« Veva traten die Tränen in die Augen, weil ihre Worte sich anhörten, als sei er tatsächlich tot. Dabei war sie mittlerweile davon überzeugt, dass er noch lebte.

Kreszenz entblößte Vevas Brüste, drückte ein wenig an den Brustwarzen und grinste, als kleine, weiße Tropfen erschienen.

»Auf geht's, Dirndl! Jetzt kommt deine erste Mahlzeit.« Mit diesen Worten legte sie die Kleine an Vevas Brust und wies dann Lina an, die Nachgeburt in ein Tuch zu packen.

»Ich nehme sie hinterher mit und bringe sie weg«, sagte sie und räumte ihre Sachen zurück in den Korb.

8.

Am nächsten Tag schwirrten die widersprüchlichsten Gerüchte durch München. Da war von einem Überfall auf Vevas Haus die Rede, von Toten und Verletzten, einige wollten gar eine Reiterschar gesehen haben, die die Schwabinger Gasse entlanggeprescht wäre. Und doch fand man nur einen weiten Umhang, den einer der Reiter kurz vor dem Schwabinger Tor verloren haben musste. Der

Nachtwächter berichtete schließlich, kurz vor Mitternacht habe Pater Remigius im vollen Priesterornat auf einem Pferd sitzend Durchlass gefordert. Noch mysteriöser wurde die Sache, als der Wirt der Goldenen Krone am Schrannenplatz meldete, ihm sei in der Nacht ein Pferd gestohlen worden.

Während die Münchner sich die Köpfe darüber heißredeten, machte eine andere Nachricht die Runde. Es hieß, Veva Rickinger habe in der Nacht einige Wochen zu früh ihr Kind entbunden, welches so winzig wäre, dass es wohl kaum die nächsten Tage überleben werde.

Sofort erinnerten sich einige Schandmäuler an Vevas Entführung, doch selbst nach mehrmaligem Nachrechnen kamen die, die etwas davon wussten, zu dem Ergebnis, dass Veva mit einer Frucht der Vergewaltigung durch die Räuber mehr als zehn Monate hätte schwanger gehen müssen. Daher hielten alle bis auf ein paar missliebige Leute wie Eustachius Rickinger, dessen Frau und deren Verwandtschaft die Kleine für Ernsts Kind.

Im Rickinger-Haus verging Susanne beinahe vor Wut, weil Vevas Kind einen Anteil am Erbe ihres Mannes erhalten würde. Zuletzt hielt sie es nicht mehr aus, hüllte sich in ihr Schultertuch und eilte ins Haggengässel. Dort pochte sie an die Haustür und stieß den Schwab, der ihr aufmachte, erregt zur Seite.

»Ich will den Sündenbalg sehen«, keifte sie.

»Bei uns gibt's keinen Sündenbalg«, gab der Knecht eisig zurück. Aufzuhalten wagte er die Frau nicht, denn ihrem gewaltigen Bauch zufolge würde sie ebenfalls in wenigen Tagen gebären. Allerdings folgte er ihr, um notfalls eingreifen zu können.

Susanne platzte, ohne anzuklopfen, in Vevas Kammer, als diese gerade ihrer Tochter die Brust gab. Bei dem Anblick blies die Bäckerwitwe die Backen auf. »Pah, du säugst den

Balg wie eine Bäuerin oder Magd. Mehr ist es auch nicht wert.«

Dann betrachtete sie das winzige Wesen genauer und lachte. »Was ist denn das? Dieses Kind passt ja in meine hohlen Hände!«

»Du hast ja auch die entsprechenden Pratzen!«, antwortete der Schwab erbost. Er packte Susanne bei den Schultern und wollte sie aus dem Zimmer drängen.

Diese fuhr ungeachtet ihrer Leibesfülle herum und schlug ihm ins Gesicht. »Rühre mich nicht an, Knecht, elender! Und was dich angeht, Veva, werde ich jedem sagen, dass das Ding da niemals das Kind meines toten Stiefsohns sein kann. Versuche also erst gar nicht, dessen Erbe zu fordern.«

Dabei funkelte sie Veva so hasserfüllt an, dass diese ihr Kind unwillkürlich mit den Armen schützte. »Es ist besser, wenn du jetzt gehst! Und komme ja so schnell nicht wieder. Doch was Ernsts Erbe angeht: Es steht meiner Tochter zu, und sie wird es auch bekommen.«

Susannes Gesicht färbte sich rot, aber sie winkte mit einem schrillen Lachen ab. »So, wie der Balg aussieht, übersteht der keine Woche. Daher wird mein Sohn einmal den Besitz meines Mannes erben. Du jedenfalls siehst nichts davon!« Mit diesen Worten drehte sie sich um und watschelte davon.

»Fall nicht die Treppe hinab, sonst ist es gleich aus mit deinem Sohn, wenn es überhaupt einer wird!«, rief der Schwab ihr nach und schloss die Tür von Vevas Kammer. Draußen war Lina auf die Besucherin aufmerksam geworden und vertrat der Frau ihres früheren Herrn den Weg. »Du bist ein Schandmaul, das an den Pranger gehört!«

Jetzt fing auch Lina sich eine Ohrfeige ein, dann verließ Eustachius Rickingers Ehefrau das Haus und schimpfte zur Belustigung der Gassenbuben auf dem ganzen Heimweg vor sich hin.

Als der Schwab von oben herabkam, schüttelte er den Kopf. »So eine Zwiderwurzn! Dass es so ein Weibsbild überhaupt geben darf.«
Die alte Lina blickte ihn streng an. »Die Mannsleute sind auch nicht besser! Oder hast du den Haselegner und den Pater Remigius vergessen?«
Als der Schwab diese Namen hörte, zog er ein Gesicht, als hätte er puren Essig geschluckt. »Nein, gewiss nicht. Die zwei soll der Teufel holen.«
»Der Haselegner steckt im Kerker. Aber was ist mit dem weibstollen Pfaffen? Ist der schon erwischt worden?«, fragte Lina nach.
»Nein! Er soll in Richtung Schwabing geritten sein. Wahrscheinlich will er weiter nach Freising, damit ihn der Herzog nicht am Wickel kriegen kann. Aber wenn dem Herrn Wilhelm zu Ohren kommt, was hier geschehen ist, zieht er eher mit Kriegsknechten gegen den Bischof, als Remigius ohne Strafe davonkommen zu lassen. Und jetzt geh zur Herrin hinauf! Nicht, dass sie sich zu sehr über die Bäckerin aufgeregt hat und krank wird.« Der Schwab schob Lina auf die Treppe zu und sagte sich, dass er beim nächsten Mal besser darauf achten musste, wen er zur Haustür hereinließ.
Lina stieg besorgt nach oben, traf die Wöchnerin aber bei guter Laune an.
Veva wickelte gerade das Kind und freute sich, wie es die Ärmchen und Beinchen bewegte. »Ich glaube, sie ist bereits ein wenig gewachsen«, sagte sie, obwohl der Unterschied wirklich nicht zu erkennen war.
Lina nickte jedoch eifrig und reichte ihrer Herrin eine frische Windel. »Die Kleine ist erstaunlich munter. Dabei ist sie so winzig, dass sie beinahe in ihrer Wiege verschwindet.«
Die alte Frau kitzelte den Säugling am Kinn und sah lachend zu, wie dieser mit den Händchen danach zu greifen versuch-

te. »Sie ist so lebendig, wie man es sich nur wünschen kann«, sagte sie zu Veva.
»Die meiste Zeit schläft sie wie ein Murmeltier. Aber sie hat bei jedem zweiten Stundenschlag Hunger und trinkt gut.«
Veva betrachtete ihre Tochter und spürte, wie ihr dieses winzige Wesen half, den Schrecken der letzten Nacht zu vergessen. Aber als sie das Kind wieder in die Wiege gelegt hatte, nahm sie Hilarius' Bericht an sich und las ihn noch einmal durch. Mehr denn je war sie der Ansicht, dass Franz von Gigging etwas mit dem Verschwinden ihres Mannes zu tun hatte, und sie überlegte, wie sie Gewissheit über Ernsts Schicksal erlangen konnte. Ihre eigenen Möglichkeiten waren jedoch zu gering, und sie glaubte auch nicht, dass Jakob Fugger etwas bewirken könne. Sie brauchte die Hilfe eines anderen, und sie wusste auch schon, wessen.

9.

Da Gerüchte vor dem Tor der Residenz nicht haltmachten, entschloss sich Arsacius Bart, Herzog Wilhelm um eine Audienz zu ersuchen. Er wollte dem Landesherrn persönlich berichten, was in Vevas Haus geschehen war, damit dieser es nicht auf entstellte Weise von anderen erfuhr. Obwohl er die Hebamme Kreszenz, den Schwab, seine eigenen Knechte und Vevas Mägde als Zeugen nennen konnte, klopfte ihm das Herz bis zum Hals, als er einem Lakaien durch die langen Flure folgte und in einen Raum geführt wurde, in dem der Herzog neben dem offenen Fenster saß und ins Freie blickte. Wilhelm drehte sich nicht um, als der Ratsherr eintrat und von einem Herold angemeldet wurde.

Eine Weile stand Bart mitten im Raum und wusste nicht, ob er nun weiter auf den Herzog zugehen oder stehen bleiben sollte.
Plötzlich deutete der Herzog mit ausgestrecktem Arm auf ihn. »Mir ist zu Ohren gekommen, dass gestern Nacht eine üble Tat in meiner Residenzstadt geschehen ist!«
Arsacius Bart verbeugte sich tief. »So ist es, Euer Gnaden. Der Bürger und Kaufmann Benedikt Haselegner hat sich für einen schlimmen Streich mit dem Ordenspriester verbündet, der als Pater Remigius bekannt ist.«
»Berichte!« Dem Gesicht des Herzogs war nicht anzumerken, wie er über die Sache dachte.
Da Wilhelm aber von einer üblen Tat gesprochen hatte, fühlte Bart sich trotzdem erleichtert. Er befeuchtete sich die Lippen und begann von dem Augenblick an zu erzählen, an dem Veva den Schwab zu ihm geschickt und um Hilfe gebeten hatte.
»Obwohl der Knecht nicht wusste, was Haselegner plante, war er in Sorge um seine hochschwangere Herrin, die, wie ich bemerken möchte, durch den Schrecken, den sie durch Haselegner und Remigius erlebt hat, zu früh mit ihrem Kind niedergekommen ist.« Arsacius Bart hoffte, damit das Wohlwollen des Herzogs für Veva zu gewinnen.
Dessen Miene verdüsterte sich, und er schlug mit der Faust auf die Lehne seines Sessels. »Was ist mit dem Kind? Lebt es?«
»Noch tut es das, Euer Gnaden. Die Hebamme Kreszenz befand sich in Veva Rickingers Haus und konnte ihr daher sofort beistehen.«
»Ist diese Hebamme gut?«
Der Ratsherr nickte. »Sie hat zahlreichen gebärenden Weibern in unserem Viertel beigestanden und auch vielen Kranken mit ihren Kräutern geholfen.«
»Sie soll eine Belohnung erhalten.« Der Herzog wandte

sich an einen seiner Höflinge, der hinter dem Ratsherrn ins Gemach gekommen war. »Ihr erledigt das, Prielmayr. Auch werdet Ihr Veva Rickinger aufsuchen und sie unseres Mitgefühls versichern.«

Mit Prielmayr trug er dies ausgerechnet dem Edelmann auf, der Vevas Vater vor Jahr und Tag den Steinhof in Pewing zum Pfand für ein Darlehen gegeben hatte. Inzwischen war ihm von dem Verwalter seines Gutes in Pewing viel Schlechtes über Veva berichtet worden. Daher verzog Prielmayr angewidert das Gesicht, wagte es aber nicht, sich zu weigern. Wilhelm mochte noch jung sein, doch er hatte einen starken Willen und konnte sehr zornig werden, wenn man ihm nicht gehorchte. Daher verbeugte Prielmayr sich und erklärte, er werde sich sogleich ins Haggengässel begeben, um bei Veva vorzusprechen.

»Tut das!« Der Herzog machte eine Handbewegung, als wolle er eine Fliege verscheuchen, und forderte anschließend Arsacius Bart auf, ihm noch einmal zu berichten, wie die beiden Schurken sich in Vevas Schlafkammer aufgeführt hatten.

Obwohl der Herzogliche Rat Prielmayr die pikanteren Passagen ebenfalls gerne gehört hätte, verließ er den Raum, um seinen Herrn nicht zu erzürnen. Den Weg zu Vevas Haus hätte er leicht zu Fuß zurücklegen können. Dennoch ging er zu den Ställen und befahl dem ersten Knecht, der ihm begegnete, ihm ein Pferd zu satteln und mit ihm zu kommen. Während des kurzen Ritts durch die Stadt überlegte er, wie er sich Veva gegenüber verhalten sollte. Zum einen ärgerte er sich, weil sie seinen Verwalter gezwungen hatte, den an ihren Vater als Pfand übergebenen Hof weit über das übliche Maß hinaus mit Vieh, Futter und Gerätschaften zu versorgen. Andererseits durfte er sie nicht gegen sich aufbringen, da sie sich sonst beim Herzog über ihn beschweren würde.

Vor Vevas Haus hielt er sein Pferd an und befahl dem Knecht zu klopfen. Es dauerte nicht lange, da steckte der Schwab den Kopf zur Tür heraus und kniff verwundert die Augen zusammen.
»Wartet einen Augenblick, Herr. Ich werde gleich das Tor öffnen.« Der Schwab schloss die Tür wieder, lief über den Flur zum Hintereingang und bog auf dem Hof in den Durchgang ein, der von Gespannen und Reitern benutzt werden konnte. Als er das vordere Tor öffnete, lenkte Prielmayr sein Pferd hindurch. Der Schwab konnte sich ein Grinsen nicht verkneifen, weil der Höfling sich tief auf den Rücken des Tieres beugen musste, um nicht mit dem Kopf anzustoßen. Auf dem Hof fasste er die Zügel und wartete, bis der Edelmann abgestiegen war.
»Ich komme vom Herzog«, erklärte Prielmayr, und da der Schwab nichts darauf antwortete, setzte er hinzu, dass er in dessen Auftrag Frau Veva aufsuchen solle.
»Ich führe Euch zu ihr, edler Herr.« Der Schwab zog jetzt seinen Hut und machte einen Kratzfuß, nicht zuletzt in der Hoffnung, der Herzogliche Rat würde sich mit einem Trinkgeld erkenntlich zeigen. An diesem Tag war Prielmayr jedoch nicht freigiebig aufgelegt, sondern schritt wortlos hinter dem Knecht ins Haus. Im ersten Stock bedeutete der Schwab ihm, einen Augenblick zu warten. »Verzeiht, Herr, aber Ihr wisst doch, wie Frauen sind. Meine Herrin wird sich gewiss ein gutes Schultertuch umlegen wollen, bevor sie Euch empfängt!« Dem Schwab ging es jedoch weniger um Vevas Kleidung als vielmehr darum, dass der Höfling sie nicht beim Stillen ihrer Tochter störte. Doch als er klopfte und eintrat, lag die Kleine in ihrer Wiege und schlief.
Der Schwab kam ans Bett und wies mit dem Daumen nach hinten. »Der Herzogliche Rat Prielmayr ist gekommen. Er sagt, der Herzog habe ihn geschickt.«
Über Vevas Gesicht huschte ein Ausdruck des Unmuts. Sie

hatte dem Höfling noch nicht verziehen, dass dessen Verwalter den Steinhof in Pewing regelrecht geplündert hatte. Da Prielmayr jedoch in den Diensten des Herzogs stand, wollte sie gute Miene machen und forderte den Schwab auf, ihn einzulassen.

Auf sein Zeichen hin trat der Höfling auf Veva zu, blieb aber etliche Schritte vor ihr stehen, als hätte er Angst, sie könne sich eine ansteckende Krankheit zugezogen haben. Da sie nicht von Adel war, verbeugte er sich nicht, sondern begnügte sich mit einem kurzen Kopfnicken.

Beide spürten die gegenseitige Abneigung, wussten aber gleichzeitig, dass sie diesem Gefühl nicht nachgeben durften. Veva deutete auf das Bett, in dem sie lag, und lächelte gezwungen. »Verzeiht, wenn ich Euch nicht so begrüße, wie es Eurem Rang gebührt, doch ich fühle mich noch sehr matt!« Ganz stimmte das nicht, denn sie wäre durchaus in der Lage gewesen, aufzustehen und sich anzuziehen, um den Gast stehend empfangen zu können.

Prielmayr hob beschwichtigend die Rechte. »Seid ohne Sorge, Frau Veva. Euer Zustand entschuldigt Euch. Ich überbringe Euch die Grüße Seiner Gnaden, des Herzogs, zusammen mit seinem Bedauern über das, was Euch in seiner Residenzstadt widerfahren ist. Er wird die Schuldigen hart bestrafen.«

»Vermag er es überhaupt? Immerhin ist Pater Remigius ein Mann der Kirche!« Ein wenig Spott lag in Vevas Stimme, den der Höfling tunlichst überhörte.

Er setzte eine überhebliche Miene auf und blickte auf sie hinab. »Wohl unterstehen die Priester und Mönche der geistlichen Rechtsprechung, doch hat unser gnädiger Herr Herzog von Seiner Heiligkeit, dem Papst, vor kurzem das Privileg erhalten, Verbrechen, die von Klerikern an seinen Untertanen begangen werden, in eigener Verantwortung aburteilen zu können. Das ist eine weise Entscheidung, wie ich betonen möchte, denn damit wird der Einfluss der Bischöfe auf das Herzogtum eingeschränkt.«

»Davon wusste ich nichts. Nur wird der Freisinger Bischof den flüchtigen Priester wohl kaum an den Herzog ausliefern.« Veva machte sich keine Illusionen, was Remigius betraf. Doch wenigstens Haselegner befand sich in Gewahrsam, und sie wollte ihn mit aller Strenge des Gesetzes bestraft sehen. Sie empfand nur noch Verachtung für den Mann, der sie zur Ehe hatte zwingen wollen und zugelassen hätte, dass der verderbte Priester ihr vorher Gewalt antat.

Das Gespräch drehte sich nun ein wenig im Kreis. Dem Höfling lag wenig an Haselegner und Remigius. Lieber hätte er mit Veva über den verpfändeten Bauernhof in Pewing gesprochen und von ihr Geld für das Vieh und die Vorräte verlangt, die sie seinem Verwalter abgepresst hatte. Dies ließ jedoch ihr Zustand nicht zu, und so beschränkte er sich darauf, ihr zu versichern, dass der Herzog seine Blicke gnädig auf sie richten würde.

Er wollte sich eben verabschieden, als Veva ihn fordernd ansah. »Richtet Seiner Gnaden, Herzog Wilhelm, meinen untertänigsten Dank aus und sagt ihm, dass ich um eine Audienz ersuche.«

»Ihr wollt zum Herzog? Aber Ihr liegt doch im Wochenbett und könnt es wohl kaum verlassen!«

Um Vevas Lippen spielte ein Lächeln, das von ihrem Bruder früher als das Feixen eines störrischen Esels bezeichnet worden war. »Wir Weiber vermögen vieles, was ihr Männer uns nicht zutraut, edler Herr. Wenn Seine Gnaden mir die Ehre einer Audienz erweist, werde ich bei Hofe erscheinen, und wenn ich mich in einer Sänfte hintragen lassen muss.«

Ihr Besucher begriff, dass sie nicht umzustimmen war, und nickte. »Also gut, ich werde Seiner Gnaden berichten, dass Ihr vor ihn treten wollt. Doch nun behüte Euch Gott.«

Prielmayr senkte noch einmal den Kopf und wandte sich dann zur Tür. Der Schwab begleitete ihn bis auf den Hof, schloss hinter ihm und seinem Knecht das Tor und kehrte zu seiner Herrin zurück, die nachdenklich in ihrem Bett saß und ihr Kind in den Armen wiegte.

»Ihr wollt zum Herzog? Aber warum, Herrin?«, fragte er.

Vevas Miene nahm erneut einen entschlossenen Zug an. »Hast du Gigging vergessen oder den falschen Toten, den wir begraben haben? Wenn mein Mann noch lebt, will ich alles tun, um ihn zu retten.«

»Ihr habt doch gesagt, Ihr wollt nicht mit dem Herzog sprechen, aus Angst, Gigging könnte von einem seiner Verwandten bei Hofe gewarnt werden.«

»Damals besaß ich das noch nicht«, sagte Veva und klopfte auf das dicke Papierbündel, das sie aus Augsburg erhalten hatte. »Ich habe diese Briefe mehrfach durchgelesen und bin zu dem Schluss gekommen, dass Franz von Gigging nicht nur meinen Bruder ermordet und meinen Mann gefangen genommen hat, sondern auch der Anführer der Oberländer Räuberbande sein muss. Der Herzog wird vor dieser Tatsache nicht die Augen verschließen können, zumal er – oder, besser gesagt, die Münchner Kaufherrenschaft in seinem Namen – eine Belohnung von fünfhundert Gulden für die Gefangennahme dieser Räuber ausgesetzt hat.«

»Und die wollt Ihr Euch verdienen?«, fragte der Schwab verdattert.

Veva bedachte ihn mit einem vernichtenden Blick. »Ich will meinen Mann retten, du Narr!«

Bei diesen harschen Worten zog der Knecht den Kopf ein und erinnerte sich daran, dass noch eine dringende Arbeit auf ihn wartete. Veva legte sich derweil die Worte zurecht, mit denen sie den Herzog dazu bewegen wollte, ihr zu helfen.

10.

Prielmayr hielt Wort. Noch am selben Tag erschien ein Bote des Herzogs bei Veva und teilte ihr mit, dass Herzog Wilhelm sie am übernächsten Vormittag zu empfangen gedenke. Er erklärte ihr allerdings auch, dass sie rechtzeitig bei Hofe erscheinen müsse, da der Herzog sich hinterher zur Jagd begeben wolle und nicht auf sie warten würde.

Veva wies den Schwab an, dem Boten ein gutes Trinkgeld zu geben, und rief nach Cilli und Lina. Sie benötigte ein Kleid, das für diesen Anlass geeignet war. Zwar konnte selbst der geschickteste Schneider nicht bis zum übernächsten Tag ein neues Gewand anfertigen, doch hoffte sie, dass Lina, die trotz ihres Alters und ihrer knotigen Finger noch erstaunlich geschickt nähen konnte, eines ihrer eigenen Kleider entsprechend herrichten würde. Eine Weile dachte sie darüber nach, was sie mit ihrer Tochter machen sollte, und entschloss sich dann, die kleine Elisabeth einfach mitzunehmen. Einer Frau mit einem Kind, die ihn um Hilfe bat, würde der Herzog wohl kaum die Unterstützung versagen, sagte sie sich und spornte ihr Gesinde an, ihr bei den Vorbereitungen zu helfen.

Als Veva am Tag der Audienz in einem der Innenhöfe der Residenz aus einer Sänfte stieg, trug sie die Tracht einer wohlhabenden Bürgerin, hatte aber auf jeden modischen Schnickschnack verzichtet. Zum einen galt sie für die übrige Welt als trauernde Witwe, und zum anderen wollte sie den Herzog, dessen reizbares Gemüt in der Stadt bekannt war, nicht durch überflüssigen Putz erzürnen.

Ein Lakai führte Veva, die ihre Tochter in einer Decke gehüllt auf den Armen trug, sowie den Schwab in das Innere der Residenz. Eigentlich hätte der Knecht bei den Sänftenträgern bleiben müssen, doch seine Herrin brauchte ihn, da sie neben ihrer Tochter nicht auch noch Hilarius' Berichte tragen konnte. Sie hatte dafür gesorgt, dass der Schwab manierlich angezogen war und mehr einem einfachen Bürger als einem schlichten Knecht glich.

Der Schwab war nicht wenig stolz auf das Vertrauen, das Veva in ihn setzte, und blickte seine Herrin bewundernd an. Sie erschien ihm nach der Geburt ihres Kindes schöner denn je, und er wünschte sich für sie, dass alles so enden möge, wie sie es sich erhoffte.

Im Innern des Gebäudes übergab der Lakai sie einem höheren Bediensteten. Dieser reichte sie an einen Höfling des Herzogs weiter, der sie schließlich in dasselbe Zimmer führte, in der Wilhelm IV. Arsacius Bart und Hilarius empfangen hatte. Der Herzog saß mit missmutiger Miene auf dem einzigen Sessel, denn er hatte die Jagd wegen Vevas Wunsch nach einer Audienz verschoben. Viel Zeit wollte er dieses Weibsbilds wegen nicht vergeuden und richtete, als Veva samt dem Kind in einen tiefen Knicks versunken war, sogleich das Wort an sie.

»Es freut mich, dass Sie die üble Tat gut überstanden hat und es auch Ihrem Kind gutzugehen scheint.« Er warf einen kurzen Blick auf den schlafenden Säugling, der ihm arg klein erschien. Ob das Ding durchkommen würde, bezweifelte er und beschloss daher, gnädig zu der Mutter zu sein. »Sie braucht keine Angst zu haben, dass Ihr übelwollende Menschen weiterhin schaden können. Dafür werden Wir sorgen!«

»Ich danke Euer Gnaden für Eure Gunst, bitte aber, in einer anderen Sache sprechen zu dürfen«, antwortete Veva.

Der Herzog musterte sie überrascht und sagte sich, dass sie seine Gunst rasch wieder verlieren würde, wenn sie ihn mit irgendwelchem Geschwätz von seinem Jagdausflug fernhielt.

Veva spürte seine wankelmütige Stimmung und gab dem Schwab einen Wink, neben sie zu treten. »Euer Gnaden, wie Ihr wisst, wurde nicht nur mein Ehemann, sondern auch mein Bruder Bartholomäus von üblen Schurken ermordet. Bislang konnten diese sich der gerechten Strafe entziehen.«

»Ich habe davon gehört«, sagte der Herzog knapp. Seine Miene verzog sich, und das hätte Veva warnen sollen, dieses Thema weiterzuverfolgen. Die genannte Bande stellte einen Dorn im Fleisch des Herrschers dar, an den er möglichst nur dann erinnert werden wollte, wenn einer seiner Vögte und Landrichter ihm berichten konnte, sie gefangen zu haben.

Da spielte Veva ihren ersten Trumpf aus. »Ich habe durch Freunde in anderen Städten Informationen erhalten, die die Identität des Anführers der Oberländer Bande aufdecken könnten.«

Den Herzog riss es förmlich von seinem Sessel. »Sie hat was?«

»Ich habe herausgefunden, wer für die Morde und die Überfälle auf etliche Handelszüge auch aus München verantwortlich ist.« Veva wusste, dass sie sich auf dünnes Eis begab. Wenn der Herzog ihren Beweisen keinen Glauben schenkte, hatte sie sein Wohlwollen verspielt. »Ich habe hier einen Bericht über die Überfälle und Mordtaten der Bande. Die von mir verdächtigte Person wurde vorher oder hinterher mehrfach in der Nähe beobachtet. Auch weiß ich von Zeugen, dass Doktor Portikus mit dem Mann, den ich für das Oberhaupt der Bande halte, über meinen Gatten gesprochen hat. Diesem Mann wird im Übrigen auch eine enge Verbindung zu Benedikt Haselegner nachgesagt, der bereits nach dem Mord an meinem Bruder versucht hat, meinem Vater eine Heirat mit mir abzupressen.« Nun, dachte Veva, wird es sich entscheiden. Entweder hält der Herzog alles für ein Hirngespinst und schickt mich weg, oder er will meine Beweise sehen.

Für Augenblicke schien Wilhelm IV. zu schwanken. Er strich sich mit der Hand über die Stirn, beugte sich plötzlich vor und fixierte Veva mit einem durchdringenden Blick. »Und weshalb nennt Sie den Namen nicht?«

»Weil ich nicht will, dass der Wind ihn weiterträgt und den, den ich meine, warnt!«

»Mit dem Wind meint Sie meine Höflinge und Bediensteten.« Der Herzog wusste selbst, wie rasch das, was in seiner Residenz gesprochen wurde, die Runde machte. Daher winkte er Veva, näher zu treten, und deutete auf sein rechtes Ohr. »Flüstere den Namen, dann hört ihn niemand außer mir.«

Veva trat mit klopfendem Herzen auf ihn zu, beugte sich vor und sprach den Namen aus. »Franz von Gigging!«

»Unmöglich!« Der Herzog lachte, brach aber mitten darin ab und packte sie bei der Schulter. »Hat Sie Beweise?«

»Ich habe sie bei mir. Wenn Ihr sie sehen wollt?«

»Natürlich will ich sie sehen!« Wilhelm schnaubte und nahm das Bündel Papiere entgegen, das ihm der Schwab auf Vevas Handzeichen hin reichte. Danach blieb es etliche Zeit still im Raum. Nur das Rascheln von Papier klang auf, wenn der Herzog ein Blatt weglegte, um das nächste zu lesen.

»Es sind keine Beweise, sondern nur Vermutungen«, sagte er, als er den von Hilarius zusammengestellten Bericht überflogen hatte. »Es ist zwar alles schlüssig formuliert, dennoch kann ich auf diese Zeilen hin keinen Edelmann schlimmer Taten beschuldigen oder ihn gar mit Krieg überziehen.«

»Dann bedaure ich, Euer Gnaden gestört zu haben. Wenn Ihr mir bitte den Bericht zurückgeben wollt!« Veva streckte die Hand nach den Papieren aus, doch der Herzog zog diese in einer instinktiven Bewegung zurück.

»Was wird Sie jetzt tun?«, fragte er misstrauisch.

»Da Euer Gnaden meine Beweise zu dürftig sind, werde ich nach Innsbruck reisen und dort um eine Audienz beim

Statthalter von Tirol ersuchen. Weil die Oberländer Bande auch in seinem Land geraubt und gemordet hat, wird er möglicherweise bereit sein, mir zu glauben.« Vevas Stimme klang kalt und fühlte sich für den Herzog wie eine Ohrfeige an.

»Sie wagt viel!« Während er es sagte, färbte sein Gesicht sich dunkel.

Veva begriff, dass sie ihn mit der Ankündigung, nach Innsbruck reisen zu wollen, in Zorn versetzt hatte, kannte aber nicht den Grund dafür.

Da ballte er die Fäuste, als wolle er sie schlagen, hieb aber nur auf die Lehne seines Sessels. Gleichzeitig versuchte er der widersprüchlichen Gedanken Herr zu werden, die in ihm tobten. Wenn Veva nach Tirol ging, würde es sich der dortige Statthalter nicht nehmen lassen, Giggings Besitz unter dem Vorwand, dieser sei ein übler Raubritter, an sich zu reißen. Es war gerade erst ein gutes Dutzend Jahre her, da hatte Kaiser Maximilian seinen Vater Albrecht um die Ämter Kufstein, Kitzbühel und Rattenberg gebracht und zudem verhindert, dass das Landshuter Erbe so, wie es durch einen heiligen Vertrag besiegelt worden war, nach dem Aussterben des Herrscherhauses im Mannesstamm zur Gänze mit Oberbayern vereinigt werden konnte. Jetzt noch einmal Land, und sei es auch nur ein kahles Bergtal, an die Habsburger zu verlieren war mehr, als er zu ertragen vermochte.

»Also gut, Weib. Sie hat gewonnen! Wir werden gegen diesen angeblichen Räuberhauptmann vorgehen. Sie sollte jedoch beten, dass Ihre Beweise der Wahrheit entsprechen. Sonst müsste Sie es hart entgelten.«

Veva knickste und drückte ihre Tochter an sich. »Ich danke Euer Gnaden und bitte Euch, dabeisein zu dürfen, wenn dies geschieht.«

»Mit einem Säugling im Arm?«, fragte der Herzog höhnisch. »Doch wenn Sie es wünscht, soll es geschehen.« Wilhelm befahl dem Lakaien, der an der Wand stehend auf seine Befehle wartete, Prielmayr zu holen, und wartete schweigend, bis dieser erschienen war. Er erklärte diesem kurz, was er zu tun hatte, und sah ihn mit funkelnden Augen an. »Bedenkt aber eines: Ich will nicht, dass es vorher Gerede gibt. Sonst mischt sich doch noch der Tiroler ein, und das würde ich sehr ungnädig aufnehmen.«

Prielmayr warf Veva einen erbosten Blick zu. Wie es aussah, hatte dieses Weib den Herzog dazu gebracht, ihn mit einem äußerst unangenehmen Auftrag zu betrauen. Da er sich jedoch nicht weigern durfte, trat er auf Wilhelm zu und verneigte sich. »Ich danke Euch für Euer Vertrauen, Euer Gnaden!« Diese Worte waren das genaue Gegenteil dessen, was ihm durch den Kopf schoss. Doch er nahm sich vor, sein Ansehen unter allen Umständen zu wahren, und wenn er dafür diese aufmüpfige Witwe über die Klinge springen lassen musste.

11.

Es war beinahe wie damals, fuhr es Veva durch den Kopf. Wie auf ihrer Reise nach Innsbruck, die so schrecklich geendet hatte, saß sie in einer von zwei Maultieren getragenen Sänfte und sah graue Bergriesen zum Himmel aufragen. Einen Unterschied gab es jedoch, und der bestand aus ihrer Begleitung. Statt in der Gesellschaft ihres Bruders und einer Handvoll Knechte befand sie sich nun mitten in einer stattlichen Schar Bewaffneter, die von dem Herzoglichen Rat Prielmayr angeführt wurde. Außerdem war da ihre Tochter, die eben mit bemerkenswert kräftiger Stimme meldete, dass sie gefüttert werden wollte.

Während Veva die Brust entblößte und die Kleine anlegte, erinnerte sie sich daran, wie Kreszenz sie überredet hatte, das Kind mitzunehmen. Da es zu früh geboren worden sei, könne es die Milch einer Amme auf keinen Fall vertragen, hatte die Hebamme ihr noch einmal eindringlich erklärt. Veva hätte Elisabeth gerne in München zurückgelassen, doch die Sorge um die Gesundheit ihrer Tochter wog nun einmal schwerer als ihre eigenen Wünsche.
Unterdessen zügelte Prielmayr sein Pferd und wartete, bis die Sänfte zu ihm aufgeschlossen hatte. »Wir werden Giggings Besitz bald erreichen«, rief er ihr durch den Vorhang zu.
Veva nickte, obwohl der Mann das nicht sehen konnte. »Gott sei Dank! Ich dachte schon, die Berge nähmen kein Ende.«
Prielmayr lächelte überlegen. Er war im Auftrag des Herzogs bereits in Rom gewesen und kannte daher das Gebirge. Die Strecke, die Veva so endlos erschien, erschloss ihnen nur einen winzigen Teil der Alpen. Sie hatten noch nicht einmal Tiroler Boden erreicht, und er gedachte auch nicht, diesen zu betreten. Der Schlag gegen Franz von Gigging musste schnell und ohne Aufsehen erfolgen, sonst kamen ihm die Dienstmannen der Habsburger zuvor.
»Wir haben genug Kriegsknechte bei uns, um mit Giggings Bande fertig zu werden, selbst wenn sie sich in dessen Burg verschanzen sollten.« Noch während Prielmayr es sagte, wanderte sein Blick zu einem Gestell, das von zwei kräftigen Pferden getragen wurde. Ein bronzefarbenes Rohr war mit festen Stricken darauf verzurrt worden. Es war so schwer, dass den beiden Pferden an steileren Stellen vor Anstrengung Schaum vors Maul trat. Andere Saumtiere trugen die Bettung des Geschützes sowie Pulver und säuberlich gedrehte Steinkugeln, die damit verschossen werden konnten. Das Kaliber hätte eine große Festung wohl kaum erschüt-

tert, doch Giggings Burg war alt und wurde mehr durch ihre Abgelegenheit geschützt als durch militärische Macht. Daher war Prielmayr sicher, dass seine Kanone zumindest das Tor aus den Angeln schießen und ihnen den Weg ins Innere bahnen konnte.

Veva verstand nichts von kriegerischen Dingen, doch der Schwab, der sie wie ein Schatten begleitete, hatte ihr bereits erklärt, mit welcher Wucht diese Waffe eine Burg beschießen konnte. Sie öffnete den Vorhang einen Spalt und sah hinaus. »Ihr habt gewiss recht, was die Zahl unserer Krieger betrifft, Herr Prielmayr. Trotzdem werde ich froh sein, wenn die Sache hinter uns liegt.«

»Ihr hättet nicht mitkommen müssen!« Prielmayr wusste noch immer nicht, was er von Veva halten sollte. Sie zeigte ihm gegenüber eine distanzierte Höflichkeit, hatte aber für die Kriegsknechte stets ein freundliches Wort übrig und war nicht knausrig, wenn es galt, ihre Lebensmittelvorräte zu ergänzen. Die Männer dankten es ihr und hatten auch ihre Tochter ins Herz geschlossen. Daher konnte er kaum glauben, dass es sich bei Veva um dieselbe Frau handeln sollte, die seinen Verwalter durch Drohungen gezwungen hatte, ihr Vieh und Vorräte zu überlassen.

Da es nicht mehr weit bis zum letzten Anstieg war, der vor Giggings Tal bewältigt werden musste, verabschiedete Prielmayr sich von Veva und kehrte wieder an die Spitze des Zuges zurück. Seinen Platz nahm nun der Schwab ein, dem vor allem eine Frage auf der Zunge lag. »Weshalb habt Ihr weder dem Herzog noch unserem Anführer gesagt, dass Euer Ehemann noch am Leben sein könnte?«

Veva lächelte versonnen ihre Tochter an. »Weil ich nicht wollte, dass Gigging erfährt, was ich weiß. Ich halte ihn für fähig, Ernst zu töten, nur um sich an mir zu rächen.«

»Besteht nicht die Gefahr, dass er es dennoch tut?« Damit sprach der Schwab die Angst aus, die auch Veva quälte.

»Ich vertraue darauf, dass wir überraschend vor seiner Burg erscheinen und er nicht mehr dazu kommt. Aus diesem Grund will ich mich erst sehen lassen, wenn die Burg genommen ist.«
Der Schwab schüttelte sich, als hätte ihn ein Eishauch gestreift. »Wenn das alles gutgeht, seid Ihr der Heiligen Jungfrau aber eine ganz große Kerze schuldig!«
»Sie wird sie bekommen!« Veva wusste, dass dieser Kriegszug nur Erfolg haben konnte, wenn ihr die himmlischen Mächte gewogen waren, und sprach schnell ein Gebet. Der Schwab hingegen starrte nach vorne. Giggings Besitz würde bald vor ihnen auftauchen, und so legte er die Linke an den Griff des Schwerts, das Prielmayrs Leute ihm geliehen hatten.
»Nicht nur die himmlischen Mächte, sondern auch wir müssen das Unsere dazu tun!«, sagte er und sah aus, als könne er es nicht erwarten, sich auf einen Feind zu stürzen.

12.

Franz von Gigging war so unruhig, dass es ihn nicht mehr in der Burg hielt. Er hatte das Gefühl, als zögen jenseits des Horizonts Gefahren auf, mit denen er nicht gerechnet hatte. Gleichzeitig ärgerte er sich über die Missstimmung unter seinen Männern, in deren Augen viel zu viel Zeit seit ihrem letzten Überfall verstrichen war. Obwohl die meisten von ihnen von ihrer bisherigen Beute genug gespart hatten, um sich einen ansehnlichen Bauernhof leisten zu können, verschwendeten sie keinen Gedanken an ehrliche Arbeit. Ein schlichtes Bauernleben reizte sie nicht mehr, denn sie hatten an dem wüsten Dasein Gefallen gefunden. Sie wollten ihre Hände in Seide und in Blut tauchen, Höfe überfallen, die Männer töten und den Frauen Gewalt antun. So mancher träumte davon, mit seinen Kameraden in voller Stärke die Jahrmärkte und Feste der umliegenden Städte heimzusuchen, um sich dort für echte oder eingebildete Beleidigungen zu rächen.

Immer unverhohlener forderten sie Gigging auf, mit ihnen auf Raubzug zu gehen. Für den Ritter, der sich lange Jahre als unumschränkter Herr seiner Untertanen und der Bandenmitglieder aus dem Umland gefühlt hatte, war dies eine neue Erfahrung. Als ihm der Kragen platzte, schlug er den lautesten Schreier mit blanker Faust zu Boden und setzte ihm das Schwert an die Kehle.

»Verdammtes Gesindel! Habt ihr vergessen, wer euer Anführer ist?«

»Unser Hauptmann bist du, aber derzeit sind wir mit dir nicht zufrieden!« Der Räuber sprach Gigging wie einen Gleichgestellten oder einen aus ihrer Mitte gewählten Anführer an, und nicht wie einen Edelmann, dem weder Tirol noch Bayern etwas zu sagen hatten.

Gigging knirschte vor Wut mit den Zähnen. Solange er die Bande in kurzen Abständen auf Raubzüge geführt hatte, waren sie seiner geringsten Geste gefolgt. Aber nun lag ihr letzter Überfall etliche Wochen zurück, und das ließ sie aufsässig werden. Dabei gab es genug zu tun. An der Burg war seit Jahren nichts mehr erneuert worden, und die alte Wehrmauer konnte jeden Augenblick in sich zusammenstürzen. Doch anstatt das Mauerwerk auszubessern, hatten seine Leute die Fässer mit dem erbeuteten Welschwein geleert und den Mägden nachgestellt.

Bei dem Gedanken fiel Gigging auf, wie gering die Zahl der Frauen auf seiner Burg geworden war. Den Schlampen, die sich hier noch aufhielten, war es gleichgültig, ob sich ein Dutzend Kerle nacheinander die Bäuche an dem ihren rieb.

Entsprechend faul waren sie, und das Essen, das sie auf den Tisch stellten, schmeckte trotz all der kostbaren Gewürze, die sie von den Handelszügen erbeutet hatten, einfach grässlich.

»Wir wollen eine Antwort hören, Herr Ritter!«, rief einer seiner Bauern, der seit Monaten keinen Pflug und keine Sense mehr angefasst hatte.

Gigging nahm sein Schwert von der Kehle des Kerls, den er gerade niedergeschlagen hatte, und schwang es gegen den Sprecher. »Da hast du deine Antwort, du Hund!« Mit einem sauberen Hieb trennte er ihm den Kopf von den Schultern und funkelte dann die anderen Kerle an. »Wagt es nie mehr, mich auf diese Weise zu reizen! Ich bin der Herr hier, und es geschieht alles so, wie ich es will, habt ihr verstanden?«

Seine Härte machte Eindruck auf die Männer, und sie wichen kleinlaut zurück. Dennoch war Gigging klar, dass sie in einigen Tagen erneut anfangen würden, sich zu beschweren. Die Männer waren wie Hunde, dic Blut geleckt hatten und nun immer mehr wollten. Wenn er nicht achtgab, würden sich bald die Ersten in die Büsche schlagen, um auf eigene Faust zu rauben.

Welch ein elendes Gesindel, fuhr es ihm durch den Kopf, ohne daran zu denken, dass er selbst sie auf diesen Weg geführt hatte. So wie bisher ging es jedoch nicht mehr lange weiter. Irgendwann würde einer der Amtmänner des bayrischen Herzogs oder des Statthalters von Tirol Verdacht schöpfen, und dann war es vorbei mit dem freien Räuberleben. Gigging dachte an Haselegner. Mit dem Geld dieses Pfeffersacks und seinem eigenen Beuteanteil würde er seine Heimat verlassen und sich im Fränkischen oder Thüringischen ankaufen. Hier wurde ihm der Boden unter den Füßen zu heiß. Aber er konnte nicht einfach darauf warten, bis Haselegner zahlte. Dies würden seine Männer niemals zulassen.

Daher musste er die Kerle so lange beschäftigen, bis er verschwinden konnte, ohne eine Spur zu hinterlassen. Das halb verschüttete Gebirgstal, welches sein Erbe darstellte, war es nicht wert, dass man ihm eine Träne nachweinte, auch wenn er hier so frei leben konnte wie sonst nirgends.

Mit einem Lächeln, das seine Männer hätte warnen sollen, wandte er sich zu ihnen um. »Ihr verdammten Lumpenhunde wollt Beute sehen? Dann werden wir welche machen! Auch holen wir uns ein paar Tiroler Weiber. Einige Wochen werden sie schon durchhalten, selbst wenn ihr den ganzen Tag nicht mehr von ihnen herunterkommt.«

Ein Jubelsturm antwortete ihm. Der Kamerad, den er eben erschlagen hatte, war ebenso vergessen wie ihre Aufsässigkeit.

Gigging lachte und wies mit einer unbestimmten Geste zum Tal hinaus. »Ich werde heute noch losreiten und nachsehen, wo sich eine lohnende Beute findet. Morgen werdet ihr mir folgen. Wir treffen uns bei der alten Eiche bei Brannenburg. Gebt aber acht, damit euch niemand mit diesen schlimmen Schurken in Verbindung bringt, die seit mehreren Jahren das ganze Umland unsicher machen!«

Wieherndes Gelächter erscholl, und Gigging spürte selbst, wie die Lähmung, die ihn seit der Entführung Ernst Rickingers erfasst hatte, von ihm wich. Er brauchte einen erfolgreichen Überfall nicht weniger als seine Männer. Außerdem erhöhte sich mit seinen Beuteanteilen die Wahrscheinlichkeit, dass er sich irgendwo als nobler Herr niederlassen konnte. Den Namen Gigging würde er ablegen müssen, aber zum Glück war es im Fränkischen möglich, zusammen mit Land und Dörfern auch einen neuen Namen zu erwerben.

Zufriedener als in den letzten Tagen ging er durch die Reihen seiner Männer, klopfte dem einen oder anderen auf die Schulter und befahl schließlich, sein Pferd und ein weiteres zu satteln. Obwohl die Männer sonst kaum noch einen Finger rührten, standen die Pferde im Handumdrehen bereit. Gigging stieg in den Sattel und bestimmte den größten Schreier zu seinem Begleiter, damit dieser während seiner Abwesenheit nicht die anderen aufhetzen konnte. Als er zum Tor hinaustrabte, glaubte er für einen Augenblick zu fühlen, dass er einer leuchtenden Zukunft entgegenritt.

Im Tal drehte er sich noch einmal um und musterte seine Burg. Um dieses alte Gemäuer brauchte er wahrlich nicht zu trauern. Zwar lebte seine Sippe hier seit mehr als dreihundert Jahren, doch reich geworden war keiner von ihnen. In einer Zeit, in der Geld und Gut im Grunde stärker zählten als edle Abkunft, hatten seine Ahnen sich stets für die falsche Seite entschieden. Er brauchte nur daran zu denken, dass Jakob Fugger, der lausige Enkel eines Webers, sich Fürst und Graf nennen durfte und so viel Geld besaß, dass er bei der nächsten Kaiserkür wohl aus einem spanischen König Carlos einen Kaiser Karl V. machen konnte. Die Pfeffersäcke hatten einfach zu viel Geld, und es war sein Recht, es ihnen abzunehmen.

Für einen Augenblick dachte er an den Gefangenen, mit dem er Haselegner erpresste. Im Grunde brauchte er Ernst Rickinger nicht mehr und überlegte daher, ob er seinen Begleiter nicht zurückschicken sollte, um den Kerl zu beseitigen. Dann aber sagte er sich, dass er dies bei seiner Rückkehr eigenhändig tun konnte. Mit einem Grinsen, das ebenso Haselegners Verzweiflung und wie seiner eigenen Schläue galt, ritt er weiter und erreichte kurz darauf den letzten Hof vor dem Taleingang. Hier waren nur noch die Altbäuerin und deren Schwiegertochter bei der Arbeit, zwei hässliche Frauen, deren Aussehen und die Tatsache, dass sie zu einem seiner Unteranführer gehörten, sie vor der Nachstellung durch andere Bandenmitglieder bewahrten. Die Männer, die von diesem Hof stammten, befanden sich oben auf der Burg, obwohl es auf den Feldern genug zu tun gegeben hät-

te. In früheren Zeiten hätte Gigging sie mit der Peitsche an die Arbeit getrieben. Nun aber zuckte er nur mit den Achseln. Die Vergangenheit konnte er nicht zurückholen, und wenn er es genau betrachtete, wollte er es auch nicht mehr.
»Komm weiter! Ich will heute noch nach Brannenburg kommen«, rief er seinem Begleiter zu und trieb sein Pferd an.
Schon bald aber mussten sie absteigen und die Tiere führen. Prompt fing der Knecht wieder an zu meckern. »Wir hätten uns längst ein anderes Versteck suchen sollen. Hier brauchen wir einen halben Tag, um aus diesem Loch herauszukommen.«
»Dafür hatten wir bis jetzt noch nie Verfolger am Hals. Denke daran, wie es anderen Banden ergangen ist. Nach zwei, drei erfolgreichen Überfällen hatten die Landrichter sie am Wickel«, wies Gigging ihn zurecht.
»Pah, wir sind weitaus schlauer, als diese Kerle es waren!«
Vor allem ich bin schlauer, dachte Gigging spöttisch. Ohne ihn wären die übrigen Bandenmitglieder längst am Galgen gelandet. Dieses Schicksal würde den meisten von ihnen ohnehin blühen. Sobald der Erste von ihnen gefangen war, würde er unter der Folter die Namen seiner Kumpane nennen, und dann ereilte die Strafe des Herzogs auch die anderen Mitglieder der Bande. Alle bis auf einen, schränkte Gigging lächelnd ein. Bis dorthin würde er bereits sehr weit weg und bald vergessen sein.
»Mich soll der Teufel holen, wenn da vorne keine Leute kommen!«, rief sein Begleiter plötzlich.
Gigging blieb stehen und lauschte. Tatsächlich erklang vor ihnen Hufschlag. Nun hörte er auch ein Pferd wiehern.
»Wahrscheinlich sind das Boten von ein paar Kaufherren, denen wir früher Vorspanndienste geleistet haben, um anzufragen, wo wir bleiben. Wenn wir es geschickt anstellen, können wir ihnen entlocken, welche Ware sie transportie-

ren, und sie unterwegs über die Klinge springen lassen.« Der Ritter klopfte lachend auf sein Schwert und eilte vorwärts, um so rasch wie möglich auf die Fremden zu treffen.

Als er die Anhöhe erreicht hatte, sah er sich einer größeren Schar gegenüber, die von der anderen Seite heraufkam. Es waren jedoch keine Boten von Handelsherren, sondern Kriegsknechte in den bayrischen Farben. Gigging starrte verdattert auf den Anführer, einen Edelmann, der sich mit einem Brustharnisch, einem spanischen Helm und einem langen, am Sattel hängenden Schwert kriegerisch gerüstet hatte.

»Was haben die denn hier zu suchen?«, rief sein Begleiter erschrocken.

Die Frage stellte Gigging sich ebenfalls. Da es hinter ihm nur das halb verschüttete Tal mit seinem kümmerlichen Besitz gab, musste dieser das Ziel der Bewaffneten sein.

Im ersten Augenblick wollte der Ritter sein Pferd wenden und in seine Burg fliehen. Dann aber sagte er sich, dass er die Ankömmlinge damit nur misstrauisch machen würde. Aus diesem Grund wartete er, bis deren Anführer bis auf wenige Schritte herangekommen war.

»Gott zum Gruß, Prielmayr. Hat Euch der Herzog etwa auf eine Mission geschickt? Dann seid Ihr aber gewaltig in die Irre geritten. Hinter mir ist nämlich die Welt zu Ende.«

Es klang so freundlich, dass der Höfling unsicher wurde und an Vevas Verdacht zu zweifeln begann. »Ich soll dem Befehl Seiner Gnaden, Herzog Wilhelms, zufolge in diesen Bergen der sogenannten Oberländer Bande nachspüren. Einige ihrer Mitglieder sollen in dieser Gegend gesehen worden sein.« Prielmayr wollte schon über seinen Auftrag lachen, da bemerkte er, dass Giggings Gesicht sich entfärbte.

Haselegner hat mich verraten, sonst wüsste Prielmayr nicht, wo die Bande zu finden ist, durchfuhr es den Raubritter. Er verfluchte in Gedanken seinen einstigen Partner, der sich vom Herzog gewiss einen Generalpardon hatte geben lassen. Vielleicht hatte Wilhelm IV. ihm auch gleich die Ehe mit Veva Rickinger gestiftet. Mit einer gewissen Schadenfreude fragte Gigging sich, was die Frau, aber auch die Bürger und die Geistlichkeit von München sagen würden, wenn auf einmal der verschollene erste Ehemann wiederauftauchte.

Solche Überlegungen halfen ihm im Augenblick jedoch nicht weiter. Daher setzte er ein überhebliches Lächeln auf. »Ihr verfolgt die Oberländer Bande? Dann wünsche ich Euch viel Erfolg. Ihr wärt der Erste, der einen dieser Räuber fangen könnte.«

Gigging sah Prielmayr an, dass dieser sich nicht wohl in seiner Haut fühlte. Sollte er diesen an seiner eigenen Wichtigkeit erstickenden Höfling verunsichern und zur Umkehr bewegen? Oder war es besser, ihn mit Worten einzulullen, so dass er ihm den Weg freigab? Im zweiten Fall würde er die in der Burg angesammelte Beute im Stich lassen müssen und nach deren Entdeckung fürderhin als vogelfrei gelten. Eine andere Möglichkeit sah er jedoch nicht, denn der Weg aus dem Tal wurde durch Dutzende Krieger und Saumtiere versperrt.

Prielmayr fragte sich noch immer, ob Veva den Ritter nicht doch fälschlich angeschuldigt hatte oder ob dieser so abgebrüht war. Nach kurzem Überlegen entschied er sich, erst einmal mit dem Mann zu reden. »Unser Herzog ist zornig, weil diese Räuber gute Untertanen umgebracht und dem Handel der Stadt München und anderer Städte Bayerns schwer geschadet haben. Da ist es kein Wunder, dass er die Schurken am Galgen sehen will!«

»Das kann ich mir vorstellen!« Da Prielmayr keine Feindseligkeit zeigte, begann Gigging zu hoffen, sein Name sei noch nicht mit der Oberländer Bande in Verbindung gebracht worden, und streckte dem Höfling lachend die Hand

hin. »Dann wünsche ich Euch Glück bei Eurer Suche, mein Freund.«
Dies war der Augenblick, in dem Prielmayr zu der Überzeugung kam, dass die Rickingerin wohl doch einer falschen Spur gefolgt sei, und er wollte Befehl geben, Gigging und dessen Begleiter passieren zu lassen.
In dem Augenblick kam Veva den Hang hoch und blieb vor Gigging stehen.

13.

Veva hatte bemerkt, dass der Trupp auf freier Strecke anhielt, konnte aber nicht feststellen, woran das lag. Als es nicht weiterging, verließ sie kurzerhand die Sänfte und stieg mit dem Kind auf dem Arm den Passweg hoch. Erst als sie die Kuppe fast erreicht hatte, entdeckte sie Franz von Gigging und erkannte ihn auch an jener Geste, die sie schon bei dem Räuberhauptmann mit der hölzernen Maske bemerkt hatte. Sein Waffenknecht gehörte zu jenen, die ihn nach Augsburg begleitet hatten. Mit versteinertem Gesicht trat sie auf die Männer zu und funkelte den Ritter voller Hass an.
»Da habt Ihr den Anführer der Räuber, Herr Prielmayr«, sagte sie zu dem Höfling. Bevor dieser etwas sagen konnte, antwortete Gigging mit einem falschen Lachen.
»Ich und ein Räuber? Weib, dir hat wohl deine Niederkunft die Sinne getrübt.«
»Wollt Ihr etwa abstreiten, dass Doktor Portikus Euch Geld dafür geboten hat, meinen Mann zu ermorden? Dafür gibt es Zeugen!«, antwortete Veva zornerfüllt.
Gigging verfluchte in Gedanken den Geistlichen, der ihn

in Augsburg gedrängt hatte, Ernst Rickinger zu töten. Noch während er überlegte, wie er sich aus dieser Klemme winden konnte, stieß sein Begleiter einen gotteslästerlichen Fluch aus. »Du verdammter Hund! Du hast von dem Priester Geld für die Sache bekommen und es nicht mit uns geteilt?«

Der Ritter hätte am liebsten das Schwert gezückt und seinen Gefolgsmann auf der Stelle mundtot gemacht. Doch trotz der verräterischen Worte gab er sich noch nicht geschlagen. »Ich habe Rickinger nicht des Geldes wegen getötet. Der Mann hat mich beleidigt, und es war mein Recht, ihn dafür zu bestrafen!«

Prielmayr schüttelte langsam den Kopf. »Wegen Rickingers Tod werdet Ihr Euch vor Gericht verantworten müssen, Gigging!«

»Und auch wegen des Mordes an meinem Bruder! Es hat gedauert, bis meine Erinnerung zurückgekehrt ist, doch mittlerweile bin ich davon überzeugt, dass Ihr und Männer Eurer Bande auch diese Schandtat begangen habt!« Veva fühlte weniger Triumph als Trauer, denn der Schmerz um Bartl, der nie ganz vergangen war, erfasste sie von neuem, so dass ihr die Tränen in die Augen stiegen.

Gigging schwirrte der Kopf. Nicht durch Haselegners Verrat, auch nicht durch die Schlauheit eines bayrischen Landrichters war er entdeckt worden, sondern durch eine rachsüchtige Frau. Er hätte damals auf Haselegner pfeifen und Veva seinen Kerlen als Beute vorwerfen sollen. Stattdessen hatte er das Weibsstück für einen lumpigen Kaufmann geschont. Mit noch mehr Wut erfüllte ihn der Gedanke, dass Veva wie zur Belohnung jetzt auch noch ihren Ehemann befreien würde.

Er starrte die Frau an, die mit dem Kind im Arm an eine Madonnenstatue gemahnte, und fühlte das Blut heiß durch seine Adern rinnen. Sie allein war am Scheitern all seiner

Pläne schuld, und dafür musste sie bezahlen. Rasch zog er sein Schwert, holte aus und führte einen scharfen Hieb gegen Veva.

Prielmayr nahm die Bewegung früh genug wahr und versetzte der Frau einen Stoß. Während Veva zu Boden fiel und verzweifelt versuchte, ihr Kind zu schützen, traf Giggings Klinge den Brustpanzer des Herzoglichen Rates und durchschlug ihn. Dieser spürte, wie die Klinge in sein Fleisch schnitt und wollte noch die eigene Waffe ziehen. Seine Hand gehorchte ihm jedoch nicht mehr, und so musste er wehrlos mit ansehen, wie Gigging erneut ausholte.

Zu einem zweiten Schlag kam der Raubritter nicht mehr, denn einer von Prielmayrs Kriegsknechten rammte ihm die Pike in den Leib. Gigging brach ächzend zusammen und starrte den Herzoglichen Rat so hasserfüllt an, als hoffe er, dieser würde vor seinen Augen das Leben aushauchen.

Obwohl Prielmayr stark blutete, kam er mit Hilfe eines seiner Knechte wieder auf die Beine und atmete erst einmal tief durch, bevor er zu sprechen begann. »Ihr seid eine heimtückische Ratte, Gigging, und nicht wert, einen adeligen Namen zu tragen!«

Er spie vor dem Raubritter aus und wandte sich dann Veva zu, die sich mit bleichem Gesicht, aber sonst unversehrt wieder aufgerafft hatte. »Ich bitte Euch um Vergebung, Frau Rickingerin, weil Ihr und Euer Kind durch meine Unvorsichtigkeit in Gefahr geraten seid. Doch ich habe nicht erwartet, dass ein Edelmann sein Schwert gegen Euch erheben würde. He, ihr da«, sein auffordernder Blick traf einige der Kriegsknechte, »bindet diesen Schurken und seinen Kumpan!«

Giggings Begleiter hatte dem Ganzen starr vor Schreck zugesehen und wendete nun sein Pferd, um zurückzureiten und die Männer auf der Burg zu warnen. Doch er war nicht schnell genug. Vier Waffenknechte stürzten auf ihn zu und

umringten ihn. Während einer nach den Zügeln des Pferdes griff, packten ihn die anderen und rissen ihn aus dem Sattel. Unterdessen hatte Veva ihr Töchterchen sorgfältig untersucht, um festzustellen, ob es Schaden genommen habe. Doch das Kind, das im ersten Schreck durchdringend geschrien hatte, öffnete die Augen und lächelte.
»Ihr ist nichts geschehen«, sagte sie zu Prielmayr.
Dieser nickte grimmig. »Wäre es anders, hätten wir Gigging und seinen Spießgesellen auf der Stelle erschlagen.« Dann erinnerte der stechende Schmerz ihn an seine Wunde, und er fuhr seinen Leibdiener an. »He, du, was stehst du herum und starrst Luftlöcher? Siehst du nicht, dass ich blute wie ein Schwein? Hol den Feldscher, damit er mich verbindet!«
»Er muss mich ebenfalls versorgen«, stieß Gigging keuchend hervor. »Außerdem brauche ich einen Priester, damit er mich vor den Toren der Hölle zurückreißt. Luzifer wartet bereits auf mich. Ich will nicht in die ewige Verdammnis. Lieber Herr Jesus, hilf!«
Gigging schrie und kreischte so, dass die Männer vor ihm zurückwichen. Unterdessen hatten zwei Bewaffnete den Herzoglichen Rat von seinem Panzer und den Armschienen befreit, und der Feldscher des Trupps begann, ihn zu verarzten.
Veva sah ihm ein paar Augenblicke lang zu und schüttelte dann den Kopf. »Bei Gott, hältst du den Herrn für ein Schwein, das du abstechen willst? So fügst du ihm nur noch mehr Schmerzen zu! Komm, lass mich das machen. Kümmere du dich um den Schuft da. Ich will nicht, dass Gigging sich aus dem Leben davonstiehlt, bevor ich ihn am Galgen baumeln sehen kann.«
Als Veva Prielmayr verbunden hatte, dessen Wunde weniger tief war, als das viele Blut hatte vermuten lassen, atmete dieser auf. »Ich danke Euch, dass Ihr Euch meiner angenommen habt. Eure Hände sind wahrlich sanfter als die

unseres Feldschers. Aber jetzt solltet Ihr wieder in Eure Sänfte steigen. Ich will weiterziehen, um Giggings Besitz so bald wie möglich zu erreichen. Sind wir erst einmal dort, wird ihn uns kein Tiroler mehr streitig machen, denn der einzige Weg dorthin führt über bayrisches Land!«

Veva wusste zu wenig über Politik, um zu begreifen, wie stark die Demütigungen, die die bayrischen Herzöge immer wieder vom Haus Habsburg hatten hinnehmen müssen, Wilhelm IV. das Leben verbitterten. Der Gedanke, es den Herren von Österreich und Tirol wenigstens diesmal zeigen zu können, trieb Prielmayr an, und er setzte den Weg trotz seiner Verletzung fort.

Da Veva viel zu aufgewühlt war, um in die Sänfte steigen zu können, reihte sie sich am Ende des Zuges ein und schritt neben dem Schwab her. Dabei betete sie so intensiv wie noch nie in ihrem Leben zur Heiligen Jungfrau und dem Jesuskind, damit diese ihre schützende Hand über Ernst hielten. Ihr Blick streifte mehrmals die primitive Trage, auf der Franz von Gigging mitgeschleppt wurde, und sie wünschte sich, ihn nach Ernst fragen zu können. Der Raubritter war jedoch entweder in eine tiefe Bewusstlosigkeit gefallen oder tat zumindest so.

14.

Die Kriegsknechte erreichten Giggings Besitz, ohne dass jemand auf sie aufmerksam geworden war. Die beiden Weiber, die im vorderen Hof arbeiteten, sahen den Trupp als Erste und zogen sich sogleich ins Haus zurück. Als die jüngere Frau es durch die Hintertür verlassen wollte, hielt die Alte sie auf.

»Lass das! Oder glaubst du, du könntest schneller laufen als die Soldaten? Sie würden dich einfangen und als Komplizin der Räuber vor Gericht stellen.«
»Aber mein Mann! Und der deine ...«, rief die Junge entsetzt.
Ihre Schwiegermutter schlug das Kreuz. »Ich wusste von dem Tag an, an dem sie zum ersten Mal mit dem Ritter zu einem Raubzug aufgebrochen sind, dass es so enden würde. Das Räuberleben hat beide verdorben. Den ganzen Winter über haben sie keinen Handgriff getan, und die Aussaat mussten wir beide allein bewältigen. Komm mit! Wir vergraben alles, was sie an Beute auf den Hof gebracht haben, und wenn uns jemand nach den Räubereien fragt, wissen wir von nichts.«
Die jüngere Frau überlegte kurz und nickte. »Du hast recht. Es war kein gutes Leben mehr, seit der Herr begonnen hat, zu rauben und zu morden!«
Die beiden Weiber knieten vor dem Kruzifix nieder, das noch mit den Palmkätzchen vom Osterfest geschmückt war, und sprachen ein Gebet. Dann vergruben sie alles, was nicht bei ihnen gefunden werden durfte, und hofften, dass der Sturm, der über das Tal gekommen war, sie verschonen möge.

15.

Vevas Trupp kam fast bis auf hundert Schritt an die Burg heran, als es den Räubern endlich gelang, die Tore zu schließen. Danach versammelte sich fast die gesamte Bande auf der Wehrmauer und starrte den Bayern entgegen.

»Wo kommen die denn her?«, fragte einer erschrocken.
»Mich interessiert mehr, was sie von uns wollen«, rief ein anderer aus.
»Ausgerechnet jetzt muss der Herr weg sein. Er hätte uns sagen können, was wir tun sollen.«
Die Männer sahen einander auffordernd an, doch keiner war bereit, in dieser Situation die Verantwortung zu übernehmen. Schließlich wandten einige ihre Blicke nach hinten auf die in die Höhe strebenden Felswände. Auch wenn dieser Fluchtweg gefährlich war, erschien er ihnen besser, als von den Kriegsknechten erschlagen oder gefangen genommen zu werden.
Leise, um die übrigen Kameraden nicht auf sich aufmerksam zu machen, schlichen etliche Räuber davon, öffneten die Pforte im hinteren Teil der Burg und strebten, so schnell sie es vermochten, auf die Felswand zu.
Prielmayr entdeckte sie jedoch und erteilte seinen Armbrustschützen den Befehl, den Schurken zu folgen und sie nicht entkommen zu lassen. »Ihr anderen«, rief er dem Rest seiner Soldaten zu, »sorgt dafür, dass unsere Kanone bald zu schießen beginnt. Oder glaubt ihr, die Kerle öffnen uns freiwillig das Tor?«
Lachen antwortete ihm, und während die Armbrustschützen die Burg umgingen, luden die übrigen Soldaten das Bronzerohr ab und bauten das in Einzelteilen transportierte Untergestell der Kanone zusammen.
Da Veva den Männern nicht im Weg stehen wollte, ging sie ein wenig beiseite und setzte sich auf einen Felsbrocken, den die Sonne angenehm erwärmt hatte. Der Schwab gesellte sich zu ihr und umklammerte den Schwertgriff, um sie gegen jede Gefahr zu verteidigen. Seine Kriegskünste wurden jedoch nicht benötigt, denn weder machten die in der Burg verbliebenen Räuber einen Ausfall, noch reichten die Bolzen der Armbrüste, die die Verteidiger in der Rüst-

kammer der Burg gefunden hatten, weit genug, um Veva zu bedrohen.

Mittlerweile begriffen die Schurken, die über die Berge fliehen wollten, dass dies ein vergebliches Unterfangen war. Zwar hatten sie zunächst einen ordentlichen Vorsprung zu ihren Verfolgern gewonnen, doch während sie mühsam die fast senkrechte Felswand hochkletterten, blieben die Armbrustschützen unten stehen und schossen auf die Fliehenden. Ihre Bolzen trafen gut, und so stürzte ein Räuber nach dem anderen in die Tiefe. Die, die zu hastig versuchten, aus der Reichweite der Geschosse zu kommen, griffen in der Eile fehl und stürzten ebenfalls ab. Nur zwei Männern gelang es, den Armbrustschützen zu entkommen. Doch vor ihnen lagen noch mehrere hundert Ruten, die sie bis zum Kar bewältigen mussten, und auf der anderen Seite wartete eine Felswand auf sie, die teilweise überhing und daher noch gefährlicher war als die, die sie gerade bewältigt hatten.

Die in der Burg verbliebenen Räuber standen immer noch auf der Wehrmauer. Zu ihnen hatte sich jetzt auch der Mann gesellt, der Ernst bewachen sollte. Da er als Giggings Vertrauensmann galt, richteten sich die Blicke auf ihn.

»Was sollen wir tun?«, fragte ihn einer seiner Kumpane.

»Ich will lieber im Kampf sterben, als von den Folterknechten geschunden zu werden«, erklärte Ernsts Bewacher.

Einige Räuber nickten, doch der Rest wich zurück. Die meisten von ihnen hatten Männer und Frauen bei den Überfällen getötet. Doch überraschend aus dem Unterholz aufzutauchen und zuzuschlagen, bevor die Überfallenen sich zur Wehr setzen konnten, war etwas anderes, als sich unverhofft einem Trupp erfahrener Waffenknechte gegenüberzusehen, deren Zahl die ihre um ein Mehrfaches überstieg.

»Gleich ist ihr Geschütz schussbereit. Hoffen wir, dass

die Mauer hält!« Der Sprecher beäugte die Wehranlage mit einem zweifelnden Blick.

Ihr neuer Anführer erkannte jedoch, dass die Kanone genau auf das Tor gerichtet war. Das bestand zwar aus Eichenholz und war mit eisernen Beschlägen verstärkt. Allerdings waren diese verrostet und würden gewiss nicht lange standhalten. Daher reizte es ihn, mit dem Schwert in der Hand einen Ausfall zu wagen, um so viele der Angreifer wie möglich mit in den Tod zu nehmen. Doch als er das seinen Kumpanen vorschlug, war rasch klar, dass ihm kaum jemand folgen würde.

»Wenn ihr nicht wollt, teilen wir uns eben auf und verstecken uns. Sobald die Bayern die Burg gestürmt haben, schleichen wir uns hinter ihrem Rücken ins Freie und suchen das Weite. Vorher will ich mir in der Schatzkammer des Ritters meinen Beutel füllen.«

Kaum hatte er das gesagt, da stürmten die anderen bereits die Treppe in den Burghof hinab und rannten auf das Hauptgebäude zu. An der Tür schlugen sie sich darum, wer als Erster Giggings Schätze plündern durfte. Mit einem Achselzucken folgte Ernsts Bewacher ihnen. Als er an seinen Gefangenen dachte, fragte er sich, ob er noch schnell in den Kerker hinabsteigen und diesem das Lebenslicht ausblasen sollte. Er verwarf den Gedanken jedoch rasch. Seine Kumpane würden in der Zwischenzeit so viel von Giggings Gold an sich raffen, dass für ihn selbst nichts mehr übrig bliebe. Mit einem Fluch rannte er hinter den anderen her und schlug sich kurz darauf ebenfalls um einen Platz an der großen Kiste, in der ihr Hauptmann das erbeutete Gold aufbewahrt hatte.

16.

Unterdessen bemerkte einer der Armbrustschützen, dass die in die Berge geflohenen Räuber die rückwärtige Pforte der Burg hatten offen stehen lassen, und meldete es Prielmayr. Dieser schickte drei Dutzend Kriegsknechte los, die ungesehen die Burg betreten konnten. Während einige von ihnen das Haupttor für ihre Kameraden öffneten, drangen die übrigen, angelockt von dem Gebrüll der streitenden Räuber, in den Palas ein und fanden die Schurken allesamt in Giggings Schatzkammer versammelt. Bevor die Kerle begriffen, wie ihnen geschah, schlug einer der Bayern die Tür zu und schob die schweren Riegel vor.

»Ich glaub, jetzt haben wir sie im Sack!«, meinte er grinsend zu seinen Kameraden.

»Das kannst du laut sagen«, lobte ihn sein Unteroffizier und schüttelte dann den Kopf. »Was für ein Gesindel! Wollten die doch glatt ihren Raub einpacken und damit verschwinden, anstatt auf ehrliche Weise die Klingen mit uns zu kreuzen!«

»Mir ist es so lieber. Sonst hätte es vielleicht doch den einen oder anderen von uns erwischt.«

Der Unteroffizier klopfte ihm auf die Schulter. »Mir auch!« Er machte kehrt, um seinem Kommandeur die Einnahme der Burg zu melden.

Trotz seiner Verletzung ließ Prielmayr es sich nicht nehmen, als Sieger in die Burg einzureiten. Er brauchte allerdings zwei Männer, die ihm aus dem Sattel halfen. Als er erfuhr, dass die verbliebenen Räuber in der Schatzkammer eingesperrt worden waren, wollte er seinen Unteranführer tadeln.

Der winkte jedoch ab. »Die werden bald merken, dass man Gold nicht essen und Silber nicht trinken kann, und freiwillig herauskommen. Die Hauptsache ist doch, dass uns keiner von den Vögeln entwischt ist.«

Er brachte es so drollig vor, dass Prielmayr lachen musste.

»Da hast du auch wieder recht. Auf alle Fälle haben wir das Räubernest ausgehoben. Der Herzog wird mit uns zufrieden sein.«

»Wir sind schon auch zufrieden, Herr Rat. Die Oberländer waren eine elende Bande. Die haben meinen Schwager umgebracht, der Fuhrknecht beim Impler war. Es freut mich, meiner Schwester jetzt sagen zu können, dass ich dabei war, als seine Mörder gefangen genommen wurden!«

Prielmayr sagte sich, dass nicht nur sein Unteranführer, sondern auch der Herzog und die gesamte Münchner Kaufmannschaft über das Ende dieser Bande erleichtert sein würden. Vielleicht waren die Pfeffersäcke sogar bereit, ihm eine entsprechende Belohnung dafür zu geben, oder wenigstens einen Kredit zu guten Bedingungen. Bei dem Gedanken erinnerte er sich an Veva. Er wandte sich suchend zu ihr um und sah, wie sie gerade die Burg betrat.

Zwischen fiebriger Erwartung und der Angst schwankend, im letzten Augenblick enttäuscht zu werden, sah Veva sich um. Aus dem Eingang des Hauptgebäudes hörte sie die fröhlichen Stimmen der Waffenknechte, die ihren Sieg feierten. Ihr Blick blieb an einer kleinen Pforte haften, die ebenfalls weit geöffnet war. Dahinter führte eine Treppe in die Tiefe. Wie von einer inneren Stimme getrieben ging sie darauf zu und sah oben auf der Treppenkante eine Laterne stehen, deren Unschlittkerze noch brannte. Also war erst vor kurzem jemand von unten heraufgekommen und hatte sich nicht die Mühe gemacht, die Laterne wegzuräumen.

Kurz entschlossen legte Veva ihre Kleine in die Arme des Schwab, nahm die Laterne an sich und stieg die Stufen hinab. Unten kam sie in einen Raum, in dem in einer Ecke ein Tisch, ein paar Stühle und ein schlichtes Bett standen. Von hier aus führten mehrere Türen in angrenzende Kammern. Bis auf eine waren sie unverschlossen. Diese aber hatte man mit einem doppelten Riegel gesichert. In die Tür waren zwei Klappen eingelassen, eine etwa in Augenhöhe und eine unten in der Ecke.

Veva öffnete die obere, sah aber dahinter nur Dunkelheit. Leise Geräusche zeigten ihr jedoch an, dass sich jemand in dem Raum befinden musste. Mit zitternden Fingern griff sie zum ersten Riegel und zerrte daran. Doch erst als sie die Laterne auf den Boden gestellt hatte und mit beiden Händen zog, glitt der Riegel zurück. Sie löste auch den zweiten, hob die Laterne auf und öffnete die Tür.

In dem nach vorne fallenden Lichtschein sah sie einen Mann in schmutzverkrusteter Kleidung, der die rechte Hand schützend vor die geblendeten Augen hielt. Trotz seines wuchernden Vollbarts erkannte sie Ernst auf Anhieb. Die Laterne fiel ihr aus der Hand, zerbrach aber nicht. Dann eilte sie auf ihren Mann zu und schlang die Arme um ihn.

»Ernst! Ich wusste, dass du noch lebst!«

17.

Ernst hatte weder wahrgenommen, dass sein Bewacher verschwunden war, noch die Eroberung der Burg bemerkt. Als die Riegel zurückgezogen wurden, nahm er an, es wären Räuber. Da sein Eimer erst am Vortag geleert worden war, fürchtete er, sie kämen nun doch, um ihn zu töten. Stattdessen trat eine Frau in die Zelle, die so wunderschön war wie ein Engel. Als sie ihn umarmte und er ihre Stimme vernahm, glaubte er zuerst, er schlafe und befände sich in einem angenehmen Traum.

Dafür aber hielt sie ihn zu fest umschlungen.
»Veva!« Es klang wie ein Hauch, und er sah sie an, als könne er es nicht glauben. Gleichzeitig packte ihn die Angst, seine Frau könnte ebenfalls eine Gefangene dieser Schurken geworden sein.
»Wie kommst du hierher?«
Veva ließ ihren Freudentränen freien Lauf, hob dann aber den Kopf und berührte mit den Händen sein Gesicht. »Wir haben Gigging gefangen gesetzt und seine Burg eingenommen! Mein Lieber, du bist frei!«
»Frei!« Das Wort hallte in Ernsts Gedanken nach, und er schüttelte den Kopf. Seine Frau spürte, dass sein Geist durch die wochenlange Gefangenschaft noch gelähmt war. Daher fasste sie ihn unter und zog ihn mit sich.
»Komm! Oben wartet jemand, der dich unbedingt kennenlernen will.«
Unter freiem Himmel angekommen, sah Ernst als Erstes den Schwab, der ihn mit leuchtenden Augen ansah und nur durch die kleine Elisabeth gehindert wurde, ihn ebenfalls in die Arme zu schließen. Dann wanderte sein Blick weiter zu dem Bündel, das der Knecht in den Armen hielt.
»Das ist deine – oder, besser gesagt, unsere Tochter«, erklärte Veva, während Ernst das kleine Wesen ungläubig anstarrte.
»Sie ist so winzig«, flüsterte Ernst leise, als habe er Angst, die Kleine zu wecken.
»Sie wurde zwei Monate zu früh geboren, doch Kreszenz sagt, sie sei zäher als andere Kinder und wird einmal eine hübsche junge Frau werden.«
Vevas ganzer Stolz schwang in ihrer Stimme. Auch der Gesichtsausdruck des Schwab verriet Ernst, dass die beiden keine kritischen Worte über das Kind hören wollten. Doch wie könnte er auch etwas Abwertendes über das winzige Ding sagen. Es war seine Tochter, die Veva ihm geschenkt

hatte, und seine Frau hatte es nach seinem Verschwinden gewiss nicht leicht gehabt. »Sie ist wunderschön, ebenso wie du. Ich würde sie gerne einmal in den Armen halten!«
Ernsts Sehnsucht rührte Veva, und sie wollte ihm das Kind schon geben. Dann aber fiel ihr Blick auf sein vor Dreck starrendes Gewand, und sie schüttelte den Kopf. »Das wirst du auch, mein Lieber, aber erst, nachdem du gebadet hast. So bist du für Elisabeth zu schmutzig.«
Während Ernst lachte, zog der Schwab die Kleine zurück, als Veva danach greifen wollte. »Auch Ihr solltet baden, Herrin. Denn wie es aussieht, habt Ihr Herrn Ernst umarmt, und dabei ist einiger Dreck an Euch haften geblieben.«
»Da hast du auch wieder recht. Kommt, lasst uns schauen, ob es hier in der Burg einen Bottich gibt, der für uns geeignet ist, und dafür sorgen, dass wir warmes Wasser bekommen.« Veva wandte sich dem Eingang des Palas zu und winkte einen der Kriegsknechte heran. Doch noch bevor sie diesem die entsprechenden Anweisungen geben konnte, kam ihr Prielmayr entgegen. Er sah Ernst, rieb sich über die Augen und schüttelte verwirrt den Kopf.
»Ist es möglich? Aber Ihr solltet doch tot sein!«
»Tot?« Im ersten Augenblick erschrak Ernst, dann aber erinnerte er sich, dass die Schurken ihm seine Kleidung geraubt und dafür ein paar blutigen Fetzen gegeben hatten.
»Unser Herrgott im Himmel, und du hast es geglaubt?«, fragte er Veva und schlug das Kreuz.
»Der Tote, den man uns ins Haus gebracht hat, war schrecklich zugerichtet und im Grunde nicht mehr zu erkennen. Aber Lina, dem Schwab und mir sind bald Zweifel gekommen. Seitdem habe ich alles versucht, um herauszufinden, ob du noch lebst und wo ich dich finden könnte. Und das ist mir gelungen!« Veva Gesicht glühte vor Erleichterung und Freude, und selbst der Herzogliche Rat Prielmayr nickte wohlwollend.

»Das hat Euer Weib wahrlich, Rickinger. Sie hat sogar dem Herzog gedroht, nach Tirol zu gehen, wenn er ihr nicht helfen würde.«

»O Veva, du hast so viel Mut! Ich weiß nicht, ob ich das überhaupt wert bin, denn ich habe mich von diesen Schurken fangen lassen wie ein heuriger Hase.« Beschämt sah Ernst zu Boden.

Veva achtete jedoch nicht darauf, sondern fragte Prielmayr, ob er dafür sorgen könne, dass für ihren Mann und sie ein Bad bereitet werde.

»Ich werde einigen meiner Knechte befehlen, Wasser heiß zu machen und einen Bottich zu beschaffen. Zwar haben wir in der Burg ein paar Weiber aufgegriffen, doch die sind so schmutzig und abstoßend, dass ich Euch nicht zumuten will, Euch von denen bedienen zu lassen. Übrigens haben wir bereits die ersten Beweise für Giggings Räubereien gefunden und werden gewiss noch mehr erfahren, wenn wir die letzten Schurken aus Giggings Schatzkammer herausgeholt haben. Dazu allerdings müssen die Kerle erst einmal ein wenig hungern und dürsten!« Prielmayr lachte und winkte seinen Unteroffizier heran, damit dieser sich Vevas und Ernsts annehmen sollte. Er selbst kehrte in den Palas zurück und suchte die Kammern auf, die Franz von Gigging bewohnt hatte, um nach weiteren Beweisen für dessen Umtriebe zu forschen.

Ernst hingegen freute sich darauf, den stinkenden Fetzen loszuwerden, mit dem er bekleidet war. Außerdem wollte er mit Veva allein sein, denn ihm war klar, dass es vieles zu bereden gab.

18.

Nicht viel später saßen sich Veva und Ernst, den der Schwab zuvor noch rasiert hatte, in einem Zuber gegenüber. Die Wanne war kaum groß genug für sie beide, doch sie genossen das Bad im warmen Wasser. Der ganze Raum roch nach dem Lavendelöl, das der Schwab zusammen mit anderen Duftwässern und verschiedenen Seifen in der Burg entdeckt hatte. In ihrer Wiedersehensfreude planschten Veva und Ernst fast wie zwei Kinder und schrubbten einander ab, bis sie sich wieder sauber fühlten. Nicht weit von ihnen lag die kleine Elisabeth frisch gewickelt in einem Korb und schlief.

In der Zwischenzeit plünderte der Schwab Giggings Truhen, um frische Kleidung für Ernst zu besorgen. Das, was er herbeischaffte, stellte eigentlich die Tracht eines Edelmanns dar. Doch selbst Prielmayr, der es sonst mit den Standesunterschieden sehr genau nahm, machte keine Einwendungen. Auch hatte der Höfling dafür gesorgt, dass niemand das Ehepaar im Bad störte, denn einige seiner Männer hätten nur zu gerne ein Auge auf die nackte Veva geworfen. Doch dieser Anblick blieb Ernst vorbehalten.

Hatten die beiden einander zunächst schweigend geholfen, den Schmutz loszuwerden, fühlte Veva nun, wie ihr Herz überlief. Sie wollte sich ein wenig bequemer hinsetzen, um mit Ernst reden zu können. Dabei streifte sie mit ihren Zehen seinen Unterleib. Ernst spürte, wie sein Glied sofort steif wurde, und wollte sie an sich ziehen. Doch als Veva merkte, was er vorhatte, wehrte sie ab.

»Bevor wir das tun können, möchte ich mit Kreszenz reden. Sie sagt, eine Frau sollte nach der Geburt einige Zeit enthaltsam leben, damit unten wieder alles in Ordnung kommt.«

Im ersten Augenblick war Ernst enttäuscht, sagte sich aber

dann, dass er Veva nicht bedrängen durfte. Da die Spannung in seinen Lenden jedoch zu stark war, um von selbst wieder zu vergehen, fasste er nach Vevas Händen.

»Da ich dich nicht besitzen kann, glaubst du, du könntest mich so erfreuen, wie es dem alten Hilarius nachgesagt wurde?« Er starrte sie ängstlich an, denn für eine treue Tochter der Kirche war dies ein Ansinnen, das sie nur empören konnte.

Veva wusste nicht so recht, was sie sagen sollte. Ihr Körper sehnte sich ebenso nach Ernst wie er sich nach ihr, aber sie hatte Angst, sich ihrem Mann hinzugeben, weil ihre Niederkunft noch nicht lange zurücklag. Da war es vielleicht doch besser, wenn sie sein Verlangen auf diese Weise stillte. Sie griff ihm zwischen die Beine, schloss ihre Finger um seinen Schaft und lächelte. »Ich werde, wenn wir nach München zurückkommen, wohl einiges zu beichten haben!«

»Du musst es nicht tun«, rief Ernst erschrocken.

»Nachdem du so lange gefangen warst, wäre es grausam, dich noch länger darben zu lassen. Ich sage jedoch ehrlich, dass ich froh sein werde, wenn Kreszenz mir sagt, ab wann wir uns wieder auf die gewohnte Weise aneinander erfreuen können.«

Danach herrschte wieder eine Zeitlang Schweigen, das nur von Ernsts unterdrücktem Keuchen unterbrochen wurde. Nach einem letzten scharfen Atemzug senkte er den Kopf und schämte sich. Was mochte Veva nur von ihm halten, dachte er. Doch diese ließ ihm nicht die Zeit, lange darüber nachzudenken, sondern scheuchte ihn aus dem Bottich, stieg ebenfalls heraus und begann, sich und ihn mit einem bereitgelegten Laken abzutrocknen. Danach kleideten sie sich an und setzten sich an eines der Fenster.

Während Veva Welschwein aus einem Krug in die Becher füllte, begann sie, all die Fragen zu stellen, von denen ihr Herz überquoll.

Ernst erzählte ihr, wie er in die Falle seiner Entführer geraten war, und schalt sich deswegen erneut einen Narren. Seine Gewissensbisse wurden noch stärker, als er von Veva erfuhr, wie es dieser ergangen war. Bei der Nachricht, dass sein Vater sie, anstatt ihr eine Stütze zu sein, erneut hatte betrügen wollen, packte ihn der nackte Zorn. »Der Teufel soll ihn holen!«

»Sag das nicht. Er ist immerhin dein Vater. Allerdings lege ich keinen Wert darauf, mit ihm und seiner Bäckerin verwandtschaftlich zu verkehren.«

»Das will ich auch nicht. Ich bin immer noch der Meinung, dass wir uns irgendwann ganz in Augsburg ansiedeln sollten. Im Augenblick mag uns der Herzog vielleicht gewogen sein, doch das wird seinen Hunger nach Gold nicht verringern. Spätestens bei dem nächsten Kriegszug oder einem großen Fest wird er wieder um Geld anfragen. Da er nicht der Herr von Tirol oder Ungarn ist, der für seine Kredite Anteile an Erzminen und dergleichen verpfänden kann, wird er uns auch diese Summen schuldig bleiben. Auf die Dauer kommt mich das zu teuer.«

»Du solltest dir diese Absicht aber nicht anmerken lassen, mein Lieber. Sonst verlangt der Herzog von dir doppelt und dreifach Geld. Lass uns nun von angenehmeren Dingen reden. Wir haben über Jakob Fugger gute Einnahmen erzielt, von denen der Herzog nichts weiß. Im Übrigen ist Hilarius in Augsburg eine große Stütze für uns. Wir sollten ihm Geld geben, damit er sich das Augsburger Bürgerrecht erkaufen kann. Jakob Fugger hat ihm bereits die Summe geliehen, die der Freisinger Bischof für den Dispens verlangt hat.«

»Ich bin froh, dass er und Rosi in Augsburg ihr Glück gefunden haben. Hilarius mag als Priester ein leichtsinniger Kerl gewesen sein, doch mittlerweile scheint er gelernt zu haben, Verantwortung zu tragen.« Ernst trank einen

Schluck Wein, sah anschließend Veva an und dann seine Tochter. »Ich würde sie gerne in den Armen halten!«

»Das lässt sich machen, doch vorher will ich sie neu wickeln und dann an die Brust legen. Sie muss oft trinken, damit sie groß und stark wird.«

»Du nährst das Kind selbst?«

»Kreszenz meinte, es wäre in den ersten Wochen besser so. Doch sobald die Steinbäuerin von Pewing entbunden hat, werde ich Elisabeth zu ihr schicken.« Veva lächelte versonnen und dachte sich, dass es ihr schwerfallen würde, ihre Tochter abzugeben. Doch die Tatsache, dass sie Ernst wiedergefunden hatte, würde den Schmerz lindern.

Während Veva die Kleine nährte, klopfte es, und der Schwab steckte den Kopf zur Tür herein. »Kann ich etwas für Euch tun?«

Veva wollte schon den Kopf schütteln, nickte dann aber. »Wir könnten auch etwas zu essen brauchen. Die Reise hat Hunger gemacht.« Lachend wandte sie sich Ernst zu. »Das sagst du doch auch?«

Dieser nickte grinsend. »Es sollte aber kein Getreidebrei sein. Den habe ich hier tagtäglich erhalten, und er hängt mir ehrlich gesagt zum Hals heraus.«

»Ich habe vorhin einen schönen Schinken gesehen. Brot gibt es auch, wenn es auch schon ein wenig altbacken ist. Aber mit einem Schluck Wein bringt man es schon hinunter.« Der Schwab seufzte, denn wie es aussah, würde er weiterhin als Knecht arbeiten müssen. Dabei hatte er gehofft, Veva und Ernst würden ihn in ihrer Wiedersehensfreude für seine treuen Dienste belohnen. Schließlich hatte er verhindern können, dass seine Herrin in Haselegners Gewalt geriet. Wäre es anders gekommen, hätte sie nichts mehr unternehmen können, ihren Mann zu retten. Dann aber sagte er sich, dass er den beiden Zeit lassen musste. Immerhin hatten sie sich nach vielen Wochen, in denen seine Herrin ihren Ehemann tot geglaubt hatte, gerade erst wiedergefunden.

Während der Schwab verschwand, um Brot und Schinken zu besorgen, legte Ernst den Arm um Veva und betrachtete seine Tochter. »Sie ist wunderschön«, flüsterte er andächtig.

»Das ist sie«, bestätigte Veva. »Wenn man bedenkt, unter welchen Umständen sie zur Welt kam, hat sie sich gut gemacht.«

Ernst begriff, dass etwas Schlimmes vorgefallen sein musste, und fragte danach.

Zuerst wusste Veva nicht, ob sie ihm alles jetzt erzählen sollte, sagte sich aber, dass es besser war, wenn er von ihr die Sache erfuhr, und berichtete mit leiser Stimme von dem Anschlag, den Haselegner und Pater Remigius auf sie verübt hatten.

Zuerst hörte Ernst ihr fassungslos zu, sprang dann aber auf und ballte beide Fäuste. »So ein Schurkenstück. Das sollen sie mir bezahlen! Und ich war nicht da, um dich zu beschützen.«

Veva versuchte, ihn zu beruhigen. »Die Kerle werden ihre Strafe erhalten. Außerdem konnte ich sie mit Hilfe unseres treuen Gesindes und guter Freunde an der Ausführung ihres Planes hindern.«

Ernst wollte noch etwas sagen, doch da erschien der Schwab mit einem großen Schinken. Ihm folgte der Herzogliche Rat Prielmayr auf dem Fuß.

Das Gesicht des Höflings wirkte ernst, aber zufrieden. »Habt Ihr einen Becher Wein für mich übrig? Meine Kehle ist wie ausgedörrt«, sagte er und ließ sich von Ernst einen vollen Becher reichen. Er trank aus, setzte sich ächzend auf die Bank und starrte einige Augenblicke vor sich hin. Dann blies er die Luft aus den Lungen und lächelte grimmig.

»Giggings Schuld ist nun endgültig erwiesen, denn er hat die Beute aus seinen Raubzügen fein säuberlich in eine Liste eingetragen. Außerdem habe ich mehrere Briefe gefunden, die ihn, aber auch einige andere schwer belasten. Doktor Portikus hat ihm tatsächlich Geld dafür geboten, damit er Euch umbringt, Rickinger. Den Mord an Eurem Schwager Bartl Leibert jedoch hat Benedikt Haselegner in Auftrag gegeben. Er war auch derjenige, von dem Gigging die Informationen über die Warentransporte erhalten hat, die zu überfallen sich lohnte. Euer Vater wird aufatmen, weil dieser Verdacht jetzt von ihm genommen wird.«

Prielmayr erwartete von Ernst ein Wort der Erleichterung, doch dieser dachte nur daran, wie sein Vater Veva behandelt hatte, und winkte ab. »Es ist mir um meines eigenen guten Namens willen recht, aber nicht meines Vaters wegen.« Dann überlegte er kurz und schüttelte den Kopf. »Aber auch das ist nicht mehr wichtig. Wenn mein Weib einverstanden ist, werde ich den Namen ihres Vaters und ihres Bruders als den meinen annehmen und mich in Zukunft Ernst Leibert nennen. Mein Vater hat mir zu deutlich gezeigt, dass ich nicht mehr sein Sohn bin. Daher mögen die Kinder der Bäckerin seinen Namen weitertragen.«

»Das würdest du tun?« Veva kamen die Tränen. Wie oft hatte sie mit dem Schicksal gehadert, weil es niemanden mehr gab, der den Namen Leibert an die nächste Generation vererben konnte.

»Ich werde es sowohl beim Rat der Stadt München wie auch beim Herzog befürworten«, versprach Prielmayr. »Auf jeden Fall haben wir die Oberländer Bande geschnappt. Unser Herzog und die Kaufherren von München werden zufrieden sein.«

Und mich dafür belohnen, lasen Ernst und Veva ihm vom Gesicht ab. Doch in ihren Augen hatte er dies auch verdient.

Veva lächelte etwas unsicher und streckte ihm die Hand hin. »Ich will mich bei Euch entschuldigen, Herr Prielmayr.

Ich habe nämlich lange gedacht, Ihr hättet Euch von meinem Vater Geld geliehen und ihn mit einem Bettel als Pfand abgespeist.«

»Ein Bettel?«, japste Prielmayr. »Ihr habt meinen Verwalter in Pewing gezwungen, Euch Rinder, Pferde, Schweine und anderes Vieh in einer fast unverschämten Menge zu übergeben, und dazu auch noch Viehfutter und Getreide verlangt. Ich habe dadurch beinahe die gesamten Jahreseinkünfte meines Pewinger Gutes verloren.«

Veva starrte ihn an, als hätte er den Verstand verloren. »Das ist eine Unterstellung! Ich habe nur das zurückgefordert, was Euer Verwalter hat wegschaffen lassen. Sogar die Knechte hat er zum Gutshof geholt, obwohl der Bauer bei der Fronarbeit für Euch das Bein verloren hatte. Er hat nicht einmal ein Huhn zurückgelassen, das Eier hätte legen können!«

In ihrer Wut wurde sie zuletzt laut, doch bevor Prielmayr in einem ähnlichen Ton antworten konnte, griff Ernst ein.

»Halt, streitet Euch nicht! Das lässt sich gewiss alles klären. Veva, war nicht der Schwab bei dir, als du nach Pewing gegangen bist?«

»Doch, natürlich. Er kann meine Worte bezeugen, ebenso wie der Steinbauer, dessen Weib und der Verwalter des herzoglichen Urbarshofs. Sie alle wissen, dass der Steinhof bis auf den letzten Strohhalm ausgeräumt worden ist, bevor er meinem Vater als Pfand übergeben wurde.« Zwar hatte Vevas Unmut sich noch nicht gelegt, aber sie war wenigstens in der Lage, ihre Sache mit der nötigen Ruhe vorzubringen.

Der Herzogliche Rat starrte sie düster an. »Vor einer Woche hätte ich Euch noch auf den Kopf zugesagt, dass Ihr lügt. Inzwischen habe ich Euch kennengelernt und kann das nicht mehr glauben. Ich werde mit meinem Haushofmeister reden und mich auch in Pewing erkundigen. Sollte mein

Verwalter Euch und damit auch mich betrogen haben, wird er es büßen.«
Nachdem es ausgesprochen war, war Prielmayr sich sicher, dass es so sein musste, und nahm sich vor, nach Pewing zu reiten und die Angelegenheit persönlich zu klären. Vorerst aber galt es, den Sieg über die Räuber zu sichern.
Auch Veva begriff, dass ein Streit nichts bringen würde. Außerdem musste sie Prielmayr dankbar sein, dass er ihr geholfen hatte, ihren Mann zu retten. Daher schenkte sie allen noch einmal nach und trank dem Herzoglichen Rat zu. »Solltet Ihr durch eine meiner Handlungen einen Verlust erlitten haben, werde ich Euch dafür entschädigen!« Dann erst erinnerte sie sich, dass Ernst wieder da war und sie bei solchen Versprechungen erst ihn fragen musste.
Ihr Ehemann lächelte nur und nickte. »Was mein Weib gesagt hat, gilt. Doch nun zum Wohl! Mag jetzt eine bessere Zeit für uns anbrechen, und mögen die Schmerzen der Vergangenheit bald vergessen sein!«
»Darauf wollen wir trinken«, sagte Prielmayr in dem Bewusstsein, dass er hier Freunde fürs Leben gefunden hatte.

19.

Vor etwa einem Jahr war Veva schon einmal auf einem Maultier sitzend nach München zurückgekehrt. Damals hatte Haselegner das Tier am Zügel geführt, während sie selbst vor Schmerz um den Tod ihres Zwillingsbruders fast vergangen war. Diesmal jedoch war alles anders. Der treue Schwab hielt die Zügel in der Hand, und neben ihr ritt Ernst, der sich bereits recht gut von seiner Gefangenschaft erholt hatte. Ihnen folgten Prielmayr und mehrere

Dutzend Waffenknechte, die den Wagen bewachten, auf dem die überlebenden Räuber gefesselt lagen. Wissend, dass ihnen Folter und Tod drohten, hatten die in der Schatzkammer von Giggings Burg eingesperrten Schurken so getan, als wollten sie sich ergeben, und dann, als die Tür geöffnet worden war, einen verzweifelten Ausbruchsversuch unternommen. Die meisten waren von den empörten Soldaten in Stücke gehauen worden, und die, die überlebt hatten, beneideten nun ihre toten Kumpane.

Veva verschwendete jedoch keinen Gedanken mehr an diese Schurken, sondern herzte ihre Tochter, die während der Reise ein ganzes Stück gewachsen war. Wie es aussah, hatte Kreszenz recht behalten, und die Milch der Mutter verlieh der Kleinen tatsächlich besondere Kraft.

»Woran denkst du?«, fragte Ernst, während vor ihnen die Wächter des Isartors den Weg in die Stadt freimachten.

»Daran, wie unser Kind gedeiht!«, antwortete Veva mit einem Lächeln.

Ernsts Augen strahlten. Noch immer konnte er es kaum glauben, dass er am Morgen nicht mehr in der schmutzigen Zelle erwachen würde und er all das, was jetzt um ihn herum geschah, nur als Traum ansehen musste. Als sie das Tal entlangritten, tauchte neben ihnen auf einmal Korbinian Echle auf und winkte ihnen lachend zu. »Unserem Herrn Jesus Christus sei Dank, du lebst! Kann ich dich heute noch besuchen?«

»Freilich kannst du das, das heißt, wenn es Veva nicht zu viel wird«, sagte Ernst und sah seine Frau fragend an.

Veva lächelte. »Natürlich kann Echle zu uns kommen. Du wirst gewiss einen Becher Wein mit ihm trinken wollen.«

»Vielleicht auch zwei«, sagte Ernst grinsend.

Inzwischen hatten sie das Rathaus erreicht und ritten durch den Torbogen auf den Schrannenplatz. Dort herrschte reges Treiben, das jedoch erlahmte, als die Marktweiber, Verkäufer und ihre Kunden den Reiterzug bemerkten. Hier trennte sich Vevas und Ernsts Weg von dem des Höflings. Während Prielmayr nach rechts in Des Dieners Gasse einbog, um zur Residenz zu gelangen, wollten sie geradeaus reiten, um in die Kaufingerstraße zu gelangen.

Da traf Vevas Blick den Schandpfahl und die Person, die daran gebunden war. Rasch griff sie nach Ernsts Ärmel und zupfte daran. »Sieh mal! Das ist doch unsere Nachbarin, die Frau Anna!«

Jetzt sah Ernst die Frau ebenfalls. Diese stand mit gesenktem Kopf, Gesicht, Haare und Kleider schmutzig und mit Gemüseresten bedeckt, und schien sich an jeden anderen Ort der Welt zu sehnen.

Eine der Bauersfrauen auf dem Markt hob den Kopf und sah Veva und Ernst an. »Die steht heute den dritten Tag dort. Gleich am ersten hat sie etliche kräftige Rutenhiebe bekommen, außerdem muss sie einiges an Strafe zahlen und wird auf zwei Jahre aus Bayern verwiesen. Sie soll nämlich ihre schwangere Magd so geschlagen haben, dass diese vom Kind gekommen ist. Da ist unser Herr Herzog ganz zornig geworden und hat sie monatelang im Loch schmoren lassen!«

»Danke schön für die Auskunft!« Über ihre eigenen Sorgen hatte Veva Rosis Schicksal ganz vergessen, und auch den Grund, weshalb diese nach Augsburg hatte auswandern müssen. Jetzt sah sie die Meisterin noch einmal an und ritt dann kopfschüttelnd weiter. »Weißt du, Ernst, ich bin ja nicht gehässig, aber Frau Anna gönne ich es!«

Ihr Mann nickte grimmig. »Das nimmt zwar nichts von den Schmerzen weg, die Rosi hat erleiden müssen. Aber es ist doch ein gutes Gefühl zu wissen, dass eine solche Tat auch die entsprechende Strafe nach sich zieht.«

Kurz darauf passierten sie den Schönen Turm, wandten sich nach links und erreichten bald das Haggengässel und damit ihr Heim. Der Schwab klopfte an der Haustür, und ein großer Junge, den er erst auf den zweiten Blick als den kleinen Nis aus Augsburg erkannte, öffnete ihm. Kaum entdeckte dieser Veva und Ernst, stieß er einen Jubelruf aus, der von den Wänden der Häuser widerhallte. »Halleluja, Ihr habt es geschafft!«

Veva sah ihn verwundert an. »Wie kommst du nach München?«

»Herr Hilarius hat mich geschickt. Eigentlich sollte ich Euch ja bei der Suche nach Herrn Ernst helfen, aber da seid Ihr schon weg gewesen. Ich bin dann halt hiergeblieben, um Lina und Cilli zu unterstützen.«

»He, du Zwerg, reden kannst du später! Mach erst einmal das Hoftor auf, damit die Herrschaft hineinreiten kann, und sage Cilli, dass wir Hunger haben«, mischte sich der Schwab ein.

Das ließ Nis sich nicht zweimal sagen. Er schloss die Haustür, und dann hörte man ihn durch den Flur sausen. Kurz darauf riss er das andere Tor auf und fasste nach dem Zügel von Vevas Maultier, um es in den Hof zu führen, in dem bereits Cilli, Lina und das restliche Gesinde zusammenliefen. Während die Köchin Veva lachend umarmte, liefen der alten Magd die Tränen ungehemmt über die Wangen.

Sie fasste Ernsts Hand und sah halbblind zu ihm auf. »Dass du nur wieder da bist, Bub!«

»Ich glaube, da freut sich noch jemand«, rief Nis und zeigte auf Hasso, der wie wild herumsprang und nur durch seine Kette daran gehindert wurde, zu seinem geliebten Herrchen zu kommen. Ernst schwang sich aus dem Sattel, umarmte Lina kurz und eilte dann zu dem alten Hund. Dieser legte sich winselnd vor seine Füße, stand aber sofort wieder auf und leckte ihm die Hände. »Na, mein Guter, jetzt bin ich wieder hier. Du hast hoffentlich gut auf dein Frauchen und unsere Kleine aufgepasst.« Ernst tätschelte den Hund und drehte sich dann zu Cilli um. »Heute bekommt Hasso nicht nur Knochen und Abfälle, sondern auch ein schönes Stück Fleisch!«

»Schön muss es nicht sein, nur groß«, warf Nis lachend ein. Auch er hatte sich bereits mit Hasso angefreundet. Jetzt aber war er stolz, weil Veva ihm das Kind reichte und dann mit Hilfe des Schwab von ihrem Maultier stieg.

Veva dankte beiden und sah alle der Reihe nach an. »So, jetzt sind wir wieder zu Hause. Ich glaube, ich könnte ebenfalls ein schönes, großes Stück Schinken vertragen.«

»Du hast wie immer recht«, antwortete Ernst und nahm Nis die Kleine ab. An diesem ersten Tag, an dem er wieder zu Hause war, wollte er seine Tochter selbst über die Schwelle seines Heims tragen.

»Und? Habt Ihr die Räuber erwischt?«, fragte Nis.

Veva nickte und wollte etwas sagen, doch da versetzte der Schwab dem Jungen einen leichten Nasenstüber. »Das erzählen wir, wenn wir einen guten Schluck getrunken und etwas im Bauch haben. Reisen macht hungrig, mein Kleiner, und trocknet die Kehle aus!«

Fröhlich gingen sie ins Haus und versammelten sich in der Küche, in der sich gemütlicher zusammensitzen ließ als in dem Raum, in dem Veva und Ernst sonst allein aßen. Vor allem aber hatten Cilli und ihre Hilfsmägde von hier aus den kürzeren Weg in die Vorratskammer. Als aufgetischt war, lauschten sie, wie Veva, Ernst und der Schwab von ihren Erlebnissen berichteten.

Während sie aßen und erzählten, schlug der Türklopfer an. Nis sauste zur Tür und kam kurz darauf mit dem Ratsherrn Arsacius Bart zurück. Dieser sah zuerst beinahe ängstlich in die Küche, sah dann Ernst und lachte wie befreit auf.

»Es ist also doch kein Gerücht. Seid mir willkommen im Leben!«, rief er und umarmte den angeblich Ermordeten.

Ernst ließ es lächelnd geschehen und schenkte ihm eigenhändig einen Becher Wein ein. »Setzt Euch zu uns, wenn es nicht unter Eurer Würde ist, in der Küche beim Gesinde Platz zu nehmen!«

Bart ergriff den Becher und stürzte den Inhalt in einem Zug hinunter. Dann setzte er sich, nahm das Holzbrettchen mit dem Stück Schinken, das Cilli ihm reichte, und sah Ernst und Veva kopfschüttelnd an. »Und jetzt erzählt mal, was eigentlich geschehen ist. Wer war der arme Tropf, der an Eurer Stelle begraben worden ist?«

Ernst hob bedauernd die Hände. »Das weiß ich nicht. Vielleicht gestehen es die Räuber, die wir gefangen haben. Auf jeden Fall werden wir Seelenmessen für ihn lesen lassen, damit er ungesäumt ins Himmelreich kommt.«

»Das ist eine gute Tat, die der Herrgott Euch gewiss vergelten wird.« Der Ratsherr schlug das Kreuz und sprach ein kurzes Gebet für den Unbekannten, dann zwang seine Neugier ihn, Ernst weitere Fragen zu stellen.

Dieser begann seinen Bericht noch einmal von vorne, war aber noch nicht weit gekommen, als der nächste Gast erschien. Es war Korbinian Echle, der beschwingt in die Küche trat und grüßte. Er nahm den vollen Weinbecher, den Cilli ihm reichte, und stieß mit den anderen an. »Auf deine Auferstehung, Ernst, oder soll ich dich in Zukunft Lazarus nennen?«

»Solche Worte sind Blasphemie«, tadelte ihn der Ratsherr.

»Wenn es eine ist, dann aber nur aus Freude«, antwortete Echle gelassen. »Außerdem mutet Ernsts Rückkehr wirklich wie ein Wunder an, denn er ist immerhin vor einigen Wochen feierlich begraben worden.«

»Das war ein Fremder, dessen Namen wir nicht kennen und auf den nun Weib und Kind, Vater und Mutter vergebens warten!«, antwortete Veva und vergoss unwillkürlich eine Träne für die Angehörigen des Toten.

Als sich der Ratsherr nach einer Weile wieder verabschiedet hatte, stieß Echle Ernst leicht in die Seite. »Ich habe wieder

Schriften dabei. Wenn du welche haben willst?«, flüsterte er leise.
Trotzdem hörte der Schwab seine Worte und spitzte die Ohren. Er konnte sich denken, wovon der Augsburger sprach, denn er hatte oft genug von Doktor Luthers Thesen reden hören. Nun bekam er Lust, sich selbst einmal damit zu beschäftigen. Doch bis dahin gab es noch ein kleines Problem zu bewältigen. »Glaubt Ihr, dass ich noch Lesen und Schreiben lernen kann?«, fragte er Ernst.
»Nun, es heißt zwar, was Hänschen nicht lernt, lernt Hans nimmermehr, aber du kannst es ja versuchen«, schlug dieser gut gelaunt vor.
»Ich werde es dich lehren«, versprach Veva. »Immerhin wolltest du Wirt werden. Da solltest du sowohl schreiben und lesen, aber auch rechnen können.«
»Was? Der Schwab will Wirt werden? Das ist mir ja ganz was Neues«, spottete Cilli.
»Es wird noch lustiger werden, wenn du erfährst, wen ich mir als meine Wirtin vorstelle!« Der Schwab grinste über beide Backen, denn bislang hatten Cilli und er sich stets kleine Privatfehden geliefert. Trotzdem war sie in seinen Augen die beste Frau, die er für sein neues Leben finden konnte.
»Na, und wer ist dieses arme Wesen?«, wollte Cilli wissen.
Das Grinsen des Knechts wurde womöglich noch breiter. »Ich habe da an dich gedacht.«
»An mich?« Cilli ließ vor Überraschung beinahe das Brett fallen, mit dem sie weiteres Brot und einige Stücke Wurst aus der Speisekammer geholt hatte.
»Was ist daran so verwunderlich? Du kochst ausgezeichnet. Das ist für eine Wirtin schon einmal gut. Außerdem stellst du was dar, und wir sind eigentlich immer gut ausgekommen!«
»Ja, wie Hund und Katz«, biss die Köchin zurück.
»Wenn du nicht willst, muss ich mir halt eine andere suchen.

Aber eigentlich gibt es keine, mit der ich lieber Wirt wäre als mit dir.« Jetzt wirkte der Schwab nicht mehr so überlegen, sondern sogar ein wenig ängstlich.

Cilli musterte ihn einige Augenblicke, dann glättete sich ihre Miene. »Du meinst also, ich stelle was dar?« Es klang nicht wenig geschmeichelt.

Der Schwab nickte heftig. »Freilich meine ich das! Du bist – Frau Veva vielleicht ausgenommen – die hübscheste Frau, die ich kenne. Da wüsste ich mir schon was, was wir in der Nacht machen könnten.«

»So sind die Mannsleute! Reden tun sie von der Arbeit, aber denken tun sie an was anderes. Ich glaube, wir müssen euch öfter zum Beichten schicken!« Cilli lachte, wandte sich dann aber Veva zu.

»Ich weiß gar nicht, ob es Euch und Eurem Mann recht wäre, wenn der Schwab und ich …«

»Warum soll es uns nicht recht sein? Ihr habt uns in einer schweren Zeit treu gedient. Auch hat der Schwab viel Geld ausgeschlagen, mit dem Haselegner ihn bestechen wollte. Ich wünsche euch von Herzen Glück.« Veva umarmte die Köchin und reichte dem Knecht die Hand. Auch Ernst stand auf und beglückwünschte die beiden. Dann klopfte er dem Schwab auf die Schulter. »Sobald du Lesen und Schreiben gelernt hast, richte ich euch eine schöne Wirtschaft ein.«

Der Schwab rieb sich gerührt über die Augen. »Dank auch schön! Ich weiß auch schon, wie ich unser Wirtshaus nennen werde!«

»Und wie?«, fragte Cilli neugierig.

»›Zum Schwab‹ natürlich«, antwortete der Knecht.

Schallendes Gelächter antwortete ihm, und Korbinian Echle versprach ihm, jedes Mal dort einzukehren, wenn er nach München käme.

»Auch ich werde den einen oder anderen Krug Bier bei euch trinken«, erklärte Ernst.

Danach suchte sein Blick Veva. »Es ist schön, wieder bei dir zu sein!«

»Jetzt ist unser Glück vollkommen.« Veva lächelte, doch sie wusste, dass die Schatten der Vergangenheit sie noch eine ganze Weile verfolgen würden. Da waren zum einen die Räuber, die ihrer Verurteilung harrten, und dann die anderen Feinde, über die der Richter ebenfalls den Stab brechen musste. Wirklich sicher würden sie sich erst fühlen, wenn auch Benedikt Haselegner und Ägidius Portikus ihre gerechte Strafe erhalten hatten. Doch von diesem Gedanken wollte sie sich ihre gute Laune nicht verderben lassen. Daher füllte sie die Becher noch einmal und stieß mit allen an, die in den dunklen Stunden zu ihr gehalten hatten.

20.

Seit jenen aufregenden Tagen im Frühsommer des Jahres 1519 waren vier Jahre vergangen. War Vevas und Ernsts Leben in dieser Zeit in ruhigen Bahnen verlaufen, so hatte sich außerhalb ihrer kleinen, überschaubaren Welt vieles verändert. Der spanische König Carlos war seinem Großvater Maximilian als Karl V. auf den Thron des Heiligen Römischen Reiches Deutscher Nation gefolgt. Die Lehren Martin Luthers, der auch diesem Kaiser getrotzt hatte, waren auf fruchtbaren Boden gefallen.

Einige Zeit hatte Ernst gehofft, Herzog Wilhelm IV. von Bayern würde sich ebenfalls ein Beispiel an dem Reformator nehmen. Immerhin hatte dieser Luthers Thesen zunächst durchaus wohlwollend aufgenommen. Doch damit, das konnte Ernst nun mit eigenen Augen sehen, war es leider vorbei. Er und Veva standen eng aneinandergeschmiegt in der erwartungsfrohen Menge, die sich auf dem Richtplatz versammelt hatte. Der Herzog saß mit einigen Herren seines Hofstaats und deren Damen auf einer Tribüne und wirkte sehr zufrieden.

Ernst senkte den Blick, um ihn nicht ansehen zu müssen. »Mit dem armen Kerl, der als Ketzer hingerichtet werden soll, wird auch der letzte Hauch von Freiheit sterben«, flüsterte er Veva ins Ohr.

Diese fasste mit ihrer Rechten an den Bauch, in dem seit mehreren Monaten ihr zweites Kind heranwuchs, und schüttelte sich. »Vielleicht hätte der Bäckerbursche vorsichtiger sein sollen!«

»Er hat nur die Wahrheit gesagt, doch die Pfaffen haben ihn angeschwärzt und ihm das Wort im Mund verdreht.«

Ernst musste aufpassen, dass er nicht belauscht wurde, denn seit kurzem wehte ein eisiger Wind durch Bayern, unter dem die Lehre Luthers zu erfrieren drohte. Aus Angst, die Reformation könnte auch in Wilhelms Herrschaftsgebiet Einzug halten, hatte der Papst dem Herzog etliche Zugeständnisse gemacht und es zugelassen, dass dieser seine ewig leere Kasse mit Hilfe von Kirchengut auffüllen konnte. Nun besaß Wilhelm IV. auch in kirchlichen Dingen ein größeres Mitspracherecht und war in der Lage, sich in seinem Herzogtum gegen die Bischöfe von Freising, Regensburg, Passau, Salzburg und Augsburg durchzusetzen, ohne sich das Wohlwollen des Papstes in Rom zu verscherzen.

»Es war ein Kuhhandel«, schimpfte Ernst leise vor sich hin. »Der Herzog hat die Seelen seiner Untertanen für Gold und ein paar Urkunden an den Papst verkauft!«

Veva zupfte ihn am Ärmel. »Sei doch still! Oder willst du, dass sie auch dich gefangen setzen und zum Tode verurteilen?«

Ernst lachte unfroh, senkte dann aber die Stimme. »So schnell verbrennt man im Herzogtum Bayern keinen Ketzer, der Geld hat. Unser Freund Prielmayr hat mir gestern anvertraut, dass Herr Wilhelm die Patrizier, die von den Pfaffen als Lutheraner angezeigt worden sind, ein paar Monate in Gewahrsam halten und dann zu hohen Geldbußen verurteilen will. Das bringt ihm mehr ein, als wenn er sie hinrichten lassen würde. Dafür sind solche armen Tröpfe wie der da gut, den sie gleich bringen werden!«

Da die Menge immer mehr anwuchs und Gefahr bestand, dass jemand ihn hören und denunzieren würde, schwieg Ernst nun mit zusammengepressten Lippen. Dafür glitten seine Gedanken zurück in die Zeit, in der er zusammen mit Korbinian Echle die Schriften Luthers in die Stadt geschmuggelt hatte. Damals hatte er sich nur vor Doktor Thürl-Portikus vorsehen müssen. Jetzt aber verbot ein herzoglicher Befehl, solche Druckwerke nach Bayern und vor allem nach München zu bringen, und die Strafen waren hart. Zwar würde er nicht auf dem Richtplatz enden, aber die herzogliche Geldgier dürfte ihn um den größten Teil seines Vermögens bringen.

Veva spürte die Erregung ihres Mannes und litt mit ihm. Sie kannten beide den angeblichen Ketzer, der heute sterben musste, und hatten auch mit ihm über den Glauben gesprochen. Der Verurteilte hätte den Behörden nur ihre Namen nennen müssen, dann wären sie ebenfalls in das Räderwerk der herzoglichen Rechtsprechung geraten. Sie sprach ein kurzes Gebet für den Mann und sah dann zu, wie der Henker noch einmal prüfend um den Richtplatz herumging. Meister Hans, wie sie ihn hier nannten, trug ein leuchtendes Gewand aus rotem und gelbem Tuch und wirkte sehr zufrieden. Einen Ketzer hinzurichten brachte ihm eine Extraprämie ein, die der Rat der Stadt zu bezahlen hatte.

Unwillkürlich erinnerte Veva sich daran, wie Ernst und sie im Sommer 1519 ebenfalls vor der Richtstätte gestanden hatten, als Franz von Gigging, Benedikt Haselegner und die

überlebenden Räuber hingerichtet wurden. Die Knechte des Henkers hatten Gigging, der nach seiner Verwundung nicht mehr auf die Beine gekommen war, stützen müssen, damit ihr Meister den Schlag mit dem Richtschwert hatte ausführen können. Haselegner und die anderen waren nebeneinander an einem langen Galgen aufgehängt worden. Seitdem hatte sie nur noch selten an diese Männer gedacht. Doktor Portikus war ihrem Gedächtnis fast ebenso entschwunden. Dieser war auf Befehl des Herzogs in strenge Klosterhaft genommen worden und im Jahr darauf gestorben. Pater Remigius lebte ebenfalls nicht mehr. Der Bischof von Freising hatte ihn zwar nicht an den Herzog ausgeliefert, sondern selbst in Haft genommen. Doch der Pater hatte sich so heftig zur Wehr gesetzt, dass er schwer verletzt worden und schließlich seinen Wunden erlegen war. Veva wunderte sich, weshalb sie ausgerechnet jetzt an diese Männer denken musste. Im Gegensatz zu dem Bäckergesellen, der heute geköpft werden sollte, hatten sie den Tod wahrlich verdient.
Das Schreien der Masse und die Beschimpfungen, die dem Verurteilten zugerufen wurden, ließen sie aufschauen. Eben wurde der Bäckerknecht gebracht. Er sah ein wenig ungläubig aus, als könne er nicht fassen, wegen einiger Worte, die einem Priester nicht gefallen hatten, hingerichtet zu werden.
Mit einem Mal spürte Veva, wie sich ihr Magen verknotete und ihr übel wurde. »Ernst, ich kann nicht mehr. Bring mich nach Hause«, flüsterte sie.
Ihr Mann schwankte. Die Knechte des Herzogs und die Priesterschaft achteten streng darauf, dass alle Einwohner anwesend waren und zusahen, wie der Ketzer hingerichtet wurde. Dann aber fasste er Veva entschlossen unter und zog sie mit sich. Ein paar Leute murrten, als er sich zwischen ihnen hindurchzwängte, doch er setzte ein um Entschuldigung bittendes Lächeln auf. »Mein Weib geht schwanger

und hat hier in der Menge Angst, einen Stoß abzubekommen. Ihre letzte Schwangerschaft war sehr schwierig, und ich habe Angst um sie. Wenn einer von euch die Hebamme Kreszenz sieht, soll er ihr sagen, dass Veva Leibert ihre Hilfe braucht!« Diese Erklärung reichte aus, um ihnen den Weg zu bahnen.

Ein Priester, der neugierig näher gekommen war, wich beiseite, als er in Vevas bleiches Gesicht sah. »Ich glaube, ich habe die Hebamme eben gesehen und werde ihr mitteilen, dass sie zu euch kommen soll!«

»Danke! Der Herrgott wird es Euch lohnen!« Ernst neigte den Kopf, als der Geistliche segnend das Kreuz schlug, und führte Veva aus der Menschenmenge.

»Dem Himmel sei Dank!«, rief er, als die Richtstätte hinter ihnen zurückblieb.

Veva schüttelte es. »In dieser Stadt will ich nicht länger bleiben!«

Ernst nickte nachdenklich. »Ich auch nicht mehr. Unser Freund Christoph Langenmantel hat bereits Hilarius geholfen, das Augsburger Bürgerrecht zu erlangen. Sicher wird er uns ebenfalls darin unterstützten. Auch werde ich, sobald wir die halsabschneiderisch hohe Summe dafür aufbringen können, das Münchner Bürgerrecht aufgeben. Dann sind wir keine Untertanen dieses Herzogs mehr.«

»Ich werde froh sein, denn München erdrückt mich. In Augsburg werden wir wieder frei atmen können. Wir wickeln den größeren Teil unseres Handels bereits dort ab und haben in der Freien Reichsstadt Freunde, die uns mit offenen Armen empfangen werden. Ja, Ernst, es wird schön sein, dort zu leben. Nun aber will ich nach Hause und mich hinlegen. Ich wünsche mir nur noch, dass wir früh genug abreisen, damit unser Sohn in Augsburg geboren wird.«

»Über ein Schwesterchen würde Elisabeth sich wahrscheinlich mehr freuen.« Ernst lächelte, als er an seine Tochter

dachte. Bald würde diese ein Geschwisterchen haben, und da Veva es so wollte, sollte es in Augsburg zur Welt kommen.
Mit einem Mal dachte er an seinen Vater, der seine weiteren Enkelkinder wohl niemals sehen würde. Nachdem dessen Bäckerin zweimal mit einem totgeborenen Kind niedergekommen war, hatte ihr Mann sie eines Tages mit dem Hausknecht im Bett ertappt und beide vor Gericht gebracht. Doch noch während sie, am Schandpfahl gebunden, mit Ruten ausgepeitscht worden war, hatte die Frau Ernsts Vater verhöhnt und gerufen, dass sie, um zu gesunden Kindern zu kommen, einen kräftigeren Mann gebraucht hätte als ihn. Nun war auch Susanne Striegler samt ihrem Buhlen aus dem Herzogtum Bayern verbannt worden, und Eustachius Rickinger hauste allein in seinem Haus in der Schmalzgasse. Auch war er kein reicher Kaufmann mehr, denn Susannes Verwandtschaft hatte während seiner Ehe mit ihr alles davongeschleppt, was sie hatten tragen können, und überdies noch Waren auf seinen Namen gekauft.
Ernst hatte gehofft, der Vater würde nach dem Scheitern seiner Ehe zur Vernunft kommen und sich mit ihm versöhnen wollen, doch dazu war dieser nach wie vor nicht bereit.
Noch während er darüber nachdachte, holte Kreszenz sie ein. »Es war ein guter Gedanke von Euch, Euer Weib von dort wegzubringen, Herr Ernst, und ein ebenso guter, mich rufen zu lassen. Sollen andere gaffen, während der arme Kerl zugrunde geht. Ich für meinen Teil freue mich darauf, mit Eurer Frau und Lina ein paar Becher Bier zu trinken und zu schwatzen.«
»Ich werde dann wohl besser in den ›Schwab‹ gehen und dort einen Krug Bier leeren.«
»Tu das! Aber komm nicht zu spät zurück.« Veva drückte ihn kurz an sich und blickte dann nach vorne. Doch sie sah nicht die Straßen Münchens vor sich, sondern das Haus in

Augsburg, in dem sie bald leben würde. Wenn Gott ihnen weitere Kinder schenkte, würden sie anbauen müssen, damit auch genug Platz für Hilarius und Rosi und deren wachsende Kinderschar blieb. Zum Glück war ihr Grundstück dort groß genug.

Historischer Hintergrund

Die ersten Jahrzehnte des sechzehnten Jahrhunderts brachten Umwälzungen mit sich, die die Welt grundlegend verändern sollten. Kurz zuvor hatten die Portugiesen Indien erreicht und Christoph Kolumbus Amerika. Dadurch kamen neue Güter nach Europa, und der Indienhandel, der bislang über Arabien und Italien getrieben worden war, wurde immer stärker über die Iberische Halbinsel abgewickelt. Kaufleute, die sich rasch genug auf die neue Situation einstellten, vermochten ein sagenhaftes Vermögen zu schaffen. Zu diesen gehörte Jakob Fugger, einer der reichsten Männer seiner Zeit, der nicht nur ein gewaltiges Handelsimperium aufbaute, sondern durch sein Geld auch Einfluss auf die Potentaten des Heiligen Römischen Reiches Deutscher Nation nehmen konnte. So sicherte er König Carlos von Spanien, dem Enkel Kaiser Maximilians I., durch die Bestechung der Kurfürsten dessen Nachfolge auf dem Thron Karls des Großen. Die große Zahl seiner Niederlassungen und Handelskontore nutzte Jakob Fugger auch, um wichtige Informationen zu sammeln, die er bei seinen Geschäften und in Verhandlungen mit Fürsten und Königen verwenden konnte. Obwohl der Weg nach Augsburg meist länger war als in die jeweiligen Hauptstädte, wusste Fugger häufig über Probleme und auch über Verdienstmöglichkeiten besser Bescheid als die jeweiligen Herrscher oder seine Konkurrenten.

Doch es wurden nicht nur neue Kontinente entdeckt und neue Handelsrouten erschlossen, auch in der Religion wurden neue Wege beschritten. Als der Augustinermönch Martin Luther seine fünfundneunzig Thesen gegen den Ablasshandel veröffentlichte, löste er eine Lawine aus, welche die katholische Kirche anders als vorhergehende Rebellionen nicht mehr zu stoppen vermochte. Dazu kam es, weil in Frankfurt Johannes Gensfleisch, der sich selbst Gutenberg nannte, den Buchdruck mit beweglichen Lettern auch für Europa entdeckt hatte, der in China bereits seit Jahrhunderten bekannt war. Damit gab er Luther und den anderen Reformatoren ein Medium in die Hand, mit dem sie ihre Schriften in großer Zahl unters Volk bringen konnten.

Der seit Jahrhunderten immer wieder aufflammende Kampf zwischen den Anhängern einer armen, den Menschen dienenden Kirche und den kirchlichen Pragmatikern der Macht nahm einen neuen Anfang und spaltete schließlich die westliche Kirche. Dabei war der Klerus im Grunde nur ein Spiegelbild seiner Zeit. Papst und Bischöfe sahen sich als Kirchenfürsten und benahmen sich größtenteils auch so wie andere Fürsten. Sie sammelten Ämter und Pfründe, hielten sich Mätressen und zogen teilweise sogar an der Spitze ihrer Heere in den Krieg.

Mit Seelsorge hatte diese Lebensweise wenig zu tun. Dafür waren die Priester zuständig, die ihrerseits jedoch ihren Vorgesetzten nacheiferten, Pfarrstellen sammelten und diese wiederum durch niederrangige Geistliche verwalten ließen. Für Männer, die eine Kirche in Armut anstrebten, hatten diese Kleriker nur Verachtung übrig und Hass, da sie sich von diesen in ihrer Lebensweise bedroht sahen.

Hohen Herren gegenüber drückten sie jedoch manches Auge zu. Kardinal Thomas Cajetanus zum Beispiel, der, wie im Roman beschrieben, in Augsburg mit Martin Luther aneinandergeraten war, schlug vor, Heinrich VIII. von England zwar nicht die Scheidung von Katharina von Aragon zu erlauben, ihm aber dafür zur Sicherung der Thronfolge eine zweite Ehe »zur linken Hand« zu gestatten.

Ein weiterer Wandel ergab sich im Justizwesen. Das mittelalterliche Recht, das vor allem auf privater Rache oder der Entschädigung der Betroffenen durch den Übeltäter oder

dessen Sippe beruhte, wurde mehr und mehr durch das Gewaltmonopol des Landesherrn ersetzt, der dafür auch den größten Teil der Strafzahlungen für sich einforderte.
Anfang des sechzehnten Jahrhunderts war auch der Machtkampf zwischen den Wittelsbachern in Bayern und den Habsburgern, der beinahe zweihundert Jahre gedauert hatte, endgültig zugunsten Letzterer entschieden. Die wichtigsten Städte wie Regensburg, Passau, Freising und Salzburg waren den Wittelsbachern entzogen, ebenso die schwäbische Handelsmetropole Augsburg, die damals doppelt so viele Einwohner wie die bayrische Residenzstadt München hatte und eine Metropole europäischen Ranges darstellte.
Als 1503 die niederbayrischen Wittelsbacher im Mannesstamm ausstarben, hätte dieser Landesteil nach den bestehenden Erbfolgeverträgen zur Gänze an Oberbayern-München fallen müssen. Herzog Georg von Niederbayern-Landshut wollte seinen Besitz jedoch seiner Tochter Elisabeth und seinem Schwiegersohn Rupprecht von der Pfalz, der ebenfalls ein Wittelsbacher war, vererben. Es folgte der niederbayrische Erbfolgekrieg, der zuletzt durch einen Schiedsspruch Kaiser Maximilians I. beendet wurde. Oberbayern erhielt zwar den größten Teil des geforderten Gebiets, musste aber zulassen, dass Ottheinrich und Philipp, den Enkeln des niederbayrischen Herzogs, ein gewisser Teil des Landes, die Junge Pfalz zu Neuburg, als souveränes Erbe zugesprochen wurde. Dafür musste Herzog Albrecht von Bayern dem Kaiser die bayrischen Städte Kitzbühel, Kufstein und Rattenberg samt einträglichen Bergwerken übergeben sowie auf seine Rechte im Zillertal und in Salzburg verzichten.
Diese Demütigung wurde in München nicht vergessen, und so stand Bayern außer während des Dreißigjährigen Krieges meist auf der Seite der Feinde Österreichs.
Ritter Gigging und sein von Bayern und Tirol gleicher-

maßen unabhängiger Besitz ist einem realen Ereignis nachempfunden. Bei den Grenzziehungen zwischen Österreich und Bayern wurde tatsächlich einmal der Besitz eines im Gebirge lebenden Ritters übersehen. Einige Jahre später wurde sein Besitz von den Habsburgern unter dem Vorwand, er hätte Handelszüge überfallen, besetzt und Tirol angegliedert.

Wir haben uns die Freiheit genommen und in unserem Roman den Herzog von Bayern gewinnen lassen.

Iny und Elmar Lorentz

Die Personen

Anna, genannt die Meisterin: Rosis Dienstherrin
Antscheller, Ferdinand: Kaufherr aus Innsbruck
Antscheller, Friedrich: Antschellers Sohn
Antscheller, Johanna: Antschellers ältere Tochter
Antscheller, Josefa: Antschellers jüngere Tochter
Cilli: Magd und Köchin bei Leibert
Echle, Korbinian: Fuhrmann und Bote aus Augsburg
Gigging, Franz von: Ritter mit Besitz im Gebirge
Haselegner, Benedikt: Kaufherr in München
Hein: Bauer in Pewing
Hias: Stadtknecht in München
Kreszenz: Hebamme in München
Leibert, Bartholomäus: Kaufherr in München
Leibert, Bartl: Bartholomäus Leiberts Sohn
Leibert, Genoveva, genannt Veva: Leiberts Tochter
Lina: alte Magd bei Rickinger
Ludwig, genannt der Schwab: Knecht bei Leibert
Nis: Gassenjunge aus Augsburg
Pater Hilarius: Priester in München
Pater Remigius: Priester in München
Portikus, eigentlich Thürl, Ägidius: Geistlicher in München
Prielmayr: Herzoglicher Rat
Rickinger, Eustachius: Kaufherr in München
Rickinger, Ernst: Eustachius Rickingers Sohn
Rosi: junge Magd in Diensten der Meisterin Anna
Schnurlbeckin: Susanne Strieglers Verwandte
Sepp: Knecht bei Leibert
Striegler, Susanne: Bäckerwitwe aus Dachau

Historische Persönlichkeiten

Bart, Arsacius: Ratsherr in München
Eisenreich, Georg (+1520): Pfarrherr von Sankt Peter in München
Fugger, Jakob (1459–1525): Handelsherr in Augsburg
Langenmantel, Christoph: Domherr in Augsburg
Luther, Martin (1483–1546): Augustinermönch aus Sachsen
Schobser, Johann: Drucker und Büchermacher in München
Vio, Tommaso de, genannt Cajetanus (1469–1534): Kardinal
Wilhelm IV. (1493–1550): Herzog von Bayern

Glossar

Albe: langes Hemd, das von einem Priester unter dem Messgewand getragen wird
Äußerer Rat: der von den Gilden und Bürgern gebildete Rat der Stadt München mit vierundzwanzig Mitgliedern
Bankert: uneheliches Kind
Base: Kusine
Bergregal: Recht, Erz zu schürfen
Brevier: Gebetbuch eines Geistlichen
Domherr: als Geistlicher Mitglied des Domkapitels bzw. kirchlicher Laie, der mit hohen Verwaltungsaufgaben für das Besitztum des Domes betraut ist
Eidam: Schwiegersohn
einschichtig: ledig
Frächter: Transportunternehmer
auf den Gant kommen: sich geschäftlich ruinieren
Gemein: Versammlung der Bürger
Hoher Rat: Ehrenbezeichnung für den Rat der Stadt München

Innerer Rat: der von Patriziern und reichen Bürgern gebildete Rat der Stadt München. In Ansehen und Machtfülle über dem Äußeren Rat stehend

Kasel: Messgewand

Landrichter: Richter und Oberhaupt eines Gerichtsbezirks

Muhme: Großmutter, alte Frau

Pewing: heute Poing

Pfleger: hoher Verwaltungsbeamter in herzoglichen Diensten

Rute: Längenmaß, etwa 3,5 Meter

Scharwerken: Fronarbeit

Schöner Turm: befand sich an der Grenze zwischen der Kaufinger- und der Neuhauser Straße

Urbarshof: herzoglicher Gutshof in Pewing

Wittib: Witwe

Zunftfähnlein: von den Zünften gestellte Bürgerwehr

Die Straßen Münchens

Dieners Gasse: heute Dienerstraße

Gacher Steig: heute Gasteig

Haggengässel: heute Hackenstraße

Hirschbräugässel: heute ein Teil des Altheimer Ecks

Hütergasse: heute Hotterstraße

Neuhauser Tor: heute Karlstor/Stachus

Pernersgässel: heute Singlspielerstraße

Schmalzgasse: heute Brunnstraße und Kreuzstraße

Schrannenplatz: heute Marienplatz

Schwabinger Gasse: heute Theatinerstraße

Eine Frau kämpft in der grausamen Welt
des Mittelalters um ihr Glück.

Iny Lorentz

Die Wanderhure
Die Kastellanin
Das Vermächtnis der Wanderhure
Die Tochter der Wanderhure

KNAUR TASCHENBUCH VERLAG

Die erfolgreiche Wanderhuren-Reihe
von Bestsellerautorin Iny Lorentz geht weiter!

Töchter der Sünde

KNAUR

»Mittelalter erwacht zum Leben.«
Bild am Sonntag